1998年4月在北京。左起胡殷红、凌起凤、朱寨、王火、何启治。

1993年《世界反法西斯文学书系》编委殷白、胡可、陆梅林、王火、沈世鸣、陈兴芜等在北京中组部招待所工作后聚会。

1996 年 8 月，在湘西凤凰沈从文故居与蒋子龙、陈忠实、鲁之洛、杨闻宇、孙建忠等合影。

1992 年 1 月与陈焕仁、钱铃、李正模、廉正祥、杨忠学、杜谷、金成礼、冯国元等合影于四川省新闻出版局。

2003年3月四川省出版专业高级职务评审委员合影

2016年11月在马老识途（右一）新居。中坐者李致，左立者苟世建。（张文艺摄）

2003年春在皖参加笔会在黄山宾馆合影。前排左二南丁、左三吴泰昌、左四鲁彦周、左五邓友梅、左六王火、左七苏中、左八王镇恒、左九邵燕祥、左十吴雪、左十一刘祖慈。二排左一何向阳、左三张嘉、左四殷慧芬。

王火文集

节振国和工人特务大队　一个京剧女演员的传奇

第四卷

四川文艺出版社

图书在版编目（CIP）数据

王火文集. 第四卷，节振国和工人特务大队 一个京剧女演员的传奇
/ 王火著. —成都：四川文艺出版社，2017.4
ISBN 978-7-5411-4626-8

Ⅰ. ①王… Ⅱ. ①王… Ⅲ. ①中国文学－当代文学－作品综合集
②长篇小说－中国－当代③短篇小说－小说集－中国－当代
Ⅳ. ①I217.2

中国版本图书馆 CIP 数据核字（2017）第 067483 号

王火文集 | 第四卷

JIEZHENGUO HE GONGREN TEWU DADUI YIGE JINGJU NÜYANYUAN DE CHUANQI

节振国和工人特务大队 一个京剧女演员的传奇

王 火 著

责任编辑 金炀淏 周 轶
编辑统筹 周 轶 彭 炜
封面设计 叶 茂
版式设计 史小燕
责任校对 文 诺
责任印制 唐 茵等

出版发行 四川文艺出版社（成都市槐树街 2 号）
网 址 www.scwys.com
电 话 028-86259287（发行部） 028-86259303（编辑部）
传 真 028-86259306

邮购地址 成都市槐树街 2 号四川文艺出版社邮购部 610031
排 版 四川胜翔数码印务设计有限公司
印 刷 成都东江印务有限公司
成品尺寸 149mm×210mm 1/32
印 张 19.5 字 数 510 千
版 次 2017 年 6 月第一版 印 次 2017 年 6 月第一次印刷
书 号 ISBN 978-7-5411-4626-8
定 价 142.00 元

目 录

节振国和工人特务大队

一个京剧女演员的传奇

节振国和工人特务大队

写在前面

二〇〇九年是中华人民共和国成立六十周年。我决定将这部描写节振国的传记性的传奇小说继续献给读者，献给我们的祖国。

说"继续"，是因为这部小说在二十世纪五十年代出版后，曾引起广泛反响，有人誉之为"影响过整整一代人的优秀作品"。

作品于一九五六年在北京面向全国的《中国工人》杂志上连载，深受广大读者欢迎，次年经我修订后即由工人出版社将连载稿用《赤胆忠心——红色游击队长节振国》的书名出了单行本，并且不断再版，累计印了几十万册。中央人民广播电台当时连播了这部小说，紧接着又先后被改编为话剧、评书（袁阔成播讲）、京剧（参加过一九六四年全国京剧会演）、连环画小人书，并拍成电影。一九六一年更被译成外文发行国外，书名即叫《游击队英雄节振国》（*Chieh Chen-kuo*，*Guerrilla Hero*）。正因它这样受到读者的欢迎和重视，"文革"后，我决定将它补充、修订、加工得更好。一九七六年到一九七八年间，我几乎所有的时间都花在了深入唐山、冀东各县和河北其他一些地方进行采访，在掌握了大量素材，熟悉了冀东、唐山一带的民风民俗及抗战时期游击队抗日反"扫荡"的生活后，写成了如今这部稿子，由花山文艺出版社于一九八二年出版，用的是《血染春秋——节振国传奇》的书名，两年间又印行了十多万册。当时，这书曾被部队作为给战士的推荐读物，也被河北省及共青团组织作为优秀图书向学生及青少年推荐。

我也应邀在一些大学和中学做过相关报告。一九八三年中国作家协会和全国煤矿基金会授予本书长篇小说"乌金奖",并向全国工人推荐,不久,又被改编为电视剧。这本书在节振国当年劳动和战斗过的唐山及冀东各地影响极大,我在那里结识了不少朋友,有的至今未断联系。节振国和有些战友的墓安葬在唐山的烈士陵园里,年年都受到民众的祭扫。节振国的高大塑像也威武地竖立在唐山,至今犹有当年读过我这本书的读者给我来信致意,表示对这本书的热爱,还邀请我再到唐山去看看。

但从二十世纪八十年代后期至今,倏忽快三十年了!这部书未曾再出版过。主要原因是我收回版权后一直未再将这部书交给出版社出版。虽然,我一再发现许多年岁超过五十的人都熟知我写的节振国这本书,目之为"红色经典",有的还建议我将这本有生命力的书重新出版,让这三十年来成长起来的人可以有读到的机会。但我忙于写作新的作品,无暇这么做。这两年来,我看到了不少以抗战为题材的作品,主要是电视剧,我又重读了我写的节振国的这本书,发现我写的抗日战争、我写的游击战,不但真实,而且鲜活动人,读时会十分震撼。当年冀东的游击战是那样的残酷,日本侵略者的"扫荡"是那样血腥。我阅读自己的这部作品时,节振国刀劈日本宪兵,到燕春楼上舞台发表抗日讲话,大义灭亲杀死叛徒夏连凤,深情脉脉慰问战友家属固然令我激动,但别的游击队员的崇高精神也令我感叹。例如读到年迈的老游击队战士关清风被日寇用刀劈死举行"慰灵祭"(第三十五章"铁石犹存死后心")和勇敢的游击队战士田树森同日寇作战不幸牺牲的情景(第二十八章血淋淋的冬天)时,我竟忍不住流下泪来,回想当年采写这部书稿时我也是常心痛得含着泪的。我忽然觉得有责任把这部书继续献给读者,我也深感如果这部书被改编为电视连续剧,它决不会一般化、程式化、模式化、老一套,因为它来自当年的真实生活,它是超出今天人们的想象,有血有火又有泪的!

我们共和国的建立，离不开先烈的流血牺牲。在共和国六十周年吉庆的日子里，我郑重地献出这本书，怀念先烈，缅怀往日。我认为阅读会使我们得到纯洁心灵的洗礼，那会是对那段艰难历史的深刻认识，会是激励，也是感恩。书名做了改动①，因为这是最后改定本，也是因为更切合内容。

　　我长期在四川工作，理所当然地应将本书在四川出版，感谢愿意接受这本书的四川文艺出版社和有远见卓识的出版社领导及编辑同志。

王　火

二〇〇九年三月于成都

---

① 当时，节振国率领的工人游击队，名叫工人特务大队，其任务是打鬼子、锄汉奸、平土匪。

第一章 前 夜

初春的时候，在河北唐山开滦赵各庄矿一带，很少能看到令人悦目的绿色。除了零零落落的常青树外，别的树木都光秃着枝干在冷风中颤动。苍黄的田野、丘陵间，常有成群的老鸹"呀呀"叫着在觅食。天，铁青着脸压在头顶上，使人心情沉重。矿区的道路、房屋、空场，到处被煤炭染成了黑色。面带饥寒之色的矿工，穿的是又脏又破的窑衣，戴的是积聚着黑垢的柳条帽，有的下井去干活，有的踯躅在街头……

这是一九三八年三月中旬的一天清晨。赵各庄矿上的气氛显得非常紧张。保安第三署那些穿着黑制服、戴着大盖帽的保安队和穿黑制服腰系皮带的矿警列队在街上巡逻，工人们东一伙西一伙地聚在一起谈话议论……矿工正在酝酿罢工，原因是要求增加工资；加上这一向矿方设立了井下牌子房，防止工人在井上拿了牌子不下井或提前上井。实行这种"井下记工制"的办法后，工人领牌、交牌要排好几个钟点的队，而且不能打连班——一班接着一班地干。工人收入少，不打连班家里老幼多的就无法糊口。赵各庄矿的工人对这种无理的制度感到十分愤怒。昨天夜里，有一伙工人自发地将井下牌子房砸了。今天一早，矿司陈祥善就派了矿警去抓昨夜带头砸牌子房的工人。风声传到工人耳里，工人情绪当然更加激荡。

这时，在东大街上，有一个方圆脸盘、长得十分英俊壮实的矿工经过。他个儿不高，只不过五尺刚出头，两条浓眉下有一双机智深邃的大眼。他的名字叫节振国，是个运木工，今年三十岁。他正要下井去干活，没想到斜刺里跑来了一个长腿的年轻矿工，喘着粗气大声叫道："老节！矿警抓了小佟！快去救他！"

这长腿的矿工是节振国的结拜二弟，名叫纪振生。节振国历来是个路见不平拔刀相助的人，一听矿警抓了小佟，说："走！"马上跟着纪振生向前奔跑。

四个如狼似虎的矿警正押着年轻瘦弱的矿工佟树安迎面走来，后边跟着许多愤愤不平的工人。小佟已被矿警打得满脸是血。

节振国和纪振生大步上前。节振国伸出两臂横着一拦，说："停下！"

那几个矿警认识节振国，知道这是个武艺高强、在工人中有威信的矿工，不好惹，都停下了步，后边跟着的矿工们马上围成了一个圈子。带头的一个矿警吆喝地说："节振国，你想干什么？"

节振国两眼盯着问话的矿警，字字沉着地说："把小佟放了！"

纪振生和一伙矿工也高嚷："把小佟放了！"

那矿警说："我们是奉命捉拿砸牌子房的凶犯！"

节振国怒气腾腾，指着满面是血的小佟说："你们将他打成这样！你们才是凶犯！要是不放他，小心我们不客气！"

另一个矿警说："不放你敢怎样？……"

节振国看见路边有根住户拴绳晒衣用的木柱，有碗口粗，指着那结实的木柱对围着的众人说："闪开！"

大家刚一闪开，节振国走上前去，推出一掌，只听"咔嚓"一声，木柱折断，被打得远远飞到一边去了！矿警瞠目结舌，围成一圈的矿工欢呼喝彩。

节振国对矿警怒目而视，指着断了的木柱说："是它硬还是你们的脑袋硬？！"

四个矿警面面相觑。节振国用命令的语气高吼："放了小佟!"

　　矿警们正难以下台,忽然人丛里急急忙忙钻出一个长头发、黑脸的高个儿,肩上背着些布匹,一看是个布贩子。他像个半路里杀出来的程咬金似的冲着矿警说："长官和弟兄们!有两个人拿着钢斧抢走了我几匹布和钱钞,劳驾快帮着去追一追!追到了我重重酬谢!"

　　这里节振国和纪振生已经将小佟被反绑着的双手解开,四个矿警顺坡下驴,匆匆跟着布贩子跑了。一场看来难以解决的纠纷顺利解决了。围着的矿工们又是一阵欢呼。

　　节振国指指小佟嘱咐纪振生："老二,快带小佟去歇歇。等会儿再找根木柱给埋上!"见纪振生扶小佟走了,他紧一紧系在窑衣外的腰带,打算去上班。一转身刚迈步,发现黑瘦瘦的胡志发已在他身边跟他并肩在走,不禁"咦"了一声,说:"老胡,你也在这儿?"

　　胡志发是井下的挖煤工,比节振国大五六岁年纪,看上去老成持重,其实聪明干练,有人叫他"智多星"。节振国一直将他当大哥待。这时他笑笑点头说:"老节,下了班到我住处来一下!"

　　节振国刚想问"什么事?"老胡没停留,已经转身走了。节振国心里纳闷,不禁转起磨来。

　　老胡同节振国交情深厚,他虽没在节振国面前承认过自己是共产党员,可是从接触中节振国断定他一定是共产党。从酝酿罢工以来,老胡经常同工人们一块儿商量问题,矿工们都要求节振国带头罢工。节振国从小当矿工,最知道矿工的痛苦,最恨英国毛子对工人的剥削压迫。冀东成立了"防共自治政府"① 后,工人头上又踩着日本鬼子的铁蹄,生活当然更痛苦了!对于工人的罢工要求,节振国是从心眼儿里拥护的。老胡约他晚上去,节振国推测一定同罢工的事儿有关。

---

① 一九三五年十一月,日寇唆使汉奸殷汝耕在冀东二十二县成立"冀东防共自治政府",从此,冀东实际上沦入日寇之手,冀东人民在日寇铁蹄下饱受痛苦。

傍晚从井下上来，因为活儿很重，节振国累得脊背酸痛。春寒料峭，小北风轻轻刮来，冷得透骨，他脸上和手上都沾满黑色的煤粉，也没吃饭，就急急向胡志发的住处跑去。

天空里的灰云混浊郁积，路边杆子上的电线在冷风中嗡嗡怪叫。天，快暗将下来了。街上卖炒饼的小饭馆里散发出葱油香味和锅勺响声来，测字摊前围着人，赌场里响着吆五喝六声和"哗哗"的骨牌声，到处有衣衫褴褛的矿工此来彼往……墙上刷着醒目的白底蓝字标语："冀东是防共的前卫！""铲共和平一致奋起！""日华实现真正亲善！"……路边墙上有新刷的"仁丹"、"中将汤"的日本广告。那"仁丹"广告上的一个翘胡子、穿日本海军大将服的半身头像示威地看着节振国，脸上的表情仿佛说："支那人！亡国奴的滋味儿怎么样？"两个醉酒的日本浪人，一个穿和服一个穿西装，从街边一家小酒店里出来，歪歪斜斜地走着，嘻嘻哈哈地笑着，咿咿呀呀地唱着，钻进对面一家窑子里去了。节振国"呸"的对着日本浪人的背影仇恨地吐了口唾沫，脚下的步子噔噔地迈得更快了。

胡志发是河北曲阳人，光杆一条，在靠近天主教堂的地方租了一间简陋的小屋居住。通向胡志发住处的那个小胡同口外，有一块三尺来高的青石碑。老工人都知道，胡志发住的那地方原先是个煤矿工人夜校，碑是早年一个到夜校上课的年轻教书先生请人刻了竖在那儿做指路标的。后来工人夜校的屋子倾塌了，石碑仍旧竖立着。石碑上刻的是一首《咏煤炭》的诗：

> 凿开混沌得乌金，藏蓄阳和意最深。
> 爝火燃回春浩浩，洪炉照破夜沉沉。
> 鼎彝原赖生成力，铁石犹存死后心。
> 但愿苍生俱饱暖，不辞辛苦出山林。

那位不到三十岁的教书先生，被英国毛子和国民党指控为"乱党"，八年前被抓走了。正因为对这位留长发穿长衫的教书先生有感情，矿工们经过这儿常好看一看石碑，用手摸一摸。天长日久，石碑已经被摸得光溜溜的了，字迹却仍清楚。节振国从小跟着哥哥在矿上识字上学，对这首诗虽不全懂，经人一讲也能领会大意了。他老觉得胡志发在这工人夜校旧址上新盖起的小屋里住，是有深意的。每当他到老胡这儿来时，看到石碑，也总要有些感触地看看碑上的诗句。这会儿，也是这样。他停步又看一看碑上的诗句，才继续迈步又走。

一会儿，他到了胡志发的住处，这是一间石基土坯垒成的小屋。节振国推门掀开脏黑的旧棉帘走了进去。

屋里黄烟味浓重，点着一盏棉子油的小油灯，一颗豆大的灯火放出昏黄的光亮。老胡盘腿坐在炕上；炕上还有一个三十多岁的中年人，正同老胡在细声低语。节振国一看，就怔住了：这不是早上那个节外生枝拽矿警去帮他抓人的布贩子吗?! 他怎么也在这儿呢？

布贩子两眼看起人来尖刀似的锐利。他穿一套半旧的黑平纹布中式棉衣，吧嗒吧嗒地抽一个小烟袋。胡志发见节振国来了，沉着而高兴地点点头，说："老节，你来了，上炕坐。"说着，他用烟袋杆指着介绍说："老周，这就是节振国。"

老周挺深沉，一举一动不慌不忙，态度虽有些严肃，却平易近人。他微笑着，跟节振国打招呼，亲切地在热炕上让出地方给节振国坐，说："哈哈，早上见过面了! 我的布并没被人抢走。我那么一来，就把矿警带走了!"

胡志发和节振国也不禁哈哈笑了起来。

谈话中，节振国了解到老周名叫周文彬，是从唐山来的。周文彬和节振国一见如故，他们很快就热烈地谈起了当前的形势。

老周大口大口抽着烟。云雾似的浓烟，袅袅地从他那沉思的目光中飘过。他说："抗日战争进行已经八个月了。在华北，以国民党为主体的正规战争已经结束，以共产党为主体的游击战进入主要地位。共产党和八路军决心坚持华北的游击战争，来捍卫全国，钳制日寇的进攻。八个月来，国民党丢失大片国土，主要原因就是他们无法动员全国人民来抗战。我们在鬼子铁蹄下生活，当然痛苦，但共产党是民族的救星。我们跟着共产党干，一定能为国雪耻！"

节振国想：老周一定也是共产党！他听着老周的话，眼睛发亮，心里十分带劲儿。这些年，在他心目中国民政府像一座破庙，蒋介石像是这座破庙里供的凶神恶煞。说他不存在，他过去总是青面獠牙站在那儿震慑老百姓；说他存在，他今儿把东三省拱手给了日本鬼子，明天又让冀东像一张荷叶饼似的囫囵吞进了日本刽子手的嘴里，后天又断送了平津、华北。听了老周的话，节振国浑身血都沸腾了。天很冷，他敞开了怀，脸上发烧，只觉得自己的心同老周、老胡的心贴得那么紧，那么紧……

胡志发就着烧炕的火熬了一盆玉米粥。他放下烟袋杆，下炕拿了三只粗碗盛满了粥，又拿出放在炕口烤热的几个红高粱饼子，递给周文彬和节振国。他们边吃边谈，听着老周从冀东六百万同胞在膏药旗下受煎熬谈到矿工的痛苦，又从矿工的痛苦谈到当前的斗争任务。老周说："根据我的观察，这次你们如果挂队罢工，目的很明确：一是工人实在生活不下去了，需要通过罢工增加工资、废除井下记工制等不合理制度；二是现在鬼子侵华要把开滦的煤拿来军用，罢工可以打击日本鬼子，罢工也可以提高工人反对帝国主义的觉悟。你们看我说的符合实际吗？"

节振国点头说："你说得很对！工人太苦了！这儿流传着这样的话：'井下阎王殿，出煤拿命换。''丈夫下窑，妻儿抱瓢，衣不蔽体，沿街乞讨！''十年一件破窑衣，井上井下身不离。''男的死在矿井底，寡妻卖到火坑里！'……英国毛子、包工大柜、查头子像大山压在工人头上，现在还要受鬼子和汉奸的欺侮，矿工怎么能忍受下去！?"

老周点头继续说:"正因为工人已经动起来了,所以说现在赵各庄矿罢工的时机很好,条件已经成熟。"他扳着指头分析道,"现在有很多矛盾可以利用:鬼子跟英国毛子有矛盾,因为鬼子想夺取英国在开滦的矿权。包工大柜同开滦资方也有矛盾,因为开滦资方打算取消包工大柜,好直接向工人进行剥削和奴役;矿方增设了井下牌子房,包工大柜就不能吃黑工。连商人也跟矿局有矛盾,矿局要办消费合作社,会夺去了商人的生意。当然,日、英之间有矛盾,镇压工人还是一致的。不过我们可以很好地利用各种矛盾,使鬼子不会一下子就来镇压,使包工大柜和商人多少也能支持一下工人,使罢工能够胜利……"

周文彬的话打动了节振国。节振国觉得周文彬像《三国演义》里的诸葛亮,打仗前会神机妙算,能有条有理地分析敌情,忍不住说:"老周,你怎么对赵各庄的事儿知道得这么清楚?"

周文彬笑了,说:"我来赵各庄已经好多天了!我来,一是为了摸清这儿的情况;二是想同老胡和你见面商量商量,听听你们的意见。你苦大仇深,在工人中有威信,现在矿上有些坏人也想出来领导工人罢工,罢工的领导权太重要了!你们一定要掌握!"

节振国忍不住问:"老周!你是干什么的?"

老周笑笑,说:"以后告诉你,行吗?"

节振国心里更明白老周一定是共产党了!他知道,这种事不该问,问了老周也不会说,就不再问,只是更加详细地把矿上的情况一五一十地讲给老周听。

外边天色墨黑,屋内灯光昏黄。一个罢工的计划逐渐酝酿、形成着……

约莫九点多钟的时候,周文彬站起来,说:"该谈的我们都谈了,我该走了!"

虽然相识不久,他和节振国彼此已经十分信任。节振国对于他信任的人总是表现得特别热情,他说:"这几天外边风声挺紧,常有保安第三署的人巡逻。我来送你绕小道出庄口!"

周文彬点头同意。胡志发没有送,只轻轻叮嘱节振国出去时小心。

天上挂着一丸冷月。外边静静的无人。到了胡同口,在竖着石碑的地方,周文彬忽然停住了脚步,手抚石碑,说:"老节,这块碑上的诗你读过吗?"

节振国在月下看着老周锐利的双目,点头说:"读过!"

周文彬若有所思地说:"诗是古人写的,但写得很好。'爝火燃回春浩浩,洪炉照破夜沉沉',现在我们不正是在寒冬黑夜里吗?要让春天来到,要让火光照红照亮夜空,意境多好啊!为了我们中华民族不再受帝国主义蹂躏,为了使咱们的穷兄弟都饱暖,我们就该当像煤炭一样,'不辞辛苦出山林',燃烧自己,放射出光和热,使人们得到温暖、光明!你说是不是啊?"

老周的话像磁石似的吸引住了节振国。节振国听了,心里像有热腾腾的火焰燃烧,不禁想:老周讲得多好,多有意思哪!坦率地点头说:"对!"

周文彬怕人注意,故意绕进僻静的小道,低头匆匆走着,老是跟节振国离开几步,保持一定的距离,直到走出了庄口。分手时,他紧紧握住节振国的手,恳切有力地说:"老节,听说共产党八路军的部队快挺进到冀东来抗日了!敌后的游击战一开展,武装斗争火一样燃烧起来,咱们冀东的局面会不同的!这次酝酿的罢工,实质上是一次反日罢工!我们这些有血性的人得团结起来,为了中华民族的生存,为了无产阶级的利益,好好干!你侠义心肠,勇敢热情,在工人里有威信,要好好利用这条件!"老周的话使节振国开了心窍,使他感到有了斗争的方向。他浑身热血沸腾,特别是听到八路军快来到的消息,更加心潮澎湃。他用两只机智深邃的大眼看着周文彬,用两只手紧握住周文彬的手使劲摇了几下,向周文彬表达了他的决心与勇气,脸上带着尊敬的表情斩钉截铁地说:"老周,我一定好好干!你放心吧!"

他看着周文彬转向东南朝林西矿走去，高大的身影逐渐隐没在夜色中，心里有一种说不出的滋味，既惜别，又激动。他微喟了一声，转身正要回去，感到有一只手"啪"的搭在他的右肩上，他心里一惊，回头一看，出乎意外地看到身后站着的是一个中等个儿的年轻人，他"啊"了一声："是你？夏连凤！"

　　"是我，大哥！"夏连凤含着烟卷儿回答。

　　夏连凤精巴干瘦，白净脸，稀淡眉，两只一眨一眨的眼睛里闪着机灵的光芒。他披一件旧棉袍，用手拂了拂额上的头发，带笑走上来说："嘻！我在那儿打少林拳，看见你跟那个大个儿走来，我就跟上你了。你不练练武吗？大个儿是谁啊？怎么过去没见到过他？"

　　赵各庄的矿工，练武的很多。打拳、摔跤、举仙人担、玩石锁、耍弄十八般武器的都有。在练武的人里，节振国闪侧腾挪武功最出色。他徒手同人打架，七八上十个人近不了他的身；纵身跳起来，丈把高的墙一攀就上。舞起刀剑来，白光护身，水泼不进；拉弓射箭，虽不百步穿杨，总能靶中红心。练武的人，没有谁不把节振国当作英雄好汉的。夏连凤也在井下干活，跟节振国是拜把子兄弟。节振国老大，纪振生老二，夏连凤老三。节振国这时看到他，心里挺高兴，简单地答了一句："一个新认识的朋友。"接着，招呼夏连凤，"老三，咱们坐下谈谈。"

　　夜空的月色冰凉，薄雾轻纱似的笼罩在庄外，树影稀疏地映盖在地上。远处赵各庄大街上，"燕春楼"戏园里有胡琴锣鼓声隐约传来。庄外，零零落落从西边轻轻飘来狗吠的声音。在一棵枝条粗壮还未发芽的大槐树下，他们找了两块大石头坐下。夏连凤抽着烟卷儿，灰色的烟从他嘴里一股一股地吐出来，散开去。

　　节振国忽然鼻子里深沉地哼了一声，好像要把胸膛里无穷的闷气压出去一样，对着夏连凤说："老三，咱们非挂队罢工不可了！你们道巷里今天的情况怎么样？你听到些什么消息没有？"

夏连凤往节振国跟前凑了凑，心里有数地说："咱们那儿的井下牌子房昨天也砸了，今天矿司又派人修了起来，大伙儿可气愤着呢！"他讲了些工人们气愤的情况，接着挤挤眼睛，扯长了声音说，"老节，快领着大伙儿挂队吧！这么窝着脖子受洋罪，可不行！要是挂队，这次是炮药房放火———一点就着！"

节振国皱着眉，思忖着朝他望望，又问："包工大柜的情况怎么样？"

夏连凤甩手做着姿势说："为了牌子房的事，包工大柜们也怒气冲天。杨增他们那几个大包工向工人拍胸脯，说要是为这罢工，在罢工期间，'锅伙'① 里照旧让工人住，让工人吃。"夏连凤得意地舐着嘴唇继续讲，"听说，驻在古冶的日本宪兵队里的便衣跟咱们矿上运煤去的工人说，要是咱们罢工对付英国毛子，日本人不想干涉，说不定还能支持咱们。"

节振国听夏连凤的话越说越离了板儿，耳朵里像给什么东西螫了似的，眉头儿圪揪着，睁大了眼朝夏连凤看了一看，挥着大巴掌斩钉截铁地说："日本鬼子是咱们的仇人；包工大柜一向把工人当作牛马，打骂压迫，剥削欺侮。他们都不会安着好心，咱们要利用他们，可不能指望他们！"

"那当然！"夏连凤抛掉了烟头，眨了眨眼睛看看节振国的脸色，像蛐蛐瞪眼子溜须看阵势，又重新点上一支烟，突然把话岔了开去，"劳资接洽处的刘青山，这两天满嘴狼烟大话。他在工人俱乐部里对大伙说：'我跟大伙始终一条心。无论起早贪黑，风里雪里，只要对咱们兄弟哥儿们有好处，要我去干，不说二话！'有些人已经要选他做罢工

---

① 锅伙：是包工大柜为了盘剥工人开的窑户铺，一般是盖的一溜溜简易的阴暗、破烂的平房。工人无处吃住的，可以在包工大柜苛刻的条件下缴款在此吃住。新招来的工人非住锅伙不可。一般先扣三个月工钱，吃住在锅伙里记账，等干够四个月才发给工钱，但仍押一个月的工钱垫底。

代表了!"

刘青山本是黄色工会的头子,过去在工人中尽干些吃里爬外的勾当,一方面蒙骗一部分工人,一方面讨好英国资本家和赵各庄矿的矿司陈祥善。听到这儿,节振国气愤地说:"刘青山那葫芦里卖的没有好药!"他知道夏连凤消息灵通,就又问,"还听到些什么?"

夏连凤低着头想了想,说:"今儿下午,我在小酒店里听一个喝酒的人说,如今河北、山西,共产党的游击队到处都起来了!别看日本鬼子神气活现,它是旱地里的蛤蟆——干鼓肚,没有办法;也是瘦驴拉硬屎——硬撑架子!"

节振国听见这话,突然又想起周文彬刚才说的事儿,忍不住攥着拳高挑着眉毛说:"要是咱这儿也有游击队,我一定干!出出这心头的闷气!"

夏连凤听了懒洋洋地说:"去年底,有个叫王平路①的铁路工人,听说是共产党,组织游击队,带着人在热河青龙县打鬼子,牺牲了。这种事儿我看不那么好干,还是先顾着咱眼面前矿上的事儿,给穷哥儿们挣点好处,先不去想那远的!"

节振国皱着眉像个大哥开导兄弟似的说:"三弟,不那么好干的事,该干也得干啊!"节振国的话太锋利了,两个结拜兄弟脸对着脸,一时无言。接着,夏连凤笑笑,打岔说:"就怕大嫂她不让你冒险啊……"说到这里,他忍不住又觑着眼悄声问,"大哥,刚才你送走的那个高个儿是谁呀?"

节振国同纪振生、夏连凤拜把子时,三人都盟誓同生共死。往日,

---

① 一九三七年七七事变后,天津沦陷,中国共产党发出"关于开展游击战争是华北全党中心工作的指示"。冀东党在九月就建立了统一战线组织——华北人民抗日自卫委员会冀东分会,会员发展很快遍及冀东各县,十二月,党在滦县多鱼屯村秘密召开会议后,王平路同志等组织了游击队,一九三七年十二月三十日攻打青龙县青河沿敌据点,但由于缺乏战斗经验,王平路同志牺牲。

节振国有事常同两个把兄弟商量，今晚也没有例外。自从跟周文彬谈过话以后，他觉得心里更亮堂了。他决定参加筹组罢工委员会，要夏连凤也帮着发动各道巷里的工人罢工。夏连凤一再问他，他觉得藏着掖着的就不义气了。他四下望望，便翻盆倒罐地把周文彬讲的话简单扼要地告诉了夏连凤，勉励夏连凤好好干。不过，他平日虽然喜欢夏连凤聪明伶俐，也喜欢夏连凤对他唯命是从，却也知道夏连凤那张嘴是个漏水的槽，不牢靠。他怕暴露胡志发，所以他把周文彬说成是自己新结交的朋友，没有提起胡志发。

听了节振国的话，起初，夏连凤脸露惊讶，眨眨两只机灵的眼睛，没有作声，最后却一拍巴掌，激昂地说："大哥，干吧！大雁要飞得有个领头的！只要你领头，我三弟跟着你飞到底！"

第二章　惊雷怒涛

赵各庄煤矿上空的黑雾浓烟突然少了，空气变得清新了！

三月十六日，一万三千多矿工，在胡志发、节振国等二十一人组成的罢工委员会领导下，宣布了大罢工。节振国担任了纠查队的大队长，负责保障罢工秩序和赵各庄全矿的安全。

矿上的大烟囱不再"咕嘟"、"咕嘟"冒黑烟了，运煤车停止喷吐煤灰和白烟了。一向每到夜晚就响着胡琴锣鼓声的"燕春楼"戏园子停演了！那些手脸染着煤黑，平时满脸愁苦、忧郁的矿工，面容上表现得冷峻、严肃而兴奋。有的参加了纠查队，手拿钢斧放哨站岗保护电厂、修理厂和矿井；有的在"新工茶园"第一俱乐部参加开会，听罢工委员会的代表们演讲；有的在矿局公事房、镀灯房和砸坏了的牌子房周围十个八个一群，二三十人一堆，聊着天，叽叽喳喳，你来我往，互相打听着消息；有的在矿警护卫着的公事房前面叉着腰示威……

众人拾柴火焰高！赵各庄开锅似的沸腾了！但罢工中遇到的困难真不少！拿罢工委员会来说，人员成分就很复杂。你说东，我说西；商量起问题来，一人一把号。把火性子的节振国急得心里头热炙火燎七窍生烟。遇到这种情况，节振国就发现自己处理事务没有胡志发那样冷静、老练。老胡总是不温不火地跟人商量问题。老胡不爱多说话，出风头的事儿也都不干，他却跟罢工委员会中的多数代表关系搞得不错。有些主张本来是老胡的，后来不知老胡用了什么"锦囊妙计"，他的主张竟成了多数人的意见。罢工委员会的代表节廷秀和蒋振元他们，本来听说是包工大柜杨增捧出来参加罢工委员会的。节振国发现胡志发常同他们接近，在发动罢工上，他们跟着老胡走，起了很好的作用。

罢工委员会组成后的当天晚上，节振国到胡志发住处去，他永远忘不了老胡那晚说的话。当时，老胡正在用秫秸引火，眯缝着眼睛又慢又稳地用苍老沙哑的声音说："老节，团结才有力量。咱们的罢工是艰苦的，可是只要大伙儿能齐心摽着膀子干，团结到底，就一定能得到胜利。"他随手拾起一根秫秸，比喻着说，"俗话说，'独木难撑大厦'！一根支柱支不住顶板，几十根支柱就能支撑成一个掌子面！一根秫秸一折就断，一捆呢？就折不断了！矿上的工人如今是齐心罢了工，选出的代表不那么齐心，我们就得把力量用在这上头！有的该谅解，有的该提防，有的该拉，有的该让，有的该斗，有的该打。谅解、提防、拉、让、斗、打，可都是为了团结。"

节振国同意地点点头。胡志发带着忘掉劳累和饥渴的神情又说起了纠查队的事："老节，天要下雨，就得准备雨伞！咱要罢工，就要想到矿方破坏，就得准备武力。纠查队的事现在你负责，只要咱们把这支武装攥在手里，罢工的领导权就在咱们手里。陈祥善心里恼火，也只能狗咬石头，谁想破坏罢工都不容易。再说，矿上有了这么一支人马，有朝一日，它也许就是宝贵的财富！你可要记住这一条！"

胡志发不止一次地叮嘱节振国抓好工人纠查队，节振国体会到老胡为什么要说了又说。他慷慨地说："放心吧！我早把脑袋掖在裤腰带上了！一定不疏忽！拼着命干！"

工人纠查大队长任务繁重，幸好节振国威信高，有群众拥护。纪振生等一批青年工人都跟他一条心，纠查队在罢工委员会成立后很快就组成了。纪振生也是个井下工，老家东北，苦出身，爹给老财扛了一辈子活，最后逃荒到了赵各庄，在这人间地狱里，拉了七年大筐，刨了五年煤。那一年，井下冒顶，振生爹死在井下。纪振生就到矿上当了工人，赡养老娘，在赵各庄西边的五里庄上安了家。他是节振国的拜把子二弟，比节振国个儿高一个头，人很瘦，宽肩长腿，走路飞快，是个剽悍勇猛而又朴实忠诚的年轻人。节振国组织纠查队，他成了老节的左右臂。原来跟节振国一起练武术的年轻工人，像绰号"黑旋风"的梁凯、绰号"田大头"的田树森、老实慈厚的张惠等，罢工前都自动要求当纠查队队员。忠心耿耿的关清风师傅，是机器房的老工人，也到纠查队队部前的广场上，带着纠查队员操练斧子。他是教过节振国武艺的师傅，耍弄斧子，勇猛而有顿挫，善于护身，善于劈人，虽然年迈，舞斧时，仍旧不减当年之勇，银色的须发与银色的斧刃寒光灼灼耀眼滚成一团。节振国订出了纠查队的规章，在罢工期间，纠查队都值班放哨，维持秩序，不让坏人捣乱。纠查队发挥了作用，使保安第三署的保安队和矿警不敢随便动用武力来摧残工人运动。日本鬼子和英国毛子有矛盾，既不想一下子就引起中国工人反感，又想冷眼看看事态发展，听说赵各庄罢工后，有工人纠查队维持治安，秩序井然，驻扎在古冶的日本宪兵队队长彬田，只派了些便衣特务秘密到赵各庄来看看，却没有正式把宪兵派来。

罢工开始后，英国资本家和代理人陈祥善拒绝同工人谈判，采取了十分强硬的态度，企图破坏工人罢工。罢工是赵各庄矿领头干起来的，他们怕罢工会蔓延到林西、唐家庄、唐山、马家沟四个矿去，一面采取措施加强控制各矿，防止罢工扩散，一面决定下毒手！

英国资本家的走狗——陈祥善，不光是赵各庄矿的矿司，还是开滦东三矿——赵各庄矿、唐家庄矿、林西矿的总主管。他秉承英国主子的旨意，决定采取血腥屠杀的方法，叫出头的椽子先烂，一铁锤把赵各庄矿的罢工镇压下去。

三月十七日一清早，天，阴沉沉铁青着脸。风，似乎是从南面渤海湾上刮来的。虽然有时刮得煤粉和黄土弥天漫地，却微微带着湿意和盐味。鸡叫过头遍，节振国和胡志发两人起身到唐家庄矿、林西矿去同那边的罢工委员会联系工作去了。他俩一走，上午十点多钟光景，不知谁挑动了矿工去包围公事房。有人在工人密集的"锅伙"前，一声呼喊："去包围公事房啰！快！"……传开以后，到处响应。诈唬声响成一片："去包围呀！""快去砸公事房呀！"数不清的矿工，从四面八方呼号着跑来。有的脱去窑衣、棉袄，赤膊上阵，有的手拿镐把，有的手拿钢斧，呼呼啦啦，沿着围墙把公事房包围得水泄不通。公事房是一幢英国式洋房，四周有围墙，围墙中间有个大铁栅栏门，铁栅栏门外的广场上，愤怒的矿工们蜂拥而来，黑压压，里三层，外三层，万头攒动，吓得公事房里的洋人和中国员司战战兢兢。

大铁栅栏门"咔"的锁上了！公事房楼上的玻璃窗口里，偶尔露出鬼鬼祟祟向下偷看的穿西装的金发洋人的脑袋。矿工们在围墙和大铁栅栏门外，像海潮被拦挡在堤坝外。前前后后，东南西北都有矿工昂着头、举着拳头高声叫嚷："取消井下牌子房！""给工人涨工资！""不许打骂工人！""工人受伤要支付工资！"……声音轰轰的，震得天也动、地也摇。

保安第三署戴着大盖帽的保安队和穿黑制服的矿警队好像早有防备似的在公事房门边出现了。一条边好几十个，枪上刺刀明光锃亮，一个个杀气腾腾，布防护卫着公事房。

大铁栅栏门上爬满了人，公事房四周的围墙上也爬满了矿工，到处被围了个水泄不通。保安队和矿警队的枪都瞄准着潮水般堵着的矿工。身宽体胖、吃得脸上油光光的、穿着蓝绸缎面子皮袍、戴一顶獭皮帽的陈祥善，身边由两个矿警保护着，突然在公事房二层楼的阳台上温文尔雅地出现了，高着嗓子邪声歪气地说："大家散了吧！冀东防共自治政府不允许罢工！总局已经跟有关保安部门联系，煽动罢工滋事闹事者要严惩不贷！你们愿意围在这儿喝西北风就围着吧！总局下午要派人来，有话你们那时候跟他说也行。"说着，陈祥善就又进了屋子。他说这番话，既劝大家"散了吧"，又说"你们愿意围在这儿……

就围着吧"，看来矛盾，其实他是接到了上头的指示，要他用激将法，想让矿工们冒了火，借口矿工有"越轨行动"可以开枪镇压。

他的话火上泼油，矿工们有的"哐啷哐啷"要推倒铁栅门，有的高声叫骂。但罢工委员会的代表节廷秀、蒋振元、关清风等都匆匆赶来了。几个人一合计：既然下午总局要派人来，既然陈祥善让矿工们同总局来的人谈判，就等到下午再看看陈祥善包子里卖的是什么馅。大家分头做工人的工作，叫他们不要急躁，等下午总局来了人再交涉。

天冷风大，矿工们饿着肚子等着，袖着手，跺着脚，在围墙和大铁栅门外同保安队和矿警们对峙着，站着的、坐着的、蹲着的都有。等呀，等呀，一直等到下午四点多钟，只见一辆黑色小汽车来了。汽车是从唐山开滦总局来的。坐在汽车里的是开滦总局的矿区主管魏尊。矿工们看到来了小汽车，一下子就把小汽车围上了。魏尊戴着副金丝眼镜，穿的黑呢大衣藏青色西装，白衬衫上打着黑领带，满面笑容地从小汽车里钻出来，狡猾地说："什么条件都好商量！让我进公事房跟陈矿司见见面再给大家答复！快让路吧！"给他这一说，矿工们七嘴八舌地议论着，让出路来。魏尊的小汽车"嘟嘟"地到了大铁栅门前，保安队开了门放进了汽车，又"咔"的锁上了铁门。

在冷风中等了六七个钟点的矿工们，见魏尊来到，以为是总局派来谈判解决问题的，精神一振，但魏尊进去以后，又不露面了。这好似撒盐入火，火上加油。矿工们沸沸扬扬在大铁栅门前和围墙上卷起人流，高声催喊起来，发出"哦——哦——"的声音。

戴獭皮帽、鬓角秃落的陈祥善在阳台上露脸了，铁青着油光光的脸，一出来就挥着手让工人安静。矿工们想听他讲些什么，停止了"哦——哦——"声。谁知陈祥善两眼凶光四射张大嗓门说："魏主管带来了总局命令！你们此次罢工，纯系有乱党煽惑，所提无理要求，矿方无可采纳！设立牌子房等等，都是开滦行政问题，工人无权过问。劝大家切勿受歹人利用，自绝生计，徒遗后悔……"

一听陈祥善是这么个答复，又冷又饿等了这么长时间的矿工们都气得青筋叠暴，爆炸似的呐喊起来。有人高嚷："光脚还怕穿鞋的？抓起他来再谈！"有人爬在围墙上高叫："坚决罢工到底！"也有人用力撞击大铁栅门，铁门摇晃得"�"咣啷""咣啷"，像要被推倒……

　　陈祥善油光光的脸上泛起杀气，曲着背，指指保安队和矿警的枪口，威胁地刺激着说："你们要造反？冀东是防共自治区，不容许乱党作祟！此次罢工风潮，明显是有人幕后操纵。开滦总局指示：如你们有不轨行动，马上用武力弹压！希望大家三思，立即复工，以免造成流血事件！……"

　　"啊！原来魏尊是带了弹压的命令来的呀！"陈祥善话还没有说完，矿工们怒喊声又起，"哦——哦——"突然，头戴貂皮风帽、酱色长方脸上嵌着一双羊眼的刘青山站在大铁栅门前，像个好汉似的，带头猛推铁门，骂了一声："他妈拉个巴子的！"右手一抬，扔出了一块拳头大的矸石，"啪"的砸在公事房二楼玻璃窗上，顿时将玻璃窗砸得粉碎，里边的洋人叽里呱啦叫嚷起来，陈祥善连忙从阳台上闪身躲进屋里。刘青山一带头，从大铁栅门到围墙四边，矿工们手里的矸石、煤块都乒乒乓乓砸上去了。

　　刘青山拍打着衣襟又高声嚷嚷："冲啊！冲进去砸他个稀里哗啦！"也不知是谁，跟着嚷了起来："冲啊！——"刘青山嚷罢朝旁边一闪身，矿工们的情绪像点燃了火绳的炸药，又像一锅沸滚的开水，排山倒海往前拥。保安队和矿警队枪子儿上膛，瞄准着工人。矿工们不怕死地朝前冲。在大铁栅门口的工人，连推带搡，有的用大镐刨，有的仍在仇恨地向公事房里边扔矸石。大铁栅门挡不住人潮冲击，"咣当"一声被推倒了！矿工们呼啸着，潮水般的人流滚滚拥进了铁门。

　　保安队和矿警队开枪了！"砰！""砰！"……"叭！""叭！"……枪声凄厉。前边的矿工，栽倒了好几个。鲜血，一摊摊淌在场地上。有人嚷嚷："出人命啦！"枪声仍在叫嚣，矿工们抬起死伤的穷兄弟，人流像海边潮汐退潮似的向后退缩了。保安队冲上来，抓了好几个工人押进公事房。矿工们拥上来抢夺伙伴，枪声"砰！""砰！"……又有人倒下了！矿工队伍乱了。跟在后边看的家属、小孩，被挤得东倒西歪哭嚷起来。幸好纪振生和关清风带领手执钢斧的一百多个纠查队员，呼啦啦拥到前边，压住了骚动，站住了阵脚。

节振国不在，带领纠查队的是纪振生。早上，包围公事房的事发生得突然，纠查队员也东一个西一个地参加了。纪振生这会儿好不容易刚将工人纠查队的哥儿们找齐集中到一块儿，在四周布好警戒以防万一，偏偏矿警和保安队开了枪，包围公事房的队伍乱了。他见关清风白须飘拂，跟跟跄跄跑来了，挥手高喊："小纪！快把纠查队拉上去！……"他就马上跟着关师傅带队上前压住了阵脚。纠查队员们亮出钢斧似要砍杀，保安队和矿警队又开枪了："砰！""砰！""叭！""叭！"……纪振生想：今儿个高低是拼啦！他高叫："跟我来！缴他们的枪！"飞也似的一阵风卷上前去。斧子队一起跟上。"黑旋风"梁凯用炸耳朵的嗓门高嚷："砍掉你们的脑袋当球踢！"他似有摇山拔树般的力气，挥斧猛冲。保安队和矿警队见斧子队排山倒海勇不可当，有的转身就逃，有的放上一枪脚下擦油，逃跑了。

身材高大的关清风高嚷："抓活的！抓活的！"他有阅历，明白抓几个俘虏有用处，万一同矿方谈判时手里能有点本钱。给他一吆喝，纪振生带着斧子队缴到了五六支枪，抓到了四个矿警。但是，也有纠查队员中枪扑倒在地上。斧子队快冲进公事房了，关清风瞥见两挺机枪狰狞地出现在公事房台阶前。机枪枪筒的烤蓝闪着蓝光，军警一片杀气聚在枪后。看那架势，今天资方又像十多年前那次[①]下狠心要大杀罢工的矿工了！保安队的机枪突然朝高处打了一梭子："嗒嗒……嗒……"关清风牙缝里吸着气，一拽身边的纪振生，说："小纪！不能硬拼！快

---

① 一九二二年开滦五矿大罢工时，矿方血腥镇压，矿工死数十人，伤者更多。

撒!"机枪又来了一梭子,离斧子队头顶不过半尺高,人声乱哄哄,有的纠查队员刹住了脚,有的跌跌撞撞后退,也有拔腿吓跑了的……纪振生压住心惊,目喷怒火,剽悍地咬牙。本来恨不得豁上性命上前拼了,可是敌人机枪上阵,关师傅在身旁提醒,他觉得对。怕蛮干下去,损失太大,他一颗心就像浸在冰水里,忍痛下了命令:"撤!"他和关清风、梁凯、田树森押着活捉的那四个矿警断后。将四个俘虏做"挡箭牌",拖着他们往后撤退,使保安队和矿警不敢开枪。

天空中吹着大风,有白脖子的黑老鸹凄凉地"呀,呀"叫着飞过。公事房前面的广场上,死一般的寂静,冷风将地上的煤粉、尘土吹得到处飞舞。矿工们都不在了!留下了一摊摊、一滴滴成串的鲜红血迹;留下了矿工们、家属小孩们丢下的矸石、煤块、旧鞋、破帽……一场弹压,工人被打死五人,受伤的三十多人,被抓去了八人。

节振国和胡志发在惨案发生后半小时从林西矿赶回来。在傍晚朦胧的雾气中,他俩一进赵各庄,听到了发生的事,都大吃一惊,驾云使风似的赶到罢工委员会。

他俩匆匆由关清风、纪振生陪同看望了死难的矿工家属和受伤的矿工兄弟们。在阴暗、破烂的"锅伙"里,绰号"小山东"的吴三牛死了,一颗子弹穿过他的脑门。好几年来,他白天下井刨煤,晚上在"锅伙"里睡觉。一溜铺着破席的土炕,挤睡着几十个穷哥儿们;冬天一墙的霜,夏天满屋绿毛,虱子臭虫打疙瘩,蚊子苍蝇碰脑袋。吃的是生了蛆的臭咸菜和碜牙发霉的高粱米、玉黍粥。他挣扎着活过来了!现在,为了大伙的利益参加罢工,被枪杀了!包工大柜不让他尸首进门。包工大柜将"锅伙"名牌上写着"吴三牛"的一块名牌拿下来,冷酷地说:"他还欠着债呢!这小子!"街东的一间石垒的破旧潮湿的矮屋里,被枪杀的纠查队员朱光斗停尸炕上,乌黑的窑衣上浸透鲜血。炕边,有他生前相好的工友在吹唢呐和喇叭。他那病弱的女人和两个穿得破破烂烂的孩子,在尸旁肩背抽搐哀声痛哭。这是按照乡间的风俗为亲人"吵灵"。哭声使人心酸，左邻右舍都来劝慰。节振国是个为穷兄弟两肋插刀的义气人，含泪看了，腮上的肌肉紧张地颤动，眉头儿圪揪着，一颗心像被人一刀一刀地宰割。胡志发、关清风和纪振生也都心头火辣辣的忍不住泪水横流。他们丢下些钱和吃的给孤儿寡妇，怀着沉痛的心情离开……

一家又一家去过后，节振国被怒火烧红的眼睛里泛着泪水，跺脚连声地对胡志发说："英国毛子和二毛子把工人欺负到家啦！这口气真叫人难忍啊！咱抬着牺牲了的穷兄弟游行，控诉他们的血腥罪恶，激励咱穷兄弟们的斗志！你说行不行？"

胡志发思索着点头，看看火罐子似的节振国，也看看白发苍苍的关清风和脸色铁样沉重的纪振生，说："是该这么干！咱让罢工委员会来发动！"

天黑时，大风萧萧，天上星星隐没，气温骤降。在赵各庄大街上，怒气冲冲的节振国手执利斧，带着纠查队簇拥着罢工委员会的委员胡志发、关清风、节廷秀、蒋振元等走在前面，罢工的矿工们，用竹竿挑起血衣，抬着"小山东"吴三牛和朱光斗等的遗体，肃穆地游行示威。

寒风凛冽，衣衫褴褛的矿工们，心里像有烈火燃烧，个个表情严肃、沉重。队伍拥塞了街道，在飕飕冷风中铁流似的前进着。保安队和矿警护卫着公事房，缩着脖子不出来。公事房楼上亮着灯，见游行示威队伍来了，赶快熄灭了灯。矿工们对着公事房楼上高喊口号。春雷般的怒吼，使敌人战栗，震动了赵各庄。反镇压的示威游行使罢工的赵各庄矿工决心更大了！

被纪振生带领的斧子队抓来的四个矿警关押在工人俱乐部里，缴获的枪支也集中在那里。示威游行刚结束，保安第三署派人来谈判，要将抓去的八个矿工来换四个矿警和枪支。罢工委员会做了研究，当晚就将八个矿工兄弟换了回来。

这一夜，赵各庄上笼罩着更加使人压抑的悲惨气氛，有凄凉哀痛的妇女和孩子的哭声随着夜风飘传，听了叫人心酸、愤慨。

从俱乐部里回来，在胡志发屋里，节振国、纪振生和胡志发三人在摇摇晃晃的灯影里，围着炕桌上的小油灯默默坐着。他们虽然疲劳，却都没有睡意。灯火哧哧地爆着火花，三个人的脸面都看得很清楚。节振国和纪振生脸上的表情都是痛苦、刚毅的。胡志发吱呀吱呀地吸着烟袋杆，黑瘦的脸上却比较平静，带着他惯有的那种老练、沉思的神色。

纪振生双手托腮，绷着表情沉重的脸，舔着干裂的嘴唇，朴实地责怪着自己说："老节，我成了无能之辈，没尽到责任啊！"

节振国摇摇头，怀里像揣着一锅开水，说："不能怪你！"但又叹息一声，把心掏出来似的说，"当时不该撤！拆块砖是动土，推倒墙也是动土！看着西瓜不用刀切怎么吃？要是我在，干上了就干到底！咱纠查队有斧子！豁上再多死几个人也要冲进公事房杀它个人仰马翻！"

谁知胡志发听了，从嘴里拔出烟袋嘴，用苍老沙哑的声音说："那样干痛快是痛快！恐怕是肉包子砸狗吧？那样干，死的不是五个，也许是十个、二十个……"

纪振生转脸看着胡志发，想听他继续说下去。节振国圆睁着眼睛，似乎奇怪老胡怎么这样说，问："那依你说，今天让他打死打伤咱这么多人，咱不跟他拼就算对了？"

胡志发点头，烟锅抽得"滋啦滋啦"响，有心计地说："是啊！主要问题是今天我俩一离开，马上发生了包围公事房的事儿。无准备，无领导，来不及讲斗争策略。结果，离了辙，翻了车，白白让群众付出了血的代价！事情还得顺蔓儿摸瓜往下弄清来龙去脉。听说刘青山挑动了一下，第一块矸石是他扔的！是不是英国毛子和陈祥善通过刘青山之流搞的圈套呢？是不是矿方想用下马威镇住咱们好扑灭罢工的火焰呢？……"

纪振生插话说："刘青山有嫌疑！包围公事房时也是他跑在最前头！"

节振国闭着厚嘴唇凝神想了一下，觉得胡志发的话说得透亮，可是满肚子仇恨翻滚，搅得他难受，暴躁地说："窝着脖子没跟他们拼一死活，我总心有不甘啊！"

胡志发摇摇头，心平气和地说："老节！我看，既然发生了今天的事，敌强我弱，两挺机枪架着，上百支步枪和手枪对着咱心窝，咱要让自己的脑袋往灶火膛里钻，不聪明！小纪和关师傅都没错！"

纪振生歉意地说："不！我没尽到责任！"他只恨自己当时带着斧子队却没法扭转局势。关师傅当时要他命令撤，他是同意的。可是看到了"小山东"吴三牛和朱光斗等死得那么惨，他又激动得后悔当时撤退了！他也是个不怕死的好汉。老节不在，他感到自己干得太窝囊了！现在，心里充满歉疚。节振国就是痛快淋漓骂他一顿，他也心甘情愿承受的。骂他一顿，他心里反倒好受些。

节振国没再对纪振生说什么，浓眉下两只机智的眼睛看着胡志发说："老胡，那你的意见是，咱不该跟他们拼命干，那咱还挂队干什么？"

胡志发缓缓地说："不！当然应该跟他们拼命干！问题是怎么个拼法！他们有枪辖治穷人，我们却没有枪来反对它。我们怎么能硬拼呢？"

节振国不禁沉默着想：老周说过，八路军要来冀东敌后了。八路军要真来了就好了！……

窗外，风声在远处咆哮。破旧的小屋里似乎回荡着老胡的话声。节振国和纪振生体味着老胡的话，两个人同时又都想：是啊！以前，开滦每次发生大罢工，矿方总是用武力来镇压的。这次，只是过去的手法重演罢了！拿日本鬼子来说，侵略中国依仗的也是武力。老胡讲的的确是一条真理啊！……他们陷入思索，不约而同地点起头来。

胡志发继续压低着声音激昂地做着手势说:"没有金刚钻,不揽镍瓷器的活。咱现在手里只有钢斧。就是能弄到一些枪,目前也不能公开摆弄。何况,纠查队是七拼八凑刚组成的,没有严密的组织纪律,也不是一支有力量的队伍。今天碰上的是全副武装的保安队和矿警。老节,倘若你在,你就是钢打铁铸,一个人能捻几个钉?凭你这匹夫之勇,就是刀枪不入,又有什么退敌妙计?"

节振国听老胡说他是"匹夫之勇",心里想不通,威风凛凛地说:"妙计是没有,可匹夫之勇也能叫咱的对头心惊胆战!"

胡志发摇摇头,含着烟嘴,没完没了地抽,喷出的烟雾在他面前缓缓飘散,慢悠悠地说:"光凭这匹夫之勇叫人家心惊胆战有什么用?咱得对一万三千穷兄弟负责!决不做无谓牺牲。要把勇敢用到策略上去。英国毛子和走狗今天的弹压是想从赵各庄下手,来击破咱们打算实现的五矿同盟大罢工!这一点必须看清,决不让敌人得逞。矿方用枪杆子屠杀、镇压了!这可以使我们更加齐心的。今晚的游行就起了反镇压的作用。我们要更好地做工作。跌几个筋斗才知该怎么走路!热锅蒸馒头,要到揭锅的时候再伸手!如今馒头还没熟,不能乱伸手!"

节振国坐在那儿,沐浴着灯光,心头热血阵阵翻滚,浑身似乎都是劲儿,鼓起胸脯,深深地透了一口气,问:"下一步我们怎么办呢?"

胡志发稳重平静地说:"我们应当好好合计一下,商量对策。纠查队要加强训练,咱们同敌人的斗争要努力讲求策略。大家锣鼓敲在一个点子上。敌人最怕五矿齐心实现同盟大罢工,咱就在这上面呼风唤雨,使罢工斗争沿着胜利的门道走下去!"

这时,大风将桑皮纸糊着的窗户吹得刷刷响。外边,夜更深,不但刮风,还在下细雪。风,是从荒漠的古长城外吹来的,带着虎虎的吼声,像是驰奔的兽群。它使人感到风暴的领域是如此的广阔无垠,它使人感到冀东地区都在翻滚,它使人感到新的斗争正在孕育、发展……

第三章　宝剑篇

春三月来了寒潮。

夜里，起了大风，接着，飘飘洒洒下了一场凝成细小颗粒的干雪粉。但到底已是三月中旬了，细雪随下随化，只能暂时薄薄地给地上撒上一层白霜，遮盖不了被煤屑污染了的黑黝黝肮脏的地面。

大罢工中发生了枪杀矿工惨案后的赵各庄，起了不小的变化。本来，"新工茶园"工人俱乐部周围，是热闹的地区。在那儿，狭窄的街道两边，都是又小又挤的铺面。有小酒楼，有烟馆，有窑子，有洋货店，也有当铺、药房、杂货店。小吃的摊子，更是沿街摆着：卖牛肉的，卖豆浆、稀饭、胡辣汤的，卖烙饼、馒头、油条、花卷的，都有。更有挂着"麻衣神相"招牌的算命瞎子，高悬一只黄雀笼子，用黄雀衔签替人测字来招揽顾客，吸引着人去问问时运好坏。卖跌打损伤膏药的、玩猴戏的、耍武术讨钱的，也都常在这一带招场子。平时，这儿摩肩接踵，人来人往。有矿局的员司们带着家眷上洋货店，有包工大柜和查头子带着窑姐儿上酒楼，有日本浪人横行霸道，也有古冶日本宪兵队的便衣特务到处窥测活动。更多的是矿工和家属们，提着篮子、布袋来买油盐酱醋和柴米粮食。要饭的、告地状的伸出枯瘦的手臂，发出哀号声乞讨。于是，铁勺敲锅声、叫卖声、说话声、吆喝声，一切嘈杂的声音汇成了一锅粥……现在，不少店铺都关门了！有些小摊不摆了！人少了！一片萧条景象。"燕春楼"戏园停演了。那惯常能听到的悠扬的胡琴、锣鼓声，咿咿呀呀的京剧唱腔，这会儿消失了，格外使人感到寂静、凄清。白天，发生了枪杀工人的事件，夜晚起风飘雪，街上就更少行人。只有带着钢斧的工人纠查队，三个一伙、五个一群有时出现，放着游动哨。

当节振国、纪振生在胡志发家谈话的时候，在通往那条变得黑黝黝的东大街的僻静小路上，有一个人正蹒跚着步子，沿着撒满白霜似的雪粉的蜿蜒、湿润的小路往家走。大风呼号着，似在揶揄他，欺凌他。

这人六十上下年岁，花白头发上戴顶破毡帽，中等个儿，伛偻着腰，穿的是油渍麻花的破窑衣，趿拉着鞋，苍老多皱的脸上透露出厚实的气味儿。他的住处离节振国家很近，名叫乔老庆，是个井下挖煤工，老伴死了三年了，就父女二人相依为命。女儿桂香，今年十八了，长得挺俊秀，又聪敏懂事，平日提篮小卖，贩着香烟、瓜子、煮鸡蛋什么的，到"燕春楼"左近赚点零钱花，或者挎个筐子到矿上捡煤核、扫煤屑供作家用……今夜，乔老庆心事重重，把身边仅剩下的一点钱，到俱乐部附近的小酒店里买了三杯苦酒喝。他平日是个不喝酒的人。三杯酒下肚，人就晕乎乎的，真是"借酒浇愁愁更愁"呀！人虽晕乎乎的，可是肚里的心事更沉重了。他走着走着，一边走，一边淌着热泪，心里有恨又有怨。他嘴里嗫嚅着自言自语，吹着冷风，迎着细雪。抬头望天，天是黑乎乎的，在撒落盐霜似的雪粉；低头看地，地上泥泞已经拌雪结成了滑溜溜的冰冻。他听到附近不远处白天被枪杀的井下工朱光斗家传来的女人和孩子的哭声。这哭声撕裂了他的心，他的泪水哗哗地顺着脸上的皱纹流淌下来。

傍晚时分，矿司陈祥善派出了他的小狗腿子、在三道巷做查头子的白老三来乔老庆家找老庆。

桂香出去捡煤核、扫煤屑去了。矮黑的白老三撮着一张蟹壳脸，撸着袖子，凶狠地吆喝乔老庆说："乔老庆！明天就去上班，听到没有?"

乔老庆袖着手坐在炕沿上，摇摇头，愣着声说："我不去！"

白老三一斜眼："好啊！你不去？这是陈矿司下命令这么干的！你要不去，就是存心难为我！你欠我的账，嗨嗨，我得叫你把闺女给我领去顶账！"

乔老庆是三年前在桂香她娘病死前，找白老三借了五块钱抓药给桂香她娘治病的。三年来，已经还过不少钱了！可是白老三放的是驴打滚的高利贷，他的算盘珠一拨拉，如今老庆连本带利还欠二十块大洋。

乔老庆为人忠厚，见白老三来逼债，刺的是自己短处，心里发愣，默默无语。

白老三龇牙咧嘴地说："别死心眼儿了！只要去上班，你的账可以不还，工钱照发，有多好啊！你穷得骨头裂缝儿，罢工，你捞着些什么啦？白天你没看到？吃'黑枣'去见十殿阎罗的不少吧？你也想吃一颗尝尝？"

乔老庆老实，可也挺固执，结巴了半天，摇了摇头，坚决地说了个："不！"

白老三"唰"的沉下脸儿，一拍破炕桌，狠狠地嚷起来："不？好吧！不还账就去上班，不上班就把你闺女领去顶账！你跑不了！你那闺女十八了吧？黄花丫头，正是窑子里愿要的时候，我跟'二郎神'一说就来带人！"

"二郎神"是赵各庄上开窑子的一霸，他有股黑势力，鬼子、汉奸、地痞、流氓都结交，手下打手一大帮。他眉心间，跟人打架时被人砍过一刀，留下了眼睛大的一个刀疤，所以得了"二郎神"的绰号。乔老庆知道：去年，他开的一个窑子里，有个窑姐儿受不了虐待偷着跑了，给他抓回来，用铁棍打断了腿，又卖到胥各庄一个土窑子里去了……

一听白老三威吓，乔老庆更愣了！老实人也有发急的时候，"乒"的一拍炕桌："白老三，你不要逼人太甚！借债还账就是，别的休想！……"

　　白老三明白这老头儿的脾气耿直，瞪着眼，举手把炕桌拍得加倍响："好哇，随你挑吧！夜里我再来！"他横眉竖眼恶狠狠地走了。

　　白老三刚走，桂香捡煤核回来了，见爹愣愣地坐在那儿，失魂落魄，眼圈红红的，不禁关切地叫了一声："爹！"她放下煤筐和麻袋、铁簸箕、小扫帚，走过来温柔亲热地问："爹，怎么啦？"

　　乔老庆心里像揣着黄连，好苦呀！桂香这姑娘，从小懂事，能体贴爹娘的苦楚和困难，没张过口说要吃什么，要穿什么，没忤过爹娘的意。三年前，她娘一死，这孩子就成了个无娘的闺女了！想起这，老庆不能不伤心。她娘死时，病得厉害，老庆和桂香守了一夜。到天刚明的时候，她娘要咽气了，一个劲儿气喘，对老庆说："好……好把闺女拉扯大……吧！"又紧握住桂香的手，断断续续地说："孩子……娘……不行啦！跟着爹过吧！爹……年岁大，要多……照顾着他些……"

　　打那开始，父女俩秤砣不离秤杆，相依为命。桂香更懂事了。见到爹，总是更亲更体贴。她想娘想得心里难过，也不在爹面前露一点意思。有时候实在忍不住啦，就跑到庄东南乱坟岗里娘的坟前偷偷哭一场，可回到家来，见到爹，怕爹伤心，又是满面亲热的笑容了。

　　如今，陈祥善要工人复工，给了白老三破坏罢工的任务。白老三来威胁：不上班就要让桂香去抵债。白老三不说得很清楚吗？"黄花丫头，正是窑子里愿要的时候！"能把闺女往"二郎神"那火坑里送吗？当然不能！可是这挂队罢工，是赵各庄矿上一万三千穷哥儿们大伙同意干的事儿，我乔老庆能出卖大伙，自己去上班吗？怎么也不能呀！……可是，白老三说了："不还账就去上班，不上班就把你闺女领去顶账！"我乔老庆哪来的这二十块大洋呀？何况眼下大家挂队了，工资不开，大家吃的都成了问题，向穷兄弟们谁去告借都不合适，开不了这个口，也找不到这个还债的门路呀！……怎么办呢？……

闺女一回来，叫了两声爹，问起"怎么啦?"乔老庆一肚子委屈，只觉得对不起闺女，又怕说出来让闺女难过、着急，强忍住心里的哀怨悲愤，摇了摇头。一摇头，泪水也就成串地流下来了。

桂香两只聪敏的眼睛看着爹，觉得爹今天跟往常有些不同。往常，爹下井受到查头子的欺侮回来，也有不顺心的时候。往常，逢年过节，爹想起娘来，也有落泪的时候。可是今天是为什么事儿呢？呵呵，是了！桂香想：准是罢工后今天下午矿上开枪弹压，打死打伤了那么多人，爹心里难过呀！这一想，桂香心里也难过了。先一会儿，她去捡煤核、扫煤屑时，见到"小山东"吴三牛的尸体掩着芦席放在"锅伙"外面的地上，也见到朱光斗等几家的亲属都在呼天号地凄凄楚楚哀哭，去看的人也陪着掉泪，有在那儿焚化纸钱锡箔的……当时，她在一边呆呆地看着，袖口拭泪也都拭湿了。现在，见爹这么睖睁着伤心，她眼眶又湿润了，忍不住悄悄弹泪。

老庆见桂香掉泪，心里更酸，想把事儿告诉闺女，刚说了一声："桂香！你……你命苦啊！……"却话到嘴边又收住了，抽搐起来。

桂香听爹讲这样的话也不止一次了。爹平日常怨自己太穷，在这英国毛子开设的人间地狱里下窑刨煤，让桂香受尽了洋罪，桂香总不要爹说。说这些干什么呢？除了叫爹伤心，又有什么用呢？这能怨爹吗？要怨，就得怨英国毛子资本家，怨矿司陈祥善，怨包工大柜、查头子那些坏蛋，也怨侵占了冀东的日本鬼子和汉奸殷汝耕这伙害人精呀！……听爹又说"你命苦啊"，桂香马上噙着泪水回答："爹！我不怕苦！……"因为没猜到爹为什么伤心，桂香算计着趁这会儿提篮到大街上，可能在小馆店周围还能卖几盒香烟，就安慰乔老庆说："爹，您别难过！我去卖几盒烟，一会儿回来就给您办吃的！"见爹也没吱声，她提起小篮，温柔地看看爹，招呼了一声，就掀帘走了。

桂香一走，乔老庆更伤心了。他独自抱头痛哭了一场，还是不知如何是好。听到外边有人咋咋呼呼地高声招呼罢工的工人快去参加示威游行，他不禁擦干了泪，惶惶惑惑地出了屋，上了街。

北风冰凉地一吹，他打了个寒噤。想来想去，心里还是没有主意。天黑了，罢工委员会领导的游行示威已经开始，街上人潮如海，他也走进了队伍，随着高喊口号，这倒使他振奋起来了。但跟着走了一圈，队伍散了，他又独自踟蹰在街上了。他走着走着，肚里早饿得唱空城计了，穿着破窑衣，身上冷得直打哆嗦。他不想回家去，回去怎么对桂香说呢？回去要是白老三又来了怎么办呢？他在街上逛着逛着，逛了很久。他摸摸兜里，就那么几个零钱，最后，经过俱乐部路东那爿小酒馆门口，闻着一股触鼻的酒香，他忽然一掀棉门帘，进去买醉去了！

他从来没有到这里来过，他也不会喝酒，可是一下买了三两高粱酒，也没要一碟下酒菜。他痴痴地看着酒，慢慢地喝着，眼面前一会儿出现了白老三那凶恶的蟹壳脸，一会儿出现了"二郎神"那眉心间带着刀疤的狰狞相……他在小酒馆里坐了很久很久，三杯苦酒下肚，心里却反而更加空空洞洞，更加凄惶不知所措了。他记挂着桂香，又愁着夜晚白老三再到家里会不会欺侮桂香，想回去可又脚步沉重。出了小酒馆，一步一犹豫地往家蹒跚地走着，喝了酒更增加了悔意，觉得自己平日从不酒沾唇，今天万不该为了浇愁喝酒。真是一文钱逼死硬汉呀！他恨恨地想：哪天咱们做窑的才能不做牛马呀？……

他仰脸看看天色。天变了，星星早隐没了！起着大风，忽然干冷的细雪粉落在脸上。夜色像是一片浩瀚的黑水洋，黑漆漆的没有边岸。他的心情也像这无边的夜色一样，黑漆漆的找不到一点光亮……

他边想边走，边走边流眼泪。迎着冷风，迎着细雪。想回家看看桂香，桂香等爹不回家一定着急了。可是，他又不想回家，回家怎么向桂香说呢？回家要是白老三来了又怎么办呢？……正愁眉苦脸地走着，忽见暗处闪出一个黑影来，是个矮子，两手叉腰，八叉开腿，朝乔老庆面前一站。

这一带背静幽暗，乔老庆吓了一跳，定神一看，真是冤家路窄，偏是矮黑粗壮的白老三！白老三叼根香烟，头戴毡帽，冷冷地发出一声冷笑，说："乔老庆，怎么样？上不上班？"

乔老庆酒意全消了，愣在那儿，一脸皱纹，说不出话来。

白老三鼻子嗅了一嗅，冷笑一声："呵！喝酒了？有钱喝酒没钱还债？"

乔老庆仍说不出话来，喝过酒的脸憋得更红了，说啥好呀！

白老三骂了一句，上来动手，一把揪住乔老庆的衣领："走！你上班，就好说；不上班，到你家带你闺女去！"

乔老庆用手拽脱了白老三揪衣领的手，说："债！我过些日子就还！"

白老三又当胸一把揪住，绷起脸："走！上你家，我拉你闺女卖给窑子去抵债！'二郎神'等着哩！"

老庆拼命挣扎，"哎呀""哎呀"的，同白老三揪在一起。没想到正在揪打，背后响起了桂香那清脆惊讶的声音："爹！——"接着，脚步声踢踏跑过来了。桂香看到白老三正在揪拽住爹，上前动手去抓白老三揪住老庆衣襟的那只手……原来，桂香在家蒸好了玉米面窝头左等爹不来，右等爹不来，心里越来越不放心，就上街来找了。这不，正遇到爹被白老三揪住不放两人打成一团呢！桂香就帮着将白老三揪着爹衣襟的那只手扳开甩脱了。

白老三火冒三丈，哧的冷笑一声，用两只凶狠的眼睛瞅着桂香高嚷起来："好啊！正要找你哪！走！你自己送上门来得正好！"

冷风渐小，但仍在吹；细雪渐稀，也仍在飘落。

乔老庆一扬下巴，说："桂香，回去，让爹跟他说话！"

桂香也有股刚强劲儿，昂头说："不！白老三！你说什么？"

白老三冷笑道："说什么？你们欠了我二十块大洋，我让你爹明天下井上班，他不干！要是不干，今夜就拉你卖到窑子里去顶债！"

桂香又气又恼，脸通红，顿时明白了，怪不得爹今天表现得跟平时两样哇！原来爹给这条地头蛇逼着有心事呀！桂香眉毛一拧，括辣松脆地说："上班咱不干！跟你去顶债你也别做梦！这钱，我们还！"

白老三眼一瞪，伸出右手："好！拿来！丫头片子！"

桂香一咬唇，说："今天没有！等罢工胜利涨了工资就还你！"

白老三耍赖了："没有就上班！要不你马上跟老子走！'二郎神'等着你去接客呢！"说着，上前就动手动脚，一把要揪桂香那乌黑的大辫子。

桂香举起右手，使出浑身劲儿，"啪"的一个耳光，打在白老三左脸上，打得白老三"哎哟""哎哟"连声喊，又是骂，又是跺脚，上来动手拽桂香。乔老庆连忙上来帮桂香，在滑溜溜的雪地上，三个人扭成一团，难解难分。

静悄悄的这条背街，本来没有行人。忽然，从小岔路口走出来一个肩宽背厚、中等个儿、方圆脸盘的人，走路步伐矫健，浑身都是劲儿，呼呼啦啦一阵风就到了跟前。桂香眼快，噙着泪水，高叫一声："节大叔！"

乔老庆还没顾上回头看节振国，那白老三瞅见来的是节振国，已经心虚腿软，像老鼠见了猫似的，突然脚下加油"哧溜"逃跑了。

节振国叫了一声："桂香！"也没追赶白老三，上来扶着乔老庆，先问伤着哪里了没有，又问是怎么一回事。

乔老庆落着泪一枝一瓣地诉起苦情来。节振国听了，心里那股无名火烧得浑身滚烫发热，攥着拳，哎呀哎呀地哼了几声，又把插在腰里的那把雪亮的钢斧摸了几摸，最后，捺下怒火，对桂香说："桂香，扶你爹回去！不要怕！这事有你节大叔做主！"又对乔老庆说："老庆大哥，陈祥善下午刚动枪杀了人，这又在暗中使劲儿找人下井，想进一步破坏咱的罢工！你不上班，是忍痛为大家。你这样做，对！有咱矿工的骨气！你的难处也就是我节振国的难处！你快回去睡吧！不用担心！你欠白老三的阎王债，咱们还他！明天中午，我送二十块大洋来！"

乔老庆明白节振国这人平素对穷哥儿们最亲，人有困难他都当自己的事儿办，但心里总是不安，知道节振国也困难，嗫嚅着说："老节！你……"他想说："你哪有钱还啊？……"

节振国豪放地拦住他，从心里掏出话来说："老庆大哥，这事你就甭管了！你为了大伙罢工的事儿，坚决不上班，你做得对！我佩服你！"他看着桂香那千恩万谢的样子，说："桂香，快扶你爹回去吧！"

但想了一想，又不放心。他怕白老三在路上又出来生事，说："走吧！咱一路走！我送你们一程！"

夜阑人静，风停雪住，他把乔老庆父女俩送到了门口，安慰了一番，才独自回家。

节振国跟哥哥节振德同住在赵各庄东大街路北的一个小院子里。

他老家是山东武城县刘堂村①。他爹节廷焕②，是个忠厚老实人，原在家乡种地。娘是邻村高庄人，姓高，也是穷人家的女儿，婚后生了振德、振国等兄弟三人，老三死得早，只剩下振德、振国两兄弟。节振国十一岁那年，家乡闹灾荒，爹带着全家逃荒来到了河北唐山，听说这儿"乌金"挖不完，当矿工挣吃的容易，就在赵各庄当矿工落了户。节振国十五岁当童工进矿干活，二十岁那年，当了井下工，一晃又已经十年了。在十九岁那年，节振国跟丰润县黑山沟刘老汉的闺女刘玉兰配对成婚。刘家是个穷庄稼人，穷人跟穷人结亲，是亲上加亲。刘玉兰比节振国大四岁，是个贤惠刚强的女人，平常不很爱说话，但

---

① 刘堂村从一九六四年后划归河北省故城县。
② 节廷焕老人在赵各庄做过矿工，后又回家乡务农，土改后病故，土改中划为下中农，享受烈属待遇。

对节振国的关心无微不至。她同节振国结婚后，一连生了三个孩子：大女儿凤英七岁，二女儿凤兰五岁，最小的是个男孩，叫凤生，刚刚三岁。玉兰拉扯着三个孩子操持家务，够她忙累的。

今夜，节振国回来得迟了。为了下午矿方枪杀工人的事，他心里波涛翻滚；为了刚才乔老庆父女遭到查头子白老三逼债的事，他感触更多。他两脚踩着湿漉漉的地面走进这个破旧的小院。那一明两暗的三间坐北朝南的小屋，东边那间屋已经灭了灯，西边那间屋的小油灯仍亮着。居中的一间是振国和振德两家做饭的堂屋，门敞开着。见到西屋有灯火，节振国知道玉兰没睡。

果然，听到脚步声，刘玉兰从中间屋里出来了，迎上来，声音里带着温情和企盼地说："等你一天啦！到这时才回来？叫人好不放心！"

节振国明白，自己一天没拢家，下午矿方枪杀了工人，天黑时街上抬着被枪杀的矿工兄弟举着血衣游行，玉兰自然不放心。本想对玉兰笑笑，但心情杌陧，怒火中烧，笑不出来，只是安慰地说："我这不是回来了吗？"

他进了小屋，见炕上三个孩子早已睡了。玉兰刚才正在那儿缝穷，针线衣服都放在炕桌上的灯旁。节振国往炕沿上一坐，玉兰给他端来了玉黍窝头、咸菜，又去往大碗里倒开水，说："快吃一些吧！"

节振国这才想到：自己今天头午吃了些东西，到现在水米还没沾过牙，但心里有事，吃了也不香，闷闷地掰开窝头无味地嚼将起来。

刘玉兰发觉节振国心里有事，关切地在一边问起下午枪杀工人的事。节振国一边吃一边激动地把情况说了，最后咬牙说："杀吧！越杀咱越坚决！罢工要坚持，不胜利不算完！"接着，又忍不住把刚才巧遇乔老庆和桂香的事儿说了。刘玉兰听了，也是又气又急，她问："二十块大洋哪儿来呢？"

节振国没有回答，低头喝着热水，吃着窝头。

吃完，振国还是紧锁眉头，忽然对刘玉兰说："你给我把那把青锋宝剑取出来!"

刘玉兰一边去取宝剑,一边心里不解:在这夜深人静的时候,节振国要拿这把轻易不动的心爱的宝剑干什么?是要用来防身?是要……她走近炕角,将放在炕上大箱里的一只长木匣中的那把宝剑拿了出来,连同包剑的一块黄绸一起递到节振国的手里。

青锋宝剑系着杏黄缨穗,那染成蓝色的鲨鱼皮剑鞘在灯前泛出淡淡的光波。节振国"霍"的抽出剑来,一道寒光,剑锋铮铮闪亮。

节振国手抚宝剑,心潮起伏。青锋宝剑,是爷爷传下来的。节振国出生前十年的时候,爷爷跟财主结了仇,家乡待不下去,跑到天津附近的码头上找生活,在码头上干过活,参加过义和拳立的坛口,一个义和拳的二师兄送他这把宝剑。当时,爷爷用这把宝剑参加过在落垡车站杀洋鬼子的战斗。可惜节振国太小,没听爷爷详细讲过当年的经历,爹也没有好好讲清楚这段历史。但就是这把杀过洋鬼子的宝剑、这块包剑的黄绸,已使节振国无限崇敬和向往了。

在那块两尺见方的黄绸上,用红色的朱砂写着一首隶字的短诗:

还我江山还我权,刀山火海爷敢钻。
哪怕皇上服了外,不杀洋人誓不完!

节振国凝视着诗句。也许是送剑给爷爷的那位义和拳的二师兄写的吧?!此时此地,节振国在灯下读着黄绸上用红字写的诗句,不但别有一番滋味在心头,而且感到有新的启发。他浑身热血奔流,一颗心怦怦跳动,两眼炯炯发光。忽然,他手执宝剑,走到院中。

天色,黑沉沉,细雪早已停止、化尽了,院里地上有点潮。刘玉兰跟到院中,只见节振国已经金鸡独立手持宝剑舞开了!

今夜啊,节振国的剑舞得可不一般。人似游龙,剑似闪电,寒光耀眼。飞舞的宝剑像一匹银链,像一根电鞭,白光烁烁,光圈灿灿,团团裹住了节振国。风声呼呼，水泼不进，剑飞人转，似月华星彩降落在院子里运行、奔突……

稍停，剑止人住，节振国忽然抬头仰天吐出一口心中郁结着的闷气，对刘玉兰说："明天上午，把这剑给西街当铺送去，当二十元！"

于是，刘玉兰什么都明白了！

第四章 北风中的笑声

第二天早上，夏连凤来家里找节振国。

天，阴沉沉，夏连凤的模样也阴沉沉。他情绪不高，瘦瘦黄黄的脸上没精打采。这两天，他没钱花，没吃没喝，日子难挨，心里像塞着猪毛似的不痛快。昨天下午，在公事房外边广场上，那一场保安队和矿警队枪杀工人的勾当，吓得他够呛。他在纠查队里，可是缩着脖子跟在后边。当时，一颗流弹从他头上"嗖"的飞过去，险些叫他脑袋开花。幸亏他腿快，像条泥鳅似的一滑一溜，退得比别人快，没送命也没受伤。他心里想：挂队罢工，只说能涨两个工资，我才积极的。这倒好！英国毛子和陈祥善把公事房大铁栅栏门一锁，不理碴儿不说，还开枪弹压，打死打伤那么多人。看来，人家硬得很哪！拿鸡蛋碰石头，拿豆腐去挨刀儿，能行?! 这么下去，怎么办？……

节振国正抱着宝剑要外出，见他来了，在门口说："三弟，你来得正好！有件事让你给办一办！"

夏连凤眼珠蓦地一定，瞅着宝剑问："什么事儿？"

节振国简简单单把陈祥善让白老三逼乔老庆上班，不然就要讨债的事儿一讲，把宝剑递到夏连凤手上，说："你给拿到西街当铺里找掌柜的当二十元，马上把钱给乔老庆送去！"

夏连凤听了，扑棱棱转着眼珠，脖子一挺，说："大哥，困难的可不是乔老庆一家呀！你这是干什么？"

节振国右手一扬，说："困难的是不止乔老庆一家，可是陈祥善要在乔老庆身上下手叫他上班，老庆哥坚决不干。咱得粉碎陈祥善这个离间计，也得帮着老庆解决难处！"

夏连凤恨声恨气地叹了一口气，说："唉！这年头，找谁借钱都是和尚碰见秃子，大家光光的。听说'锅伙'也快不给吃了！谁不困难？我也难啊！"

节振国瞅了夏连凤一眼，说："上家来！有我吃的，就有你吃的！"接着，又说，"三弟啊！当前是有难处，可也别把英国毛子和陈祥善他们看强大了。咱坚持下去，天天不出煤，他们能吃得住劲儿？"

夏连凤叹了口气，疲倦地用手搓着脸，说："没说的，反正我总是跟着大哥你干的！你说一，我不二！你说罢工，我不上班！我光棍一条住'锅伙'里，再苦我也熬着！昨天开枪时你不在，我可是首当其冲，那子弹在我前后左右乱飞，是我福分大，没死也没受伤！要不，早跟'小山东'结伴同行了！大哥，放心吧！你三弟我不是孬种！"

节振国点头，说："这就对了！你把宝剑当了以后，那二十元就快给乔老庆送去！"

夏连凤满承满允地说："放心吧！我会办！"但稍停又说，"这把剑当二十元少了，是不是多当些，说不定还有用钱处呢！"

节振国想了想，说："这是我祖传的宝剑！以后我还得赎！就当二十元吧！当票你给我好好存着，别掉了！"

夏连凤应了一声，抱起宝剑就走。节振国忽然又叫了一声："三弟！——"

夏连凤立定脚步回过头来，在北风中看着节振国。

节振国偏着脸用手指点着说："你把钱交给乔老庆后，对他说：别急着去还债，免得上当受欺。还得让白老三把借条退了再还！"节振国是怕乔老庆老实忠厚，上了查头子白老三的当。

夏连凤答应了一声，踢踢踏踏甩步走远了。

节振国进来跟玉兰说他要走了，三个孩子上来缠着他，他一个抱了一下，哄着孩子进屋去，自己就离家大步云飞地向罢工委员会走去。

今天的事儿很多。昨夜，在胡志发家，同老胡商量对策时，最后商定了几条：第一，要坚持罢工斗争，气可鼓不可泄，要使罢工委员会的成员一起统一思想来坚持斗争；第二，要加强对纠查队的领导、组织和训练。有了纠查队这支武装，总是可以同破坏罢工的力量作斗争的，也总是会使敌人受到牵制的；第三，要关心罢工后矿工的生活，要做好罢工坚持下去的思想准备，要发动群众捐款筹粮，对困难户进行救济；第四，本来罢工委员会已经拟订的谈判条件十六条，包括增加工资、取消井下牌子房、不准打骂工人、养伤时应支付工资等都要继续坚持，还应当加上抚恤赔偿死伤者的损失这一条；第五，要加强同唐山、林西、唐家庄、马家沟四矿的联系，实现五矿同盟大罢工，加强对资方的压力；第六，要调查昨天包围公事房事件的来龙去脉，以后要防止这种无组织无领导的鲁莽斗争方法，也要追查工贼、狗腿子在罢工矿工中进行的破坏活动。

商定这些内容后，胡志发当夜就去做工作了。今天上午约定大家在罢工委员会商量。罢工委员会已从"新工茶园"工人俱乐部搬到靠近采区的那一溜放工具、贮藏废旧设备的平房里来了，为的是便于控制工人下井，便于接近工人。这儿空旷，开个大会聚上八千一万人也行；离那些包工大柜们盖起来的一排排的"锅伙"也近。大部分纠查队员都是住在"锅伙"里的单身汉，让纠查队日夜保卫罢工委员会也比较方便。

节振国踩着石子路向前走，天空灰蒙蒙，片片鱼鳞云浮动着。一群老鸹"呀呀"地叫着越过屋顶，扑翅飞向远处。节振国没走大街，绕的是小胡同。小胡同的两边都是石头垒基的土坯屋或是些棚户，环境肮脏、拥挤。天上的老鸹叫引得他猛一抬头，忽然发现用蓝白两色刷在东大街一扇高墙上的日本"仁丹"广告，不知被谁用黑炭水涂上了

"×"，"仁丹"广告上那个翘胡子的日本将军相，给画了个大花脸。罢工前那天夜里，这个翘胡子还示威似的看着节振国仿佛是说："支那人！亡国奴的滋味儿怎么样？"今儿，他却给涂上了花脸，蹙起的脸上表情似是说："饶了我吧！我不敢了！"看到这，节振国心里有一种说不出的痛快。

胡同西边屋后避风处，有两个穷得皮包骨的要饭的在抽白面①。他们用一只废旧香烟罐子，上面蒙一层锡纸，下边在罐子底端剪开一个豁口。挑一撮白面放在锡纸上，用个硬纸卷成的纸筒含在嘴里，擦根火柴放进香烟罐子的豁口里在锡纸下一烧，锡纸上的白面粉末就熔化蒸发了。吸白面的嘴里含着纸筒一吸，将白面粉末蒸发的气体全吸到嘴里吞进肺里去了。两个要饭的，蓬头垢面，衣服破得遮不住身，光着脚，坐在地上倚着墙吸毒。节振国看到这些被日本浪人开设的白面馆毒害了的人，心里不禁叹息。胡同东边，有个流浪汉抱着一只空碗坐在一家人家的台阶上，满脸菜色，眼望天空，失望、惆怅。不知哪里，有小孩的哭声夹着女人的咒骂声传来，一定是在打孩子，小孩哭得很伤心。又走了一段路，空气里弥漫着清水煮萝卜的臭味……节振国走着，迎面不时碰到些熟人。有的打个招呼就过去了，有的拽住要问问罢工的情况，说说生活的困难……北风很冷，老节总是耐心地站在风里跟人谈话。

走着走着，节振国忽然看见纪振生同两个手拿钢斧的纠查队员田树森和张惠迎面来了。田树森长着个大脑袋，人都叫他"田大头"。矮墩墩的个儿，体魄健壮。一笑，黑脸上露出两排洁白整齐的牙齿。张惠比田树森小六岁，才二十一岁，老实慈厚，有张胖胖的圆脸，个头不高，精力充沛，性格爽朗，爱唱几句京戏。他们见了节振国，马上亲热地过来了。

---

① 白面：即海洛因，毒品，吸食后就上瘾。

纪振生轻声说:"大哥,今儿一早,陈祥善派出了一些狗腿子和工贼到处乱窜,叫工人上班。说上班的一天给三块钱!又散布谣言说已经派人去外地招工了,不上班的马上要解雇。我们刚才在抓一个狗腿子,没抓到,给他跑了!"

节振国听了,皱眉说:"对!抓到了工贼,咱好让大伙儿明白真相!"接着,就把昨晚白老三找乔老庆的事儿告诉了他们,又说,"只要咱一万三千人抱成团,不上班,英国毛子就没咒念!他想开除,也办不到!这点要向大家说清楚!"

纪振生问:"大哥,你上哪去?"

节振国告诉他要去罢工委员会。

田树森忠心耿耿地说:"咱保护你去!"

节振国右手拍拍腰里的斧子,笑道:"用不着!怕虎不在山上住!你们巡查吧!"他这人就是有点英雄气概,纪振生也知道他的脾气,就不多说什么。但节振国走后,纪振生却用嘴指指节振国,招呼田树森和张惠说:"走!咱们三人远远地跟在后边,保护他一程!"

这些年,那些发了财的包工大柜新盖的"锅伙"屋子可真不少,都是一溜溜简陋、阴湿的平房。"锅伙"周围全是垃圾堆。门口泼出的脏水造成一片泥泞,垃圾和泥浆混杂,老远就闻到一股熏天的臭味儿。矿上罢了工,外边天冷,矿工们大都在"锅伙"里蹲着不出来,有抽烟的,有聊《山海经》的,有掷骰子、下棋的,有躺下睡觉的……

节振国正走着,忽见远处有个穿黑衣的人,戴顶旧古铜色毡帽盔,鬼鬼祟祟,一见到他,马上转身跑了,脸面也没看清。节振国心想:这是干什么?不由得右手摸着钢斧,做好了防备袭击的准备。

转过一个弯,节振国刚走进两溜平房中间的一条窄路里,忽听"嘘"的一声口哨,看见迎面出现了两个陌生人,一色穿的窑衣,矿工打扮,节振国四面一望,只见后边也出现了两个陌生大汉,堵住了退路。节振国知道来者不善,抽出钢斧就朝迎面的那两个陌生人扑去。

那两人一个亮出匕首，一个掏出了手枪。节振国旋风似的飞到拿枪人面前，抢起一脚，踢飞了那支手枪，一回身一斧子正好劈在拿匕首的人肩上。只听"哎呀"一声惨叫，两个汉子回身就逃。节振国也不追赶，回身正要对付堵住退路的那两个大汉。谁知那两个大汉见节振国那股天不怕地不怕的架势，早已吓得哆嗦，再一回头，只见又过来三个人，他俩早已魂飞天外，野兔子似的拔腿溜之大吉了。

节振国拾起那支短枪，纪振生和田树森、张惠已经跑上前来。

纪振生看着节振国手中的短枪，说："大哥！真险哪！"

田树森说："我就猜到能出这种事儿！"

张惠咧嘴一笑，胖胖的脸更圆，说："他们想唱《华容道》，没想到唱的是《野猪林》！"

节振国也笑了，掂着枪说："不险，哪来这支短枪！"他当然明白纪振生、田树森和张惠护送的心意，脸上浮着笑说："有你们保镖，十个八个狗腿子不在话下！"

纪振生从节振国手里把短枪拿去把玩，见是一支左轮，说："咱也要拿起枪来才行啊！光凭斧子怎么打得过人家！？"

节振国立起眉毛说："要说枪，咱冀东民间有枪，埋在地下的就不少，要搞点枪也不那么难！可你们知道，咱是罢工，是组织的纠查队。咱用斧子，这是矿工的工具，没什么事儿！要是用了枪，日本鬼子就非出来干涉不可！咱有枪也不能用呀！"说到这里，他无限向往地说，"咱要是抗日的游击队，那就用上枪了！……"

纪振生觉得这话很对，但刚才节振国遇险的事还在他心上盘旋。他说："大哥，你是纠查大队长，罢工又是你带头干的！暗杀你的事儿我看少不了！刚才那出戏是唱过了，可我还是不放心！以后你可别一个人走小道，咱得卫护着你！"说着，将左轮还到节振国手里。

节振国笑笑，不介意地说："没什么！刚才险是险，可你没见到？那四个都是酒囊饭袋！吃了我一斧子，还送了我一支枪！"他将左轮摆弄了两下，掖在腰里，说："这支枪得给老胡，让他好用来防身！"

节振国笑，纪振生却没笑，说："不管你愿不愿意，今后，你和老胡，咱纠查队要派保镖的！为了一万三千穷兄弟，咱不能看着你们出事儿！"

节振国见纪振生说得认真，笑吟吟地点头，说："老胡是要保护！可我，用不着！"

节振国当先，纪振生随后，跟着田树森和张惠，四个人一起向罢工委员会走去。顺着一溜"锅伙"的墙根，快步穿过一条小胡同，拐弯抹角地拣湿路上干些的地方走。

忽然，节振国见一个戴旧古铜色毡帽盔的黑衣人站在包工大柜穆老五公馆的门前。节振国认出这就是先一会儿那个鬼祟出现过的家伙。包工大柜穆老五，矿工背后都叫他"穆老虎"，跟矿司陈祥善是表亲。他到赵各庄矿来得早，发财发得快。他这公馆是去年新盖的。是青砖到顶二层楼的洋房，还有个栽牡丹种芍药的小花园。节振国看到这黑衣的家伙，鼻里哼了一声，有了警惕，带着纪振生等打算绕过"穆老虎"的公馆往前走。那黑衣汉子弯腰点头地上来，脸上堆笑，粗声大嗓地说："节大队长！咱五爷请大队长赏光，到公馆里坐，有要事相商！"

黑衣人穿的短打，酱色脸膛上嵌着一双蛤蟆眼，唇上留着两撇胡子，从举手抬脚的姿势看，是"穆老虎"的保镖之流。

包工大柜"穆老虎"是领教过节振国的为人的。"穆老虎"一贯利用种种流氓、无赖、蛮横的手段，死死地抓住工人给他卖命。那年冬天，一个名叫卢庆海的工人，在他手下受尽了欺压之苦，想离开这个恶霸。"穆老虎"把卢庆海叫去，说："老卢！你欠我的七块五毛钱还不上，你就不能走！"卢庆海就苦苦地攒钱，好不容易攒够了七块五毛钱去还"穆老虎"。"穆老虎"收了钱脸一沉，说："去年，你在'锅伙'里还打破过我一只碗！我那碗是个'宝贝'，冷水倒进去能变热，热水倒进去能变冷。你照样赔我一只,我才能放你走!"热水倒进去能变冷的碗不稀罕,"冷水倒进去能变热"的碗这可奇怪。到哪里去买这么一只碗呢?卢庆海找到节振国哭诉。节振国听了,义愤填膺,说:"这事好办!"他和卢庆海到街上买了一只粗碗,邀了关清风、纪振生、田树森等一大伙矿上的穷兄弟找到"穆老虎"家里。"穆老虎"正在烤火喝酒,出来吆喝:"你们来干什么?"节振国说:"卢庆海来赔你的碗来了!""穆老虎"龇牙咧嘴地说:"我早跟他说过,我那碗不一般,热水倒进去能变冷,冷水倒进去能变热!他赔得了吗?"节振国说:"对!就是这么个碗!""穆老虎"说:"我得试试!"节振国说:"试吧!""穆老虎"舀上一瓢冷水往碗里一倒,凶恶地说:"热了没有?能热吗?"节振国把碗往炉火上一放,说:"这不就热了!你试试!""穆老虎"气了个大瞪眼,捞起火棍将碗砸了!节振国对卢庆海说:"走!碗赔上了!今后不再给他干了!"矿工们都呵呵哈哈笑了起来,"穆老虎"恨得咬牙,可是自己不在理,又知道节振国在矿工里有威信,只得算了。今儿,穆老五好好来邀,有什么鬼花招呢?

节振国板着脸,问那黑衣汉子:"找我什么事儿?"

黑衣汉子伸手做出"请进"的手势,指着"穆老虎"公馆的进口处,说:"五爷在等着大队长您呢,请进!请进!"说着,"咦溜"一吹口哨,似乎是向公馆里打个招呼。

五短身材,穿着库缎虎腿皮衣,黑缎棉裤,抽鸦片抽得面色青灰的"穆老虎"出现在门口,走下放着盆景的台阶过来了,满面含笑地点头招呼:"老节,来来来,知道你每天要经过这儿到罢工委员会上班,今天等候多时了!"他右手攥一对铁核桃,"格喇喇"揉得一阵怪响。

节振国胆大无畏,又想搞明白"穆老虎"要玩什么把戏,对纪振生说:"老二,你们仨在这儿等着。我去一下!"

纪振生不放心,眼睛横着"穆老虎"说:"大哥!"

张惠憨厚的圆脸上表露出气恼,说:"不去!"

田树森也摇着大头说："咱走！"

黑衣汉子在一边堆着笑，似乎看出纪振生他们不放心，说："五爷好心好意，保险是好事儿！大队长进去，你们三个要是不放心在这儿等着吧！"

纪振生见节振国要去，想到节振国刚才缴到的一支左轮掖在腰里，可以防身，就和田树森、张惠手执钢斧在"穆老虎"公馆门口一站，看着节振国走进"穆老虎"的院子，上了台阶，跟"穆老虎"进了屋。

"穆老虎"脸上带笑，笑里又带着矜持，将节振国引进洋房楼下的客堂里坐。客堂里摆设的是红木家具、大理石的八仙桌。门边一张佛案，供着财神，香炉里点着檀香，案的两边挂着两大串金银锡纸元宝。四周墙上，花花绿绿贴着不少彩色京戏剧照，有《天女散花》，有《四郎探母》，有《盘丝洞》……一只罩着玻璃罩的大座钟"滴答滴答"地在走，一只雕花的鸟笼挂在窗户跟前，里边有只八哥跳来蹦去，时而婉转啼鸣，时而高叫："发财！发财！""恭喜发财！"……

"穆老虎"请节振国在一张红木靠背椅上坐下，掏出香烟来敬节振国。节振国一摆手，说："不会抽。"一个打长辫的丫头用茶盘送上盖碗茶来。节振国扬着眉，朝"穆老虎"看看，说："有事干脆说吧！我还等着去开会呢！"

"穆老虎"青灰色的脸上露出假意关切的神情，嘴角挂笑，说："昨天下午的事儿，说明了矿方的决心，你是看到了！罢工的事，风险很大。你看，是不是及早收摊。要不，圣人喝盐卤——明白人办糊涂事，我替你担心哪！"说着，又"格喇喇"揉着铁核桃。

节振国听了，怒气冲上心来，说："你甭插圈儿弄套儿了！你是给谁做说客来了？"说完，"霍"的站起，仿佛要走。

"穆老虎"那双精灵的小眼，透露出世故劲儿来，说话带笑："你请坐！请坐！我这是受人之托，忠人之事，先跟你透点气儿放点风儿。今天，主要是有位贵客要来同你谈谈。"他过来用手拉节振国坐下，"他同你谈，就像场上的石滚子——落地一个坑，说话算数儿！"

节振国坐下，问："谁？"

"穆老虎"站起来走上前，攥着把手将客堂通往里屋的门开了，回脸对着节振国皮笑肉不笑地说："陈矿司！"话音刚落，他自己却闪身走进里屋去了。

节振国对这种蜜糖嘴秤钩心的人怀着警惕，瞅着那扇门，见陈祥善肥胖的身影在门口出现了。陈祥善五十岁光景，鬓角开始脱落了，油光光的一张脸，背有点曲，后边跟着两个彪形大汉，走了进来。见了节振国，他脸上带着奸笑，说："唔！节振国！久仰久仰！"

他大模大样地在一张红木椅上坐下，撩起了蓝色团花绸缎长袍，端详起节振国来。两个随从在他身后一站，凶狠狠地用眼瞪着节振国。

节振国活忙用快刀地说："有什么事，说吧！"

陈祥善油光光的脸上泛着笑，声音洪亮："老节，"他拿出鼻烟壶来闻闻，朝天打着喷嚏说，"你带头闹罢工，破坏冀东防共自治区的治安，是犯王法的，你明不明白？"

节振国鄙视地笑笑："谁定的法？只许州官放火，不许百姓点灯？"

陈祥善一睐眼，说："怎么讲？"

节振国慷慨激昂："打从你们的英国老板到这儿占了开滦矿，做窑的成年流血流汗，给你们卖命。多少人惨死井下，连尸骨都找不到。我们在地狱里一镐一镐地刨，一筐一筐地背，一车一车地拉，养肥了英国毛子和你们这些臭虫在天堂里吃喝玩乐！你们压得做窑的活不下去了，我们罢工提点合理的条件，就说犯王法！你们下令叫保安队、矿警队开枪，打死打伤了那么多的工友，却若无其事，这算是哪家的歪理？"

陈祥善脸上本来阴沉，这会儿却突然大笑："哈哈，我是为了你好！你年轻，不知利害！昨天下午，听说你不在场，可是我们的决心，你是看到的。再说，古冶日本宪兵队要来了。窑花子们，谁不识抬举，得吃辣的。我怕你这么愣头愣脑蛮干下去，大英帝国和日本一起镇压，没个好归宿啊！"

节振国针锋相对，也冷笑笑，说："我明白了！从前你算英国的奴才，如今日本一来，你又算日本的狗腿了！"

陈祥善勃然大怒，弹起眼珠一拍桌子："节振国！我看你有亲共抗日思想！你好放肆！来人——"

站在他背后的两个穿短打青色衣裤的彪形大汉似乎要上来动手。

节振国哈哈一笑："来吧！"他猛地站起，亮出钢斧，向坐在对面的陈祥善说："谁敢戳我一指，我要还他一拳！"

陈祥善"哎"了一声，起身招着手说："嗨嗨，不要认真嘛！坐下坐下，我让穆掌柜的再跟你好好谈谈。"话音未落，只见客堂通往里屋的门开了，右手耍弄着一对铁核桃的"穆老虎"走了出来。陈祥善对"穆老虎"做了个眼色，带着两个保镖走进里屋，里屋的门"乒"的关上了。

节振国打算要走，"穆老虎"伸手拦住，说："老节，别忙！"节振国有意不露出枪来，收起斧子，撩起眼皮儿瞥了他一眼，说："谈什么？话不投机半句多！"

五短身材的"穆老虎"仍不松手，世故地说："老节，再留一下，咱谈正经的。现在的事儿，只要你肯插上一根钎子，一使劲儿就抬上去了！"

节振国一脸正气，说："这根钎子我不插！"

"穆老虎"皮笑肉不笑地揉着铁核桃说："洗脸盆里扎猛子，你该懂得点深浅！陈矿司打算给你涨工钱！"

节振国笑笑，话里像带着钩子："给我？我不要！要涨工钱，得给一万三千多工人涨！"

"穆老虎"继续进攻，小眼睛里闪出凶狠、虚伪的光芒："陈矿司要提拔你！你可以不下井了！"

节振国哼了一声，鄙视着"穆老虎"说："没长那份福气！罢工委员会提的条件里没有提拔我这一条！"

"穆老虎"气噎噎地说："你们提的那十六条办不到！"

节振国笑笑，说："如今还得加上一条新的：要给昨天被枪杀枪伤的工人发抚恤费、医药费，赔偿损失！"

"穆老虎"摇摇头，那张青灰色的脸更难看，强笑着说："提条件吗？好说！什么条件都离不开个'钱'字！'人为财死，鸟为食亡'，你该懂得这个道理！"他忽然高声叫了起来："来人！抬出来！"

客堂通往里屋的门"呼啦"又开了！那黑衣汉子和另一个打手合力抬出来一个沉甸甸的红漆长方大盘，里边是一封一封红纸封着的银洋，一封总有五十元光景，堆得高高的，有好几十封。黑衣汉子和那打手哼哼着把长方大盘朝节振国面前的桌上"哐"的一搁，"穆老虎"使了个眼色，黑衣汉子和打手都又进里屋去了，轻轻掩上了门。

窗户跟前雕花鸟笼里的八哥大声高叫："发财！发财！""恭喜发财！"……

"穆老虎"笑笑，轻轻吐了口气，"格喇喇"搓玩着右手攥的两个铁核桃，把脸凑上来对节振国说："钱不咬手！今天的事，你知我知，别人不会知道！"

节振国笑笑，说："今天的事，我要让赵各庄罢工的一万三千工人都知道！"

"穆老虎"急煎煎地说："货卖于识家，这一大盘花边，就买你两个字——复工！你放心，天塌下来，你扛那半边，陈矿司和我扛这半边，没事！"

先前一会儿，那场想暗杀的勾当刚刚过去，现在又来了这一场收买，节振国想：真是软硬兼施呀！节振国绷起脸立着眉毛说："我外边还有三个纠查队的弟兄，让他们进来看看，我跟他们合计合计！"他打开窗户，对着外边的纪振生、田树森和张惠高喊："进来！"

"穆老虎"摸不清节振国的意思，说："这个数要是不行！可以再商量！……"只听到脚步声，瘦高条子的纪振生背后是矮墩墩体魄健壮的田树森和老实憨厚的张惠，三人亮着三把钢斧出现在客堂门口了！

节振国指指桌上长方大盘笑着说："老二、树森、张惠，你们看哪！陈矿司想用这盘银洋买我两个字——复工！卖不卖？"

纪振生心里明白是怎么回事了，笑一笑嚷道："这么高的价钱卖两个字还不便宜？咱卖两个字给他——罢工！"

"穆老虎"脸色刷的一变，只见节振国应了一声："好！卖！"飞起一脚，"嗵"的一声，把那一长盘银洋哗啦啦全蹬在地上，纸封破了，银元滚得到处都是。

"穆老虎"满面怒恨，惊惶失措地瘫坐在红木椅上，半晌才恨恨地咬牙骂了一声："窑花子的命！"那黑衣汉子和另外几个打手从里屋跑出来，只见满地银洋，八哥在叫："发财！发财！"……

节振国带了纪振生、田树森和张惠，大声爽朗地笑着走了。北风呼呼在吹，人远了，笑声仍在继续传来……

第五章　里应外合

驻在古冶的日本宪兵队突然到了赵各庄，东煤场附近也来了不少日本守备队驻扎了兵营。

东矿区一带的开滦矿工，都知道杀人不眨眼的日本驻古冶宪兵队队长彬田，替彬田起了个绰号叫"瓦斯"，形容他的恶毒。矮胖的彬田，有个尖尖的秃脑袋，为人刁钻古怪。他带着日本宪兵队杀气腾腾地来了。有人看到他戴着黑边眼镜，穿着黄军衣，挂着宪兵军衔，一手攥着军刀的刀柄，迈着八字步，在赵各庄大街上逛游张望。身后，跟着一队跨着八字步的日本宪兵，"咔嚓咔嚓"，似乎每一脚都想踩死几个蚂蚁。这是示威，好像是镇压的前奏，可是来后却又按兵不动，叫人纳闷。

彬田来后，有人瞅见老奸巨猾的陈祥善一连两个夜晚天黑时分从公事房北边的洋房子里，穿着皮领大衣，戴着獭皮帽，由保镖护卫着，悄悄到汪杆胡同附近的日本宪兵队驻地去谈判。可是，谈了两次，外边传出了消息，说彬田已正式向英国矿方提出抗议，认为三月十七日的开枪事件，事先未经日方同意，日本宪兵队表示遗憾。

胡志发知道后，这晚在纠查大队队部旁的一个小工棚里，找到正在值班指挥纠查队查岗放哨的节振国说："英国毛子和日本鬼子的关系很微妙。我们得利用他们之间的矛盾进行斗争。陈祥善同鬼子的勾结正在进行，但谈成一个什么样的结果还难预料，我们利用时机，赶快壮大罢工声势是眼前的迫切任务。"

节振国想：一个指头握不成拳，五个指头合拢才能有力打击敌人。开滦五矿，自从赵各庄矿发动罢工后，林西矿响应了。马家沟矿虽已关闭，但砖厂的数千职工也起来参加了同盟罢工。剩下的就是唐家庄和唐山两矿了。唐山矿地处唐山市内，资方控制严，阻力大；唐家庄矿离赵各庄近，与赵各庄矿、林西矿合称"东三矿"，却不响应罢工，真气人呀！节振国回答老胡说："是啊，要叫开滦五矿都参加同盟大罢工，声势就大了！可是，现在唐家庄不参加罢工，五矿同盟大罢工就实现不了！是不是明天一早我们再去联系一次？"

胡志发吸着烟思忖着说："听说英国毛子通知陈祥善：绝不准唐家庄也罢工！陈祥善命令他在唐家庄矿的两个心腹工贼——龚德三和栗温，出面利用狗腿、汉奸和觉悟不高的工人，组织了一支'护矿队'，号称有八百名精锐，封锁了唐家庄，用武力胁迫工人上班，谁反抗就抓起来或被拷打处罚。他们到处放风，说：'矿方和工人是一家，肉肥汤也香，有事和平商量就能解决，谁也不准参加罢工！'又说：'唐家庄不受赵各庄挑拨！谁煽动罢工，坚决惩办！'还说：'矿方决心很大，赵各庄闹罢工有死有伤，咱犯不着为他们送命！现在日本宪兵到了赵各庄，赵各庄快复工了！……'看来，要使劲儿去做工作才行！我想，明天跟关师傅去一次，再试一试！"

节振国说："我也去！万一动武多一个人是不是好些?"

胡志发想了一想说："那边的情况现在不清楚，我和关师傅去，说不定会不受欢迎。我们两三个人跑到人家那里去动武会吃亏的。你还是在家里坐镇的好！"

节振国笑了，说："你是怕我去惹祸？既这样！你们放心去吧！我等着你们胜利归来！"

第二天一早，胡志发和关清风就出发了。上午，节振国在赵各庄东头查岗，忽然，看见远处胡志发和关清风急火火地走着回来了。节振国心里纳闷：怎么回来得这么快呀？他迎上前去，招呼着说："关师傅！老胡！怎么？吃了闭门羹啦？……"

胡志发意味深长地笑了。

关清风气得涨红了脸，抖动着银须说："刚走近唐家庄，就遇到一伙'护矿队'，手里有枪有斧，出口不逊，说：'滚蛋吧！从今以后不准再来！你们挂队咱不管，要来唐家庄找事儿，就叫你们有来无回！'……"

节振国火了，嘴里骂了一声，说："这伙工贼！我恨不得劈了他们！"

胡志发看着节振国，笑着说："看来，你没和我们一起去，还是对！你要是在场，霹雳火似的跟他们动起武来，不但要吃眼前亏，反倒打草惊蛇了！"

节振国体味不出胡志发这么说是什么意思，皱着眉不作声。

三人在村头上一棵大柳树下，坐在隆起的柳树根上，谈了起来。

春寒袭人，但就在这两天里，柳树已孕育了绿芽。远处的柳梢望上去似笼罩着一团绿色的烟雾，近处的柳丝，绽吐出鹅黄的叶片。季节在运行，气温虽反常，推迟了春天的降临，却不能阻止春天的来到。

白发苍苍的关清风抽着烟，因为生气，激动得飘拂在胸前的白须颤抖着，愤愤地说："就凭他八百'护矿队'，咱去上三千人，也踏平了它！"

树根上坐着冰凉，节振国起身蹲在一块青石上，气得扬胳膊甩手地说："我带人去！不完成任务不回来！决不能让工贼这么猖狂！"

胡志发眯着眼看着远处田野里返青的麦苗，思索着说："你们的话说得都痛快，可是不能这么干！"

节振国问："怎么了？"

关清风也睁大了眼瞅着胡志发，似是问："为什么？"

老胡慢悠悠地说："唐家庄矿的广大工人兄弟，是主张同盟罢工来取一致行动的。早先我们去联络时已经谈妥了。可是现在陈祥善组织了工贼'护矿队'，控制压迫着唐家庄的工人兄弟，不让他们参加同盟罢工。从道理上说，咱去帮助他们瓦解'护矿队'，工人帮工人，穷帮穷，无产阶级帮无产阶级，是一种伟大的阶级互助，完全应该。可是，现在冒冒失失就带人去动手，一是师出无名，会给敌人一个借口，敌人会造谣说咱们用武力攻打唐家庄了，那样对我们不利；二是这样一去，势必会有一场大血战！血战看来难免，但我们尽量要少流血。如果能里应外合，就能既瓦解敌人，又援助了受压迫控制的工人兄弟们！"

关清风一听，接嘴说："对！'智多星'，你说得好！"

节振国觉得在这些事上，能向老胡学到很多本领，也赞叹地说："你想得周到！你的意思是不是我们先同他们谈判，谈得成最好，谈不成或他们无理，我们也就师出有名了！另一方面，我们应当派人到唐家庄矿去搞里应外合？"

天上有白脖子老鸹十几个一群地"呀呀"叫着飞过。不知从哪里飞来一只娇小的"银眼圈"，停在柳树枝上婉转地鸣叫，叫得那么悦耳，似乎提醒人注意，虽然春来得迟，但大柳树终于绿了……

胡志发摸着嘴边的短髭，仰起脸看着大柳树上喜悦鸣叫的小鸟，点头笑着说："对，就是这样。咱们这次去谈判，要去两三千人，带着斧子、镐把去！可是大军压境不动手。咱们派代表，叫他们也派代表谈。依我看，同这些工贼谈判，是向公鸡要蛋，得不到啥的！可是也得谈，谈成最好。这种谈判也是做宣传，谈不成，他们理亏了，咱就采取瓦解'护矿队'的行动！"

节振国脸上闪射着热情、兴奋的光彩，说："你一说，我倒坐不住了。进唐家庄搞内应的事儿交给我吧！上回，三月十七号那天，我同你到唐家庄去过，同戴林义他们联络过。这回我去还是找他。戴林义这个人，信得过！他在那儿也有威信，他手下有人，也能号召人。找他内应，我看就行!"

胡志发思索着说:"老节! 行! 这项任务交给你。可是，唐家庄现在四面给'护矿队'把守着，你去可要小心!"

节振国笑笑，说:"不要紧!'护矿队'把守得再紧，总不能像个铁箍子吧? 有铁箍子拦着我就从上头跳进去!"

关清风含着烟嘴朝着胡志发说:"我们同唐家庄谈判，就放在天黑时分不好吗? 这样，我们带上两三千人一压阵脚，'护矿队'心慌了，一定集中人马到咱这方面来，振国就可以乘隙进唐家庄了。我们在这儿谈判，振国就在那儿搞内应。"

胡志发点点头，站起身说:"这个主意高! 这事秘密，谁也不能声张。纠查队的事，让纪振生管就行。谈判的事，我们到罢工委员会去研究、发动一下，我想，大家是会同意的。"

他们三人离开了庄头上那棵生机盎然的老柳树，一起走进赵各庄里来。

不出胡志发所料，罢工委员会顺利通过了同唐家庄"护矿队"谈判的建议。

天还没全黑的时候，节振国独自做好了准备:穿一身窑衣，扎着腰带，戴顶旧毡帽盔，脚踏无梁靸鞋，怀里揣着钢斧，从东大街独自绕道走西无水庄往东南方向的唐家庄去。这时，他望到远处罢工委员会集合起来的矿工队伍浩浩荡荡，看到头见不到尾，已经也向东出发了。队伍足足有两三千人，风风火火，呼呼啦啦，矿工们手里有拿钢斧的，有手拿镐把或洋镐的，也有拿大刀片的……胡志发、关清风、节廷秀、蒋振元等都走在头里。

节振国决定从唐家庄南面悄悄插入。那儿，有一溜工房，他记得工房外有丈把高的围墙，倚着个小土岗。土岗外，有条矿上的废水沟，废水沟有两米来宽，旁边没有人行走的路。正因如此，节振国估计那儿"护矿队"不一定派人站岗。再加上老胡他们带着大批人马吆喝着往唐家庄西边风车房那儿走，一定会将"护矿队"都吸引到那边去了。他这里，凭自己会武艺，心想：能先跳过废水沟，再跃过那丈把高的围墙，也就进了唐家庄。只要进了唐家庄，一切都好办了！戴林义是个推车工，他的家节振国认识。节振国脚下生风，决心把从赵各庄到唐家庄的这十几里地快步走完。沿着土路，穿过一小块一小块的庄稼地，跳过浅浅的土沟，绕过矮矮的干树丛，他大步流星，一路小跑，径直向唐家庄奔去。

他终于过了铁路，走近唐家庄南边那一溜工房的围墙附近了。

夜幕已经笼罩下来。那废水沟里的臭水在夜色里闪闪发亮，像镜面似的平滑发光，又像一条银色的小路，眼不好的人，说不定真会当作路拿脚踩上去哩。他看到，跳过废水沟，有一溜尺把宽的土地可以立脚，但一丈多高的石头围墙挡住了人。石墙里外，有几棵枣树。节振国四面一觑，果然无人，静悄悄地，他纵身一跳，就攀上了石头围墙。他朝里一看，那排工房里亮着灯，但院子里静谧无声。他像一片落叶似的轻轻翻下了围墙，猫腰迈步。穿过院子，再朝西北走，便到了戴林义家。

戴林义，刚三十岁，身材魁梧，胖虎虎的，人都叫他"戴胖"。他跟胡志发同乡，也是河北曲阳人，在唐家庄矿井下做推车工。矿工中按同乡分派，保定附近的唐县、曲阳、完县、阜平、行唐、灵寿、定县一带的人统称为保定派。保定派的人在赵各庄矿人数最多。在唐家庄上，这一派的人也不少，戴林义是个首领。因为这样，所以他同胡志发熟识。前一年，保定派的一些人和冀南大名派的一些人，为了鸡毛蒜皮的一点小事，受包工大柜的挑拨，要打群架。节振国从中调停过，后来双方和解了。为这，保定派和大名派的人对节振国都有好感。那时，戴林义到赵各庄来过，节振国认识了他。正因如此，这次赵各庄罢工开始后，节振国随胡志发到唐家庄找过戴林义。戴林义也拍过胸膛，只要赵各庄矿坚持罢工，他一定带领唐家庄的矿工参加同盟罢工。但唐家庄出现了"护矿队"以后，形势险恶，节振国就不知戴林义现在的处境如何了。

节振国绕小道走向戴林义家。戴林义家在唐家庄矿高级员司住宅前边约五百码远处的一片僻静处，是盖的茅草顶的石头墙基土坯屋子。外边用篱笆寨子挡着半截的土矮墙，矮墙里有些桃树、杏树都光秃着枝干。在这夜里时分，看不到一点灯光，听不到一点人声。节振国心里纳闷，本想翻身进墙，怕院子里有狗，就"投石问路"，捡块石头扔了进去。只听石子"突"的一声，滴溜溜滚到门边去了，没有回响。节振国又拾块石头扔到门上，"啪"的一敲，仍没回声。节振国心里更诧异了。偏偏这时，他觉得肩上被一块石头掷了一下，四面看看，又没动静，朝上看看，心想：可能是树上掉下什么断枝来砸了一下，也不在意。一手拨开矮土墙上的篱笆障子，一手撑着土墙，侧身一跃就进了院子。轻移脚步走近门边，只见门上用铁丝拧住了门鼻子，看来，这儿已经不住人了。

节振国心里一怔，忽听唐家庄里锣声"当当……"号声也"嘟嘟……"响成了一片。他心里明白，准是赵各庄的队伍压境，"护矿队"在集合人去抵御。看来，谈判要按计划开始了！……他朝"戴胖"家的门鼻子望望，心想：是怎么回事呢？人不在家？一家大小又到哪去了？……返身刚要走，没料到暗处闪出一个胡子拉碴的大汉，手拿一根镐把，恶狠狠地吆喝："站住！干什么的？"

看那身材，他比节振国高半个多头，可是节振国艺高胆大，心中没有半点含糊，反倒寻思：来得好！正想找个人问问，你倒自己送上门来了。一见这人臂上戴个白布箍，节振国明白，是"护矿队"的人，随口说："我来找戴胖！他人呢？"

胡子拉碴的大汉说话是冀南口音，欺节振国个儿没他高，穿的又是窑衣，估量是个下窑的，也没把节振国放在眼里，恶狠狠地说："找戴胖？你是干什么的？"说着，手提镐把不怀好意地上来了。

节振国四面一打量，确定除了这大汉没有别人，决心收拾他。两腿运气，迎上一步，抬起右腿，一个"扫堂腿"，"啪"的扫在大汉左腿上，只听大汉"啊"的一声，甩了镐把，像棵锯倒的大树歪了身子往左栽倒在地。节振国又反起右手一巴掌五爪金龙挥在大汉右颔上，大汉"哎哟"一声，下颔脱了下来，双手扶住下颔，跪在地上，哼哼唧唧，像一摊烂泥。

节振国上前，用脚尖拨弄开大汉的双手，问："戴胖呢？"

大汉下颔掉了，哼哼唧唧的说不出话来。

节振国一把将大汉衣领揪起拖到屋旁暗处，用左手抓住他的脑袋，用右手将他下颔一托，给他安上了下颔，又问："戴胖呢？"

大汉两手捧着下颔歪着嘴说："前天要抓他，他跑啦！他老婆跟孩子都去姥姥家了！我是派在这儿监视这空屋的。上头说是怕有奸细来找他联络事儿，让我在此守着！"

节振国心里着急，想：看来，找戴胖联络的事儿是砸锅了！怎么办呢？我是负责来找内应的。内应找不到，就是完不成任务。怎么行？我不是夸下海口才来的吗？怎么办呢？他脑子转悠得快，这么一想，决定从这大汉那儿找线索了，说："你是干什么的？"

大汉瘪着嘴儿，说："我跟你一样，也是下窑的。是为赚两个钱才干'护矿队'的，你饶了我吧！"

节振国说："我问你，为什么逮戴胖？"

大汉急嘴快舌地说："说是他跟赵各庄有勾结，要咱唐家庄也闹罢工！"

节振国问："这儿跟戴胖同伙的人多不多？"

大汉偏起脸说："咋不多呀！多的是！逮了些，也跑了些，也有没逮的。逮不完呀！"

节振国仔细听着，又问："跑的能跑到哪儿去？"

大汉讨好地说："这么大的唐家庄，哪家藏不了人？找个有交情的拜把子弟兄或者同乡的那儿一藏不就逮不着了？'护矿队'人数不多，号称八百，其实不足。再说，八百人中真心实意跟龚德三、栗温穿一条裤子的也不多！"

节振国问："你叫什么名字？"

大汉答："我叫胡二！"

节振国用指头点着他说："胡二！我也不难为你。你听说过赵各庄有个节振国么？那就是我。"见胡二听到"节振国"的名字又吓又钦佩的模样，节振国继续说："龚德三、栗温是汉奸，'护矿队'是在帮英国毛子的忙。这种出卖工人的坏事不该干。"那胡二点头如捣蒜，节振国说："咱赵各庄矿工为了开滦五矿工人的利益才罢了工，唐家庄广大矿工兄弟是支持同盟罢工的！汉奸'护矿队'想破坏办不到！要动武的，咱派出三千人就叫'护矿队'完蛋！你可不要跟在里边送死！我今天来，要找戴胖，你能带我找到他，也算你立了一功！"

胡二摇头，老实地说："要能知道他在哪儿，当初我也不站在这儿受罪了！"

节振国听他说话在理，说："你想一想，谁跟戴胖有交情？你能带我找到这种地方也行！"

胡二少气无力地说："那倒不难！可我不敢离开这儿呀。查岗的来了，我不在这儿，他们饶不了我。我给你指个路，你自己去找行不行？我要说假话五雷轰顶尸骨不全！"

节振国说："行！你就指个路吧！"

胡二手指着西边，说："离这儿也不远，从这儿往西绕过一条胡同，一棵歪脖子老槐树后边，有个摆摊子卖稀饭、胡辣汤的姓钱的老头儿，你到那儿一问就知。你跟戴胖有交情，都是保定派的，兴许说了你的名字他能告诉你点什么。"

节振国琢磨了一下，感到也只能如此了，对胡二说："我走了！你要是想报告或是想害我，咱们以后低头不见抬头见。你要是没骗我也不想害我，我们以后算是有了个交情了。我节振国说话算话。"

胡二没等节振国说完，双手作揖，说："节大哥！你想哪里去了，我咒都赌过了，你不信，我再来一遍！"说着，又要起誓。节振国笑着止住了他，说："后会有期，我走了！"

他丢下胡二，独自飘忽地离开了戴胖家。

谁知，走了不到百步远，发现背后似有人在追上来。节振国回头一看，见是个十来岁的男孩子，瘦瘦的，光着脑袋。看那样子，确实是在追赶他。节振国不禁立定了脚步，回转身来。

男孩跑上来了，两只机灵的眼睛忽闪忽闪，露出有虎牙的小嘴巴说："你找谁?"

节振国看那男孩穿得单薄褴褛，像个矿工家的孩子。忽地又想起上次跟胡志发来戴胖家时，好像见过这个男孩，说："啊！我们见过面，对吗?"

男孩咧嘴笑了，天真地眨巴着眼睛说："你是节大叔，我是榆儿！"

节振国想起来了，这是戴林义他哥哥的儿子，戴胖的侄子，上次确实见过面，说："对了！榆儿，你叔呢? 我找他有事呢！"

男孩又咧嘴笑了，说："刚才，你打胡二，我见到了！你本事真大！你跟他谈的话，我也听到了许多。来！你跟我走，找我叔去！"

节振国跟着榆儿走，这才知道：榆儿是戴胖派来这儿"站岗"的。戴胖怕赵各庄有人来，也盼赵各庄来人，就让榆儿常在这转悠。节振国来时往门上扔石头，榆儿怕他给胡二发现，就扔了块小石子儿砸他。谁知扔在肩上，没引起节振国注意。榆儿刚想再跟节振国打招呼，节振国已经翻身跃进矮墙里去了。后来，节振国打了胡二，榆儿一直机灵地在矮墙暗处偷看偷听，肯定了是节振国，才匆匆追上来。

节振国见到榆儿，像见到了戴胖。跟着榆儿匆匆地走，果然，胡二并没说谎，往西绕过一条胡同，有棵歪脖子老槐树后边，坐北朝南的草屋里，找到了点着电石灯卖稀饭和胡辣汤的钱老头儿。钱老头儿五十开外年纪，身材魁梧，唇上的黑髭把他的面容衬得挺朴实。他叫榆儿给他看着摊子，自己带节振国又往西走。七拐八弯，到了一处矮瓦房里，北屋有几个年轻矿工在那儿点着小灯打纸牌，钱老头儿带着节振国掀开门帘进了里屋。扑鼻的烟味中，里屋点着一盏小油灯，节振国看到戴胖正跟十来个矿工坐在炕上聊天。一见戴胖，节振国心里高兴。戴胖见钱老头儿带来的是节振国，更是兴奋，大叫一声："可把你们盼来了！"马上从炕上下来，把节振国迎上炕去，竖着大拇指跟大家说："我给你们介绍，这就是我常跟你们说起的节振国！老节大哥！……"他十分激动，说："你不来，我们这也就要去同你们联系了！咱们的人也组织起来了。人数虽比'护矿队'少，只要你们来支援，咱里应外合，准能叫'护矿队'垮台！唐家庄一定要参加五矿同盟大罢工！"

节振国受到戴胖和那伙矿工的热情欢迎，心里欣慰，知道这次来唐家庄的任务一定圆满完成了！

节振国半夜里离开唐家庄回到了赵各庄。

他去时一人，回来时带了唐家庄矿三十多个矿工回来。戴胖自己留在唐家庄，把唐家庄里应外合的事儿全安排得妥妥帖帖。节振国带回来的三十多个工人，不但了解"护矿队"的部署情况，而且熟悉进攻唐家庄的道路。打唐家庄，由他们带路，那是万无一失。"护矿队"在天黑时，由龚德三、栗温同赵各庄来的罢工委员会代表胡志发、关清风、节廷秀等谈判了一场，最后当然不欢而散。赵各庄的工人队伍退走后，龚德三和栗温等将"护矿队"仍集中布好阵势放在西北面，不敢分散。

节振国回到了赵各庄，罢工委员会半夜里就召开了紧急会议。会议在工人俱乐部举行，唐家庄矿来的工人代表参加了会，表示迫切希望赵各庄矿的阶级兄弟们实行互助，去帮助唐家庄工人瓦解"护矿队"。

赵各庄矿罢工委员会做出决定：打铁趁热！明晨黎明时分由唐家庄工人带路，进攻唐家庄瓦解"护矿队"！大家都明白：要是不帮助唐家庄的阶级兄弟将唐家庄矿拿下来，让汉奸"护矿队"控制着唐家庄，开滦资方态度会更强硬，工人罢工情绪会低落，五矿同盟大罢工也实现不了。

做出决定后，当夜，节振国派纠查队队员挨门挨户悄悄通知："除受伤和养病的工人外，明天拂晓一起在庄东集合攻打唐家庄'护矿队'！"矿工们有刀拿刀，有红缨枪拿红缨枪。拿斧拿镐的更多，实在没铁器拿的就用镐把。也有把三股钢叉、七节鞭都拿来做武器的。天刚亮，在赵各庄外西无水庄附近空地上，工人们集合站好了队。按着同乡会的系统分成大名府、保定派、山东省、东八县四个大队，外加上纠查大队，一共五个大队。纠查大队前面树着一杆有钩牙形边缘的大红旗。这面大红旗是过去开滦矿工罢工时常用的。大红旗上，是一块菱形的黑色钻石的图案，外边有两个圆圈，中间交叉着一把铁镐和一把铁锤。大红旗呼啦啦飘，旗下的工人纠查大队，也就是打冲锋的突击队。他们有的头上裹着红布，有的包着红绸，钢斧雪亮，大刀片在手上闪光。

五个大队，兵分三路围攻唐家庄，声势浩大。进攻小工房东面围墙的一路和进攻高级员司住宅后墙和职工子弟学校的一路，都是佯攻，目的在牵制敌人兵力。节振国带领工人纠查大队进攻矿厂，这是摧毁性的一路，规定要速战速决，至迟下午两点钟以前要攻进去。

天气，阴沉沉。纠查大队以雷霆万钧之势出发了，人们情绪十分激昂。节振国怀着必胜的信心，带队走在头里。他觉得这次进攻"护矿队"，同唐家庄矿工会师，就像雷与电交并，将使红色风暴横扫开滦。他只穿一件单衣，浑身的肌肉一棱一棱地突起，身上满是力气，手拿一把钢斧。纪振生跟在他身边，精神焕发。唐家庄来带路的工人也都手拿铁器紧紧跟随。

队伍快近唐家庄北边时，忽见前边出现了一溜十来个人，又是挥手，又是扬帽子。只听唐家庄带路的工人说："护矿队的！""工贼！……""栗温！……"

节振国下令队伍停步，同纪振生走上前去。

只见一个窄条脸瘦瘦的中年人，短打扮，戴呢帽，上来拱了拱手，说："我们是唐家庄'护矿队'的！昨天的谈判还没有完！我们愿意和平解决。希望你们退兵。有事好商量！"

节振国威风凛凛地问："你们是什么人？"

那窄条脸赔笑说："我们是'护矿队'的代表。我就是栗温……"他话没说完，节振国吼道："投降吧！"唐家庄的工人一拥而上，这个说："你们是工贼、汉奸！"那个说："谁跟你们和平解决！你们代表不了唐家庄！"又一个说："快滚蛋，让路吧！"……

节振国点头说："对！昨天的谈判昨天就完了！对付你们这些工贼、汉奸没有什么退兵可言，只有你们投降，让唐家庄工人弟兄们自由罢工！快滚回去吧！"

纪振生将窄条脸的栗温"乒"的一掌搡了五六尺远，说："滚！"

栗温吓得屁滚尿流，带了一伙狗腿像夹了尾巴的丧家犬似的溜了。跑得飞快，好像谁跑慢了被逮住就要给杀头似的，引得纠查大队里起了一片哄笑声。

唐家庄矿已在面前，煤烟气味迎风扑鼻。矿上的大烟囱喷吐着黑烟、灰烟、白烟，一团一团，缠成了浓云密雾，笼罩在肮脏、陈旧的高房子、矮屋子的上空，使人感到需要有一场雷电交加的暴风雨来冲刷、清洗。

节振国叮嘱大家："快到了！要小心。'护矿队'有枪！"说着，又下令出发。

前锋到了一个长着矮树棵子的小山坡附近，听到枪声响了："叭！""叭！""护矿队"开枪了！

节振国高叫："散开！"见纠查队队员们有的猫下了腰，有的趴下了。他是个特别勇敢不怕死却又没有作战经验的人，见人猫腰趴下，心里不乐意了，笑骂着说："他妈的都给我直起腰来走！猫着腰子弹从嘴里打进去横穿过肚子更死得快！直着走，从裤裆里穿过去，没事！别孬种！"

给他这一骂，猫腰的不猫了，趴下的站起来冲了。节振国自己手扬雪亮的钢斧，飞也似的笔直向打枪的"护矿队"冲去。他嘴里高叫："杀呀！"他那样子，真是有一千个人也不够他杀的。纪振生也像他一样，跟着往前冲。唐家庄的工人和其他纠查队员也高喊着像潮水似的朝前冲。"护矿队"的乌合之众，哪见过这种场面。只见杀声震得天地颤动，又见漫山遍野是人，都在闪电惊雷似的杀来。"护矿队"一边放枪，一边跑，有的不敢放枪撒腿就跑。

节振国带人朝前冲杀，杀得兴高采烈，子弹从他头上、身边哧哧地飞过，偏没有打中他的。他心想，要是这样打日本保中华，多带劲呀?！……又想，迟早总有这一天我节振国得这么来打日本！从来没打过仗，这么打打，不就会打仗了吗？……他扬斧猛冲，眼见弟兄们也有被打伤的，心里更火，冲杀得更猛更快，一下冲到了唐家庄的北门。只见逃进去的"护矿队"，有的又像耗子似的窜回来了。原来北门里戴胖带了唐家庄的工人，正在捉拿"护矿队"，打开了北门等着迎接赵各庄来的工人兄弟哩！

节振国两眼发亮，欣喜地高叫："戴胖！"

戴胖手里攥着一支夺自"护矿队"的步枪，高高扬起，兴奋地跑上来，高叫："老节！"

下午一点多钟，赵各庄与唐家庄的两支兄弟矿工队伍会师了！大家拥抱在一起，欢呼、跳跃，响亮的歌声震荡长空，许多人眼里闪着激动的泪花。"护矿队"全部瓦解。像胡二那样的人，都把臂上"护矿队"的白箍拿下来一撕。有的说："我反正啦！"有的说："我拥护罢工！

再不当这个汉奸队啦!"

赵各庄与唐家庄工人的胜利会师,似风云际会,似雷电交加,使人热血滚滚奔腾,使矿区掀起了红色的大风暴!

唐家庄工人也参加了同盟大罢工!

赵各庄、林西、马家沟、唐家庄四矿同盟罢工的消息传到唐山,唐山矿的工人也像火山爆发似的"轰"地宣布挂队罢工了!这一来,有三万五千名工人参加的开滦五矿同盟大罢工实现了!

英国资本家看到形势不好,只得转变了拒绝谈判的态度,用开滦总管理局的名义发出布告:要求工人派代表到天津开滦总局举行谈判。

第六章　义无反顾

天晴了，又阴了！昏暗，阴冷，下了一场雨。坑坑洼洼的小道上，全是泥泞，十分难走。

黎明时分，从唐山赶夜路回赵各庄的胡志发到了西赵各庄。从唐山到赵各庄，开滦矿本有自备汽车，罢工后，车也停了。胡志发是赶夜路走了六十华里回来的。他踩着泥泞的小道往罢工委员会去。他腰里掖着一支防身手枪，是节振国缴获后送给他的。摸到手枪，他就感到节振国对他的那种火热的感情有多么温暖。

柳树枝头上萌发的嫩绿小叶片给人一种烟蒙蒙毛茸茸的感觉，美极了。一群群的麻雀在绿色飘摇的柳树枝条上嬉戏，叽叽喳喳。远处有雄鸡在啼叫，天色是灰沉沉的。

胡志发在赶路。他那瘦削的脸上，胡髭又密又长。眼睛因为睡得太少布满了血丝，但眼神依然明亮。领导罢工的担子是多么沉重，老胡完全能感到这种分量。他心里明白：英国资本家看硬的软的都不行，现在采用的是拖拉战术。通过"拖"，想用饥饿来威胁工人的罢工。所以，对罢工委员会提出的条件，老在那儿咬文嚼字，不作具体的答复。虽然罢工委员会派出代表两次去唐山谈判，也在赵各庄矿公事房同英国资本家和陈祥善谈判，却一点头绪也没有。陈祥善老是往汪杆胡同旁的日本宪兵队跑，情况更复杂了。胡志发心里整日火辣辣的。罢工的日期延长以后，工人的生活越来越难维持了。闲言四起，有的说：

070

"这样罢下去能行吗？哪天是个头呀？饿着肚子罢工谁能受得了？"有的说："陈祥善不好惹，把他逼急了，他既然能叫英国毛子关闭了马家沟矿，他也能叫英国毛子关闭赵各庄矿！"……刘青山也到处在说："罢工本是一阵热，闹个几天还可以；闹长了，就是资方不对付工人，工人自己也闹不下去了！我们要顺水推舟，适可而止，能罢手就罢手。不妨将条件降低些，给资方一点转弯的余地，把这事办圆满。要不然，僵持着，像狗撕羊皮，穷工人哪能拖得过人家英国老板和陈祥善？……"胡志发和罢工委员会的一些成员，忙着谈判，还要忙着张罗工人们的生活。大家明白：只要工人有吃的，罢工就可以坚持；只要能坚持，就会胜利！担子虽重，形势虽险恶，胡志发对于罢工的前途是乐观的。他下定决心，团结起所有能团结的力量，将罢工坚持下去。

纠查队的大队部在罢工委员会附近的一排工棚里，工棚旁边又有一间孤立的小工棚。节振国常在那儿同人议事。时间晚了，就睡在那儿。老胡走着去罢工委员会，经过这里，想先去看看节振国。他估计节振国昨夜一准没有回家。他想来看看纠查队昨夜发现什么情况没有。这几天，节振国很少休息，他不太放心，又想劝他好好睡上一觉。他紧一紧扎在窑衣上的腰带，向前走去。

晨光熹微，望过去，罢工委员会、纠查队大队部那一溜平房和一溜工棚门前已经有人在进进出出了。稍近处是节振国独自住的那个小工棚，因为有屋子挡住，还看不到动静。走近工棚，胡志发看到一个人，气昂昂，浑身都是劲儿，正在工棚前的空地上打拳练武，趺趺扑扑先踢了一个连环腿，又鹞子翻身，接着来了个黑虎剜心……这正是节振国！

胡志发急步上前，远远的叫了一声："老节！"

节振国立定脚步，收住臂腿，看到来的是胡志发，从心里高兴，高声迎上来："老胡！你来啦？正盼着见你呢！"他上来拽着老胡进小工棚里坐。

工棚里寂静无人，清晨春寒，凉气逼人，光线不很明亮。用木板架起的桌子上放着一盏镀灯，也有一盏灯芯草的小油灯，看来是昨夜点过的。节振国陪胡志发进了工棚，两人都在坑木上坐下。老胡看看节振国，见他眼睛里也布满了血丝，尽管精神抖擞，总不免透露出疲乏劲儿，就说：“老节！这斗争可不是三天五天的，老不睡觉可不行，你等会儿一定睡一觉。我是为这不放心，来看看你的！”

　　节振国爽朗地笑笑，说：“天明前，我合了一会儿眼，不乏。要睡，晚上再睡。”

　　胡志发从兜里掏出烟袋装上烟叶擦火柴，问：“昨夜有什么情况没有？”

　　节振国摇头，说：“鬼子没动静，保安第三署和矿警队也没动静。只是——”他叹息一声，继续说，“工人有家口的，女人哭小孩闹，饥寒交迫，太困难了。昨夜，来了好几帮人，来找我给想想法子。要是我有钱能大把抓给他们，有粮能大斗送给他们，才合我的心意！”

　　胡志发点头吸着烟，用苍老沙哑的声音说：“是困难啊！可是有句老话：‘水流船行岸不移’，我们就得这么坚定，咬牙挺住。昨天下午我到唐山，五矿罢工委员会正在替大家想办法。唐山洋灰厂、铁路工厂等也都在支持我们。反正总不能饿死人！咱得把道理给大家讲清楚。只能鼓气，不能泄气。”说到这里，胡志发忽然说，“老节，有件事我一直想跟你说说，没捞到机会。今天我得跟你直说。”

　　节振国睁大了眼睛，问：“什么事？”

　　胡志发吐着烟，说：“你那两个结拜弟兄，小纪朴实忠诚，是块金子。可是老三夏连凤，你得考察考察这个人。他兴许是块矸子石①。”

　　节振国问：“怎么？”

————————————

① 煤炭中的石头叫矸子石。现在矸子石已可综合利用。矿工认为煤是好东西，矸子石是坏东西。

胡志发两眼注视着节振国，说："我知道你这人，有点儿江湖义气。在你面前讲你结拜弟兄好，你高兴；讲他不好，你听了准不乐意。可是，不乐意我也得讲。罢工前和刚开始，夏连凤倒挺积极。后来，就不行了！那晚举着血衣游行，他没参加；打唐家庄，他又推说肚子疼没参加。这些天，他郎里郎当，说的泄气话要用大筐装，扰乱军心。陈祥善用现大洋想收买你那件事，他知道后对人说：'嗬！老节太傻！钱不嫌多！换了我，拿来再说！'……"

节振国大大咧咧地说："他那是说笑话！"

胡志发吸着烟摇头说："听话得听音，声音不正啊！夏连凤这人跟小纪不同。他那性子，飘飘浮浮。他家本是有田有地的财主，破落无奈他才当了做窑的。他从小吃喝玩乐惯了。说起当年，馋得不行。有了钱，总往小酒馆里送。这样的人，信不过！"说完，他用眼睛看着节振国，似在征求节振国的意见。

节振国摇头，争辩说："老胡，咱三人结拜，虽不同日生，但愿同日死。夏连凤，他对我不错！打唐家庄那天，他是真有病才没去。他能听我的！信得过！不信，你往后瞧！"

胡志发皱皱眉，敲着烟锅说："你注意对他管教着些。有些机密事儿嘛，不必要跟他说的，就不说为好。"

节振国没吱声。他讲义气，虽然平日也发现夏连凤有不少毛病，办事不牢靠，好逸恶劳，有时又有些挑肥拣瘦、油腔滑调，可是既已结拜，他就迁就了。夏连凤又甜嘴蜜舌，大哥长，大哥短，节振国说个什么，他当面总是听从的。所以，胡志发说了一通，节振国不能说胡志发说得不对，可又不愿意承认夏连凤不好，也就不吱声了。沉吟了一会儿，他岔开话题说："老胡，你说，日本鬼子来到赵各庄以后，这些天按兵不动，是怎么回事儿？"

胡志发思索着说："英国毛子和日本鬼子是又勾结又有利害冲突，也就是老周讲的矛盾。英国毛子想用鬼子来压咱复工，因为鬼子急等着要军用煤。鬼子呢？想坐山观虎斗，伸手向英国毛子讨更大的价。日本这个宪兵队长彬田，是有名的'瓦斯'，他按兵不动，不是真不动，是像鸭子浮水，面上不动暗里在动。我们打了唐家庄实现了五矿同盟大罢工后，他马上带人将我们缴获的唐家庄'护矿队'的一部分枪支取走了①。这就是控制我们。据了解，最近宪兵队的特务密探大量在赵各庄大街小铺里活动开了，还收买了汉奸、工贼散布流言，说日本人比英国人好，日本同情我们矿工。……是要模糊我们工人的民族意识，扑灭工人的抗日情绪。咱要提高警惕，不能大意！"

听老胡一五一十分析得有理，节振国不住地点头，这时说："老胡，你说得对！咱决不松懈！现在，大伙儿是有困难，但咱想尽办法要使大伙儿能咬牙坚持下去。你刚才说的五矿罢工委员会正在替大家想办法，这太好了！希望他们能早点帮助我们渡过难关才好！"

胡志发站起身来，他准备走了，说："咱就谈到这儿吧！我到罢工委员会去一趟，把去唐山同五矿罢工委员会洽谈的经过告诉大家。"他敲敲烟锅，把烟袋杆插在腰带里，离开节振国，走出工棚，飘忽地远去。

外边，天早大亮了。麻雀仍在看不见的屋角和枝头叽喳叫着。天仍没有放晴的征兆。节振国又练了一套拳，忽见纠查队大队部那儿拥来了一伙人。节振国想：是谁？有什么事？……他迈步走去，见夏连凤当头，同一伙纠查队队员来了。一见节振国，他们停了脚步。夏连凤老远就招手叫喊起来："大哥，来吧！上大队部来，人都在找你呢！"

节振国快步上前，问："谁找我？"他一看那伙人里，有"黑旋风"梁凯，有孤儿出身的佟树安，有张怀安、刘明达、林山才等。张怀安、刘明达、林山才等都是家口多生活困难的。节振国心里有数，准又是

---

① 当时为避免与日寇立刻引起冲突，枪支缴了一部分，但隐藏了一部分，工人纠查队仍以钢斧、镐把等武装，公开不拿枪支。

为着揭不开锅来找上门的。果然，节振国一上来，夏连凤就说："大哥，到大队部里坐吧！你看，这么一大早人就都来找你了。我跟他们说了，大哥你连家传的宝剑都当了二十块大洋给了乔老庆，当票还在我兜里搁着。可是他们就是不走。这个说老人、孩子在家里饿得哭，那个说缺煤烧炕夜里冻得没法睡。吵来嚷去，梁凯想了个好办法。我说：'行！咱找大队长谈谈！'大哥你要不要听一听？"

节振国猜不到梁凯想的是什么"好办法"，点着头，热心肠地说："行啊！大家合计合计吧！"说着，迈步进了纠查队大队部。大家也都一个个跟着进来了。

大队部的工棚，宽敞高大，里边有用木板、坑木搭成的桌案、床铺。节振国进来时，里面早一个挨一个挤满了一屋子的人。见节振国来了，这个叫"老节"，那个叫"大队长"，都热情招呼着。节振国挤到中间，在木板搭成的桌沿上刚坐定，大家七嘴八舌诉开苦了。有的说："工钱不发，欠咱们的配给煤也不给了！昨夜一宿炕冰凉，春寒冻死人，冻得老小都睡不着！"有的说："早知你老节自己也困难，可是不向你提，向谁说呀？不是要你为难，你是咱的贴心人，咱听你的！你说，咱该怎么办？"张怀安眼泪汪汪："不瞒你说，老节！孩子多，女人有病……"他说不下去了，用手只是擦眼泪。节振国安慰他说："怀安哥，别难过了！五矿同盟大罢工委员会正在募捐，想办法。困难是有，但总能解决！你家缺粮，有病人，咱今天先想法互助解决！……"

他话没说完，跟着诉苦的人一窝蜂都诉说起来了。外边，来的人越来越多，纪振生也来了。有继续往屋里挤的，也有挤不进来的。工棚的门外、窗户跟前全站满了人。

夏连凤把梁凯往前一拽，说："'黑旋风'，说说你的主意吧！我看这主意高！"

梁凯绰号叫"黑旋风"，是个黑不溜秋的大个儿，黑黑的四方脸，粗黑的双眉下，两眼发亮，胡髭硬得像钢针。他力气大，脾气暴，说话声音炸耳朵。梁凯一下子成了中心人物，大家都瞅着他，等着他讲。他拉开大嗓门说："咱是给英国毛子逼得没活路了！工钱不发，配给煤也不给了！没有吃的，饿倒躺着的不是十户八户了！虽说已是三月，老天爷也跟咱作对！天这么冷，也没烧的，好些人家的老人孩子都冻病了。夜里睡冷炕，白天嚷关节疼！……"

有人插嘴："听说'锅伙'也快不给吃了！……"

梁凯接着皱眉扬手说："复工，咱不干！这罢工斗争一定要坚持！咱不能干不义气的事儿！可是，眼前的困难真不小啊！刚才老节说了，五矿同盟大罢工委员会正在募捐，将来会有救济来。可是眼下咱就水干井枯渴得喘不开气了，怎么办？"

有人催他："怎么办？快说呀！……"

梁凯做着手势说："我就住在东煤场旁边。矿方不发配给煤，可是煤场上的煤堆得有山高……"

佟树安一跳老高，说："妙！我懂啦！你是说，他不发配给煤，咱自己动手搬？咱不能捧着金碗讨饭！"

夏连凤敲打边鼓："对！有煤不光能烧，还能卖了换点吃的用的！煤就是钱钞哇！"

梁凯说："这煤是咱们下窑的自己挖的……"

抢着说话的越来越多了，七嘴八舌，打断了梁凯的话。这里说："抢！"那里说："血汗是咱们流的，咱们拿了不亏心，这不是抢！"纪振生也说："欠的配给煤不给，咱就该夺回咱自己的煤！这是血汗还家！"

梁凯用大嗓门压住大家的声音，说："大家寻思寻思吧！我的办法行不行？"他找了个地方往坑木上一坐，等着节振国拿主意了。大家都纷纷说行，有点头的，有嚷嚷的，看着节振国，要他拿话。

节振国英气勃勃的脸上两只眼睛闪闪发光，他正愁着难题不好解决哩！梁凯一说，大家一议论，他觉得句句在理。但他知道东煤场附近驻扎着鬼子兵，听说日本鬼子要把煤运去军用，英国人同日本鬼子正在讲条件，他不禁想：五矿同盟大罢工委员会的救济还不知哪天来！煤是咱工人用血汗刨出来的！血汗还家这件事合理！更重要的是：日本鬼子侵华战争需要的是煤。这些煤英国毛子迟早要供给日本鬼子军用。咱要是把煤抢来一分，岂不是表面上打击了英国毛子、实际上打击了日本鬼子了吗？可是，去抢煤场，鬼子会不会干涉？他亮开心肺地说："到煤场去搬煤，这个主意好！就是一样，日本鬼子会不会插手？大家想过没有？"

大家一愣。

梁凯鼓着一肚子劲儿说："我看不会！"

夏连凤接茬揎掇道："咱拿的是自己的煤，干他屌事！"

大伙儿又七嘴八舌说起来。这个说："咱纠查队动手去占领东煤场，在那儿维持秩序，把煤分给工人，准叫人人满意！"那个说："如今大罢工，咱工人占的是自己的煤场，在理！"闹哄哄一片声要马上动手。

节振国急着想给穷兄弟们解决困难，又觉得血汗还家合情合理，更可以借此打击英国毛子和日本鬼子，像是做了决定，"霍"的站起，"乒"的一拍桌案说："干！梁凯，你去敲锣集合！让大家带上铁锨，带上家什，独轮车、大抬筐、大麻袋都带着，到矸子山旁边会合占领煤场搬煤去！我们马上就到！"

他这一声令下，像轰隆隆开了一炮，大家情绪可热烈了，一齐站起身来，纷纷撒腿跑回家去找家什。大家肩擦着肩，气接着气，热得像一团火，挨着挤着闹嚷嚷地叫着："走！""抢煤场去！"……人们挤出工棚放开脚步，一阵风似的卷向东去，狂热地奔跑起来。只剩下节振国和纪振生、夏连凤。

人呼呼啦啦走了，节振国冷静下来，觉得这么一件大事也没同老胡商量，岂不有点冒失？对着纪振生和夏连凤说："你们先到矸子山附近等着我。我马上就到！我得去找老胡，跟他说一下！"

夏连凤不以为然地说："唏！什么事都说，不怕累了嘴皮子！这件事儿我看办得对，咱纠查队就能自己做主！办完了，大哥！你爱说就再跟他说吧！"

远处，传来锣声："喤！——喤！——喤！——"节振国知道是梁凯在敲锣集合。锣声似在召唤。他想：对！只要事情干得对，干了再说也是一样。就说："好吧！那咱们走！"

三人刚要出屋，忽听门外一个苍老沙哑的声音高叫："老节！"

节振国一听声音就知道：是胡志发！老胡声音刚落，人已进门来了，在他身后跟着的是白发苍苍的关清风。胡志发黑瘦的脸上有点严肃，把手一摆，又叫了一声："老节！"马上对着节振国说，"老节，打算去抢煤场？"

节振国点头，说："家家都没吃没烧的了！"

夏连凤手搔着头顶笑着说："这是个人人拥护的好主意！煤是咱用血汗采的，又欠着咱配给煤！咱拿了用，谁能说个不字？"

胡志发和关清风走到节振国跟前。

老胡问："老节，你同意这么干？"

节振国坦然地答："唔，大伙儿困难呀！我看，该这么干！这么干，解决了大伙儿的困难，又能抢掉鬼子的军用煤。我看好得很！"说着，拿眼望着胡志发。

胡志发朝着纪振生和夏连凤，说："工友们是困难，可是咱纠查队的职责是维持罢工秩序，咱能带着去干这种抢煤的事儿吗？不能！抢掉鬼子的军用煤是好得很，杀光鬼子更痛快！可是这么冒冒失失去抢，会不会流血呢？"

节振国圆瞪两眼，他没想通。纪振生和夏连凤看看节振国，又看看胡志发，也没想通。

夏连凤翻起眼皮瞅了胡志发一眼，说："这是咱自己的煤！不算抢！咱不说抢不就行啦？好好的事儿，你……"

胡志发没有理他，说："如今五矿罢工委员会正在给大家想办法，各厂矿的工人,唐山交大的学生,都在募捐支援咱们,救济款快来了!什么时候来不敢说,但反正不会拖很久。要是快,说不定今天就能到。咱困难再大,死撑也要撑过这两天!咱挂队罢工,要有计谋,要讲策略,可不能蛮干一气!"

夏连凤挑动地说:"蛮干?"

节振国听了有些不顺耳,说:"我看这么干不坏!"

夏连凤咕哝着说:"胆小的别干,让胆大的干!"

节振国瞪了夏连凤一眼,责怪地说:"你胡扯些什么!"

夏连凤不吱声,觉得本来已经到手的钱钞"呼啦"一下子又飞走了,一肚子不舒坦,横眉竖眼地转过身去,嘴里嘀咕:"豁上性命也得救大家的急!反正庄户人挑粪担——两头都是屎(死)!"

关清风一直沉默着,这时,拂着白须说:"瞎子领着跛子走,一跛一跌的事咱不能干!"

胡志发坚定地说:"抢了煤场,我们就乱了步数!"

纪振生真心诚意地望着胡志发,摇头说:"为什么自己的煤咱自己不能分呢?我不明白!"他是想听听老胡的分析。

节振国烦躁地说:"老胡,你平时斗争有个坚决劲儿,现在怎么啦?"

胡志发有理有节地说:"你们想过没有?咱们罢工,不出煤,英国毛子和日本鬼子都着急,现在正勾结起来想镇压咱们。鬼子已经驻兵赵各庄,彬田的宪兵队也来了。他们不是来逛大街的,赵各庄没有好风景。他们是想来抓人杀人的。别看这些天他按兵不动。咱要是送上门去挨打,他就会动手!咱这么鲁鲁莽莽去抢煤场,英国毛子不乐意,日本鬼子要军用煤也不乐意。咱一去,是把辫子送给人家抓!老节,敌人是有准备的。咱这么去蛮干,会给罢工斗争带来损失的!"

节振国跺了一下脚,气恼地说:"我节振国就是这么个耿直性子,不懂得什么叫'怕'!天塌下来我顶着!看着弟兄们家家户户没烧没吃,我受不了啊！"

关清风皱着眉说："振国！听老胡的，不能去！五矿罢工委员会等捐款一收齐，马上就把救济费拨下来，工友们的困难，眼看就能解决了！"

节振国叹气说："那是远水，救不了近火！"

见节振国虽然心中怒火燃烧，却在那儿沉吟，夏连凤心里想：真是糯米做饭——黏糊！用刺耳的声音高嚷："有种的就去！谁不去就不去！既然说了，就别反悔！我不贪生怕死！大哥，你不去，我去！我是热血男儿，不能说话不算话！"说着，就要走。

节振国给夏连凤的话一挑一刺，耳根都红了，说："唉！老胡，现在迟了！大伙都已经去了！大丈夫一言既出，驷马难追！我不能打退堂鼓！煤场就是刀山，我也第一个上！"他拔腿也要走。

胡志发拦阻："老节！你是纠查大队长，你要想想后果！去是要吃亏的！"他因为激动，嗓音更沙哑了！

节振国回过脸来，英雄气概地说："老胡！我是下决心了！要我们吃亏，他们也得搭上老本！"

关清风生气了，说："振国！听你胡大哥的话！"

夏连凤一拽节振国，说："大哥，不能言而无信啊！大伙已经上阵了！咱变卦抽腿？"

纪振生被夏连凤的话挑动了，唉了一声说："咱不能变卦！也不能抽腿！"

节振国的心像被一只无形的铁爪紧紧掐住，掐出了血。他一咬牙，什么也不顾了，他脸上闪着油光，两眼像黑夜的星光，歉意地看了一看老胡，痛苦地叹了一口气，从腰里拔出雪亮的斧子高高一举："唉！走！"

他雷霆火炮地迈步走了。纪振生紧紧跟上，夏连凤也立刻跟上。

胡志发和关清风站在纠查队大队部工棚门口，看着节振国、纪振生和夏连凤一同走了。关清风遗憾地叹了一口气，连跺了几下脚。

胡志发冷静地思索着，沉吟了半晌，最后对关清风说："关师傅！你找些人来接应！我先到煤场去！"

"你去?"关清风惊讶地问。

胡志发冷静地点了点头。他同关清风研究了怎么找人接应的事，就匆匆地跟着远去的节振国向东去了。

第七章　煤场喋血

赵各庄的东煤场占地三十多亩。

贮煤的场地上，堆着做窑的用血汗在矿井下挖出来的山样高的煤炭。煤场东、西、北三面都砌有石头墙，还沿墙挖有护水沟，墙上竖着碎玻璃刀。南面是大门，通往北宁路的运煤铁道像死蛇似的一道道交叉躺在这儿。铁道外，有密密匝匝的铁丝蒺藜网包围着。罢工之前，这儿那个喧闹劲儿就甭提了！整天小火车"乞卡乞卡""乞孔乞孔"鸣笛吐气，带着震撼大地的声势来往不停。高山般的煤山运走了，又堆起；堆起了，又运走。风从煤山上吹来，带着煤粉到处旋舞。这儿到处是一片黑，黑的煤山，黑的土地，黑的破旧建筑物。矿警们荷枪实弹在煤场四周巡弋，拾煤核的矿工家属和孩子们，只能挎了篮子，带了大筐、麻袋远远离开煤场扫点煤屑，拾点炭渣。要是谁钻进了铁丝蒺藜网，轻则被矿警揍一顿，重则挨上一枪，丧了命。

自从罢工以后，小火车停了，平日那些穿着破窑衣在这儿熙来攘往的矿工不见了，只有矿警仍荷枪警戒、巡弋着。东煤场变得冷寂、凄清、死气沉沉了。

东煤场西边，现在有日本鬼子的兵营。有多少鬼子还摸不清，但穿着黄军衣全副武装的鬼子兵在兵营门口站岗，有时派出一小队鬼子兵跨着八字步在兵营周围巡逻。兵营上挂出了太阳旗。

英、日帝国主义的勾搭正在进一步加深。东煤场的贮煤是双方勾搭进行讨价还价的主要项目。鬼子侵华迫切需要军用煤，要求将东煤场的贮煤三百五十吨立即拨运。英国毛子却奇货可居，要鬼子先镇压罢工、解决工人复工问题再谈运煤的事。鬼子兵将兵营驻扎在东煤场旁边，自然也是别有用心。

这些天来，东煤场平静无事。矿警队始终奉命实弹警戒。英国资本家和矿司陈祥善用拖拉战术、饥饿战术对付矿工，看到罢工的工人生计无着，缺吃少烧，也想到矿工们有可能会到东煤场抢煤。所以，命令矿警队不准麻痹松懈。但另一方面，英国资本家和矿司陈祥善，又有一个小算盘：如果矿工真来抢煤，日本人准不愿意，演出一场龙虎斗来，叫日本人镇压矿工就有了希望。所以他们处在一种既不愿工人抢又不怕工人抢的复杂、微妙的心情中。

现在，节振国带着纪振生和夏连凤，腰插雪亮的钢斧，正向东煤场西边的矸子山附近跑去，准备抢煤场了。

节振国的思绪十分复杂，脸上看得出是有心事。从罢工前到现在，老胡讲的话他哪句不听从？但今天老胡一再拦阻，连关师傅也表明了态度，自己却拧着在干，没有听从老胡的话，不能不使他心里耿耿。他想：难道我错了？老胡说过，为了穷哥儿们的利益，不怕掉脑袋！那为什么事到临头，今天这么畏首畏尾？老胡顾虑重重，当然不能说他毫无道理，可他也估计得太严重了吧？节振国想来想去，总觉得自己没有错！"胆小不得将军做"！节振国觉得自己胆大包天，吃不了亏。今天既已来了，决心是下定了！他想：要是我错了，我回去向老胡认错！自己不能言而无信！但我要是不错呢？……他还体会不到老胡说的"抢了煤场，我们就乱了步数，会给罢工斗争带来损失"的含义！钻在牛角尖里，自己再也解脱不开了。

刮着冷飕飕的风。节振国敞开衣襟，手拿钢斧，昂首阔步，走在头里。风，将他的衣襟吹得呼啦啦飘。紧跟在他身后的是纪振生和夏连凤。一路走，一路上跟着他走的人越来越多。有些人早直接去矸子山附近等候了，有些人刚走出来遇上老节，就也紧紧相随。梁凯、田树森都来了。经过一排排"锅伙"，大家一声吆喝："跟老节抢煤场去啊！""剿煤场去！""带着家什搬煤去啊！"……前前后后，足有两千多人狂热地向前奔跑。人们就像胶在一起，闹嚷嚷地拥着节振国前进，阵势十分威武，士气十分旺盛。

节振国带着队伍风云闪电般地向矸子山附近跑，心里打谱：先打下煤场占领煤场最重要；占领了煤场，从从容容让家属小孩一块儿来搬煤，要是匆匆忙忙上去就抢，那就乱了，容易出岔！想到这里，他仿佛看到东煤场被斧子队占领了，工人和家属黑压压的队伍缕缕行行潮水般地拥来了，成团成片地冲到高山似的煤堆旁，用筐、用篓、用麻袋、用小车"呼哧""呼哧"地装着煤炭，运回家去……缺吃少烧的人们，一个一个脸上都泛出了笑容……

跑到通向东煤场的矸子山旁三岔路口，节振国做了个立定脚步的手势，纵身跃上一块大青石，一举右手说："今天咱去东煤场，可能是斧子对步枪，矿警会开枪。大家都得听我指挥，乱哄哄这么乌合之众跑去可不行！咱去到那里，先别忙着抢煤，咱要先占领东煤场，赶跑了矿警，咱再搬煤。大家明白了没有？"

众人嗡嗡的一片声，七嘴八舌都说："明白了！"

节振国做着手势说："东煤场三面是墙，只有南面是大门。光走大门冲进去不行，那儿有矿警把守。咱分兵三路，中路我带着，冲大门；西路由纪振生、田树森带着，冲西边；东路由梁凯、夏连凤带着，冲东边。铁路两边架得有枕木，东路和西路冲的时候，抬了枕木压上铁蒺藜，人从枕木上走，往里冲，咱三路同时下手，全靠迅速！快跑快冲，叫他矿警来个措手不及！斧子队在前，矿警要是开枪伤了咱一个人，咱就劈他十个！大家说，行不行？"

他的话说得很有气势。他没学过什么军事，也没打过大仗，只是看《三国演义》《水浒传》等旧小说时，似乎学到了些本领。上次，攻打唐家庄瓦解"护矿队",也得了些经验,今天来抢东煤场,胆气就更壮了!听他有条有理一指挥,团团围着的两千多矿工和家属同声说行,声音像天上轰轰响雷。

纠查队和矿工们混合起来,兵分三路。纠查队亮着钢斧在前,矿工们多数手拿洋镐、铁锹、镐把……黑压压地直奔东煤场。家属、小孩也跟在后边撒开脚丫子跑。

来到东煤场附近,"哗啦"一下子,队伍像三股怒潮,汹涌澎湃地从西面、中间、东面同时向煤场猛冲。节振国带着中路,像一支离弦的箭直射大门。大门口的两个穿黑制服的矿警一下子吓愣了。他们想开枪,一看来势凶猛,只怕开了枪逃不脱身,转身逃进大门里,正想关大门,可是已经来不及了,只得甩手就窜。里边别的矿警,听到人声喧哗,出来张望,一眼看到矿工人山人海拥来,没命地挥着斧子举着大镐喊着冲杀,也连忙转身逃跑。煤场里顿时大乱,吓得家雀也叽喳乱飞。

节振国的斧子队怒吼着用一种令人胆战心惊的气势冲进大门。在这同时,纪振生、田树森带的队伍在西边,"黑旋风"梁凯和夏连凤带的斧子队在东边,也用千军万马之势奔腾冲杀进了煤场。穿黑衣戴大箍帽的矿警纷纷后退。有的一面逃跑一面吹起了叫子报警:"喔——喔——喔——"冲进煤场的矿工队伍散开了:有的去追赶矿警;有的去占领煤场的公事房;有的去急着挖煤。节振国觉得抢占煤场顺利,心里正高兴,忽听"砰!""砰!"枪声响了。接着,就响成了一片。原来,逃跑的矿警这时转过身来站住了阵脚,远远趴在地上,凭借地形地物开枪射击了!

抢煤的家属和小孩背煤的,扛煤的,推小车的,听到枪声,开始四散逃跑。

节振国一颗心忽悠悠往下一沉,一面命令慌乱中的群众:"卧倒!"一面想:不消灭这些矿警,占领煤场的任务完成不了,也掩护不了抢煤的工人和家属撤退。于是，他不顾一切地伛偻着身子，朝开枪的矿警那儿冲杀过去。后边的人，见节振国往前冲，也跟上来了。矿警仍在开枪射击，子弹"嗖""嗖"地从节振国头上、身边擦过。节振国不顾一切，双眼喷火，见到自己的穷兄弟有的中枪受了伤，他只想赶快冲上去劈了那些开枪的矿警，别的什么都不管了！他冲得快，一个矿警开了枪爬起来转身要跑，没来得及，被节振国从后边飞也似的赶上，当肩一斧，劈得惨叫着死命地逃走了。节振国杀得眼红，拔步再追……

矿警的枪一打，人早乱了。四下里都是矿工，只听到喊杀声、脚步声、怒骂声混杂着枪声，弥漫在煤场上空。

节振国被远处矿警的步枪射击拦阻在煤场后边的一片开阔地上了。这儿堆放着乱七八糟的煤筐、废坑木。枪弹密集射来，飞蝗似的，打得人抬不起头来。节振国伏在一堆坑木后边，看到已有一些人受伤，心里正着急，忽然看见矿警的队伍乱了。原来是纪振生和田树森率领的西路斧子队，从西边冲入煤场以后，绕到敌后，赶跑了矿警。

节振国心里发热，高举钢斧，对着身后的斧子队大叫一声："追！跟我来！"跃着大步，朝前去赶矿警。

但，枪声又响。这枪声来自西边，声音和矿警打的枪不同，是"三八大盖"的枪响："巴勾！""巴勾！"……接着，看到前边远处纪振生、田树森带领的西路队伍呼啦啦乱了套。枪声中，远处那伙矿工散开了！枪声揪住节振国的心！一听这枪声，节振国立刻想到：难道是鬼子兵营里放的枪？难道鬼子真的出来干涉了？……他并不怕鬼子，心里仇恨鬼子，早不是一年两年的事了！正盼着有个机会杀鬼子呢！可是，现在，一听那枪声，他的心乱了！刚才同矿警作战，十几个矿警，虽然有枪，打伤了一些矿工，却还能顶得住，赶得跑。现在，日本鬼子上来了！来者不善，善者不来。一看矿工们现在散了摊子的这个样子，遇到了拿枪的鬼子兵，势必要造成更大的死伤！这一想，节振国的心怎能不乱，摆在面前的是一种进退维谷的局面。要是进，看来困难了；要是撤，混战了一场算是怎么一回事？而且，队伍分散成这样，要撤，也难下命令一起撤了！想到这些，节振国皱起双眉。

正想着，只见刚才向北逃跑的矿警又回过头来打枪了！本来由西往北包抄矿警的由纪振生、田树森带领的斧子队，这时踢踢啪啪都往节振国这儿跑来了，枪声"巴勾""巴勾"仍在响。难道西边真有鬼子出了兵？

节振国没有经历过这样的场面，没有指挥过这样的战斗，真是拿瞎了！他朝那些跑散的矿工们高叫："别跑！堵住！堵住！……"有的人留下匍匐在坑木、煤筐后边，有的人却还一个劲儿地往后跑。

远处有小屋挡住视线，枪响仍在传来。节振国一把拽住一个从那边飞跑过来的纠查队员，一看，原来是老实憨厚的张惠，忙问："怎么了？"

张惠喘着粗气，那张胖胖的圆脸上露着惊恐，抢胳膊瞪眼地吼着说："鬼子来了！他妈的！好几十！都是从西边架梯爬墙过来的……"

节振国急忙又问："小纪呢？"

张惠满面是汗，喘着气说："他带人冲上去以后，我见他挂了彩给鬼子逮去了！幸好'田大头'带着人撤了！""田大头"指的是田树森。

枪声更紧，节振国心里挂念着纪振生，对张惠说："跟我上！"又一招手高嚷："不怕死的跟我来！"说着，亮斧就要冲上前去。

但，就在这时，身后一只粗壮有力的大手上来紧紧拽住了他的左臂。

节振国火燎毛似的回头，闪电似的瞟了一眼，是胡志发！胡志发额上淌汗，态度冷静，可是节振国从眼神里觉察到他心头比谁都更不安，上气不接下气地"啊"了一声，说："老胡！你也来了！"

胡志发有那种临危不惧、安如泰山的钢铁性格，眼睛张望着四面，点点头，说："老节！不能再这么蛮干啦！快撤！"

节振国咬着下唇，眼望前方，以一种高亢刚毅的声音板上钉钉地说："不行啊！我得掩护抢煤的工人和家属！"

　　胡志发脸色沉重，说："抢了煤的家属已经由关师傅他们护送着安全撤走了！"

　　节振国"唉"了一声，摇摇头，感情复杂，说："不行！纪振生给鬼子打伤逮去了！我跟他们豁上了！"

　　胡志发摇头，用手背擦着额上的汗，语气像钢铁似的坚硬："豁上了有什么用？你现在是纠查大队长！你不能一死就算完！这样去送命，不是英雄！"

　　节振国听到枪声还在响，咬牙跺脚，要挣脱胡志发的手，说："我们三人义同生死，我不能见死不救！"

　　胡志发松了手，严厉地叫了一声："老节！"但是又恳切地说，"难道你就为了个人义气，不顾赵各庄这一万三千穷兄弟了吗？你不能一错再错了！"

　　他们说这些话时，都是你来我去说得很快。枪声仍在"巴勾""巴勾"响，子弹叫嚣着飞过头顶。这几句话像重锤敲鼓，敲得节振国清醒了！他"唉"的长叹一声，跺着脚，眼圈红了。

　　前边远处，被横七竖八的旧坑木、煤筐隐约遮挡的地方，出现了闪闪的刺刀刀尖，穿黄军衣的鬼子兵，正在往这边搜索着窜过来。胡志发把手向后一挥，说了一声："快撤！"又用手一拽节振国，决断地说，"老节！走！"

　　节振国额上冒汗，心有不甘地说："我得上东边看看，夏连凤、梁凯他们带了人在那儿！"他的责任心，促使他先想到别人，后想到自己。他觉得自己应该冲在最前面，撤在最后面。

　　胡志发是了解他的，拽着节振国走，说："他们早撤了！"

　　枪声仍在响！

　　节振国同胡志发和张惠等会合一批斧子队飞步撤下来。离开煤场不远，只见迎面扬起灰尘，呼呼啦啦一阵风来了好几百人。一看，原来是关清风带着接应的人找节振国来了。

关清风白须飘拂，懊丧地说："振国！不听老胡的话，吃了多大的亏啊！"

节振国听了，皱眉不语，但心里很不是味。

"黑旋风"梁凯左膀受了伤，用布裹着，血水透过布条洇了出来。他咬牙攥拳，上来迎着节振国说："咱们斧子队也不含糊，打我一枪的我还了他一斧！"

关清风责怪地说："你呀！就会蛮干！"

枪声仍在放鞭炮似的响，节振国高声招呼队伍："撤！回大队部！"

一路上，节振国大步走着，始终沉默不语。关清风刚才说的那句埋怨的话刺激了他。他想起胡志发劝阻的话，心里充满了悔意。他回头又远远向东煤场望了一眼。枪声已经停歇，煤场又恢复了平静，可是他的心里却像发生了海啸，洪水翻腾，波涛汹涌。

中午时分，早晨缭绕在矿区的那一片蓝幽幽的烟雾消失了。阴沉沉的天似乎增加了一点回春的气息。野地里，绿草还刚冒芽。被煤炭染得到处是黑色的赵各庄，绿色太稀罕了！看到这点绿草，分外悦目。

在工棚前面，胡志发平静地抽着烟，心平气和同节振国在谈心。他们坐在一根烂坑木上，木料露天放着太久了，腐烂得很厉害，用手指可以挖出窟窿来。如果不罢工，这些烂坑木也早运下井做支柱了。节振国心里烦躁气恼，又充满了悔意，望着眼前那片绿草的嫩芽芽，静静地出神。

不远处，张惠在纠察队大队部的大工棚里用低沉、激愤的声音唱京戏。张惠这憨厚的小伙子，爹娘在蓟县乡下，是做矿工的叔叔带他来赵各庄下井的。前年，叔叔在井下被砸死了，就剩他孤身一人。他爱听京戏，自己唱几句谭派的须生也够味儿。这会儿唱的是《打渔杀家》，声音随风传来：

> 怒恨那吕子秋为官不正，
>
> 仗势力欺压我贫穷的良民……

节振国听着，胡志发也听着。刚才他们已经就抢煤场的事谈了不少了。节振国本来心里纷乱、沉重、痛苦，但同老胡谈了以后，开朗得多了。

胡志发情真意深地说："老节，不讲策略，打不了胜仗；冒失蛮干，只有失败！这是血的教训！懂得教训，记住教训，咱会聪明起来的！"

节振国说："老胡，我错了！幸好，你坚持让撤，今早上只伤了些人，没有死的！要不然，我真没法向大家交代了！只是小纪，被鬼子抓去了！我实在放心不下啊！"

胡志发听得出节振国的话里饱含着感情，纪振生被鬼子抓去，会有什么样的遭遇就难说了。胡志发思绪万千地说："一抢煤场，鬼子出动干涉了，这只是开头！咱得提防还有下面的棋路！你出头露面带着斧子队抢了煤场，小纪又给鬼子逮了去！我怕鬼子会在你身上下手打井刨煤。咱这支纠查队，是英国毛子的眼中钉，也是日本鬼子的肉中刺。从今往后，你要特别小心！"

节振国说："我不怕！"

胡志发点头说："应该不怕！但要防止无谓的牺牲！"

节振国心里佩服老胡，什么事儿他都那么会分析，说得那么有理，那么老练，那么叫人心服。他突然把心里常想到的一个问题提了出来："老胡，你是共产党吧？"

胡志发仍旧平静地抽着烟，含蓄地笑笑："你说呢？"

节振国摇摇头，说："本来，不该问这个。我听人说：共产党是秘密组织，上不传父母，下不传妻子。可我想……比方说，我算不算在党？……"

胡志发听节振国这么说，心里高兴，脸上浮起一层满意的微笑，想把党的性质讲给节振国听，就说："老节，你行！共产党是咱们劳工阶级的政党，是咱无产阶级的先锋队！他专门领导咱们闹斗争，求解放！咱工人当中拔尖儿的就能在党！你好好跟着党干吧！"

节振国一听，激动得打断了胡志发的话说："好啊！是这么回事儿啊！"他误会了老胡的意思，听老胡这么一说，只以为自己已经在党了！

胡志发见他那么高兴，那么坦率、真诚，忍不住笑了，说："过几天，老周要从唐山到咱这儿来一次。这事，他要跟你细细聊一聊的！咱这罢工，下一步该怎么干，他也要跟你谈一谈呢！"

节振国心里热乎乎的，同老胡谈心，每次都使他感到七窍舒畅，眼目明亮。今天，这种感情更强烈，在抢煤场以后，思想转过了一个弯子，他就觉得收获更大了！他浑身朝气地站起身来，提议说："老胡，咱分头到抢煤场受伤的穷哥儿那里去看看，有困难得先帮他们解决！"

胡志发点头同意，也站起身来，说："好！你找关师傅一块儿，我找节廷秀、蒋振元他们一块儿！看完伤号，你得回家一趟！你好多天不回去了！今天抢煤场又出了事，家里一准很不放心。你一定得抽空回去看看！"

节振国点点头，答应说："行！"

第八章　软硬不吃

　　下午，节振国匆匆回家看了一趟。

　　他一连多天没回家了。每天刘玉兰总托人给他捎些玉米饼子、窝头去。今天下午，他抽空回家看看。因为早上抢煤场的事有了教训，因为工友伤了二十多，又因为纪振生没有下落，虽然中午胡志发同他谈心，使他得到了经验又受到了鼓舞，但探视过受伤的穷兄弟后，心里总摆脱不开懊丧。他心里有事，脸上气色不好。走进赵各庄东大街路北的那个小院子时，恰巧碰到他哥哥节振德，正拿了一把扫帚在扫院子。

　　老大节振德，为人拘谨，不大显山露水，平时也不跟人顶撞龃龉。矿上让他干了个低级员司，在井下管材料。自从矿上罢工以后，他就没有到矿上去过。他虽然做了低级员司，因为自己是做窑的出身，了解工人的苦楚，对罢工是同情支持的。他知道节振国是赵各庄矿罢工委员会的代表，又是纠查队大队长，虽然也劝自己兄弟要谨慎小心，心里却认为兄弟干得对，应该这么给大伙儿热心出力。

　　头午，斧子队抢煤场，鬼子动手开枪干涉的事，很快就传遍了赵各庄。传说纷纭，有说节振国受了伤的，有说节振国一人就斧劈了好几个鬼子的……左邻右舍，一会儿来给节振德报个信，一会儿又来给刘玉兰送个消息。搞得玉兰和振德心里都忐忑不安，像十五个吊桶七上八下。近中午时分，夏连凤来了，丧魂落魄，找刘玉兰说是要借点钱零花，才告诉振德和玉兰：振国平安无事。

现在，振德见振国回来了，一把拽住兄弟，说："嗨哟！你回来啦！我老怕你那拼命三郎的脾气要惹祸。今天抢东煤场，听说你真带斧子队去啦！好吓人呀！没伤着哪里真是大幸！叫人好不放心啊！"

节振国摇摇头，想笑笑，可是笑不出来，说："你看！不是好好地回来了吗？一根毫毛也没伤着！"

节振德比兄弟个儿高，也胖一些，脸上颧骨高高的，摸着刚剃的光头，说："快进屋去看看吧！玉兰可不放心啦，你要再不回来，她要去罢工委员会找你啦！我说，你呀！以后这种动斧子动枪的事儿少碰才好！……"

节振国急着想看看刘玉兰，也没吱声，迈步就朝自己屋里走。

嫂子和刘玉兰听到节振国的声音，已经从西屋里出来了。振国叫了声："大嫂！"朝刘玉兰看看。玉兰又瘦了。她一出来，后边就跟着七岁的凤英、五岁的凤兰和三岁的凤生，跳跳蹦蹦的。一见节振国回家了，三个孩子一口一声"爹"，嚷成了一片。

节振国左手抱起凤兰，右手抱起凤生，蹲下身子对凤英说："来！骑马！"凤英马上双手钩住爹的脖子趴在爹的背上。节振国连抱带背，把三个孩子一起带进屋内，朝炕上一坐，把三个孩子都放了下来。可是孩子们不依，凤英跟凤兰像两只小猫似的又朝爹怀里一钻。节振国一手一个接在膝上坐了。刘玉兰抱了凤生过来。凤生也伸出双臂要爹抱。节振国笑着把凤生也接了过来。初见面时，玉兰就见到振国脸上气色不好。现在，见三个孩子将爹逗乐了，玉兰才说："看你呀！多少天又黑白不拢家了！今儿上午听人说抢煤场是你带的斧子队！街坊邻居有的说你受了伤，有的说你砍了人！我一颗心总是扑扑跳。你给大伙办事儿，我支持。可你恣莽撞，我真怕你出事儿啊！"

节振国能想象得到玉兰的心情。他倒不是个不会体贴人的人。可是罢工的事儿，他担着责任。家，实在是顾不上了！他明白，玉兰日夜在为他的安全担心，怕他出事儿；玉兰也在为他的身体担心，怕他病了或是累了。不说别的，就这一家的生计，也全靠玉兰在维持。三个孩子三张嘴，这几天是怎么过的？他没法过问，担子全放在玉兰肩上了！他看到墙角有一堆捡来扫来的煤块和煤屑，他看到炕上针线簸箩里有一些正在替人家缝制的新衣，动感情地说："玉兰！不是我不顾家，也不是我不顾自己呀！你是明白人！咱做窑的吃的是猪狗食，干的是牛马活，几辈子都是这样，受压迫，当奴隶。老辈不常说吗：'下煤窑！下煤窑！当几年骡子吃几年草！'咱哪有一点人的待遇？自从冀东成了防共自治区，咱又尝上了亡国奴的滋味。现在，英国毛子和日本鬼子勾结上了。他们手里有枪，杀咱们的人，抓咱们的人。老二今天也挂了彩给鬼子逮去了。能忍受吗？得斗争呀！这大罢工，是艰苦，家家都困难。我是带头的！穷哥儿们相信我，我得叫大家放心！豁上命干也是应该的！在这时候，自己的事儿得少想，大伙的事儿得多想！玉兰，你对我好，得支持我干哪！"

他说得情真意切，玉兰听了也动心。三个孩子都还小，但都睁圆着小眼睛听着爹说话。玉兰的心情很复杂，也很矛盾。但，振国的话说得在理，她不能不点头。她坚强起来了，抬起头来，两只眼里射出关切的光芒，说："你干就是！家里的事不要你烦心，我不扯你的后腿！可是你得小心呀！今儿中午，乔桂香来告诉我：有生人在咱这门口转来转去，还向她打听你跟哪些人来往，外矿有谁常到咱家来。她是一字未说。可是，我心里怕呀，怕英国毛子和日本鬼子害你，又怕陈祥善这些坏蛋害你。你在外边不回家来，我这颗心老悬着，你自己得多当心哪！"

节振国叹口气，说："今儿抢了煤场，老胡估计，鬼子可能会找我的碴儿！这我倒不怕，我会提防！难过的是今天没听老胡的劝告，抢了煤场，伤了二十多个穷兄弟，老二也给鬼子抓去了！还带了伤！眼下也没法打听他的情况，更没法搭救。我真悔啊！"

两个大孩子凤英和凤兰从爹身边下了地，出屋到院子里玩去了，只有凤生还抱在振国手上。

刘玉兰说："胡大哥为人就是稳重，干什么事都想得周到。往后，你得多听他的。"

节振国放下抱在手上的凤生，让他出屋去找姐姐玩，朝着玉兰说："是啊，是得听他的！我跟他学的本领不少啊！我这人，倒也不蠢，可是想问题就是毛毛糙糙。吃一次亏，学一次乖，也许以后渐渐能变得聪明一些！"他想把自己在党的事告诉玉兰，让玉兰也高兴高兴。可是一想：这事上不传父母，下不传妻子，就忍住没说。

刘玉兰边拿起衣服来缝，边叹了口气说："二弟给鬼子逮了去，怎么办呢？他这人跟你一样，是个血性汉子，真叫人担忧呀！"

节振国眉毛一拧，说："我没能救他，心里老觉着难过。可当时要硬冲上去，确也无用，反而会遭到更大的牺牲。老胡拦我是对的。老二爱国，又是个硬汉，就怕这次给鬼子逮去，凶多吉少。他老娘那里，我跟老胡商量后，派人给她捎了些粮食和零花钱去，打算暂时瞒一瞒她老人家。我抽空还得自己去看看。"

玉兰说："老三今儿中午来过，一是告诉我你没事儿，另外，他知道我好说话，向我要几个零花钱！"

节振国心想：准是弄点钱去喝酒了。这时候，大家都这么困难，他也不体贴他嫂子。不由顺口问："你给他了？"

玉兰说："也不多。我就剩那么一点钱，够他喝顿酒的！"说到这里，她瞅着节振国，见振国瘦了，连眼眶都凹下去了，不禁心疼，说："饿了吧？我做了秫米粥，拿给你吃。"

节振国站起身来，说："刚吃了你捎给我的饼子，不饿。我回来看看，得走了！事儿多得办不完，大队部也离不了人。老二出了事，我更少了个好帮手！我得走，上罢工委员会去！"

玉兰想留也觉得不好留，点头说："那你走吧！自己多保重些！"她话没多说，但这两句话节振国听来却是如此深情，如此鼓舞心田。

玉兰送振国到院子里，振国同嫂子打了个招呼。没见节振德，嫂子说振德上街去了。三个孩子在院子里玩耍，刘玉兰朝他们嚷嚷："凤英、凤兰、凤生，快来！爹要走了！"三个孩子一起跑过来，大的抱腿，小的拽手，不让爹走。节振国一个个抱抱亲亲，又都放下，说："爹夜里有空再回来！"说完，刚要走，忽听外边街上敲锣了，锣声喤喤，人声鼎沸。

玉兰一把拽住节振国，说："听！什么事儿？"

节振国果断地说："我去看看！"说着，就走。

他还没踏出门坎，那儿节振德喜滋滋满头大汗地跑进来了，说："好消息！好消息！"

节振国急得不行，说："什么消息？快说呀！"

节振德擦着汗说："五矿同盟大罢工委员会派了代表从唐山来咱赵各庄慰问，带来了大批募捐到的款子分发给罢工的工人。这不！外边正在敲锣紧急通知上公事房前边广场上取齐开大会哩！"

他这儿正说着，忽见夏连凤兴高采烈地闯进门来，进了院子就高声大叫："大哥！老胡让你快回去！马上开大会！五矿同盟大罢工委员会的代表来了！"

节振国一听，心花怒放，心上的阴霾一下子扫掉了一大片，起了一股热浪。在这时候，他深深感到集体力量的伟大。一个人就是浑身是胆，能抵挡多少敌人？一个人就是能力再大，能解决多少困难？赵各庄一万三千多工人，生活困难，要靠一个节振国，那是一点办法也没有！可是靠五矿同盟大罢工委员会，向唐山各厂、各学校和各界募捐，大家就有了维持生活的办法和希望，坚持罢工就有了保证，真是一场及时雨呀！节振国感到信心更足了！

他招呼夏连凤："走！"说完，脚步噔噔地匆匆离家跑出了门。夏连凤也连忙紧紧跟上。

下午，欢迎五矿同盟大罢工委员会代表的大会在公事房前边的广场上举行，声势浩大，一万多罢工的工人万头攒动。五矿同盟大罢工委员会的代表来了十多人。他们从唐山来时是秘密的，怕路上出事儿。到了赵各庄以后，在赵各庄罢工委员会和纠查队的保护下，才公开了身份。大会在公事房广场上举行，为的是向矿方示威。这广场上，三月十七日那天，曾经因为矿方下令弹压，工人流过血。今天，在这儿开会，矿方如临大敌，荷枪实弹的保安队和矿警队躲在大铁栅栏门后。英国毛子和陈祥善一伙都在公事房楼上的玻璃窗里偷偷向广场上张望。看到赵各庄矿工人的罢工得到唐山、林西、唐家庄、马家沟四矿的支持，也得到社会上各界的支持，看到五矿罢工委员会带来了募捐得到的钱粮，他们心里又气又恨。在大会上，刘青山出头露面地抢着主持大会；胡志发、节廷秀、蒋振元等都讲了话，强调：矿方不答应工人提出的条件，就坚决不罢休。

　　节振国带领纠查队，维持会场秩序。大会开得很好，给大家打了气，鼓了劲儿。会开得不长。开会中途，日本宪兵队的几个宪兵列队持枪经过广场附近，但没有作任何干涉。夜里，赵各庄罢工委员会派人悄悄护送五矿同盟大罢工委员会的代表们回唐山。胡志发等也去了。开滦矿方提出：同工人的谈判改在天津继续举行！开滦总局在天津，五矿同盟大罢工委员会决定到唐山商量以后，派出代表到天津去同资方谈判。节振国独自留在罢工委员会的办公室里值班。

　　窗外，东北风打着呼哨。今年，春天来得特别迟。夜里春寒，多亏乔老庆和桂香父女俩给夜里值班的人送了些煤屑、煤核来。炉子的火虽不旺，却还可以驱赶寒气。

　　节振国穿着旧棉袄，坐在一只小木凳上烤火，忽然，听到有脚步声，一会儿，门"吱呀"一声开了，刘青山探身走了进来。

　　"啊哈，老节！我正想找你聊聊呢！"刘青山脱下了头上戴的貂皮风帽，解开了身上黑羊皮短袄的扣子，满面笑容在节振国对面的一把椅子上坐了下来。

节振国知道，刘青山可不是工人！他是御用工会所谓"劳资接洽处"办公事的人。他平日吃香的、喝辣的，穿戴讲究，纠合着他的一帮人，进赌场，逛窑子，蹲酒店，下馆子，抽大烟，吸白面，是矿上一股恶势力的头。他过去是在矿上办党务的国民党员。日寇唆使汉奸殷汝耕成立"冀东防共自治政府"的傀儡政权后，刘青山不再打着国民党的招牌，却用为工人谋福利的幌子出现，仍想操纵工人，暗中又同矿方眉来眼去，进行勾搭。英国资本家和陈祥善也喜欢有刘青山这种能"小骂大帮忙"的角色。这次大罢工，他也钻进了罢工委员会，胡志发和节振国等对他都很警惕，已经了解到他在罢工中干了许多可疑的事，只是没有拿到真凭实据揭穿他罢了！

节振国闻到刘青山嘴里酒味熏天，不由得皱皱眉，心里带几分厌恶。但既然刘青山说想聊聊，节振国想到胡志发平日对待刘青山的态度和策略，倒想听听他谈些什么，就从小木凳上起身随手拖一把椅子斜着身坐下了。

刘青山仍像往常那样逢人说话面带三分笑。他那泛着酱色的长方脸上长着许多鸡皮疙瘩，笑起来满脸横肉。他神秘地把头凑近节振国，似乎十分关心地说："老节，生活很困难吧？我知道你是个铁汉子，有困难也不爱张口。我这儿给你准备了些零花钱，你看——"他从兜里掏出一张期票，用两只羊眼瞅着节振国，说，"凭票到唐山鸿丰钱庄可以支款，拿着吧！"说着，将拿期票的手伸了过来。

节振国也不去看那期票上的数目，用左手把刘青山伸过来的右手挡开，说："没什么困难！眼下罢工，自己的事儿得少想，大伙的事儿得多想！"他心里琢磨：过去你刘青山同我格格不入并无交情，你也从来没关心过我这穷矿工的生活，今天你这是干什么来了？……他察觉到大有蹊跷，有心按捺下性子，看刘青山下一步棋怎么走。

刘青山碰了个软钉子，毫不死心，说："拿着使吧！有了钱还我就是！听说你将祖传宝剑都送到当铺里当了！该去赎回来嘛！来来来，拿着！拿着！……"

节振国忍住火气，第二次把刘青山的手挡回去，说："不用！不用！眼下还没山穷水尽，我可从来不爱随便乱花这种不明不白的钱钞！"

刘青山有点失望，把期票折好又放进兜里，叹了口气说："唉，老节！这罢工啊，你看能坚持下去吗？"

节振国一听，话里有话，不由反问："你看呢？"

刘青山咂咂嘴，说："五矿罢工委员会今天是跑来打了一下气，可是下次什么时候能再带救济来谁知道？今天给的这些救济，救救燃眉之急行，要从坚持罢工来说，是杯水车薪，无济于事哇！"

节振国朝他看看，若有深意地说："你年岁大，阅历多，你看怎么办好？"

刘青山玩味着节振国的话，呵呵一笑，卖关子说："我有我的考虑，但未必合你的口味！"

节振国捺住性子，不急不火地说："听听嘛！"

刘青山两只羊眼在节振国脸上探测着气候，说："你真想听？"

节振国点点头。

刘青山摸出一盒哈德门香烟，递给节振国一支，节振国说不会抽，他自己点火抽了几口烟，亲热地说："老节，这事我只跟你说，你可不必同旁人讲……"见节振国睁着两只大眼专心在听，他继续说，"这次罢工，我看可以见风转舵了！要不，那就是戴起石臼跳加官——吃力不讨好啦！"

"见风转舵？"

"是啊！"刘青山说，"如今，听说矿上可以答应撤销井下牌子房，也答应适当地给死伤的工友一点抚恤，要是我们就这么结束了罢工，对大伙儿已经好交代了。什么事，都得瞻前顾后，为大伙儿想，也为咱自己想想。现在，形势对咱不利！原先日本人是想让咱们工人将英国毛子搞垮，还听说日本人想来把开滦接过去。可是现在他们条件谈妥了，英国人答应给日本人好处，据说开滦的总经理跟天津日本特务机关长浅海大佐谈定：要是日本人来调停工潮，强制工人复工，他们将来就大量投资，同时优先将开滦的煤供给日本军用。"

节振国强忍住心里的火气，静静听着。

刘青山吸着纸烟，眯着两只羊眼，拉着近乎，说："我听到了风声，不能不告诉你哇！"

节振国心里怒骂刘青山，目光变得深沉了，两道眉毛皱成了疙瘩；两只眼瞟着刘青山，轻声地问："你是从哪儿听来的？"

刘青山见节振国关心，打了个酒嗝儿，把椅子拖前一步，得意卖弄地说："从哪儿听来的，我暂且不说。不过，我可以担保，"他拍拍胸膛，"这可是千真万确，一点不假。复工的事情老是缠着，我担心坚持下去，说不定竹篮打水一场空，大伙儿吃了大亏，我们也什么好处都捞不到！"他呼噜噜地吐了一口浓痰，又接着神秘地说，"听说日本人要动手开刀了，你知道不？"

节振国摇摇头，问："你的意思是现在就妥协？大伙提的条件都这么算了？"

"你我今夜无话不谈，我把心里话告诉你吧！"刘青山讨好地说。他酒后嘴干舌燥，随手从桌上拿了个杯子，把炉上壶中的开水满满地斟了一杯，继续说，"你知不知道，咱们这罢工委员会里有共产党？"

节振国猛地一惊，随即镇静下来，假作不在意地问："共产党？谁？能有共产党吗？"

刘青山神秘地笑笑："我也不清楚。听说日本人很注意，还听说矿上已经供给了日本宪兵队材料，说不定要抓人。"

节振国心里激动：刘青山这家伙一定是被收买了！很明白，现在五矿同时坚持罢工，天津的谈判仍在继续，敌人还是想先击破赵各庄这一环，然后使整个开滦五矿的同盟大罢工都归于失败。陈祥善自己当面收买没有成功，现在却通过刘青山这个工贼来从罢工委员会内部打开个掌子面，手段多么毒辣！刘青山无耻地说什么"捞好处"的话，使节振国听了怒火心中烧，浑身的热血往上直冲，脸上顿时热辣辣地难受。

他皱着眉，忍着气，那样子倒像是在思索。刘青山完全误解了，认为节振国已经给他刚才的一番话打动了，居然凑上脸来说："老节，依我看，在这罢工委员会里，咱俩都是实力派！咱能举足轻重。现在是关键时刻，咱得拿主意。咱吃的是英国老板的饭，日本人又虎视眈眈。公事房前边和东煤场的流血不能重演，咱自己更不能冒被逮捕的危险。好汉不吃眼前亏啊！"

节振国两只机智的眼睛闪闪发光，问："你说怎么办？"

刘青山一本正经："明天，咱俩去见陈矿司，同意他的条件，决定让工人复工。咱们不管其他矿的事，也不管在天津谈判的代表是唱西皮还是唱二黄。要是你节振国和我点点脑袋，他们给的好处能是这个数——"他举出像猪蹄子似的肥胖的左手，五个指头抓在一起，示意是五千元，"咱俩二一添作五！这是两个指头挟香烟——稳稳当当的事儿！"

"矿上一万三千做窑的能同意咱这么干吗？"节振国问。

刘青山摇头笑了："老弟，你真死心眼儿！咱管那些干什么？只要钱到手，就'一马离了西凉界'，到天津那花花世界去。资方答应给咱在天津安插个事儿干干。到那儿，跳舞场，女招待，电影院，蹦蹦戏，吃喝嫖赌，要什么有什么，哈哈……"

"啪！"刘青山话没讲完，左边脸上猛地挨了一个耳光，打得他眼前金星直冒，头晕眼花。他如五雷轰顶，脸色陡变，晃了两晃，好容易才支住身子站了起来，右手猛地从腰间拔出了他那老是秘密带在身上防身的勃朗宁手枪。

可是，他随即警惕起来。他看到节振国的右手扬起了雪亮的钢斧。他想起节振国会武术，不觉手软了。他像做了一场噩梦，只听见节振国教训地说："刘青山，你放明白些！别看错了人！要我节振国出卖大伙儿，除非太阳打西边出！我早知道你是人面虎狼心。你要敢破坏罢工，小心你的脑袋！"

刘青山拿着手枪，一步又一步龟缩着向后退，到了门边，像条泥鳅似的滑身隐没了。他始终没有敢开枪。

留下了节振国紧握钢斧威风凛凛地站在那里，仍旧戒备着，戒备着。

第九章　叛　卖

节振国做梦也没有想到，就在他同刘青山决裂的当天夜里，夏连凤会被古冶日本宪兵队的便衣特务架到了古冶。

夏连凤比节振国小四岁，还没娶老婆。他原籍山东，家里是鲁北乐陵的一个小财主，后来破落了，爹死了，地卖了，家里毫无指望了，流落到赵各庄矿上来做工。他有点小聪明，处世懂得"拳头不打笑脸"的诀窍，爱说能讲，也爱吃吃喝喝。他会唱京戏，也会唱蹦蹦戏，还会耍几套武术，交游广泛，矿上的人他差不多都认识。结交节振国后，因为节振国原籍是山东武城县，与他是同乡，又常在一块儿练武，由他提议拜把子，成了节振国的"三弟"。

这次罢工，他开头表现得挺积极，目的是要求涨点工资改善生活，可是三月十七日矿方镇压后，他就害怕了。举血衣示威游行，他怕挨枪子儿，推托肚子疼，没参加；打唐家庄，他怕送命，依样画了葫芦。可是，他不傻，在节振国和纪振生眼前，他不分白天黑夜查岗放哨，还是装得挺卖力。他倒不是真的胆小如鼠，真要有油水合算的事，他也能胆大包天，但不上算的事，他是不干的。抢煤场的事就是这样。他去，是想抢了煤捞点开支，弄几个钱花花，加上听说有人嫌他举血衣游行和打唐家庄不去，骂他胆小装病，于是想一举两得捞回点影响；没估计到鬼子会出兵，矿警队会那么凶恶，结果，煤没抢到，反而受了些惊吓，少不了又是一肚子懊丧。

罢工以后，工人的生活越来越苦，每天能不挨饿就算好的了。夏连凤天天啃些窝头，喝些秫米粥，肚里油都刮干了。这天下午，在公事房前边的广场上开过大会以后，胡志发等夜晚要去唐山，节廷秀等要研究分救济款的事儿。夏连凤知道也少不了自己的一份，心里高兴。烟有烟瘾，酒有酒瘾。傍晚，他拿了中午从刘玉兰那儿弄来的几个钱，就独个儿悄悄地来到了北街上的"太白酒铺"。这酒铺本来是他常去的，罢工以前，三天两天总要光顾一次，店掌柜、店伙计都同他处得很熟。往日，四两"二锅头"，还少不了一碟牛杂碎；今天却是一小包花生米，酒也只要了二两。可他觉得花生米比牛杂碎更香甜。他很想一口一杯，但等到杯子举到了嘴边，又住了手，只用嘴唇轻轻地一抿，酒连同早就聚在舌根上的唾沫咕噜一吞，还是同喝一个满杯一样地杀瘾。

"喂！老夏，怎么这些日子不来啦？罢工忙，还是手边不方便？要是手边不方便嘛，老主顾，好说！"黄脸膛、镶金牙的店掌柜今天看到了夏连凤，好像特别亲热。

夏连凤听了掌柜的话心里特别舒坦，掌柜的真不错，够朋友，便高兴地接着茬回答说："是呀！忙，咱纠查队的事情更忙。"

"你们的大队长节振国，人都说他好武艺，罢工有他这样的纠查大队长，真是没说的，你们纠查队的秩序维持得好哇！"掌柜的夸了节振国，也就是夸了夏连凤，夏连凤得意扬扬。掌柜的龇着金牙又问："老夏，你们罢工罢到什么时候才算完哪？"

夏连凤平日嘴上本来少个站岗的，喝了酒，薄嘴唇一张，像开了话匣子，加上给店掌柜的这么一夸一逗，话匣子就关不住了："嗨，这下子呀，不让陈祥善叩头求饶，不让英国毛子全部答应咱们的条件，咱们就不复工！"他抹抹鼻子，眨眨眼睛，浑身得意，"有老节做咱纠查队的大队长，别说保安第三署不在咱眼里，古冶的日本宪兵队也不敢惹我们。你没看到？日本宪兵队来了这些天，跟不来不是一个样！？他英国毛子要是知趣，就乖乖地服输；要不，哼！"

"太白酒铺"的座位，分里屋的雅座和外屋柜台周围的小座。通到里屋的雅座那扇门头上，有一块灰黑的横匾，上写"挥兹一樽，陶然自乐"八个草字。来喝酒的人，见到这块匾的不少，真正懂得这八个字是什么意思的不多。罢工以后，酒铺生意也清淡了。外边这时就夏连凤一个顾客。他滔滔地说了一通，满满地斟了一个满杯，一饮而尽，看着那块熟悉的横匾上的"陶然自乐"四个字，忽然觉得自己很能体会其中的意思了。

店掌柜的去柜台上拿来小锡壶装的满满一壶酒，嘴里叼着烟卷，黄脸膛上露出笑容，往夏连凤的酒杯里满满地斟了一杯，又将锡壶朝夏连凤面前桌上一放，说："喝吧！喝吧！老夏！这壶酒钱算我兄弟的！"

夏连凤受宠若惊，嘴里一边说"那怎么行"，一边却咧着喷着酒气的嘴一口干了个满杯，连声说："谢了谢了！……"

店掌柜的禁不住暗暗心喜，一面抽着烟卷，一面发出假心假意的赞叹："老夏，你是节振国大队长的拜把子三弟，今天他带着斧子队抢煤场你也去了吧？他大显身手没有？"说着，又给夏连凤斟酒。

夏连凤感恩图报，喝着酒，脸通红，把怎么抢煤场的前前后后情况简单一讲，最后说："……一个矿警在打枪，老节追上去，一斧就劈在肩上……"说到这里，夏连凤觉得说漏了嘴，连忙刹车。店掌柜的又满满给他斟了一杯。夏连凤举起杯子，往嘴边一靠，来了一个杯底朝天。他已有五分醉意了，大着舌头竖起大拇指，舐着嘴唇说："节振国……是……这个！"

店掌柜的看出夏连凤半醉了。他忽然走了两步，朝里屋雅座看看，又过来一把拽起夏连凤，说："来来来，我给你介绍一个熟朋友！到里边喝去吧！"也不容夏连凤推辞，店掌柜的已经把夏连凤连拖带拽地拉进里屋去了。

夏连凤扬扬稀淡眉，眯着两只机灵的小眼朝里屋雅座上端详，只见屋角暗处有一个长着两只扇风耳朵、尖下巴、戴毡帽、穿短打的瘦子，独自坐在那里喝酒吃牛杂碎。这人脸是陌生的，见了夏连凤却自来熟，站起来拉夏连凤一同喝酒，店掌柜的连忙又去张罗，给夏连凤拿来了杯箸，又提来了锡酒壶，端来了一盘牛杂碎。然后，他又独自到外屋忙碌去了，留下了陌生人陪夏连凤坐在里屋雅座上喝酒。

陌生人挺爱交朋友，挨着夏连凤，一边给夏连凤和自己斟酒，一边就同夏连凤谈了起来，神秘地问夏连凤："我是做小买卖的，打古冶来，听说日本宪兵队要在赵各庄抓人，你听说没有？"

"没有！"夏连凤一怔。他虽有五六分醉意，一提到日本宪兵，不免又有三分警惕。他把拿起了的酒杯又放了下来，关心地问，"你这消息当真？"

"古冶都在这么说。"

"……"夏连凤皱着眉，沉思地低下了头。

"日本人来，听说是为的这个。"长着扇风耳朵、尖下巴的陌生人悄悄地把右手的大拇指和食指伸了出来，摆成了个"八"字给夏连凤看。

夏连凤不明白，他脸上露出惶惑不解的表情，仿佛问："什么意思？"

"八路军，共产党，你不懂？"陌生人问，笑容和眼色里都不怀好意。

"哦！是这个啊！当然懂！哈哈，我当然懂！"

夏连凤生怕人家笑他见闻少；况且他本来就知道共产党，又听节振国说过周文彬讲的事，就故意露出一副深知共产党内情的神色来。

陌生人看到有些苗头了，心里高兴，却故意叹一口气，脸露悲愤，摇摇头说："唉！这种年头！你们工人可以罢工，我们做小买卖的是有苦无处诉。听说共产党可好呢！八路军在冀中已经干起来了。我是没人穿针引线哪，要有穿针引线的人，不瞒你说，我真想扔了小本买卖，也投八路去！"

夏连凤脸红脑热，带着朦胧的酒意，呆呆地望着他，没有吭声，好像挺同情这陌生人的处境。

陌生人给夏连凤斟了一杯酒，陪他干了一杯，轻声问："你老弟有路子没有？"

夏连凤摇摇头，打了个酒嗝，迷迷糊糊地舔着嘴唇说："我？我没有路子，可是老节……"他忽然觉得失言，立刻停住不说。

扇风耳、尖下巴的陌生人，不再说什么，只是一杯又一杯地给夏连凤斟酒，一杯又一杯地要他干杯。当夏连凤站起身来想走的时候，只觉得天转地动，头上好似罩了一口铁锅，抬不起也看不见；两只脚像被生铁铸住了似的，移动不得。有两个人扶住他，然后，他就完全昏迷过去了……

夏连凤醒来的时候，有强烈的电灯光照射着他的眼睛。他脸上和胸前冰凉，被绑在一张椅子上坐着，冷水还在额上和脸上滴滴答答往下流。他想：这时一定是深夜了！从挂着窗帘的窗户空隙处望出去，外边正是黑漆漆的夜。

他环顾四周，环境生疏，不禁惶惑、惊讶而恐惧。

他并不知道，自己已经到了古冶日本宪兵队里。但，当他看到墙上那面鲜红的太阳旗时，就意识到自己是处在一种什么情况下了。

面对着他，坐在一张高大绿色写字台前的，是一个戴玳瑁眼镜、穿黄呢制服的日本宪兵军官。军官是个矮胖子，尖尖的秃顶，没戴军帽，戴副黑边眼镜，一脸横肉，龇着一口黄黑牙。旁边还有个长脖子、留分头、穿西装的翻译。另外，是一个个儿高大卷着袖子敞开衣领光脑袋的鬼子宪兵，脸上凶得像要吃人。

鬼子宪兵军官通过翻译问了夏连凤本人的一切，随后凶狠地要夏连凤供出他认识的共产党和抗日分子。

不是夏连凤不肯说，他实在并不认识什么共产党。他本来想说周文彬，但是觉得自己同节振国是拜把子兄弟，怕害了节振国，以后难做人，所以摇摇头，一口咬定不知道。

审问他的鬼子宪兵队队长彬田咆哮起来："你的，不认识我？我是彬田！宪兵队队长！你的不知道？"他像一头疯狗，揿了一下桌上的铃铛："滴铃铃……"

东边的门轻轻开了，轻轻地进来了一个扇风耳朵、尖下巴、穿短打的人，像条恭顺的狗似的点头哈腰站在彬田桌前。

夏连凤胆战心惊细细一看，这人挺面熟，皱眉一想：对了！这不就是那个同他一块儿在"太白酒铺"里喝酒吃牛杂碎的陌生人吗？原来他是日本宪兵队的便衣呀！夏连凤想到这里，心里又恨又怨，更惊更怕。

彬田指指那个扇风耳朵、尖下巴的人，对夏连凤得意地笑笑："谁？认得的不认得？"

夏连凤垂头丧气，不敢吱声。

彬田叽里咕噜说了一泡，翻译马上译了过来："彬田队长要你老老实实说。说了，有你的好处，不办罪，还要赏你事情做；不说，马上用刑！"

夏连凤知道自己面前站着的就是"瓦斯"彬田，早吓得倒吸一口冷气。听说不办罪，还能赏事情做，心里又一动；可是顾虑重重，怕得罪了节振国，终于勉强地摇了摇头。

彬田咯咯地笑了，笑得非常古怪。这个鬼子宪兵军官，喜怒无常，不该笑的时候他会笑，不该气得发疯的时候他会像条疯狗，叫人无从捉摸他想些什么，他要怎么干。

现在，就是这样，突然，他叫那个凶恶的宪兵给夏连凤松绑，自己亲手掏出烟盒，笑着，亲热地递了一支樱花牌香烟给夏连凤，把火柴盒丢到夏连凤身上，笑着道："抽！抽！"

夏连凤手足无措。

彬田又说："抽！抽！"

夏连凤乖乖地擦火柴点着了烟，贪馋地一口接着一口吸，但心里胆怯，犹豫不安。

彬田踱着八字步，说："抗日，犯法！你的不知道？"

夏连凤又战栗了。看着彬田那尖尖的秃脑袋心里发颤，连连战战兢兢地点头："知道！知道！"

彬田又咯咯笑了："知道？大大的好！"他忽然拔出腰里的军刀。军刀闪着青白色的光。彬田脸上露出残忍的表情，说，"夏连凤！这把刀，嘶啦嘶啦，支那人，多多的！你的说出谁是共产党，好处大大的给；不说，这把刀，不答应！"老奸巨猾的彬田认准夏连凤不是一个嘴头梆梆能咬断铁的人了！

夏连凤手里夹着的香烟，吓得掉在地上，不断冒着淡淡的青烟。夏连凤心虚地哀求："我真不知道！"

扇风耳朵、尖下巴的便衣讨好地在一边做证："报告彬田队长，夏连凤不老实。麻雀飞过也能看到影儿。他跟节振国是结拜弟兄，常在一块儿，节振国的事哪能不知道？赵各庄共产党的内情他都知道！"

翻译伸着长脖子，手里拿着一张当铺的当票，说："节振国在当铺里当宝剑的当票也在你兜里！他什么事儿你不知道？你要是不说，就怕你能囫囵进来，不能囫囵回去了！"

彬田向那高大凶恶卷起袖子敞开领口的光脑袋日本宪兵做了个手势。

那脸上凶恶得要吃人的日本宪兵马上走来像鹰抓小鸡似的一把揪住夏连凤的后领，将夏连凤从椅子上拽起来，推到西边那扇通向内屋的门前，忽然，攥住门把"乒"的将门一拉。

门"嘭"的开了！是一间暗室，但里边亮着耀眼的电灯。

夏连凤抬头睁眼一看，只见是一间行刑室，地上湿漉漉的，有血有水，当空悬吊着一个血肉模糊的人，赤裸着脊梁，双手合吊着，身上满是鞭痕、刀痕，鲜血淋漓⋯⋯夏连凤"啊"的一声，先是一吓，接着，又大声"啊"了起来，双手揪住自己的衣领，气也透不过来了，颤巍巍叫了一声："老二！"

原来，悬吊着的是纪振生！

纪振生听到夏连凤一叫，闭着的双眼突然张开了，闪出两道霹雳似的眼光来。眼神仿佛是说："老三！别孬种！"

夏连凤噤若寒蝉，浑身筛糠，脸上露出胆战心寒的神态。

彬田上来，踌躇满志地指指吊着的纪振生："夏连凤，你的，说不说？"软处好起土，"瓦斯"彬田察言观色已经认清夏连凤不是个硬骨头了！

夏连凤汗流满面："我⋯⋯我⋯⋯"

纪振生突然严厉地高叫一声："老三！"

门"啪"的又关上了！那凶神恶煞般的鬼子宪兵又将夏连凤揪回来"乒"的推在椅子上坐下了。

彬田咯咯笑着，走过来，声音里带着威胁和劝诱："快说！"

夏连凤喘着粗气，勉勉强强地舐着嘴唇说："我真不知道！"

彬田点头，哼了一声，拍着桌子叫："老虎凳的上刑！"

他一揿电铃，通往东边的那扇门又开了，进来的是两个杀气腾腾的鬼子宪兵，抬来了老虎凳。本来就在夏连凤身边的那个个子高大凶恶非常的宪兵会同那两个宪兵一起，将夏连凤揪上了老虎凳，捆了起来。

砖头一块又一块地加上去，他的两条腿由剧痛到麻木，又由麻木到剧痛，骨头仿佛要折裂似的。他咬着牙，睁圆着眼，大颗的汗珠由额上一颗一颗掉下来，他想：人生在世，何必白白吃苦送命！什么国家民族！什么兄弟情谊！什么罢工胜利！⋯⋯我还是聪明些吧，要我说我就说，管他妈的！他连声嚷嚷："我说，我说，我什么都说！"

夏连凤背叛了自己的结拜哥哥，出卖了罢工的穷兄弟。他把罢工前那天晚上节振国同他在大槐树下谈的话全部说了出来，添油加醋，还把节振国也肯定为共产党。

在汹涌澎湃的怒涛中，在急转的旋涡中，在卷起雪浪的潮汐里，泥沙、渣滓总是会下沉的。

第十章　刀光闪闪

夏连凤被鬼子便衣特务抓走后的当天下半夜，夜色浓黑如漆。驻扎在赵各庄东煤场西边兵营里的鬼子兵突然出动在赵各庄东大街上布了岗哨，实行戒严。

东大街上出现了铁丝蒺藜网设置的步障。鬼子的皮鞋声"乞乞夸夸"。隔几十步就是一个手持"三八大盖"子弹上膛、刺刀明晃晃的鬼子兵。行人禁止通行。凄厉的风声里，狗叫着，鬼子的哨子声"嘤——嘤——"响着，周围住的老百姓，都提心吊胆，不知出了什么事。

刘玉兰带着三个孩子睡在西边那间屋里的炕上，屋里黑黝黝的，她听到了大街上有动静。凤英在说梦话，凤兰平静地打着鼾，凤生睡熟了，但用小手摸着妈的脸。刘玉兰心里有种预感，感到日本鬼子是不是在逮捕人？她在黑暗中把凤生摸在她脸上的小手轻轻放下，自己拥被坐在炕上侧耳细听。

东边那间屋里，节振德两口子也醒了。刘玉兰听到他两口子也在说话。

刘玉兰隔屋叫了一声："大哥！"

节振德应了一声，说："大街上有动静！也许是在抓人，睡吧！咱不管它！"

刘玉兰"唔"了一声。她心里记挂着节振国，不知他现在在哪里，会不会出事儿？但她是个有事能按捺在心里的人，一句未说，又躺下身去。躺在炕上，身边偎依着三个孩子，她心里稍微得到了些安慰，但总是割不断对振国的思念。好一会儿，大街上的声音似乎平歇了，她再也睡不熟，睁着两只大眼直到东方露出第一线晨光来。

刘玉兰心情忐忑，有一种踯躅在阴雾森森的悬崖峭壁间，随时都会遇到意想不到的危险的感觉。鱼肚白的曙光清泉似的刚流泻进屋里来时，她就起来了。三个孩子仍沉睡着。东屋里的振德夫妇也没起来。她扫了院子，开门想上街去打听打听消息，可刚将大门的门闩打开，就见一个人站在门口，吓了她一跳。她再定睛一看，原来是桂香！

桂香一条乌黑的大辫子从脑后拖在胸前，额上的刘海蓬乱，两只睫毛长长的大眼露出惊恐，脸上紧张的神色云遮雾罩，叫了一声：“大婶！”

玉兰一把将桂香拽进门来，掩上门，问：“这么一大早，你怎么就在这儿？”

桂香急忙对着玉兰的耳朵轻声说：“爹让我来敲门，我怕惊了你们！这东大街上，鬼子兵戒严啦！昨天下半夜开始的，也不知什么事。爹怕我节大叔出事儿，让我来看看他在家住宿没有？要是在家住宿，要大叔快走！”她指指北面，“走那边抄小道可以出去！鬼子路不熟，那边没岗哨。”

刘玉兰心里感激乔老庆父女的心意，轻轻摇头，说：“回去代我谢谢你爹！什么事都叫他想着我们。你节大叔昨夜没回来。说实话，我就担心他别在外边出事儿！”

桂香两只俊气的眼睛一眨，出主意说：“我去对爹说，让爹快去找节大叔跟他说一下！”

刘玉兰感激地说：“那敢情好！可又要劳你爹跑一趟了！”

桂香拉开门，跨步走出门去，回头说：“婶子，不碍事。我走了！有事儿我随时来跟婶子说。”说完，甩着乌黑的大辫子匆匆走了。

刘玉兰心里纳闷，想自己亲自穿小道去大街上看看，又丢不下孩子，站在门口正心中犹豫，见隔壁街坊胖墩墩的秀枝嫂在门里探出头来。她同玉兰打了个招呼，跟着说："昨夜的声音听见了吧？"

刘玉兰连连点头，说："听见啦！不知是……"

秀枝嫂大睁两眼摆动着手势，说："戒严啦！东大街上全是鬼子兵，不准通行。听说要抓人，现在人都不敢上街。你家老节不在家吧？"

刘玉兰摇头，说："不在，没回来！"

秀枝嫂轻轻吐了口气，说："谢天谢地，那就好。唉！菩萨保佑！这年头儿，什么世道！"说到这儿，她四面张望，见没人，就三脚两步走上来悄声说，"凤生他妈，你知道白老三不？"见刘玉兰点头，她抢嘴继续说，"这小子，刚才在你家门口转了几转，又走了。我怕是黄鼠狼子给鸡来拜年啊！……你可得小心提防着些！"说着，又赶快跑回去，同玉兰点了个头，掩上了门。

刘玉兰心里惶惶惑惑，像刮着风，下着雹子，也迈进门。心里欣慰的是节振国没在家，担心的是他在外边出了事儿。越想，她心里越不安，感到做什么事都不合适，百无聊赖地拖着沉重的步子在院子里倚着墙角的那棵枣树默默地出神，心里暗暗祷祝振国平安无事，盼着乔老庆能赶快跑去找到振国，给振国打个招呼，让他快躲起来避一避。

节振德夫妇起来时，看到刘玉兰背着双手呆呆地在院里出神，心里明白玉兰在想些什么。鸡笼里的两只母鸡早"咯咯咯咯"急着出笼啄食了。嫂子去把鸡放出笼来。

节振德安慰她说："我看没什么事儿！要有事儿，鬼子早上门了！振国不在家，反而叫人安心，大伙儿会护卫着他的。这年头，得关起门来过日子。咱今天谁也别上街了，闭门家中坐，该干什么干什么！"

西边屋里，凤生醒了，见娘不在炕上，哇哇地哭起来。嫂子马上去将凤生抱起来呵呀呵地哄着。刘玉兰也从愣怔中醒来，连忙走进屋里，说："嫂子，我来！"将凤生接到手中，摇着哄着。

刚才振德讲的话，她觉得是有些道理。如果有事儿，鬼子是早该上门了。鬼子没上门，看来是同振国关系不大。这么往开里一想，玉兰一颗心不那么乱蹦乱跳了，就放下凤生，让他跟两个姐姐去耍，自己动手干起针线活来。

其实，节振德的判断完全错了！

大约上午八点钟光景，赵各庄东大街四周仍旧在戒严，突然"呼隆隆"一辆卡车又装来了十几个日本宪兵。卡车停在东大街上，下来了一个面色红润、矮瘦的鬼子宪兵伍长高野，跟着他的是翻译乌川和一伙鬼子宪兵。一个中国便衣特务跟伪警长董耀庭等在街旁，迎上前去，给鬼子带路，他们急匆匆地从东大街向北跑来。这一带住的多数是穷人，房屋矮小拥挤，一个小院子挨着一个院子。小路九曲十八弯。进了个小胡同，董耀庭用手一指："那个小门就是节振国家！"

一挺机枪，顿时架在节振国家的大门外。鬼子宪兵"乒乒乓乓"连敲带砸打起门来，嘴里哇里哇啦"八格牙路"地叫骂起来。打雷似的敲门声，使人心慌意乱。左邻右舍有胆大的推门伸头张望，见是这场面，马上又缩头进去紧紧闩上了门，有的根本不敢过问，都牢牢闭门不出。

刘玉兰正在中间堂屋里做饭，听到敲门声，大吃一惊。她一看，节振德在院子里站着，想去开门，又不敢去开。嫂子跑到玉兰身旁，满脸惊惶，说："看来出事儿了！"

三个孩子也懂得这样的敲门声不寻常，害怕得张着乌亮的小眼睛一起从院子里跑进堂屋来，依在玉兰身边。凤英用手指指大门方向，说："妈，有人敲门！"

刘玉兰手里拿着勺子，想：看来是鬼子来了！你们要砸门就砸吧！反正我是不开门的！忽然，她想起一件事：那把宝剑虽然交夏连凤连鞘拿到当铺里当了，包剑的那块黄绸还在。黄绸上写着当年义和拳揭帖上的诗句，要是叫鬼子看到了可不行！她马上从火上端下了煮粥的铁锅，闪身到了西屋，把炕席下的那块大黄绸取来，急急叠成巴掌大

115

一卷，随手塞进烟囱洞里。刚将黄绸塞好，只听砸门踢门声和鬼子哇里哇啦的叫骂声更急，节振德吓得连忙转身撒腿从院子里跑进堂屋避进了东屋。

刘玉兰心里焦灼，却又有点欣慰：鬼子来，肯定为的是要抓节振国。如果抓到了他，鬼子也就不来了。他们来，说明节振国安然无恙！这么一想，她心里坦然多了，干脆把三个孩子抱到炕上，自己也盘腿坐下，拿起一只鞋底纳了起来，等着鬼子进来。

大门"嗵"的被砸开了！一伙鬼子宪兵破门入院。伪警长董耀庭和便衣特务带路，一进门，鬼子就布上了岗。高野、乌川和三个宪兵一下子就冲进了堂屋。刚才敲门砸门没人理睬，使高野窝憋了一肚子的气。一进堂屋，他两眼一扫，见东屋、西屋都有人，他嘴里马上叽里哇啦地大骂起来，一边骂一边抢脚乱踢，把刚才玉兰煮好的一锅稀粥"砰"的一脚蹬翻了，泼溅得稀稀汤汤满地是粥。高野见东屋里有个男的，带头就往东屋里走。

刘玉兰在西屋里双手搂定三个孩子，透过屋门两眼不放心地朝东边节振德屋里瞅，只见那鬼子宪兵军官指着节振德问："谁?"

便衣特务马上哈腰回答："节振德!"

"节振国?"高野听错了，"唔！你的，坏人大大的!"他一把揪住节振德，抽出腰里的军刀，用刀背没头没脑地就"啪啪"一顿乱打。振德家里的哭着上前去劝阻，被一个鬼子宪兵揪住摔翻在地。节振德脸上淌血，身上给打得血迹斑斑，被日本宪兵用绳子五花大绑，捆得结结实实甩在一边地上。

节振德边哼边喊，一边申辩，说："我是节振德! 不是节振国!"

那翻译乌川问便衣特务，是怎么回事? 便衣特务眨巴着眼皮恭恭敬敬地报告高野："太君! 这个不是节振国，他叫节振德! 是节振国的哥哥! 节振国没他这么胖! 也不剃光头!"

翻译乌川搞明白了，龇牙咧嘴唾沫星子满天飞地对高野说了一通。

高野那两只凶恶的老鼠眼骨碌碌一转，仿佛是说："错了？"他对着宪兵咕噜了一句，鬼子宪兵就在节振德屋里翻箱倒柜地抄查起来。高野带了乌川和便衣特务从东屋经过堂屋又向西屋里来。

刘玉兰站在炕前，搂着三个孩子做好了准备。她的眼神明亮、庄严、凛然不可侵犯。

日本鬼子凶神恶煞似的一进屋，三个孩子都吓愣了。凤兰抱住娘的腿，凤英瞪大了眼睛瞅着进屋来的鬼子。凤生"哇"的一声哭了。

刘玉兰没等鬼子开口，平静地、冷冷地先说："别吓了孩子！"

高野被这个女人平静大胆的态度怔住了，用嘴指指刘玉兰，做了个点点戳戳的手势，像是问便衣特务："这是谁？"

便衣特务躬腰回答："节振国的老婆！"穿着呢子军大衣的乌川译给高野听了。高野点头，叽里咕噜了一通。

乌川问刘玉兰："节振国呢？"

刘玉兰冷冷地背着身子回答："不知道！他常常不回来，家中事儿也不管！"

乌川翻译给高野，高野生气地指手画脚说了几句，乌川对刘玉兰说："你不老实！太君说，你不讲真话，把你抓到宪兵队去！"

刘玉兰依旧冷冷地昂着头："我一个妇道人家，带着孩子！没犯法，男人的事多咱我也管不着。"

"节振国是共产党，你不知道？"乌川溅着唾沫讲话。

刘玉兰更平静，也更冷淡，装作听讹了，说："节振国不打锅铲！他整日不拢家，想吃热饭也吃不上！"她说得自然，像个无知无识啥事也不懂的妇女。

乌川叹口气，译给高野听了。高野火了！"哗"的拽出了军刀："你的死啦死啦的！"他命令伪警长董耀庭快到左邻右舍去打听节振国的下落，又命令宪兵和便衣特务在这西边屋里抄查，自己却拿雪亮的军刀凶狠地指着刘玉兰的心窝："你的不说，这个刀的进去！"

机枪架在节振国家大门外的时候，节振国正在南边街上大步流星地走着。

天亮前，远远近近公鸡啼叫头遍的时候，他查岗，听说下半夜起鬼子在东大街戒严，像要出什么事儿。他心里就惦记着家里，也琢磨这事会不会同自己有关。胡志发去唐山了，他心里窝着事格外难受。查完岗，他回到纠查队队部的工棚里，关清风匆匆来了。这时天才刚亮。关师傅对他说："东大街戒严，不知跟你有没有关系？你可得避避，别在这儿待着，我来替你值班！"节振国感谢师傅的好意，因为不放心家里，决定到东大街附近看看。走在半路上，遇到张惠，说抢煤场时受伤的梁凯伤口疼得厉害，节振国就改变了主意，先去梁凯家看望梁凯。

梁凯的伤势不算严重。节振国让他好好休息，到八点多钟才离开梁凯家。出了梁凯家，他心里怀着警惕心，拣那僻静的小胡同走，想回家去看看，又觉得不该冒险。一路向人打听东大街鬼子戒严的情况，遇到的人也都说不清。他穿出小胡同，刚走到北街上，忽然听到后边有踢踢踏踏的脚步声。回头一看，是乔老庆。老庆颤颤巍巍跑上来，一脸的皱纹更深了，一把将节振国拖到街边，用手背抹去鼻尖上的汗珠，说："老节啊！为找你，我跑遍赵各庄了！你在这儿啊！天明时，凤生他妈让桂香捎信告诉我，昨夜下半夜起东大街鬼子戒严了，她不放心你，让给你说一下，叫你提防着！我就到处找你！可就是找不到！桂香后来也出外找，也找不到。刚才，我碰上了桂香，她又往西边找你去了。她说，你家出事了！来了好多鬼子宪兵，听说叫董耀庭带着路，全上你家去了！……"

节振国火爆性子，听说日本宪兵全上家里去了，不放心玉兰和孩子，又不放心振德两口子，心里急躁，二话不说，拔腿就要往家跑。

乔老庆一把拽住，频频摇着头说："老节！不要命啦？东大街上鬼子戒严，过不去。再说，你回去，那不是自己往虎口里送肉？你可不能去！快找个地方藏起来吧！"

节振国扬着眉毛问乔老庆："东大街戒严，你是怎么出来的？"

老庆说："我是走后街穿小道出来的。"

节振国咬着牙站着思忖，心里像缠着一团乱麻摆脱不开。他平日自仗艺高胆大，心里无畏，对日本鬼子十分仇恨。一想起那写着"武运长久"的太阳旗挂在中国土地上，一想起鬼子兵"夸夸"响的大皮靴踩在中国的街道上，一想起鬼子侵占冀东后老百姓过的亡国奴生活，再一想起纪振生和被鬼子打伤的那些穷兄弟，节振国心头怒火燃烧，血都沸腾了！现在，鬼子又窜到家里去了，谁知野蛮残忍的禽兽会干出什么勾当来呢？他怒火中烧，什么都不管了！一咬牙，浑身上下都是力气。心上一热，对乔老庆说了六个字："我得回去看看！"

没等老庆开口，他已经回身脚跟不落地似的飞跑着走了。他宁可死，也不能忍受妻子儿女给鬼子糟蹋！

乔老庆急得苦着脸，高叫："老节！——"

节振国没有回头，身姿傲岸地早已走远了。

节振国急急匆匆，穿小道，走小胡同，东绕西弯，熟门熟路，不到半支香烟的时间，就风风火火到了家门口。他望了望大门外站岗的鬼子宪兵和架着的机枪，挺身就朝里冲，鬼子宪兵一拦："你的什么人？"节振国一拍胸膛："我就是节振国！"

鬼子宪兵听不懂也弄不清是怎么一回事，看到来人那股昂扬、坚决的劲儿，不由得身子一让，节振国呼啦啦一阵风，趁势大踏步冲了进去。两个鬼子宪兵见他这样，连忙跟着进来。

节振国猛地出现在中间堂屋里。高野、乌川和便衣特务见闯了个人进来，都愣住了。这是一个中等个儿、威武结实的年轻矿工，竖起两道又黑又粗的眉毛，眼皮一挑，两只眼睛就像两团忽闪的火焰，雄赳赳地直盯着他们。他们被节振国的突然出现弄得有些迷惑、惊讶了。

便衣特务看清了，用手一指："太君！节振国！"

翻译乌川吓了一跳，连忙告诉高野："这是节振国！"

西屋里，刘玉兰脸上带伤、双手被绑着忽然发现振国回来了，也不知心里是什么滋味，惊叫一声："啊！"

孩子们"哇"的都哭着叫起来："爹！""爹！"……

矮瘦的高野，恶狠狠地左手攥住军刀刀鞘，右手攥住刀把，对着节振国说着半生不熟的中国话："你的，共产党的，抗日大大的，大日本皇军要撕拉撕拉的！"旁边两个鬼子宪兵马上掏绳上来要绑节振国。

节振国本来就已火冒三丈，现在看到堂屋里地上泼着稀粥，砸碎了铁锅，到处翻得乱七八糟；哥哥和玉兰都被绑着，三个孩子又哭又叫，眼下鬼子又要来捆他，怒火更压不住了！他飞步从菜墩上，抄起一把搁在那儿的菜刀，对准当面高野的脑袋像劈柴似的斜砍下去。只听"扑哧"一声，立刻，高野的黄呢军帽连同半个脑袋像块烙饼似的掉了下来。

旁边的翻译、特务和鬼子宪兵都吓傻了。哪知，就在这嘀嗒嘀嗒几秒钟的短短一刹那，节振国已经敏捷地从地上抽出了高野的军刀砍杀起来。刀光像雪片似的闪烁，在刀光中，余下的三个鬼子宪兵和翻译乌川、便衣特务都被砍死砍伤，一个也没有来得及逃出屋去，绑在节振德身上的绳索也被割断了！

节振国知道闯下了大祸，时间紧迫，他顾不得再救玉兰和孩子，也不愿束手就擒，他什么都不怕，也什么都不顾了，招呼节振德说："大哥！快走！"说着，自己就带头冲出了屋子。

他一想：大门外架着机枪，一定逃不出去！马上向左一转，对准东面那堵丈把高的石墙猛地纵身一跃，双手攀住墙，两脚一甩就跳了上去。他知道，从这儿翻过墙去，可以绕小道逃跑，鬼子在这边不会戒严！

"砰！""巴勾！"鬼子的枪声追击着他，"咻！咻！"打得石墙上火星直冒，可是一转眼，节振国不见了。

只有节振德，因为不会武艺，没能跳上墙去，想从大门口逃跑，被鬼子残忍地枪杀在门口的地上。

第十一章　失群飞散

夜色笼罩着丰润县的黑山沟。四外一片寂静。除了偶尔远处传来一两声狗吠外，庄上万籁无声。

在夜色中，刘老汉家用篱笆障子围住的后园里，匍匐着进来一条黑影。黑影悄悄兜过后园，来到屋前，轻轻撬开了门，窜进了屋。

"啊！振国，是你？"点起小油灯照着亮的刘老汉和刘大妈惊讶得愣住了。

节振国连连摆手，示意两位老人不要吱声。

看到女婿满脸灰土汗渍和惊惶疲惫的样子，老两口已经猜到一定是发生了什么不幸的事。再一看，他们发现节振国左腿上，暗红色的血渍已经渗透了棉裤。老两口知道振国一定是受了伤，连忙扶他靠着炕沿躺下。

"振国，是怎么回事？枪打的吗？"岳父轻声指着节振国受伤的腿吃惊地问。

节振国点点头，简单地把事情说了一遍。

他在跳墙时被打伤，幸好没有伤骨，只是子弹穿过棉裤，伤了左腿上的一块皮肉。他由墙上翻过去，跳下一条小胡同，七弯八转，出了赵各庄。怕鬼子追来，出庄以后，他忍着伤痛拣着冷僻处向北面奔跑，兜到长山的背后，逃到了长山沟里。

他精疲力竭，眼里直冒火花，直到估计敌人一时不会追上来了，才在树丛岩石间找了一块大石坐了下来。他本来跑得浑身大汗，现在停歇下来，被冷风呼呼一吹，感到浑身发凉。伤口钻心地疼痛起来了。他从内衣上撕下一片布条，包扎了伤口。心潮澎湃，思绪万千。

仿佛做了一场噩梦，他感到悲愤而又孤单；可是仇恨的激浪，在他心里一阵一阵地喷射！是日本鬼子使得他有家归不得了！是日本鬼子使他同正在罢工的工人兄弟分离了！如今，自己又到哪里去呢？何处才能容身？受到帝国主义蹂躏的亡国丧家之痛，像刺刀戳着他的心。他记得很清楚，那是三年前的一个初春，有一天，在寒风中，一些从东北流亡进关来的大学生，男的穿着长袍围着围巾，女的穿着棉旗袍提着小包，在赵各庄街头宣传抗日。他们大声疾呼地作"洗雪国耻"的讲演，呼着"誓死救亡"的口号，唱着歌："我的家，在东北松花江上。那里有森林煤矿，还有那，满山遍野的大豆高粱……"唱着唱着，唱的人哭了，听的人也哭了。"打倒日本帝国主义"的口号声响彻云霄。那时，节振国十分同情这些流亡学生。今天，他也被日本鬼子害得无家可归了。振德是不是能逃得出来？玉兰会怎样？孩子们呢？日本鬼子会不会把他们都抓去？同样放心不下的是罢工的事，纠查队的事。而在这最艰苦的时候，他却突然离开了大伙……困难、痛苦、烦乱、焦灼，一起涌上了心头。

应该到哪里去呢？这儿离黑山沟岳父家里不算远，可是玉兰如果给鬼子捉去，鬼子一定会追查到岳父住处，一定会到黑山沟来搜捕，那岳父家就是最危险的地方了！当然不能去！那到哪里去呢？

突然，他脑子里火花一闪：到丰润县南关外投奔张家发去！对！找张家发！

张家发，在赵各庄矿上做过工，因为受不了包工大柜"穆老虎"的欺压，又得罪了查头子，在矿上容不了身，一气之下脱离了煤矿回到家乡做小生意糊口。他平时跟节振国一样，讲义气，重友情，仇恨日本鬼子的侵略。他喜欢节振国的热情、爽直、勇敢和豪放。过去在矿上的时候，同节振国一块儿下井，一块儿练武，十分投机，无话不谈。分手以后，虽然相距不过四十几里地，一晃两年不交往了。但他那里倒是个隐秘可靠的地方。节振国决定去投奔他！……想出了这么一个去处，节振国兴奋起来了，他琢磨着应该就近到黑山沟岳父家先报个信，好让老人放心；然后，立即去找张家发。这样，他就摸黑来到了黑山沟。

他狼吞虎咽地喝完了岳母给他煮的稀粥，还吃了几个烙饼。刘老汉给他弄来了一些草药敷伤口。他太疲倦了，却不敢睡。刘老汉说："你睡一觉再走吧！"他坚决地摇头，说："不！我还是马上就走的好。到家发哥那里把伤养好，然后再打主意！"他找岳父要了把钢斧揣在怀里，辞别了岳父母，直奔丰润县。

从黑山沟到张家发家，路不算远，但节振国左腿火烧火辣地疼痛，走路一瘸一瘸，裤子擦着腿上的伤口像刀刮。他忍着痛把脚步放紧，摇摇晃晃地咬牙赶路。

丘陵和平原上弥漫着青烟似的淡淡夜雾，远处的景物在星月的微光和雾气中时隐时现。节振国匆促行路，睁大两眼，辨认着前后左右有没有可疑的黑影，生怕遇上坏人，走的是坑坑洼洼的小道。四下里，一小块一小块的田地里，有的是茂密返青后的麦苗，有的却还光秃秃的没种上庄稼。远处，有黑乎乎的暗影，节振国明白那是鬼子新建的炮楼。它像妖魔似的蹲在那儿，炮楼上的一星灯光，就像敌人在挤弄着阴险狡猾的眼睛，监视着开阔、荒芜的丘陵地带和旷野。他忍着痛走着，走着，走近丰润县南关了！

张家发家，在南关外一座黑虎玄坛庙的前边，是三小间破旧的石块、土坯垒起用茅草苫顶的屋子。门前，有一棵大枣树。两年前，他来过。现在，他在夜色中隐约看到了黑虎玄坛庙前竖立的那根旗杆了。

他悄悄踅到了庙前。庙已破落，门敞开着，看来香火不盛，也无人管理。他悄悄地从侧边绕到庙前，走呀走呀，兜到张家发住的那个破破烂烂的用土墙和寨篱子围起的小园子旁，忍住疼痛纵身一跳，进了园子，走近门边，用耳一听，里边静悄悄的，没有声音。他慢慢地在门上敲了几下，没人应；又敲了几下，听到里边有人声了！嗨！正是张家发那带点粗哑的嗓门儿哩，问："谁呀？"

"我！家发哥！我是老节呀！"节振国压低着声音说。

"嗯？老节？"张家发很兴奋，"等一下，我点个亮！"

板门"吱呀"一声开了。张家发披着衣服掌灯站着，他仍旧壮得像头牛，宽肩膀，高胸脯，那张额上有几道刀刻的深纹的方脸黑里透紫。他一见节振国，惊喜地一把拉进屋，说："嗨呀，真是你呀！怎么成了夜游神啦？"他用拳头捶着节振国的胸膛。可是，他马上发现节振国额上淌汗，脸色不对，问："怎么啦？你……"节振国轻轻地简单一说，他马上端着灯，把节振国让到里屋，掩上了门。

里屋炕上，躺着家发嫂和一个十岁的儿子。那清秀但是瘦削、憔悴的家发嫂醒了，那小子睡得还很熟。家发嫂听人叫门，已经起身下炕，见节振国进来，热呵呵地说："他大叔，咋这时候来？"

张家发对女人说："少多嘴！等会儿跟你说！先让老节躺下歇着！他腿上有伤！"又对节振国说："老节，都是穷哥儿们，不见外。地方小，匀个炕角你睡着，只是挤一些。但在我这儿，保险安全！"

家发嫂听说节振国腿上有伤，忙去外屋烧水做饭去了。张家发扶节振国在炕东边躺下，自己在炕上坐了，两人亲亲密密地谈了起来。

听了节振国从大罢工谈起，谈到刀劈日寇负伤出走，张家发热血回荡，额上三道皱纹更深了，一拍膝盖，说："老节！砍得痛快！自从咱冀东成立了汉奸'防共自治政府'，愣逼着每村出枪练自卫军，办联庄会，捐税越发加重。日本浪人和高丽浪人像些蠹虫，带着白面、鸦片和红丸，到处开设吸毒馆！到处欺压中国人！鬼子宪兵队还到处抓反满抗日分子，逮去就不知下落了！我心里这口气憋了可不是一天啦！日本鬼子现在叫咱做亡国奴！亡国奴的滋味我是尝够啦！你拿刀一砍，杀得痛快。事儿是闹大了，可是替中国人出了气！是个硬骨头！你在我这儿住下，别出去。养好伤再说。要是万一有人发现，就说是我表弟，出不了事儿！"

节振国在炕上撑起胳臂，问："城里的鬼子也常下来抓人不？"

张家发点头，说："城里警防队有时来捉人！可你躲在我这儿，不出去，没人知道的！"

空气里飘着草木灰的清香。家发嫂送来一碗冒着热气的鸡蛋汤，节振国接过碗大口喝了起来。

张家发眼睛睁得圆虎虎地对节振国说："老节！明天我先去给你抓药，再给你打听消息。什么事让卯子他妈和卯子侍候你就行。"

家发嫂在一边亲切地说："他大叔，不嫌怠慢就行！有事儿只管言语！"

睡熟了的卯子这时也醒来了，在炕桌上点着的油灯光下，惊奇地瞪着两只可爱的大眼看着节振国。

张家发爱抚地看着孩子，用下巴指指节振国，说："卯子！你还认得吗？这是谁？"

卯子揉着眼，聪明地笑了："节大叔！矿上的节大叔！"两年不见，可他还认得呢！

"对！"张家发笑着点头，看得出他特别疼爱这个孩子。节振国也笑着点头。张家发认真地叮嘱，说："卯子！可不能让人知道节大叔在咱家里住着。他也不出去露脸。要是万一被人发现，就说他是你表叔，知道不？"

卯子眨着眼睛点了点头，那张小圆脸上显得分外懂事。

张家发又叮嘱他："以后门上多当些心，别让闲人进来。你也别吵吵，多让你节大叔睡睡。"

卯子又点头。他是个爱笑不爱多说话的孩子。

张家发看看窗外混沌的天色，说："时间还早呢，还是睡一会儿吧，等天明以后再谈！哥儿们两年不见面了，一肚子的话，得慢慢地谈才行！"

家发嫂带了卯子紧挨西边睡。张家发在东边，上炕同节振国抵足而眠。他"嗯"的吹灭了炕桌上的小灯，说："睡吧！"

第二天是个晴天，一早，张家发就背着包袱，提着提盒，到赵各庄去了。他是装作小商贩去做生意去的，提盒和包袱里带去了女人用的鹅蛋粉、发夹、针线、蛤蜊油和男人用的烟嘴、香烟、羊肚毛巾等杂货。到赵各庄后，找熟人聊了一圈，搞到了治枪伤的药，得到了信息，匆匆忙忙又赶回来了。回来时，已是暮色苍茫，处处灯火了。

节振国一直躺着等了一天，傍晚时分，见张家发来了，一个鲤鱼打挺从炕上坐起，问："怎么了？"

张家发放下东西，也没顾上喝水，说："先敷药！别的我等一会儿就说。"他去门口掸灰，回来又拿破毛巾拭汗。

节振国的伤口红肿着，火烧火辣痛得像无数钢针在刺。敷上了药，凉津津地好受，他便问："这药，是关师傅的？"他熟悉，关清风有祖传的刀枪火烫、跌打损伤的金枪药，他见过，就是这样子。

张家发坐在炕角上看着节振国敷药，点头说："你真是一猜就着！"他喝着卯子他妈端来的热水，拿起卯子递给他的焦黄焦黄的棒子面饼子，就着干红辣椒熬的白菜，大口吃起来，辣得刺哈刺哈地直吸溜，可又吃得十分香甜，边吃边说："见到关师傅啦！他说：'不管鬼子还要抓谁，罢工一定坚持下去！'你要我找的乔老庆找到了。你家的事儿也打听清楚了！……"于是，他详详细细把去赵各庄了解到的情况前前后后讲了一遍。

在节振国逃离赵各庄的当天，他哥哥被杀害了。玉兰也被古冶日本宪兵队抓走了，说是要押到唐山去审问。三个孩子，由振德家的带着，乔桂香也去照顾……短短的一两天之间，他面临家破人亡的局面了！

听到说罢工要坚持，节振国心里高兴。但当他得知哥哥被杀害、玉兰被抓走时，仿佛万箭穿心，他平日压抑蕴藏在心胸间的抗日怒火，像浇上了煤油呼隆隆熊熊燃烧，像炸药点着了导火线轰隆隆爆炸了！他是一个铮铮铁骨的汉子，有爽朗明快的性格，对每一件事，能拿得起，也放得下。节振德的死和刘玉兰的被捕，给了他很大的痛苦，但心上一阵剧痛过去以后，他一心只想报仇抗日，其他什么都不考虑。他再也不谈自己家里的事了。

他又向张家发打听："我那二弟纪振生有消息没有？"

张家发摇摇头，说："没有！"

"三弟夏连凤见到没有？"

"也没有！跟他住一个锅伙的人，都说他不知上哪去了。没回去住，也没人见到他！"

节振国默然，他有一种飞鸟离群、风筝断线的感觉。离开了赵各庄矿上一万三千多穷兄弟，离开了胡志发，离开了骨肉亲人，他开始后悔自己不该光凭一时的冲动鲁莽蛮干。他想：要是被老胡知道了，准会又摇头不以为然的！小小的匹夫之勇，乱了整个布局，这正如老胡说的"不讲策略，打不了胜仗，冒失蛮干，只有失败"。他后悔自己鲁莽，不由得低头沉默不语了。

张家发还告诉振国：关师傅说，鬼子正在到处搜捕你。他要你安心养伤。千万不要回赵各庄去，以免出事。以后再通消息！

节振国感谢关师傅的好心好意，但这种躲藏在张家发家里养伤的生活，像他这样一个满脑国恨家仇、精力充沛、叱咤风云的人，怎么能习惯呢？

张家发为了陪伴节振国，有时不出外做小买卖，只让卯子挽个小篮上丰润县南关大街上去卖香烟、杂货。家发嫂整天忙着家务，热心待客。她跟张家发一样都只有三十六岁。生活的折磨，使她那清秀的脸上整天带着劳累，带着淡淡的忧郁，即使在笑的时候也是这样。为了要叫节振国早日养好伤，她千方百计做点好吃的给他吃。她悄悄将两只下蛋的母鸡杀了，端了鸡来，节振国只能不安地嚷嚷："哎呀，哎呀，你怎么将鸡杀了呢？……"

张家做点小买卖，生活艰难。这天拂晓，节振国还躺着，听到家发嫂在外屋压低着嗓门悄悄同张家发说话："粮食没有了，得想法赶快对付点！"

"行！"

"怎么样也得有点鸡蛋给老节吃。"

"我去想法。"

"你给卯子说，以后不能那么放量地吃！跟他大叔吃饭时叫他少吃点，让大叔多吃些！我跟他说了他不那么放在心上！"

"唔，我给他讲。"

节振国听了，心里像蜜糖拌了醋，又甜又酸，他这个重感情的硬汉，心里难受了。

一天一天倒也过得很快。张家发两口子带着十岁的卯子在小园子里翻土，开始栽种山药了。节振国看着杨柳青青，杏桃开花，感到春天是降临了。算算日子，来到张家发家已经二十天了！

二十天中，张家发又到赵各庄去过两次。由于日本宪兵队要抓胡志发，胡志发隐蔽起来了，张家发没找到他。罢工仍在坚持。纪振生、夏连凤仍无消息。刘玉兰的情况也打听不清楚，只知道仍被拘押在宪兵队里。

这天一早，张家发又去赵各庄，晚上回来时给节振国带来了一些喜出望外的消息：他的三个孩子，由他嫂子辗转托人带到了黑山沟姥姥家。最出意料之外的是刘玉兰被日本宪兵队放出来了。她在敌人那里受了酷刑，日本宪兵队也会同伪警防队到过黑山沟，查抄过刘老汉的家，把刘家老两口子抓去审讯过。后来，得不到口供，打听不到节振国的去向，才又把老两口放出来。刘玉兰被释放以后，也回到了娘家。只是听说敌人的便衣狗腿子，正在跟踪刘玉兰，监视着同刘玉兰来往的人，想侦察节振国的下落。

刘玉兰被释放，回到了黑山沟，孩子都养在黑山沟姥姥家，节振国感到说不出的欣慰。现在唯一的苦恼是不知自己下一步该怎么办？

在短短的二十来天里，他脑子里翻腾得最多的是抗日。节振国无数次地想着胡志发在三月十七日矿方开枪镇压工人后，第二天对他和纪振生说过的那些话。可不是吗？没有枪杆子，只能做顺民，只能做亡国奴，只能是"人为刀俎，我为鱼肉"，听任敌人逮捕枪杀！好多个夜晚，节振国睁圆眼睛不能成眠。伤口快痊愈了。他仍像迷路人，虽有满腔热血，不知该往哪儿使。他多么想见到老胡或者老周，听听他们的主张啊！不都是共产党吗？自以为已经在党的节振国饥渴地想：这时候，我该怎么朝前走？

张家发也是个热血汉子，每当谈起日本鬼子侵略中国，他额上三道刀刻似的深纹就纠在一起，连眼都红了。有一天，他告诉节振国，听说平西①附近有共产党领导的八路军。节振国当时就想说："家发哥！咱俩一起到平西去找八路军，你看怎么样？"但他又想：听说的事情是不是可靠？这样远远地盲目去找，又是多么没准头？张家发有老婆孩子牵累，节振国觉得自己的处境同张家发的处境不同，因此，话到嘴边又咽下去了。

多么难熬的日子啊！

可是，就连这样难熬的日子，节振国也继续不下去了。这天傍晚，

---

① 当时平西根据地包括河北省的昌（平）宛（平）县、房（山）涞（水）涿（鹿）县、怀（来）涿（鹿）县、蔚县。

卯子挎着个小篮卖香烟回来，气急慌忙地告诉张家发说："爹，咱家屋前屋后，有个扇风耳朵、尖下巴的人兜来绕去，他不知这就是我们家，买我的烟，问我住哪儿？他指着咱家向我打听，问我见有生人到咱家没有？我说没见。吓得我不敢回来。我远远地跟着他，见他到警防队去了，我这才赶快奔回来！"

节振国在旁边一听，就觉得事儿不好。张家发和家发嫂也沉吟起来。

张家发怔了一下，说："看样子，走漏信息了！你在我这儿神不知鬼不觉，从没出去抛头露面，老在家里蹲着，怎么会引起他们注意的呢？"

节振国说："看来我得赶快走！迟了怕要出事儿，我可不能连累你们啊！……"

张家发那张黑里透紫的方脸上一片侠义气概，说："这时候，你走也不行！谁知周围有人把守没有？要走，也得等一等，等我摸清了情况，你再平平安安地走！"说着，他起身就要出去。

节振国一把拽住张家发，指指后墙，说："我腿伤也好了，我从后墙翻出去。我来时就留心过了，后边不就是黑虎玄坛庙吗？那儿冷僻，我就从那儿走……"

话没说完，忽听外边传来人声。张家发轻轻说了一声："不好！"一阵风地迎将出去。家发嫂马上将节振国往屋里一推，带着卯子也跟着往外走。节振国听到外边喝问声："张家发，你家来了客人吗？……"节振国明白是便衣特务纠合了警防队来盘查了，心里打定了主意：走！他揣上钢斧，轻轻地从遮着破席的后窗洞里钻了出去，又把破席遮好。在暮色苍茫中，他纵身攀上了那堵丈把高的土墙，跳到黑虎玄坛庙前的院子里。四顾无人，他飞也似的跑进了黑虎玄坛庙。

庙里塑着的是一个很大很大的骑着黑虎满面虬髯金盔金甲的赵公元帅，过去谁想发财都来叩头烧香，如今，烧香的人不多，庙里一片败落的样子：满地尘埃和碎砖破瓦，到处蛛网，黑脸的赵公元帅满身灰尘，穿着破衣烂甲瞪着眼像生气似的。节振国站在神像前，心想：到哪里去呢？黑山沟不能去！赵各庄也不能去！再说，现在天还没黑，上路也不方便，不如在此暂躲一下。他纵身跳上神龛，在泥塑木雕的赵公元帅背后，倚着那条黑虎，坐了下来，闭目考虑起来。

天黑后很久，他才走出了黑虎玄坛庙，又翻过那堵丈把高的土墙，跳到张家发的屋后。细听了一下，确定里边没事儿，这才敲着窗洞，轻声地叫："家发哥！家发哥！"

他先听到张家发惊喜答应的粗哑声音，马上又看到张家发的脸露出在窗洞口了："老节，我以为你走了！正挂念着哩！"

节振国悄悄问："没事儿吧？"

张家发轻声答："没事儿！鬼子宪兵队的特务带着警防队来盘问。我说没人来过，他们不信，查了一下，查不到，相信了我的话，就都滚蛋了！"

节振国硬骨铮铮地说："为抗日我是豁上了！我马上就走！上纪振生家看看。你到矿上给关师傅打个招呼，叫师傅找到老胡告诉他，我的下落可以问纪大娘！别人一概不说！"

张家发点头，"唉"的叹了一口气，说："你多保重！"接过卯子他妈递过来的两个冷窝头，从窗洞里递给节振国，说，"老节，路上吃吧！"

节振国接过窝头，揣在怀里，又翻身跃上了后墙，隐没在夜色中。

第十二章　慈母心

月黑夜，节振国揣着斧子悄悄穿过漆黑无边的夜色，来到了纪大娘住的茅屋前。

纪大娘住的两间孤零零的茅屋，坐落在五里庄边，傍着一个高高的土坡，十分僻静。当初，搭这草屋时，节振国、夏连凤都来帮过小纪的忙：打石头、脱土坯、搭屋架、垒墙、盖顶、苫草……后来，又来给屋子加固过，翻盖了房顶。现在，屋前的小园子用石头垒起了半人高的墙，周围的大树，都有三丈高了，有槐树，也有榆树、椿树。如今，枝丫已经萌发绿叶了，树梢像朝天的扫帚，在夜风里摇来晃去。节振国轻轻地敲了下门，不一会儿，门开了。

夜深人静，老人家穿一件破旧蓝大襟褂掩着怀站在门里。一看是节振国，她拂拂鬓边的白发，挺了挺腰板说："振国？快进来！快进来！"她把节振国拽进屋，掩上门，点起了小油灯，让节振国上炕坐。

节振国叫了一声："干妈！"简单地把自己刀劈日寇离家出走的事讲了。老人家听着听着，两只眼睛似乎变得清亮起来，一口一声夸节振国干得好："你的事儿我听说了！好样儿的！多杀他几个狗畜生才痛快呢！"

节振国问："您这儿有人来盘问过什么没有？有便衣来这周围监视过没有？"

纪大娘摇摇头，说："没有！我一个穷老婆子，能把我怎么？我这儿挖不出金银财宝也挤不出油水，他们不来！"说到这儿，老人家关切地问，"振国！你的伤怎样了？这些日子你在哪儿呢？"

节振国拍拍左腿，说："伤好得差不离了！"接着，就把在张家发家养伤，现在不能再耽搁下去的经过一讲。纪大娘用手掠掠鬓边的白发，点着头说："哎，这年月，真够熬的！我活到六十多啦！早不怕死了！有我就有你，放心好了！要办什么事只管对你娘我说。这儿就是你的家，你就别离开了！赶明儿我给你到矿上去走一趟，打听打听消息，给你找找你要找的人。别看我上了年岁，办这种事满行！"

节振国忽然发现：纪大娘说话虽然还是那样干脆，但脸上的皮肤松皱得多了，眉眼间的神态也龙钟不少。节振国心里想：老人家要是知道失去了相依为命的独子，该有多么悲痛！他怕提纪振生，谈了半晌一个字也不敢往小纪身上扯。可是老人家开门见山了，欠着身子带点忧郁地说："你兄弟的事，我全知道了！你就甭瞒我了！我到矿上去过了！"

原来，这儿离赵各庄矿只有五里来地。罢工前，纪振生每天回家住宿。罢工后，隔上四五天也得回家看看老娘。他被鬼子抓走后，节振国和胡志发商量，决定暂时瞒一瞒老人家，派纠查队员给老人家送过粮食和零花钱，只说："小纪忙，不得空闲回来！"谁知，这两鬓白发的老人家是个精灵人，她心里揣着闷葫芦自己独个儿到赵各庄去了一次，就摸清了底细。

节振国出乎意外，嗫嚅着说："干妈，倒不是瞒您，是怕您老人家着急！"

纪大娘盘腿坐在炕上，极力地控制着自己的感情，说："我经受得起啊！从小是苦水里泡大的，我不怕吃黄连。远的不说，振生他爹下煤窑，我哪天不是提心吊胆。煤窑塌陷，跟他一个掌子面里的四十六个人全砸到里边了，一个都没活着出来。那一天，乱坟岗上到处是哭声，要不是有振生，我早想跟他爹一块儿去了！我们孤儿寡母苦活苦挨！受英国毛子的欺压就够受了！谁知，日本鬼子到了冀东，亡国奴的洋罪就更厉害了！这不，现在，因为振生罢工、抗日，鬼子又逮捕了他。说我不伤心不难过，那是假的！我这些天，哭得不少。可后来我想通啦！鬼子是咱不共戴天的仇人！振生抗日抗得对！他要是能回来，我当然高兴。他要是给鬼子害了，我也不哭！"老人家说话时，两眼放光，一串火热的泪珠流下来就被她用手拭去了，"咱中国人，得有这么个骨气！振国，你是好样儿的。振生跟你结拜兄弟，值！你如今没有家了，我这儿就是你的家！我就是讨饭也饿不着你！"

一位多么可敬可爱的老人家呀！说出来的话字字都是铮铮响的。节振国亲切恳挚地说："妈！从今以后，您就把我跟二弟同样看待。我就是您的亲儿！"他满腔热血沸滚，恨不得能剖开胸膛来要让纪大娘看看自己那颗赤诚之心，接着又说，"妈！以后，我还不知干什么呢？再到赵各庄当矿工，那是不可能了！要是二弟出来了，我俩再商量一下，得找一条路子走！"

纪大娘点点头，有主见地说："只要他能出来！我一定叫他跟你一块儿干！可是，我看，难哪——"

节振国叹了一口气，问纪大娘："您到矿上去过，还听说些什么没有？"

纪大娘有条有理地说："矿上还罢着工，听说英国毛子想答应复工条件了，详细情况我闹不清楚。你们三弟夏连凤不见了，有人说是给鬼子抓去了……"

节振国一惊，问："他也给鬼子抓去了？……怪道张家发在矿上打听不到他的消息哩！"

纪大娘点头，谈到这里，又说："你看，光顾着谈了。你来，连口水也没喝，也没吃点东西。我真是老得糊涂了！"说着，从炕上起身要去烧水办吃的。

节振国一把拽住，说："妈！我喝点凉水就行！肚子倒是一点也不饿!"他去水瓮边上，拿起舀子，咕嘟咕嘟喝了个足，说，"妈，您明天再去一趟赵各庄，找关清风师傅。别的都不打紧，一定要让关师傅找到老胡，把我的信息告诉他。我像在漫天大雾里，看不到路了！找到他，他会告诉我下一步该怎么办！"

纪大娘爽气地点头，说："明天一早我就去！天已经不早了！你快睡一觉。到我这儿，平安无事！后窗洞外有秘密地窖可藏身！"老人家把炕上拾掇拾掇，逼节振国躺下，自己却下炕忙乎去了。

节振国说："妈，您怎么不睡?"

纪大娘笑笑说："你睡吧！上年岁的人，夜里常睡不着，再说，明天一早就得去赵各庄，先给你烙点饼办一些吃的！"

节振国心里又一阵热辣辣的，他知道不让老人家干她是决不答应的，只得由她，就说："妈！我不困，也不睡了！您办饭，我陪您谈谈心！"

纪大娘爽朗地说："好！以前振生在家，总是跟我有说有讲的。这些日子，我一个人，早早就睡了，早早就起了，一天到晚，像个扎口葫芦似的。这不，你来了，咱娘俩谈谈，正称我的心！"

节振国跟纪大娘走到灶台边，见灶台上过去供着的灶神爷不见了，现在放的是盐罐子、酱缸子，还有一把磁茶壶，嘴也坏了，那是纪振生平日在家里喝水用的。

节振国说："妈，原先这儿供的灶神爷呢?"

老人家叹口气，说："我从前信神，可后来不信啦！老天爷不睁眼，敬它也无用！我一辈子没干过坑人昧天良的事，可有啥好报应? 振生他爹砸死在矿里了，振生给鬼子一逮，我更不信神啦!"

节振国对老人家肃然起敬，说："妈，您说得对！日本鬼子这么坏，敬神拜佛也治不了他们！"

节振国把从赵各庄大罢工到抢煤场中间的事儿，像讲故事似的给她讲着，讲着……讲的人心里波涛翻滚，听的人也心里波涛翻滚。时光在流逝，纪大娘手脚快，把棒子面饼都烙好了，洗净了手，说："离天明还早着呢！睡吧！……"她"噗"的一声，将灯吹灭。外边是个月隐星暗的夜，灯火一灭，屋里漆黑漆黑了。

纪大娘嘀咕着说："这年头！连月亮都不乐意露脸了！老是漆黑墨乌的夜！"

正说着，忽听板门上"笃笃！笃笃！……"有人敲门了。

节振国警觉地坐起，"霍"的拿起了钢斧。

纪大娘也警觉地下炕趿鞋，悄声说："有人！"

门上又"笃笃！笃笃！……"一听这熟悉的敲门声，节振国兴奋得脸都红了。这是胡志发的敲门声呀！这可能吗？老胡在赵各庄来找节振国或让节振国去找他时，约定是这么敲门的！难道真是他来了？不可能吧？

节振国对纪大娘轻声说："我去开门！"

纪大娘将节振国一推，低声说："我来！"她噔噔地走到门边，问："谁呀？"

外边一个男人的苍老沙哑的声音轻声说："大娘！我，胡志发。快开门！"

门"吱呀"一声开了！节振国呼啦冲上前去，在黑暗中热情奔放地叫了一声："老胡！"

胡志发闪身进屋，一面对着纪大娘叫了一声："大娘！"一面扑到节振国身旁双手攥住节振国的两臂："老节，伤好了？"

刹那间，节振国的眼眶湿润了！纪大娘点上一盏小灯放在炕桌上。她看到胡志发满头大汗，说："大侄儿！快炕上坐吧！也真巧劲了，说到张飞，张飞就到！振国正愁见不到你，明天一早我就要上赵各庄去打听你呢。"

胡志发笑笑，他那张干瘦憔悴的脸上仍是那么平静、从容，他朝着节振国说："我天黑后才赶到丰润。一到张家发那里，他就告诉我你刚走，到这来了！我快马加鞭，马上赶来。我知道你急着找我！我也急着想跟你谈谈，好趁天亮前赶回东无水庄①去！"说着，他摸出烟袋杆来抽。

纪大娘悄悄抽身去烧水了。节振国悔恨地说："老胡，我没有听你的话，离开了矿上的一万三千多穷哥儿们！我对不起你，也对不起大家啊！"

出乎节振国意外，胡志发却摇摇头，说："老节！这事不能怪你！我们自己人里边出了坏蛋！那天鬼子上你家搜捕，就是因为这坏蛋出卖了你！"

节振国一听，愣了，圆睁双目，问："谁？"

胡志发眼神明亮，冷静地一字一声说："夏——连——凤！"

节振国"啊"了一声，像当头给泼了一盆凉水："他？"

胡志发抽着烟点头："错不了！他当了叛徒、汉奸了！"

节振国听了气愤而又怒恨，一攥拳头咔吧咔吧响，说："怪不得我在张家发家，鬼子的便衣特务和警防队也会去侦察我。看来，都是这小子出的鬼呀！"说着，"嗵"的一拳砸在炕上，"我恨不得宰了他！"

胡志发敲打着烟锅说："我怕你再上他的当！所以得到信息后，明知上张家发那儿冒险，我还是去了！得赶快告诉你，不让你上当吃亏！"

正烧水的纪大娘听到夏连凤的事心里又气又恨，"啪"的一声，一只碗被她失手掉在地上，碎了！她顾不得收拾，跑上来问："夏连凤是怎么回事？"

节振国气恼地说："不要脸的畜生，一点中国人味儿都没有！他做汉奸出卖大伙啦！"他气往上冲，满脸通红，眉心紧皱起来，鼻尖上冒汗。

---

① 东无水庄紧靠赵各庄，在赵各庄东面。

纪大娘关切地问胡志发："我那振生呢？"

胡志发深沉地说："大娘！小纪是好样儿的！在鬼子面前，他是个硬铮铮的中国人，是个工人的样子！他有骨气！老人家，您生了个好儿子！"

纪大娘拭拭眼泪，说："我这就放心了，你们谈吧！"节振国刚要劝慰她，纪大娘摇摇手，说："不要劝我！我马上就不哭了！我去烧水，你们谈！"她去把刚才烙好的玉米面饼子捧来递到胡志发手里，说："你们吃点吧！吃点吧！开水马上就来！"

胡志发一边吃着饼子一边说："罢工还在坚持，最困难的日子也克服下来了。五矿同盟大罢工委员会同矿方的谈判快达成协议了。斗争快胜利了！不过，英国毛子和日本鬼子勾结得紧，英国毛子努力在使鬼子对工人施加压力。鬼子在唐山、赵各庄、古冶抓了些人，又贴了告示，要悬赏捉拿你、我和周文彬，说我们是共产党。多亏矿上的穷哥儿们掩护，鬼子怎么也逮不到我。罢工斗争不胜利，我不能离开赵各庄周围。罢工斗争胜利了，干什么到那时再说！"

节振国咽了口唾沫，说："老胡啊！这些日子，离开了赵各庄，离开了你们，我有劲儿不知往哪儿使，有翅膀不知往哪儿飞！我无处容身，回赵各庄吧，目标大，至多只能像你一样，今天躲这儿，明天藏那儿，也不是长计。今后，我该怎么办？真想听听你的指点！我急着要见你，就是为的这！"

胡志发反问道："你想怎么办？"

节振国说："想得可多啦！本来我想着上平西去投八路军，可是怎么去法？找得到吗？刚才你说起夏连凤的事儿，我又有了新的想法。我想，还是回到赵各庄，凭我这一身踢打摔跳的武艺，找机会，我先杀夏连凤，再杀日本鬼子！抗日，我是铁了心啦！海枯石烂，此心不变！"炕桌上的小油灯哧哧地烧着，昏黄的灯光里飘动着烟雾。节振国说到这里，停下来皱着眉叹口气，又说，"有时我也想：像我从前那样靠蛮干不是个办法。人家手上有的是枪，咱赤手空拳硬拼，只能挨枪子儿！……"

胡志发打断他的话，说："对了！你说到节骨眼儿上了，跟敌人干，没有枪不行！咱得用枪来武装自己才行！过去多少年，共产党就是这么干的。现在，抗日，还是得这么干！不拿起枪杆子来就无法驱逐日寇，还我河山！"

纪大娘端一壶开水来了，给他俩斟上水，胡志发和节振国都起身谦让。纪大娘斟完水，说："你们慢慢谈，我得出去替你们放放风！"

节振国不安地说："妈，不用！"

纪大娘说："别管我！我去外边站着才放心！"说完，老人家挺着腰板利利落落地走了。

胡志发赞叹地说："小纪有一位多么好的老母亲啊！"

两人又继续谈下去。

节振国说："没有枪，那好办！打唐家庄缴到的'护矿队'的枪虽给鬼子缴去了一些，我们也藏了一些，用油布裹着窖在赵各庄纠查队工棚后的地里，拿出来就是。再说，我可以到赵各庄、马家沟、林西一带活动，见到单个儿的鬼子、警防队员，我就劈了他，夺枪！"

胡志发笑了，说："是要夺枪！可是靠你一个人行吗？老节！一个人拿起枪来也只是一支枪，要是一百个人拿起枪来，一千个人拿起枪来，你想想，那是什么局面？"

节振国眼睛里闪出光亮来，说："你是说，要组织起武装来干！是啊！像咱那支工人纠查队，要是都换上了钢枪，哼！看吧！别说抢煤场，咱要占领赵各庄也是把里攥的事儿！"

胡志发喝口水说："老节，对了！我们就是要在共产党领导下拿起枪，起便衣，组织游击队。在这儿打一下，又到那儿打一下，搅得日本鬼子到处挨枪子儿！打得敌人头破血流！"

节振国拍着大腿叫绝，说："着哇！真是好主意！"

胡志发说:"中国共产党领导下的晋察冀边区已经在今年一月成立了!冀中的游击战已经开展起来了,党的军事干部不久就会派到冀东来的。咱应当先干起来。周文彬让我转告你,上次本来邀你谈的,结果你刀劈了鬼子走了,没能同你见面,好在以后总有机会的。他希望你起便衣组织一支游击队,给冀东人民做个榜样!"

节振国霍然站起,兴高采烈。多少天来的郁结、不快都像被一阵和煦温暖的春风吹散了。那种觉得自己像离群的孤雁、像断线的风筝似的感觉没有了!胡志发的一番话,像一把钥匙,打开了他心上的那个锁。他有一种蛟龙回海、猛虎归山的感觉,浑身充沛的精力,似乎要爆发出来。

胡志发看得出他的心情,说:"老节,任务艰巨,但很光荣。你在矿工中有威信,要大胆、谨慎、秘密地开始干!这像黑夜里过山涧,一步踩不准,后果不好说!你知道,咱开滦的矿工,家都在农村,要是组织一支游击队,你想想看,会有多少人掩护咱?海阔凭鱼跃,天高任鸟飞,那好处可没法说!组织游击队的事儿,不一定操之过急,但也不要放松!要把组织游击队的事儿秘密地干好!秘密!懂吗?有事我会来找你的!但小纪这儿,我也不放心。夏连凤出了事儿,这儿不安全!你还得早点想个地方尽快转移。关清风这人忠诚朴实,又是你师傅,以后我们要联系,不管到哪里,都可以通过他接线,你看行不行?"

节振国兴奋地点头。胡志发要走了。他心里多不想让老胡走啊!他看到老胡站起身来,就说:"老胡!我是看准了!吃定了!我照你的话办!照老周的话办!开弓没有回头箭!你放心!"

胡志发点头,突然从腰里把手枪拔出来,递到节振国手里,说:"老节,拿着用!现在,你比我更需要了!有这一支枪,我相信,将来会有无数支枪的!"

节振国激动地把枪硬塞到胡志发手里,说:"不!老胡!你还是拿着防身！我，凭这一身武艺，迟早会使上枪的。你不要为我担心！"

一支枪的谦让，使两个人心里都暖烘烘的。

老胡走近门旁，拉开门看看黑黝黝的天色，说："时间不早，我得走了！咱俩快去把望风的老人家唤回来歇着吧！"

节振国说："走！"

两人跨步出来。屋外，是一个黑咕隆咚的月隐星暗的夜，天地难辨，东北风瑟瑟地吹，春夜还是寒冷的。他俩看到纪大娘站在屋后那高高的土坡上的一棵大榆树下。在广阔的苍穹下，她直挺挺地站立在那里，显得如此高大。

胡志发和节振国绕到屋后走上土坡，纪大娘也连忙迎了下来。她明白胡志发要走了，轻声叮咛说："大侄儿，路上小心！"

胡志发深情地拉住老人家的手，叫了一声："大娘！"他又转过身来，握一握节振国的手，说："好好干！"

他那瘦削、灵活的身影瞬即在无边无际的夜色中消失了。

胡志发走后，节振国和纪大娘回到屋里，仍没有睡。

胡志发的顾虑，也成了节振国的顾虑。夏连凤叛变了，当了汉奸了！住在纪振生家能安全吗？显然不安全的。他把想法跟纪大娘一谈。这顾虑又成了纪大娘的顾虑了。

纪大娘恨声恨气地说："你走，我不放心；你住这儿，我也不放心！怎么办哪？"

节振国下决心地说："还是走吧！"

纪大娘忽然摇头，说："不！振国！你就再住上两天吧！见到你我就像见到振生一样！你的名气大，认识你的人又多，你到别处去，说实话，我真不放心。我刚才不说了吗？从后窗洞里出去，在土坡底下，振生挖过一个地窖。那还是三年前，说是长城边爆发战事了，鬼子要来，这才挖了给我藏身以防万一的。地窖口小，里边可不小。地窖口现在用干草遮住，上边又有个老树根堵住。要是有事儿，你从后窗洞出去，下了地窖，我要不说，人家是发现不了的。我照个亮，带你去看看。"

节振国偏起脸略想一想，说："妈，用不着您带我看。您指点一下，我自己去看!"

说着，他拿起炕桌上的那盒洋火，按照纪大娘的指点，踩在炕上，从后窗洞里爬了出去。

果然，在紧靠屋后的山坡下找到了地窖口，搬走大树根，挪开干草，底下是个挖得挺像样的地窖。节振国纵身钻进地窖，"嚓"的擦根洋火，照亮了一看，地窖挺干燥，藏两个人也挺宽松。

节振国从地窖里爬上来，把地窖口遮严实，又从后窗洞里爬回来，说："妈，我就在这儿再住几天，好好想一想以后怎么干? 也想打听打听矿上罢工的消息。要是罢工胜利了，我马上拉队伍，把不怕死的穷哥儿们召集起来组织游击队，一块儿干! 二弟要能出来，那多好哇!"他已经下了破釜沉舟的决心了! 说到这里，他兴致勃勃按捺不住心头的高兴。

纪大娘也给他说得有点兴奋了，眼圈红了，却笑着说："过一天我就给你跑一趟赵各庄去打听消息!"

等到睡时，已经鸡叫头遍了!

第十三章　破釜沉舟

胡志发走后的第三天一早，赵各庄矿上忽然传来了节振国熟悉的汽笛声："呜！呜——"

汽笛声激动了节振国的心。复杂的感想，复杂的情绪，像海边激浪层层叠叠在他胸怀里冲击、回荡。罢工以后，是第一次听到这样的汽笛声，难道矿上复工了？……

纪大娘赶快将节振国锁在屋里，到赵各庄矿上去打听消息。近傍晚时分，她回来了，兴奋地带来了消息：五矿同盟大罢工昨天胜利结束了！工人坚持斗争，不出煤，矿方吃不住劲儿，只得答应全部条件。被捕的工友，矿方出面交涉释放；死伤的工人，发给抚恤金和医药费……英国毛子答应把开滦产煤的包销权让给日本鬼子，鬼子急着要煤军用，就帮着英国资本家镇压工人。"瓦斯"彬田的宪兵队在罢工结束时，逮捕了赵各庄罢工委员会的代表节廷秀和蒋振元，在唐山杀害了他们。关清风师傅本来也在被捕之列，事先得到消息，离开了赵各庄，不知去向。至于刘青山，他在罢工期间，始终干着分裂罢工委员会、破坏罢工的勾当。在罢工结束时，他拿了矿方一大笔钱，到天津逍遥地吃喝玩乐去了。

虽然胡志发、关清风都不知去向，纪振生也仍旧没有消息，但是，罢工的胜利结束，使节振国十分鼓舞。他开始更紧张地思索着该怎么下手组织便衣队的问题了。

这天夜里，他对纪大娘说："妈，您这么大年纪了，今天奔波了一天，论说该让您歇歇腿了，可是我想让您明天再去赵各庄找几个人。这些人都是我和老二的好朋友，有的您认识，像'黑旋风'梁凯和'田大头'田树森；有的你不认识，像张惠……您找他们谈谈，就说我要抗日组织便衣队，看看他们愿意参加不？……"

纪大娘奔波了一天，两只脚底早疼得怕着地了，老人家却一口应承地说："你把人名儿想好吧！我明天去，一个个找他们谈。我告诉他们：我是小纪的娘，小纪抗日，就是给鬼子杀了，我也舍得。鬼子这么欺侮中国，咱坚决不做亡国奴！"

这是一个晴朗的月夜，流泻进窗棂来的月光，将屋里照得透明透亮。

纪大娘白天累了，早早睡熟了。节振国在炕上辗转反侧睡不着。他想得很多，想名单，想步骤……忽然，有急促而轻轻的"笃笃"敲门声。他悄悄起来，拿起钢斧，踮脚快步走到门边，听到门上又"笃笃"地在敲。接着，有一个熟悉的声音在轻声叫唤："妈！开门！快！……"

这声音像是从天上来的。

节振国一听这熟悉而亲切的声音，兴奋得额上冒出汗来，一颗心"怦怦"地跳得飞快。这不是纪振生的声音吗？他怎么突然回来了？神奇的人生啊！人生！真有这么巧这么出人意料的事吗？

节振国疾手快脚，"吱呀"一声，将门打开。果然，月光下他看到纪振生站在面前。高个儿的小纪更瘦了，面容憔悴，精疲力竭，身上那油渍麻花的破窑衣更破更脏了。因为出乎意料，小纪看到节振国愕然愣在那里了！

节振国忽然热泪迸流，甩掉手里的钢斧，一把抱住了小纪，叫了一声"二弟！"纪振生也叫了一声"大哥"，两人张开双臂，紧紧拥抱在一起，激动的热泪滴落在对方的肩头上。

节振国一把将纪振生拽进屋里，掩上了门，指指里屋炕上兴奋地说："妈正睡熟着哩！你怎么回来了？"

纪振生没有来得及回答，快步进屋，看着月光映照下，睡熟了的白发老娘。纪大娘正安详地熟睡着。她可能是做了个伤心的梦吧？正皱着眉，脸上流露出无限辛酸。

纪振生用手背拭拭眼泪，轻轻在炕前一跪，叫了声："妈！"

节振国在一边动感情地看着这对母子的重逢。

纪大娘醒了，忽地一下，坐了起来，纪振生又叫了一声："妈！"她却呆呆坐在那里。凭借银色的月光，她凝望着儿子，忽然眼里饱含热泪，满脸惊讶。

纪振生又喊了一声："妈！我回来了！"

纪大娘"啊"了一声，高叫："振生！这是在梦里吗？"

纪振生起身往炕上一坐，双臂抱住老娘，高兴地说："妈！不是梦！我真的回来了！"

纪大娘在炕上一把紧紧抱住纪振生，用手摸着他蓬松的头发，流着一串串热泪说："啊呀，振生！你怎么回来的？鬼子放了你了？"山有高峰，水有激流，这样的母子重逢，老人忍不住一边抽泣一边拭起泪来。

纪振生眼里跳动着泪花急促地说："鬼子没放我，是我逃回来的。今晚，鬼子从古冶把我押到唐山，说是要到唐山处死。我在火车上偷偷磨断了绳子，车离古冶，我就跳了车。这不，我就跑回来了！"说着，他故意笑微微的，想叫妈高兴。

纪大娘一听，脸上刚刚泛起的喜气不见了，忽然紧张地说："那怎么行？鬼子一准要来搜捕的！"

节振国警惕地"唔"了一声，浓眉倏地跳了一下，说："妈，您说得对！"接着对纪振生说："二弟，咱得快走！"

纪振生喉咙里响了半响，说："咱屋后有地窖，没人知道……"

节振国想了一想，摇头说："不行，不怕一万，就怕万一！不保险！"

纪大娘心里像坐在针尖上似的不安，下炕来趿上鞋说："我给弄点吃的，你们吃了就走！"说着，她掌上灯，去舀水和玉黍面去了。

纪振生也去水缸里舀凉水咕咚咕咚喝了个足，说："老节！走，上哪去呢？"

节振国伸出右手握着拳，说："我们自己的山河，全被鬼子占了！到处是血泪！我们只有起便衣，组织抗日游击队，拿起枪来跟狗日的干！"

纪振生兴奋地说："好哇！大哥！我在宪兵队早想定主意了！杀了就杀了！要是杀不了我，我出来就跟鬼子拼啦！鬼子什么刑罚都用啦！我没说一个字！可恨！夏连凤！这个不要脸的兔崽子！他出卖啦！"

灯光摇曳，把节振国和纪振生那高大的身影反射在墙上。节振国"唉"了一声，说："我都知道啦！只恨我瞎了眼，当初错看了人……"

纪振生突然奇怪地问："老节，你怎么在这儿？"

节振国刚把自己的事简简单单说完，忽然，侧耳听着，说："老二，听！狗叫，还有什么声音？"

原野上刮着大风。纪振生在屋里侧耳细听，除了狗叫声，就是大风声。听到风声，仿佛使人看到高大的树丫在狰狞张舞，枯萎丛杂的矮树在林边隙地上瑟瑟作声，尘土干草在疾风中旋转飘飞。风声和狗吠声中，从西面传来一种怪声音。

节振国听清了，高叫一声："'电驴子'！"

纪大娘忙跑过来说："快走！"

节振国和纪振生"霍"的站起。节振国说："妈，您多保重！……"纪振生也刚叫了一声："妈！……"远处已隐约传来人声和脚步声了。

节振国想：咦！怎么"电驴子"的声音还在远处，这儿人已到了门前呢？纪大娘一指后窗户洞，"呼"的吹灭了灯。

节振国和纪振生会意。节振国拿起钢斧，让纪振生从后窗洞里钻出去。自己也跟着钻了出去。两人挪开枯树根和干草，转瞬间就都钻进地窖里去了。

纪大娘刚把窗户洞用块破旧蓝布包袱遮好，门已经"乒乒乓乓"敲响了。鬼子宪兵队的摩托车声也从两面包抄来到屋前。全村的狗都远远近近"汪汪""哦哦"地叫起来。

原来，鬼子的摩托车来到之前，汉奸便衣的自行车队悄悄先来到了。

门敲得火急，声音吼得挺凶。纪大娘坐在炕上，不去开门。踢门声"乒乒乓乓"响了。一会儿，门"啪"的被踢开了，鬼子和汉奸呼呼啦啦拥进来一大帮，有的手里亮着电筒，当头的是个胖鬼子宪兵。

一道雪亮的手电光冲着纪大娘脸上照过来，照着纪大娘两鬓苍苍凛然不可侵犯的面孔。

一个汉奸高吼："老物件，你做什么？怎么不开门？"

纪大娘整整银白的发髻，盘腿坐在炕上，平静地说："瞧你问得多怪！我睡在炕上，听到外边鸡猫子喊叫，人吼狗咬的，吓得敢开门吗？"

胖鬼子咆哮着把手里的军刀晃了又晃。一帮鬼子和汉奸马上动手翻缸戳炕地抄起来。这家人家真穷啊！没箱没柜的，有什么可抄的呢？

胖鬼子宪兵叽里咕噜，一个脸上有伤疤穿短打的汉奸说："你儿子呢？"

纪大娘冷着脸："在矿上做工！"

脸上有伤疤的汉奸虎着脸："做工？他抗日！皇军逮了他，他又跑了！"

纪大娘摇摇头："我不知道。我安安分分过日子，不偷不抢，不做强盗，不干伤天害理的事！"

汉奸又吼："快说！你儿子藏在哪里？不说，皇军宰了你！"

纪大娘冷着脸说："你们找吧！找到你们就把他抓走。"

胖鬼子宪兵气得跺脚，拿军刀在纪大娘面门上、脖子上比画。纪大娘脸上平静，没一点儿害怕的神色。

胖鬼子宪兵突然扭头对着门外大叫一声："夏连凤！"

纪大娘像被针一刺，看到精巴干瘦的夏连凤像个鬼魂似的从屋外进来，出现在面前。纪大娘心里明白了，横眉怒视，看着夏连凤那白净脸上稀淡眉下两只一眨一眨闪着狡猾光芒的小眼，冷冷地说："哦，是你领着他们来的？"

夏连凤哈着腰脸上带笑，叫了一声："干妈！——"

纪大娘沉下脸说："我不认！你去找个日本婆子做干娘去吧！"

夏连凤苦着脸，低声下气地说："大哥、二哥闯了大祸啦！日本宪兵队彬田队长说，皇军向来注意日华亲善，只要不再抗日，给皇军出点力，既往不咎，皇军还要提拔重用！我这是为了二哥好，才来了！"

纪大娘脸上像涂了一层霜，说："好哇！你在日本人手下得意了！"

夏连凤明白这老人不好对付，可又不能不说，使着劲儿说："干妈！快告诉我二哥在哪儿？您想，我们叩头结拜的弟兄，我能给他亏吃吗？彬田队长要找他，想给他跟我都在赵各庄安个好差事。以后，咱就不干这窑花子的活儿了！把您老人家往赵各庄上一接。您苦了大半辈子，往后也该享享福做做老太太了！……"

夏连凤话还没说完，只见纪大娘大声骂了一声："狗汉奸！"拿起炕桌上的那盏小油灯"啪"的对着夏连凤猛砸过来。夏连凤偏身一让，小油灯正砸在胖鬼子宪兵脸上。胖鬼子"哎"的一声捂着脸，灯里的油洒得一脸一身都是。夏连凤"哟"着闪身后退，又忙着要上来扶胖鬼子军官。胖鬼子军官等了半晌，早不耐烦了，又挨了一油灯，这时狠狠举起军刀朝纪大娘"呼"的劈了下去。

满脸是血的纪大娘泼口怒骂了一声："畜生！……"

枪声"砰"的响了！是夏连凤为讨好鬼子表白自己，对准纪大娘开的枪。

地窖里，散发着一股泥土拌和着败叶和杨树根的怪味。节振国和纪振生蜷缩着坐在地上，屏息听着外边的动静。

节振国心里掂量着老人家怎么能对付这群野兽？

纪振生心想：一定是夏连凤带的路！要不，鬼子能这么快就找到这儿了？……他恨得咬牙切齿的，轻轻对节振国说："老节！鬼子来得这么快，准有人带路！"

节振国恨恨地骂了一声："豺狼！"

两人专心地听着。希望能听到前边屋里的声音。但只是模模糊糊的嗡嗡声。有时，能分辨出是男人的声音，夹杂着纪大娘的声音。忽然，他们好像听到是夏连凤说话的声音，说的什么不清楚。要依节振国的性格，怎么也不能在这儿躲着。可是，现在，经历过许多磨炼，他懂得在必要时忍耐一下的重要了。地窖里冰凉，他看到纪振生额上淌着汗。纪振生是个孝顺的儿子。老母在上边，他怎么能不急呢？……

一分一秒的时间，在地窖里变得无比长！纪振生忍不住了，轻轻地说："他们会把我妈抓去吗？"

节振国没有回答，用大手抚着纪振生的肩膀，意思是叫他要忍耐。

忽然，听到纪大娘清晰的怒骂声："畜生！……"

接着，枪声响了："砰！"

节振国一惊，纪振生也一惊。

纪振生猛地伛偻着背站起来，想推开掩门的干草和树根钻出地窖。

节振国也感到出了事，一把拽住了纪振生，恳切地压着嗓音说："老二！不能！"

纪振生屏住气息，满面是泪，五个手指头在地上挖了五条沟。他预感到这枪声会是怎么一回事了！

但是，他被节振国牢牢拽住了，冲不出去。他听到节振国轻轻在他耳边带感情地说："老二，我们肩上还有担子！要起便衣打鬼子！赤手空拳出去，牺牲事小，起便衣的事儿可就没人干了！"

纪振生忍住痛苦低下头来，继续屏息地听着外边的动静。

一切又归于沉寂了。

不多一会儿，有烟火味钻进地窖来了。接着，听到摩托车的发动声……

纪振生用鼻嗅嗅，说："老节，放火烧屋了！"节振国点了下头。

摩托车一辆接一辆，"哒哒哒"地远去。

喧嚣声平静了。纪振生急着要出去。节振国仍拽住他，悄声说："再等一下，万一留下人了呢？"

浓烟钻进地窖里来，使人窒息。两人忍耐着，听着传来的火烧屋子的噼噼啪啪声，仿佛能看到熊熊的火舌正在风中舔吐，仿佛能听到茅草、木梁在风火之中发出低微、凄楚的呻吟声。

纪大娘的茅屋，孤零零地盖在庄头土坡下。夜晚，日本鬼子在这儿戒严，五里庄的三十来户人家听到令人发悚的摩托车声，惊恐不安，家家关门闭户。当火光浓烟在庄头土坡上出现时，没人知道，也没有人敢出来救火！

万千思绪在节振国和纪振生的脑子里萦绕纠缠。

纪振生低声问节振国："老节，你说，我妈怎么了？"

节振国心里发酸，没有回答。地窖口的干草不知怎么也着火了，烟熏得人待不住。他估计了一下时间，猜测敌人该走了，说："老二，我们出去！"他手拿钢斧，拨开干草和枯树根，同纪振生从残火浓烟中冲出来。

屋子已经烧坍了。纪振生和节振国不怕烟火，也不管热气烫身，用手拉梁拖笆，都想看看纪大娘是在屋里呢还是被抓走了。

节振国知道原来外屋墙角有一把铁锨，他推开倾塌的土墙，果然，找到了那把铁锨。烟火腾腾，节振国用铁锨拨开土坯，到处寻找。忽然，他看到纪振生挪开的那根烧焦落地的梁木下面是纪大娘那已被烧焦了的尸体。

节振国的眼眶湿润了！

纪振生呜咽一声："妈！"不管残火浓烟多么灼人，猛地扑上前去，俯伏在纪大娘的遗体上痛哭起来。

四处静寂，周围是一片黑乎乎的树影。山河无言，似陷没在沉痛中。

节振国抽泣着扶起纪振生，说："二弟，咱一块儿报仇！"

他们匆匆将纪大娘葬在地窖里，将地窖口填上了土。

星月在天，纪振生"扑"的跪在地窖门前，磕了三个头，哭着说："妈！我走了！从今以后，我跟着大哥，手攥着手，心连着心，抗日打鬼子！见到日本鬼子，见到狗汉奸，见一个我杀一个，见两个我杀一双！不给您报仇，我就不算个中国人！"

他起来后，节振国也跪下去磕了三个头，说："妈！您说过：日本鬼子是咱不共戴天的仇人！您也说过，只要二弟能出来，一定叫他跟我一块儿干！您老人家放心吧！我俩一定好好干！今天离开您了，将来再来祭您！"

他是个铁汉，可是站起身时，已经泪流满面了。

路沟蜿蜒地伸向苍茫的黑夜。节振国和纪振生，望了望夜空的北极星，辨清方向，然后向西迈开了大步。

第十四章　关家梢聚义

一九三八年的春天，雨水特别多。早晨，宁静的蓝天里悬着几缕轻浮的鹅毛细云，下午，就刮起风下起雨来了。春雨贵如油，淅沥沥、淅沥沥，洒在屋顶上，洒在田野上，洒在树木上。

夜深人静，节振国和纪振生又冒雨悄悄到丰润县南关外张家发家来了。

这几天，节振国和纪振生在赵各庄以西一带的庄子里辗转住宿。赵各庄的矿工，大部分住在农村，工人当矿工，家人在农村干农活。节振国和纪振生在这个庄上住一夜，又在那个庄上过一宿，到处都是掩护他们的人，到处都有人供他们食宿。节振国和纪振生找机会向熟人试探，发现谁都仇恨鬼子，可是谈起组织便衣队，有人来劲，有人孩子老婆一大摊的却垂下眼皮疑疑思思地问："唉！能不能干得好呢？"节振国和纪振生跑了几天，心里有数：要抗日的热血男儿很多，但要变一盘散沙为一团黏土，还需要有人做工作。

节振国和纪振生商量：先请张家发出山，三个人一起发动组织一支工人游击队！张家发忠诚可靠，勇敢机智，老成持重，人缘也好。他做小买卖，活动方便，像赵各庄、古冶这些地方，节振国和纪振生不便去，张家发可以去。组织游击队，太需要张家发这样的人了。虽然到丰润南关外来有些危险，节振国和纪振生趁着夜黑下雨，仍旧悄悄来了。

在插着旗杆的黑虎玄坛庙前边，张家发住的那三间破旧的石块、土坯垒起用茅草苫顶的屋子，那一棵四五丈高的伸着枝丫的大枣树，又呈现在节振国的眼前了，只是现在重来，这些熟悉的景物倍觉亲切。

两人身上淋得湿透了。节振国将纪振生又带到黑虎玄坛庙里，让纪振生在神龛后歇着。他自己冒雨"嗖"的上了湿漉漉的墙，又轻轻贴墙滑下去，踩着泥水，三脚两步，来到了张家发家的后窗户口。

从那密闭着的小窗户洞的缝隙中亮出灯光来，里边传出了张家发的声音。嘴里准是含着烟袋，说话不那么清楚，但节振国却听得明白，巧不巧，他正在跟家发嫂说："……唉！我去到那儿一看，屋也烧毁坍塌了，人不知哪去了。找庄上的人打听，说鬼子去过。那夜'电驴子'嗡嗡的，狗叫人闹，鬼子戒严，老百姓都没敢出来……等天明去看，人也没了，屋也没了……"

家发嫂脆生生的声音，没说话先叹气："唉！谁知他节大叔上哪儿去了！要不出事就好了！"

卯子天真的声音："节大叔能飞檐走壁，出不了事！"

雨仍在淅淅沥沥地下着，淋得浑身是水的节振国再也忍不住了，用手敲敲窗户，隔着窗户板喜声喜气地说："家发哥，我在这儿哪！"

窗户洞上的木板条儿"啪""啪"几声就被张家发用铁棍撬掉了。张家发的脑袋伸了出来，淋着雨喊："啊！老节，真是你啊！"他声音里充满了惊讶，兴奋地说，"快进来！看你淋得像落汤鸡了！"

卯子的小圆脸蛋也出现在张家发脑袋旁了，他两眼笑成一对月牙儿，叫了一声："节大叔！"

节振国对卯子笑笑，伸手拍拍他的小脑袋，贴着张家发的脸轻声问："家发哥，平安无事？"

张家发瞪大了眼笑笑，说："没事儿！快进来吧！这些天啊，我真想断肝肠了！"

家发嫂的声音："他大叔，快进来吧！"

节振国用手指指北边对张家发说："纪振生还在黑虎玄坛庙里呢！你等着，我去叫他，马上就跟他一块儿来！"他说完，"嗖"的又攀上了高墙，翻身跳下去直奔黑虎玄坛庙叫纪振生去了。

这夜，外边雨声淅沥，屋内一灯如豆。卯子和家发嫂在里屋炕上已经睡了。节振国、纪振生和张家发三人在外间屋里敞开心怀，谈到深夜。先谈了纪振生的遭遇，又谈了这几天的见闻，最后谈到了组织游击队。

张家发听节振国讲了来意，手拍着结实的胸膛立刻坚决地说："心里这股窝囊气早忍不住了！不能等着鬼子来剿家灭门。起便衣，打日本，保中华，不做亡国奴！做个真正的中国人！老节，我干！跟着你决不三心二意。你说怎么干，咱就怎么干！低着脑袋窝着脖子的生活我过够啦！"

节振国高兴地说："好，家发哥！你这有酒没有？咱三个人今天喝一杯抗日的齐心酒。齐心抗日，起便衣！"

张家发点头，说："有酒！不算多，可够了！"说着，起身去屋角一张破案子上把酒瓶和酒杯拿来，还拿了一把香，用火点着。香头闪动着微弱的火星，吐着一缕缕青烟。他将香插在案上一只小香炉里。节振国一看，瓶里约莫有三两酒，就倒在三个怀里匀着把酒斟了。

张家发忽然一挥手，说："慢着！"闪身出去，不一会儿，把那只天天打鸣的白毛老公鸡捉来了。公鸡咯咯叫着在张家发手里扑翅昂头地挣扎，把油灯上的火焰扇得来回摇晃。

里屋，家发嫂醒了，在问："鸡咋的了？"

张家发说："你睡吧，甭管！"

节振国伸手劝阻着说："家发哥，咱也不信神！饮个齐心酒就行，这鸡留着打鸣吧！"他又想起在这儿养伤时家发嫂把母鸡都杀了的事来了。

张家发扭转头来，诚恳地说："为了抗日，我连脑袋都舍得豁上，一只鸡还可惜啥？"说着，从桌边拿起刀来，拔去鸡颈上的毛，只一刀就把鸡宰了，把血滴到杯里。鸡还在扑棱，他将鸡"啪"的甩在屋角地上，脸色庄重，在香前举起杯来，说："老节，你说上几句，咱就干这一杯！"

节振国和纪振生也都站起身来，脸色庄重地拿起杯来。灯光下，杯里的血酒红艳美丽如晶亮的玛瑙。

节振国昂着头说："好！我说几句。咱三人志同道合齐心抗日，今后秤砣不离秤杆同心干！不惜抛头颅，洒热血，抗日到底！"

纪振生和张家发齐声说："一定做到！"

节振国眼睛里是颤动的光焰："咱得像煤块儿一样，不但自己燃烧，还能点燃别人！"

张家发和纪振生同声说："一定做到！"

节振国声音突然低了一些，但眼神更犀利，神态更严肃了，说："有件事，我对谁也没说过，在喝齐心酒之前，我得跟你们说一下！"

纪振生和张家发都凝神望着他。

节振国严肃地说："我是共产党！"

纪振生和张家发忽的一惊！两人都拿眼瞅着他那庄严、英雄的神态。

节振国一字一声地说："过去，没说，是因为我知道共产党上不传父母、下不传妻子。今天，咱喝了齐心酒，要一起组织抗日游击队了，我得跟你俩说明白，什么都不隐瞒。这组织游击队的事儿，是老胡叫我干的！老胡，他也是共产党！我是听他的！这以后，咱都得听共产党的将令！我要是有个三长两短，你们别忘了这一条！"

纪振生忠心耿耿地说："我是东北人！我可知道啦！抗日的是共产党！丢下咱老百姓逃跑的是国民党蒋介石！老节，你是共产党，咱跟共产党走，走到底！"

张家发右手端着酒杯，左手竖起大拇指说："共产党都是这个！日本鬼子为什么把冀东叫成'防共自治区'？说明鬼子最怕共产党！老节，你放心，这事儿，咱对老婆孩子也不说！咱跟着你干，听共产党的！"

节振国心情如波涛翻滚。在这漆黑的夜晚，仿佛看到眼前出现了一片灿烂的阳光，这阳光暖暖地直射进心田深处。他高举酒杯，说："干！"

三人将齐心酒一饮而尽，在这一瞬间，都感觉到从未有过的信心。

按照共同商定的步骤，从第二天起，节振国、纪振生和张家发三人就分头在东矿区周围的许多村庄里进行活动。

这些村庄有榛子镇、沙河驿、野鸡坨、雷庄、杨各庄、开平和洼里。在这些村庄上，都有赵各庄、林西、唐家庄三个煤矿的工人的家。他们找可靠的热血爱国的穷矿工兄弟秘密合计，先从时局谈起，谈到组织游击队，谁愿意参加，就同他饮齐心酒！暂时不集合，先隐蔽着。要防备混进敌人的眼线，免得坏事。同时，想办法搞枪，有了人又有了枪，随时可以拉起队伍来干！

这一阵，常常下雨，墒情不错，正是春种的大好时机，可是日本鬼子为了赶修从丰润经过榛子镇、沙河驿、野鸡坨到卢龙的公路，把周围村里能动的人不管男女老少都赶出来修路了。从一清早开始，他们就自带干粮由各村的村长带着去修，早出晚归，常常身上还带着鬼子皮鞭的鞭伤回来。公路贯穿过田野，占去大片大片的耕地，已经拔节的麦子都被铲起抛到高高的路基上去了。监工的日本鬼子脚穿马靴，手拿皮鞭，整日监督着农民修路，发现谁干活不那么出力，皮鞭"啪"的就抽了上去，这一带的农民全被害苦了。

节振国化装成一个笔贩子，戴着铜盆礼帽，背着个蓝布包袱，内装狼毫、羊毫笔，到榛子镇、沙河驿一带活动。纪振生提着个大玻璃提盒，内装鹅蛋粉、胭脂、雪花膏、蛤蜊油、针线等杂货，摇个货郎鼓，去到雷庄、杨各庄一带活动。张家发仍旧挑着货郎担，分工去赵各庄。

节振国到了榛子镇南门外一个小村里，第一个找到了"田大头"田树森。田树森跟节振国原来是一个掌子面的井下工，他是大罢工时的纠查队员。这会儿，树森脸上带着伤，走路一拐一拐的，歇班在家。天擦黑时，节振国突然背着个蓝布包袱，像个笔贩子似的出现在他面前，使他又惊又喜。他昂着大脑袋，一把拽住节振国说："老节，你怎么来了？真想你啊！你在哪儿？怎么又成了笔贩子了？……"他赶快叫老婆拿舀子烫水给节振国喝。

小屋里的油灯哧哧地烧着，灯光里飘荡着叶子烟的烟雾。节振国简单向树森讲了别后的情况，看到树森脸上带伤走路不便，问起是怎么回事。树森摇头叹息，不愿谈："马尾串豆腐——提不得！"

节振国看这个矮墩墩、体格健壮而又沉着干练的年轻人，启发地说："树森，亡国奴的滋味不好受吧？"

田树森吁了一口气，冲动地摇摇大脑袋："在人家刀把底下，当然不好受！鬼子开公路，糟蹋了老百姓多少庄稼多少地？叫人怎么活？修公路，把人都赶去，从早到黑，分文不给，累得要死，还动不动挨揍。你看看我——"他呼啦解开衣扣掀衣露出胸膛，胸膛上全是一道道鞭痕血印！他"乓"的在桌上捶了一拳，"这日子一天也过不下去了！"

节振国点头说："我也这么想！所以那天才刀劈了日本鬼子离开了赵各庄！"

田树森竖起大拇指，黑脸上露出钦佩的神情，说："老节！你是英雄好汉！干得痛快！"

节振国见树森谈的话合拍，说："树森，你是个热血爱国的汉子，这我明白！我问你，要是咱们拿起枪来，起便衣打游击，抗日，你干不干？"

田树森思想上毫无准备，给节振国一问，愣了一愣，但立即说："干！老节！只要你们干，就算我一个！我这人，别的本事没有，可是赤胆忠心，说一不二，这点你放心！"

节振国笑着说："正因为放心，我才专门来找你。我今晚来找你，就是要你参加抗日游击队！中国这样大，鬼子一口是吞不下去的。如今国民党丢了华北，丢了平津，老在败退，可是共产党在咱冀东还有很大的力量！八路军还要派队伍到咱冀东来抗日。咱们同鬼子打起游击战来，这儿捅他一刀，那儿砍他一斧，保准能把鬼子搞垮！"

田树森一笑，黑脸上露出两排整齐洁白的牙齿。节振国的话使他很受鼓舞，说："老节，太好了！咱冀东的枪支本来多，七七事变后，庄稼人怕惹事，多半埋了。如果起便衣，想多找些枪并不困难。"

田树森的女人泼辣健壮，烧了热开水来，给节振国倒上，又去忙着拾掇屋前地里的菜畦去了。

节振国从蓝布包袱里拿出一瓶酒来，轻声说："树森，来，拿两个酒盅来，咱俩为抗日喝一盅齐心酒，明天再去找别的可靠的穷兄弟！"

田树森兴奋地说："好！"他去拿来了两个小酒盅，并去他女人的针线簸箩里拿来了一根针，等节振国把两个小酒盅里的酒斟满以后，他拿起针来，将食指刺破，各滴了一滴血在两个酒盅里，节振国也这么做了，然后，两人同时举起了酒盅。

节振国说："树森，为抗日救国，咱喝下这杯齐心酒！这件事，咱现在还得保密，任对谁都不能说！为了抗日，咱要跟鬼子战斗到流尽最后一滴血，决不动摇！决不妥协叛变！"

田树森点点头，说："老节，君子一言，驷马难追！你说的全是兄弟我心里的话！"

两人端杯走到屋外，在月光下对着一轮皓月举起了酒杯，一饮而尽。这时，星月皎洁，一阵阵的夜风迎面吹来，带着凉意。但节振国心中充满了希望之火，激动得额上冒出汗来。

就像在田树森这里一样，节振国和纪振生两人在东矿区周围的村庄里暗暗地、悄悄地一个一个秘密发展着游击队，找的都是家在农村的矿上弟兄。张家发却径直到赵各庄，用节振国的名义，联络梁凯、张惠、佟树安等等矿上的弟兄们。工作开展得很顺利。十多天后，三个人在张家发家里碰头，每人都报出了一串长长的名单。三个人商量以后，又分散开去活动，约定半个月后再在张家发家见面。

这天，节振国单独去到长山沟一带活动时，遇到了一个经常想念的人，立即使组织游击队的工作快步进展起来。

中午，阳光温和。节振国走进长山沟，长久在矿上做井下工人的他，被周围的景色引诱住了。他张望着北边远处逶迤嶙峋的山丘，望着远处潺潺流淌的饮马河，壮丽美好的山河，映入他的眼帘，使他心头泛起对祖国的热爱。但他却看到一卡车刺刀上鞘的日本陆军打着太阳旗风驰电掣般驶过，又看到一长列修公路的庄稼人正在鬼子监工的皮鞭押解下挥动锹镢在筑路基……日寇的铁蹄蹂躏着祖国。瞩望着灾难深重的祖国山河和同胞们，节振国心里像有一个风箱在扇火。

他正走着、走着，忽然看见迎面快步走过来一个老人。老人胸前银须飘拂，头上扎一块白羊肚毛巾，背上背个白布包袱，左手拿一幅招揽生意的油布广告幡，上面画着一张红黑大膏药的广告，上写："祖传加料膏药，包治跌打损伤，专疗风湿疼痛。"油布幡的两角，还一边挂着一串小膏药，一看就是个卖膏药的。节振国定神一看，原来卖膏药的不是别人正是关清风，忍不住"啊"的连忙迎上前去高声叫了起来："师傅！"

关清风见到站在面前的节振国，他白须颤抖，"啊"的放下手里的物件，用两只粗糙、滚热的手紧紧攥住节振国的手，高兴地说："真是踏破铁鞋无觅处，想不到在这儿碰上你了！"

节振国和关清风在一棵大槐树下席地而坐。关清风掏出烟袋杆，装上一锅烟。节振国胳膊抱着双膝，说："一直想念师傅，只知你离开了赵各庄，不知去向。今天见面，真是高兴。"

关清风说："大罢工胜利，因为敌人要下毒手，胡志发建议我回关家梢做些抗日的联络工作。我就回来了。"

节振国急火火地问："师傅知道老胡在哪里？"

关清风摇头，说："分手以后，我也找他，但没个踪影。有人说他去平西了！"

节振国又问："夏连凤的情况呢？"

关清风目光如电，叹息一声，说："唉！他被鬼子宪兵队抓去后，成了鬼子的鹰犬了！连我们打唐家庄缴到的枪支弹药私藏下的那一部分，也由他带着鬼子起走了！"

节振国哼了一声，稍停，又逐一问了问矿上一些熟人的情况。关清风也一一做了回答，又说："近一个月来，我在这一带到处卖这祖传的跌打损伤膏药，不仅为赚几个钱糊口，更重要的是想游村串镇能找到你和老胡，好跟你们合计大事。前几天，我到了榛子镇，见到了"田大头"，打听你们下落。树森他本来对我也锁口不谈。最后，总算还信任我这老头儿，告诉我你到过榛子镇，但却不知你又去哪儿了。我想：你准没离开这周围！你看，不是给我碰上了吗？"

节振国看着须发皆白的关师傅，心情万分激动。他在二十岁那年，在赵各庄就跟着关清风学武艺。关师傅祖传一身好武艺。他爹当年在八国联军侵犯天津前，本是天津一家药行里切药的师傅，参加了义和拳，在天津西北西沽打过洋鬼子，负过伤。后来，清政府被八国联军打败后，完全投降了帝国主义，并依靠帝国主义的支持和帮助压迫中国人民的革命运动，他爹就率家回到冀东老家关家梢，并在赵各庄矿上做了矿工。关师傅继承了家传的武艺，也兼带会制作膏药，给人医治跌打损伤和风湿、关节疼痛。在矿上，跟他学武艺，请他治病的人不少。他给人治病，从不收礼吃请，更不收钱。矿工有风湿的人多，他的膏药也只收成本。他为人正直，待人诚恳，不但在矿上，在关家梢的族人里也有威信。节振国了解关师傅：老人虽然上了年纪，可是跟年轻人一样有朝气。老人从青年时代起，就仇恨洋鬼子侵略中国。

只要讲起这种事儿，不管是过去的还是现在的，老人就激动得脸红心跳，常常会回家借酒浇愁。节振国明白：老人在矿上和在关家梢，将自己的武艺毫不保留地传授给一批又一批的年轻人，是有他的用心的。老人是希望年轻人学好武术，健壮身体，有朝一日，能用这武艺反对外国人侵略，像当年义和拳那样杀洋人，保家园。现在，老人扮作个卖膏药的小贩到处想找合计大事的人，一定是有重要事情！因此，节振国说："师傅，您找我，有什么重要的事情呀？"

北边，远处静静的群山在阳光下映着蔚蓝的天幕泛出紫蓝色。饮马河的流水像一条玉带蜿蜒东流。关清风抽着烟，眯眼望着美好的景色，无穷感慨地说："多么好的江山哟！是咱们祖先留下来的江山哟！可惜，现在全给日本强盗占了！能不痛心吗？"

节振国热血上冲，眼眶热热地说："师傅，怎么能不痛心啊？我恨不得能一刀一个，把咱们中国土地上的侵略者全部劈光！"

关清风欣慰地点头："振国，你最后一次见到老胡是什么时候？"

节振国把最后一次同胡志发见面的情况讲了。

关清风点头说："好啊！我最后一次同他分手前，他也跟我谈过：目前日寇仍向南进，它还顾不了身后；共产党八路军要有队伍来咱冀东抗日了，我们要利用时机，在冀东抓紧发动群众，组织人民武装，打游击。我觉得应当照他的话干哪！……"

节振国衷心热爱这位满腔热血的老人，他发现老人想的跟他想的是一个点子一条路。他慷慨地说："这几年，窝囊气可是受够了！自从殷汝耕当汉奸后，冀东二十二县实际上成了日本鬼子的殖民地！毒化、匪化、奴化，'三化'成祸，蔓延千里。誓死不当亡国奴，是冀东同胞共同的呼声！东三省同胞能组织抗日义勇军坚持游击战，我们怎么不能？……"他扼要地把自己同纪振生、张家发三人齐心抗日，目前正在组织游击队的事一五一十全讲给关清风听了，最后叹了一口气，说："这些天在活动中也发现了一个难题，感到缺少一个立足之地。现在还是分散联络，将来如果拉起队伍来，这问题就更突出了。队伍要活动，没有立足点只能到处流浪，住、吃、粮、款也都是问题。组织抗日游击队，也不简单哪！"

关清风一边抽烟一边听着，白眉毛下两只眼睛露出笑意，听完了，夸奖地说："振国，你们干得好啊！我知道你们一定会干的，可没想到已经馒头上屉烧了三把火啦！我别的干不了什么，就算是来给你们送枪送人解决难题的吧！"

节振国听说"送枪送人解决难题"，心里更加兴奋。他明白了！关清风在关家梢威信很高。他要是肯登高一呼，揭竿而起，跟随他的关家梢子弟一定成群结队，关家梢也有可能成为一个立足之地。过去，军阀混战时，在冀东散失在民间的枪支是不少的，关家梢藏枪一定很多。这些日子，老人不顾劳累，到处奔波，原来就是为的这件事啊！他目光灼灼地看着关清风那铜铸般的脸孔，忍不住说："师傅！太好啦！有多少人？有多少枪?"

关清风昂着头，用手一指远远云海下的青山绿水，说："中国危急！民族危急！天下兴亡，匹夫有责！从九一八事变以来，中国的领土一省又一省、一片又一片被鬼子侵占。抗日则生，不抗日则死。大家都想齐心打日本，不当亡国奴，我在关家梢已经摸清了底子。咱那儿，男的壮年的，多数都在矿上干活。咱那儿，没有铁杆汉奸，多的是热血男儿！要是抗日打游击，全村挑选百把二百人不费难，全村拿出地下的藏枪五六十支也不费难！别看现在关家梢也搞联庄会①，有民团；别看关家梢现在也有伪村长。可是，我做了工作。咱关家梢的村长关

---

① 冀东在日寇羽翼下"自治"后，各村就办起了"联庄会"，即数个或十数个村庄结为一体，一村有事，各村应援。其中有不少是地主豪绅组织的，他们的目的是，一为保护生命财产，二为升官发财。他们认为有实力在手，日本来了可以当个高等汉奸，中国胜了可找个官做，口号是："防土匪，保村庄。"日寇武装占领冀东后，"联庄会"有的在日寇控制下成了"自卫军"组织，也有少数在共产党影响下，采取两面形式对付日寇和汉奸。

寿年他跟鬼子有仇！他妹妹嫁在东北珠河县铁道南，那儿是抗联根据地。三年前，日寇进攻抗联时，制造无人区，推大沟①，他妹妹妹夫全家老小六口一起遇难。说起抗日，他能不动心！再说参加联庄会的民团团长关东平，是我们关家的族人，也有爱国心！民团团丁，多是咱穷兄弟，他们仇恨鬼子，仇恨老财！咱这民团里的人，多数是‘身在曹营心在汉’！你们到关家梢去，安全没问题，活动也没问题。咱那儿谁要是出卖抗日，谁就是叛卖姓关的祖宗，别想在那儿活下去！我来请你，是要借你节振国的名声用一用！你到关家梢去，我们一定用全力支持，保险你拉起队伍、收起一批枪支来。而且，在关家梢还可以筹措抗日经费，解决吃住粮款的问题！”

关清风的一番话，铿铿锵锵，说得节振国心里热腾腾、美滋滋。节振国握住老人的手，看着老人炯炯的双眼，深情地说：“师傅，您永远是我的好师傅！”稍停顿了一下，他又说，“眼前，我同小纪、张家发正分散在活动，约定六月初在丰润南关外张家发家碰面，到那时，我们三人一准同到关家梢来。”

关清风点头说：“好！一言为定！六月初，我在关家梢家里等候你们！”他把关家梢里外情况连同自己家的地点详详细细告诉了节振国。

这时，两人瞻望远山近水，心情激动，都默默无言。

六月初的一天夜里，节振国、纪振生和张家发三人像三个结伴同行的小贩似的来到了关家梢。

关家梢是个两百来户的大庄子。绕着村庄是一圈结实的圩墙，是联庄会起来后新砌造的。原国民党特派的“蓟密区行政督察专员”殷汝耕挂起了“冀东防共自治政府”的牌子，声明脱离国民党政府。打那开始，土匪纷飞，日寇、汉奸就抓紧控制联庄会，搞“民团”或“自卫

---

① 推大沟是敌人的层层进攻和残酷烧杀的一种说法。

军"防匪。这防匪有的是真,有的却是防抗日游击队。关家梢这圩墙,也就是联庄会效法邻庄砌造的。一到星月俱暗刮风下雨的晚上,有的村子就打起灯笼守夜,害怕坏人趁着月黑风高来打家劫舍。关家梢也是这样。

当夜,节振国、纪振生和张家发来到关家梢,在黑暗中望着圩墙,摸索了许久,才找到了一扇铁栅门。门已经落锁了,紧紧地关着。望望村庄里边,黑洞洞的,静悄悄的。三个人轻声一合计,不愿意劳师动众地去叫开铁门,引起人注意,决定悄悄地翻墙进村。

节振国垫底,张家发一踩老节的肩膀上了圩墙。然后,纪振生又踩着老节的肩膀上了圩墙。最后,节振国自己纵身一跃攀上了圩墙。三个人利用夜色神不知鬼不觉地进了关家梢,按照关清风讲的地点摸到了关清风家。

关清风老伴早已过世,他和儿子关玉德居住在庄东头天齐庙后边一棵大松树旁的三间小屋里。三十五岁的关玉德,忠厚老实,寡言少语。他本在马家沟矿上开绞车。马家沟停产后,他幸好会干木匠,回关家梢后在周围村里做木工,倒也能养家糊口。

银须白发的关清风,见节振国、纪振生、张家发如约来到,又高兴又得意,派关玉德悄悄去把村长关寿年、民团团长关东平找来见面。

关寿年是个四十来岁的中年人,个儿不高,瘦瘦的身材,黄色的脸面,蓄着齐唇的短胡子。虽干村长,脸上的表情、举止、言谈,寻不出一丝半点世故或狡诈油滑的神气。见到节振国和纪振生、张家发,他表现得又兴奋又亲切。他仔细端详着节振国,说:"早就闻名了!闻名不如见面!原先以为你准是个五大三粗的彪形大汉,没想到个儿并不高,可是这股英武之气却跟我想象的差不多!"又说,"等你们来,就像空着肚子蒸馒头,早就等不及了!别看我是'村长',这种伪事我早干腻啦!这是大伙儿硬要我干的,说我辈分大,过去上过私塾有点文化。我只好干啦!我也是穷苦人出身,年轻时在唐家庄矿上干过井下工。六年前参加同盟罢工，做了工人代表，最后给开除了，才回来种庄稼。你们准已经知道，我跟日本人有仇。鬼子来冀东后，这种受欺压做顺民的生活我也受不了。我这人心眼儿直，也有股坚决劲儿，不信，以后瞧！"

关东平是个财主，九一八前，在热河国民党省政府里干过科员，在旧军队里混过，后来又做过警官，现在是关家梢民团团长。他四十六岁，是个秃顶、白脸、矮个儿的胖子，面上和蔼带笑。看到节振国他们，表示得十分亲热、谦虚，说："久仰大名，如雷贯耳，今日一见，名不虚传。鄙人愚昧，但爱国不甘人后，今后请多赐教！"他询问节振国在东矿区一带招了多少人马，有多少枪支，又问节振国是否同中央军或八路军有联系……

见他问得详细，节振国起了戒心，含糊其词地应付了一番。关东平却认为节振国这人高深莫测，也就不多问了。

亮闪闪玻璃罩的洋油灯下，节振国、纪振生、张家发和关清风、关东平、关寿年、关玉德谈得很融洽，都非常高兴。

当夜，关清风、关寿年、关东平把节振国他们三个引到村里天齐庙的一个小学堂里去，杀鸡、炒蛋、设酒、烙饼盛情招待了一番。天齐庙坐落在关家梢庄东头僻静处。小学堂就一位教员，名叫林子华，人称"林先生"，是个有爱国心的人。他在关家梢教学，有人戏叫他"秀才"。他三十来岁，瘦瘦的个儿，黑发蓬松，长得清秀，文质彬彬，穿件旧阴丹士林布大褂，说起话来声音轻轻的，笑起来也不大声。在关清风、关寿年等决定抗日联络节振国的事上，林子华也是个参加策划的重要人物。今夜，在小学堂里招待节振国等，林先生也一同作陪，关清风却让自己的儿子关玉德悄悄去庄子集合人。原来，关清风等早已合计好，等节振国他们一到，就在天齐庙小学堂前的广场上开聚义大会。

关家梢的矿工，东三矿和马家沟的都有。有些矿工，有时日班，有时夜班，有时打连班，所以两百人的民团，常常凑不够数。这一夜，天黑风高，关家梢不敲锣，不打钟，可是全村震动，很不平静。要求抗日的可靠的热血男儿，从每家每户秘密走出来，轻悄悄地来到天齐庙小学堂取齐。小学堂前广场上，大庙台阶前放着一张旧桌案和一些条凳。左近布上了岗哨。不多一会儿，只见黑压压地集合了将近两百左右的矿工和庄稼人，有点乱哄哄，人群里都压低着声音"嗡嗡嗡"地在议论，蕴藏着兴奋、热烈和激动的浓烈情绪，紧张得要爆炸。没有月光，也没有星光，看不清大家脸面上是什么表情，但从人们感觉到的那种非比寻常的带着火药味的气氛中，可以想象得到每个人脸上的表情一定都十分狂热。

关清风、关寿年、关东平和林子华、关玉德陪节振国、纪振生、张家发出现在天齐庙大庙前。关清风手里提了一盏风灯，当头开路。风灯映照下，他那须发皆白的面容特别严肃、庄重。他给村长关寿年提着灯照亮。让关寿年先讲话，人群中升起了嗡嗡絮语的热潮。

关寿年清了清嗓子，他那瘦瘦的黄黄的脸膛变得生气勃勃，兴奋地说："乡亲们！我们今晚这个会是秘密的！来参加的有的是姓关的子孙，有的是爱国的外姓兄弟，都是不甘当亡国奴的华夏热血男儿。今晚在这儿集会，为什么事？大家都明白！大家盼着要见的人，现在到咱关家梢来了！——"他把手一摆，关清风提灯上前，把风灯举到节振国胸前，照亮了节振国威风凛凛的全身，说："乡亲们！刀劈鬼子的节振国在这儿！"他顺手一操，让节振国跃上了庙前的石阶，又拿风灯照着节振国。

兴奋的声浪在沸滚，空气紧张而又活跃。节振国站在石阶上，黝黑的方圆脸膛闪闪发光，浓眉下两只英武泼辣的眼睛像金星似的明亮闪烁。他还没有说话，底下的两百多条汉子早嚷嚷开了，有认识节振国的开滦矿工："老节！""老节！……"那声音"轰轰"的像打雷。有人纷纷议论："这就是赤手空拳砍死几个日本鬼子的节振国！""这就是鬼子在悬赏捉拿的节振国！"……

关清风摆了摆手，叫大家安静，嘈杂声马上静了下来。节振国看到这样的场景，心里仿佛在敲打着喧闹的锣鼓，整个身心仿佛都燃烧起来了。在来到天齐庙前的时候，关清风和关寿年对他说："等会儿，你得给大家演说演说！"现在，他看着黑压压的人群，抑制不住内心的激动，心里的话像滔滔喷泉涌出来。他说："……国难当头，匹夫有责！不愿做亡国奴的中国人，应当赶快奋起抗日！不奋起抗日就是忘了祖宗，对不起自己的爹娘子孙！……"他又说，"我们冀东现在处于水深火热之中，鬼子用枪炮镇压我们！我们只有拿起枪来反抗，把他们赶出我们的国土！要做扬眉吐气的中国人，只有组织起便衣游击队坚决跟敌人干！……"他号召大家把埋藏着的枪支弹药拿出来。他的声音高昂，带着钢质的嗓音，字字打入人心。他本来不是一个特别会演说的人，可是心里激动，讲得又流畅又有感情。许许多多听的人，听着他简短而火热的演说，都不断地擦拭着激动的热泪。

关清风在节振国演说完毕后，把风灯挂在大庙口的门楣钉子上，掀着白须像一团火似的说："我关清风今年六十多啦！我在这儿向列祖列宗在天之灵宣誓！为了不做亡国奴，我不怕杀头！不怕流血！我是豁上啦！从今往后，跟着节振国起便衣，出力干！海枯石烂不变心！"

秃顶的关东平，圆睁双眼，慷慨激昂声嘶力竭地也说："清风大哥说的，也是我要说的！我关东平爱国爱乡，眼看冀东涂炭，虎狼横行，常常五内如焚。现在，节大队长来此，我代表关家稍民团热烈拥护！但这件事是秘密的，泄露出去咱关家稍一定要流血遭殃！事关大家的身家性命！谁要是泄密出卖，杀无赦……"

他话没说完，关寿年接上了，大声说："乡亲们，父老兄弟们！今夜，咱们在这天齐庙前大聚义！大家想见的节大队长来了！从今往后，咱关家稍明着敷衍鬼子汉奸，暗着是抗日的一把尖刀！咱的'民团'，明着是民团联庄会，暗着是便衣游击大队。今夜，要做顶天立地中国人的都喝齐心酒！有胆小怕死的可以不干，但不能泄露秘密出卖祖宗。谁要是出卖，他就是汉奸！他就是咱关家梢百姓的公敌！人人诛之！人人骂之！"他环顾四周，问，"我这话有反对的没有？"全场鸦雀无声，他又说，"赞成的往东边站！不赞成的站西边！"

"哗哗啦啦"一下子，全场的人海潮似的往东边站，西边空荡荡的。

关寿年向大家恭恭敬敬三鞠躬，说："众人一条心，黄土变成金！我谢谢大家了！"他吆喝了一声："抬酒！"

两个身强力壮的青年人，用杠棒抬着一大釉缸白酒从小学堂的南屋里出来了。

大酒缸停放在大庙前台阶下的桌案前面，有人拿来了一摞小酒杯放在桌上。小学堂的林先生拿起毛笔和簿册，同另一个会写字的年轻人一起坐在风灯下的桌案前边。他俩是办理登记的。只见关清风舀起一杯酒，一口喝了个干净向林先生说："写上我的名字，关清风！我第一个报名，参加节振国的抗日便衣游击大队！藏枪一支，是老套筒，我献出来！"

林先生用毛笔在那本写着"关家梢祭祀天齐庙捐献香烛灯油花名册"的簿子上用龙飞凤舞的字体迅速地写下了"关清风"的名字，下边写上"香烛一副"。

关寿年马上接上来喝了齐心酒，说："写上关寿年，我有一支'七九'、一支'金勾'①，窖在屋后，也献出来。"

关东平紧跟着上来舀酒……

人们拥上来争喝齐心酒，瞬即就排成了两行一字长蛇阵，挨个儿地喝酒、报名、献枪……由林先生和那个年轻人进行登记。

这一夜，关家梢度过了历来少有的一个不平静的夜！天齐庙前的

_____

① "七九"、"金勾"，均是旧式步枪的名称。

广场上，是如火如荼的画面，风灯的灯光映照到拂晓之前。

许多人一夜未睡，个个心里都燃烧着抗日的烈火。节振国领导下的一支秘密的以矿工为主体的游击队在这儿开始有了雏形。

第十五章　明争暗斗

关家梢聚义后，节振国、纪振生、张家发在关家梢天齐庙小学堂里一连住了十多天。

天渐渐热起来了。这是十分忙碌的十多天。他们在小学堂里同许许多多报名参加了游击队的矿工和庄稼人见面。节振国也让关清风的儿子关玉德带了他到一些人家悄悄地走访、谈心。他们还同关清风、关寿年、关东平、林子华、关玉德一起开会，商量下一步怎么办，并确定了游击大队的编制：节振国是大队长，关东平、关寿年、纪振生、张家发、关清风是副大队长，林子华担任秘书，关玉德担任参谋。

一天下午，节振国见关东平带了他的马弁韩白面等在查岗。站岗的那个关大个子，本是赵各庄矿风扇处的工人，只因为回关东平的话时，慢了一些，关东平摇晃着身子上来，平时的胖脸上那种笑容不见了，凶瞪着眼睛，"叭！叭！"两个耳光，又没头没脑地抡拳扇掌打起来。关大个子鼻子淌血，淋了一脸一身又一地，关东平还不住手，嘴里高骂着："王八蛋！你这狗杂种！……"

节振国忍不住了，三脚两步上来，双眉一竖，用手挡住关东平，说："不能打！"

关东平脸红得像下蛋的母鸡冠，先是一愣，恶声恶气地说："行伍里有句老话：'兵不打不服！'不打怎么带兵？怎么打仗？"

节振国看着关大个子脸上身上的血，皱着眉说："现在不是民团了！

他是抗日游击大队的战士了，不能打！"

关东平先是横眉瞪眼，这时脸上又露出平时那种难以捉摸的笑容，对着节振国，却又怒斥关大个子，说："看节大队长的面子，饶你这次！下次再犯，小心你的皮肉！"

说完，他带着韩白面等扬长走了。

节振国看着关东平的背影，吁了一口气，回转身来，见关大个子正用粗糙的大手在拭鼻血。他感激地对节振国说："大队长，谢谢你了！"

节振国抚慰地说："叫我老节吧！这以后，咱要反对打人！打人，跟查头子、包工大柜有什么两样！"

关大个子脸上感动地说："老节，像你这样，没说的！替你死我都情愿！"

节振国离开关大个子以后，心里总觉得不是味儿。想起队伍组成以后，一连串的问题飞到他面前：什么时候拉起便衣打起红旗来？什么时候从哪里向鬼子开第一枪？供给怎么办？鬼子来弹压怎么办？……放在从前，有老胡在身边，像有个"智多星"一样，什么难题都难不住人。现在，难题重重，胡志发在哪里？周文彬在哪里？党啊，您在哪里？

他没有带兵打仗的经验，纪振生、张家发和关清风、关寿年、林子华、关玉德他们也是一样没有经验。关东平在旧军队里混过，当过警官，但打游击也不在行，何况这人又不好捉摸。大家合计过几次，决定在外村外庄发展的便衣队员们仍秘密分布在各个庄上，暂时不拉队伍，等时机成熟再行动。

这夜，月亮莹莹，光华如水。夜深时分，在天齐庙右殿改成的小学堂的一间炕屋里，节振国在炕上辗转反侧睡不着，他发现纪振生、张家发在身边也没睡着。节振国叫了一声："老二！家发哥！睡着没有？"

纪振生坐起身来，说："没！"

张家发仰天躺着，说："心里有事啊！"

节振国翻身坐起来，疲乏地搓了搓脸说："都没睡着，那咱们再谈谈！"

纪振生像寻思着什么地说："关东平这个人……你们觉得怎么样？"

张家发"唔"了一声说："这个人怕不怎么样！我打听清楚了，他是个国民党，当警官时没少干坏事！"

清悠悠的小风，把院子里的花香吹进屋里。院子里几棵大槐树的叶子轻轻抖动，月光透过树叶照上纸窗，树叶的影子映在窗纸上，像一幅泼墨山水画。

节振国想好好听听纪振生和张家发对关东平的看法，就说："把你们知道的都说说吧！"

纪振生敞着胸怀直率地说："这人过去还是国民党热河省政府的什么科员，本是个老财，怕的是跟咱不一条心！"

张家发也坐起来了，欠着身子朝着节振国说："老节，你不记得咱刚来时第一次见面他问的那些问题？我细细琢磨，他那是要掏咱的底，了解咱们究竟是靠的什么山，傍的什么水？这人见人三分笑，我老觉得他心里有刀山油锅！"说着，他从炕上拿起烟袋杆用烟锅伸进小羊皮烟袋里挖呀挖呀，装上了一锅烟。

节振国点头，说："我跟关师傅谈过，关东平这个人，关师傅说他比较世故圆滑，是个国民党员，过去当警官时也干过些欺压敲诈的事儿，但爱国心也是有的。加上关家梢绝大多数都是关氏一族的子孙，现在众志成城，大家都要抗日，关东平'胳膊拧不过大腿'。凭这点，关师傅觉得没问题。我对他说：'关公大意失荆州'，咱得小心，他也同意。无奈他原本是关家梢民团团长，表态抗日，咱不能不要他。现在除了见他打人之外，也没发现他有什么劣迹。只要咱不大意，处处提防，狗想咬刺猬，也无从下口。不过，这民团，现在说是归到咱手下了，实际上指挥权仍在关东平手里攥着。这局面将来非改变它不可，

172

不然，掌子面哪天都能坍下来！"

张家发"滋滋"地吸着烟，说："幸好，民团里矿工多。咱做做工作，能把大部分拉过来。可现在确乎还不行！"

节振国双手指头对插着，点头表示同意张家发的话，脸上带着思索和向往的神情，说："现在形势确实不错，可是形势越好我越没主心骨了。你们相信我，关师傅他们也相信我，拥护我出来干，可是我该怎么办呢？放在从前，有老胡，有老周，什么事都有个九九八十一。现在，跟党断了联系，我就像在井下行走缺少了引路的镀灯，黑咕隆咚，迈不开步，更怕出事。下一步怎么办？大家商量过不少次了，也拿不出个妥善的办法来。你们说，怎么办？"

一阵微带暖意的清风，吹动了院子里那几棵大槐树上的叶片，树叶的黑影被月光投射进屋里来，映在墙上、炕上，朦胧的阴影闪动着，跳跃着，树叶的沙沙声，起伏着，抖动着，三个人的心里也波澜起伏，闪动、跳跃。

张家发闷着头，滋呀滋地不断吸烟，一会儿，叹口气说："一本难念的经！问题是不少啊！老节，你有什么想法？"

纪振生也用两只勇敢有神的眼睛望着节振国，想听听节振国的想法。

节振国那种干脆的快刀斩乱麻的性子又出现了，他左手像刀似的一劈，说："现在咱没法找老胡和老周，是不是想法让他们来找咱？"

纪振生性急地说："怎么能让他们来找咱呢？"

节振国那张英气勃勃的方圆脸盘上充满了乐观和信心，说："这两天，咱们开会商量过不少次，最后总是说：'稳妥一点！稳妥一点！暂时不拉队伍，不打鬼子，要等时机。'可是我想了又想，这么小手小脚干不行！现在，冀东的鬼子兵很少，后方空虚，鬼子兵都南进了。这是个好机会，咱干脆就来个大闹大干！咱把队伍一拉，选个地方剿白面馆，打警防队，杀鬼子，这么一闹一干，四海扬名！你看吧，老胡、老周，准能来找我们!"

纪振生双手一拍两条长腿，说了一声："痛快! 我赞成!"说着，将烟袋从张家发手上拿过来也"滋滋"吸了几口，喷着烟，瞅着节振国，继续听他讲。

节振国望着平日不吸烟的纪振生接着说："这两天，咱们开会商量这些事儿，我琢磨着关东平、关寿年说的话，觉得他们有个顾虑：怕拉起队伍来一干，要是鬼子报复，调集队伍镇压，关家梢会被剿家灭门鸡犬不留。这顾虑是有道理的。咱要是不在关家梢拉队伍，咱跑得远远的，比如说，到古冶打彬田，或者到杨店子、新集打鬼子，来他一个'兔子不吃窝边草'! 要是形势得利，咱就趁势开抗日誓师大会，沿途收编民团，扩大队伍。形势不利，打完咱就分散隐蔽，像《封神演义》里的土行孙，钻入地下不见了，那就不会暴露关家梢……"

纪振生一拳"嗵"的打在炕上，说："我赞成这么干!"

张家发没有吱声，似仍在沉思。

节振国见张家发一直没作声，诧异地问："家发哥，你怎么不讲话?"

张家发从纪振生手里接过烟袋杆来，敲敲烟锅，用手抹抹烟嘴，装上一锅烟说："队伍一拉起，就像扳动了枪机，射出的子弹收不回来了。队伍一拉起，鬼子一定会调动大批人马包抄讨伐。"张家发点火吸着烟，轻轻地用粗哑的嗓音又说，"再说，队伍一拉起，吃的、住的、穿的、用的都是问题，枪也是问题。这些事儿，咱没办过，草草率率一拉队伍，痛快是痛快，效果怎么样? ……我刚才没吱声，就是还没想出个好路子呢。"说完，他闷闷地又抽烟，不断吐出白色的云烟来。

节振国对张家发是信赖的。张家发为人老练、慎重，办事比较稳当。在这种时候，他明白自己肩上担子重、责任重。听了张家发的话，他决定改变自己原来的想法。他下决断地一拍拳头，说："家发哥，我看这么办吧! 我刚才说的拉队伍的事儿，咱从现在起就做好准备，暂时不拉，在准备的同时，立即打听老胡、老周的下落，打听八路军挺进冀东的消息。打听到了，咱就有了引路的镀灯！"

纪振生思虑着问："要是打听不到呢？"

节振国叹一口气，说："要是打听不到，那咱只有先干起来！"

夜已深了，三人又谈了一阵，决定明天同关清风他们商量赶紧筹备拉队伍大干的事。同时，派张家发和纪振生分头出去寻找老胡和老周，寻找党。不过，这事先只告诉关清风，对关东平得提防，需要保密。

这一夜，谈完后，节振国躺在炕上看着床前如霜的月光，久久不能入睡。他在想着胡志发，想着周文彬，想着许多往事。老胡这时候在哪里呢？老周现在在哪里呢？……

他醒着，一直到天亮，看到东方慢慢地由鱼肚白转变成海棠红。

第二天上午，在关家梢天齐庙里开了一次会。节振国、纪振生、张家发和关清风、关寿年、关东平、林子华、关玉德都参加了。

节振国提出，为了以后拉队伍大干，要积极做好筹备工作：包括派人到古冶、杨店子、新集一带去侦察敌情，目的是将来好打鬼子缴枪。在关家梢，要加紧训练队伍，让"秀才"林子华编印传单，准备旗帜、宣言，好在拉起队伍后开抗日誓师大会。

关东平捧着水烟袋咕噜咕噜地抽了一阵水烟，面上和蔼带笑、亲热谦虚地看着大家，说："咱的本钱，一是这关家梢的民团加上新报名参加游击大队的二百来人，还有你们在东矿区周围发展的那一些人。保存得好，实力就存在；保存不好，一下子能赔了米又砸锅。二是关家梢这块宝地，关氏祖宗在此起家立业，咱们子子孙孙要在此守成维生。创业维艰，守成不易，不能草率毁于一旦！因此，现在还不必考虑拉队伍的串，万万不能急躁，不能轻举妄动！"

节振国看出关东平有保存实力的思想，知道他怕干险事，问："那依你的看法，咱们什么时候才能考虑拉队伍的事呢？"

关东平捧着水烟袋，喷出一口白烟，笑吟吟地说："大队长不是说过的吗？挺进到冀东敌后来抗日的部队快来了。到那时候，冀东局面一定大变，咱就可以考虑拉队伍。这才叫善于利用天时、地利、人和。"

要放在从前，节振国那霹雳火似的脾气早要发作了。但经过五矿同盟大罢工到刀劈鬼子出走，教训和经历使节振国老练沉着得多了。他明白：许多事办起来总不是一帆风顺的，关东平讲的天时地利等条件，也有道理，因此捺下性子，说："搞武装的事儿，光想着穿钉鞋、挂拐杖怕也不行吧？拉队伍的时间不定，但筹备工作一定要加紧。什么时候时机成熟，什么时候咱就大干。这样，怕不成问题吧？"

关清风、关寿年、林子华等都同声说好，关东平也表示没有异议。

关玉德当即表示：他愿意扮作膏药小贩，到古冶、杨店子和新集一带侦察敌情。

林子华提出：宣言和传单等的起草，他可以很快就办，但打什么旗帜的事需要讨论确定下来。

关东平捧着水烟袋，说："旗帜我有现成的藏着，到时候拿出来用就是。"

节振国问："那是面什么旗子？"

关东平懒声懒气打着哈欠，搔着秃顶，说："青天白日满地红的国旗嘛，崭新的！我装在一个铁盒里埋在地下藏着呢！"

纪振生摇头，欠起身子说："咱不用那个旗！"

张家发诙谐地笑着，说："那是个专打败仗的旗！打着这面旗，丢了东北，丢了冀东，丢了天津，又丢了华北，还在大块大块丢弃国土！咱节振国游击大队，得用咱自己的旗！"

节振国想：关东平在第一次见面时就问过我们是同中央军还是同八路军有联系，当时含含糊糊应付了过去。现在看来，关东平也许又是一种试探，看来他就是一个拥护国民党蒋介石的人！蒋介石丢了华北跑了，却要我们打蒋介石国民党的旗，这办不到！他刚想据理申明自己的观点，听到关东平强笑着又在说："那……节大队长看，该打什么样的旗？"

天气有点燥热。听关东平一问，节振国拭着汗从容地朝关清风看看，说："师傅，咱开滦矿工过去大罢工时打过一面大红旗，今春打唐家庄"护矿队"时，这面大红旗也用过。你说，打这面旗怎么样？"

关清风脸上现出回忆的神色说："那大红旗上是一块菱形的像金刚钻似的黑色煤炭图案，外边有两个圆圈，中间交叉着一把铁镐和一把铁锤。那是咱开滦矿工的旗！倒是面打胜仗的旗！咱举着它罢工，都胜利了！"

节振国点头说："咱这队伍，主要是开滦矿工组成的。咱就打这面大红旗，这不好吗？"

纪振生、张家发、关清风都点头说好。关寿年、林子华、关玉德似乎无可无不可，也点了头。关东平虽然没再说话，但那张本来和蔼带笑的胖脸上笑容消失了。他皱着双眉，用嘴"呼"的吹着了纸媒子，咕噜咕噜地抽着水烟，似在思索什么。

事情这么通过了，但在节振国心中，察觉到同关东平之间的摩擦已经种下了根子。他提醒自己一定要认真对待这个气味不相投、意见不一致而现在还实际上掌握着关家梢民团实力的人。

当天夜里，沉默严肃的关玉德扮作卖膏药的小贩出发到古冶一带去了。纪振生、张家发借口要到东矿区附近去做联络工作，离开了关家梢，实际却是分道去寻找胡志发、周文彬，去打听共产党、八路军的消息。纪振生到遵化、玉田，张家发去了平西一带，他们都化装成小贩，神不知鬼不觉地走了，约定尽快在半个月内回来。只留下了节振国在关家梢守候。

小学堂正放麦假。地里的麦子已经熟透了，刮着热风，庄稼人正忙着收割。关家梢四周一块块田地里，金光闪闪的麦梢上，到处裸露着庄稼人紫铜色的脊梁。大车路上飞扬着尘土，地上满是弯弯转转车辘轳压的印子，大车上堆着麦子缓慢地摇摆着，"驾——驾"地由人吆喝着牲口赶回家去。

夜晚阵雨初歇，节振国独自在天齐庙里，听到有人轻轻在唱歌，唱的是岳飞的《满江红》："怒发冲冠，凭栏处，潇潇雨歇。抬望眼，仰天长啸，壮怀激烈……"

这支歌，节振国上学时唱过。他不禁站在那里听得出了神。他发现唱歌的就是林子华。

林子华继续唱："……驾长车，踏破贺兰山缺。壮志饥餐胡虏肉，笑谈渴饮匈奴血……"

这几年，在冀东，凡唱这个歌的人，就说明有抗日情绪，有爱国心。节振国听着歌，心上热血奔流，不禁移动了脚步，被歌声吸引到林子华的房门口，叫了一声："林先生！"

林子华停止了歌唱，迎出来，请节振国进房坐。

林子华住的一间西屋，窗户糊着洁白透明的桑皮纸。炕上，铺着一条旧灰毡子，此外，有只书桌和两把椅子。这是个读书人的屋子，炕上、桌上东堆西放着不少线装书，桌上有笔墨砚台，墙上挂着字画，引人注目的是一幅宣纸写的草书条屏，写的是：

雨中再赋海山楼诗
陈与义

百尺阑干横海立，一生襟抱与山开。
岸边天影随潮入，楼上春容带雨来。
慷慨赋诗还自恨，徘徊舒啸却生哀。
灭胡猛士今安有？非复当年单父台。

中华民国二十六年冬林子华草书

178

节振国仿佛闻到一股书香气息，看了一下那草书条屏，有些字草得难认，林子华却在一边解释开了："写这诗的陈与义，是洛阳人，北宋时的人。金兵南侵时，他避难南奔，也算得是个爱国的诗人。严重的外患，使他的爱国思想和不满南宋小朝廷退却逃跑的情绪逐渐激烈起来。这首诗写到'灭胡猛士今安有？'爱国情绪透露得很强烈了。我喜欢这首诗，所以抄挂在这儿。说实话，谁知还能挂几天！？如有汉奸报告，就能扣上反满抗日犯的帽子。如果日本宪兵队来关家梢，这条屏也就只能付火！"

节振国点头，说："我书读得少，诗呀什么的都不太懂。但我觉得你林先生比他高得多！光有爱国情绪还不行，得同敌人干，像你林先生这样，读书人也敢拿枪起便衣，这才有用！你说是不是？"

林子华听了节振国这番有见识的话出乎意外，连连点头，说："对鄙人的夸奖不敢当！但你的见解不同寻常，令人钦佩。"

节振国听林子华将"人"读作"银"，不由问："林先生是东北人？"

林子华点头："是啊！我是长白山下通化地区人，父母姊妹都在那里。我不甘心做亡国奴，来到关内，萍踪漂泊，在此教学糊口，瞬忽三年了！"说完，不胜感慨。

节振国对林子华的遭际深表同情，不禁带几分敬意，说："我是下窑当矿工的出身，文化低，来此聚义，以后还要林先生多多帮助。"

林子华说："哪里哪里！大队长的为人，我已看出来了。你是个好人！只要是抗日有用得着小弟的地方，小弟愿紧紧相随，只是这关家梢上也很复杂。我是外姓人，客居在此，有些事也无能为力。你多同清风师傅、寿年兄接近才对！"

节振国拱手说："多谢指教！"他明白林子华说的是心里话，觉得这个人是可以成为知己的。于是，就同林子华热情淋漓地谈起心来。

一连好多天，节振国常利用时间找人谈心。对这一点，关东平见后有些不快。节振国照样若无其事地同张三谈谈，同李四聊聊，结交知心。

这天早上，太阳初升。天空高远净洁，空气里夹杂着炊烟和青草味，一早的风就带着热意，动弹得多了就叫人出汗。大庙前，有民团练武用的一副大石担和一把大石锁。那石担又叫"仙人担"，足足有二百多斤沉，那石锁也有一百多斤重。节振国经过这里，见一些人在练武功，不禁停下脚步来，只见一个紫红脸膛的大高个儿正咬牙蹙眉双手把石担撑过头顶，博得一片喝彩声。

关东平见节振国过来了，脸上浮着奸笑，说："大队长！久知你武艺超群，露一手给大家瞧瞧吧！"

人们也一个劲儿要节振国试试石担。周围的人越来越多。节振国推辞不过，脱下上衣，走到石担旁边，一手提起石担，双手平举，稳稳高举过头顶，又双手平放，一手将石担放回地上，脸不变色气不喘。他露出了宽肩膀，高胸脯，浑身一棱一棱突起的肌肉，双臂上两个鹅蛋般隆起的肌肉，叫人一看就觉得他浑身都是力气。

节振国又走近石锁，两条浓眉似箭倒竖，一只手举起石锁连举二十下，忽然将石锁往上一抛，有二尺高，石锁落下，他平屈左胳臂，石锁又轻又稳地落在平屈的左胳臂上。节振国又用左胳臂一甩，将石锁挪到平屈的右胳臂上，轻松得好像那一百多斤的石锁只有十斤八斤沉，使看的人都傻了眼。末后，他一撒手，石锁抛出一丈多远，将场地上砸了个大坑。惊愣了的人，半响，才爆发出一阵惊雷般的喝彩声来。

关东平本来是要试一下节振国的能耐。一看，先是吓得心惊肉跳。这会儿，回过味来了，脸上浮着笑，连连拱手，说："钦佩！钦佩！早听清风大哥说起你武艺高强，耳闻是虚，眼见是实，今日一见，真是三生有幸！"

节振国笑笑，穿起上衣，说："关师傅是我的启蒙老师，学得一点武艺，当年多亏他的指点。起便衣，凭这点武艺，抵不了多大用处。

主要是要我们齐心一致，同仇敌忾，不怕牺牲，前仆后继！今后，既要抓紧练武，也要练着打枪。拿起枪来瞄准，要练得枪不摆，手不颤，百发百中！不知大家认为怎么样？”

关东平还没来得及回答，人们已经一片声地喊嚷起来。关东平也只得连连点着秃头，说：“对对，对对，说得对！”他没有料到，就在这样的小事上，节振国的一个行动一段话，也会起这么大的作用。节振国却在心里有一种感觉：只要不断努力做些工作，本来由关东平控制的关家梢旧民团，是会变成抗日游击队的战士的。

从第二天开始，节振国就抽出一定的时间，搞练兵。他自己练枪法，“三点成一线”，平举着步枪瞄准一二百下，枪不颤，手不动，腰不弯，腿不移……在关家梢，掀起了秘密练兵的热潮。

一个多星期后，关玉德首先风尘仆仆地回来了。他打听到古冶日本宪兵队的队长彬田正四处放出鹰犬要逮捕节振国、胡志发和纪振生。古冶现在除宪兵队外，驻有三百多人的伪警防队。关玉德还打听到：夏连凤因为有功，现在是彬田手下的“红人”了！他是便衣侦缉队的副队长，目前重点在东三矿一带活动，也常到黑山沟去。关玉德也到了杨店子和新集，这两个地方，敌人兵力空虚，都只有伙会、民团，但杨店子还有少数警防队，也有一处日本浪人和高丽人开的白面馆！要下手不难对付。

关玉德了解到的情况和节振国原来估计的差不多。只是夏连凤当了鬼子鹰犬在东三矿和黑山沟活动的事儿，使节振国十分恼火。他气得头上冒汗，恨不得能马上回到东三矿去，迎面撞上这个汉奸，一拳打扁他的脑袋，一刀挖出他的心肝！但这当然是空想。他明白：只有真正拉起队伍干起来后，才能同这个汉奸算账。

又过了一个星期，这时已经进入六月下旬，正是炎热的时候，到平西的张家发和到遵化、玉田的纪振生也都带回来了使节振国惊喜、欣慰的好消息！

第十六章　寻找引路的镀灯

　　天气有些燠热，晚饭后，节振国匆匆到了关清风家。在屋前绿叶密布的葫芦架下，须发皆白的关师傅正敞着怀捧着一只蓝花粗瓷碗喝水，大口吃着高粱饼子。节振国叫了一声："师傅！"悄悄通知关清风说，"天黑人静后，您上我们屋里来一下，家发哥和小纪回来了，有要紧事儿谈。"

　　到了夜深人静时分，仍旧是在天齐庙右殿改成的那间炕屋里聚会。天气闷热，远远近近草丛里蝈蝈儿"喔喔"地叫。就着月光，节振国和纪振生、张家发、关清风四人有的坐在炕沿上，有的坐在小凳上，听张家发介绍情况。

　　张家发光着脊梁抽着烟说："八路军晋察冀军区司令部成立后，一月里，在阜平城成立了晋察冀边区临时行政委员会，这是敌后成立的第一个解放区政权。老百姓都传说，八路军要派部队从山西过来，到平西挺进冀东。有人在昌平、延庆一带见到过八路军的队伍。纪律可严明啦！进村后，不找吃，不找喝，只在坡根、坝阶旁边露宿。他们替老百姓挑水扫地，访贫问苦，宣传抗日救国。老百姓口口声声夸奖这支队伍是仁义大军！"

　　节振国兴奋地问："八路军是怎么宣传抗日的？"

　　张家发那张黑里透紫的方脸上两眼一亮，说："听说他们号召：有钱的出钱，有枪的出枪，有人的出人，团结一致，抗日救国！很快就把民众发动了起来。有些伙会、民团的枪都交了出来，农村青年都报名踊跃参军，村里成立了抗日救国会……"

节振国急不可待地说："你见到他们了没有？"

张家发摇摇头，舔着干燥的嘴唇说："那边很紧张，我去时，鬼子正调兵遣将，戒严封锁，我本来想过封锁线，但太冒险。我怕耽误了回来报信，就只得打听了消息赶快回来。"

节振国从瓦壶里倒了杯凉茶递给张家发喝。

关清风摸着白胡子说："这样对！"

纪振生坐在炕沿上关切地问："现在，八路军到了哪里了？"

张家发喝着水拭着汗说："听说延庆、昌平、永宁县城全拿下来了，消灭了好几百敌人，正要向蓟县这边往咱冀东来。"

纪振生一拍巴掌，站起来说："那就对了，我到遵化、玉田一带也听这么说。蓟县在玉田西北，遵化、玉田一带，听说有人已经拉起了队伍，组织的是抗日联军。目前，也到处传说八路军已经由平西东进，有爱国心的人无不摩拳擦掌，都说要像古时候'八月十五关门杀鞑子'那样，将日本鬼子杀个鸡犬不留！"

节振国嘴角带着兴奋的微笑，有滋有味地问："你见到抗日联军没有？"

纪振生手一扬，说："找他们不难！我可打听清楚了！玉田、遵化一带，归一个副司令指挥。那副司令的名字叫洪麟阁，又叫洪冲霄！"

节振国急急地追问："这洪副司令在哪里？"

纪振生用手往西北方向一指，说："就在地北头、亮水桥、沙流河一带！我打听了，找他不难。那一带现在像快要开锅的沸水，听说玉田附近如今游击队到处都是，村村都有，人都叫作'便衣队'。便衣队都从地里挖出了当初窖下的枪支，只要八路军一到，各地的便衣队就要同时起义，接应八路军，抄白面馆，包围警防队，挖公路，破坏铁道，锄汉奸，杀鬼子！因为是便衣队，鬼子到哪里都两眼一抹黑，鬼子一走，便衣队就出来了。如今正是青纱帐起，可帮了大忙啦！……"

张家发抽着烟沉思着说："看来，我打听到的消息跟小纪打听到的消息对得上茬口！"

节振国想：月亮有圆的时候，麦子有黄的时候，这下虽没找到老胡和老周，总算找到党了！他早就决定非要找到党不可！找到了党，就有了依靠，有了力量。他在脑子里朴素地想：只有共产党才坚决抗日，所以抗日的一定都是共产党。现在冀东抗日的队伍，当然都是共产党的队伍，领导人也一定都是共产党。因此，在听到张家发和纪振生谈了情况后，他心情欢畅，沉吟着想：亮水桥、沙流河一带离这儿比较近，明天就去那一带寻找洪副司令！

节振国一提到亮水桥一带去找洪麟阁，马上得到了关清风、纪振生和张家发的支持。

关清风第一个点头说："事不宜迟！振国，明天一早就去！我陪你去，亮水桥、沙流河那一带我从前去过，路熟。"

"行！你们两个去吧！"张家发说，"不过，这事暂且保密，对外只说你们俩是到榛子镇一带去找一些熟识矿工进行联络。纪振生和我给关寿年等打个招呼。"

事情商定后，节振国和关清风两人扮作小贩，一个卖笔，一个卖膏药，在第二天拂晓时分，就离开关家梢，向西北方向玉田县地区走去。

冒着炎热，晒着太阳，在滚滚绿海似的青纱帐中间的大车道上，扬尘踩土，跋涉了百多里地。天黑时，月亮东升了，节振国和关清风来到亮水桥附近一个小庄子上，找到庄头上一个卖酒的小铺要求借宿。

小铺坐落在村庄边上，月光下看得出周围全是飘飘飒飒的绿色庄稼。这儿离村口约莫七八丈远。屋里闷热，有股烧酒、葱油、草木灰混杂的气味。天漆黑了，但有月光，就没有掌灯。一个干瘦、老成持重的中年人坐在灶前续柴烧饭。火光映红了他那张留着黑八字胡的瘦脸。关清风上前搭讪，说："掌柜的，还没点灯哪？咱两个做小本买卖的过路人，想在这儿借宿一宵呢！"

干瘦、留八字胡的中年人抬起头来用两只呆滞的眼睛看了一看，说："行！灯在小炕桌上，洋火也在那儿，你们自己点吧。"

关清风和节振国进了小铺。关清风点上了灯，摘下头上的草帽"卜拉卜拉"扇着风，说："掌柜的！给上四两酒吧！"

那中年男人用火棍搅着火，弓着背起身，到桌前黑酒坛子里打满一小壶酒，盘问似的说："你们是做什么生意的？"

关清风指指节振国，说："他卖笔，我卖膏药，小本经营。"

中年人把酒壶放到节振国和关清风面前桌案上，说："生意不坏吧？"又走过去，从桌上一个玻璃罐里抓了一把花生米放在盘子里递过来送到关清风面前。

关清风试探地苦笑笑，掀着胸前的白须："唉！说啥好呢！要是有点生路，也不会这么大年岁出来奔波，赚几个活命钱了！"

留八字胡的中年人盯着也用草帽在扇凉的节振国，说："这位客人好壮实、好精神呀！"

节振国笑笑，试探地说："空有壮实的身体管什么用？还不是整天窝着一肚子气当亡国奴！"

关清风自己从桌边酒盘里拿起两个扣着的小酒盅，一起斟了酒，把一盅举到中年人面前，说："掌柜的，也喝一盅！"

那掌柜的客气了一番，干了一杯，用手抹抹八字胡上沾的酒，说："听话听音，看来你们倒是有爱国心的！"

关清风见话开始投机，坦率地说："中国人嘛！谁甘心受鬼子的窝囊气！？"

灶上锅里的米饭香了。中年人要去盛饭，说："你们快喝酒，赶了一天路，也累了。天热，汗出得多，门口缸里有凉水，待会儿洗洗脸乘乘凉就在这炕上睡吧！"

关清风打听地说："掌柜的，听说咱这儿有抗日联军，有这事吗？"

中年人盛着饭，低着头说："这些事儿，我哪知道！"

关清风见他说话封门，大了胆："掌柜的，我看你也是个好人！实话跟你明说吧！咱是来投奔抗日联军的！你能不能给指一条路？"

瘦掌柜的摇摇头，说："没听说过。这事，我一点也不知道哇！"说着，盛好饭，端出辣椒咸菜说，"你俩也吃点？"

节振国摇摇手，嚼着花生米说："咱带得有干粮！你快吃吧！咱喝酒！"

那中年人也不客气，狼吞虎咽地吃起饭来，边吃边擦汗，低头又似在想心思。

关清风喝着酒忍不住又说："掌柜的，要打听这消息你能给指指路子吗？"

中年人老成持重地笑笑："我开小酒铺小本营生，那些事儿不敢牵扯！"

节振国感到，中年人不是不知道，是不肯讲。在一边怂恿说："掌柜的！告诉我们吧！我们不是坏人，是有骨气的中国人！"

中年人苦笑笑，说："既然你们说得诚恳，那我就信得过你们。你们喝酒，早点休息。我出外到庄上给你们打听打听。你们想了解抗日联军的事不是吗？我打听到了就来告诉你们。不碍着你们明天一早去寻找。可是这事乱声张不得！你们在这儿也别出去乱走动！"

关清风高兴地点点头，说："那当然！你给打听打听洪麟阁副司令在哪儿，我们想找他！"

中年人应诺着说："行！我一会儿就去！"他三口两口把饭扒完，收起了菜碗，胡乱用凉水涮了涮碗，见关清风和节振国正喝酒吃着花生米，打了个招呼匆匆忙忙地说："我走了！你们别等我！到时候睡就是！有消息我回来就叫醒你们！"说着，人已出外，脚步声踢踢踏踏远去了。

关清风疲劳地用手拭拭脸上的汗，说："掌柜的人不错！倒信得过咱！扔下这小铺就走了！"

节振国沉吟着说："我怎么看他那样子，似乎不是不知道，而是不肯讲。他把我们俩丢在这儿，自己匆匆忙忙走了，也有些奇怪。"

天气闷热，两人饮着酒歇力，脱了衣光着脊梁卷起裤脚乘凉。蚊蚋飞舞，嗡嗡的叫得人心烦，不断叮了这儿又咬了那儿。过了一会儿，节振国去灶旁取了一只泥盆在门口缸里舀水就着明亮的月光洗将起来。

谁知不过一顿饭的时刻，节振国和关清风刚拿出干粮来吃，忽然听见一阵锣响，随着，就是脚步声、吆喝声响成一片。两人出了小铺一看，嗬！月光下，那留八字胡的干瘦中年人带着一伙便衣拿着枪已经出现在小铺门口了。

节振国随手抄起墙角一根洋钱粗的木棍，往前一站护住了关清风。关清风英勇不减当年，也抢起一根烧火棍挺胸一站，一把白胡子颤颤抖动。

只见一个粗胖的络腮胡子的人手里拿着一支橹子枪，眼里流露出一种怀疑、严肃的光芒，吆喝着说："耗子跑到猫背上找事来了！快说！鬼子派你们来干什么？"

一听吆喝，节振国喜扑扑地笑了，把手里攥着的木棍一丢，说："大水冲了龙王庙了！我们是打鬼子的！不是鬼子派来的！我叫节振国，那是我师傅关清风！我们从丰润来，那儿也起便衣了！"

关清风也上前笑着说："我们是来找抗日联军洪麟阁副司令的！"说着，他把来意三言两语说明白了。

那个粗胖的络腮胡子的人，橹子枪仍抓在手里，问："有什么证明？"

节振国摇摇头，说："抗日还要什么证明？见到洪副司令就能谈明白了！"

"那就跟着我们走!"那满脸络腮胡子的人厉声命令道。

事情就有这么巧的!洪麟阁确实就在亮水桥附近的这个庄子里住。

当节振国和关清风穿了上衣,踏着月光,被一伙人拥进洪麟阁的司令部时,节振国借着月光仔细地打量起司令部的环境来了。

这是在前街上的一所屋子,进门是个很宽绰的大院子。院内很干净,空空荡荡的,有几棵大枣树映着月光洒下暗影。北屋里亮着灯,门上挂着个竹帘子。透过竹帘的隙缝,可以隐约地看到里边桌上点着一盏玻璃罩雪亮的油灯。两个便衣在院子里拦住了他们。那个粗胖有络腮胡子的人同两个便衣卫兵嘀咕了几句,一个便衣卫兵走近门口,喊了一声:"报告!"

面里似乎是答:"进来!"

便衣卫兵走了进去,听不见说了些什么。不一会儿,便衣卫兵出来了,打发那粗胖的络腮胡子走了,却传下命令:"节振国和姓关的,你俩在院子里等着!"

天很热,也没有风。稍过了一会儿,听见屋里那个人架子很大地在叫:"来人!"

一个腰里插枪的便衣卫兵叫了声:"报告!"进了屋里,出来以后,叫节振国和关清风走近一些,但屋里的人既没出来,也没让节振国和关清风进屋。那两个便衣卫士却在节振国和关清风身后站着仍像监视着犯人似的。

月光很好,皎洁的银辉照得院子里树影婆娑通明透亮。忽然,屋里的那盏灯火"噗"的被吹灭了!屋里的人仍没出来,月光泻进屋去,那人隔着帘子在对屋外讲话,传来了冷冰冰的声音:"你们叫什么名字?"

节振国心里想:真是奇怪的会见。莫非抗日联军刚秘密拉起队伍,洪副司令不愿意多出头露面?……这么一想,心里倒并不生气了,热火火地说:"洪副司令,他叫关清风,我叫节振国!"

关清风在一边补充着说:"咱本来都是赵各庄的矿工。他就是节振国!五矿同盟大罢工时赵各庄矿的纠查大队长,刀劈过几个鬼子的!"

里屋传来了冷冰冰、架子很大的声音,听来仿佛是皱着眉讲的:"不知道!没听说过!"

原来洪麟阁这么一个当时的上层人物,虽然爱国抗日,却有些军阀习气,对工农劳动群众不那么重视,听说是两个矿工指名要见他,在他心上本来已经没有什么分量。节振国又叫他一声"洪副司令",更不讨喜。他虽是副司令,却喜欢人叫他"洪司令"。因此,他在屋里确实是皱起了眉头。

屋子里的声音又冷漠地问:"节振国?老家哪里?"

节振国耐着性子回答:"山东武城县!"

"啊!不是本地人?怎么上冀东当矿工了?"

"家乡活不下去了,从小跟老人来矿上找生路的!"

屋里灭了灯,院子里照着明亮的月光,节振国和关清风站在院子里朝里看,看不到洪司令的模样。洪麟阁从屋里坐在一张太师椅上摇着蒲扇朝外看,却看得清节振国和关清风的面容。洪麟阁看到关清风须发皆白,想:这么老的人了,有什么用呢?他又问,声音仍是冷冰冰的:"你们来干什么?"

节振国仍旧热火火地说:"洪副司令!我们在关家梢和开滦东三矿附近有几百弟兄!……"

关清风见洪麟阁冷淡,特意在一边补充一句:"我们是节振国游击大队!这是我们节大队长!"

洪麟阁听见了就像没听见似的,没有作声。

节振国继续火热热地说:"我们要抗日,我们是来投奔你的!你是共产党?"

谁知出乎节振国意外的,洪麟阁却是那种冷冰冰的声音:"不是!"

"不是?"节振国脸上淌着汗,几乎要大声嚷起来,马上心上翻腾,想：怪不得啊！我是说不像嘛！架子这么大，到现在还让我们站在这儿，像审犯人似的，冷得像冰一样。原来你不是共产党啊?！他懊悔自己找错人了，想：看来，打抗日招牌的也不一定都是共产党。共产党是真抗日的。这样的人，他瞧不起咱这种下窑的，是些老爷！谁知他是不是真抗日!?……

洪麟阁"唔"了一声反问："你是共产党?"

节振国反感地想：你既不是共产党，我能告诉你？摇头说："不是!"

洪麟阁又问关清风："喂！那个上年岁的呢?"

关清风听到语气轻蔑，气愤地答："不是!"

洪麟阁笑笑，突然问："你们学过军事吗?"

节振国生气地答："没有!"

"看过军事书吗?"

"没有!"

"有多高的文化?"

"穷人！下窑的！上不起学！文化能有多高?"

洪麟阁轻视地笑笑："不懂军事，没上过学，文化低，打仗可不像刨煤！你这大队长怕当不好吧?"

节振国强忍着火顶撞地说："文化低一样能杀鬼子！我们有抗日的赤胆忠心！不怕死!……"

没等他说完，关清风接着茬生气地说："我们都拥护他当大队长！我们为抗日可以跟他同生共死！你别瞧不起咱下窑的!"月光下，他的须眉头发银光闪闪。

洪麟阁冷冷地说："你也年迈了，说话怎么这样没有礼貌?"

节振国目光炯炯，生硬地说："我们远道跋涉而来，为的是抗日。到你这里，水没喝一碗，凳子没坐一下，这算是礼貌？我师傅今年六十多了，尝过酸甜苦辣，经过风霜雨雪。人情世故，他懂!"

洪麟阁起了点变化，吩咐："拿凳子给他们坐下！"

两个便衣卫兵端过凳子来，节振国和关清风大模大样地坐下了。

洪麟阁突然又问："你们有多少枪？"

节振国决心要走了，没好气地答："枪不多！"

洪麟阁笑笑："人，现在不稀罕，主要的是需要枪！这样吧，回去以后，先把你们的枪送来。下一步，就研究你们的收编问题。"

节振国忍无可忍，火爆性子又来了，霍然站起，"乓"的一脚，踢倒了板凳，对关清风高声说："师傅！走！咱回去！"

关清风明白节振国心里想的是什么，也霍然站起，说："对！"

隔着帘子，又传来了洪麟阁的声音。这声音比刚才热了一些，但还是矜持的，说："我也不留你们住了！现在，各种条件还很差！你们就在小铺里睡一夜！抗日嘛，凡我中华同胞，人同此心，心同此理，爱国不甘后人，你们肯高举义旗投奔抗日联军，我们……"

洪麟阁话没说完，见节振国和关清风已拔腿走了。他掀帘送客，但掀帘出来时，月光如霜，繁星在天，节振国和关清风已甩开大步走出院子去了。

节振国和关清风匆匆走回小酒铺。

那干瘦的留八字胡的小铺掌柜见到节振国和关清风回来了，再三道歉。

节振国说："掌柜的，你做得对！你是个爱国的中国人！我们信得过……"

见节振国和关清风匆匆收拾东西，打算赶夜路要走，掌柜的说："怎么不住一宿再走？"转而又说，"啊，我明白了！你们急着回去拉队伍来投奔洪司令，是不是？"

节振国摇摇头，气噎噎地回答说："不！他走他的独木桥，咱走咱的阳关道！他抗他的日！咱抗咱的日！"他把包着毛笔的包袱往肩上一背，同关清风一起向小酒铺的掌柜点头告别。

外边，星月在天，田间青纱帐浴风飘飒，似在窃窃私语。节振国和关清风借着月光赶路，一刻也不想多停留。

一口气走出庄子三四里地，节振国才"吁"地吐出了一口闷气，对关清风说："师傅！这叫作九曲桥上走了弯路，咱找错人了！回去，咱到平西去找八路军！只有共产党，才是咱引路的镀灯；只有共产党，才能领导咱真正抗日啊!"

第十七章　喜相逢

一天一夜，从关家梢到亮水桥附近匆匆来回，走了二百多里地，节振国和关清风都感到十分疲劳。赶夜路时，滚热的躯体受了露水风寒，加上见到洪麟阁后那一场不愉快的交锋，心里气愤悒郁，回到关家梢后，两人都头疼脑热感冒了。

轻易不病的节振国，心里急着想赶快到平西去找八路军，偏偏头疼发烧，浑身酸疼无力，只能躺下休息。

夜晚，他睡了，不时说着胡话。纪振生和张家发只听到他断断续续地在说："……不懂军事……没上过学……打仗可不像刨煤……"纪振生和张家发听着，心都酸了。他们明白：节振国到亮水桥遭到洪麟阁的冷遇，恰似满腔烈火给当头浇了一盆冷水。洪麟阁那刺心的问话多么伤害节振国的心！他们更懂得：节振国没有寻到党，走了弯道，有多么难过……他们望着节振国锁着眉尖、紧闭着眼睛，也许他正在回忆那辛酸难忘的往事？

穷人莫把往事想，往事哪件不心伤？

节振国老家山东武城县刘堂村，是鲁北和河北交界地方的一个贫穷的村庄，经常闹灾歉收。那时，他冬天没穿过棉鞋棉裤，两只脚冻得全是裂开的口子。屋破了，没钱苫顶，下暴雨就漏。有一夜，他正熟睡着，屋子漏雨将他浇醒了，炕上成了水塘塘，浑身上下滴答着水。记得七岁那年过年，刘堂大财主冯老卿家点灯、放鞭、喝酒、吃肉、包包子，他家里却断了炊。娘抱着他，伤心地喊着他的小名说："小树，有了你七年，妈没让你穿过一条棉裤，没让你吃过一个白面卷子……"他天真地问："妈，卷子什么味？"娘就哭了……

有一次，也是过年，财主冯老卿家在三十夜晚当门挂了个大走马灯，转呀转呀。他们还一串一串地放红鞭，一串一百响……节振国跟些穷人家的孩子去看，有个鞭炮没着火掉在地上，给节振国拾到了，就攥在手里。人说："小树！点火放了它吧！"他摇头。他早不放，迟不放，偏等初二那天上午冯老卿出来上姓李的财主家拜年时，走得近了才"乒"的放了。吓得冯老卿杀猪似的舞着两臂嚷叫起来。有人说小树这孩子顽皮，可爹娘知道，小树是恨冯老卿在刘堂村称王称霸，他要用拾到的这个鞭炮来吓吓冯老卿，出出心里的气！

他十一岁那年，正是民国八年，刘堂村一连半年多没下一场透雨，庄稼没种上，种上的也早枯死了。满坡光秃秃，田地全龟裂了。刘堂村有人在吃"观音土"，也有人饿死了。节振国的爹节廷焕听说唐山是宝地，乌金遍地，到那儿能挣饭吃。爹下了决心：走！下唐山！虽然明知像歌谣里唱的："……穷人轻易莫离乡，天下到处有虎狼！"可是总不能等死呀！

爹砍几根柳枝做成一个圆圈，拴上了绳扣儿，一头把杂物和一个小黑铁锅放上，那一头放上了旧衣和破席笼子，决定全家去唐山。这是金风萧瑟的秋天，一家人到祖坟前一起磕了头。节振国看着从小住着的破草屋，看着小院他常常爬上去玩儿的老榆树直掉眼泪。妈带着振国故意绕到个高岗子上，远远地望着树影掩映的刘堂村，捂住脸哭了，伤心得走也走不动步了。从那时起，他就再也没有回过故乡。

到了唐山，爹在赵各庄当了矿工。节振国十二岁那年，有机会能在矿办职工子弟小学读书，这算是他的黄金时代了。但到了十四岁，他就下矿当童工了。从此，他在人间地狱的井下，水、火、瓦斯、煤尘、顶板五害的滋味，都尝过。英国毛子、中国矿司、包工大柜、查头子的压榨，他也都领教过。日本鬼子控制冀东后，他的民族仇更深。他是个真正热血的中国人，为了抗日，能流尽最后一滴血。今天，他要起来跟日本鬼子干，满腔热诚想找到抗日队伍贡献力量，偏偏却有人怀疑他不行，他怎么能不受到刺激？他怎么能不难过？

油灯的火芯时时跳动。灯影里，瘦瘦高高的纪振生和身强体壮的张家发守候在节振国的身边，见他忽而说着呓语，忽而皱眉翻身，睡得极不安宁。摸摸他的额头，热得烫手。他俩都十分焦灼。幸亏林子华懂得点医道，给节振国诊了脉，开了药方，找了几味草药煎了煎，喝了下去。过会儿，林子华又来看了一次，摸摸额头，把把脉，说不太要紧，他俩才把心放在肚里。

刚过了半夜，节振国睁眼醒来，心里酸辣辣的，那沉重迷离的梦境，还拥塞心头，手腕和腿部关节都像灌了醋似的酸溜溜地疼痛。他说要喝水，纪振生用大碗端来了水，张家发扶他起来把水喝了。节振国说："尽做胡梦！一会儿仿佛小时候在刘堂村，一会儿又跟着我爹下了矿井，一会儿又见到了洪麟阁……"又说，"正急着上平西，偏偏病了！真叫人发急！"

张家发安慰他说："别急这一两天，林先生说你这病烧一退就好！快安心睡上一觉，说不定明天就轻快了！"

节振国喝了些水又睡熟了。这一次睡得比较安静。纪振生和张家发摸摸他的头，也不那么滚烫了，两人才上炕睡觉。

第二天凌晨，节振国醒了。第一句话就说："头里轻快多了，骨头也不那么疼痛了，咱三个明天一早，一起去平西找八路军！"

纪振生安慰他说："老节，别尽念叨这件事了！等你好利索了我们就陪你去。现在要紧的是要安心休息。你昨儿一天没吃东西了，人是铁，饭是钢，今天我们给你做些开胃的。等体力恢复了咱再一块儿去！"

张家发也从炕上坐起来，劝道："老节！八路军由平西挺进冀东的消息一传开，我看，像咱一样在组织游击队起便衣的不会少。八路军一来，说不定队伍都会拉起来。你原先想拉队伍大干，我不那么同意。因为当时估不透形势，不了解春夏秋冬。现在，似乎看得透明一些了。我看，只要你病好了，咱去平西找八路军当然好。如果不去找，拉起队伍来先干着。让老胡、老周他们来找咱也行。所以，现在最重要的是要你快治好病。病好了，啥都好办。"

经纪振生和张家发两人一说，节振国宽了心，点头说："依你们的！我不急就是！等一会儿请林先生来，我再吃他一剂药……"

三人正在这儿谈着说着，忽见瘦瘦身材黄皮肤脸面的关寿年急匆匆一头撞了进来，点头同三人打着招呼，说："老节，好些了没有？"

节振国从炕上欠起身说："身上轻快多了。你咋这么早就来了？"

关寿年走近炕边，说："有个姓古的人要找你！"

节振国"霍"的坐起来，说："姓古的？叫什么名字？"

纪振生和张家发也忙下炕趿鞋凑过来听。

关寿年摇着头说："不肯说名字，是个瘦高条子，黑红脸膛，高颧骨，两条浓眉下有两只有神的眼睛，一副精明相，嗓子苍老沙哑。只说找到你说是老古来了就行！他还有个纸条儿，让给你看看！"说着，递过一个纸条儿来。

节振国一看，纪振生和张家发也凑上来看，纸条上写的是一首诗："凿开混沌得乌金，藏蓄阳和意最深。爝火燃回春浩浩，洪炉照破夜沉沉。鼎彝原赖生成力，铁石犹存死后心。但愿苍生俱饱暖，不辞辛苦出山林。"

节振国一看，感到春风扑面，阳光照脸，顿时眼也瞪大了，眼眶酸酸的高兴得想落泪，又想笑。他觉得自己的心栩栩然展翅欲飞了，乐得不行，握拳"嗵"的打在炕席上，高声兴奋地说："老胡！"

关寿年在一边莫名其妙，说："他赶了一夜的路，说是从亮水桥来的！……这是谁啊？"

节振国还没回答，张家发高兴得心上像开了一朵花，在一边说："是老胡！矿上的弟兄！好久不见面啦，正盼着见他哩！"

节振国喜上眉梢，一个鲤鱼打挺从炕上翻身下地，招呼纪振生和张家发说："走！快去看看！"

关寿年一把拽住，说："你有病！"

张家发也上来劝阻，说："老节！你躺下，我们去把他请来！"

节振国哈哈一笑，拔上鞋说："我病好了！老胡来了，我这病还能不好！心病要用心药医呀！"说完，他一手搀着关寿年，一手拽着张家发，回头对纪振生说："老二！快走！"

一清早，柳树上、杨树上的蝉声"知了——知了——"吵得烦人。又是一个叫人浑身淌汗的大热天。

他们来到关家梢圩墙的铁栅门旁，见被民团拦阻着的正是风尘仆仆的胡志发。

胡志发像个庄稼人似的敞开着旧白褂子，脸上带着微笑站在那儿。秃顶、白脸、矮胖的关东平歪着脑袋、跷着二郎腿坐在大铁栅门旁的一张椅子上扇着扇子正在那儿盘问。

节振国、纪振生、张家发和关寿年呼呼啦啦一阵风来了。节振国老远就嚷了起来："老胡！"

胡志发也亲切地嚷了起来："啊！老节！小纪、老张也在这儿？"他对着关东平解释似的说："都是矿上的老哥儿们了！见了面高兴哪！"关东平这才收敛气焰站起身，脸上浮起亲热、和蔼的笑容来。

节振国上来，给他们互相做了介绍，说："老胡是咱赵各庄矿上的'智多星'！五矿大罢工，他是领导人之一。有他来了，咱的大事好办了！"

关寿年拉着胡志发的手表示热烈欢迎。关东平诒笑着连声说："幸会！幸会！"节振国注意到关东平虽然脸上带笑，眼神里却射出一种阴险、狐疑的光芒来。胡志发当然也很敏感。刚才关东平在盘问他时的那种轻蔑、敌视的态度还在眼前呢!

"山重水复疑无路,柳暗花明又一村。"从亮水桥铩羽回来的节振国,病中愁闷,忽然,老胡从天而降,他觉得一切都变得如此美好,充满了希望和信心。

同老胡见面,真是喜相逢!

招待老胡洗了脸,吃了早饭,节振国和大家要老胡睡一会儿,他却说不困。几个老哥儿们,坐在天齐庙节振国他们住的炕屋里,摆上茶水,打开了话匣就收不住了。

节振国的病真是霍然而愈。关清风的热度未退,也扶病来看望胡志发了。一见胡志发,他就"啊呀""啊呀"地叫了起来,恣得不行。

屋外,树上蝉声悠扬,大家拭着汗热烈地谈起来。

节振国先把这一向的遭遇和经历告诉了老胡,又把关家梢的情况做了介绍。接着,节振国又把这些日子对老胡的思念和整天想着寻找党的事儿讲给胡志发听了,最后说:"老胡!真绝!你怎么跑来找我们了? 怎么知道我们在这儿的?"

胡志发笑着说:"心诚能感动得六月下雪呢! 老周在亮水桥抗日联军第一总队做政治主任,我在那里协助他工作①,你们不是到那里去的吗? 老周让我给你们捎好!"

"是啊!"节振国高兴得心里仿佛有温泉水在喷流,问,"我和关师傅去的事你都知道?"这么说着的时候,他不禁想起了会见洪麟阁时那段不愉快的经历来了。

胡志发嘴角挂着笑,说:"听说你们一到那里在小酒铺里发生了一

---

① 六月上旬,中共冀热边特委在丰润县田家湾子召集军事会议,李运昌、丁振军、杨十三、洪麟阁等十余人参加会议,决定七月十六日为冀东全区大暴动日,并决定正式组成抗日联军,抗日联军分六个总队,确定玉田组成第一、第二总队,蓟县为第三总队,丰润、滦县、迁安为第四总队,滦县以南组成第五、第六总队。

场误会，被押到洪麟阁副司令那里，他对你们不那么重视也不那么热情，你们气跑了！是不是？"

节振国和关清风两人你一言我一语地把当时的情形讲了。讲的时候气仍未消。节振国讲到"乒"的一脚踢翻了凳子回身就走的事时，大家都放声笑了。

纪振生说："这个洪副司令我看不怎么样！"

胡志发笑吟吟地说："为要克服困难，战胜敌人，建立新中国，只有巩固和扩大抗日民族统一战线，发动全民族中的一切有生力量，这是共产党的方针。洪麟阁副司令，是遵化县人，在冯玉祥手下做过军法处主任，在唐山工商日报做过总编，是文教界上层人士，七七事变后就坚持武装抗日，有一定的声望，所以他担任了抗日联军的副司令①，有共产党员到他那儿帮助工作。你们走后，夜里开会时，洪副司令谈起了这件事，老周和我听了，马上问你们在哪里，又赶到小酒铺里找你们，谁知你们连夜就回来了。昨儿白天，老周决定让我来，我交接了一些事儿，就趁天黑出发，来关家梢找你们了！"

关清风憋着一肚子气，说："那个洪麟阁真是三根屎棍撑桌子——臭架子真大！"

胡志发带笑说："其实在爱国抗日这点上倒是不错的！只是大知识分子嘛！看不起工农也许是有的。事后，我介绍了老节，我又猜到那个白发白须的老头儿准是你！我也做了介绍，他听了倒是遗憾了，连连说：'快把他们请来！快把他们请来！'……"

纪振生在一边说："老胡，要是你不来，老节要上平西找八路军

---

① 一九三七年平津沦陷，党的北方局迁移到山西临汾，河北省委留在天津，当时北方局是刘少奇（胡服）同志主持工作，河北省委是马辉之同志任书记。为准备冀东暴动，河北省委派李运昌同志为路北特委书记，胡锡奎同志为路南特委书记，北方局派了李任民、孔庆桐、陈群等军事干部经河北省委送到冀东。为了扩大力量，党又派李楚离、王仲华等同志去冀东，通过自卫会冀东分会团结了洪麟阁等。

去了！"

张家发看着胡志发的脸，说："老胡，这下你不走了吧？"

胡志发喝着水搓搓全是胡髭的下巴，说："暂时在这儿。待把这儿的事情跟你们商量安排好，还得离开几天。"

节振国说："老胡啊！真希望你不走！快跟我们谈谈外边的形势吧！我们是心里一团火，只恨两眼看不清，两耳太闭塞。到底咱应该怎么办？下一步棋怎么走？"

蝉声仍在起伏地阵阵传来，远处有人吹着清越欢快的笛声。面对着可以看见天光云影的敞开的窗户，胡志发敞开上衣点头微笑，不急不慌地说："我来，就是要告诉你们当前的形势非常好！五矿同盟大罢工，虽然形式上矛头是对准开滦英国资本家的，可是实质上它也是一次抗日的斗争。在五矿同盟大罢工中，赵各庄、唐家庄的矿工经历了敌人弹压和工人反镇压的锻炼，也为拿起枪杆子来进行武装斗争做了演习性的准备。五月开滦罢工结束，六月麦收时节，滦县南部和乐亭先后爆发了三千雇农要求增工资涨活价的罢工，秘密喊出了'青纱帐起去抗日'的口号！如今，八路军的挺进支队，六月上旬已经由平西东进。为了迎接八路军来冀东开辟根据地，咱冀东全区决定秘密举行大暴动。在共产党领导下的抗日联军现在已经秘密组织成六个总队。目的是打倒汉奸卖国贼殷汝耕，推翻冀东各级伪政权，夺取敌人的枪炮武装咱自己。冀东现在是日寇的后方，咱要叫冀东成为日寇的前线！"

胡志发的话像一阵清风拨散了满天阴霾，节振国忍不住豪爽地叫了一声："好！"

胡志发那双眼亮得增彩，接着又说："暴动一起来，咱就攻据点、收编民团和伙会，打汉奸，缴武器，摧毁伪政权，来它一个秋风扫落叶！"

关清风的病也似乎好了，精神矍铄笑吟吟地捋着白须插口问："暴动日期定了没有？是哪一天？"

胡志发看看四周，压低了嗓音说："七月十六！这日期暂且是秘密的，由我们掌握！"

纪振生"哎"了一声说："我盼不得明天就干！"

张家发伸出手来掐指头，说："还有半个来月！确实叫人等不及了！不过，看来，准备工作还得要些时间呢！"

节振国心里荡起了滚滚波涛，说："已经苦熬苦等这么久了！剩下半个来月好熬！咱抓紧准备！这下，反正得砸鬼子的锅，要鬼子汉奸的命！"

胡志发拔出烟袋一边抽一边继续说："这次武装大暴动一发动，到处都会有人自动组织人马、筹划枪款、建立武装的。这里边，当然好的是多数，但也难免有坏人会趁机发展武装浑水摸鱼，打着抗日的幌子干破坏抗日的勾当！将来斗争一定还很复杂，我们现在就得看到这一点！"

节振国把像锉刀一样的大手一挥，说："煤层里边有矸子石！没关系！把矸子石挖出来扔到一边就是！"

纪振生看着老胡问："咱这些人现在算不算抗日联军？"

胡志发将烟锅在手心里拍拍，回看纪振生说："当然是！我来，就是办这件事的！上级很重视你们这支矿工的队伍，趁大暴动前这段很短的时间，你们要抓紧整顿，抓紧训练！将来，就用节振国游击大队的名义活动。抗联决定派我来做你们的政治主任，你们欢迎不欢迎？"

大家听了，非常高兴，异口同声地说："欢迎！欢迎！"节振国心里像山洪滚荡，浪头七上八下，兴致勃勃地说："好极了！咱下午召集一次会，让关东平、关寿年两个大队副都参加，让秘书林子华和参谋关玉德也参加。老胡，你是我们的政治主任，你就给讲讲形势，讲讲我们该怎么干，我们就照着你讲的抓紧办！"

他这里话没说完，纪振生忽然机灵地朝后窗伸头"哎"了一声，登

201

时又吆喝起来："谁?"说着,他跑近窗口,探身朝外张望。

大家一起拥到窗口。窗外,丛生的扁柏长得墨绿绿、虬匝匝的,偷听的人钻进扁柏丛里跑了!晴朗的蓝天上,有一只凶恶的鹞子,迎着太阳,拍打着翅膀,飞向白云深处……

关清风从亮水桥一回来,他儿子关玉德就气恼地告诉他:"你和节大队长只离开了一天,关东平就突然将队伍改编成了四个分队,第一、二、三分队他都派了亲信当分队长,第四分队全是他的心腹、佃户,由他自己兼了分队长……"关清风听后,气红了脸,因为病倒了,没能去找节振国商量这件事,又听说节振国病得挺厉害,纪振生、张家发也没把这件事告诉节振国。病中,关清风细细思索,觉得关东平虽说要抗日,可私心太大,不像个真心抗日的。他要攥住民团不放,排斥异己。这时,后窗口发现了偷听的人,关清风更加生气,他心里肯定这是关东平干的!于是,他抖动着胸前的白须,当着胡志发的面,把关东平悄悄改编队伍的事讲了一遍,最后说:"我怀疑这偷听的人就是他派来的……"

节振国听完了关师傅的话,勃然大怒,埋怨纪振生和张家发为什么这么重要的事不及时反映。

纪振生说:"你病得不轻,不忍心再叫你生气!"

节振国问:"情况有发展没有?"

张家发说:"昨夜,跟咱亲近的民团里的矿工兄弟关大个子等都悄悄来说,关东平的亲信在分队里训话,告诫大家少同节振国接近,要大家只听关东平的命令。依我看,实际民团里他顶多能控制一半人马,我们现在还别跟他摊牌。他怕我们跟人接触,我们偏多接触,把人拉过来。"

纪振生说:"刚才偷听的那个人背影像韩白面!他也没听成。我听到有脚步声踩响了一块石子,就嚷起来,把他吓跑了!"这韩白面,有吸食白面的嗜好,所以得到了个"韩白面"的绰号,是关东平的亲信心腹人。

张家发在心里掂量着说："以后，做什么事还都得提防一手。"

胡志发对关家梢的形势似乎增进了认识，点头说："我们现在是在搞武装，最重要的是抓枪！人多少还在其次，带枪的人可靠不可靠最重要。不可靠，成千上万也不算数，可靠，一个顶十个！你们在东矿区发展的百把人，我看比较好，是一个个挑选了发展的。如今，关家梢这民团，我们虽不能一个个考察，也要估量估量，能掌握过来多少？要不，名义上，这民团改了个名叫游击大队，实权在人家手里，那就危险了！从今儿开始，我们主要得做这工作！"

大家觉得老胡说的话，就像镐尖刨在煤缝里，特别中肯，都点头说是。

中午时分，日光强烈，灼灼的骄阳，像喷着天火一样。天气更热，蝉声高唱。节振国决定让胡志发看一看关家梢的地形、环境。他陪胡志发在关家梢绕圩墙走一圈，走过一片黄瓜架，绕过柳树下的一口井，边走边谈，交谈了别后的全部情况。节振国这才知道当他到处希望找到胡志发的时候，老胡正为准备大暴动按照冀热边特委的指示，在迁安、滦县、丰润一带及开滦五矿间秘密活动。

后来，节振国特意向胡志发介绍了林子华。听了介绍，胡志发说："我们很需要这样一位'秀才'！你带我去看望看望他！"

节振国说："好！"就将胡志发带到林子华屋里去坐。

林子华正在听矿石收音机。矿石收音机是他自己安装的，装在一个小木头盒子里，听时，只能把耳机套在头上，听筒贴在耳上一个人听；或者把耳机上的两个听筒拆开，让两个人一人拿一个耳机贴在耳朵上听。从这耳机里，可以收听到中国内地的电台播的新闻，收听到国民党"中央广播电台"播的节目，也偶尔能收听到天津、上海租界上一些私营电台的播音，有时又听到伪满电台和北平日伪电台播的时事。

刮风下雨，就听不清。平日，关清风和关寿年常到林子华这儿听收音机，节振国来后，也到林子华这儿听过。只要听到电台里播放抗日歌曲，就使他们热泪盈眶了。

节振国和胡志发一到，林子华马上放下耳机招待他们坐下。节振国给胡志发介绍了林先生。林子华知道老胡是抗日联军派来的，表现得非常亲热，高兴地忙着给胡志发泡叶子茶。

寒暄了一番，胡志发说："听老节介绍了林先生的为人，知道林先生是爱国之士，十分钦佩！"

林子华谦虚朴实地说："东三省沦陷，我是流亡来此之人。满腔热血，只想抗日报国！结识节大队长以后，见他忙于组织抗日便衣，废寝忘食，把家室之事都抛在九霄云外，深为感动。今后，愿附骥尾，竭尽绵薄。"

胡志发诚恳地说："我们来关家梢聚义抗日，希望多多得到林先生的帮助。依林先生看，当前，我们应该注意些什么？"

林子华斟茶敬客，先是思索，接着长叹一声，说："近来我也为有些事担忧，依我愚见，对某些人，不能忘了'提防'二字；对关家梢这支队伍，不能忘了'巩固'二字……"他虽没有明说什么，但在胡志发、节振国听来，他说得已经很明白了。他的想法和胡志发、节振国不谋而合。

胡志发和节振国对林子华的印象更好，连连点头，说："林先生说得对！"

林子华请胡志发和节振国听听他的矿石收音机，说："乡村闭塞，听听收音机，多少可以开阔些思路，了解些战争情况。"

胡志发和节振国各人从林子华手里接过一个听筒放在耳朵上听了起来。也弄不清是哪里的电台，只听到一个女播音员播送的是长江马当要塞已被日军占领……看来，国民党又放弃了不少土地。两人不想再听，就起身告辞。

外边，太阳像火一样烤着地皮，没有一点风。大树上翠绿的枝叶衬着天边飘浮着的白云，像是一幅剪贴在墙上的画，纹丝不动。两人淌着汗，心情很不平静，都在想着林子华说的"提防""巩固"四个字……

第十八章　兵权转手

矮矮白胖、秃了顶的关东平，住在关家梢大街东边一个二进的青砖四合院里。屋前院子里种了几棵梨树，修剪得不好，都不挂果。夜晚，淡青色的月光静静地透过梨树的绿叶，投下朦胧的阴影，院子里显得很幽静。

一个梳着油光大辫穿着紧身白夏布衫的小丫头送来了盖碗新沏的茉莉花茶，回身走了。关东平仰面倚在一张躺椅上呼噜噜抽着水烟，有时用左手裂开纺绸衫的大襟，拿着折扇朝着胸口忽搭忽搭地扇着风，有时端起盖碗茶喝上几口，虽在乘凉，心情却很烦躁。

乘凉是假，思考是真。他约了亲信心腹人韩白面夜晚月亮东升时来听差遣。

他心事重重。当初，关清风联络了关寿年、林子华等来撺掇他抗日，关清风并且提出要去找到节振国，让节振国来"带兵"。通过关清风的介绍，关东平得了一个概念：节振国这个矿工，武艺高超，为人义气，勇敢刚强，开滦矿工中他的威信很高。如果他在矿上扯旗号召，矿工跟他走的可不止三千两千。关东平对日本帝国主义侵占冀东，是有反感的，他的官运前程就是在冀东成立了"防共自治政府"后断送的。这两年，他在家乡蹲着，负责民团，可是时刻有些战战兢兢，生怕日本人知道他是国民党员，在军界和警界混过，将来算旧账。他本是个有野心想爬想捞的人，缩头躲在关家梢，本不是他的心愿。他读过点历史书，相信时势造英雄、乱世出英雄的道理。那一阵，传闻和谣言很多，都说东北抗日游击队扩大编成了抗日联军，一共分成三路军……关东平野心勃勃，听说共产党八路军要来冀东，华北人民抗日武装自卫委员会冀东分会也到处在发展会员，争取民团，更听说国民党有忠义救国军，在宁河、宝坻一带建立了七路军、九路军，名谓抗日，实际却是要同共产党争地盘唱对台戏……关东平就思谋开了，心想：何不也趁这时机压上一宝，成则为王，败则为寇！总比这样默默无闻、悒悒不得志为好。所以，经过深思熟虑，他慨然向关清风、关寿年、林子华和关玉德表示："参加抗日，义无反顾！"

在关东平想来，节振国既然在开滦矿工中有很高的威信，凭借节振国号召些矿工扩大自己的力量自然不成问题。他又想：节振国年轻勇敢，武艺高强，一把菜刀就敢砍几个鬼子，将来带兵打仗，让他去流血流汗冲锋陷阵，也不成问题。在他看来，节振国无论怎样也不过是一个下窑的"窑花子"。这样的人，既非满腹经纶，更不懂纵横捭阖兴废之道，不外是莽撞粗鲁的一介武夫，自己略施权术，不难驾驭，名义上拥戴节振国为大队长，实际上自己可以进行操纵。要是大事可成，到必要时取而代之，并不困难；万一形势不利，出头椽子是节振国、关清风、关寿年之流，自己还可以见风使舵，倒戈一击，伺机行动。所以，他也欣然同意关清风去找节振国，请节振国来关家梢聚义。

谁知，同节振国见面以后，他逐渐发现自己原来的估计和打算完全错了！年轻的矿工节振国并不简单，节振国的帮手纪振生和张家发也不简单。他发现关清风父子、关寿年、林子华同他不一样。他们是真心抗日、真心想把节振国请来主持游击大队的。当然，这一切中，最使他不放心的是节振国。从这些天的接触中，从打什么旗的争执中，从拉队伍的问题上的交锋中，从节振国到处接近群众、争取人心的行动中，他隐隐发现节振国很可能是同共产党确实有联系的，而且说不定节振国自己就是共产党。他更发现节振国来了以后，就想从他手里把民团的实权夺过去。节振国在笼络争取人心，民团里多的是矿工，节振国同他们一谈就合拍，一贴就严实。关东平像吃了个哑巴亏，越来越感到自己弄巧成拙。今天一早，又来了个"老胡"，这个人看来更不简单。他是代表抗日联军来的，但一来俨然成了节振国的贴心人。节振国一伙都跟这个老胡抱成一团。今天上午，他们拉了关清风在天齐庙的炕屋里谈得没完，关东平派心腹人韩白面去偷听，却被发现了没听得成。到下午，突然把他找去开了个会。老胡谈了形势，接着节振国、关清风一伙就推老胡做"政治主任"。老胡倒也当仁不让点了头。接着，老胡拿出了一张印有"抗日救国十大纲领"的传单，让林子华翻印，提出什么马上要落实人数、落实枪支，抓紧整顿、抓紧训练。看来，一下子想将民团的兵权全部抓过去。关东平顿时感到本来同节振国还能旗鼓相当牵扯制约的局面，在老胡来后，一下子变得无法驾驭，自己很可能快成无足轻重、可有可无的人物了。

他十分气恼，也十分焦灼，像这闷热的天气一样，他的心里憋着闷、烧着火，烦躁极了！

他掐指一算，约二百人的民团里，他的心腹、亲友故旧约计可有四十几人。这是他的"老本"。前天，他趁节振国和关清风去榛子镇的时机（其实节振国和关清风是去亮水桥的），悄悄将民团召集起来，分成了四个分队，派了亲信担任一、二、三分队的分队长，自己兼了嫡系第四分队的分队长。目的一是让全体民团看看自己的威风，让大家有所警戒、畏惧；二是用第四分队作为核心，加上配备了亲信控制各分队来掌握民团。他以为这是秘密的，当时告诫大家谁也不许乱讲，没料到事后就有关大个子等许多人纷纷跑去告诉了纪振生和张家发。悄悄改编民团的事，使他暗暗得意，觉得你节振国奈何我不得。现在，胡志发来了，似乎要抓兵权，他虽然下了这么一着棋，可心里仍旧忐忑不安。

早在十天前，有卖布的小贩从宁河来。他从卖布的小贩处听说宁河、宝坻一带有国民党的七路军、九路军正在秘密招兵买马、发展武装。领导人一个是陈维藩，一个是王文。这两人都是国民党上层分子，又都是蒋介石特务组织蓝衣社的成员。不少旧军人、警官、财主都去投奔他们。他们打的旗号是"中央直辖忠义救国军第七路军"和"中央直辖忠义救国军第九路军"。由于日军正在南进和西进，冀东空虚，全靠伪军和联庄会、民团支撑，宁河、宝坻一带，土匪蜂起，七路军和九路军也收容了不少民团和土匪队伍，听说人数很多。关东平对共产党过去提的"打土豪，分田地"的口号，一向看作是洪水猛兽，现在共产党不提"打土豪，分田地"了，改成了"有钱出钱"、"没收汉奸财产作抗日经费"和"减租减息"等口号，还是不合胃口。一礼拜前，他派心腹人韩白面到宁河、宝坻一带去探听确实的消息。昨天，韩白面回来秘密向他报告了情况，证明那卖布的小贩说的完全属实。白天，胡志发一来，他感到形势更加逼人。于是，就天马行空地运筹起来。

他抽一会儿水烟，扇一会儿扇子，喝两口苦涩的浓茶，又闭眼养神考虑得失。

最后，他从躺椅上站起身来，缓步进屋。屋里一股浓烈的鸦片香，躺在铺着红花毯的炕上吞云吐雾的是一个矮小单薄脸色白里泛青的中年女人，上身穿的山东府绸白裓子，下半截是黑绸散腿裤子，这是他的填房。他让抽着鸦片的填房女人起来给他修剪好灯芯，自己坐到桌前，就着泡子灯的光亮，掏出眼镜盒子，架上老花镜，用墨笔写起信来。信都写在红条八行书纸上，一式两封，一封给陈维藩，一封给王文。除了开头的称呼一封是"维藩军座赐鉴"，一封是"王文军座赐鉴"不同之外，信的内容是一式一样的。他写的是：

　　××军座赐鉴：

　　慨自国军西撤，冀东沦亡，爱国之士，莫不痛心疾首，引颈翘首，渴望王师重来，不啻若大旱之望云霓。今者忽闻军座揭竿而

209

起，一呼百应，从之者众，桑梓光复有望，曷胜雀跃。东平祖居关家梢，今为民团团长，有精壮二百名，枪百余支。倘蒙提携，委以番号，畀以重任，愿尽人力物力为军座效犬马之劳。深盼军座率大军来此驻节，共商国是。目前群雄纷起，有所谓"抗日联军"者，正觊觎此间，并已自遵化、玉田一带遣人前来接洽。东平系国民党员，矢忠党国，有意于军座而无意于联军，望能体谅衷曲，即惠佳音。兹遣心腹人前来晋谒，面陈详情，祈予赐见，并予指示。倘蒙回音，不胜感激企盼之至。

　　敬颂

军绥

关家梢民团团长

关东平谨上

　　他这么写完以后，看了两遍，觉得不妥，心想："脚踏两条船"倒是比较聪明，但如果这些抗日队伍将来都失败了，冀东仍是日本人的天下，我的退路就窄了，信不宜写得太露骨！这么一想，他手执毛笔饱蘸浓墨将信大删了一番，只剩下了：

　　东平祖居关家梢，今为民团团长，有精壮二百名，枪百余支。倘蒙提携，委以番号，畀以重任，愿效犬马之劳。深盼来此驻节，兹遣心腹人前来晋谒，面陈详情，祈予赐见，并予指示。倘蒙回音，不胜感激企盼之至。

　　又读了一遍，感到"有精壮二百名，枪百余支"，队伍太小了，用笔将这删去，改为"部下精壮逾千，枪支弹药充足"，又觉得这封信要紧的是"深盼来此驻节"一句，就将这句每个字旁都打了圈，又读了一遍，比较满意了，才一式抄了两份。心想：要是七路军、九路军两处来上一处，给了番号职位，就不怕节振国他们这几条蛟龙了！那时候，也就怪不得我不客气了！

他放下老花眼镜，得意地站起来踱起方步，哼起了京戏：

> 平生志气运未通，
> 似蛟龙困在浅水中。
> 有朝一日风雷动，
> 会冲风云上九重。
> ……

他正打着扇踱着方步，忽然韩白面来了，弯腰像个海米似的站在屋门口叫了一声："团总！"

他心里满意，韩白面来得正好，说了一声："进来，坐！"又回身叫他那抽完鸦片又在喝茶的填房女人："翠华，拿一封大洋给他做盘缠！"

填房女人从炕上下来掏钥匙开五斗橱的抽屉，拿出一封用报纸包着的银钱，那是五十块，递给了韩白面。韩白面嘿嘿地笑着高兴地将银洋接在手里掂了掂，心里明白，除了旅费，是给他抽白面的，仍旧弓腰站着，拿眼睛窥测着关东平，揣摸着他的心思。

关东平让韩白面近前，把两封信递过去，详详细细轻声把任务交代了个一清二楚，最后叮嘱说："这件事只许办好，不许办坏！事要秘密。你今夜动身，先去宁河，再去宝坻，快去快来，事情办成回来，我赐酒庆功！"

韩白面唯唯诺诺，点头答应，又听关东平重复叮嘱了一番，这才两步并作一步地匆匆走了。

关东平送走了韩白面，脸上挂着舒心的微笑，去炕上躺下，让填房女人在泡子灯上烧了两个烟泡，他"嘶嘶"地将两个烟泡抽得一干二净，喝了些热茶，又独自走到院里乘起凉来。

他因为兴奋，又因为天热，估摸上半夜快要过去，这才进屋脱衣上炕打算就寝，忽然听到急急的敲门声。他心里一惊，只见小丫头跑进来说："有个姓纪的来找！"

关东平心里纳闷披衣起炕，出屋来，见院子里月下站着的是纪振生。月色朦胧，满天繁星闪耀，纪振生的脸被果树阴影挡着，看不清面上的表情，只听到他语气平和地说："关大队副！大队长请你马上去天齐庙前开会！有紧急情况！"

关东平心中有鬼，斟酌了一下，摸不透底细，只得说："好！"硬着头皮扣上衣服，回房拿了折扇跟纪振生去了。

他没想到，在天齐庙前广场上，银色的月光下，他的民团团丁全部整队站着，好些人都带着枪支。他转动着眼珠子，溜了溜四周，见胡志发敞着怀在那儿讲话，节振国、张家发、关清风、关寿年、林子华、关玉德等都在。他想：怪！没等我来就开会了！

胡志发站在大庙前的台阶上，挥动着厚实的手掌，热情奔放，慷慨激昂地说："……不抗日算什么中国人！我们受日本鬼子的欺压可够了！不愿当亡国奴的人只有拿起刀枪来跟他们干，驱逐日本帝国主义！为了这，应当齐心一致，贡献一切！大家说，是不是该这么办？"

夏夜的风散播着泥土的清香气。大树的枝叶将银色的月光筛落在地面上，天齐庙前听讲的群众都同声嚷了起来："是！"在关东平听来，好像听到一阵响雷。

胡志发继续说下去，话说得叮当上口："咱们在这儿的弟兄们，原先是民团。干民团本来是不光彩的！有的人利用大家的乡土观念，以'保家保产'为名，搞联庄会，欺骗群众，横征暴敛，而且将民团变成日寇统治中国人民的爪牙！可现在，咱关家梢的民团不同。咱现在不是民团了，抗日联军派我来命名你们为'节振国游击大队'，你们都是节振国游击大队的抗日战士了！大家说这光荣不光荣？"

听讲的人沉浸在快乐和紧张的情绪里，火热、激扬地又嚷了起来：

"光荣!"

　　关东平听了，心上像挨了一阵铁锤敲打，怦怦直跳，只得摇着折扇耐住性子听下去。

　　胡志发的话像一把盐撒进滚油锅里，噼里啪啦炸开了。在群众的骚动、嘈杂声中，他又说："节振国游击大队，现在属于抗日联军！我，是抗日联军派来的！希望游击大队的每个战士都做抗日民族英雄，服从节振国大队长的指挥！"他的眼里闪射着熠熠的光芒，听讲的群众在月光下脸上都漾起喜悦的浪花。他叫了一声："立正!"又叫："稍息!"说，"现在，大队长给大家讲话。"

　　节振国腰里插着短枪上来，神采奕奕地趔回身子向着关清风，说："关师傅！打出旗子来!"

　　只见须发眉毛皆白的关师傅手拿竹竿"哗啦"扬开一面开滦矿工的大红旗。红旗上绣的是交叉的镐和锤，跟开滦的圆圈和钻石标志在一起！那红旗在月光下映着关清风的白发白须白眉毛，分外好看。关清风举着红旗，在月光下钢梁铁柱般地站着。人们又都叽叽喳喳起来了。

　　节振国庄严地宣布："关家梢民团从现在起不再存在！我们的游击大队从今晚起重新改编成三个分队!"

　　像一块巨石投进了河心，激起了层层浪花，像一阵凉快的夜风吹来了，使人遍体舒适。群众中又发出嗡嗡的嘈杂声来。

　　关东平好像沸水浇头，他那夹在民团队伍中的一些心腹，有的在嚷嚷，有的用眼瞅着他，他再也忍不住了，忽的暴跳如雷地站出来，走上几步，将手中的折扇合上，往桌案上使劲一拍，额上挂着汗，嚷道："队伍早编好了！为什么还要重编?"

　　节振国凛然盯着关东平，出乎关东平意料之外地说："这是刚才开紧急会议决定的!"

　　关东平看看关寿年，又望望关清风和林子华，来了个咸菜疙瘩上大席——不理这盘菜，说："我没有参加！我不知道！"

关寿年插上来说："东平！你不也口口声声说要抗日吗？对抗日有利的事该拥护，对抗日不利的事就不该做！你悄悄将队伍编成四个分队，你事先通知谁啦？关家梢的子弟兵，不是你的私产啊！"

关清风也勃然大怒，一手举旗，一手指着关东平说："咱不是都喝过齐心酒啦？可你，你干的是齐心的事吗？"

关东平语塞，冷笑一声龇着牙硬着嘴说："抗日的事我都拥护！不拥护我能欢迎人家来咱关家梢？可我看穿了，这是学的赵匡胤黄袍加身要释我的兵权哪！办不到！"

节振国正气凛然地盯着关东平，眼光像两把锥子，说："关东平！下去站着！你的事等会儿再处理！"说着，他继续宣布："今夜，咱的队伍先改编成三个分队，将第四分队打散，按人数分编入一、二、三分队里去！第一分队由关寿年、关玉德兼分队长；第二分队由关清风、张家发兼分队长；第三分队由纪振生、林子华兼分队长……"许多战士欢呼起来，像水面荡起了滚滚波涛。

关东平脑子里"轰轰"地响，咬牙切齿，额上淌着黄豆大的汗珠，瞅着队伍里自己的那些心腹和沾亲带故的部下高声叫嚷起来："我是关家梢民团团长！我的人得听我的！我的人站出来！"

关清风、关寿年和林子华齐声高叫："不准！""不准！""谁敢！"……

节振国"嗖"的掏出了短枪拿在手中，说："谁敢破坏，按军法崩了他！"他话声未落，只听"哗啦""哗啦"枪栓响，关大个子等大批战士都子弹上膛，枪口对着关东平和他的几个主要亲信，形势剑拔弩张，一触即发。

关东平心里敲着鼓儿，浑身颤抖，眼冒金星，像钟鼓楼上的麻雀惊破了胆。他的那些亲信心腹一个也不敢动。

节振国忽然冷笑一声，对关东平说："关东平！今天当着大家的面，要把话说清楚。你本来是大队副，可是，现在我们已经一致同意撤销你的职务！"

关东平强克制住激动，执拗地笑笑："撤吧！我不在乎！"他往地上"噗"的吐了一口浓痰，一甩手，转身要走。

纪振生朝面前一挡，说："站住！不许动！"

矮胖的关东平鼻子眼窝冒火，沉着脸说："好吧！跑到姓关的地面上称王称霸来啦……"

节振国高叫一声："把人带上来！"

关东平心里一冷，只见张家发、关玉德持枪从小学堂右边一间屋里押了个瘦高个儿、长壶脸的中年人出来。月光下，关东平看得清清楚楚，是韩白面！关东平心里"咯噔"一声，满头冒汗。他明白：一切都完了！想逃也迟了，他只得像霜打过的茄子似的耷拉着头，叹了一口气。

只听见节振国对林子华说："林先生！你把信念给大家听听！"

林子华答应了一声，掏出信来，大声说："这两封信，是关东平让韩白面偷送到宁河、宝坻去的，给查着了！关东平想升官发财，搞脚踏两条船的买卖，背信弃义！我把信念给大家听听。"他念了信，又将信上的话解释了一遍。下边像开了锅的沸水似的激动起来，有的嚷嚷："崩了他！"有的嚷嚷："绑起来！"……

关东平面对一支支乌亮的枪口，嘴唇颤抖着，像被火烫着了似的猛跳起来，大声辩白："我抗日，愿怎么干有我的自由！谁能杀我绑我!?……"

节振国劈头盖脸地说："咱不是喝过齐心酒了吗？你想出卖大伙，换你的升官发财，你是叛变！是假抗日真出卖！我们有权抓你！来人！绑！"

节振国的话，像一颗火种落在干柴堆上，呼啦一下子在群众胸中燃起了仇恨的怒火，大家你一言我一语地指斥起关东平来。张家发和关玉德上来，绑起了垂头丧气的关东平。

节振国高声宣布："散会！"

会散以后，胡志发和节振国两人站在空场地上看着月亮和四下里静悄悄的青纱帐。大地沉睡在夜的摇篮里，一切都显得神秘而和谐。

胡志发说："这下，兵权转手，我比较放心了！关家梢民团的兵权总的来说是拿过来了！"

节振国心里高兴：老胡来后，形势越来越好。关东平派韩白面送信的事如果不暴露，老胡也决定要抓住他秘密改编这个阴谋重新改编民团的。今天，恰巧逮住了韩白面，揭了关东平的底，当然更顺利了！听老胡这么说，他不禁问："关东平我们该怎么处理他才好？"

老胡还没回答，见关清风、关寿年两人匆匆来找了。原来他俩商量了一下，决定看在同宗同族的分上来找节振国和胡志发为关东平求情，希望放了他。

关清风一脸诚恳地说："他是罪有应得！但念他当初同意抗日，同意成立游击大队，饶他这一次，只要他认了罪就放了他。好在已经撤销他的大队副，他也掀不起风浪了。"

容貌淳厚的关寿年说："都是远亲近邻，抓把灰都比土热。他辈分高，本来又是民团团长，不放他，不好向咱姓关的族人交代。再说，他的亲信心腹也不少，放了他有利于关家梢的稳定……"

胡志发听了，先想：这么一放，也忒便宜了他。这个人不简单，你们对他宽恕，就怕将来受他的害！可是又想：现在就办他的罪，罪恶不够，也还不行。关着他，也是个问题，似乎还牵扯到姓关的家族关系不好处理。无论如何，节振国和我们都是新来乍到，戳穿他的阴谋夺下他的兵权，大家倒同情；如果杀了他或长期关着他就过头了，可能大家不会同情……

节振国的想法也同老胡一样，见关清风和关寿年说得诚恳，明朗地说:"你们既有这意思,就照你们的办!"他转向老胡:"老胡,你说呢?"

胡志发点头,说:"尊重寿年兄和关师傅的意见,就这么办吧!但是,这个人往后也得警惕!虽不囚禁他,得把他监视起来,不能让他坏了暴动大事!"

关清风和关寿年都点头。

第二天,关东平自己写了一封悔过信,由关清风和关寿年将他送回他那青砖墙的四合院里。

关清风叮嘱说:"老弟!你老老实实地先待着吧!是龙你盘着,是虎你卧着!不要一错再错了!只要你坚决抗日,咱是不会忘记你的!"

关东平那张白胖的脸上,表现得痛心疾首,连声说:"阿弥陀佛!阿弥陀佛!这下,我是认罪了!以后,闭门思过,三省吾身,寻找赎罪的机会,爱国这点,我关东平决不会动摇。如果不信,请拭目以待。"

第十九章　卷地洪波滚滚来

七月二日那一天，天黑以后，胡志发带节振国离开关家梢，去虹桥会见抗日联军第一总队的政治主任周文彬。天已入了中伏，青纱帐层层扎扎。偶有一阵轻微的热风，高粱棵子就欢欣地细语轻摇。繁星满天，走在两边都是青纱帐的小路上，除了自己的脚步声，一片寂静。走了一宿，黎明时分到了虹桥。两人正要进村，忽然青纱帐里前前后后跳出几个便衣，一下子用短枪将他们指住了。

节振国手快，"嗖"的把枪一掏。胡志发眼快，嚷了起来："那不是小巩吗？"

小巩不过十八九岁，高高的鼻子，一副灵巧样："啊！是老胡哇！"他逗趣地同那几个暗哨打了个招呼："饶了他们吧，咱走！"说着，向老胡做了个鬼脸，走了。

老胡笑骂了一声："小鬼！"招呼节振国说："走，老节，这是老周的通讯员！"

两人进了庄，绕过曲曲折折的小巷，到了一处篱障子围住的院子。一个浓眉大眼的便衣上来，见是老胡，笑笑说："回来啦？"老胡问："老周在不在？"那便衣答："在！早起来啦！你们进去吧！"

节振国的心热烈地跳动，想着能马上见到老周，仿佛心头有一股热流向上涌升。

这是个很大的院子。院子里有几棵老槐树遮着荫。树下，有些大青石块，看样子是给人坐的。节振国激动地随老胡跨进北屋，只听老胡喜声喜气地说："老周！你看，谁来了？"

节振国热情地叫了一声："老周！"周文彬同时也热情地叫了一声："老节！"放下烟袋从炕上挪身下来赤脚趿鞋。

两个人紧紧握住了手。节振国一看，老周仍是老样子，只是，上身那件白土布短衫很脏，领口袖口发黑发亮，似乎从没换洗过。他头发很长，那张黑脸上油光光的，两只眼睛看起人来仍是尖刀似的锐利。他看着节振国，好像要看清节振国在这段时期里有些什么变化。然后，用双手搂住节振国的肩膀，说："坐！坐！坐！"让节振国和胡志发都在炕上坐下了，他给两人一人倒了一大碗水，吸着烟袋说，"一切都很顺利吧？"

胡志发拭着汗敞衣扇凉，说："顺利！等会儿让老节向你说说。"

节振国打量着这间北屋，见炕上放着一只小炕桌。桌上铺着一张旧的地图，还有一沓纸和铅笔。要不是这张地图能使人联想到暴动和军事行动方面的事，鬼子和警防队就是进屋来查户口，见到周文彬，都只以为是个穷庄稼人，不会生疑的。

老周笑看着节振国说："本来，在赵各庄，约定要找你再好好谈一次的，没想到你刀劈了鬼子跑了！以后就再也没法见面了！"

节振国仰起笑脸说："劈鬼子倒是痛快，可惜，那么干太莽撞！"

老周含笑看着他说："你们在关家稍干得不错！上次，你们到亮水桥，本来我们是能见面的。失之交臂，我挺遗憾呢！"

节振国想起同洪麟阁见面的事，不禁哈哈大笑。三人在炕上坐了，节振国就从同纪振生、张家发喝齐心酒谈起，一直谈到现在。周文彬饶有兴趣地仔细听节振国谈完，又详细问了游击大队的各方面情况，最后磕着烟灰说："告诉你们一个好消息！八路军宋时轮、邓华率领的四纵队由平西东来，已经到达蓟县一带。蓟县马伸桥民团三百多人光荣起义，宣誓抗日到底，我们朝思暮想的冀东抗日局面快要来到了！"

节振国和胡志发听了，心里都像决堤的洪水翻腾起来。

周文彬又说："咱们冀东，是华北与东北的咽喉地带，河流纵横交错，北宁铁路，京承、锦热公路穿越而过，万里长城横贯中部，北邻热辽，西界平古路，连接平西。战略地位非常重要。现在，大暴动的准备已经接近完成，局面将会急转直下。日寇南下，冀东敌人兵力空虚，控制松弛，是可乘之机。老节，拿出全副身心精力来干吧！"

周文彬的话是这么鼓动人，节振国听了，脸上闪烁着幸福、兴奋的光彩，忍不住立刻把同胡志发研究的暴动计划讲给周文彬听。

正讲时，小巩提个水壶，一副灵巧样地走来了，同节振国、胡志发点头笑着。节振国见来了人，停止了讲话，周文彬却说："小巩！自己人，你讲不妨！"又对小巩伸出三个指头，说："三个人，快去准备些吃的。"

小巩点头，调皮地说："就是为这事来的！一会儿就送玉米面饼子来。"说完，把水壶里的水哗哗往炕桌旁那个瓦壶里倒。倒完，提壶大踏步就走了。

节振国继续把话说完。

周文彬听了，点头对节振国说："同意你们的安排！大暴动后你们应当先控制赵各庄和东三矿。但是，也必须注意：大暴动后，鬼子一定会调集兵力反扑，你们一定要做好思想准备！鬼子反扑怎么办？那就得准备长期打游击。只要我们发动群众，建立根据地，开展游击战，冀东的山山水水和平原，将处处是埋葬侵略者的坟墓！"

周文彬提出的这点，节振国倒是事先从未想到的。周文彬一说，使节振国清醒起来。节振国问："万一鬼子疯狂反扑，我们怎么办？"

周文彬将桌上那张地图指给节振国看，指出抗日联军各个总队的分布地区，说："同鬼子作战，要勇敢，也要讲策略！但鬼子武器比我们强，千万不要同鬼子死打硬拼，必须退的时候可以退，重在消耗鬼子的有生力量。你们不是孤立的，应当随时注意同友邻部队联系。"

说到这里，周文彬起身下炕，举起双臂活动了一下筋骨，来回踱着步，提起了关东平，说："这个人你们一定要警惕。看来，他不简单。现在我们处在一个'乱'的环境中，并没有掌握绝对优势，坏人会有可乘之机的，所以要有防备！牛皮鼓要用重锤敲！必要时对他不能手软！"

节振国点头，感到周文彬说的话句句对自己都有启发。这时，小巩一溜风端着吃的来了，人未到，一碗堆尖的红辣椒炒韭菜香味已扑鼻而来。小巩在炕桌上放下焦黄的玉米饼子和筷子，拿腔拿调地说："快吃快吃！新麦已经上场，不够我再给烙点面饼你们尝尝！"

节振国一把拽住小巩说："这么多，还不够？你也来吃！"

小巩笑着挣脱节振国的手，说："我早吃过啦！饿不死掌勺的！你放心！"说完，"噔噔噔"又走了。

三个人笑看着小巩远去，都拿起饼子就着香喷喷的红辣椒炒韭菜大口吃起来。天气热，菜又辣，一个个都满头大汗，却又吃得分外香甜。周文彬、胡志发吃完后，节振国也吃完了。

周文彬指指炕，说："老节，你赶了夜路，该累了！躺下，美美睡上一觉。我们要开个小会！开完会，我好好再同你谈一次！"

节振国点头。只见小巩来了，俏皮地笑着问周文彬："在哪开会传达？"

周文彬用嘴指指院子里树荫下，说："在那儿吧！"说着，同胡志发走出门去，又回过头来，对节振国说了一遍："天热！你光着脊梁躺着休息一下吧！有事我们等会儿再聊！"说完，同老胡径直向树荫下走去了。小巩也紧紧跟上。

节振国已经上了炕，敞开了怀，心里却纳闷起来。他们这是开的什么会呀？

节振国拭着脸上和脖子上的汗。他虽然一夜跋涉，有些累乏，但心里纳闷，在炕上翻来覆去，眼也不想闭。胸头憋闷，尽可能地控制着自己。忽然，他一骨碌坐起身来，从门里望出去，见树荫下，周文彬坐在那儿，在看着一个小本本给胡志发和小巩不知说些什么。一边讲，一边还做着手势。但光看手势，也揣摸不出他在讲些什么。

节振国更苦恼了，心里有些生气，想：什么秘密事儿呀！只以为你们开什么会哩！原来只是三个人在这说说讲讲。好呀！把我当外人啦！什么了不起的事儿对我保密，把我排除在外呢？他越想越苦恼，简直像身上有刺儿在戳，越想心里越推不开磨了。

一串笑声，打断了他的思索。是小巩在笑，笑得很得意。

节振国心里越是推不开磨，越是钻牛角尖，又躺下来，双手枕着头想：连大暴动的事儿，大暴动的日期，对我都不保密，你们为什么偏要在我面前来这一手呢？如果就你老周和老胡，你俩要商量什么事，不让我参加，那我没意见。这不，小巩这样一个嘴上没毛的小青年也参加了。他能参加我就不能参加？……老周呀！老周！你叫我睡觉！我是为了上这儿来睡觉的吗？……我怎么睡啊?!……

节振国那倔犟、火爆的性子又冒头了！他忽的一骨碌从炕上坐起来，下了炕跐上了鞋，大步流星地走出屋去，三脚两步走到树荫下，嘴里高声说："我睡不着！你们三人开什么会呀，要瞒着我?"他走近周文彬和胡志发，在小巩身边一块大青石上气愤愤地坐下了。

周文彬烟不离口，拔出烟袋嘴用两只锐利有神的眼睛瞅着节振国咧嘴笑了。胡志发也吸着烟袋神秘地笑了。小巩咯咯地说："实打实对你说了吧！咱这是党的会!"

周文彬仍旧笑着，平易地说："老节！这是党员会。我们对你不避讳。我给老胡传达一个党内的指示，小巩没听过，所以让他也参加听一听，就是这么一回事!"

节振国毫不迟疑地说："我不也早就在党了吗?"

胡志发含着笑说："老节！没有哪！老周邀你来，也要谈谈这个问题！本来，这问题在赵各庄时就要给你解决的。可是，后来老周同你约定了谈话，你在那之前刀劈鬼子离开了。这不，就拖下来了。"

节振国"唉"了一声，拧着脖子仰脸吁了一口气说："我还以为我早就在党啦！怎么不算哪？"他又想起鬼子在古冶、赵各庄、唐山贴告示捉拿他和胡志发、周文彬，说他们是共产党的事儿来了！怎么现在又不算呢？

周文彬恳挚地说："老节，你虽还不是党员，党可从来没把你当外人看。党应当吸收工人阶级的优秀分子参加党。但共产党有纲领和章程，入党的人要承认党的纲领和章程，新党员入党必须经过老党员介绍。现在，你还没有履行手续，还不是党员，所以开会没让你参加，就是这么回事。"

节振国又"唉"了一声，心里想：我真糊涂哪，还以为我早在党了呢！他气消了，但心里想：真糟呀！那夜跟纪振生在丰润南关外张家发家同他们喝鸡血齐心酒的时候，我还告诉他们我是共产党。这不，成了我胡说八道吹大牛了！他是个坦率的人，忍不住说："老周，老胡！这党，我是入定了！什么手续我都愿意办。早点让我在党吧！"

周文彬点头，说："对，老节！你有迫切入党的要求，这很好。我们准备尽快给你解决，但目前忙于大暴动，发展党员的工作要暂缓一步。可是，你虽没履行入党手续，党还是把你当作党员一样信任和使用的。这点，你是相信的吧？"

节振国心情激奋，动感情了。他感到自己刚才的行动太鲁莽，惭愧起来，站起身说："老周，你们继续开会吧！我不该打断你们的会！我在屋里等一会儿，你们开完了会，再同我谈吧！"

见到节振国那坦率、真诚的面孔，周文彬、胡志发和小巩也都感动了。

周文彬站起身来，用右手重重地拍在节振国那宽厚的左肩上，说："老节！你是个好同志！"

节振国兴奋地走回屋里来。他内心是愉快的。夏天的天气闷热，可是刚才的一番谈话，像一阵悠悠的和风，吹来了芬芳的花香，使他遍体舒畅。他有一种行走在辽阔美丽的田野上的感觉，景色醉人，天清气朗，大路朝阳……他感到浑身热血更旺，献身给一种壮丽事业的信念更坚定了。

下午，周文彬和胡志发一起同节振国做了一番长谈。周文彬亲自了解了节振国的苦难家史，并详细地听节振国介绍了他所了解的纪振生、张家发和关清风的情况。周文彬亲切地将共产党员的标准等党的知识讲给节振国听……最后，胡志发表示他愿意将来做节振国入党的介绍人。

节振国问周文彬今后在哪里？周文彬说："我要到榛子镇一带去！北方局经河北省委送到冀东的军事干部陈群率领的陈支队将到那里活动。陈群同志是位老红军，安徽人。他经历过长征，转战华北，我要同他在一起工作。可惜你这次见不到他！但将来一定会认识他的。"

节振国听周文彬这么介绍了陈群，心里钦佩，遗憾这次没能见到这样一个老红军，忍不住问："他是什么样子？多大年岁了？"

周文彬笑了，幽默地说："样子就像个庄稼人，因为他是长工出身。中等个儿，光头，长方脸，大眼，大嘴，五官端正。为人朴实、严肃，年龄嘛，跟你同年！可是打仗坚决，部队纪律特别好。将来，你可以好好跟他学军事！"

节振国虽然没见到陈群，给周文彬这么一介绍，就像见到了陈群似的高兴，连连点头，说："老周，你要见到了陈支队长先给我捎个好。我一定好好跟他学打仗！"

夜色蒙蒙，青纱帐笼罩着的冀东平原，就像一片绿色的、幽静的、一望无边无际的湖泊，节振国独自赶夜路回关家梢。胡志发没有跟他一起回去。因为老胡接受了周文彬的指派，立刻秘密去赵各庄做大暴动的联络、发动工作，并且同节振国约定：在七月十六日大暴动开始之前三天，他回到关家梢。在此之前，关家梢及东三矿附近的全部暴动筹备工作通通交由节振国负责办妥。

月光流泻在绿色的青纱帐上，露水无声地在降落，庄稼在月夜下到处闪着晶莹的露珠。节振国赶了一宿夜路，满怀朝气地回到了关家梢。

可是，天亮一抵达关家梢，节振国就听到一个吃惊的消息：昨天下半夜，关东平勾结他的心腹亲信，将监视他的两个战士绑了起来，关东平伙同他的心腹包括韩白面在内，一共二十多人，拐带了九支步枪，向宁河方向逃跑了。临走留下信一封，说他投奔陈维藩去了，今后"河水不犯井水"，家眷和房地产留在关家梢，希望多多照顾……

节振国从虹桥回来以后，暴动的准备工作加紧进行。七月九日上午，节振国和游击大队的骨干们正在天齐庙小学堂里开会讨论林子华起草的《抗日宣言》，忽听北面有"砰！""叭！"的枪声。

节振国将炕席底下的手枪往腰里一插，又将一面早准备下的大锣拿在手里，高叫一声："走！出外看看！"大家蜂拥着他一起走出去！

外边，屋前，篱障子旁，路边上，路中间，都站着许多人，有老头、老太太，也有大姑娘、小媳妇和孩子。有的庄稼人戴着草帽，扛着锄头，听到枪声，正从田地里往庄里奔跑。人们交头接耳，互相打听消息。见到节振国跟纪振生、张家发、关清风、林子华、关寿年等一伙来了，都"哄"的围上来，七嘴八舌地问："是怎么回事？"……这时，又只见原来是民团、现在是游击大队的一些便衣队员，有的提着枪，有的扛着枪，都踢踢啪啪跑了，热烘烘地围上来，问："干起来了？""咱怎么办？"……

枪声仍在传来。节振国想：离七月十六还有七天呢！是不是改了日期了？不会吧？……他对关清风说："师傅，你同家发哥去叫在外边张望的人都先回家，别聚在一起，让人疑心。把枪坚壁好！能到青纱帐里去的人都快进青纱帐，要是有事，会打锣集合。"

关清风、张家发去传达命令，节振国又同大家一起回到天齐庙里。枪声又突然像豆荚爆裂似的传来了！节振国心里烦躁，说："一定出了事儿了！"他对林子华说："林先生，把我们的传单、宣言、旗帜、关防印信什么的都快塞进神龛里去！"

林子华"哎"了一声，马上跑到东屋里，一会儿，抱了一大捆东西来了。节振国、纪振生、关寿年和关玉德都连忙帮着他抬起神龛上的木板。那木板是活的，抬起以后里边是空的，把一大捆传单什么的都塞进去了，再抬起木板放上。三个人又像热锅上的蚂蚁似的等待起来。

过了一会儿，枪声忽然又从东面响了起来："叭！""叭！"……又有一种奇怪的声音滴滴答答、沙沙沙地由东边传来，越来越近。关寿年高叫："马队！鬼子的！"林子华也听清了，说："快出外看看去！"他这里话刚说出口，节振国已经提着铜锣，奔出天齐庙去了。

声音来自东边。节振国将铜锣递到关寿年手里，吐了口唾沫在掌中双手一搓，矫捷得像猿猴似的攀援伸缩，哧溜溜就上了树顶，迎着日光，手搭凉棚朝东面张望起来。

嗬！只见阳光下远处大车道上从东边卷来一股黄尘，黄尘里呼隆呼隆奔驰着的是一大串日本鬼子的马队。大洋马卷起的飞尘在烈日下滚成一条黄龙。黄龙是冲着关家梢方向来的。看得清鬼子的骑兵戴着钢盔，穿的黄军衣，打的膏药旗。马上的骑兵都斜背着马枪，挎着又细又长的军刀。有的鬼子军刀高举在手里，刀光闪闪，杀气腾腾……鬼子骑兵离这儿还远，而且也有可能是擦过关家梢东北角往北边流霞村去的。

节振国在树上眺望时，关清风、张家发已经回来了。在树下同关寿年、林子华、纪振生、关玉德小声谈论着，仰脸问："看见什么了？……"

节振国看清以后，当机立断，"哧啦"从树上滑下来，拭着大汗，对大家说："鬼子的马队！看样子是来清乡的。有可能到咱这儿来，咱要为暴动考虑，要隐蔽好！暴动的事儿不能露馅儿！……通知大家，进青纱帐！"

青纱帐里，上边闷热，高粱棵子根部，却透着凉气。节振国带了大家刚钻进一块青纱帐地，没料到斜刺里窜出两个人来。节振国拨开高粱棵子，旋风似的赶上几步，喝问："谁?"声音没完，认出是"田大头"，立刻高叫一声："树森！"

不错！来人正是田树森。田树森"啊呀"叫了一声，黑红的脸上一笑露出两排洁白整齐的牙齿，马上回头招呼："老庆哥！快来！老节在这儿哪！"原来，那一个伛偻着腰满脸皱纹花白头发的老头儿是乔老庆。

大地给烈日晒得像要冒烟。节振国、纪振生、张家发等呼呼啦啦都从青纱帐里钻过来。关玉德、林子华和关大个子等一些便衣队员也从青纱帐里钻过来，一下子都围住了田树森和乔老庆。田树森和乔老庆脸膛都是黑里透红，满头大汗，浑身湿透。见了节振国和纪振生、张家发，他俩十分兴奋。田树森连忙说："老节，我在赵各庄井下，遇到了老胡。老胡让我和老庆哥立刻赶来找你，有急事！这是他让我捎给你的介绍信！"

节振国接过田树森递来的小纸条一看，上面就是那首《咏煤炭》的诗，但老胡为了简便，只写了两句："爝火燃回春浩浩，洪炉照破夜沉沉。"节振国不禁想：谁料到这碑上的诗，竟有这种意想不到的用处。露出笑容朴实地说："树森，你同老庆哥来，没介绍信，我也信得过啊！"他明白一定是老胡让他俩送重要情报来了，马上招呼大家说："走！回去！"

大家一起在烈日下穿出青纱帐里的小路，走向圩墙铁栅门。在路上，田树森轻轻在节振国耳边说："老节，老胡让通知你们，暴动决定提前啦！马上就动手！先把赵各庄周围的庄子全占领，再攻打赵各庄！他在赵各庄等你们！"

节振国一惊，问："怎么回事？"

田树森边走边说："不知怎么，大暴动的事儿，走漏了消息，被敌人发觉啦。从昨天开始，鬼子和伪军就到处抓人。赵各庄上，鬼子和警防队也加强了戒备。丰润、滦县、迁安一带，有些地方便衣队已经仓仓促促干起来了。现在，四处都接不上消息。……老百姓太恨鬼子和汉奸了，咱准备暴动的还没动，不少地方老百姓倒先动手干起来了：收民团，打汉奸，收武器，打警防队，抄白面馆，杀日本浪人的都有。东一股，西一股，来了个遍地开花。鬼子派出了骑兵、宪兵，带着伪军、警防队想要弹压，可是五个指头按不住十只飞雀！这不，咱一路上光听到枪响，刚才还见一股鬼子骑兵从官道上经过不知到哪里去……"

节振国问："还有事吗？"

田树森说："老胡说你们先动手，把赵各庄周围一带的庄子能占的都占了。七月十八，你们来赵各庄。赵各庄鬼子虽然加强了警戒，但我们里应外合要把赵各庄拿到手！"

节振国边走边听，心想：暴动的消息给鬼子知道了，鬼子加强了戒备，真坏事啦！但打鬼子和汉奸心切，心里又想：大暴动提前就提前吧！冀东中国人都起来抗日，那么一点鬼子和汉奸，一人一锹土也埋葬了他！节振国语调乐观地说："行！回去跟大家宣布了，咱马上动手干！"

回到圩墙铁栅门跟前，节振国给关寿年、林子华、关玉德等介绍了赵各庄来客，高声把刚才田树森说的话一五一十讲了一遍。

田树森慷慨激昂地接话说："只等你们这儿一动手，东三矿附近的庄子也就动手！"

乔老庆神采飞扬地说："我和树森马上回去在赵各庄等着你们光临！"

大家听了，摩拳擦掌。节振国对关清风说："师傅，借一匹马，让纪振生骑了到榛子镇、沙河驿、野鸡坨、雷庄，召集便衣队立刻暴动！通知他们大暴动开始！抄白面馆！打警防队！收编民团！待命会师进攻赵各庄。"

关清风兴冲冲地说："好办！让玉德马上去借马！"

纪振生说："我同玉德一起去借马！借到马我就出发！"说着，同关玉德匆匆走了。

关寿年举举手里的铜锣说："老节！我马上召集人到天齐庙前开会，咱也马上动手？"

节振国一拍巴掌，兴奋地说："对！要抢在敌人前面！杀鬼子，到时候了！"

林子华自告奋勇对关寿年说："村长！我来敲锣！"

关寿年咧嘴笑了，说："这差使我可舍不得让你干哪！"说完，抓起铜锣，像年轻了二十岁似的，"嘡！嘡！"敲了起来，顺着庄子里的大路往前跑。那"嘡嘡"的锣声震得人心直跳。关寿年敲得有劲，林子华跟在他后边大声嚷嚷："天齐庙前取齐哪！游击大队战士天齐庙前取齐哪！……"又跑了一段，关寿年索性放开嗓子大叫了："天齐庙前取齐哪！马上大暴动杀鬼子啦！马上大暴动杀鬼子啦！……"

大暴动开始了！

第二十章　赵各庄狂飙

从七七抗战一周年后两天提前开始的冀东人民抗日大暴动，也被叫作"闹红"，处处出现了"红军"，像平地刮起一阵狂飙，席卷冀东，各地暴动队伍克复了滦县、卢龙、蓟县、乐亭、玉田、迁安、迁西、丰润等县城；县以下的伪军政权多数被摧毁，伪军投降的不少。日寇留在冀东的部队只敢龟缩在孤城和铁路线上。冀东红了天。节振国游击大队从暴动后，一星期内，先后占领了赵各庄周围的许多村庄。早先，在新集、杨店子、野鸡坨、沙河驿等地发展的便衣队，全部集中到一起来了。节振国率队打警防队、杀汉奸、打日本浪人的白面馆……队伍扩充到五百多人。这真是红旗招展、豪情满怀、刀枪上阵、扬眉吐气的日子！

关清风穿着破窑衣进入仍被敌人控制着的赵各庄同胡志发取得了联系。七月十七日夜间，他从赵各庄回来，带来了胡志发给节振国的口信。胡志发说："我在赵各庄组织暴动的准备工作已经就绪。现在赵各庄的日本宪兵及守备队已悄悄逃往古冶。赵各庄矿工决定十八日黎明开始暴动，希望你在十八日清晨准时带队伍来赵各庄会师。我们暴动后，将用节振国游击大队名义发出告示安定秩序，并拟先将矿警及原保安第三署改编成的警防队包围，等你们来后再研究解决的办法。"至于英国毛子，胡志发叮嘱："目前是抗日大暴动，英日之间也有矛盾，应当集中力量反对日本帝国主义，对英国资本家不采取侵犯手段，也不接管开滦矿权。"

节振国听了胡志发的口信，对不能随心所欲地报英国毛子的仇有些不痛快，但他明白老胡的话有道理，决定按照老胡叮嘱的办。

在大暴动的那段日子里，谣言纷起，也不时有激动人心的消息传来。当时谁也弄不清实际情况究竟怎样。传得最广的是挺进冀东的八路军挺进支队四纵队同抗日联军和工农武装会合后攻克了乐亭，袭入了滦县、昌黎……风声鹤唳，日寇和伪军感到草木皆兵。地处乐亭、滦县、迁安、丰润、唐山之中的开滦赵各庄煤矿受到了极大的震动。七月十八日黎明，满街传说："八路军来了！"接着，矿上一万三千多矿工马上停工停产。胡志发公开露脸了！梁凯、田树森、乔老庆、张惠、小佟等都簇拥着他。胡志发将暴动的矿工组织起来，用节振国游击大队的名义发出告示，号召抗日，树起了开滦矿工那面交叉着镐锤的大红旗。

戴藤柳帽的矿工们，拿出了窖埋着的枪支，拿斧、拿镐……占领了交通要道，破坏了供给日本帝国主义军用煤的运输工具，处决了一些民众痛恨的汉奸。英国员司躲在洋楼和公事房里不敢出来。包工大柜"穆老虎"之流吓得早带着细软逃到唐山去了。陈祥善去天津躲藏起来了。刘青山在五矿同盟大罢工后，拿了矿方一大笔钱到天津逍遥地吃喝玩乐去了，到现在也没回来。平日凶恶的查头子白老三和开妓院的"二郎神"之流也像地老鼠似的藏起来了。矿警全副武装实施戒备，但龟缩在驻地不敢出来耀武扬威。由保安第三署改编成的警防队戒备森严，如临大敌。手拿枪支、铁器的矿工由张惠、小佟等带领包围了警防队的驻地，高声鼓噪，一心想等八路军、节振国游击大队一到，马上展开进攻。原来驻在赵各庄的日本宪兵队和守备队早在四天前就悄悄趁夜深人静撤往古冶了。日军住过的营房，宪兵队住过的洋楼，矿工都破门而入，斧劈镐刨，砸得乱七八糟。赵各庄大街上、高墙上那些"中将汤"、"味の素"、"大学眼药"、"仁丹"、"若素"等日本广告和那些"日华实现真正亲善"的标语上全被工人和家属涂上了黑油，抹上了"×"号。大街上一家日本浪人开的白面馆，平日用留声机放着日本女人唱的淫荡唱片公开招徕矿工进去吸毒。现在，白面、红丸、吗啡被矿工搜出来了，当街架起火烧得烟雾腾腾。大街西头新开的一家日军商店，平时除供应日伪军的日用品、军需品外，还强行推销日本药品、胭脂、宫粉、香水等奢侈品，实行经济掠夺。各地暴动，消息传来，日本经理锁上了仓库和店门，跟着鬼子宪兵悄悄溜到古冶去了。现在，商店的门被砸开了，仓库里的大批洋布、白糖、面粉、药品、咸鱼被封存起来，等着节振国游击大队来到。

清晨，赵各庄的矿工们水泄不通地拥在大街上、庄头间。矿工们一个个踮着脚跟，伸着脖颈，睁大眼睛，伫候着节振国来到。节振国果然带着游击大队的五百多名战士风滚云卷一般地进了赵各庄。他，走在队伍最前边，头戴一顶灰军帽，穿的是黑布裤、白单褂子，打着绑腿，腰系皮带，插着两把驳壳枪。虽是便衣，却那么精神。他不断热情地同夹道欢迎的人们招手。跟他走在一起的，是打着开滦矿工那面大旗的关清风。关师傅须发眉毛皆白，衬着红旗分外鲜艳。黑发蓬松、清秀文弱的林子华带着人散发传单。节振国游击大队的队伍中，绝大多数是开滦的矿工，有的就是赵各庄的矿工，现在同赵各庄暴动的矿工们胜利会师了！胡志发带了梁凯、田树森、乔老庆、张惠、小佟、桂香等同节振国、纪振生、张家发、关清风、关寿年、林子华、关玉德等在赵各庄矿公事房前的广场上会合了！大家兴高采烈，"黑旋风"梁凯见到节振国，咧嘴笑着说："老节，这下我是跟着你干到底了！我让老婆带了小孩回冀南老家去了！我爹娘都在老家，让他们照顾我毫无牵挂，好跟着你干了！……"田树森、张惠、小佟和乔老庆父女也都喜得合不拢嘴，迎着节振国的队伍回赵各庄。

红日东升，节振国和胡志发带领游击队战士们首先来到原来保安第三署驻地，现在已是警防队的驻地，保安队改成警防队了。这儿双方对垒之势已成，警防队驻地院子四周有一丈多高的围墙，门口堆置着木架铁丝蒺藜障碍物。门外，群集着暴动的矿工们。院子里，警防队枪上膛，刺刀出鞘，架着机枪。

纪振生上来说："老节！冲！我带着干！"

"黑旋风"梁凯说："对！杀它个落花流水！"

胡志发脸上平静，说："不！我们要缴警防队的枪！但要避免流血，让他们投降！"

关清风摸着雪白的胡子说："喊话吧！命令他们投降！"

"秀才"林子华在一边建议："叫他们放下枪一同来抗日！"

节振国浓眉下两只眼睛像电光一闪，点头说："对！对他们说：中国人不打中国人！叫他们反正，一同抗日！"

张家发说："我来喊！"他机敏地冲前几步，刚要喊话，里边却"砰""砰"打出枪来。张家发火了，说："这些王八蛋！不给他们吃辣的，他们不知道厉害！"但忍住气用粗哑的嗓子高喊，"中国人不打中国人！警防队的同胞们！放下你们的枪反正，一同来抗日吧！"

离得太远，听不见。里边又"砰""砰"地打出枪来！

游击大队战士们的枪也"砰""砰"往院子里打。节振国用手止住战士们开枪，说："再喊话！"

张家发又高喊："中国人不打中国人！放下你们的枪反正抗日吧！"大家也帮着这么喊，可是看来离得太远，又不顺风，仍听不清。

节振国皱眉看了看警防队的院子，见院子后边是一溜溜平房，院子中间有一根旗杆，院墙有一丈多高，大门口排着密密匝匝的铁丝蒺藜屏障。院子中间架着机枪。他看看院墙和那根旗杆，忽然对林子华说："喊话听不清！林先生，你快用块布写封信劝他们反正抗日，我来想法把信送进去！"

林子华掏出自来水笔，将自己的白布小褂的袖子"哗"的撕了一块下来，铺在盒子枪的木盒上挥笔疾书，写的是：

警防队的同胞们：

　　节振国游击大队进驻赵各庄，你们已被包围！你们平日为虎作伥，现在是继续做汉奸遗臭万年，还是做爱国的中国人求得宽恕？希望你们立即反正，放下武器同我们一起抗日，中国人不打中国人！赶快觉醒，才是你们的光荣出路！负隅顽抗，只能加深罪恶，将受到最严厉的惩罚！何去何从？你们要立刻决定！

　　　　　　　　　　　　　　　　　　　　节振国游击大队

写完，将信念了一遍。

节振国听了，说："我看行！林先生真是'秀才'，信写得好。我看抵得上一挺机枪！"他拭着热汗，将信拿在手中。

纪振生自告奋勇："打一阵枪压住他们的火力，掩护我冲到门口，将信丢进去！"

节振国说："不用！我来！"他回头对关清风说："师傅！借你的匕首一用！"

关清风拔出腰间那把雪亮的匕首递过去。只见节振国紧了紧腰带，将写着信的白布穿插在匕首上，将匕首含在嘴里，"嗖"的蹿近了围墙。只纵身一跳，就双手攀住了墙头。一会儿，他已站立在高高的墙头上了。只见他右手一甩，那把亮晃晃的带着信的匕首已经"嚓"的飞出去，"秃"的钉在院内旗杆之上。在这同时，警防队的枪声"砰""砰"响了，节振国已经似秋风落叶轻巧地纵身下墙走回来了。

节振国和胡志发等眼看着一个警防队队员像只偷油耗子惊惶失措地快步从旗杆上拔出那封带信的匕首匆匆走了。

不多久，警防队的旗杆上升起了一面投降的白旗。游击大队的战士们和暴动的矿工们，"哄"的欢呼起来，声音似十万雷霆扫过晴空。

马家沟、林西、唐家庄三个矿的工人们，听说节振国带着队伍到了赵各庄，也马上暴动。他们派出人员寻找节振国，欢迎节振国带队伍前去。开滦五矿，除了日寇兵力能控制的唐山矿之外，四个矿的矿工全用武装暴动欢迎了节振国游击大队的来临。

锣鼓喧天，人心欢乐。穷苦的矿工，都捐款、献枪、拿粮食出来支援自己的队伍。"秀才"林子华为节振国游击大队到处书写大字标语。他用大羊毫笔饱蘸浓墨在大红纸上写了斗大的大字，像对联似的贴在赵各庄工人俱乐部的大门口，上联写的："壮志饥餐倭奴肉"，下联是："笑谈渴饮汉奸血"。看到的人都夸写得好。热烈的盛况，简直像逢年过节一样。街上常有武装了的矿工们唱着歌列队走过，唱的是："工农商学兵，一起来救亡，不做亡国奴，拿起镐锄和刀枪，有钱出钱，有力出力，抗日保家乡……"

节振国游击大队的队伍不断在扩大着。

最初，节振国只怕人少，不嫌人多。对来投军的人，来多少收多少。在赵各庄，谁要是带上七八个人来参军，节振国马上派他当班长；谁要是带上二三十个人来参军，节振国马上派他当小队长。到唐家庄，到林西，到马家沟，也是这样。关寿年、林子华带队伍在唐家庄，按照节振国的办法照葫芦画瓢；关清风、张家发在林西也这么干。纪振生和关玉德在马家沟，当然也一样。幸好，四个矿都有敌伪留下的大批物资、粮食，伪银行里也有现洋、日本军用券、伪冀东银行唐山支行发行的伪钞，矿区也不缺煤烧。游击大队更让商会摊派供应，部队虽扩充得快，供应倒还能维持。但队伍扩充很快，起初还容易统计人数，接着，乱糟糟的连统计人数也困难了。节振国看到这种情况，得意地哈哈大笑，说："小鸡下大蛋了！"心里倒挺高兴。

但，胡志发不这么看。工人俱乐部现在是游击大队队部办公地点。一天晚上，胡志发对节振国说："老节，现在这样扩大队伍我看不行。人数虽然不少，实际是乌合之众，经不起战斗的考验……"

节振国说："不要紧！来参军的绝大多数是矿上的穷兄弟们！"

胡志发说："是的。但有的人我们了解，多数人我们不了解。更重要的是在咱们顺利的时候，光凭一时热情随大流来的人，遇到不顺利的环境会怎样，很难说。现在，我们连对大家讲讲抗日道理的时间也挤不出了。整天都忙着为扩充的队伍找屋子住，安排吃的，队伍有多少人多少枪都摸不清，政治工作没法做，纪律松弛，训练停顿。这样，光顾满足于人数多，不注意加强宣传教育，部队是否能巩固？战斗力能有多强？都很难说。"

节振国皱着眉，将胡志发的话体味了又体味，琢磨了又琢磨，觉得老胡说的确是这么一回事，咂着嘴说："老胡，那怎么办呢？"

胡志发吸着烟说："现在咱们的队伍估计已是七千人了。从现在起，停止扩大队伍。按分队进行整编，宣布纪律，进行整顿，加强训练。训练中要特别加强抗日教育。别以为人人都懂这道理，人人都恨鬼子，就不讲了。不！这抗日的情绪、抗日的决心和信心一天也松不得。要使咱的每个战士都明白为什么要抗日，抗日跟他们有什么关系？要教会大家唱抗日的歌子，让每个人见到鬼子就咬牙，为了抗日可以牺牲一切，这才行。"

节振国拍案而起，浓眉一竖说："老胡，真有你的！我们一定这么干！赶快抓紧整顿。整顿好了，就打古冶，收拾彬田那小子！"

但，节振国游击大队刚打算抓紧训练、整顿的时候，日寇突然从天津调来增援部队，进攻赵各庄了！

敌人的高头大骡子上驮着小炮、掷弹筒，一群群穿黄军装的鬼子，刺刀和钢盔明晃晃的，像一群饿狼烟尘滚滚拥向赵各庄。

胡志发昨夜到马家沟去了。赵各庄仅有节振国带着田树森、梁凯、张惠、小佟等和一千多名暴动后参加队伍的矿工。田树森、梁凯、张惠、小佟现在都是中队长了。节振国和他们都住在一起。可是这一千多人的队伍，只有二百多支枪，其余的都是镐、斧之类的铁器。整顿和训练刚刚开始。消息传来，节振国和大家商量对策。形势需要当机立断。节振国把手一挥，让田树森和梁凯等拉上队伍马上跟自己去阻击，而让张惠和小佟立刻分头通知赵各庄所有暴动的矿工们做好战斗准备。他说："赵各庄煤矿是英国毛子的地盘，鬼子来攻，不能乱打炮！咱就在赵各庄大街上跟他干！"他缺乏军事经验匆匆布置了一番，拔出腰里的两把驳壳枪，带上田树森等和矿工战士，就飞也似的出发了。

　　鬼子的炮声、掷弹筒声、机枪声和步枪声，早已惊动了赵各庄。平时灰黑色的、肮脏、拥挤、喧闹的赵各庄街道上，店门紧闭，妇女、孩子绝迹了。来来往往匆匆奔跑的矿工很多，有的手拿镐把、铁斧，有的手拿老套筒、汉阳造。矿上多的是石头，在街道上，暴动的矿工们已经垒起了许多砌房用的大岩石，堆上了矿里的许多支柱、装满沙土矸子石的箩筐，筑成了防御工事。赵各庄顿时被紧张的战争气氛所笼罩。

　　节振国和田树森、梁凯带着游击大队的好几百战士，向赵各庄东南面飞跑。黄土路上的尘土扬得老高。来到一片有些野坟堆和岩石的稀疏的槐树林前，远远可以望见日本鬼子的太阳旗狰狞地在飘扬。槐树林刚被日军炮击过，硝烟味还没有散去，炮弹坑里仍在冒烟，被炸断的槐树七歪八斜。敌人又在无目的地发射炮弹了，似是想先用大炮来吓退游击大队。这儿有槐树林和坟堆、岩石可以隐蔽作为屏障，节振国皱眉向前张望，发现南面有鬼子，东面也有，心里估计：来者不善，善者不来，是要打硬仗了！他觉得敌人很可能会将整个赵各庄包围起来，然后再发动进攻，就在盘算着应当怎么办，挖战壕也来不及了！只能就着地形地物做工事。他深深感到分散兵力吃了亏。这时，如果老胡和纪振生他们三个分队都在赵各庄，无论是阻击或是突围，形势都会好一些。

　　红艳艳的太阳已经升起在东方。天边的红云汇在一起，像是腾起的大火。天气燥热，大家满脸满身出着汗，都感到劳累、紧张。一会儿，前边出现了敌军，接上了火，上来的是警备队。节振国双手攥着驳壳枪，站立在一块凸出的岩石后。他的双眉拧起，两只深沉而明亮的眼睛里闪烁着愤怒的火光。敌人的炮火本来几乎都是乱打的，多数打到后边去了。这时却开始比较准确地打到游击大队的阵地前了。不多一会儿，一批警备队由东边兜过来了。这批伪军是想占据高地。节振国带着梁凯的那个中队，出其不意一下子就用火力把伪军压了下去。

伪军里出现了一面随风呼啦啦飘的太阳旗，日本兵出现了！人数不多，配合警备队从正面、侧面组织了进攻，但又被节振国、梁凯、田树森带着人打下去了。敌人被子弹撂倒的不少，游击大队的战士也有负伤、阵亡的。忽然，敌人的阵脚乱了。敌人后方响起了枪声。节振国在流弹"哧""哧"声中，望见一支便衣队，人数不少，吸引着敌人的火力，正在向敌人冲击。节振国看清了纪振生那细高条、宽肩膀的身影，纵身站起高叫一声："援军来了！冲啊！"他勇敢地手攥两支驳壳枪，猛虎下山似的在敌人的枪林弹雨中冲锋上前。

敌人撤下去了。

一会儿，纪振生飞跃着两条长腿带一伙人冲上来同节振国见面了。节振国再一看，张家发也在。敌人的掷弹筒又在怒吼了，机枪也在狂叫："咕咕咕""突突突"……节振国淌着汗喘着气问："你们俩怎么一起来了？"

纪振生说："老胡在我们那儿，得到了鬼子进攻的消息，他让我赶快带二百五十人来支援你。他说咱兵力分散了不好。他想同林先生离开唐家庄去支援马家沟，走到路上，恰好遇见家发哥也带了一伙人来支援你。我们就合兵一起来了！"

宽肩膀、高胸脯、强壮得像条牛的张家发在弹片呼啸声中也匍匐着身子，额上的几道纹路似乎更深了，嗓子粗哑地说："关师傅守林西，听到鬼子进攻，他可不放心啦！让我快来支援。我出发时，见老胡派了人通知让快把队伍一起集中到马家沟去！"

纪振生看着节振国又说："大哥，老胡让我对你说：要见机行事，要消灭敌人有生力量，可是千万不要同鬼子硬拼，该撤的时候就撤！要保存力量将来打游击，可不要死守死拼！"

　　纪振生正说着，敌人又进攻了。一批警备队和日军掺和着冲上来了。

　　节振国看到敌人，眼都红了，心头冒火，喊一声："打！"他脸上杀气腾腾，不怕死地从战壕里跳出来笔直地站在那里，既不猫腰，也不躲藏，高叫："打死一个鬼子够本，打死两个赚一个！"他这样勇敢，梁凯、田树森等也跳出来瞄准敌人开枪。张家发带着战士们奋不顾身地射击。枪声中，敌人被打死打伤不少，又撤下去了。

　　远处扬起了烟尘，有卡车马达声。看来，是增援的敌军到了。节振国说："够本了！撤吧！"

　　正要撤，警备队又引着鬼子的队伍匍匐着过来了。敌人火力很猛，游击大队牺牲的、挂彩的不少。烈日下，节振国舐着干裂出血的嘴唇，两眼冒火，情势严重，他虽心有不甘，但想起了老胡带的口信和周文彬在虹桥时讲的那番话，终于冷静地咬牙说："撤！往赵各庄撤！"

　　赵各庄街道上面临着一场激烈的街垒战。

　　当节振国、张家发等率队陆续撤到赵各庄中心区不久，日军和警备队就出现在庄头了。游击大队的战士遍布大街小巷，在庄头上同敌人接上了火。

　　战斗从这儿开始，很快成了街垒战。在街垒工事后边的游击大队战士和矿工们，用无畏精神阻击敌人。巷战激烈，日军和警备队每前进一步都要付出代价。战士们十分顽强，在街垒后开枪射击，从街道、小巷、窗户里打冷枪、扔矸子石，也用斧子铁器杀伤鬼子和伪军。梁凯、田树森带着战士在赵各庄大街东边的一个小胡同里同几个鬼子碰了面，肉搏起来。田树森用枪把砸死了一个鬼子。梁凯胡髭竖起，如一尊天神，黑凛凛，气腾腾，浑身上下一团杀气，用刺刀捅死了一个鬼子。余下的两个鬼子吓得转身就逃。节振国在大街上一道街垒后面，弹无虚发，每打一枪总能打死打伤一个敌人。花白头发的乔老庆带着一面开滦矿工的大红旗来了。旗子是桂香仿照关清风打着的那面旗子做的。昨夜刚做好，今儿鬼子就来进攻赵各庄。乔老庆说："咱把旗子打出去！"他用竹竿打起旗子找节振国来了。俊秀的桂香手里拿着一根镐把跟在她爹后面也来了。她不放心爹一个人来，自己心里也燃着抗日的怒火，想来出一份力。父女俩一先一后来到大街上。战士们看见乔老庆打着红旗来了，兴奋得鼓噪起来，同鬼子拼杀的劲儿更足了。枪子儿飞啸，硝烟弥漫。乔老庆刚看见节振国，就被一颗流弹打中左臂，扑倒在地。桂香惊呼一声，连忙上前扶起老庆。节振国远远看到了，叫了一声："桂香！快将你爹背走！"桂香应了一声，就要扶爹走。乔老庆捂住左臂疼得皱着双眉，用手指着旗子，说："桂香！旗子可不能丢了！"枪声刺耳，流弹纷飞，平日低眉淑静的桂香这时决断也来了，力气也来了。她两手翻飞地将旗子从竹竿上取下来，又将受了伤的爹一扶，在弹雨中拔步就走。

张家发在节振国身旁，凭借街垒眯着眼睛放枪，额上几道刀刻似的纹路更深了。他那张黑里透紫的方脸上的表情始终那么老成镇定。他拿了一支"七九"，躺在石头的街垒后边摆好了射击的姿势。"砰"的打了一枪，又打一枪。

炎热的太阳晒得街上地皮发烫。忽然，节振国发现枪声来自背后，回头一看，阳光下，身穿黄军衣的鬼子和警备队，看得清清楚楚，连鬼子身上挂着的水壶碰着刺刀的"叮当"声都听得清楚了。原来敌人包抄到后边来了！节振国看看身边一共是十多个人，对张家发说："鬼子抄后路了！"他意识到腹背受敌的情况严重，回过身去射击。正面的敌人正不断射击呐喊，似要冲上来。形势真是紧急。忽然，枪声中，包抄到身后的这股敌军突然不见踪影了。节振国极目一看，见潮水似的从街西边拥来了一伙便衣队。当头的一个人，连跑带窜，是一个行动敏捷的汉子，那熟悉的步伐和身影，他一看就认出是胡志发。此时此地，老胡的出现，使他完全喜出望外。他惊喜地叫了一声："老胡！"老胡已经飞步跃到他面前来了。

正面的敌人仍在开枪，流弹"嗖嗖"飞蝗似的窜过，打得土石飞溅。

胡志发满脸汗水和尘土，蹲下身子，说："老节！快撤！从赵各庄北边突出去！关师傅他们带着队伍都在那儿接应呢！"

节振国从枪林弹雨中完全清醒过来，点头说："对！"他瞄准一个从正面贴着墙匍匐着想爬过来的日本鬼子，甩手一枪将鬼子打死，他跳上前去，趴到张家发身边，用手一拽张家发，说："家发哥！撤！快通知大家！"

枪声噼啪，他发现宽肩健壮的张家发趴在那儿动也不动！节振国和胡志发一起趴在张家发身边，抱起张家发来，只见张家发额上中了弹，血已淌得满面都是。节振国鼻子一酸，高叫一声："家发哥！"

张家发在他怀里微微睁开了眼睛。节振国俯首看着他，胡志发也俯下身子来。张家发嘴唇动动，但什么话也没说，闭上了眼睛。

节振国两眼湿润，一颗心像被盐水浸着一样，将张家发平放在地上，突然拭一拭泪，开枪又射击起来。胡志发了解节振国的心情，但催促地说："老节，快撤吧！"

谁知，节振国改变了主意，说："不！老胡，你带着弟兄们撤吧！我要报仇！"说着，他"砰""砰"地又打起枪来。

胡志发听见后面又有敌人的枪声了，情势千钧一发。敌人的子弹密集地射击，像蝗虫似的"突鲁突鲁"乱飞。他凭借着街垒，低头趴倒在节振国身边严肃地说："老节，怎么又要蛮干了呢？打敌人的日子长着呢！咱要这么就都死了，可太便宜敌人了！快走吧！"说着，用手拽他。

"老胡！……"节振国语塞，但眼睛充血，头也不抬地瞄准射击。

胡志发声音变得十分严厉了："老节！你现在可不比从前了！你是共产党领导下的一个游击队长。你有你的责任！敌强我弱，这么硬拼，把人都拼完了，你对得起谁？咱们应当撤出去，打游击战！"

　　这话可有作用。节振国一听，怔了一怔，咬牙抑制住了悲痛、愤怒与仇恨。狠狠地"唉"了一声，从牙缝里斩钉截铁地迸出了心里发出的声音："撤！"

　　临走时，他从张家发腰间把一个大鼻子手榴弹摘了下来，装进了自己的兜里。

　　节振国游击大队撤离了赵各庄。节振国、胡志发、纪振生、田树森、梁凯、张惠率领经过街垒战的战士们，同在赵各庄以北长山沟里接应的关清风、关寿年、林子华、关玉德的队伍会合。本来号称七千人的队伍，由于尚未经过整顿和训练，在严酷的战斗考验后，大部失散，依然只保持了五百人光景。

　　节振国率部离开矿区，向北转入丘陵和山地，进入农村，活动在上下五岭、王官营一带，开始用游击战对付日本侵略者。抗日联军司令部重新命名这支部队为工人特务大队，节振国为大队长。这一支工人特务大队被指定在东矿区周围和迁安、滦县、丰润地区活动，任务是除汉奸、杀特务、收民团、袭击日寇和伪军。

第二十一章　风雨良宵

八月开始，冀东多雨，下得大小河渠都涨满了槽。乡下的路途到处泥泞难行。这雨连绵到初秋仍未停歇。

九月上旬的一天，秋风卷着秋雨，黄昏的时候，天色已经暗将下来。远方，田野深处冉冉地飘浮起蒸汽般的雾气。大树发着抖，小树摇摆着躯干，风雨像叹息似的发出声响，在原野上扫来扫去。

丰润县的黑山沟正在风雨中迎接着夜的来临。

忽然，从东面的路上，传来了马蹄声。

风雨中，两匹马载着两个人在飞奔。前面一骑是白马，后面一骑是黄马。马蹄践踏着烂泥浆，人和马都被雨水淋得透湿。马儿呼呼地喷着气，嘴里吐着白沫，看样子是赶远路来的。

马儿上了一个陡坡，进了庄。风雨中，蹄声并没有引起人们的注意，没有人出屋来看他们。

骑在前边白马上的节振国，这时候心里的感情是复杂的：五个月以前，他从赵各庄刀劈日寇负伤出走，曾经到黑山沟来住过一次，然后又逃亡出去。当时，只感到处处是日本帝国主义的魔影和陷阱，处处有汉奸和鬼子的便衣特务在助纣为虐。后来，情势完全变了，在共产党领导下的冀东人民抗日大暴动，光复了冀东大部分地区，使冀东人民从日寇铁蹄蹂躏下站起来了！日寇和伪军只敢龟缩在铁道沿线和一些重兵把守的据点里不出来。但是，日寇调集精锐部队来进行镇压和反扑。他率领的工人特务大队，退出赵各庄后，一直在东矿区、丰润及唐山附近活动。这些日子，涂着红膏药徽的日本飞机，整天在头顶上"轰轰"地飞来飞去，配合陆军部队作战。铁路线上，鬼子的军车、铁甲车驶来开去。唐山车站、古冶车站堆满了鬼子的军火。鬼子的山炮、野炮也一批批地运来了。昌黎、滦县一带，已被日寇攻占。日寇又从关外调集伪满军队进关，布成了钳形攻势。形势变化得越来越严重。风闻青纱帐一倒，敌人的进攻更要猛烈。

自从离开刘玉兰和孩子们以后，节振国不能不常常想念。起初是因为筹划组织游击队，后来是因为寻找党，再后来是因为参加大暴动……怎么能有空闲的时间探家呢？何况，在大暴动之前，黑山沟显然是在敌人监视下的，他也不能自投陷阱呀！自从建立工人特务大队以后，他倒是想去黑山沟探望一下玉兰和孩子，但任务紧张，又容不得他去考虑这些。

纪振生曾经劝过他："大哥！该到黑山沟去把大嫂和孩子们接到身边来。"可是他说："老二，要是大伙儿都把家小给接来，咱们这队伍还怎么打仗？"

敌人已经开始增兵镇压，可以估计得到：以后同敌人作战将越来越残酷。队伍常常要转移，又是打的游击战，带着家眷的确困难。纪振生也想到过：刘玉兰在黑山沟，节振国如果同她不接关系，估计敌人还不至于谋害她；要是节振国去看了她，又不能把她和孩子带走，那么，万一形势突变，刘玉兰的处境可能又危险了。因此，纪振生以后也没再提起过这件事。

但现在，纪振生却陪着自己的大队长来接家属了。他骑一匹高大的黄骠马，追在节振国的后面，一步也不放松。

节振国决定到黑山沟来不是偶然的。

他带领的工人特务大队，驻扎在榛子镇以东。清晨，天下着雨，周文彬突然从榛子镇骑着马披着油布带着警卫员小巩来了。他挂着木盒枪，衣服透湿，一到，马上就召集胡志发、节振国和纪振生、关清风开紧急会议。

这些日子来，节振国还是第一次见到老周脸上这么严肃。老周一口一口吸着烟，两只锐利有神的眼睛望望胡志发，又望望节振国，挨个儿的将大家看了一遍，似乎是想看看这些人心里想些什么。沉默了一会儿，他突然出乎意外地对大家说："形势有了变化。日寇调动了四个师团兵力要来分路扫荡，接到上级通知，决定去热南都山①建立抗日根据地。"他掏出一张用油纸裹着的地图来，朝桌上一放，指着长城喜峰口外东北面的都山，说："冀东平原山小，抗日队伍这么多，站不住脚。都山山大，并有东北义勇军过去活动过，在那儿好坚持。上级决定：工人特务大队要随抗联部队和主力部队之后，东渡滦河向都山进发。我来传达这个命令！你们应当做好部队战士的思想工作，估计，要出发就在两三天内，也许等雨一停就走！也许雨不停就走！"

节振国听了，皱起了眉。他抬眼看看，胡志发、纪振生都皱着眉。关清风用手拂着银须，一下又一下。节振国明白：大家听了这个突如其来的消息，心里都不是味儿。但也明白：这是军令！他把老周那张地图又拿过来看了一看，都山在热河省的南部。谁知那地方是什么样子呢？地图上也看不出。节振国把图放还到桌上，胡志发又接过去看。屋里，弥漫着辛辣的烟叶味，除了节振国和纪振生，谁都在抽烟。周文彬今天没吸烟袋，干脆将两支香烟接起来吸。身边地上，一会儿就又是一小堆烟灰了。

看到大家沉默，节振国说："上级决定，我们就照办！"他看看胡志发，老胡点头，说："我们就做战士的思想工作，只怕有些战士不愿离家呢！"

胡志发昨夜听到有的战士轻轻在唱《苏武牧羊》："……转眼北风吹，

---

① 都山，当时在热河省南部，现在是在河北省东部青龙县西北。

雁群汉关飞，白发娘，望儿归，红帐守空帏，三更同人梦，两地谁梦谁……"歌声悲凉，他感到这一度经历了艰苦的游击队生活，大家都抛开家室，唱的歌声反映了有的人已有思家之念了。如果再远去都山，这样的人会有什么想法呢？

周文彬沉吟着说："尽量做工作。实在不愿去的，少数也可留下。但要同他们说清情况，留下抗日可以，投敌不行。而且要告诉他们，留下是艰苦的。日寇的血腥屠杀很快就会开始的！"

天上，雨中有飞机的嗡嗡声。敌机飞得很低，时常擦过低空叫嚣着飞过，那沉重的声响把雨声也淹没了。敌机冒雨飞行侦察，说明军情紧张，这点，大家都感觉到了。

周文彬听着敌机远去，又听着淅沥的雨声，说："老节，我来的时候，司令部让我跟你说，你的家眷该换一个可靠的地方隐蔽下来。本来，鬼子把你家属放出来，估计是想引你上钩。但是，我们冀东人民抗日大暴动，搞得鬼子汉奸手忙脚乱没法办这件事。我们部队转移以后，谁知鬼子会怎样呢？看来鬼子会重下毒手的！因为你在抗日，鬼子就有可能把你的老婆孩子一齐捉去，用这来招降你，或者招降不成就杀害。我们不能被动！司令部的意思是：你应当抓紧时间，把这件事情办一下。从这儿到黑山沟不远。听说你还没有回去过，那最好赶快去一次，把这件事安排好！"

这一阵，胡志发因为劳累，瘦了，看上去颧骨更高，他在一边听了，用缓慢的沉思的语调说："对！在鬼子动手之前，该先走这一步棋！我也早有这意思要老节去黑山沟办一下这件事，他老拖着没办。现在，司令部有这指示，我催着他办就是。"

雨，哗哗地下。但是，周文彬没有逗留，说有事要赶回榛子镇，骑上马披上油布，冒着雨，带着警卫员又走了。

节振国同胡志发商量后，决定立即召开干部会，除关清风、纪振生外，把田树森、关寿年、林子华、关玉德、梁凯、张惠等都找来了。

节振国将老周来传达的上级指示讲了。

"黑旋风"梁凯马上跳起来说："好好的转移干什么？鬼子大干咱也大干！大不了提了脑袋去见阎王爷！为什么要上都山？人生地不熟的去那儿做什么?!"

田树森说："'黑旋风'！你又胡吹大话了！"

梁凯心里急躁还要说什么，但嘴巴动了一动，没说出来。

纪振生抢先说了："老梁，打仗得有纪律！你不懂？"

梁凯脸红脖子粗，点头："好好好，就当我没说。我不懂军事，领导叫到哪儿就到哪儿！没问题！"

张惠表态说："早铁下心抗日了！到哪儿都一样！"

田树森也说："回去好好做做战士的工作，估计没问题！"

节振国看看，关寿年低头抽着烟，似有心事；林子华蹙着眉，好像在思索。

胡志发眼睛早将每个人的脸面表情都看在心里了，特地亲切地朝着关寿年和林子华说："寿年兄！你跟林先生意思怎么样？"

节振国敞开肺腑地说："咱们在这里的人，都是沙里澄出来的黄金，都互相了解，都不见外。有为难处，但说无妨！"

关清风拂着白须也朴实地说："说吧！说了大家好商量！"

关寿年抬起头来，看看大家，诚实地说："我世居关家梢，祖宗坟墓，房屋家室，都在那里。只因不甘心做亡国奴，所以当初决心率领族人抗日。工人特务大队里不少是我关氏族人。现在要出口外去都山，心上不免犹豫，如若不去，岂非违背了抗日的初衷？而且我不去，关家梢族人也必然有一些会随我不去。如果随同前去，则远离关家梢，此次一去，抛家别口，何日可以回来!?不免像老马恋栈，心上犹豫，所以正在考虑两全之计，但又未能考虑成熟，正在这儿迟疑不决！"

节振国知道关寿年为人忠厚，说的是心里的实话，也直爽地说："有两全之计，好！说了我们大家帮着出出主意！"

关寿年抽着烟说："这两全之计，就是我留下，并带一批关家梢的族人回关家梢。我在那里根深蒂固，悄悄回去，日寇万一卷土重来，估计也不能天天蹲在关家梢监视我们。我和跟我回去的人这颗心永远是我们工人特务大队的。我们与日寇有不共戴天之仇。我们永远是黄帝子孙，永远不会做汉奸。日寇来，我们应付他。日寇走了，我们关家梢还是原来的关家梢。我也能尽心照顾为抗日去都山的战士们留下的家属、亲人。只要共产党、抗日联军或者在座的哪位回到冀东，来到关家梢，关家梢就是他的家，就是他躲避日寇汉奸的安全窝。有朝一日，云开雾散，再像这次冀东人民抗日大暴动，我们马上戈矛齐备、刀枪上阵，只不知这样行是不行？"

胡志发问林子华："林先生，你看呢？"

文质彬彬的林子华热情洋溢地说："我刚才沉默，也正是在思索。我想，此去都山，关家梢的族人看来必然会有部分恋家不想去。这个问题如何解决？至于我自己，原来在关家梢教学糊口，本是孤身一人，可以四海为家。但到底是文弱书生，工人特务大队中，像我这样的人仅我一个。我能参加工人特务大队闹红抗日，感到光荣而且自豪，但以后远去都山，戎马跋涉，很怕不能适应，拖累大家，所以不免犹豫。刚才听寿年兄讲了他的两全之计，我倒顿开茅塞：觉得此计可行。我们工人特务大队随军走了，在敌人这里安下一颗钉子，是件好事。如果认为此计可行，我愿意随寿年兄留下，也好助他一臂之力。"

节振国感到关寿年、林子华二人说的都是诚恳的实话，倒被他俩那种耿耿、坦率的感情感动了。觉得将他们留下，抓住关家梢这块地盘，在敌人肚子里埋下炸药，倒是一个很好的主意。因此，朝着胡志发说："老胡，你说这样行不行？"

胡志发刚要说话，关清风抚着白胡子开口了，说："我也明白你们不是那种三打不回头四打连身转的人，这两全之计很好，可是我担心的是关东平那小子！"

胡志发点头站起身来，眼睛里显然流露出一种严肃的神色说："对！我也正在想这个！关东平在七路军里。此次抗日大暴动，国民党的七路军、九路军打的抗日招牌，干尽了掠夺、奸淫等勾当。关东平一定也干不了好事。他是关家梢的人，同我们结下了怨仇！只怕有朝一日，他反水回了关家梢，情况就难说了！"

　　关寿年看见大家脸上的表情似是都在担心这个问题，微微一笑，有把握地说："我的想法不一样！"

　　节振国问："怎么呢？"

　　关寿年说："如果这样，我们更得回去！要说在关家梢，别的不行！族人宁听我的，不听他的。到底都是同宗同族，他能奈我何？而且，听说他是在七路军里，也打的是抗日的旗子。我们回去，也不说别的，就说不愿离家。他如果回到关家梢，情况跟我们也是一样。他又能拿我怎样！？回去以后，我们反正不能让他在关家梢主事。我这人向来不大得罪人，关家梢上，没有仇人。你们可以放心。要是林先生也同我一起回去，我有了个军师，遇事有他一同谋划，大家不必为我担心！"

　　关清风听到这里，点点头，说："这倒分析得也有道理。"

　　林子华说："既是为了抗日，风险总是有的。走，有风险；留，也有风险！只要我们立志不负抗日初衷，像文天祥所说的'而今而后，庶几无愧'，也就行了！"

　　节振国见关寿年和林子华心情迫切、意志坚决、语气豪壮，向胡志发说："老胡，你看怎么办？本来——"他又把脸转向关寿年和林子华："留下谁我也舍不得，现在，你们不走，我是同意啦！"

　　胡志发看着须发皆白的关清风，尊重地问："关师傅，您年岁大了，留不留下？"

　　关清风摇摇头，抚髯而笑，说："人生处处是青山！我是跟着走啦！俗话说：'六十五，开山斧；七十五，下山虎。'我正是太阳刚偏西，还可以火爆一阵子哩！年岁虽老，体魄还行。听说当年红军长征走过二万五千里。此去都山，其实也并不远。我带着玉德，跟大伙走！关家梢的事，留给寿年和林先生他们办吧！"

他言语不多，但是铿铿锵锵，令人听了"当当"动心。

胡志发面向关寿年和林子华，说："那就这样决定了！但是为了免得搅乱军心，而且有利于你们回关家梢隐蔽，这事不要声张。你们两位可以在我们出发之前带着不愿去都山的一部分关家梢战士秘密回关家梢。"

雨声清脆，节振国重感情地说："我们是在关家梢为抗日喝过齐心酒的！今后就是分别了，永远也不要忘了'齐心'二字！"

见他动了感情，大家也都不胜唏嘘。

当天，除了关寿年和林子华外，大家分头去做战士们的工作。到黄昏时候，节振国就由纪振生陪同匆匆骑马赶到了黑山沟。

虽然在夜色中，节振国对黑山沟仍旧熟悉得了如指掌。在以前——结婚以后的开头几年，每到过年的时候，他总要回黑山沟来跟岳父岳母团聚一番的。现在，军情紧迫，戎马倥偬，想起往事，觉得分外遥远了。

他和纪振生一同下了马，牵着马向岳父母家走去。过去的事一幕幕浮现在眼前。离乱以后的妻子儿女，马上又可以重逢了。他心里激动，每向前走一步，心就跳得更快一些。身上被雨水淋得冰凉，胸腔里却像包着一块炽热的火炭。

终于，到了岳父家的门前。他停了下来，拂一拂已经湿透了的头发，含着笑招呼了一下纪振生，敲起门来。

"谁?"

这是玉兰的声音，夹杂着还有孩子的声音，也在叽叽喳喳模仿着大人询问："谁?""谁?"……

"是我！玉兰!"节振国的心要跳出口来了，一边答应，一边把缰绳递给纪振生，让纪振生找地方将马拴住。

门"吱呀"一声开了，雨线像一道门帘分隔在节振国和屋里的人中间。玉兰呆呆地站在门口，刘老汉老两口也呆呆地站在玉兰身后，凤英和凤兰像小猫似的挤出身来揪着妈妈和姥姥的衣襟，瞪眼看着自己的爸爸。给单独留在屋里炕上的凤生却在里面哇哇哭嚷起来。

屋里有灯光，屋外黢黑，节振国看屋里的人清楚，屋里的人看振国看不清。但节振国兴奋高叫："爹！妈！玉兰！……"屋里的人立刻认准是谁了！玉兰"啊"的叫了起来，泪水迸流。两个老人欢喜得连连用手擦拭两眼。凤英、凤兰欢叫："爹！……"节振国不顾身上潮湿，一手一个抱起了凤英和凤兰，和拴好了马的纪振生一起大步进屋。进了屋，他放下了凤英和凤兰，马上又去将在里屋炕上大哭的凤生一把抱起来亲了又亲。

屋里生起了火给节振国和纪振生烤衣服。刘大娘和玉兰赶快揉面擀面条。孩子们躺在爹和纪大叔的怀里，似懂非懂地听爹和大叔讲这些日子来搞暴动、杀鬼子、除汉奸的故事。

衣干饭饱，节振国谈起了形势，谈起了要让刘玉兰和孩子们转移的事。

到哪里去呢？王官营有亲戚，潘家峪也有熟人。最后商定，暂时先让玉兰带了孩子秘密去潘家峪。潘家峪在丰润县玉带山麓，是个小山村，冷僻、安静，比较安全。

老人们总是舍不得的。但是知道形势如此，只得这样办。他们打扫了里屋，让女婿跟客人住。纪振生知道了，却调皮得像个小伙子似的伸开两条长腿朝炕上一躺，说："今儿让咱们大队长跟嫂子团圆团圆吧！我在这儿跟您两位老人睡，只要这么一小块地方，也碍不到你们。"

他赖着就睡，再也不肯动弹，老两口也呵呵笑了。窗外的雨声风声仍未停歇，屋里却又响起了纪振生的如雷的鼾声。

四周一片寂静，孩子们都睡熟了，两位老人也睡着了，只有睡在里屋小炕上的节振国跟刘玉兰却不能入睡。炕角上的油灯仍点着，明亮，温暖。

　　刘玉兰突然从炕角席下一个布包里拿出一块黄绸来，说："好些东西都丢了！这块绸子我还给你留着！"

　　节振国接过黄绸，那上面用朱砂写的四句诗赫然又呈现在眼前。往事顿时像流水似的全部涌上心头。他想起那晚舞剑的事，第二天当剑的事，想起了这风起云涌的岁月……现在，他不正在钻刀山火海吗？现在，他不正在杀侵略中国的东洋帝国主义者吗？……

　　节振国"噗"的吹灭了炕角上的那盏小油灯。

　　他轻轻地握住玉兰的右手。这只瘦削的手，腕骨已经损坏，手掌不能再向外翻转。节振国不禁说："玉兰！你受苦了！"

　　玉兰点头，回忆着说："审问我的是一个三十多岁矮胖的鬼子宪兵军官，光光的秃脑袋，撅着小胡子，戴副黑边眼镜，后来才知那就是彬田。因为我什么都说不知道，他就让人将我吊起来鞭打。是拴着大拇指吊的，这手就成了这样子！受刑以后，我半死地躺在监牢里水汪汪的地上一连两天水米不沾牙！可是想到你和孩子，我决定坚强地活下去！"

　　节振国抚摸着玉兰的右手："后来呢？"

　　"真想不到，夏连凤那天突然站在我面前了！"

　　"他？……"

　　"是啊！他穿一件新的棉袍，我见到他就察觉他味儿不对，他怎么会到牢里来看我的呢？……他说：'嫂子，您受苦了！大哥这次的祸可闯大了！'又问我你上哪儿去了？说要是知道你在哪儿，他马上给你通风报信让你远走高飞。他又死死问我你有个姓周的朋友叫什么名字，住在哪儿？跟谁认识？最后，他干脆说：'嫂子，冬天穿袄，夏天吃瓜，什么时候说什么话，你千不想万不想也得想想三个孩子，犯不着为了旁人连累自己。'我就明白他当了汉奸了！给我臭骂了一顿！他临走，装作讨好我，说：'嫂子，我一定设法保你出去！'关了二十三天，鬼子果然放了我。可我明白，放我是为了想抓你！这黑山沟，那时常有汉奸监视我们！"听玉兰讲完，节振国没有说话。这是他的个性，每当他愤怒的时候，他总是异乎寻常地沉默。他在想着仇恨，想着抗日。

看见节振国沉默得可怕，刘玉兰知道他在想些什么，她缩回了手说："这以后哪天还能再见面？"

节振国摇摇头。自从早晨周文彬谈过形势以后，他就明白今后战斗十分艰苦。他也早下定了不怕一切困难抗日革命到底的决心。他把心里的想法，坦率告诉了玉兰，最后用乐呵呵的声调说："……革命不成，抗日失败，我就吃'烧鸡'，把骨头扔到哪儿就哪儿！"

他说得轻松，玉兰却听出了话里的决心和分量。

他怕玉兰听了担心，又用更加乐观的语调说："你放心，好好带着三个孩子，艰苦就艰苦些。打走了日本鬼子，建立了富强平等的新中国，才有好日子过！我跟着共产党抗日干革命，这条道是走定了！有共产党，你就可以为我放心，也许……"他兴致勃勃地说，"……我们很快就又回来了！那时候……"

没等他说完，刘玉兰就打断了他的话。她知道他是安慰她，温柔地说："你别安慰我。我不软弱！孩子和我，你就别挂心了。你好好干你的吧！一人在外，自个儿多当心些……"

刘玉兰是不愿意影响节振国抗日干革命的。她是一个会下决断的人。到潘家峪去，她觉得这是一个妥善的办法。前一段，大暴动之前，她被彬田释放回来后，常有些不三不四的人来黑山沟窥探。她意识到：可能都是些日本宪兵队派来的特务汉奸。后来，大暴动起来了，她才感到住在黑山沟心里平静了，生活安定了！现在，部队要转移，日寇随时又会卷土重来。她懂得，要让节振国一心带着工人特务大队去作战，自己应当带着孩子去潘家峪，好让节振国无后顾之忧。

屋外，雨停歇了，风仍在空中打着呼哨。有秋虫"唧唧"的鸣声清脆、美妙地传来。

　　夜已经深了！

第二十二章　桃林口

潇潇的雨，下个不断。云彩像倒翻了染缸似的，云底浓黑，随着风雄伟、迅猛地在长空奔驰。淅沥的雨声，沙沙地响，忽而奔腾澎湃，如波涛呐喊；忽而飘飘拂拂，如细沙落地。

工人特务大队离开榛子镇附近随抗日联军大部队东北行以后，冒雨行军，有时日行夜宿，有时日夜兼程，已经东渡滦河，继续向都山方向进发。

快临近古长城了，虽是九月，人们都感到霜风凄紧。大雨滂沱，行军真是艰苦。身体健壮的战士浑身湿透以后，也都冻得直磕牙齿。好的是头上没有漆着红色膏药徽的日机盘旋，一路东北行比较顺利。

看到雨，听到雨声，节振国在行军途中常常想起出发那天半夜里同关寿年和林子华分别时的情景。那天半夜里，又下起了大雨，节振国和胡志发一起去关寿年和林子华的住处送行。忽然听到歌声。这是林子华在慷慨悲歌，唱的是《满江红》："怒发冲冠，凭栏处，潇潇雨歇。抬望眼，仰天长啸，壮怀激烈……"节振国记得，在关家梢时，听他唱过这支歌。节振国听了一会儿，此时此地，心里涌塞着一种说不出的离情别绪。关寿年和林子华带着关大个子等三十多个关家梢的子弟兵在拂晓前悄悄离开工人特务大队回关家梢。走前，林子华将他的那只珍爱的矿石收音机送给了节振国，说："留个纪念吧！听了也能了解些情况。"节振国收下了这件珍贵的礼物。离别时，节振国、胡志发、关清风、纪振生和关玉德冒雨给他们送行，送了一程又一程。大家都依依不舍……现在，他们早该回到关家梢了吧？工人特务大队也快走到当年秦始皇建造的古长城了！雨中行军，节振国也不禁常常哼起《满江红》的歌子来，唱着这支歌，就总是想起关寿年和林子华。节振国是一个热情的人，心头常有千顷波涛在激荡，他放不下对战友的思念呀！

九月中旬的一天下午，突然雨过天晴，节振国、胡志发率领的队伍到了桃林口。

工人特务大队奉命出发时很仓促，季节又在夏秋之交，多数人穿得都很单薄。节振国头上戴一顶灰军帽，身穿黑布便衣，打着绑腿，肩上披一块油布挡雨。他腰里插着两把驳壳枪，别着两个大鼻子手榴弹，背上还背插着一把拴着红缨的大刀片。那样子，真是威风凛凛。他浑身早湿透了，可是从小吃苦耐劳的他，并不在意。

桃林口一带，地势险要，山峦逶迤，丘陵起伏。前边传下口令来，让工人特务大队就地休息。连日冒着风雨行军，漆黑的夜里不见指路的北斗星，四围全是黑乎乎的庄稼、树木、田野和山冈；白昼只见风雨弥漫，层云压顶，山川雾罩。现在，雨停了，大家看到晴天，心里多了几分欢畅。既然就地休息，节振国马上让纪振生带人布下了岗哨，自己同胡志发去观看地形。

从东北方向进桃林口，要经过一个山谷隘口。山谷隘口两边是岩石嶙峋的山冈。山冈上有密集的树丛，有岩石。山上本来丛生着半尺高的野草，现在野草大部分枯黄了，地面上有一条条纵横交错的沟壑。路边坡上有个破祠堂。节振国带着人进去，让赶快分头找柴架锅烧开水煮饭，又叫大家分头找柴火好烤干衣服。

胡志发带着"黑旋风"梁凯一伙去找柴火，在东边山头下找到了几户穷人家，付上钱抱了一些干谷草和松木柴回来。关清风带了一伙人砍了许多湿树枝回来。顿时，祠堂里火点起来了，呼呼地烧着。

人们都绕着火围拢来，烘烤着湿透了的衣服和鞋子、帽子。有些战士砍来的树枝湿淋淋的，也架在柴堆上去了。湿柴有时压灭了火苗，有时使火堆冒出熏得人落泪的青烟。人们咳嗽着，光着脊梁，光着下身，用手晾着衣裤，在火上翻来覆去地烤。穿着湿衣的人，皮肤都给雨水泡白了，打起了皱褶，如今脱下了湿衣，又烤干了湿衣，身上舒坦，心里更是痛快。大家一边烘烤衣服，一边说闲话，祠堂里满满都是烟雾和热气，不断散发着笑声。

　　大铁锅架起来了，从祠堂前的一口井里打来了水，熬起了稀饭。节振国让战士们先烤衣服，自己却穿着湿衣，帮着老炊事员续柴烧火。火苗蹿得老高老高，哔哔响，有时噼啪迸火花。正在这时，突然纪振生急火火地跑来了，气喘吁吁地说："有情况！"

　　节振国站起身来，眼睛瞪得圆虎虎地问："怎么一回事？"

　　纪振生比画着方向说："东北方发现约莫有一个营的敌人，正向我们这儿扑来。原来以为是鬼子兵，一色穿的黄色日本军服，戴的日本军帽，细细一看，是'二鬼子'！打的是伪满的旗子！"

　　"二鬼子"是伪满军，当时又把它叫作"满洲队"，是归日本陆军指挥的。

　　这下，可把节振国搞糊涂了：敌人是怎么来的？企图怎么样？……可是，情况紧急不容许去侦察、调查，节振国当机立断，高叫一声："集合！"

　　烤衣的人立时都穿上了衣服，踢踢踏踏列起队来。节振国走近胡志发，把情况一讲，说："我们立即迅速占领桃林口隘口两边的山冈，'二鬼子'要是进了隘口，咱就堵住了打！"

　　胡志发点头，转身叫道："树森！你快去前边向司令部报告，说发现敌情。我们去占据桃林口隘口两边的山冈阻击敌人！"

　　田树森应了一声："是！"回身就走。

　　胡志发忽然提高嗓门又说："回来！敌人现在由东北方向往这儿来，

你得由这儿向西再往北绕过桃林口到前边司令部，不要被敌人发现了！"

田树森应了一声拔步又走。节振国马上部署战斗：一、二分队迅速占领东山冈制高点阻击敌人；第三分队绕下山去阻击敌人。他说："这次，不要舍不得花子弹，也不要怕蚀本！'二鬼子'是块大肥肉，咱把它吞了，身上就能长肉！"说得战士们都心花怒放。

节振国和胡志发把伏击敌人的作战方案跟工人特务大队战士们一说，工人特务大队一、二分队的战士一起走出祠堂那残破的围墙外，风风火火地散开队伍径直往东北跑，去抢占东面的山冈。

节振国和胡志发同一、二分队一起去。节振国凭借地形地物的遮掩朝远处"二鬼子"的队伍看着，忽然"咦"了一声，说："奇怪！看样子不像是来讨伐的！你看，前头骑马的军官那副熊样！多自在！"

胡志发在节振国身边应声说："可不，看来是'二鬼子'不知我们在这儿行军，走到我们的驻地里来了！你看，都没戴钢盔，不是来执行战斗任务的！"

节振国得意地说："等'二鬼子'进了桃林口，要是司令部的队伍往我们这儿一压，我们从这东山上往下一堵。你看吧！这几百个'二鬼子'做肉馅可不够咱包饺子的！"

越离越近，看得越发清楚了。敌人约莫三百多人，估计是一个营。前边有一个肩挂豆腐牌子、挎着腰刀、骑大洋马的军官，看来是个营长。节振国看得心痒手痒，对胡志发说："老胡！瞧我等会儿活抓他来当俘虏！"

胡志发用两只明亮深沉的眼睛看看节振国，说："你是大队长，别光顾着自己一个人痛快。要指挥这几百人打仗，你自己可不能随便冒险！"

节振国笑笑，说："不冒险还打什么仗？"

胡志发脚下走着，想着节振国的这句话，心里转悠：是啊！他勇敢，我是怕他冒险会出事。可是，他说得不对吗？打仗还能不冒险吗？也就不再说话了。

走着走着，工人特务大队已经匍匐着潜伏在东边山冈上了。节振国同胡志发并排趴着，节振国说："'二鬼子'！是伪满的汉奸军！见到了这些王八蛋我跟见到了鬼子一样恨得眼红。今天呀！我要——"他腰里有两个大鼻子手榴弹，现在，他摸摸其中的一个，说，"这个大鼻子手榴弹是家发哥的！我今天要给他报仇了！"

听他一说，胡志发才想起，那天在赵各庄街垒战中，张家发牺牲后，节振国不肯撤退，后来说了一个"撤"字，却在张家发身上解下了这个手榴弹揣在兜里。当时节振国也没说什么。后来，只见这个手榴弹始终挂在他身上。现在，看到节振国手摸着这个手榴弹，说了这么一番话，胡志发浑身的血都热了！但他有点担心，不担心别的，担心节振国太勇敢、太大胆、太爱冒险。他怕节振国会牺牲。现在，见节振国眼都红了，又咬牙切齿地摸手榴弹，说起要给张家发报仇的话来，他这种担心更厉害了，不禁谨慎地说："老节，仗还有得打呢！你勇敢，是好的！可是要记住，千万不能干无谓牺牲的事！不能见了敌人就不要命了！我们要敌人的命，可不能自己也送命！你说呢？"

节振国咧着嘴笑起来，说："不要紧！"

胡志发也不明白他说的这"不要紧"是什么意思。这一向来，胡志发发现节振国喜欢讲两句话。一句是"不要紧"，一句是"有办法"！他乐观不发愁，不知困难，总是信心满怀。一同经历着艰难困苦，使胡志发越来越觉得节振国这个人可爱了！在过于勇敢的问题上多劝他也无用，胡志发就不再作声了。

"二鬼子"的队伍大摇大摆地在丘陵地带走着，越走越近了。队伍拉得很长很长，看得出这伙敌人仍毫无戒备。

就在这时，突然听到"轰！""轰！"……几声巨响，只见"二鬼子"那儿，硝烟冲天，土石横飞。接着，见"二鬼子"的队形乱了，你挤我撞，有的已被打倒在地，有的撒腿在跑，顿时又只听得机枪响，枪声响，"突突突""塔塔塔""砰""乒"……乱成了一片。

骑白马的"二鬼子"军官什么也不顾了，拍马向前逃命，向着桃林口山隘飞奔而来。那些"二鬼子"见当官的逃跑，也稀里哗啦跟着当官的向着桃林口隘口窜来了。

远处，抗日联军的大部队已经在丘陵地带出现，枪声像爆豆子，迫击炮仍在"轰！""轰！"地射击，只是打得不太准，有的打到敌人后边去了……"二鬼子"拼命跑呀，有"砰！""乒！"还枪的，也有提着枪只管逃跑的，都越来越近了。

胡志发一攥拳，叫了一声："好！"

节振国明白，这是前边司令部大部队先用了迫击炮，又用了机枪、步枪在压敌人。看来，司令部也发现敌人了，所以在包抄敌人将敌人往西南面压，有意让敌人走进工人特务大队的伏击圈。节振国心里那个高兴呀！真是没法说。也用不着潜伏隐蔽了，他站起身来，双手攥着驳壳枪，对着战士们高嚷："准备打！"

他话音刚落，自己已经带头冲下去了。原来他见那个骑马的"二鬼子"军官，快马加鞭冲向桃林口山隘，他怕这当官的跑掉，"擒贼要擒王"，他就什么也不顾了！他也没开枪，把双枪往腰里一插，挥起亮闪闪的大刀，直往东山冈的一处陡岩上像一股旋风似的冲了下去。

胡志发惊叫一声："老节！——"但没来得及止住节振国。节振国已经冒险"飞"下去了。工人特务大队一、二分队的战士们放枪的放枪，绕道往下冲的正在拔步，都被节振国这一"飞"惊呆了。

节振国像只雄鹰，从陡得几乎只有三十度的斜坡上脚不沾地地"飞"下去了。陡坡上稀稀落落地生着杂树棵子，竖着锯牙似的怪石。节振国冲了一段，人像腾空似的，从离地约有三丈高的悬崖峭壁上纵身一跳。人们只见红缨穗系着的大刀片银光一晃，像只鹰隼似的节振国"呼"的飞下去了！

骑白马的伪满军官，驱着白马刚进隘口，上边有密集的步枪子弹射击下来。跟在他后边的大批"二鬼子"又散了摊子。有一大群由一个军官模样的人带着往西山冈上冲，想从那儿逃跑。可是骑白马的军官已经进了隘口，正驱马狂冲，想拼命逃跑，万万想不到天上来了"飞将军"。只见一个戴灰军帽穿黑衣的人手挥大刀从天而降，不早不迟，正拦在马前。马在飞奔，这人就地一滚挥刀猛砍马脚，白马失蹄而倒，冲滚出去三四丈远，将那"二鬼子"军官远远摔到了隘口路边的一处沙砾地上，跌得哎哟哎哟满脸是土和血，爬也爬不起来。

　　节振国翻身而起快步上前，一把将"二鬼子"军官提着左臂揪起来，劲儿用大了，竟将军官的胳膊扭脱了白，疼得这马脸的小子"呀呀"乱叫。这时，冲过隘口的一伙伪满军也已迎面跑过来。节振国拿起一个大鼻子手榴弹，将鼻子一拔"嗤"的扔了过去，"轰"的一声，炸死了好几个"二鬼子"。他又抄起第二个大鼻子手榴弹打雷似的高嚷："跪下！不想死的就跪下！"

　　那伙"二鬼子"一看手榴弹炸人厉害，又见当官的已经跪着了，都赶快跪下。有一个不老实，掏枪想打，"砰"的挨了节振国一枪，骨碌碌倒在一边地上去了。

　　绕下山来从路上追来的纪振生、张惠带的三分队也到了；从东山冈上下来的胡志发、关清风、梁凯、关玉德等都来了，一下子堵住了二百多伪满军，地上密密麻麻跪倒了一大片。

　　节振国一脸杀气问那跪着的"二鬼子"军官："你是个什么官儿？"

　　"营长！……"那家伙蹙着一张马脸，吓得讲话也结巴了，"我们不是……来……来讨伐的！我们是从燕河营回抚宁调防的，错走到八路爷爷这儿来了！……"他一边说一边"呀呀"地哼着，用右手抚着脱了白的左臂。

　　胡志发带着关清风分队马上收容俘虏，把那些伪满军都集中到一块，缴了械，一个个都让排队举起手来蹲在地上。

节振国正继续审问伪满营长,那边西山冈上一伙"二鬼子"约莫也有七八十人,却在那儿一边向北打枪一边向下射击。枪声鞭炮似的响个不停,纪振生带着一伙工人特务大队的战士正在仰攻西山冈。接上了火,战斗打得热火朝天。

节振国听着枪声,朝西边山冈上看看,心里火冒三丈,叫关玉德和梁凯带着一分队绕到西山冈后边去进攻。关玉德和梁凯带着人刚走,他自己好像又有了好主意,忽然将那伪满营长一把揪了起来,拔出两把驳壳枪指着伪满营长说:"你喊话!叫你部下投降!要是办不到,我叫你背上长两个窟窿眼儿凉快凉快!"

那满面是土又是血的伪满营长哭丧着脸,那张马脸更难看。给节振国一说,两腿哆嗦,连声说:"我办!我办!"

节振国押着他,拿他做挡箭牌,说:"走!快喊话!就说缴枪不杀!"

伪满营长乖乖地一边迈步一边扯开大嗓门高叫:"别开枪!是我!放下枪投降吧!缴枪不杀!"一边喊,一边往西山冈上走。

喊话真有用!逃上西山冈的,本是一个伪满军连长带着七八十个伪满兵。这时,见已被包围,又见自己的营长被人押着上来喊话,那伪满军连长把枪往地上一扔,命令他带着的全部"二鬼子":"听营长的命令!投降吧!"

节振国押着伪满营长刚仰着脸往西山冈上走到半途,上边的伪满军就全部缴械举手投降了。节振国叫那伪满军的营长:"蹲下!"又叫那些伪满军原地别动,单叫那个大胡子的伪满军连长:"你下来!"他押着一个营长和一个连长下了西山冈。纪振生带着工人特务大队一个分队迎上来了。节振国叫纪振生:"你带人去将西山冈上的俘虏全部带下来!"

节振国自己押着伪满军的马脸营长和大胡子连长到了山冈下,胡志发、关清风已从刚才俘虏的伪满军里清出另外两个连长来了。

节振国兴致勃勃地说:"咱快把这几个'二鬼子'军官送到司令部去吧!"

胡志发一看,笑了,说:"老节呀!你抓的这两个家伙的手枪、军刀还都挂在身上哩!这么送到司令部去岂不太危险!"

节振国一看,果然那营长和那大胡子连长的手枪和军刀都还佩在腰里哩!节振国哈哈笑了,摇头说:"没经验哪!谁打过仗呢!要不是日本鬼子逼的,咱也不会上这儿来干这买卖儿!洪麟阁那时不就问我:'学过军事没有啊?'看来,打仗这码事,真得好好学呢!"他回脸对着伪满军的马脸营长和大胡子连长嚷嚷:"还不快把刀枪解下来!"

伪满军马脸营长左臂脱了臼,仍在哼哼,听节振国一嚷,连忙用右手把刀枪解下来"乒""乓"扔在地上。

节振国命令纪振生:"押到司令部去!"

胡志发欣慰地说:"这一仗,咱打得好。只有几个挂彩的,没有牺牲的!"

节振国笑着说:"打是打得好!可是像大刀切豆腐太不过瘾。"

胡志发朝节振国腰里看看,见两个大鼻子手榴弹只剩一个了,不禁说:"今儿,你是真给家发报了仇了!"

谁知,节振国摇摇头,摸摸腰里那个剩下的大鼻子手榴弹,说:"没有!这个大鼻子手榴弹才是家发哥的呢!我想用,没舍得!我想,这是'二鬼子'!还不行!家发哥是鬼子打死的。他的手榴弹我得留着给鬼子吃!"

他不是说风趣话。他脸上十分严肃,两只眼睛像要冒火。

西方亮出一片彩霞。打扫战场正在进行。这一营"二鬼子"像是专门送给养来了。步枪、机枪、弹药、军刀、医药用品、雨衣、粮食……都有,真是一块"肥肉"呀!

当夜,住宿在桃林口。夜里,天上飞机声也常"轰轰"响着过来又过去。霜风呜呜地吹过山林,从北方往南去的大雁哀鸣着夜飞。半夜,突然上边传下命令，说敌人在抚宁、青龙一线配置了重兵，要进行阻击，先头部队同敌人接触后，现已退回滦河以西，让抗联部队也撤回滦河以西。

军情既起变化，节振国的工人特务大队连夜行动，在拂晓时又渡滦河西返。

第二十三章　寒霜红叶

　　形势的变动，像秋天傍晚时奇异的彩云那样幻化无常。

　　日寇分兵七路，在冀东大举围攻。暴动组成的新军情况本来复杂，训练又差，时已深秋，战士衣单，从滦河西返后不断遭到敌人袭击，处境艰难，队伍走散了很多。节振国工人特务大队不久就在敌人围攻中同司令部和大部队失去了联系。接着，听到传来消息，说随司令部行动的暴动新军决定拉往平西整训，但行至蓟县北部山区，拥塞在山间小路上，觅食困难，上有日机轰炸，又有敌军袭击，处境十分危急，队伍大部散失，并且听说抗日联军副司令员洪麟阁在蓟县台头村同日寇作战时头部中弹阵亡……工人特务大队只得处于独立活动的境地了！他们在辗转行军中，常同敌人发生遭遇战，伤亡了不少，散失逃亡的更多，减员情况严重。除了节振国、胡志发、纪振生、关清风、关玉德、梁凯、田树森、张惠、佟树安这些骨干外，最后只剩下了三十多人。

　　十月中旬的一天，阴暗的天空中弥漫着乌云。在迁安附近的葵庄，工人特务大队夜间在一个荒山上的破庙里宿营。人们困倦了，除了岗哨，都挤在庙里睡了。节振国因为消息闭塞很想听听矿石收音机，了解一些情况。这一向，老在行军作战，既没有心情也没有时间收听。现在，他和胡志发把矿石收音机从一个背包里拿出来收听，发现不知什么时候矿石收音机已经坏了。耳机里一点声音也没有，两人都不会摆弄，也舍不得丢掉，只得仍拿来藏在背包里。

胡志发邀节振国一同去查岗。秋风萧瑟，两人并肩轻轻地边走边谈。十月的天气，已是寒冷刺骨了。天空好像罩着一层黑纱，星星挤着眼，看上去又冷又亮。曲折的山径，常被树丛遮断。两人走着，胡志发说："老节，我看你一点也不泄气！没看错吧?"

节振国笑着说："看对了！泄气干什么？我这人，只要活着，气就总是鼓着的！"

胡志发给他的话逗笑了，说："一哄而起，容易一哄而散，并不奇怪。现在，队伍是小了，但剩下的是精华。形势艰苦，同上边也断了联系，但有这些骨干和精华，我们的抗日信心丝毫也不能动摇！"

大树的枝叶在秋风中抖动，秋风习溜溜、习溜溜掠着草梢撒欢。周围，除了风吹声，是一片引起人警惕的肃静。他们的步子离得近，两颗心离得也近。

节振国又笑了，说："同上边断了联系，但有你在我身边，有一大批同生共死的战友在身边，我心里就不急也不慌。这比我刀劈日寇出走时可强多啦！我在想，如今打游击，少而精反倒灵活机动。我不悲观！我在想，还是回东矿区去。那儿是我们的'家'，有我们的矿工穷兄弟。无论到哪里，都能支援帮助我们。还有关家梢，那也是我们的一个'家'！你不是跟我说过党中央要咱在冀东建立根据地吗？根据地怎么建立法，我不懂。可有个'家'，我看咱就像庄稼有了根，像瘸子有了拐棍儿。我的意思是，咱从这儿还是往西南去，回我们的东矿区，回丰润一带去！"

胡志发望望眼面前那宁静的夜、宁静的周围，点头说："你跟我的想法一致。是应当到我们可以生根的地方去坚持游击战。'水大漫不过鸭子'！只要我们机动灵活，有人掩护，就能对付敌人。这次八路军来到冀东，好像散播抗日种子的漏斗！敌人现在猖狂，像是准备荡平或埋掉种子的犁耙，但是，经过这次大暴动，抗日的种子一定会普遍开花结果的。我们不会孤立，也不会永远同党断绝联系的。只要能坚持，形势会好转的，我们应当乐观。"

节振国看看像浸没在透明墨汁中的四外，似听到风吹草动声，说："青纱帐倒了！以后潜伏隐蔽打游击都要艰难些了！"

胡志发用那种缓缓沉思的语调说："是啊！得准备着艰难的考验。但是，今年的青纱帐倒了，明年会再起来的。"说到这里，他看着节振国说，"老节，记得不？我说过，有了枪不等于会打仗。现在我们枪是有了，也打过一些仗了，但是，距离会打仗，那还很远很远呢！"

节振国点头，不禁发自内心地说："是啊！"

暗夜中，树丛、丘陵间浮起了淡蓝色的烟也似的薄雾。这时，他们已经走近放暗哨的地方来了。放暗哨的是小佟，他听出并认出是节振国和胡志发，马上从树后出来了。

节振国问小佟："有情况没有？"

佟树安回答："没有！"

节振国和胡志发决定绕到西边往山下走，再看看西端下边的岗哨。

谁知，忽然听见西端下边布岗处一声短促的惊呼，似乎有谁遇到了什么突然发生的惊恐的事。节振国"嗖"的拔出了腰里的两把驳壳枪，胡志发把短枪攥在手里，轻声说："有情况！"佟树安也端着步枪跟上来。节振国回脸对小佟说："快去庙里叫醒大家，做好战斗准备！"

小佟轻盈地撒开步子提枪走了。

弥漫着夜雾的丛林间，充满了落叶浓郁的香气。夜风，寒浸浸地冷透肌骨，有淙淙的小山泉汇成的溪水叮咚流淌。

节振国和胡志发飞步向西，绕道沿着一条沟边朝下边轻步跑去。稍走近一些就见到在下边树丛暗处影影绰绰。

胡志发立定脚步，一拽节振国，压着嗓子说："有人！"

节振国胆大，说："不像是敌人！我上前看看！"

胡志发拦住节振国，心想：是不像敌人，敌人不是这种来势！但还是不放心节振国去，说："不要鲁莽！"

节振国说："保不住是我们自己人呢！"他忍不住心头的好奇与激动，不让胡志发扯住自己的胳臂，攥着双枪，踮脚就蹿。胡志发也悬着心握枪紧跟。跑不多远，只见四面拥出几十个带枪的人来了！听得清，真的不是敌人！

节振国问了一声："哪一部分的？"

只听见原来在这儿放暗哨的张惠跑上前来，声音饱含兴奋，得意地高嚷："老节，是八路军陈支队！"

一听是陈支队，节振国真是喜出望外。早听说陈支队一直在玉田、丰润、滦县活动，但从未碰过面。想不到今天，在此时此地竟巧遇了！

陈支队的八路军战士一色瓦灰色军装，扎着绑腿。节振国和胡志发飞也似的扑上去，同他们紧紧握手。只见张惠带着一个中等个儿、长方脸的军人走上前来，这人腰扎皮带，胸前十字交叉地背着皮囊和手枪，像对待老熟人似的喜滋滋高叫："老节！"节振国一猜就是陈群，叫了一声："陈支队长！"热泪夺眶而出。胡志发也飞步上前。他本来是见过陈群一面的，大家意外相逢，都沉浸在欢乐之中。

在破庙里夜宿的纪振生、关清风、田树森、梁凯、关玉德和三十多个战士风风火火都来了。这一向啊，多少次流血苦战，多少次风雨兼程，多少次艰难行军，多少次霜寒夜宿……在失去了同党同上级的联系陷于孤单困难之中，成了失群孤雁的工人特务大队，此时竟和八路军的陈支队会合了，怎么能不欢欣若狂？怎么能不激动欢呼？

陈支队带着一些干粮、炒米，陈群估计到工人特务大队一定粮食不足，马上招呼战士们把干粮和挂在脖子上的炒米袋子里的炒米拿出来，分给工人特务大队的同志们吃。节振国马上吩咐人到庙里用干柴架锅烧开水招待陈支队的战友们……

陈群严密地下令布置岗哨。破庙成了陈支队和工人特务大队聚会的好地方。节振国和胡志发等陪着陈群进了破庙。破庙里外，两支队伍的战士们都在一群群愉快地交谈，互相询问情况。

节振国、胡志发和一些原来的分队长纪振生、关清风、田树森、梁凯、关玉德、张惠等都围着陈群在庙里欢谈。没有点灯，大家就在黑暗中坐着。

陈群的风姿气度，都是一个军人，他操着一口皖西口音，说："我们这个支队和包森同志①等另外两个支队，已经由上级正式命令留在冀东坚持游击战了！我们这是一支队，活动范围在丰润、滦县、迁安、迁西、遵化一带，遇到你们真是高兴。"

节振国兴高采烈，说："这下我们有了主心骨了！工人特务大队现在人数虽少，但都是能发电的煤块，没有矸石！我们打算回东矿区，回丰润县，打游击！"

陈群说："对啊！你们到那儿，有地利，有人和！现在只能适合小部队活动！"

胡志发平素那种平静的表情也变得十分激动了，连声说："太好了！见到你们，我们真是信心百倍！工人特务大队愿意接受陈支队领导！"说到这，他转身问："老节，你说是不是？"

节振国肝胆照人地连连点头说："那当然！工人特务大队是属于共产党八路军的队伍，当然受八路军陈支队领导！"

陈群说："游击战的指挥方法，不容许高度集中。如果把正规战的指挥方法放在游击战上，必然会使游击战毫无生气。因此，游击战的指挥原则应该是战略的集中指挥和战役战斗的分散指挥。地区广大，情况复杂，上下级距离很远，每支游击队都要善于独立作战！"他问了工人特务大队的人数、配备等情况，说，"早在去年八月，党的洛川会议上就确定了放手发动群众，武装人民发展抗日游击战争的方针。我

---

① 包森，原名赵宝琛，曾任冀东军区副司令员，一九四二年二月二十七日牺牲于遵化县。

们这些红军干部是今年春天由党派到冀东来进行发动游击战争的准备工作的。四纵队来到冀东，也是为了要在冀东发动游击战，建立根据地。现在，冀东形势比较艰苦，但我们要看到光明，要增强胜利的信心。今夜看到了你们，心里十分高兴。让我们抱成一团坚决贯彻执行党中央的抗日方针吧！"说到这里，陈群又继续说，"抗日战争是持久战！中国这么大，就是鬼子能占领中国一万万到两万万人口的地方，我们离战败还很远呢！日本的军力强，但它打的是侵略战，人力物力又不足；中国军力等虽弱，但战争是正义的，又是大国，鬼子一口吞不了！我们打持久战，世界的多数国家也会援助我们的！中国抗日战争中的游击战，绝不是可有可无的，我们要努力动员民众。鬼子在四万万五千万抗日同胞面前，最后非败在刀林枪丛中不可！"

节振国和大家一样，望着陈群在黑暗中发亮的坚定目光，听得发了呆，不但忘记了行军作战中的疲劳、饥渴，而且觉得有一种东西进入了自己的躯体，在燃烧、发热、发光，使自己浑身充满了热力。节振国忍不住提出心里久久思索着的问题来了，望着陈群热切地问："打游击怎么个打法？"

陈群笑了，黑暗中看不清他的面容，但声音里听得出，说："三言两语说不清，需要边打边学。但是毛主席总结过。什么叫游击战术？简单扼要地说，就是'敌进我退，敌驻我扰，敌疲我打，敌退我追'十六个大字。打得赢就打，打不赢就走；赚钱就来，蚀本不干！……"他一说，节振国和大家都笑了，觉得说得真好！

陈群突然从口袋中摸出一个洋蜡烛头来，"嗤"的擦着火柴点着了蜡烛头。烛光在暗夜中特别明亮，照亮了每个人风霜尘土留下痕迹的脸。陈群将蜡烛头递给节振国拿着，自己从军装上衣口袋里掏出一个红皮面的小本本，说："我给你们看一样珍贵的东西！"

节振国想：是什么呢？胡志发也想：是什么呢？在陈群周围的工人特务大队的骨干们都伸长了脖子，就着灯光拥着来看陈群手中的那个红皮面的小本本。

只见陈群珍贵地掀开小本本，里边夹着一张两寸光景的照片。照片小，拍得又不很清晰，已经折断揉皱。照片上是一座山，山上有一座宝塔，山前是一条宽阔的河床，有缓缓的流水……明亮的烛光辉映着照片，大家挤上来看，都不明白陈群的用意。只见陈群把照片拿在手中，带着浓重的感情说："这就是延安，我们的红都，革命圣地，抗日民主根据地。你们看，这是延安城东南角嘉岭山上的延安宝塔，是唐代建的。这座山我们也把它叫作宝塔山。这是延河，它发源于陕西西北，流经延安，注入黄河……党中央就在延安！……"他的声音里带着深厚的怀想，带着骄傲与崇敬。顿时，使看到了照片的节振国感到像有一股暖流涌进了心房，半晌说不出话来。大家一个个依次捧着照片传看，肃静无声，有的激动，有的兴奋……

庙外，风在呼啸，似闻秋声。

节振国忍不住高声招呼近处和远处的工人特务大队的战士们说："快来啊！来看延安的照片啊！"他一招呼，所有的战士都围上来看了！陈支队的有些战士本来看过的也来了，围得里三层外三层的水泄不通。大家都传看着照片。小小的烛光，此时仿佛一支火炬，照亮了照片，更照亮了大家的心。大家风尘仆仆的脸上映着烛光像映着朝霞。

陈群从一手拿着蜡烛头、一手拿着照片在细细端详的节振国手里，把照片接过来，重新珍贵地夹进小本本收进了口袋。又从节振国手里接过蜡烛，"呼"的吹灭了烛火，收进了口袋——看来，他用这个蜡烛头是十分注意节约的。他的语气里带着浓烈的回忆："在冀东敌后，离党中央这么远，有这张照片在身边，就感到延安离得近了。想起延安，在什么艰难困苦的情况下，就都能有信心，有力量……"

节振国英气勃勃地坐在那儿，心潮起伏。多少次，他向往过革命圣地延安。但这还是他第一次形象地见到延安。刚才在明亮的烛光下看照片的情景，将是他毕生难忘的了。他愉快地对着陈群和大家，神采飞扬地说:"将来,咱把冀东的日本鬼子全打跑了,杀光了!让冀东、华北跟延安连成了一片,咱要去延安看看!去延安见见毛主席和朱总司令!"

大家都乐得笑了。

陈群"嘿嘿"地咧着大嘴笑着,拍着军衣的衣襟,对大家说:"老节的想法好。我们一定要在冀东把局面开创出来,让党中央放心,让党中央高兴!"

纪振生似有所思,对着陈群的脸说:"眼下青纱帐倒了,活动增加了困难,该怎么办?"

陈群沉思了一会儿说:"青纱帐可以凋落,而民众长在,到哪儿都有。人民群众像无边无际的青纱帐,可以掩护我们。在来冀东之前,八路军一位首长说:'听说冀东南部是平原,没有大山,但不要紧!假如我们能在平原上把广大的人民推动到抗日战线上来,把广大的人民造成游击队的"人山"。我想,不管什么样的山也没有这样的山好!'……"

节振国高兴了,洒脱倜傥地说:"比喻真好!没有青纱帐,咱有老百姓!"

破庙外,仍是漆黑的深夜。秋风,也仍在冀东的山冈、丘陵、平原上刮来刮去。深夜时分,破庙里的一群热血抗日英雄们,听陈群谈论着他们今后的游击战计划,谈论着从延安和八路军那儿来的战略战术思想,谈着八路军政治工作的基本原则,不知夜深,不知疲倦。

节振国听到这些都感到新鲜,可是又都感到非常容易接受。他是个聪明人,现在,由一个矿工成了游击队长,肩上的担子重了,他深深体会到老胡说的"有了枪不等于会打仗"这句话的意义。他觉得,现在,比最初,是会打点仗了!可是,环境越来越艰苦,需要学的太多了。今夜,陈群的话,对他启发极大。在他的脑子里,像打开了一扇窗户,灿烂的阳光,新鲜的空气,呼啦一下都进来了!

当远处荒村传来隐约的头遍鸡叫的时候，他们才发现漫漫的长夜是快要过去了，黎明的曙光快来了。多么有意义的一夜啊！在冀东武装斗争形势进入低潮期中的这一夜，对于节振国和他的战友们是永难忘怀的一夜。但，天下每每有更巧的事。谈着谈着，陈群忽然说："光忙着谈这些了，有件事还没说。说了你们一定会高兴的！"他的语气里带着欣慰，"老周，周文彬同志现在是我们一支队的政治部主任！"

他话刚出口，大家就"哎""呀""哟"地嚷了起来。连素来沉着的胡志发也高兴得连忙问："老周现在在哪里？"

节振国咧嘴笑了，没容陈群回答，就自言自语地说："太好了！请领导放心吧！冀东留下了这么多英雄好汉，抗日，我们一定能抗到底！"

陈群也被节振国的乐观情绪感染了，声音里带着笑，说："现在，我们化整为零活动。一支队一共不过一百多人，分成了两伙。老周带了支队的另外一部分，这几天在马蹄峪一带活动。以后我们一定能不断见面的！"

晨光已经射进了破庙的窗洞与门户，映照得这些围坐着谈心的抗日英雄们一个个脸上生光，喜气洋洋。从破庙的窗洞与门户里望出去，大家才看到：庙的四周全是红叶树，有枫树，有樟树……秋风中经霜的红叶在晨熹中红光烂漫，分外娇艳，真是美极了！看着那些在秋风中经霜而变得更美丽的红叶，节振国心里，忽然觉得从红叶上，得到了深刻的启示，洋溢着一种无比崇高的感情。

第二十四章　人　头

秋风横扫冀东，青纱帐早收割干净了。一切有利于游击队隐蔽的庄稼棵、灌木丛，不能再作为绿色的屏障了。原来稠密成荫的杨树林，叶片似在窃窃私语，纷纷坠落。小溪沟里的水早已凉得沁骨了。寒霜每夜在无声飞降。落木萧萧，唯有绯红若醉的枫树，在萧瑟的金风中，躯干挺拔，神采焕发，斗志昂扬。

节振国工人特务大队同陈支队取得联系后，决定回到东矿区一带活动。行军来到沙河驿，听说东三矿布满了日寇新增援的小林部队；又听说李奎胡的土匪队投降了日寇，变成了警备大队，李奎胡当了大队长，占据了榛子镇，在周围为非作歹，什么坏事都干。李奎胡在这附近很出名，贩过大烟，干了土匪，结交江湖亡命之徒。在七月初冀东人民抗日大暴动中，他浑水摸鱼在榛子镇一带组织了三四百人的便衣队，从没同鬼子干过仗，起先是抢大户，后来就鱼肉百姓，有时还冒充八路军游击队奸淫抢劫。现在，做了汉奸警备大队长，老百姓提起他的名字，没有不咬牙的。

节振国的工人特务大队到了沙河驿一带，陷入进退维谷的境地：到东矿区去，太冒失；到榛子镇去，要同李奎胡的土匪队开火。那怎么办？

节振国在两难的情况下，首先想到的是关家梢。这天傍晚，在沙河驿西边一个小村庄的庄头上一户农家，他同胡志发、关清风、纪振生、关玉德、梁凯、田树森、张惠等一起商量：是不是今夜绕过榛子镇去到关家梢落脚？

胡志发缓缓沉思，点头说："我也早想到关家梢了！但不知关家梢现在情况怎么样？冀东如今许许多多红区全成了白区。我们这么不分青红皂白地去行不行？我看先派人侦察一下，同寿年和林先生他们挂上钩再去！"

关清风皱着白眉毛想了一想，两只眼睛闪闪发光，说："我带玉德去看一次吧！依我想，寿年和林子华上次带了关家梢的子弟兵回去，咱们这步棋是走对了！形势再坏，我看出不了什么问题。关家梢总是我们的家。我们去到那里，一定能在那儿悄悄扎下根。现在，天也快黑了，我就带玉德起程。你们绕过榛子镇到上尤各庄村东口等着。我们同寿年他们联系上了立刻来通知大家。今夜就可以进关家梢落脚！"

关玉德是个沉默寡言的人，但这时说："爹年岁大，不要去了。我一个人去，约定明晨天亮前在上尤各庄村东口见面就是。"

节振国刚说："也好！关师傅就不去了吧！……"关清风却不愿意了，白胡子颤巍巍地说："那怎么行？关家梢的事儿，我去跟别人去不一样！我这把老骨头，能跑能走能折腾，打日本鬼子都能行，回自己家能出什么事儿？说走就走，我们马上动身！"

胡志发见关清风去意坚决，胸有成竹地说："这样吧！我们还是一起去！天已黑了，夜行方便。到关家梢后，我们在外边等候，也好接应。到那儿你们再去联系接头。这样，比让你们二人单独去放心一些。"

大家都说"智多星"的主意好。说走就走，天擦黑，工人特务大队就出发了。

夜，很静。还有叽叽的秋虫叫声凄凉地从田野里间断地传来。四外黑黝黝的，黑暗似用无形的手将人紧紧束缚着。远远近近的景物都模模糊糊地看不真切。队伍拉开了一字长蛇阵急行军。大家都放轻了脚步，既不吸烟咳嗽，也不说话。

周围一带，最近联庄会到了晚上，都打起了灯笼守夜。走在漆黑的夜色里，远远只见这个村庄上亮起几团银白色的灯光，又看到那个村庄上打起几团银白色的灯光。灯光飘飘荡荡，摇摇晃晃，互相照耀着，像鬼怪在眨眼睛，又似乎是这个村同那个村远远地在用烛光打什么暗语。

大家明白：这是怕土匪趁着月黑头打家劫舍；这也是有些反动伙会同鬼子汉奸有了勾结又立起山头来了！节振国走在队伍中间，看着这种过去少见的景象，心里不禁气闷：曾几何时，冀东形势的变化多大呀！……

他现在迫切希望关家梢能是一个可以落脚的"家"，可以让工人特务大队得到休整补充，可以秘密地拿关家梢这个"家"作为据点，开始往东矿区一带渗透。但就在抱着这种希望的时候，他眼面前幻景似的浮现出关东平的脸面来了！矮胖的关东平那秃顶、白脸、面上和蔼带笑亲热谦虚的模样，使他在这时候突然产生了一种更加厌恶的感情。从最近冀东局势变化得来的一种预感，使他敏感地自问：关东平现在在哪里？他会不会抢在我们前头回到关家梢？他回去以后会怎样？关家梢现在是什么局面？关寿年、林子华他们会怎么？……我们又该怎么办？

胡志发走近节振国身边，指指远远的联庄会的银白色的灯笼光，缓缓沉思地说："老节，我们去关家梢就像这黑夜里走路，看不见、摸不透的东西都使我心里不安哪！我在想，关家梢的情况也许不妙。到了那里，不能让关师傅他们冒失进去。要是关东平已经先我们回到了关家梢，或是鬼子已经到了关家梢，让关师傅他们进去就要受害。倒不如我们带队伍武装试探一下，再进关家梢。倘若形势好，那当然是喜事；万一形势坏，我们也有备无患。"

节振国边走边点头，压着嗓子说："你这主意好，就这么办。好在今夜天黑，容易隐蔽。"他将手里的盒子枪关上保险，重新插在腰里，摸摸腰里别着的那个大鼻子手榴弹想：倘若有鬼子，家发哥的这个大鼻子手榴弹今夜我要让它开花了！

节振国让胡志发先走，自己站在路边，等着关清风上来，把这话跟关清风说了。关清风想了一想，说："行！"

道路熟，暗夜拦不住熟路人，约莫走了两个小时，走近关家梢了。工人特务大队里每个人都又累又饿。这累，不是三天两天造成的；这饿，也不是十顿八顿造成的。要是能有个暖炕往上一躺，那真能散了骨头架子；要是能有烙饼，真能一口气吞它十张。腿酸痛极了，都像挂上了千斤顶。离关家梢越近，越觉得累和饿。谁不想赶快进关家梢呢!? 到了"家"，一定有热水洗脸烫脚，一定有一顿丰盛的招待，一定有一场酣睡。大家伸脖子望去，黑暗中的关家梢，竟也点着灯笼在守夜。关家梢圩墙里的庄子在夜色中像一头匍匐着的怪兽，那亮花花的灯笼就是怪兽的眼睛。

节振国、胡志发和关清风三人已经抢先走到队伍最前边了。他们将队伍引到暗处走。

节振国手指着关家梢说："看哪！关家梢也挂灯笼了！"

关清风沉思着说："恐怕是寿年干的事，应付鬼子就得这么干哪！"

胡志发平静地说："小心谨慎，走近了再看！"

大家看见关家梢到了，心情都更急迫，走起路来又轻又快，脚下都像踩着风火轮子似的，但看到那白花花的灯笼和笼罩着关家梢的那种神秘的、阴森森的气氛，又都心里揣着个闷葫芦。一会儿，那结实的圩墙，熟悉的铁栅栏门又呈现在节振国眼前了。节振国让大家在灯笼烛光的暗影里都轻轻地猫下身子，自己伸头张望起来。

灯笼用滑轮悬挂在一根旗杆顶上，烛光挺亮，映得光圈里亮晃晃的，村里反倒显得黑洞洞的了。灯笼旁高挂着一面大旗：红边白底，写着"守望相助"四个大黑字，在风中抖动。

关清风带着关玉德就要上前，节振国一把拦住，轻声说："师傅，别急！先试探一下才妥当！"

关清风昂着白发苍苍的脑袋说："不碍事！我去了就来！"

胡志发也上来劝阻，说："刀枪无情，不能冒失！还是先试探一下的好！"他回转身，刚想拾一块大石头蛋子往里扔，看看出来人不。忽然，关玉德"咦"了一声，压低嗓音说："那是什么？"在这同时，节振国、胡志发也看到了，在铁栅门旁挂着的一盏灯笼旁边，有个一尺见方的木笼，木笼里有个物体，粗粗看去，看不很清，但仔细一看，隐隐约约看出来了，是个人头呀！人头……

节振国小着声音说："人头！"他心里涌起一阵不祥的预感。

胡志发点头"哟"了一声，心里也有一阵恶兆。他立刻让关玉德通知大家不要出声，不准乱动！

关清风眯着老花眼也看到了，纳闷地说："怎么回事儿呢？拿人头在示众！"

秋风吹着衰草败叶，发出一片飒飒的响声，有秋虫的悲鸣声传来。节振国一皱眉说："不要紧！你们等着，我去看一看！"

他轻如脱兔，飞步上前，闪身在灯笼光照耀不到的暗处，走近了锁着的铁栅栏门旁，仰脸看着灯笼光照耀下的木笼。看清了！木笼里确确实实装着一个人头！人头的脸面上，虽然双眼紧闭，已经皮肉紧缩，糊着发了黑的血迹，但节振国已经看出：是关寿年的头颅！一点不错！正是关寿年的头颅呀！

节振国心里"咯噔"一下，打了个寒噤，又气又恨，又悲又怒，牙齿咬得咯咯响，心里诅咒着说："你们杀！我们也会杀！……"但他到底弄不清关家梢究竟起了什么变化？是谁杀了关寿年？他飞步跑回来，心头充塞了复杂的感情，哑着嗓子说："寿年给杀害了！"

关清风"啊"了一声，泪珠沾满了两腮和银须。

胡志发冷静地说："不知这儿是鬼子占了呢还是怎么？咱得试探一

下！"他通知大家做好战斗准备，并布置好：如果撤退就往东北跑。他对节振国说："老节！扔块石头蛋子，看看出来人不？"

节振国拾起一块石头，用力扔进铁栅栏门里。石头有拳头大，"嗵"的一声掷进去后，声响很大。只听见踢踢踏踏脚步声响，一会儿看见出来了十几个拿枪的穿黄军衣、戴大帽檐白帽圈的警备队。一出来就对着外边暗处"砰""砰"地胡乱打枪。

一见是伪警备队，节振国知道关家梢情况有变，下令说："撤！"他让胡志发带着队伍往东北跑，撤到榛子镇南门外田树森家附近会合。自己却带着关清风、关玉德和纪振生留下观察。四个人一起猫着身子蹲在暗处，八只眼睛都毫不转动地盯着张望。

警备队"砰！""砰！"……打了一阵乱枪，停止了射击。节振国等在暗处，只见又是一伙警备队拥着一个矮胖的挂豆腐牌子挎腰刀的警备队长模样的人出来了！

关清风一拽节振国的上衣小声惊呼起来："关东平！"只见关东平指手画脚，叫人朝天"哒——哒——哒"打了三发步枪。

节振国早看清这是关东平了，知道这是打的信号枪，一咬牙，猫着身子从暗处飞也似的跃上前去，瞄着关东平就用驳壳枪"砰"的打去，只听枪声一响，关东平"啊"的叫了一声，倒了下去。警备队乱成一团，又朝外边暗处胡乱打起枪来。

纪振生、关清风、关玉德回枪射击。节振国也早闪身回来了。"砰！""砰！"……打了一阵，节振国说："撤！"四个人连忙抽身向东北面榛子镇方向跑，去追赶队伍。留下了关家梢的枪声仍在寂静的夜色中继续传来。

四人一起轻盈地跑着。路上，关玉德像嚼了辣蒜似的嘘了一口气，说："关家梢变天了！要是冒失进去可就坏了！"

关清风气恼地喘着气说："这畜生回来了！看来是投靠鬼子当上了警备队长啦！可叹寿年给杀了！不知林先生他们怎么了？"

纪振生给自己鼓劲儿说:"老节那一枪够他呛的!"

节振国暗暗叹气说:"关家梢这个'家'是没指望了!我看林先生怕也出事了!……他们人太老好,吃了虎狼的亏了!"

关清风"唉"的长叹一声,说:"只怪当初没有宰了这个畜生!只怪我还给他求情!我们这些人家恐怕都要受害了!"他的脚步沉重,似乎仇恨得要把地踩陷下去!

四人一路小跑,沿着来时的路向榛子镇方向跑。从关家梢到榛子镇不过三四里地。但这是绕东北方向走,就比较远了。四人正跑着,忽听前边枪响。枪声急促,像是互相射声。

节振国警惕地停下步来说:"有情况!"

纪振生机灵地说:"听这枪声,好像是我们的队伍跟人打起来了!"

关清风喘着气说:"快跑!赶上去开火!"

四个人又跑起来。节振国一边跑一边想:是遇上了鬼子呢?还是遇上了警备队?要不就是遇上了李奎胡的土匪了?……

猜测没有错。工人特务大队遇到的正是李奎胡的土匪队。

节振国工人特务大队刚才在关家梢遭到关东平警备大队的阵阵枪击后,关东平的三发信号枪惊动了李奎胡的土匪队。土匪出身的李奎胡是个彪形大汉,他不到四十岁,一脸横肉,人中右边有个大黑痣,黑痣上长着黑毛。李奎胡与关东平约定"守望相助",他亲自带队出来阻击。恰好,胡志发带工人特务大队过来,土匪队远远喝问:"口令?"

"黑旋风"梁凯猜到是碰上土匪队了,说:"老子还要问你口令呢!"土匪队"砰"的打了一枪,只听小佟"啊"的嚷了一声,倒下了,双方就接上了火。

夜黑如漆,风冷衣单,节振国却浑身是汗,同纪振生、关清风、关玉德追上了工人特务大队。这是在榛子镇西的公路边。李奎胡亲自带了土匪队在拦截。枪一响,远处那些亮着灯笼守夜的村庄也打起枪,也许是联防,也许是壮胆。要是按节振国过去的脾气,他是要死拼的。可是，今夜的节振国却不那样了。他忍住心头的怒火，对胡志发说："向北撤吧！"

战斗激烈。土匪队人多，从关家梢方向又传来了越来越近的枪声，看来关东平的警备队是追来了。胡志发点头："撤！"

节振国工人特务大队迅速向北转移。

天墨黑，鸡叫头遍的时候，来到一片长得特别茂密的灌木丛边，薄薄的淡淡的晨雾像轻纱似的在原野上随风飘荡。极度疲惫的工人特务大队已经脱险，发现这是在一个只有三五户人家的偏僻小村旁。节振国清点人数，除了有两个轻伤号外，少了佟树安和王玉成两个战士，估计都是落在李奎胡土匪队的手里了！

关家梢进不去了！榛子镇也不能去！到哪里落脚？大家都有些急了。

节振国乐观地说："不要紧！天下路多的是！这条不通走那条，大不了再回沙河驿那边找个庄子过夜！"

大家疲倦得手脚都不想挪动了。田树森说："大家也都累了！还是上我们庄子去住吧！虽离榛子镇近，但我看问题不大！我在那儿关系好。从这儿有条小道可以去，路不远，趁着天黑，正好赶路。在敌人眼皮下住宿反倒安全！"

大家七嘴八舌一商量，也都同意了。

天亮前，节振国工人特务大队悄悄由田树森带路，到榛子镇南门外那个小村子里住宿。田树森家就在这儿，村子里有他的一些亲友，这村子受李奎胡匪部的骚扰不止一次了，对李匪恨得刺骨。村里，赵各庄上的矿工和家属也不少，热情号房给节振国工人特务大队住，田树森那泼辣健壮的女人忙着烧开水给战士们喝用，乡亲们又给烙饼送吃的。队伍布上岗哨，悄悄就住下了。

节振国和胡志发心里有事，都没有睡。看看天快亮了，两人商量了一番，决定派纪振生打扮成个瓦匠，背着个小包，拿把瓦刀，像个到外边帮工谋生的庄稼人，去到榛子镇，打听昨夜少了的小佟和王玉成的下落，看看李奎胡匪部的情况。

纪振生天亮以后动身。正是日出时分，东方天空像野火在燃烧，一道道一片片的朝霞横亘在田野、树林上空，似绯红的火光，又似涂抹着鲜血。他已经疲劳极了，但肩上有着任务，看着鲜血似的一轮红日跳跃出现，想念昨夜血战中失踪落入敌手的小佟和王玉成的心更切。晨风虽寒，他却敞着衣襟，露着胸膛，头上冒着滚滚热汗。

榛子镇还留着土城墙和用青砖砌的四个城门。纪振生从南门进了榛子镇。这里嘈杂、混乱，街上人群熙来攘往。李奎胡的土匪队一律便衣带枪，布着岗哨搜查行人。纪振生给盘问搜查了两次。土匪队看他小包里边是破鞋子、破褂子和一些烙饼，没油水可捞，就放他走了。他走着走着，听人说："上东门看人头去！"心里不由得一惊，也朝东门走去。

身旁，有个挑担卖豆腐的矮老头儿。纪振生靠上去问："大伯，这人头是怎么回事儿?"

那老头儿秃了脑门，后脑勺留着一拨麻刷子似的长发，挑着豆腐挑子，看见瘦高条的纪振生像个老实的庄稼人，气不平地闷声说："如今是棺材铺咬牙恨穷人不死的世道！李奎胡他们这一伙又快成警备大队啦！挂的人头说是昨夜杀的节振国的游击队！……唉！好人不长寿，祸害活千年，哪能太平啊！……"

纪振生一听，浑身都沁出汗来，仇恨得脸通红。他匆匆随着向东门去看人头的人群走。到了东门，果然，只见东门上并排高悬着两个人头，正是朝夕相处的工人特务大队的两个好兄弟：一个是小佟，一个是王玉成，都是赵各庄矿上的工人。纪振生看着他俩血淋淋的人头，心里倒海翻江。瘦弱的小佟从小是个孤儿，没有爹妈也没有家。前几天行军时他心口疼，一手捂住心口还跟纪振生打趣说笑话："要是哪天打跑了鬼子，你这光杆儿住到我家去！我家就是你家，我妈就我一个儿子，你就叫她干妈，她准疼你！"纪振生见他说得跟真的似的，当时忍不住哧哧笑了。可是，现在小佟的头已经挂在这儿了！纪振生强把眼泪往肚里咽，不忍心再看，却见贴着一张布告，有人在围观，他上前去看，见白纸上黑字点的朱砂，写的是：

布　告

　　为布告事，抗日反满之节振国游击股匪横行丰、滦、迁、遵一带，昨夜突来偷袭，经本大队迎头痛击，毙俘二名，余众溃散。现将毙俘之匪两名枭首示众，切切此布。

榛子镇警备大队长　李奎胡

　　纪振生悲恸万分地一字一句读完布告，心里不知是什么味儿。从人丛中挤出来，只听背后一个穿得破破烂烂的中年汉子对另一个伙伴兴奋耳语："看！节振国还在打游击呢！"伙伴点头，用肘碰碰中年汉子，叫他小声，但自己也轻轻咒骂："阎王殿出的告示，鬼话里就这一点是真的！唉！哪天让节振国来这儿挂上汉奸的人头那才痛快呢！"

　　纪振生听了，心里感到欣慰。他仇恨日寇、汉奸和土匪，爱这些百姓。这样的好百姓遍地都有。有他们，抗日的游击大队到处都会得到支持的！

　　他带着悲痛，也怀着信心回去向节振国和胡志发报告。节振国听到佟树安和王玉成牺牲的噩耗后，心里难过，痛恨关东平和李奎胡，怒气冲天地说："这伙汉奸土匪，像掌子面上的支柱，支撑着鬼子！得一根一根砍掉！让鬼子冒顶！……"他也明白目前关东平和李奎胡人多势众，消灭他们还不可能，但他宣誓似的向全体战士说："昨夜的仇，迟早一定要报！不报此仇就不是工人特务大队！……"

第二十五章　温泉会

　　秋末冬初，中共冀东党委批准节振国为中国共产党党员，同时批准入党的还有纪振生和关清风。当时，日寇在东矿区和丰润一带开展"讨伐"，工人特务大队到了迁安、滦县一带。入党宣誓是在迁安和滦县之间的凹子地举行的。胡志发作为介绍人，并且主持了宣誓仪式。不久，为了避开日寇的"讨伐"，节振国、胡志发率领工人特务大队又转移到遵化五峰山附近活动。

　　遵化县多古迹名胜，五峰山也是名胜之一。有个古禅林寺，四围古松夹径，荫蓊成林。五峰山的主峰叫紫盖峰，峭壁嶙峋，撑出云表。这一带虽是名胜，但过去游人就不多。冀东形势风云变幻后，人迹更稀。

　　工人特务大队在这一带隐蔽活动。这天一早，忽然陈群、周文彬派通讯员小巩送来了口信，让节振国与胡志发傍晚时到遵化县城西北四十里的温泉附近见面，说有要紧事情商议。小巩讲了一下会面地点的情况，匆匆就回去了。

　　节振国和胡志发得信后，将工人特务大队交给了纪振生和关清风，约定：如果情况无变化，则回来见面；如果情况有变化，队伍需要转移，就在遵化县城西石门镇上相会。两人吃饱了饭，化了装，下午一人挑起一个破粪筐子，像两个拾粪的穷庄稼人似的，带上短枪，匆匆往温泉方向走去。

　　遵化城西北四十里的温泉，也是一处名胜。当地文人给起了个好听的名字叫作"汤泉浴日"。因为这儿在北山之阳，太阳一出，温泉就洒满了日光。"咕嘟咕嘟"从泉眼和山缝里冒出来的温泉水，冬天也是滚烫的，白腾腾冒着蒙蒙的热气。过去有钱人都来这儿洗温泉浴。

节振国和胡志发从五峰山赶到温泉时，按照小巩说的地点，走近温泉附近山麓下的一个荷塘旁。荷塘里早是败荷残叶一片萧索，塘边荒草丛生，附近山坡上有三间茅舍被土墙刺篱遮掩着。门前，有几棵老槐树迎风孑立。两人在荷塘边不见人迹，正要找寻，见那三间茅舍门口，出现了一个十一二岁打辫子的女孩，穿得破烂单薄，跑近前来了，脸上也没有笑容，射着陌生的眼光，招呼说："来!"

节振国和胡志发跟着小女孩走。走近了，才看出那三间茅舍是在山沟旁。山沟前有棵大柿子树，树上只剩下三五片宽大的红叶，顶端剩下光溜溜红艳艳几个柿子。茅舍后面是一道狭长的山坡，满坡是苍松翠柏，也有红叶树。两人随着小女孩走，小路曲曲弯弯，走进了土墙围成的院子，见茅舍门口站着一个小伙子。节振国和胡志发都笑着招呼起来："小巩!"

小巩灵巧地上来，亲热地说："来啦? 他在那儿——"他用手朝屋里一指，节振国看到屋里出来一个人：大高个儿，黑脸膛，穿的黑平纹布中式棉衣，上衣肥大，棉裤的膝部向前弯凸着，正是周文彬!

节振国和胡志发快步上前，两人一人握住周文彬一只手，长久不愿松开，高兴得话也说不出来。节振国前不久听胡志发介绍，才知道周文彬是朝鲜人，原名金成镐，父亲因为抗日从事朝鲜独立解放运动曾经被捕，一九一四年被迫流亡中国，带了全家侨居北平通县。周文彬在通县上中学时开始参加革命活动并且加入了中国共产党。从周文彬身上，节振国懂得了共产主义者应当是国际主义者的道理，也更增加了对老周的钦佩。久别重逢，节振国只是说："这下可见到你了! 这下好了! ……"

周文彬将他俩拽进屋去，高兴地说："党是磁石，我们都是铁屑。

有了党，还怕聚不到一块儿？"

茅舍里有位六十多岁的老大爷正在"呱嗒呱嗒"拉风箱，用烧火棍添柴烧水，飘散过来的炊烟有一股松树脂的清香。周文彬告诉节振国和胡志发："这是咱们一个战士的家。今天借这儿来传达学习一个重要的文件。因为形势险恶，不能人多，所以工人特务大队就让你们两个来，学了回去再把精神传达给大家。"

周文彬让小巩在前边把风，自己将节振国和胡志发带到茅舍后边的一个山坡下。山坡上的草都枯萎了，山岩上的大片松柏和几株红枫却绿红交映屹立在寒风中。

这儿朝阳，前有茅舍作屏障，后边是个岗子，如果有情况，可以及时转移。三人简单说了些别后情况。周文彬仍是烟袋不离嘴，他烟瘾大，一时不吸烟都难受。人都知道，有时环境不允许吸烟时，他只好不吸，那就抓点花椒、干辣椒在嘴里嚼嚼，或者掏出空烟袋杆来抽，吸点烟辣的气味儿。现在，他大口喷着烟，说："你们来得早！陈群马上要来。他先去找一位冀东党的负责人取文件，文件就由他带来同我们一起传达学习。"

三人在山坡下一道篱笆后的荒草丛中坐着。篱笆上还爬着许多纵横交错的扁豆棵的枯蔓。一会儿，小巩给送来了一壶开水。三人喝着开水谈天。夕阳快要西下，天色还很明朗。远处连绵的山岭涂着一层微亮的紫色，就在他们坐处不远的地方，一条小溪沟里流着涧水，还微微冒着白雾般的热气。

周围一片恬静。

周文彬指指那冒着热气的小涧水说："老节，遵化你不太熟悉吧？"

节振国点头，说："我这一带过去来得少。"

周文彬用烟袋杆指指涧水说："那水冒着热气看到没有？是温泉的水。这里的温泉很出名，有个温泉浴室在前边四五里的地方，财主过去都爱在那儿洗澡。这些倒没什么，可是那温泉石池，却有个典故。

池子有一丈多深，四丈见方，砌石为池，有石栏围绕，传说是明朝万历五年戚继光建造的！戚继光这个人你们谁知道？"

节振国扬起眉毛说："从小听说过戚继光，可是现在那些故事我已经记不清了！"

胡志发吸着烟袋杆说："戚继光，有支'戚家军'名闻天下。明朝时在浙江福建那一带沿海，倭寇来犯，给他杀得屁滚尿流。遵化这儿县城西的石门镇有个古洞门，还有戚继光写刻在石洞上的手迹。字迹已经模糊，可是'万历七年定远戚继光'九字还看得清楚。但不知这个戚继光是不是就是那个杀倭寇的戚继光？"

周文彬点着头说："是啊，正是那个戚继光！抗日的民族英雄。他抗倭有功，后来从南方调来这一带做总兵管！遵化这些遗迹该是那时候留下的。这个人古书上说他'为将号令严、赏罚信，士无敢不用命'。有这么个故事：刚调戚继光北来镇守这儿的时候，原来这儿的官兵松松垮垮，他带来了三千浙江兵，来到郊外，正逢天降大雨，排队站立，从一清早站到日落，没有得到他的将令休息，直立不动。原来镇守这儿的官兵一看，惊讶钦佩万分，从此才知军令之严格。戚继光在此镇守十六年，北方游牧民族不曾入侵……"

节振国爱听周文彬讲故事。老周知识渊博，在这时候，他讲起戚继光，是怀着一种崇敬心情的。戚继光的故事，使节振国感到鼓舞，受到教育。虽然那是古人，但值得学习，可惜不能去温泉和石洞看看。

正说着，忽然，节振国见茅舍前边绕过来一个人。是陈群！他今天也换了便衣，像个庄稼人，只是腰板挺直，走路仍不脱军人气派。节振国随同周文彬、胡志发一同迎着陈群，让他也在干草窝里坐下。

四个人一起坐在松软的草丛中，黄昏已经来临，阳光收缩，晚霞满天，染红了半边天。坡崖上那几棵红枫，被红光映照得像喷吐着的火焰。山区气象莽莽苍苍，瑰丽而又森严，大家看着红叶，周文彬忽然说："看哪！红叶真好看啊！经了霜，那些柳树、杨树的叶子都凋零了！枫叶却通红透明！我们也在经霜！要像霜风中的红叶，就是冀东的大地上全是白霜，我们也要让它缀上红色！……"

四个人都眺望着红叶，欣赏着红叶。节振国听着老周的话，突然想起了那夜在葵庄附近山冈上喜遇陈支队长的情景，周文彬刚才的一番话，将自己当时心里想的都表达出来了。刹那间，他似乎感到那在霜风中燃烧的红叶，就像一面面飘扬的红旗，就像大刀片和盒子枪上挂着的红缨穗……就像看到山冈上、平原间数不清的八路军、游击队的抗日战士们都高举着红旗，拿着刀枪在欢腾呐喊。

主持会议的是陈群。他冷静、沉着而且严肃，说："今天要给同志们传达的文件，是《论游击战争》①，我们必须好好学习。这对我们今后打游击是很有用的。我们先念一遍，夹着讨论。学一次当然不够，但文件由河北省委从天津传递来很不容易。现在手边只有这一份，以后文件能来，再发给工人特务大队。"说着，陈群从身边贴肉处拿出了一本小册子。节振国一看，有意思！是一本小唱本《珍珠塔》，印着花花绿绿的封面，可是掀开封皮翻过一页，里边就是文件了。

胡志发在一边对节振国说："搞的假封皮，文件在里边。就这样，冒着敌人搜查的风险，能从天津、唐山转递到这儿也不容易啊！"

天上，有杏黄色的美丽的晚霞，周文彬读起文件来。

节振国听着传达，顿觉心明眼亮，脑子里像海绵吸水似的把那些金光闪闪的语句全吸呀吸呀，尽量吸到心灵深处。

文件上指出：战争的基本原则是保存自己消灭敌人，游击战也是这样。

文件上说："游击战争的基本方针必须是进攻的……而且这种进攻必须是奇袭。……一般的作战较之正规战更加要求迅速地解决战斗

---

① 毛泽东同志在一九三八年五月发表的《抗日游击战争的战略问题》，当时，作为党的文件传到冀东时，以《论游击战争》的题目出现。

……游击战争本来是分散的……例如：扰乱、钳制、破坏和做群众工作等，都以分散兵力为原则。然而……'集中大力，打敌小部'，仍然是游击战争战场作战的原则之一。"

周文彬用两只近视眼俯首看着文件进行传达。文件上说："我们要将敌人的后方也变成他们的前线，使敌人在其整个占领地上不能停止战争。""长期性加上残酷性，处于敌后的游击战争，没有根据地是不能支持的。""游击战争的根据地是什么呢？它是游击战争赖以执行自己的战略任务，达到保存和发展自己、消灭和驱逐敌人之目的的战略基地。没有这种战略基地，一切战略任务的执行和战争目的的实现就失掉了依托。无后方的作战，本来是敌后游击战争的特点，因为它是同国家的总后方脱离的。然而，没有根据地，游击战争是不能够长期地生存和发展的，这种根据地也就是游击战争的后方。""历史上存在着许多流寇主义的农民战争，都没有成功，在交通和技术进步的今日而企图用流寇主义获得胜利，更是毫无根据的幻想。"

山坡上的红枫在寒风暮色中燃烧，衬着渐渐暗淡下去的天幕，点染出一幅水彩画般的景色。光线已经渐渐暗弱了。

周文彬读到这里，突然抬头目光炯炯地插话说："这段论述太深刻了！唐朝末年，我国历史上爆发了一次规模巨大的农民起义——黄巢起义。英勇的农民起义军南北转战十年多，占领过地主阶级的统治中心——首都长安，建立过农民革命政权——大齐。在攻占长安之前，黄巢率领起义军采用流动作战的战术，避实击虚，打击了敌人，壮大了自己，这在当时藩镇林立、敌强我弱的情况下，是完全必要的。但是，黄巢等起义军领导人在流动作战中，没有注意歼灭敌人的有生力量，更不注意建设革命根据地。没有牢固的根据地，是黄巢后来悲壮失败的主要原因之一。"

节振国听周文彬用历史上黄巢的故事来解释体会，听得入心。

周文彬有声有色地又说："明朝时李闯王李自成带领的农民起义

军，后来的失败也同没有建立稳固的根据地有关。当时，如果他将陕西作为牢固的根据地，后来就是退出了北京，也可以拿陕西作为根据地继续反攻。可是他总是东流西窜，被推为闯王后，率部入川，又折回陕西，经湖北入河南，又从河南打到西安，以后又经山西攻入北京。不久为明将汉奸吴三桂勾结清兵联合进攻退出北京。没有稳固的根据地，终于成了他悲壮失败的主要原因之一。"

陈群说："所以，提出这个问题十分重要。游击战的领导者们一定要有重视根据地的思想。但建立根据地是要做大量工作的。冀东到处都有伪政权，我们的整个活动地区现在都是游击区。一切游击战争的根据地，只有在建立了抗日的武装部队、战胜了敌人、发动了民众这三个基本条件逐渐具备以后，才能真正建立起来。而我们现在一下子也达不到这三个条件。我们现在要努力做的是选择一些好的地点作为临时的后方，使我们有长期打游击的可能。然后要等消灭敌人和发动民众的工作开展之后，才能建成比较稳固的根据地。"

大家都同意陈群的分析。

周文彬继续念文件。又一会儿，天黑了，周文彬提议到屋里去念。他同陈群、胡志发、节振国一同进了茅舍，掌上了小油灯。小巩已经将脆黄脆黄的玉黍饼子贴好了，笑着将饼子端上来，对着节振国说："上回吃过我办的饭，你在桃林口就抓了个'二鬼子'的营长，这回又吃我办的饭了！多吃点！吃饱了下回抓个日本鬼子的大军官给我小巩看看！"说得大家都咧嘴笑，小巩却攥着短枪出外放哨去了。

风，吹着窗棂上的破纸，"吱啦啦""吱啦啦"响，小小的油灯，慢悠悠地晃动着黄色的火苗。周文彬拿了两个饼子放在身旁，说："你们吃，我念。我的一份留着等一会儿吃！"他就着油灯又继续念文件。他的黑脸映着灯火亮亮地闪着油光；声音不大，但一段一段字字句句念得十分清楚。

节振国听完，头脑里觉得前所未有的充实，心想：党怎么这样了解我们现在的情况呢？党好像就同我们在一起，了解我们的困难和问题，所以发了这个文件来教我们应当怎么办的。他觉得文件中谈的精神、办法，都在他身上化成了抗日的力量。他又明白了：为什么以前老觉得胡志发是"智多星"，那么聪明，事事都有办法呢？不就是因为老胡是共产党员吗？老胡有党的领导，他代表党来领导，传达党的旨意，那他当然是那么聪明，那么智慧，那么周密了！

听完，大家信心百倍，都好像在黑夜中见到了一盏指路的明灯。

陈群一边吃着饼子，一边指着油灯说："学了文件，我们打游击更有信心了。对付鬼子，要不停地打，狠狠地打，打则必胜！像熬干灯油一样，把他兵源熬干，财源熬干！时间长，不怕！我们要有长期抗战的思想准备，抗到他彻底完蛋！"

胡志发说："我们现在还处在游击区中，我们必须选择好的地点作为临时的后方，或叫作临时根据地。慢慢再使游击区变为比较稳固的根据地。这工作一定要抓紧做！"

节振国点头，文件上那些话，像火种，点燃了他心头的烈火。他激动地说："学了文件，似乎天更大了，地更广了，像机车有了轨道，可以飞跑。以后，工人特务大队，除了军事行动，一定还要做好政治工作。游击队要依靠老百姓，要继续执行特种任务。有时化整为零，有时化零为整，像流水疾风一样，移动时秘密迅速，常用巧妙的办法欺骗、迷惑敌人。声东击西、忽南忽北、即打即离、夜间行动等，都是我们今后可以采用的。多打死一个敌人，多消耗一发敌人的子弹，多钳制一个敌兵使他不能南下就算为整个抗战增加了一份力量。工人特务大队一定加紧进攻！"

周文彬大口嚼着饼子，也不喝水。嚼完饼子，挠挠头，马上又抽起了烟袋杆。烟锅里的火星，像萤火一闪一闪。他一边咬着烟袋，一边说："敌人越是进攻我们，越是说明我们的游击战打得有成绩。只要领导工作不犯原则错误，一般的山岳地带，总是能够打破围攻、坚守根据地的。平原地带，如果在严重的围攻之下，就应当留下许多小的游击部队在当地分散活动，而将大的游击兵团暂时转移到山地里去。等敌人主力走了，又再往那里活动。目前，是我们艰苦的低潮期，情况估计还要更加艰难和困苦。我们学了文件，必须在实际中好好运用。坚持游击战，创造根据地。首先，当然是开辟多块小块的游击区。在这些游击区里，建立抗日基点村。村里要发展党员，成立坚强的党组织……"

听到这里，节振国不禁说："对！回想暴动之前，我们有关家梢可以立足，那时还认识不到这就是根据地，一切都很方便。现在，失去了关家梢，这一向来，真是尝够了流离之苦！没有板凳坐，到哪儿腿都酸。要是真能建立起根据地来，那多好！"

陈群说："所以今天找你和老胡来，还有件事要跟你们商量……"

节振国和胡志发都抬头看着陈群和周文彬，似乎是问：什么事？

周文彬说："干部缺乏，又要在丰润、滦县、迁安一带发展党组织、建立抗日基点村，经冀东党委批准，要调老胡去丰润做开辟工作。工人特务大队由老节你全权负责！"

事情出乎节振国和胡志发意外，节振国不禁嚷起来说："老胡走，我可舍不得呢！"

周文彬笑了，说："你现在舍不得，等老胡把开辟工作做好了，你就觉得这项决定是完全正确的了！你们工人特务大队还是应当先到东矿区活动，并且在赵各庄有所作为，因为那儿你们人熟地熟。你们在那儿大闹天宫，可以减轻鬼子在丰润、滦县、迁安一带'讨伐'的压力，这也有助于在这一带开展建立临时根据地的工作。你们在东矿区要尽可能既打击敌人又保存自己，如果实在站不住脚，将来可以往丰润去！只要老胡的工作做好了，你们去即使没有板凳坐，也可以有个临时遮风避雨的地方了！"

给周文彬一指点，节振国心服口服，爽朗地点头说："好！我服从党的决定！"

第二十六章　流水疾风

　　节振国和胡志发是在滦县西乡分手的。

　　分手之前，胡志发与工人特务大队的骨干们讨论了陈群在遵化温泉传达的文件内容，并且研究了下一步在赵各庄"大闹天宫"的步骤。老胡说："凡是被敌人控制的地方，那是敌人的根据地，不是游击战争的根据地。要把敌人的根据地变成游击队的根据地，只有战胜敌人才能实现。因此，赵各庄东矿区在目前敌强我弱的情势下，不可能成为我们的根据地。但游击战争的基本条件必须是进攻的。目前，敌人气焰高涨，又到处宣传说抗日力量已被消灭，需要我们先在那儿出奇制胜地打击敌人，提高老百姓的抗日信心。这就是工人特务大队的光荣任务！"大家被老胡临走前还诚恳负责地安排工作的精神感动了，对老胡要走更是依依不舍。但想到他有重要任务在身，党需要他去工作。而且，老胡是到丰润去当区委书记兼区长，说是离开了工人特务大队，实际上，工人特务大队以后活动的范围包括在老胡工作的范围内。这样，更便于配合作战了。老胡工作如果顺利，把基点村工作做好，实际就是给工人特务大队创建临时根据地。因此，大家虽然不免惜别，却都意气昂扬。

　　那是一个寒冷的早晨，半空中飘落着碎雨花。节振国送胡志发到了一道山沟旁。老胡衔着烟袋，背着个被卷，分手时，两人站在一棵苍劲的古松下，老胡慢悠悠地讲了一个故事给节振国听。老胡说："过去红军在井冈山上的时候，井冈山上有个土匪头子朱聋子很有能耐，军阀和反动政府围剿了他多少年，总是抓不到他。他的十字诀是：'不要会打仗，只要会打圈'。红军知道后，将朱聋子的本领学来了，加以提高，改成：'又要会打仗，又要会打圈'。同白狗子作战就更厉害了！"老胡讲完故事，说，"老节，要分别了！你们去东矿区打游击大闹赵各庄，我去丰润做开辟工作。希望你们勇敢机智把仗打好，也希望你们像流水疾风会打圈子。先在东矿区打圈子，实在不行，就到丰润来打圈子。好好干吧！后会有期！"最后，老胡又掏出一张纸条来，说，"我留件纪念物给你。这是八路军的'三大纪律，八项注意'，早在工农红军时代就规定了的。是我找陈群同志抄来的。照这些办，就能够显示出我们军队的特点，就能接近群众，发动群众。我们在敌人后方坚持游击战，即使再英勇，也要依靠人民群众才能生存，才能有力量。老百姓是我们的父母，如果离开了老百姓，我们就会失败。这些就都算我的临别赠言吧！"

节振国接过胡志发递来的纸条，见上面写的是："三大纪律——第一，行动听指挥；第二，不拿群众一针一线；第三，一切缴获要归公。八项注意——一、上门板；二、捆铺草；三、说话和气；四、买卖公平；五、借东西要还；六、损坏东西要赔；七、洗澡避女人；八、不搜俘虏腰包。"节振国深深点头。他看着胡志发独自沿着山沟小道迈着矫健的步子走远了。他却站在那儿，淋着碎雨花，长久长久地看着老胡的背影，思索、回味着老胡所说的话……

虽然老胡走了，但现在，工人特务大队有了节振国、纪振生、关清风三个共产党员为核心的领导小组。党的领导小组准备在工人特务大队中积极发展新党员。田树森、关玉德、梁凯、张惠等都是准备发展的对象。工人特务大队现在一共只剩了三十多人。有了党的领导核心以后，节振国有时就将三十多人分成三组：他自己和纪振生领一组；田树森和张惠领一组；关清风、关玉德和梁凯领一组，化整为零分散活动。这样一安排，节振国觉得工人特务大队虽然人数少了，但确实可以大有作为了。于是，节振国率领工人特务大队从滦县向西回到了东矿区，在唐家庄和赵各庄之间的村庄里安下了身子，决定在赵各庄"大闹天宫"。

阴沉的天，重重叠叠的浓云，赵各庄的初冬，常多这样灰暗的日子。

头一天夜晚，节振国派纪振生和田树森潜入赵各庄侦察。田树森事先在赵各庄附近找人摸清了情况，知道乔老庆仍在做井下工还住在东大街原来的地方。到了夜晚，小纪和田大头就穿了窑衣像矿工似的又回到十分熟悉的赵各庄来了。进了赵各庄，绕过东大街，两人进了乔老庆住的那个破旧的小院子。小纪在前，田树森在后，两人快步走到乔老庆住的南屋一掀帘子就进去了。正巧，乔老庆和桂香都在屋里。屋里，点着一盏小油灯。乔老庆倚在炕上闷闷抽烟袋，桂香起着个小煤炉子在烙高粱饼子。

乔老庆一见纪振生和田树森，顿时又惊又喜愣住了。乔桂香惊喜地叫起来："大叔！"连忙掀帘伸头朝外边暗处张望，看有人注意没有。乔老庆下炕一手一个抓住纪振生和田树森，在灯光里审视着他俩黑瘦了的脸庞，两眼扑簌簌泪水流满了腮，连声说："总算把你们盼来啦！你们是跟老节在一块儿？老节呢？他好吗？……"他一下子似乎想把满肚子的话都说出来。倒是桂香提醒说："快让两位大叔坐下，我这就烙饼子给大叔吃！"说着，她忙张罗着去倒开水。

纪振生和田树森在炕上坐下。

田树森问："老庆哥，你的伤好啦？"

乔老庆用右手拍着左臂，咳嗽着说："就剩个疤了！如今我又下井啦！"

纪振生关切地问："没人难为你吧？"

乔老庆伛偻着背叹口气："怎能没有啊！那白老三，冤仇算是结下啦。常凸着眼瞅我，不怀好意啊！"乔老庆早已听说榛子镇挂人头的事了，说到这里，忽然擦着泪说，"知道鬼子正在大讨伐，又听说小佟他们牺牲了，我这颗心呀，整天就拴在你们身上。可是从李奎胡的布告上知道老节还在，你们的游击队还在，我同桂香哪天都得谈上十遍八遍。你们在哪里？怎么不回赵各庄来看看？转眼冰天雪地，你们这日子怎么过？"说着说着，老人泪水又一串串挂下来了，说，"我这眼泪憋的日子太久了，让我痛痛快快哭一哭吧！"

纪振生轻轻地把别后的情况三言两语地扼要一讲，桂香在一边又是关切又是赞叹地听。乔老庆那满脸松树皮似的皱褶开颜了，说："那好那好，你不知道，这些日子，赵各庄又罩在黑铁锅下了，大伙过的是什么日子！夏连凤现在涂脂抹粉当了日本古冶宪兵队长'瓦斯'彬田手下的鹰犬，白老三结交上了夏连凤，不当查头子了，也跟着夏连凤一块儿干特务勾当。他们了解内情，摸得清谁跟老节亲，谁跟老节跑出去打游击。他们串通了赵各庄警务分局那个姓耿的局长专门监视这些人的家属。三日一查，五日一问。还说咱这些人都是坏了的掌子面——靠不住。经常探听逼问节振国的家小到哪去了？警务分局随传要随到……这日子可不好过。夏连凤、白老三一伙还跟姓耿的出谋献策要搞一套办法：规定赵各庄上居民按家族簿联保各家，贴上照片制发良民证；还让各闾长，对本闾居民情况要随时侦察具报……夏连凤、白老三一伙和姓耿的都不是人，都是卖国的畜生呀！……"乔老庆越说越生气，声音也就大了，桂香在一边烙饼子听到了，忙竖起右手食指放在嘴上"嘘"了一声，叫爹轻声。

纪振生和田树森听到乔老庆谈起夏连凤、白老三和姓耿的伪警务局长的事儿，气得肺都炸了，耐心又问了伪警务分局的情况。

乔老庆说："一共不过二十来个伪警。可是最近鬼子新从古冶给他们运了一批枪支弹药来。夏连凤他们的便衣侦缉队有时来赵各庄也就在那里办公！"他将伪警务分局周围的情况，岗哨分布的情况尽自己知道的都给讲了。

纪振生又问起赵各庄别的情况。乔老庆也一一说了，最后告诉纪振生和田树森："陈祥善还是做矿司，矿上情况照旧。刘青山在天津还没回来。'穆老虎'这些包工大柜现在都跟日本鬼子和汉奸勾搭，夏连凤他们有时就上'穆老虎'家打牌喝酒。"

纪振生说："陈祥善，咱现在不去搞他。咱现在主要是打鬼子、除汉奸。"他仔细问了日本宪兵队在赵各庄的情况，又问了进出赵各庄各条道路的一些情况，同田树森两人吃了桂香烙的饼子、喝了水，急匆匆就要走。

乔老庆诚实地说："我也不留你们，这儿也不安全。只盼着你们给大伙出口气。你们在抗日，我们受点罪心里也乐意！"说着，他对桂香说："桂香，你忘啦？把那件东西给你两个大叔带回去！"

纪振生和田树森望着乔老庆，不知是件什么东西。只见坐在灯影里的桂香站起身来，两道燕子翅膀似的黑亮黑亮的眉毛一竖，"哎"了一声，去炕上把条旧被子"哗"的一拆，拉出破棉絮来，将裹着棉絮的一块大红绸子从棉絮上剥了下来。纪振生和田树森一看，都明白了：原来就是大暴动时桂香缝给节振国游击大队打的那面开滦矿工的大红旗呀！一见这面大红旗，纪振生和田树森的心都"怦"呀"怦"地剧烈跳动起来。不久前的往事顿时涌上心头。从珍藏着的这面红旗上，他们看到了老矿工父女俩那两颗通红通红的心。桂香珍贵地将红旗叠好，捧给纪振生，说："大叔！这是爹让我藏着的，留着给咱游击大队用。藏着它，我们没怕风险。请你们交到节大叔手里吧！"

纪振生双手接过红旗，交给田树森揣在怀里，说："我们走了！你们等着节振国工人特务大队重回赵各庄除奸杀敌的好消息吧！"他俩匆匆出来，暗夜中，乔老庆送到院子大门外，悄悄招手而别。

乔老庆刚把纪振生和田树森送走，还站在大门边怅怅地张望，偏巧白老三酒气熏天的像个鬼魂似的从黑暗处闪出身来。白老三挪着步子上来，一脸奸险，瞪着两只贼眼，哼哼哈哈地说："老庆啊，送谁啊?"

乔老庆压住心惊不想理他，回身要进门，说："没送谁!"

白老三在阴暗处瞅着远处路灯光下纪振生、田树森远去的背影，说："哼! 没送谁?"

乔老庆也不答理，心里忐忑地回院进屋了。白老三像只恶狗似的快步上前去追纪振生和田树森，但夜空黝黑，街上人多，跑了一程，没有追到。

纪振生和田树森离开赵各庄前，在夜色中，为了探路，在伪警务分局周围绕了一圈，心里踏实了，才抱着完成任务的愉快心情离开赵各庄回去向节振国报信。

初冬天气，在荒郊野外，夜间冷风袭来，使人感到刺骨的寒意。

穿着便衣的游击队，正在分批利用夜色向赵各庄进发。

节振国带了纪振生和其他一些伙伴，先到了长山沟前的山头上。他们远望着赵各庄。整个赵各庄静悄悄地躺在面前。一朵朵细小、黄色的闪烁着光辉的灯火，把赵各庄衬托得十分美丽。

节振国没有说话，纪振生也没有说话，其他那些矿工出身的队员也都没有说话。可是，他们都有着相同的感触。他们马上要进入赵各庄袭击伪警务分局了。赵各庄——他们中大多数人生长、生活过的地方，对他们是如此的亲切和熟悉。他们却同它分开了。现在，他们虽然看到了它，可是，在袭击了它以后，又必须立刻离开。他们不能忘记英国资本家、封建包工大柜对工人的残酷剥削与压迫，也不能忘记日本侵略者害得他们有家归不得。想起这些，他们怎么能不热血奔腾心潮起伏?

风吹着节振国额前披下来的头发，他手拿矿工帽叉腰立着，像一尊石像似的动也不动。两个多月以前的往事，在他的心头浮起。街垒战的印象，张家发和他永别时的情景……都历历在目。如今，战友们流过鲜血的地方，又变成敌人的天下了，想起了牺牲的战友们，抗日的怒火燃烧在他的胸膛。

这一向，工人特务大队进行了休整，学习了游击战的战略和战术，这是他们决定重振声威的第一次奇袭：攻打伪警务分局，缴掉伪警的枪支弹药，充实装备；除掉作恶多端的姓耿的伪警务分局长。

按照预定计划，作为先头部队的第一、第二批人进入赵各庄以后，节振国马上也带着纪振生和其他几个伙伴顺着大道向赵各庄英勇前进。夜晚，赵各庄街上的灯光并不明亮，行人来来往往，多数都是矿工。节振国一顶矿工帽压着眉梢，带着纪振生一伙人在街旁悄悄向前走。赵各庄的街道他们熟悉得闭眼也能迈步。他们分成三路包围了伪警务分局。

枪声忽然在伪警务分局门口响了。一个矿工模样、中等个儿、行动敏捷的人，一枪撂倒了岗警，带头一阵风冲进了伪警务分局的大门。他双手攥着驳壳枪，冲进院里以后，十几个听到枪声跑出来的伪警措手不及，都吓呆了。

"缴枪！我是节振国！谁要动一动，送他上西天！"节振国高声吆喝。随着他的喝声，纪振生和其他的游击队员都已经用枪瞄准了伪警们的胸膛。谁也没想到节振国突然从天而降，伪警们失魂落魄地举手缴枪。

姓耿的伪警务分局长举着双手从亮着灯的屋里被押了出来。节振国吩咐田树森和张惠："带人将枪支弹药全部赶快运走！"他对缴了枪的伪警们训起话来："……你们出卖祖宗当了汉奸，杀了你们也不冤！今天留下你们的命，以后可不许为非作歹。要不，下次我节振国来，小心你们的脑袋！……"他又对姓耿的伪分局长嚷嚷："你以为没八路军啦？你抬起狗脑袋来看看！"说着，当着伪警们的面，节振国"砰"的一枪送汉奸分局长回了老家。

被缴了械的伪警吓得胆战心惊，目瞪口呆地看着节振国的队伍撤走。这一仗，前后不到十分钟。隔了好一会儿，有的伪警才战战兢兢地打电话向日本宪兵队报告。

节振国工人特务大队突然重新出现，袭击了赵各庄伪警务分局，抢走了全部枪支弹药，并且杀了伪警务分局长。敌人十分生气，又十分惊恐。古冶日本宪兵队的彬田队长下令保护现场。中午时分，他亲自坐摩托车来视察。

彬田带了一伙日本宪兵和便衣特务到现场看了一看，让将姓耿的死尸交家属收敛，逐一亲自向伪警询问了情况，肯定了节振国的游击队来到赵各庄活动是真实的了。当场，在伪警务分局的局长办公室里找侦缉队长夏连凤谈话。

夏连凤已由侦缉队副队长升任队长。那张有着稀淡眉的白净脸上带着谄媚的笑容，恭敬地垂手立在彬田面前，像一条摇尾乞怜的巴儿狗。他那两只一眨一眨闪着机灵光芒的眼睛从彬田脸上已经窥察到彬田找他的用意了。

矮胖的彬田坐在那张已经成了死鬼的"耿局长"原来坐的转椅上，叉开双腿，双手扶着他的军刀柄，从黑边眼镜里用两只刁钻古怪的眼睛打量着夏连凤，通过翻译说："节振国来赵各庄打警务分局，难道你就一点线索也找不到？"

夏连凤早已胸有成竹了。昨夜出了事，今晨白老三就向他作了报告：大前天夜里，见乔老庆送两个人从家里出去，看乔老庆那神秘的样子，送的人很可疑，当时问老庆，乔老庆也没答圆，后来去追了一程，没追上。怀疑这跟节振国游击队此次打赵各庄警务分局有关。夏连凤当时听了，两眼一眨，相信白老三说的有因由。这时，彬田一问，夏连凤马上报告："彬田队长，线索一定能想法找到！"

彬田刁钻古怪地笑笑，突然说："夏连凤，你本来下窑，你应当懂得什么叫铜碴！我要你把铜碴拣出来！你懂不懂？"

夏连凤眨眨眼睛，他当然懂。铜碴，学名叫硫化铁，混在煤里。经过雨一淋，太阳一晒，它里面含的硫，会引起煤堆自燃。所以矿上总是找童工把它从煤里拣出来的。现在，彬田这么说，意思就是要把节振国在赵各庄的内应抓出来。夏连凤弯着腰扬起笑脸，说："懂！太君！懂！我一定抓紧办！"

彬田满意地点点头，说："伊齐邦要拉西①！"又用半通不通的中国话说，"拣出铜碴，大大的好！拣不到铜碴，我的不客气！"

他命令夏连凤带侦缉队留在赵各庄破案，一定要把节振国在赵各庄的"内线"破获。节振国是赵各庄的矿工，许多人都同他有千丝万缕的关系。他认为夏连凤一定能把这些关系理清楚，抓到来龙去脉。最后，他站起来拍拍夏连凤的肩膀，咯咯笑笑说："你是大大的能干！你是节振国的结拜三弟，你自己是不是铜碴？你明白，我也明白！"说完，他就打发夏连凤走了。彬田常会用这种办法吓唬汉奸，唬得夏连凤心里也怕掉脑袋，战战兢兢，点头哈腰，舐嘴咂舌。

离开赵各庄之前，彬田又找商会会长马梦熊来谈了一次话。

马梦熊是赵各庄上"双益魁"商号的经理，在丰润也有店号，资本雄厚。听说日本宪兵队长找，他急忙跑到警务分局。他穿着狐皮袍子，热得满头是汗，毕恭毕敬地谒见彬田。他知道这个"瓦斯"的厉害。听说找他，心里揣了个兔子似的怦怦直跳，来到彬田面前，满面笑容，打躬作揖。

彬田用两只刁钻古怪的眼睛看看他，见他是个四十开外年纪、光脑袋、五短身材、白净厚实脸的生意人，已经发胖了，肚子微微鼓着，有一双精灵的圆眼，透露出世故劲儿来；说话带笑，态度随和。

---

① 日语：很好。

彬田对他笑笑，叫端个凳子给他坐了，通过翻译说："马桑①，找你来商量件事。昨天夜里节振国打了警务分局杀了人，他能打警务分局，更能打商会。目前，赵各庄还没有皇军的守备队。皇军讨伐任务重重的，队伍都不在这儿。为了确保赵各庄的治安，除了加强警务外，商会应当大大出力！"

马梦熊捣蒜似的点头："应当出力！"

彬田早有打算地说："唐山市商会已经筹款成立了商团自卫警。这个办法大大的好。赵各庄商会也该这么做。希望你筹款筹枪招募商团自卫警一个连，配合警务分局，一同担负起赵各庄的治安责任，协助防务。你说行呢不行？"

马梦熊眼珠一转，连声说："行！行！行！"他心上一块大石头放下了。原来不知彬田会提出什么要求，现在一听，是这么回事，他觉得好办：一是可以将款分摊到各家商户头上去；二是成立商团自卫警保护自己也有好处。

彬田见他答应得爽快，倒也满意，连声说："哈牙哭！哈牙哭②！"

他在夏连凤、马梦熊等鞠躬欢送中离开赵各庄，坐了摩托车回古冶。

送走彬田，已是下午，夏连凤在伪警务分局里，坐在死了的那个"耿局长"的皮转椅上，皱着眉，一支接一支地抽着烟。他是下定决心死心塌地跟着日本人干了！自从脱下了窑衣，不再当"窑花子"，并且在领捕和起枪这些事上得到了彬田的赏识，得到了个侦缉队长干，他觉得自己真是"抖"起来了，到哪儿都带着一股威风。当年的查头子白老三，如今是他的心腹部下。他的侦缉队现在虽然一共只有六个人，

---

① 日语：马君或马先生的意思。
② 日语：快。

可是在赵各庄无人不知无人不晓。到戏园看戏，人马上让出上座，泡上香茶，端上瓜子果品，敬上香烟；要是上赌场，输了钱赌场老板马上给赔上；要是上澡堂，上等盆汤外加搓背捏脚，一律免费招待；要是上馆子，女招待来侍候，鸡鸭鱼肉上等陈酒任凭点吃，分文不取。要是上窑子，那更是……夏连凤在大暴动时，去唐山躲藏过一阵子，但后来就又回到了古冶，回到了赵各庄。在他心目中，节振国那一伙，估计八成是受到讨伐死在外边了！就是不死，谅也不敢再回赵各庄了。前些日子，听说李奎胡在榛子镇挂了两个人头，杀的是节振国手下的游击队员。又一打听，死的佟树安和王玉成都是他的熟人。他心里一惊：啊！节振国还在！接着，节振国的特务大队竟真的出现在赵各庄了！并且打了警务分局，抢走了枪支弹药，杀了耿局长！夏连凤这一向比较平静的心情顿时很不平静了！他怕节振国会跟他算账！但又侥幸地想：节振国这人最讲交情最讲义气，我干的那些事，节振国也不会那么清楚，我在刘玉兰面前讨过好，也算卖过交情了……这么一想，他又觉得害怕得少一些了。现在，彬田交给他了新任务。他很懂得：卖力干，讨好了彬田，自己才保得住这侦缉队长的地位。他更明白，自己卖力干，也是打击节振国，保护自己。"无毒不丈夫"，夏连凤下定决心要从乔老庆这儿开刀了！他相信白老三报告的情况是真实的。就是白老三报告的情况不真实，他也要借乔老庆这条老命用一用！不抓个人作为"铜碛"交给彬田，怎么交账？又怎么能讨好彬田？夏连凤已经打定了主意，就对白老三说："快把乔老庆给我找来！"

乔老庆正伛偻着身子在井下干活，查头子叫他立刻上井，说侦缉队找他有要紧事。乔老庆一听，皱了皱眉，脸上皱起深深的褶痕，心里明白，准没有好事，但也不怕，提着镀灯就离开了掌子面。

乔老庆一上井，见白老三油亮着两只贼眼不怀好意地龇牙咧嘴在那儿等着。白老三笑笑，破着嗓子说："走吧！上警务分局！"

侦缉队来赵各庄办公没个固定地点，总是在警务分局的刑讯室里审案子。乔老庆一进刑讯室的门，就见夏连凤装腔作势地坐在一张桌前。

夏连凤那张白净脸上满面是难测深浅的笑，叫乔老庆坐，又敬香烟，说："老庆哥，找你来是为老节的事。你知道老节在哪儿？你跟他是怎么联系的？我是他拜把子兄弟，正想找他有事接洽呢！"

乔老庆一脸炭黑，用手推开夏连凤敬烟的手，摸出自己的烟袋来吸，满脸松树褶子似的皱纹纠着，摇头说："你是干特务的都不知道，我咋知道？"

白老三蟹壳脸上杀气腾腾，在一边说："明人不说暗话！那夜你送的两个人是谁？我知道，你也明白！那准就是节振国！"

乔老庆咬着烟袋杆摇头："没影的事儿！要是节振国，他怎没杀了你？"

白老三气得拍桌子："你来到这儿了，像麻雀进了烟囱，你要不老实，叫你不死也掉一身毛！"说着要动手。

夏连凤一皱两道稀淡眉，摆手不让白老三行凶，仍旧和颜悦色地说："老庆哥！昨夜游击队打这儿的事你听说了吧？这事跟你有关，日本太君和我们全知道。你要是说了，我能给你开脱。要是不说，你的命可就危险了！"

乔老庆"吱吱"抽烟，摇摇头不咸不淡地说："我啥也不知道。"

夏连凤明白这老头儿挺倔，这样问，出不了果子，说："你要是说，我打包票保你；你要不说，对不起，你得上古冶日本宪兵队，那我就没法帮忙了。那儿压杠子、灌凉水、上电刑、坐老虎凳，啥都有！搞得不好，还得让桂香给你收尸！"

白老三挤着眼儿嘴里喷着唾沫星子说："你别敬酒不吃吃罚酒！你忘了五矿大罢工时你伙同节振国欺压我的事啦？你不说，账一起算！"

乔老庆脖子一挺冷笑说："我伙同节振国欺压你？你说得对！账总得算的！"

夏连凤脸上寒下来了，说："耍死狗吗？看你老实巴交的样子，想不到还是个老滑头！"

乔老庆瞪他一眼，说："谁是狗？我不是！我对得起祖宗！我不做狗！"

夏连凤和白老三知道是骂他们。夏连凤火了，走上来对准乔老庆的脸上"叭"的一个耳光，说："我打你个老狗！你敢骂！"

乔老庆站起来，挺了挺身子，抬眼冷冷朝夏连凤看看，他那平日善良的两眼突然闪亮，像两把逼人的利刃，说："我要是狗，也就不挨打了！走吧！上古冶！人就是一条命！要活得正气，像个中国人的样子！"

第二十七章　"燕春楼"传奇

奇袭赵各庄伪警务分局成功后，张惠从赵各庄打听来了一系列消息：乔老庆被汉奸夏连凤、白老三带往古冶送到日本宪兵队交给彬田去了；赵各庄的新任警务分局长上了任；赵各庄商会会长马梦熊正在向各商号包括赵各庄煤矿和各包工大柜摊派款项，打算买枪招募一连商团自卫警，加强赵各庄的防务。

夜晚，节振国带队正在靠近唐家庄的一个小村庄里活动。节振国住的一户农家，那个穿青布对襟破棉袄留着齐唇黑胡子的大伯，有个独子在唐家庄做矿工。老人和儿子热情款待节振国。父子俩到庄上亲戚家去睡，把自己的屋子让给节振国住。节振国听完张惠的报告后，想起乔老庆和桂香托节振生、田树森带回那面开滦矿工大红旗的事儿，心里颇多感触。多好的一位老矿工呀！可是送到古冶日本宪兵队就很难生还了！他也挂念桂香，听说老庆已给桂香找了个过门女婿，也是个矿工，姓许，虽没成婚，但已定了亲，觉得桂香不是孤子一人，这使节振国还比较心安。

天气阴寒，夜里下着霜，冷飕飕的。节振国在屋里点着小油灯同关清风两人正对坐着商量怎么对付马梦熊，忽然听见外边有人声和脚步声。节振国警惕地双手攥枪，须发皆白的关清风也摸枪站起身来。只见是在外边放哨的一个战士带着两个人来了。灯光不亮，但节振国眼尖，一眼看出前面那个胖虎虎的背着个大麻袋的矿工就是"戴胖"！后面那个却还没看清。节振国喜出望外，"哎哟"一声，马上高叫："戴胖！"

戴林义"砰"的放下麻袋，也欢叫一声："老节！"

两人紧握住双手，握了又握。关清风也来同戴胖寒暄。忽见戴胖身后那个头发蓬松穿得十分肮脏褴褛的瘦子闪出身来声调悲怆嘶哑地叫嚷："老节！关师傅！"

节振国"啊呀"一声叫道："林先生！"

关清风也"哎"的叫了声"秀才"，上前用双手搂住那人。只见那人早已满面是泪。原来真是林子华！

林子华完全成了个要饭的。一张黄瘦清癯的脸上，两只眼睛显得格外大了。头发和胡髭老长老长，一件夹袍子腰里系带掠起大襟，又脏又破。他一手握住节振国的手，一手握住关清风的手，说："只以为今生难以见面，没想到还是找到你们了！……"说罢，又洒下泪珠来。

节振国心里又喜又难过，喜的是见到了戴胖和林子华，难过的是想起了关家梢那晚见到关寿年人头的事。他热呵呵地拉着戴胖和林子华上炕，自己和关清风在炕沿上陪着坐了。只见关清风重逢林子华也触动了乡思，湿润了眼睛，满肚子的话不知从何处说起，只是一把一把捋着白胡子。

戴胖满头大汗，敞开窑衣眉开眼笑地说："可不容易啊！大暴动后，我因家室牵累，一直在唐家庄上。在大罢工时虽得罪了些'护矿队'的坏蛋，可是众多的兄弟卫护着我，他们也不敢拿我怎么着。我虽没随你们走，可这颗心是跟着你们的，总希望你们平安无事多打胜仗。听到好消息就高兴，听到坏消息就伤心。前些日子，榛子镇李奎胡这个土匪汉奸挂人头出了布告，一下子就传开了，说是节振国游击队还在。接着，你们又打了赵各庄伪警务分局杀了那个姓耿的汉奸。唐家庄矿上的兄弟你传我告，有喝酒的，也有划拳的，更有借钱割肉包包子的。一些矿工弟兄们对我说：戴胖！老节他们打游击一定很艰苦哇！咱生活再艰难，也得凑点吃的用的给他们送去，支援他们哇！这不，就东家凑一份，西家凑一份，你给咸菜他给面，你拿肥皂他拿烟，合成了一大麻袋，倒是一片真心诚意，一定要我设法找到你们给秘密送来。我布下了可靠的暗线，让弟兄们到处打听你们。我猜到你们打了赵各庄，准还在东三矿周围转圈子。果不其然，今天从你们这房东老头的儿子那里，打听到了你们！……偏巧，我要来找你们，却有人找我来了！"他指指林子华。

瘦得皮包骨、眼窝深陷的林子华，这时已经克制住了自己的感情，平静下来了，说："我跟寿年兄带了三十多人一起回到关家梢时，一切都很不错。谁知过不多天，夜里，那关东平突然带了二百多人回来了。他本来在七路军里当了个团长，后来七路军散了摊子，他投了日本人。鬼子让他当了警备大队长，叫他回关家梢协助'讨伐'。他一到的当夜，就将寿年兄和我们三十多人全部逮了起来。当夜，先杀了关大个子，说是祭刀发个利市。我们都给关押着。一直关押到有一天，他决定杀寿年兄和我了。我同寿年兄没关在一起。看守我的是我教过书的一个学生，偷偷放了我，他也跑了。我逃出关家梢，在附近一些庄子里找到熟人躲了几天，后来就远远避到开平一带要饭。好在要饭的人多，也没谁认出我来。一个夜里，我特意又回到关家梢外看看，就见到寿年兄他……他已经被关东平杀了，将头高悬在木笼里挂在关家梢铁栅门旁示众了！我觉得无处可去，也不知你们的情况，本想去热南都山寻找你们，但听人传说联军在途中大部散了，我就决定还是到东矿区来，既可找找熟人，又可打听消息。过榛子镇，看到挂人头出的布告，才肯定节振国游击大队还在活动。但到哪里找呢？我一路要饭，一路打听，也没探听到，想去赵各庄，但怕那儿认识我的人多。又听说夏连凤的侦缉队在那儿作恶挺多。最后想到了戴胖。我想，在唐家庄时见过面，他是个爱国的血性汉子，找到他也许能找到你们，就是找不到你们，也能得到他的接济。到唐家庄后，听说你们打了赵各庄警务分局，我乐得心花都开了！打听到戴胖的地方，找到了他，这不，就跟他一块儿来了！真是恍如隔世啊！……"

节振国和关清风动感情地听着戴胖和林子华的叙述。对于戴胖带来的唐家庄矿工兄弟们的阶级情谊，对于林子华逃出魔掌要饭来寻找队伍的坚决抗日意志，都使他们心潮滚滚。油灯光照亮了他们灼热的脸，他们的心头都像烧着一团烈火。

节振国豪爽地对戴胖说："你回去告诉唐家庄上爱国的矿工兄弟们，就说我们工人特务大队决不会使他们失望。再艰难，我们也要坚持抗日到底！兄弟们让你送来的东西我们收下了，替我们谢谢大家。其实，我们在这一带活动，到处都得到民众的支持。我们要用使大家痛快的好消息来报答大家的期望。"他又对林子华说："林先生，你又回到自己的家了！不要悲伤！我们一同来报仇！关东平，还有李奎胡，总有一天要受到惩罚的！我不替寿年和小佟、王玉成报仇，誓不为人！"

戴胖因已夜深，水也不喝一碗，决定告辞回去。节振国、关清风和林子华送他出村外，热情握别，看着他在黑沉沉的暗夜中向唐家庄方向隐没。

节振国和关清风陪林子华一同走回屋里来，心头仍荡漾着与林子华重逢的那种喜悦掺和着伤感的复杂情绪。三个人又点起小油灯，坐在炕上详谈起别后的情景来了。正谈着，忽然田树森急火火地来了。他一进茅屋，也没注意到林子华，对着节振国，叫了一声"老节！"就双手捂脸，泪流满腮，说不下去了。

节振国、关清风和林子华都从炕上下来，节振国两眼往田树森脸上一刺探，立刻明白树森遇到了非同小可的大事了，双手扶住他，关切地说："树森！怎么了？"

田树森依在节振国身上，满面泪水："老节！替我报仇吧！我一家全给李奎胡杀了！"

节振国怒气冲天地问："什么时候的事？"

田树森痛心地说："今儿上午，李奎胡带了匪队，说查清我是节振国工人特务大队的，将我女人和我那十二岁的闺女污辱了都杀害了！"

放在从前，节振国一定是"啪"的一拳打在炕桌上，拔枪就会带田树森去榛子镇的。可是这会儿的节振国不同了。他不但粗中有细，而且懂得点军事了。节振国忍住悲痛走来，手抚着田树森的肩膀说："树森，杀了你的亲人也就是杀了我的亲人。你难过，我也难过。可是，我们现在不能蛮干！李奎胡有三百多人的队伍，靠我们目前这点力量不行，你就捺下仇恨等着吧！仇一定要报，也一定能报！我们把李奎胡、关东平这些坏蛋先放一放，目前还是按照原定计划先在赵各庄闹他个天翻地覆！"

田树森拭泪点头，说："老节，我听你的！"

天擦黑的时候，西北风还在呼呼地刮着。在赵各庄大街上，贴着古冶日本宪兵队队长彬田署名的悬赏捉拿节振国的告示：

悬赏银洋两千元捉拿白脸狼节振国！

白脸狼节振国原系开滦赵各庄矿井下运木工，山东武城县人，现年三十岁，中等身材，体魄强壮，方圆脸，双眼皮，嘴大唇厚，肩宽背直，留发。今夏以来，收罗股匪，流窜于丰、滦、迁、遵及东矿区一带，杀人放火，扰乱治安，破坏新秩序。冀东本为王道乐土，百姓安居乐业，我大日本皇军本日华提携之原则，布施仁爱，协和之调，万众欢迎，现除调守备队督饬警务人员加紧讨伐外，特出悬赏如下：凡活捉节振国扭送至本宪兵队者，赏银洋两千元；凡通风报信因而活捉节振国者，赏银洋一千五百元；凡携节振国人头来本宪兵队者，赏银洋一千元。决不食言，仰各知照。

大日本皇军驻古冶宪兵队队长

彬田三郎

西北风呼呼地吹来，悬赏告示的纸角被风吹得"哗哗"地响。

围着看悬赏告示的全是赵各庄的矿工。看了悬赏告示，有的一边走一边议论。

一个黑胡子穿窑衣的矿工压低嗓门说："听说唐山、古冶、榛子镇、唐家庄、马家沟全都贴上悬赏告示了！"一个矮小的矿工轻声回答说："'瓦斯'虽毒，也没辙了。不是汉奸，谁也不想拿这臭钱！"另一个高个子声音清脆，说："人称老节是抗日英雄，告示上叫他'白脸狼'，真是狗嘴不吐象牙！"矮小的矿工笑笑，打趣地说："悬赏改成一万块现大洋，我看也抓不到老节一根毫毛！……"正说着，黑胡子穿窑衣的矿工轻轻"嘘"了一声，说："别说了，走吧！"

大家回头，只见白净脸发了胖的夏连凤后头跟着白老三等几个便衣特务，腰里别着手枪，狗颠儿似的，从西边过来，正向"燕春楼"戏园子的方向走去。

他们刚走过，那声音清脆的高个儿"呸"的吐了口唾沫，骂了一声："狗杂种！"矮小的矿工叹了一口气，说："听说乔老庆死在古冶日本宪兵队里了！"黑胡子穿窑衣的矿工怕招惹是非，催着说："走吧走吧！该下井了！"

夜色扑落下来，天越来越暗了。从赵各庄"天德隆"店号旁边的保险胡同里过来两个矿工模样的人往"燕春楼"那儿走。从汪杆胡同那儿也绕过来两个人往东朝"燕春楼"那儿走。另外又有几个人，正从东大街也往"燕春楼"那儿走……

"燕春楼"是赵各庄上首屈一指的大戏园，演的是京戏。戏园子门口，亮着灯火。在唐山是三等角色的筱艳秋在这里挂头牌。"燕春楼"戏园子的大门上，用一圈雪亮的电灯泡围着"驰名南北程派青衣筱艳秋"

的名牌。大红纸的海报贴在戏园子大门口的墙上。摇头戏①是《鸿鸾禧》，第二出是《吊金龟》，大轴是《武松打虎》，压轴是《贺后骂殿》。

戏园票价便宜，锣鼓胡琴声吸引观众，生意兴隆，看戏的早早就入场了。戏园子前边五六两排中间一向是留给军警、侦缉队这些特殊看客坐的。侦缉队长夏连凤，正带了白老三等几个便衣特务，飞扬跋扈大模大样坐在第五排上抽香烟、嗑瓜子、看戏……

从保险胡同走来的、从汪杆胡同过来的、从东大街绕来的人，都在"燕春楼"门口会合。戏园门口，有个瘦高条子要饭的蹲在墙角。他戴一顶褐色的破毡帽头，用一根草绳扎紧了破棉袄，挽个破篮子，脸上涂着炭黑，佝着腰一下子像个老头儿了。其实，他是纪振生，装作要饭的，在这儿发戏票。熟人来了，他就上去讨钱，悄悄递上戏票。节振国工人特务大队的战士们拿了票就进了"燕春楼"。戏园子里人多，他们一进去就看戏园子的太平门在哪里，看坐在第五排上的夏连凤、白老三和别的几个特务在干什么。

同一时间，在西赵各庄马家大院商会会长马梦熊的家里，忽然去了四个不速之客。

商会会长的高台阶油漆大门上过年时贴的红纸春联还未残破，写的是："乾坤万里眼，天地一家春"，门楣上的红纸横幅是"财源茂盛"。门口台阶下，有一个伪警站着岗，是伪警务分局应马梦熊的请求派来保护商会会长的。

夜色显得格外的明净、柔和。四个不速之客来到门口时，伪警没看清是谁，大大咧咧地问："找谁？"

为首的那个人，浓黑的双眉下，两眼射出逼人的冷光，一掀上衣

---

① 摇头戏又指头锣戏，一般指放在开场时的第一出戏。因这时刚一开锣，又因是小角色演的，观众看了摇头，所以这么说。

从腰里拔出驳壳枪来："别问了！一块儿进去吧！"

伪警一看："我的天！节振国！"那夜，打警务分局时见过面的。吓得他心里"咚咚"打鼓，一声也不敢吭，乖乖地缴了枪，跟着节振国进了门。

走过两进院子，到了马梦熊住的屋里。商会会长是个五短身材的胖子，穿的皮袍子，光脑袋，白净红润的皮肤，有两只精明的圆眼睛，在一盏大玻璃罩子煤油灯的亮光下，正坐在太师椅上噼里啪啦地打算盘，没想到居然有人深夜带着枪来找他。

他听见脚步声踢踢踏踏，抬头一望，只见一个器宇轩昂的人带来三个雄赳赳的汉子，穿的便衣拿着短枪，替他看门的伪警蹙着脸乖乖地跟在一边不吱声。他吓得两胁淌冷汗，慢慢地举起了双手，两条腿软软的想跪下去。

节振国脸上带着笑模样，说："你家眷在哪里？"

马梦熊白净红润的脸色泛了青，连忙指指后屋："都在后屋！"

后屋，响着八音盒子叮叮咚咚的声音，关玉德闷声不响地走进去，把男女老少都领到前边来了。

节振国看着吓得面无人色的马家老小和颜悦色地说："不要害怕！你们在这儿陪我们坐着。坐一会儿，我们就走。可是，走后不许报告警务分局，更不许报告鬼子。要是报告，这账找马梦熊算！"说着，节振国对田树森做了个手势。

田树森走近马梦熊，马梦熊还没弄清楚对方的来意，刚颤巍巍地站起身来，被田树森一搡，用枪抵住背，说："走！"就将他架走了。

他跟着田树森走出大门，不敢叫也不敢喊。夜色漆黑，他两条腿不听使唤，勉强着糊里糊涂地跟着走呀走呀，走的冷僻小巷，出了赵各庄。田树森一忽儿带着他在田野里奔跑，一忽儿又带着他在山路上盘旋前进。他心里怀着恐惧，不知将要死在何处，又惊又怕，走着，走着，田树森掏出布条来系上他的双眼，又牵着他走。估计又走了十几里地，才在一个不知名的小村庄里的一个农家歇了下来。

马梦熊从来也没有吃过这样的苦，受过这样的惊，心里怕得要死。田树森也不给他掌灯，说："安心睡一觉吧！咱不杀你也不揍你，你别害怕！"他听了将信将疑，累得要死，想歇一会儿，也顾不得炕上尘土积得多厚，放身躺倒就睡。

马梦熊一被带走，马梦熊一家老小马上愁眉苦脸哭哭啼啼。节振国朴朴实实地说："放心吧！我们不杀他！我们请他去，是要讲点抗日的道理给他听听。现在也讲给你们听听。"接着，节振国就讲起抗日的道理，宣传起八路军的政策来了。

节振国做着手势说："……别看小日本一时凶恶，迟早他得给中国人民打败。如今共产党、八路军在华北、在冀东有的是力量。谁做铁杆汉奸，黑了心肝五脏，将来死了也遗臭万年！"

他特别用话敲打那个伪警说："别忘了！你的靠山日本鬼子是一座冰山！我们游击队的靠山是长山、腰带山、燕山、雾灵山……"

伪警脸上红一阵，白一阵，连声点头讨饶，说："我该死！我该死！……"

谈了约莫半小时，节振国和关玉德、梁凯突然站起身来说要走了。临走，马梦熊一家老小又哭哭啼啼了。节振国朝着马梦熊的大小老婆和子女说："不要哭，八路军游击队从不乱杀人，说话算话！我们一定放他回来。可是，你们以后得劝他少给鬼子办事。我们走了，你们不准报告，不准声张！听清没有？"说着，又望望那个伪警。伪警当然同马梦熊一家老小同样连连点头答应，诅咒发誓："我要是声张，您揭了我的皮！"

节振国带了关玉德、梁凯飞步离开了马梦熊家，到"燕春楼"戏园子去。听说夏连凤、白老三一伙侦缉队特务每夜都去"燕春楼"戏园子看戏，又听说平时，夏连凤一伙常常不看开锣的摇头戏，只看大轴以后的戏。所以决定开演以后一小时光景采取行动。利用这段时间，节振国就在动手干掉侦缉队之前，捎带先绑走马梦熊，去马梦熊家隐藏半点钟。

当节振国和关玉德、梁凯来到"燕春楼"戏园子的时候，戏园子门口那个"筱艳秋"的名角灯牌上本来亮着的电灯泡已经熄灭了，里边正戏早已开演。胡琴声悠扬，锣鼓声喧天，观众怪腔怪调的喝彩声、捧场的鼓掌声，一阵一阵传出来，台上正演着《武松打虎》。演武松的武生，挥拳正在跟吊睛白额虎搏斗。戏园子里香烟、旱烟的烟雾弥漫，坐满了观众，叫卖瓜子、五香豆腐干、鸭梨、糖炒板栗的小贩走来逛去，认识的人都看到，蟹壳脸的白老三和那几个无恶不作的特务正坐在第五排中间的位子上，尖着嗓子叫好。

节振国和关玉德、梁凯出现在戏园子门口时，化装成要饭老头儿的纪振生弓着背上来了，焦躁地说："老节！夏连凤刚才突然走了！"

"张惠他们呢？"

"进去了！"

情况发生了变化，需要节振国拿主意。节振国问："怎么走了？是发觉我们来了吗？"

"不像！本来他来得挺早，也在看戏，突然来了个人把他找走了。"

"白老三那一伙呢？"

"在里边看戏，第五排！"

节振国眉毛一拧，当机立断："照原定计划执行！"纪振生扔了破篮子，掏出戏票来递给节振国。节振国带着纪振生、关玉德、梁凯，像四个矿工似的大步跨进了"燕春楼"。台上，《武松打虎》正演得火爆。

白老三和另外四个侦缉队的便衣特务仰脸打哈哈，拖长了嗓子怪声叫："好！——"

忽然，有五六个矿工模样的人走进第五排和第六排，挨近白老三一伙，拔出短枪，指住特务吆喝起来："不准动！"

五个特务脑门儿上青筋直跳，乖乖地举手站起来，腰里的短枪立刻被拨走了，低着头被押出戏园子。

　　台下发生的事变，引起了观众的骚动，也把台上的演员吓呆了，把台上的琴师、锣鼓手吓傻了。"死"在地上演老虎的演员站起来了。武松伸长了脖子发愣。锣鼓、胡琴哑然无声。戏园子里一片喧哗，观众有的哗啦啦站起身来，闹闹哄哄要走。

　　突然，大家看到一个人"虎"的纵身跳上了戏台。这人三十岁光景，中等身材，体魄强壮，方圆脸，双眼皮，两眼有神，嘴大唇厚，肩宽，背直，留发……一副英武气派。他穿的便衣，可是此刻从怀里掏出一顶八路军的灰军帽戴在头上，又掏出一条牛皮子弹带往腰间一系，顿时，威风凛凛了！

　　"啊！老节！"

　　"节振国！——"

　　"喝！真是他！真是节振国！"

　　要走的人也不走了。有的踮起脚跟，有的踩上座位站起来观看。

　　节振国攥着驳壳枪，枪上的鲜红缨穗儿在戏台灯光下映得璀璨莹然煞是好看。他站在铺着红旌毡的舞台上，活像一个传奇中的英雄，他在台上举手行了个军礼，用激昂、充满感情的声音放大了嗓门说："矿工兄弟们，乡亲们！我们是八路军派来抓汉奸的！侦缉队的特务，死心做日本鬼子的走狗，在赵各庄上为非作歹，如今是跟他们算账的时候了！我们是开滦的子弟兵！今天的事和大家无关，大家不必害怕！"

　　说到这里，他双目炯炯地四面一扫，每个在场的人，都仿佛被他那双尖锐、明亮的眼睛注视到了。这时看戏的人才发现，戏园子的所有出入的门户旁，都有节振国工人特务大队的人把守，有人看到瘦高条子的纪振生也拿着枪站在前门的门帘旁。

　　"乡亲们！"节振国继续慷慨激昂地演说，"日本鬼子占领中国的国土，屠杀我们的同胞，奸淫我们的姐妹，毁坏我们的房屋田地，要我们做亡国奴。血海深仇，一定要报！中国人一定要抗战到底，打倒日本帝国主义！"

台下响起了暴风骤雨般的掌声。

"乡亲们！"节振国的声音更激昂了，"现在共产党领导的八路军、抗日联军和游击队，在冀东每天都在打鬼子！日本鬼子一定会被我们打败的！不愿做亡国奴的人，起来抗日吧！"台下的人都流出了兴奋而激动的眼泪。节振国结束了他的话，用平静的口气说，"大家接着看戏吧！"说完，他转身向在台旁站着的演员、琴师们做了一个手势，要他们接着演戏，自己却轻捷如燕地纵身跳下台来由边门一闪就出去了。

守在门口的纪振生等也立即撤到了大街上。他们走了！像一阵风似的无声地走了！

商会会长马梦熊又倦又怕又冷地躺在冷炕上一夜没睡熟。第二天一早，听到鸡啼，看到出太阳了。太阳慢慢升起，高悬在晴空。又过了很长很长的时间，有个年轻人端热水来给他喝，也送烙的玉黍饼子给他吃。他喝了点水，咬了两口玉黍饼子，坐在炕上，心里好像十五个吊桶打水，猜不着节振国要拿他怎么办。

忽然，听到脚步声，门"吱呀"一声开了，昨天到他家里见过面的节振国英气勃勃地站在他面前。节振国浑身是劲儿，脸上像带着光彩。

马梦熊就像钓钩搭了鱼鳃一般，张大了嘴，睖睁着眼睛，惶恐地站立起来，垂着双手点头哈腰。看到节振国两把带红缨穗儿的驳壳枪掖在腰里，腰间围着光润发红的牛皮子弹带，脸上并没有杀气，他才略为镇定下来。

节振国在炕上坐下了，拍拍炕沿，说："坐！"他坐下了。节振国问："你跟日本鬼子勾结在一起，要组织商团自卫警是不是？"

马梦熊摇头，嘴里讷讷地说："没有，没有！是彬田队长，就是古冶宪兵队的那个日本人，日本鬼子叫组织的！"他本来想哄骗，又想抵赖，一看节振国那双精明、严厉的眼睛，马上老实了，低下头来嗫嚅着说，"我是出于无奈啊！……"

节振国摇摇头，手里玩弄着腰间驳壳枪上的红缨穗儿，说："鬼子想消灭八路军游击队，那是狼烟大话！办不到！你干这些事，是刀刃上耍把戏，可不是玩儿的！你要是再跟鬼子勾结，死心跟鬼子干，我们哪天想宰你就可以宰你！"

"是！是！"马梦熊伛偻着肥胖的身子，浑身打战，不住地点头，声音发抖。

"你已经在到处摊派款子了吧?"

马梦熊闷住声，半晌才点头。

"这么办吧！"节振国斜起眼看着马梦熊说，"你向各商号，向陈祥善，向包工大柜摊款，他们的钱财本是穷人的血汗，不亏他们，我们也不来管！可是摊了款以后，你得三股分一股交给我们做饷。筹枪的事，招募人的事你要拖拖拉拉，尽量不办。有了枪支弹药，你得优先给我们一部分。一句话，你是中国人，不要胳膊向鬼子弯，要是从今悔悟了，你好好做你的商会会长，我们不来碰你！"

马梦熊鼻尖冒汗，喃喃地对天发誓，嘟囔着一定照办！

第一次谈话到此结束。

下午，节振国又来了，说："把你找来，就是要告诉你：第一，中国人民必胜，日本强盗必败！日本强盗在这儿一天，我们就要跟他干一天！死心塌地当汉奸的人，我们把他当鬼子一样看待！第二，共产党八路军坚决抗日深受全国人民爱戴，得到全世界反法西斯人民的钦佩支持，你应该看清大局，拥护共产党八路军！以后，要看你的表现。第三，你今后要在饷金、给养上支持游击队，办不办得到?"

马梦熊捣蒜似的点头，结结巴巴地说："你们为国为民奔波忙碌，这些事鄙人一定办到！我回去就先缴一笔款给……给你们做饷金！"

节振国问："你想不想看看白老三他们那五个特务的下场?"

马梦熊吓得鲤鱼似的往后跳，摇头说："不看了！不看了！"

节振国告诉他："除了夏连凤漏了网，白老三等这五个便衣特务，罪大恶极，已经全部处决！"

马梦熊唯唯诺诺，吓得浑身是汗。可是，节振国又走了。在一种是梦又不是梦的感觉中，马梦熊苦等着白天过尽，西移的日光收尽了它最后一根金线。他鼻子里闻着炊烟味，身上被习习的冷风恣意吹袭，惊惶不安地凝望着沉沉的暮霭，满心沮丧。却听到门"吱呀"开了，出现了那个昨天夜晚押着他来的人。马梦熊赶忙站起来，却出乎意外地听到来人说："来！把眼绑上！送你回去！"于是，他被平安送回了西赵各庄。

马梦熊没有失信。回去后第三天的夜里，月亮洒着闪烁的银光，风萧萧地吹着迷蒙的四野，他按照约定，用一只洋油箱，盛满了饷金，悄悄送到西赵各庄西边野坟地里一棵大柏树下埋着。又过了一天，他去看时，那儿已有刨过的痕迹，游击队已将洋油箱取走了。

就在游击队取走洋油箱的当天夜里，淡淡的月光笼罩着路灯灯光不甚明亮的赵各庄。赵各庄天主教堂西边"锅伙"附近，一个姓许的年轻矿工正独自走着。他是要到东大街乔老庆家去的。乔老庆被送到古冶日本宪兵队后，宁死不屈，已被鬼子用狼狗咬死了。这姓许的青年矿工，为人老实，乔老庆生前有心要招他做女婿。他正默默走向桂香家，去安慰桂香。忽然，后边上来一个瘦高条子矿工模样的陌生人，递给他一纸包东西。他奇怪了，说："怎么回事儿？"

陌生人笑笑，说："节振国让送给你和桂香的！你们成了家，要好好过日子，要记住老人的血海深仇！"

暗夜沉沉，夜色茫茫。说完，那陌生人就像一阵风似的匆匆走了。

小许同桂香在屋里灯下看那纸包，是用红纸包的，纸包里装的是满满一包伪"联银券"①。

---

① 冀东当时用的一种钞票。

第二十八章 血淋淋的冬天

一九三八年的冬天，在冀东是个血淋淋的冬天。

打鱼要时常变换地点，游击队也要时常变换位置。在赵各庄大闹"燕春楼"后，日寇调集兵力加强了讨伐，节振国就率工人特务大队离开东矿区到丰润一带打圈子活动。

胡志发和另外一些同志在冀东党委领导下，这一向来在榛子镇以北，在丰润北部，在杨柳庄、华山峰、东西赵各庄一带通过串联方式发展了不少新党员，建立了一些抗日基点村。抗日基点村里都有了秘密、坚强的党组织，又发展了保国队员抗日打游击。节振国的工人特务大队，在给养、住宿、掩护上都得到了极大的帮助。在这同时，陈支队在滦县、玉田、迁安、迁西一带不断用游击战袭击日寇，也使节振国工人特务大队减少了来自敌人的压力。冀东党委领导下的一部分抗联武装在腰带山一带积极活动，也对节振国工人特务大队是很大的支援。

节振国工人特务大队这时化整为零，分散潜伏，穿上老乡衣服，同抗日基点村的群众在一起。白天，派人放哨，一直放到敌人据点附近。敌人一出动，消息便从一村迅速传到另一村，风快地全知道了。情况一紧，大家有时就带上干粮、被子到野地里或山沟里去，风霜夜宿。在这残酷的冬天里，节振国工人特务大队又增添了一批共产党员：田树森、梁凯、关玉德、张惠、林子华都宣誓入了党。除林子华是由节振国和关清风两人介绍入党并有三个月候补期外，其余四个矿工成分的入党者，都是一个介绍人，没有候补期。

日寇估计节振国工人特务大队在丰润，为了割断工人特务大队与群众的联系，派出了素以"铁腕善战"著称的佐佐木大尉的部队进驻丰润。夏连凤的侦缉队本属古冶日本宪兵队，为了"讨伐"节振国，佐佐木向彬田借夏连凤的侦缉队来丰润协助他侦察，彬田同意了。夏连凤那夜在赵各庄"燕春楼"看戏，新上任的伪警务分局长请他去打牌，却救了他的命。听说要他到丰润，他虽然心里发寒，但命令难以违抗，何况又是一次升官发财的机会，只得硬着头皮，带了六个便衣特务也随佐佐木来到了丰润。

三十八岁的佐佐木，是少壮派军人，在伪满镇压抗日义勇军有功，新近调来关内。他性情暴戾，敏感多疑。为了下决心剿灭节振国，他听说关家梢的警备大队长关东平和榛子镇的李奎胡是节振国的死对头，就重用二人，将关、李二人的警备大队扩大编制，随他一同出发"讨伐"。

这天，佐佐木找关东平到了关帝庙日军守备队的一间密室里通过翻译进行谈话。佐佐木其实懂中国话，也会说东北口音的中国话，但他总是装不懂也不会说中国话，为的是便于摸"底"。他对铁杆汉奸也只相信七分，留三分怀疑。见到关东平来了，他就略略大笑，用一双老鹰似的目光瞅着关东平，说："关桑！听说你本来是国民党？"

关东平手捧警备大队长的军帽，露着秃顶，心里诚惶诚恐，点头哈腰："唔，咳……是的，是的！不过，那已是过去的事了！"

佐佐木请他坐下，露出残忍的微笑："这很好！共产党是你们的死敌，国共合作是没有可能的！共产党也是我们的死敌，我们的合作提携是源远流长的！"

关东平受宠若惊，又连连点头："是的！是的！"

佐佐木问："听说节振国当年闹红，就是在你们关家梢拉起的队伍？"

关东平不敢隐瞒，讨好地通过那个穿西装着马靴的中年翻译官说了经过，说："关清风父子现在仍跟着节振国，关寿年已经被我杀了！有个姓林的小学教员跑了，不知下落。"

佐佐木问："你看节振国现在何处？"

关东平摇头，说："不敢臆测！"但献策说，"节振国之所以找不到，是因为有些村子能窝藏游击队，对可疑的村子要一个一个梳一梳，篦一篦，剃一剃。学曾文正当年对付'长毛'！"

佐佐木点头夸奖："看来，你对大日本是忠心耿耿的。你刚才讲的办法我正巧也在这么想。试一试我看很好。从哪里开始试呢！从关家梢？……"

关东平鼻尖冒汗了，连忙辩白："太君，关家梢是大大的治安强化的良民区。"

佐佐木仰着脖子笑了，说："节振国的游击队还有一部分人是你关家梢的。他们的家属还在关家梢，应当检举出来整肃清除，关家梢这个抗日窝子彻底梳一梳，篦一篦，剃一剃，更保险。强化治安从关家梢开始，做个样子给大家看看，再在全丰润、全冀东仿行！你的功劳大大的。"

关东平鼻尖冒汗站起来鞠躬，表示愿意效劳。

佐佐木得意地把想到的办法和步骤，详详细细地同关东平做了商量和布置。

隔了一天，是个阴寒刮风的日子。关家梢里，到处是急促的呼唤声和短短的低语声，到处有来来往往骚动惊恐的人影在晃动。人们看到：随同佐佐木守备队和李奎胡警备队来的有丰润县其他各区、镇的村长、闾长，又用卡车载来了丰润县公署日本顾问、丰润县知事、新民会丰润县指导部指导员、丰润县警务局长等；此外，还有一批穿长袍马褂的士绅。

关家梢全体男女老少一起被赶到天齐庙前的广场上站着。关东平的警备队被集合起来列队站在广场西边，由鬼子守备队用机枪点着。被驱赶出来到广场上集中的关家梢全体男女老少押往天齐庙时，关东平的心腹副官韩白面躲在天齐庙原来小学堂的一间教室里，他手里拿着一面锣，见是和节振国、关清风、关玉德、林子华及死了的关寿年、关大个子等一伙的人或家属，就"当"的敲一声锣。这人就被押到东边，他不敲锣的人就押往西边。广场四边，都有端刺刀和架机枪的鬼子兵。

佐佐木大尉派兵把东边的人押在前面，把西边的人放在后边，宣布开大会。他手挂着军刀，不怀好意的眼睛阴沉得可怕，通过翻译说："丰润县是节振国工人特务大队活动得最凶的一个县。关家梢是节振国工人特务大队的发源地。这一向来，丰润县的抗日活动闹得很凶，破坏了日华亲善，皇军和警备队被共产党、土八路打死的不少。今天要给大日本皇军和为日华亲善献出生命的支那朋友偿命……"他还将站在一边的警备大队长关东平训斥了一通，责怪关东平剿共不力，训得矮胖的关东平站在那儿低垂着秃头，似乎动也不敢动。

佐佐木说完，就命令他的大洋马小分队作为行刑队，将被捕押在前边的关家梢乡人不分男女老幼，全部牵到台前，用军刀杀头。

杀得天昏地暗，血水流得满地，尸首一个个挨边排满……死的阴影威胁着人，早晨的寒气和朔风传播着血腥味……

原来站在东边后来押到前边的人被杀了三十多，关东平突然跑上前来，对着佐佐木"啪"的敬了一个军礼，带着哭声高着嗓门说："佐佐木大尉！你杀的当然是些坏人，可是再要多杀就不亲善了！我们能自治。我们保证从今以后关家梢的人坚决反共决不接近八路，决不支持节振国的游击队。如有违背，他就是关家梢全体乡亲的害群之马，我关东平就拿他开刀！要是我说的话不算数，友军就拿我关东平杀头吧!"他说得慷慨激昂,白胖的脸上面红耳赤,似乎冒着自己生命危险诚心诚意在为乡亲们求情。

佐佐木听了他的话,忽然下令说:"警备队关大队长说得很好。既然这样,就不杀啦!我们杀的也没杀错,都是破坏日华亲善的抗日分子或是抗日分子的家属,都是破坏冀东王道乐土的。希望大家都能从中吸取教训!共同来为日华亲善出力,为冀东防共自治区的安居乐业出力!"

李奎胡也是佐佐木早向他布置好的,这时开口了,说:"乡亲们!这是抗日的结果!抗日的坏处!刚才关东平警备大队长不顾自己的生死救关家梢的族人,令人感动。我们应该保证以后不让任何人接近共产党、八路军和节振国的游击队啦!有了消息随时就报告!见了节振国一伙就马上攻打揪捕!匪属要定期听审,匪属之家昼夜不得闭门,任凭随时搜查!这才能保证冀东的和平!"

来参观的一些汉奸新贵和村闾长"代表",也按同样的调门讲了一遍,这场安排演出的杀戮加上威吓欺骗的血腥惨剧才告结束。

散会以后,关东平、李奎胡都得到了佐佐木的当面奖励。佐佐木让丰润各区、镇、村都将关家梢的事拿去好好宣讲,加强反共防共。

第二天夜晚,寒冷,幽暗,风声呼号。夏连凤的侦缉队打听到节振国工人特务大队住在塞门村。天不亮,佐佐木就派遣他的大洋马小分队开路,悄悄带着关东平、李奎胡围上了塞门村。

庄上一百多户人家,六百多口人。人被赶出来以后,佐佐木站在穿黄军衣的鬼子兵面前。双手拄着军刀的刀柄,叉开两条罗圈腿,立在那里两眼射出不怀好意的凶光用很高的嗓门不清不楚地讲话,叫翻译一句一句大声翻译:"节振国,抗日,破坏王道乐土,破坏日华亲善,是共产党、土八路!现在已经确实,他住在你们庄子上。你们快献出来!没有节振国,不行!不献出来,我答应,机关枪不答应!……"

六百多口男女老少都不吭声。佐佐木气得撅着牙刷胡,亲自用手拉出一个二十来岁宽额阔嘴的年轻人，说："你！说话的，谁是节振国？"

年轻人答："不知道，这儿没有！"

佐佐木"刷"的拔出闪亮的军刀，"咔"一下就把年轻人的脑袋砍去了，血水流了一地。

六百多口人"嗬"的一下喧哗开了，小孩有"哇"的吓哭了的。清晨的冷空气里泛起了血腥味。

佐佐木又拉出第二个人来，也是个年轻人，有一头黑发，说："你认！"

年轻人摇摇头，说："我认不出！没有！"

佐佐木朝年轻人大腿上砍了一刀，年轻人"哎"的痛得叫骂起来，冲向佐佐木，恨不得要掐死、撕碎这个日本鬼子。但又给佐佐木一军刀劈了！

其实，节振国工人特务大队昨晚确实没住塞门村。可是佐佐木是个杀人不眨眼的魔王，让他的大洋马小分队的军士们一气用军刀连劈了十几个中国老百姓。接着，佐佐木通过县、区、镇、村、闾，定纪律，每家发一份"八大杀"条例：

一、隐藏共产党、八路军、游击队者杀！

二、供给共产党、八路军、游击队粮食、金钱、物资者杀！

三、联络共产党、八路军、游击队者杀！

四、看见共产党、八路军、游击队不立即报告者杀！

五、唱共产党、八路军、游击队抗日歌曲者杀！

六、传递消息不实者杀！

七、同情共产党、八路军、游击队破坏日华友谊者杀！

八、闻警不敲锣者杀！

"八大杀"颁布后，鬼子和汉奸杀起人来更凶了。敌人残酷杀戮，更促使许多人都找到节振国和他的游击队，要求参加打游击向鬼子讨还血债。一天，夜宿一个小庄子上，从北边荒漠的古长城外吹来的风暴带着呼呼的吼声，摇撼着树木和破旧的房屋。关清风和关玉德、林子华带了四个从关家捎逃出来的年轻人，来到节振国面前。四个年轻人都蓬首垢面泪流满面。关清风说："佐佐木和关东平玩的那出把戏，明眼人一看就明白。我们这些人的家属老小全给关东平勾结佐佐木杀光了！他四个要报仇！要打游击！"

当然，敌人的屠杀也给节振国工人特务大队带来了极大困难。也有人迫于形势，想出卖节振国。有一天，工人特务大队住在辛村，夜间发生了一件事：一个留撮黑胡子的老头儿急匆匆跑来，一头闯进草屋里，找到节振国，喘吁吁、气噎噎地说："老节！快！快带上枪，上我家去！"

节振国从炕上翻身起来，认出就是傍晚在他屋里跟他聊天的那个老头儿。村干部曾经暗中介绍过，说这人不错，信得过。节振国"嗖"的摸出枕下的驳壳枪，站起来问："大伯，什么事？"

老头儿脸上又气又急，只说："你去了就知道了！"拽着节振国马上走。

节振国攥着枪急匆匆跟着老头儿去到他家，一掀破门帘进了屋，只见老头儿一家：老妈妈、两个大儿子、一个儿媳妇、一个姑娘都在屋里，有站着的，有坐着的，屋里点着一盏小灯。炕上坐着老头儿的三儿，是个宽脑门、尖下巴颏儿的粗壮小伙子，被绳子捆得结结实实的，满脸是眼泪和尘土，还淌着鼻血，看样子挨过揍了！老大娘和儿媳妇、姑娘也满面是泪，用手抹着泪，擤着鼻涕。

节振国刚开口问："怎么了？"

老头儿倔倔地用手指着被绑在炕上的三儿，说："老节！快把他带去用枪崩了吧！这畜生！他贪鬼子的悬赏，想去报告鬼子你在咱庄上，好领奖金呢。我不要这小子了！你带他走，崩了他我不怪你！"说完，两眼红红的，胸膛一起一伏，气得不行！

节振国心里十分感动，看得出老人和全家对这三儿子是既生气又恨铁不成钢。问清了情况，那三儿子跺脚哭着连连认错讨饶。节振国给老头儿的三儿子松了绑，说："有你们这一家爱国的父母兄妹，在你们家里出不了汉奸！"

那三儿子被松了绑，自己突然发疯般地跑到案边，拿起菜刀，"托"的一刀，剁了个小指头，说："我起誓！我要再想干这种汉奸干的事儿就像这个指头！"说着，号啕大哭起来。

这年冬天，常有狂暴的大风。早晨，鲜红的阳光沐浴山野；夜晚，星空弥漫着一层薄雾。寒夜离开村庄躲避日寇扫荡的人们，冒着霜冷，藏在山沟里、坟圈子里不露头，人们眼窝都显得铁青，脸上都带着困倦的睡容。下过两场雪，冰天雪地，那就更苦了。但，佐佐木突然停止了军事行动。

原来，阴险毒辣的佐佐木知道，光靠大屠杀会逼得人人都抗日，人人都拼死帮着游击队。佐佐木也知道，即使将各村各户所有的人不分青红皂白都杀完来制造无人区也行不通，而且那样影响太坏，既无法实行经济掠夺，自己也不能驻扎在无人区里。但是，靠屠杀不行，不靠屠杀佐佐木又不甘心。像关家梢那样一个村一个村地梳、篦、剃，他觉得不是良策，就决定用"大拉网"的战术。他在东北残酷讨伐过抗日游击队。他有心要将节振国工人特务大队一网打尽，在施行"大拉网"战术之前，故意暂停"讨伐"，目的是要引诱节振国和他的游击队进入他的"网"里，好突然收"网"，捞到大鱼。

一天夜里，胡志发派人急忙通知节振国：佐佐木要用"大拉网"战术，今夜出动，以丰润县城为中心来北边合围扫荡。情况突然，节振国马上决定派人分头通知散布在附近各庄上的干部、战士迅速撤出庄外，向腰带山转移。

半夜，田树森得到情况，在夜幕沉沉中带着六个战士撤出了他们所住的那个小庄子后，天变了。大风吹动乌云吞没了月亮，天色墨黑，也没有北斗星辨明方向，走岔了道。进过两个村子，都因为村子里敲锣报警，被赶了出来。他们转来转去，常常听到各式各样的狗吠声远远传来，常常听到鬼子和警备队的军车和部队行进中的声音。兜来绕去，总在还乡河边。河里结着冰，但河对面也有敌人的嚷嚷声。最后，七个人都累了，吭哧吭哧喘着气，也都饿了，就在黑乎乎笼罩着大雾的野地里趴下了。

到了黎明，日头还没出来，大雾渐渐散了。田树森带着六个战士向东面那个村庄慢慢移动。忽然，看到东南面贴着地面像掀起了一股黄色的浊流。视线中，远处都是敌人，漫天遍野扬起了烟尘。鬼子的钢盔在头上闪闪发亮，汉奸警备队斜背子弹带，有的停留在远处，有的正在列队拉"网"走过来。远处"咕咕咕"重机枪响，"哒哒哒"轻机枪响，夹着田野里的呼唤、喊叫声一起传来。蛆虫似的敌人，正在拥向田野、村庄、山林……像一股混浊的山洪在围过来。

一个战士趴在田树森身边轻声说："看！庄上也全是鬼子了！"

清晨的西北风冷飕飕地摇动着土岗上枯黄了的小矮树棵子，发出"刷啦啦"的声音。

个子矮墩墩、体魄健壮的田树森趴在地上，三个木柄手榴弹被他挪到了后腰上。他昂起大脑袋朝东边那村庄里一看，果然，眼里看到的全是穿黄军衣的日本鬼子和汉奸警备队，连庄上房顶上也全站的是鬼子。有的还正在用望远镜张望，有的手里拿着小白旗。这是鬼子用来对付游击队的。鬼子在房上一站，看到游击队就拿着小白旗用手一指方向！让鬼子兵和警备队来包抄。

原来，佐佐木昨夜天黑以后，集中兵力，拉开队伍，从丰润出发，一下子将二十几个庄子全部包围在"网"里，风雨不透。每条大小路口，都设下了埋伏。每一个可利用的小山或高地都派兵控制。包围圈里，又伸进几股兵力到处搜索。这时，开始了收"网"扫荡。步兵配合马队，方圆几十里的扫荡圈越围越小，从哪儿走，都能见到讨伐队。

田树森趴在地里，手脚早冻麻木了。他虽然不知佐佐木带着守备队和警备队已经一下子围住了二十几个庄子，但一看这股来势，心里明白形势严重了！他想：这么大片的地方，除了咱趴着的这点土地外，咱连个藏身的处所也没有啦！

田树森肚皮贴着冰冻的地面，从小矮树棵子后匍匐爬到一块岩石旁，又从岩石旁爬到一道干了的水沟里。枪子儿在他的脑袋边呼啸，打得枯树枝"噼噼"乱溅，打得泥土"啪啪"乱飞。他两手被草里的荆棘、尖石刺戳得淌血了，破棉裤的双膝也撕破了，但他仍不停地移动。六个战士也跟着他匍匐移动。

田树森两颊深陷，眉毛皱得紧紧的。他疲乏得几乎话也说不出来了。旧棉袄上早撕了好几个大窟窿，露出脏污的棉絮来。他上气不接下气，筋疲力尽，饥寒交迫。他的心怦怦地跳动，像要打嗓子眼儿里跳出来一样。他本来想带着六个战士匍匐爬行到一处野坟地里，打那儿往西北突。但是，现在，他看到西北方出现了狰狞的太阳旗，也出现了日寇和警备队的散兵线。田树森知道快藏不住身了！这时，西北面的敌人渐渐近一些了，看得很清楚，人数比东南面少得多。而且，是伪警备队，每个敌兵之间的空距很大，西边的空隙更大。田树森决定让大家集中往西边冲。他匍匐着扭转头来，沙着嗓子说："你们往西边冲！突出去，别忘掉打！揍死一个就够本！我在这儿顶住，你们快跑！"在他们前面，是一片凹凸不平的乱坟堆，里边有石碑，有碗口粗的柏树，也有干枯的灌木丛。再往远处，是一大片稠密的杨树林。他用手一指，说："快！从那儿往西冲！冲出去见到老节，对他说：我田树森生是游击队的人，死是游击队的鬼！叫他不要为我难过！"他下决心牺牲自己了！

他坚决地、用命令式的口气让战友们快走！自己留下不动，仍匍匐在地上，一手拿着短枪，一手随时准备抽拔那拴在后腰上的三个木柄手榴弹。

站在庄里房上的鬼子发现了游击队，立刻挥动左右手用两面小白旗打旗语。东边南边的鬼子呼呼啦啦地围过来，西北面的警备队人虽少，也"乒""乓"打枪。那六个战士越过那片坟地，飞跑着往西北冲。鬼子的掷弹筒发射了！沉闷的爆炸声响了！炸碎的土块石块纷纷溅落下来。田树森看到向西边冲的游击队战友正在死命地冲。可是，田树森自己完全被包围了。从东面和南面来的穿黄军衣的日本兵和警备队逼近了。田树森扣动扳机开枪："砰！""砰！"……堵住了来包抄追赶的敌人。敌人想活捉他，没有打枪，嘴里却大声发出一种野蛮的"呵！""呵！"叫喊声，威逼他投降。

田树森"砰！""砰！"放枪，用橹子枪打倒了一个鬼子兵。可恨，子弹用完了！他把白老三本来用的这支狗牌橹子枪扔了，摸摸后腰上插绑在布带里的三个木柄手榴弹，先拔出一个，扭开盖，用小手指掏出里边的拉火线往指上套，握住木柄，腾地从地上爬了起来，他见往西边冲的战友已经可以冲出去了，决心不要命了，站起来，猫着腰向东南迎着鬼子兵和汉奸警备队冲。不是向人少处冲，是顺着田埂向人多处冲！跑得飞快，像被地皮弹起来一般，飞过田埂，飞过小沟，飞过荒地，像一支离弦的箭。

一轮旭日从地平线上升起，往上跳跃，红得像鲜血。鬼子兵的刺刀像镜子似的反射着阳光。鬼子兵惊叫："刻一背堆！""刻一背堆！"①想捉活的。田树森飞步跑过来了！手榴弹从他手里"嗖"的飞出去。手榴弹"轰！""轰！""轰！"接连扔了三个，黑烟升起，火光一闪又一闪，鬼子和伪警备队东倒西歪哇呀呀呼号着倒了一片。

———————————

① 日语：不要跑！

但，在飞蝗般的枪击中，田树森哼了一声，给鬼子兵用枪撂倒了。

一大伙穿黄军衣的鬼子兵，围看着这个不怕死的大脑袋、矮壮黝黑的游击队员。田树森已经断气了。一个鬼子兵搜查田树森的身边。兜里，除了半个发了黑的糠饼子外，啥也没有。

六个突围的游击队员，冲出去了三个；另三个被杀害后，鬼子将遗体扔在一口井里。鬼子用卡车将死伤的日伪军运回丰润，将田树森的遗体吊在庄头的一棵古槐树上"示众"。

那天，晴朗，荒芜，经过劫难后的田野上没有人烟。远远的山岭像垂头肃立。蓝蓝的天空上飘着寂寞的白云，不远处，波光粼粼的还乡河水呜咽地流。在悬吊田树森遗体的那棵曾经披盖过绿叶而现在光秃着枝干在寒风中孑立的老槐树上，飞过来一只"王干哥"①，哀伤地叫着……

夜里，庄上的一个白胡子老头儿，偷偷将田树森的遗体取下来，又偷偷藏在他草房后的一个草垛里。

二十七岁的田树森，本来是赵各庄矿的井下支柱工，与节振国同一个掌子面。过去在井下干活时，是有名的老实人。平时，除了下井就是在家里，他哪儿也不去，连戏园子是啥模样他也没进去看过。生活艰难，他只知赚点钱糊口。他平时话不多，总是闷声干活，跟谁也不红脸。谁叫他"大脑袋"或"田大头"，他也不生气。身上衣服穿得很破烂，就是逢年过节，也穿得叮叮挂挂，补丁摞补丁。查头子见他老实，平时当软柿子捏他，骂他几句，他都忍着。倒是节振国平时见到查头子欺他，忍不住就要打个抱不平。可是，有一次，查头子于三甩了田树森一个耳光，那天，田树森火了。他狠狠一脚，将于三踢翻在地上，挥拳上去一顿好揍，谁拉也没用。于三磕了头又挨了一脚。打那开始，人都知道田树森不是没脾气，他是忍着，忍到不能忍时，

---

① 一种鸟，叫声单调、哀伤。

他就拼命了。果然，日本鬼子在冀东扶植汉奸殷汝耕后，让中国人做亡国奴的滋味，使田树森决定拼命了。自从参加节振国的游击队后，他一直是骨干。李奎胡杀了他的老婆孩子，他的抗日劲儿更加坚决。受到共产党的教育和培养，他入了党，心胸更广，眼光更远。可是今天，掩护战友突围，在同敌人拼命以后，他为抗日流尽了最后一滴血！

三天后的一个阴冷的下午，胡志发陪节振国来到这里。村里已经给鬼子和警备队糟蹋得不成样子了。到处是洋马蹄子和牛皮靴子的脚印。村头的石碾歪斜倒在地上。草垛有的被挑乱扔散了，家家户户东西被砸得稀烂。有些破门板横甩在路边，水缸里有的被鬼子兵给屙了屎尿，街上飞扬着鸡毛……他俩见到了那位给田树森收尸的白胡子老人。

白胡子老头儿眼泪顺着满脸皱纹流，说："如今，咱穷人光剩下一片心了！别的什么都不剩了！连碗水也没法请你们喝，多包涵吧！你们得使劲打鬼子报仇呀！……"

节振国感动了，说："大伯！咱只要您这一片心！有您这样的一片心，咱就能坚持打游击！迟早要消灭鬼子汉奸这些豺狼！"

老人带节振国和胡志发去看望在他草房后草垛里藏着的田树森的遗体，告诉节振国："这好样儿的年轻人可勇敢啦！打死的鬼子有一大堆！鬼子搜查遗体时，只找到了半个糠饼子，别的什么也没有！"

节振国和胡志发两人亲自刨坑给田树森下葬。节振国看着血迹已经变成紫黑色了的田树森那闭眼长睡的面容和衣服破烂又布满弹伤和血迹的遗骸，心头的一汪热泪向上涌升，眼里像戳进了麦芒又刺又痛，擂着胸膛号哭起来。

节振国随身带来了桂香保存过的那面大红旗，他心中奔腾翻卷着暴风雨。他严峻地想：树森是第一批参加组织游击队的老同志，他全家都为抗日牺牲了。他死得英勇，像个无产者，像个共产党员！我们要给他报仇！

节振国和胡志发用红旗裹着田树森的遗体，将树森掩埋在一棵郁郁葱葱的、在冬日北风中挺立着的柏树旁。

埋葬田树森以后，天已经黑了，起着大风，灰尘扑面。他们顶着风摸着黑匆匆回杨柳庄。途中，胡志发声音激动地缓缓思索着说："海大网小，想一网打尽咱，那是办不到的！可是，专这么挨打，不行。咱得还手！老节，还记得上次在遵化温泉学习的收获吗？游击战的基本方针必须是进攻的！我们现在处境这么困难，可是，还手可能比挨打还容易些。我们要打得出乎敌人意外。当然，在抗日基点村里打敌人是会招来报复的。可是，我们钻到敌人肚子里去还手不行吗？"

小路在面前伸延、盘旋着。周围黑乎乎的，北风呼呼地吹，吹得节振国的破衣襟啪啪直响。节振国眯着两只充满血丝的眼睛，说："现在，是咱洒热血、抛头颅的时候啦！我早想好啦！咱分成七个八个人或三个五个人一组活动，跑到远一些的地方打，到敌人认为保险的地方去打。打过就跑！像流水疾风一样。你说得对，进攻是消灭敌人的手段，也是保存自己的手段。咱不打他就只能挨打。咱还了手，他倒可能收兵防御了。"

夜色像是一片黑水洋，浩瀚无边。风声呼呼灌耳，树木在摇晃点头。雾起来了，空气里像散布着一层透明的蝉翼纱。地上在暗暗结着霜花。顶着风走，窒人呼吸。节振国心里有一种急切地想撕破夜色换来曙光的感情。他听到胡志发说："我赞成你们把队伍分散成小组活动。这同目前的形势能适应。游击战要打得活泼有生气，要叫鬼子草木皆兵！"

节振国血涌上脸来，下决心地答："说干就干！从明天起，我们研究在哪里开始还手！我们要练出两条钢铁的腿来！打伏击！你这'智多星'等着听咱们还手的好消息吧！"

节振国把工人特务大队分成三个游击组：节振国和纪振生带几个

战士一个组；关玉德和梁凯带几个战士一个组。这两个组都是行动组，全配上短枪、手榴弹，开始还手袭击敌人。关清风师傅年岁大了，林子华是个书生，由他俩和张惠，负责带着别的战士同胡志发一起，在基点村里活动，兼带管理供给上的事情。

第二天，白天做好了准备工作，也摸清了情况，半夜时分，吃饱睡足，节振国和纪振生，带着三个战士趁夜色浓黑，踩着田间小路上寒霜凝结的枯草，踩着乱石丛莽，踩过衰草迷离的坟地，沿着沟坡，一气跑了四十多里地，到鸿雁桥附近打伏击。他们预先打听妥当：佐佐木手下有个荻原少尉，最近每天黎明带六七个鬼子骑着自行车带着机枪等轻武器，在鸿雁桥附近巡逻。五个人去打六七个有机枪的鬼子，颇不简单，但真要用伏击战消灭了这股鬼子，又夺来了机枪，能灭敌人威风，长自己的志气。既要还手，就得狠狠揍佐佐木一个耳光！所以节振国毫不犹豫地决定大干一场。

到鸿雁桥附近时，已听鸡啼，天还未亮。昏蒙蒙的晨雾中，看到了南边遮掩在枝干光秃了的树丛中的六间房村。这是个小村庄，隐隐可以看到白色的破旧的粉墙，看到一些瓦屋和草房的屋顶。

村外，大路和小路上，这时都还没有人走路。左近有个杨树林，但遮蔽不住人影子。路边有干了的土沟，趴在沟里倒是可以遮挡一下，但也不是个好去处。

节振国看看周围地形，皱了皱眉，说："今天这一仗，只能打胜，不能打败！第一，打的是日本鬼子，不是汉奸队；第二，这是咱还手的第一仗，要旗开得胜！一人拼命，万人难敌！大家拿出决心来！"

纪振生说："有决心！今天抓鸡（机枪），决不让它飞了！"

那三个战士本来都是赵各庄的矿工，全是挑的又勇敢又机灵的小伙子，都说："保证完成任务！"

但在哪里隐蔽打伏击？藏身难找好地方，真急人！纪振生说："这地方没遮没掩的，藏不住身，不行！"节振国用嘴指指六间房那个小村庄，说："有办法！还是进庄藏身好！"

纪振生担心地说："六间房倒是鬼子必经之路，可是听说那庄子上的村长反动！去了怕不好办！"

节振国胆大，满不在乎地说："去吧！越反动越要找上门去才好！"

纪振生胆也不小，哀兵必胜，那三个战士当然也劲头嗷嗷地一起快步进了六间房。

节振国见这村庄总共不过十来户人家。一进村，朝那有院墙的屋子最体面的一家走去，果然是村长刘黑林家。村长是个跛子，四十七八岁，黄黄的脸，连鬓胡子，一副精明刻薄样。见来了人，伸脖子上下打量着问："干什么的？"

节振国傲慢地说："侦缉队的！来这儿有任务！你别多问，屋里头蹲着去！别出来！"

村长害怕，跛着腿到里间屋跟老婆女儿一块儿蹲着去了。

节振国端个泥盆，找着个抹子拿着，和了一盆泥，轻声对纪振生他们四个说："我上墙假作泥墙，你们去外头埋伏，听我手榴弹响或是枪响，你们就动手！我不动手你们别先打。打了往西边撤！"说完，节振国又去里屋门口大声问刘黑林："你的铜锣呢？拿来我使使！"

伪村长不敢不拿，乖乖从墙上木头橛子上把一面光闪闪的铜锣连同锣槌子递给了节振国。

天大亮了。跛子村长在里屋待了一会儿，不见动静，心里不安，出来看看，见节振国在墙上蹲着，说："我们这儿，太君和警备队常来常往，没请教您是哪一部分的？"

节振国随口说："彬田队长派来的！你给我进屋去蹲着，少啰唆！"跛子村长说："荻原太君天天一早就来，来了得侍候茶水！"节振国火了，吆喝着说："今天不用你侍候！滚！"那跛子村长只得又瘸着进屋去了。

节振国将张家发遗下的那个大鼻子手榴弹连同其他两个手榴弹一

起放在泥盆里。两把驳壳枪，一把仍插在腰里用上衣衣襟遮住，一把也放在盆子里，假作是泥墙的，在那儿磨蹭。

果不其然，等了半小时光景，远处出现了鬼子，一律骑的车子，一个接一个，队伍拉得好长。节振国费了思忖，心想：队伍拉得这么长，打死一个，别的枪都朝你打来了，这不好办！要等鬼子一起来到六间房停下聚在一块儿打才合算。

伪村长家墙外有棵老榆树，五个鬼子一到这儿，一辆接一辆车都到老榆树下停了下来。节振国看到有两挺轻机枪绑在自行车上。平日，在这儿都有那伪保长侍候茶水，可今天不见动静，只见一个人蹲在墙头上用抹子泥墙。一个鬼子上来，问："茶的有？村长的不在？"说着，做出跛脚的样子问节振国，又双手做出捧茶碗喝的姿势。

节振国想：你们是绑到案上的猪——死到眼前啦！一看，鬼子已聚集在老榆树下有七个了，怕到手的好机会跑了！把泥盆里张家发那颗手榴弹的鼻子一拔，说："给你们王八蛋喝茶去！"说着，"嗖"的一声，手榴弹已经画了一道弧形飞出手去，"轰"的一声，鬼子都像水缸里的王八，跑也跑不了啦！一下子东倒西歪炸倒了三四个，钢盔落地乱滚。接着，节振国第二、第三个手榴弹又扔出去了。"轰！"——"轰！"——炸伤的鬼子也躺下了，自行车也歪倒了。手榴弹刚炸完，节振国拿起两把驳壳枪对着没炸死的鬼子当靶子打……在这同时，纪振生他们四个的短枪也打响了。纪振生飞步冲上来，把轻机枪拿到了手。一挺已经炸坏了，一挺没炸着。

枪声在寒冷的晨空中响了一阵。现在，一切又归于平静了。节振国下令："撤！"五个人里有三个会骑车的。三辆自行车带着五个人，带着机枪，没伤到一根毫毛地往西撤。那对日本人忠心耿耿的跛子村长少了铜锣，也没法敲锣报警，只急得干跺脚。

走在路上，纪振生摸着那挺轻机枪，咧嘴说："今天这一仗，杀了七条黄鼠狼，吃到一只鸡，值当！"

节振国踩着自行车点头，又畅快又沉重地吁了一口气："只是家发哥的那颗大鼻子手榴弹炸掉了，我心疼！"话是这么说，他打了胜仗，心里高兴，眼角眉梢都是喜滋滋的，连容光都突然焕发起来了。这些日子，在敌人的"讨伐"中积聚起来的疲劳、悲伤和不快，一下子都完全消失了。

　　他们骑了很长很长一段路，人还以为是便衣的汉奸侦缉队。最后，将三辆自行车连同跛子村长的铜锣一起都沉在一条小河里了，又继续转了一个方向步行，向北边山里走去。

第二十九章　鱼游大海

节振国回到杨柳庄时，因为还手打了个大胜仗，心里痛快，脸上焕发着光彩。

在山间一条小道旁边，胡志发看到了他。节振国背后是逶迤的一望无际的峰峦，他的眉宇间闪烁着微笑，一双眼灼灼有光。没等胡志发开口，节振国就告诉老胡："家发哥的那颗大鼻子手榴弹，我扔给鬼子吃了！"

胡志发听他讲了战斗的经过，心里高兴，说："这颗手榴弹够本了！也给家发、树森他们报了仇了！我明儿给你再找两颗带上！"

他是区委书记兼区长，办事方便，第二天晚上，真的亲自给节振国带来了两颗大鼻子手榴弹。节振国将两颗手榴弹又拴在腰上了，说："好吧！老胡，这两颗手榴弹我也不乱用，要用就要用得值当！"

这夜，胡志发、节振国、纪振生、关清风和林子华一起，在杨柳庄的村长姜秉孝家收听矿石收音机。自打林子华来后，矿石收音机又被他修好了，大家也开始收听。有时听到的是伪满的电台，有时听到的是天津、唐山汉奸的电台。虽然这样，到底还是从反面了解了不少情况。林子华肚里有文化水，听了后就能把了解到和揣摸到的新闻和消息讲给大家听：国民党不战放弃了广州、武汉，鬼子飞机炸了延安，日寇正同国民党勾搭、引诱蒋介石投降，最惊人的是国民党副总裁汪精卫离开重庆投敌，先后随汪精卫投敌的有国民党大批要员……

矿石收音机不很清晰，听了一会儿，大家不听了。节振国提议说："鬼子定的'八大杀'中第八条'闻警不敲锣者杀'！有些庄让铁杆汉奸做了村长，这么做确实挺凶！影响了我们的活动，大家看看有什么好办法对付他没有？"

关清风点头说："是啊！发现了游击队他们就敲锣，这个庄一敲那个庄也敲！鬼子汉奸都马上出动包围。玉德和梁凯他们头天到韩家桥一带活动，就是因为锣声处处，险些遭了敌人毒手！"

纪振生说："韩家桥的村长韩光亚，清庄坞的村长牛登峰，王庄子的村长王辉，都是死心塌地的铁杆汉奸。要杀了他们才解恨！"

胡志发脸上布满了思索的表情，咬着烟袋杆说："他指向我们，我们也指向他！今夜没有月亮，正好施展腿脚。老姜，你去借两面铜锣。让老节跟小纪两个飞毛腿远远的去敌人认为最保险的韩家桥、清庄坞、王庄子一带敲锣。来个敲锣战术，大家看行不行？"

大家还弄不明白是怎么一回事，林子华呵呵笑了，拍巴掌说："妙！妙！妙！老胡真是个摇羽毛扇子的'智多星'！"

节振国也哈哈笑了，说："我懂了！'八大杀'第六条：'传递消息不实者杀'！哪个村的村长坏，咱就到哪个村去敲锣，敲了就走，作弄他！让鬼子来惩办铁杆汉奸！"

大家一听都乐了，个个举双手拥护。

夜静了。浓墨一样的黑夜，斗转星移，节振国和纪振生穿了紧身衣，腰束布带，脚蹬无梁靸鞋，带上短枪和手榴弹，两人都拿着铜锣，飘忽地分向目的地去了。

深夜里，"当！当！当！当！……"的急锣声先在韩家桥响起，同时，锣声也在清庄坞响了。从韩家桥听，是清庄坞敲锣报警，从清庄坞听，是韩家桥敲锣报警。韩家桥连忙敲锣，清庄坞也连忙敲锣，王庄子也连忙敲锣。"当！当！当！当……"暴风疾雨般的锣声响彻夜空。不多久，佐佐木守备队、关东平和李奎胡的警备大队呼呼啦啦一起来了。汽车呜呜地响，大洋马"嘚嘚嗒嗒"掀起了黄尘，夏连凤便衣侦缉队的自行车队也一字长蛇阵地来了。但是，三个村庄都没见到游击队，也没听到打枪声。

佐佐木发了火，来到韩家桥，牙刷胡微微颤动，双手挂着军刀的刀柄，挺着腰，又开八字脚，在街中央站着，让鬼子兵把村长找来查问：是哪个庄敲的锣？为什么敲锣？韩家桥村村长韩光亚是个留八字胡的老头，说没先敲锣，是清庄坞敲了才敲的。佐佐木被招待到村长韩光亚家，派人把清庄坞和王庄子的村长都找来。清庄坞的牛登峰说清庄坞没先敲，是韩家桥先敲的。王庄子的王辉说是听韩家桥和清庄坞敲了才敲的。一笔糊涂账，你推我赖，折腾到天亮，也没咬出个结果来。三个铁杆汉奸都哭丧着脸，赌咒发誓，什么丑态都出了。佐佐木一夜没睡，劳师动众不但没捉到一个游击队，连游击队的影子也没见到。怀疑是开他的玩笑，心里生气，看看三个汉奸村长，清庄坞和王庄子都说是韩家桥先敲的铜锣，佐佐木眼露多疑敏感的神态，心里已经定准了弦，狞笑着通过翻译问韩光亚："'八大杀'第六条是什么？"

韩光亚早背熟了"八大杀"，知道第六条是"传递消息不实者杀"，心知不好，吓得八字胡连连抖动，"扑通"下了跪，瞪着两只死鱼眼睛说："太君，确确实实不是我们先敲的！……"说着，跪行上前，连连向佐佐木叩头求饶。

佐佐木哪理他这一套，一脚踢开了韩光亚，让两个鬼子兵押下去，说："杀了杀了的！"

五十多岁的韩光亚巴结鬼子，最后闹了个身首分离，不但吓得牛登峰、王辉面色如土，呆若木鸡，连关东平、李奎胡也三魂吓出了二魄。

佐佐木只以为他一杀，以后谁也不敢"传递消息不实"了，扬扬得意地回丰润县城去了。关东平回了关家梢，李奎胡仍回榛子镇。

谁知，韩光亚被佐佐木砍头的消息当天就传到了杨柳庄，笑得节振国工人特务大队的战士们肚子疼。到了夜里，节振国和纪振生又出发了，仍旧是"哪个村的村长坏就到哪个村去敲铜锣"。

　　节振国、纪振生一人仍带一面铜锣去了。节振国到清庄坞牛登峰那儿敲铜锣，纪振生到王庄子王辉那儿敲铜锣。两处铜锣同时一敲，两个村庄和附近的村庄马上又"当！当！当！当！……"响起了一片铜锣声。佐佐木的守备队和李奎胡、关东平的警备队又给吸引来了。折腾了一番，佐佐木查了半夜，仍是一笔糊涂账，决定杀王辉。佐佐木决定杀王辉，只是因为王辉人长得丑陋，腿短手长，两个蛤蟆眼，佐佐木看了不顺眼，既然弄不清是非，反正得执行"八大杀"，杀一个！

　　节振国和纪振生，两夜连敲了两次锣，借日本鬼子的手干掉了两个铁杆汉奸，心里得意。节振国说："敲敲锣就杀了铁杆汉奸，还闹得鬼子守备队和汉奸警备队夜里睡不了觉，'敲锣战术'真管用！拼着三夜不睡，今夜再上关家梢去敲，看佐佐木杀不杀关东平？"

　　白天，睡足了。到了夜里，节振国和纪振生喝饱了玉黍粥，奔着黑茫茫的大路，真的上关家梢去了。"当！当！当！当……"一敲锣，西边呼三屯村庄上的锣敲了，关家梢的锣却不响，东边刘家屯的锣也不敲。节振国明白：关东平这坏蛋刁！只见关家梢上灯笼火把通明，关东平的警备队呼呼啦啦出来包围抓人了。节振国和纪振生赶紧手捂锣心，收住余音，趁夜色浓黑，在猎猎的西北风里向北隐去。

　　这一夜，佐佐木的守备队也没有出动，据说是关东平在白天向佐佐木献了策。这个汉奸警备大队长肚里多的是坏水。他看到佐佐木两夜连杀了韩光亚和王辉，已经怀疑是上了节振国的当了。所以夜间听到锣响，佐佐木不出动，关东平也不让关家梢敲锣，悄悄出来抓人。刘家屯等的村长，听说佐佐木为敲锣杀了两个村长，也不敢乱敲锣。所以节振国和纪振生这夜敲锣，没有生效。

　　不过，从此，各村庄都知道了，锣不能乱敲，敲了会上节振国的当。

不敢也好。那天一早，胡志发来节振国住的屋里，两人坐在冷炕上谈起这事。节振国说："不敢就好办啦！咱们夜里爱怎么活动就怎么活动，爱进哪个村就进哪个村！'八大杀'的第八条已经完蛋了！"

胡志发滋呀滋地抽着烟袋杆笑了，说："'敲锣战术'只用了两次就垮了！我还有个'放风战术'想讲给你听，不知你用不用？"

节振国高兴地说："你这'智多星'！只要是好的战术，能舍得不用吗？你快说说！"

胡志发搓搓冻僵了的双手，锞钉入木地说："桥南镇派来了个留日观满的大乡长，名叫侯家禄！这家伙是个最反动的汉奸财主，可坏啦！铁着心跟着鬼子干。在他辖区里执行'八大杀'，叫鬼子杀了不少人，逮了不少人，还要组织汉奸武装强化治安，要让他的辖区也'满洲化'。他还敲诈勒索百姓，动不动抓人，有的送去东北当劳工，百姓都盼着收拾他。这坏蛋他怀疑华山峰一带有咱们在活动，已经派人到华山峰一带窥探去了。我看，咱们想个法将他除掉，给汉奸政权点厉害看看，好伸手工作！"

节振国急着问："什么'放风战术'？"

胡志发有心计地说："打蛇打七寸！把侯家禄一除掉，可以放出风去：'谁做铁杆汉奸，侯家禄的下场就是他的下场！'保险使那些滑头的镇长、村长、闾长少则收敛，多则能跟我们接头，听我们差遣。"

节振国兴奋得眼里放光，含着笑意说："好战术！一定这么干！我找纪振生、关清风师傅研究研究就动手。但重要的是必须摸清侯家禄的情况。"

胡志发点头补充说："机会也真不错。侯家禄好吸鸦片，桥南镇上'德盛号'买卖家掌柜的有这嗜好，每晚侯家禄都上那儿去吃请抽鸦片。要干掉他，今夜就可以去。我这儿给画张图，你一看就明白怎么去法。"说着，掏铅笔头在张小纸片上画起图来。看来，老胡为这件事早打好了主意，也早把什么都调查清楚了。

节振国拿着胡志发画的图仔细看着，又听胡志发讲了一讲，说："行！我去找他们商量！"他就是这么个脾气，说干就干，不爱拖拉。胡志发见他要去，说："走！我也去！"

麻雀冻饿得在树枝上叽叽喳喳叫个不停。西北风吹得那些似向天空伸着干瘦手臂乞讨的老树枝干飒飒作响。尘土和草屑在风中旋转、飞扬。天真冷啊！节振国和胡志发来到关清风住的那间草房里时，在附近闻到一股药味。是在熬药！两人进门，见关清风、林子华正在配料、添火，一只砂锅里熬的是膏药的药料，纪振生正在给他们拉风箱。原来战士和老乡们不少都有关节痛，他们正在制膏药。见节振国和胡志发来了，关清风一边忙，一边说："天太冷，快来暖和暖和！"

闻着药香，节振国把刚才老胡谈的"放风战术"轻轻一讲，大家就都说好。

纪振生说："老节！我跟你两个人去，既有人给你把风，两个人行动起来也利索。"

关清风建议说："杀这留日观满的大乡长，既要让人知道，找林先生写点标语带去贴，我看倒不错。"

节振国高兴地说："好主意。这一向，咱的宣传工作是做少了。林先生，好好给写一写！"

林子华说："容易。写这么些标语行不行？"说着，背书似的念起来："留日观满的铁杆汉奸侯家禄死有余辜！""谁跟侯家禄学就要他的狗命！""节振国工人特务大队专杀铁杆汉奸！""抗日必胜！小日本必败！"

节振国笑着说："够了够了！写这么些就不少了！不过……"他沉吟着说，"节振国工人特务大队不如改为'游击队'，咱不暴露目标，让敌人猜不到是谁干的较为有利。"

大家都同意。

夜里，又是大风。天很黑，星很稀。

节振国和纪振生把标语卷了揣在怀里，插上短枪和匕首，别上手榴弹，衣襟飘飘地往桥南镇跑。顶着风快走，风大得叫人窒息。两人向前躬着身子，不时侧转头避开急遽的迎头风。身上出汗，脸和手却冻得麻木了。

自从不敲铜锣后，进桥南镇也挺方便。两人摸黑绕道翻南面的土墙进了镇。夜晚，又起大风。镇上黑灯瞎火的，人都猫在屋里不出来。两人按胡志发画的图到了"德盛号"杂货店，那掌柜的就住在后院。宅子讲究，墙高、台阶高，门掩着，但没上闩，门口也没见有岗卫。

节振国想推开门，又怕冒失。纪振生问："怎么办？"节振国说："有办法！绕后边巷子，上房进去！"他同纪振生转道绕进后巷，见那墙不过丈把高。节振国叫纪振生把风，等着接应，自己一纵身双手攀上了墙，从墙上又纵身爬上了房。他的衣襟被风吹得飘扬着，见院子里有灯火光、人声，节振国掏出驳壳枪，用枪管顶着帽子先伸出晃晃，见没事，伏在房上伸出头去张望。原来，人都在屋里。他回身又到墙上，踏着墙脊，对纪振生做手势，叫他打前门里进来，自己却回转身去，从房上扒着屋脊往下轻轻一跳，双脚落地。

屋里，点着几盏洋油灯，"噼噼啪啪"有人正打着麻将。节振国闪身在院子中间的花坛旁暗处，等着纪振生从大门里进来了，两人一起掀开棉帘子进去，拿短枪一指。灯光下，见一个戴眼镜穿西装留日本小胡子的胖子坐在麻将桌上首，心知这就是胡志发形容过的大乡长侯家禄！节振国站在那里，像钢打铁铸似的说："侯家禄！站起来！"边上的一伙打牌和看牌的男女都吓傻了！

侯家禄想掏手枪，被节振国飞起一脚将麻将桌子"哗啦"踢倒在他身上。他仰面朝天跌倒在地，手仍在掏枪。纪振生抢上前去一脚踩住他肚子，掏出匕首，往留日观满的汉奸大乡长左心窝处刺下去，侯家禄"啊"的一声，在地上翻滚踢蹬了两下就不动弹了。

节振国和纪振生将标语拿出来撒在当地。

节振国对那些吓得要死的打牌看牌的男女说："只杀铁杆汉奸！我们走！一个钟点里不准报告！要报告了，以后杀你们全家！"

说完，节振国和纪振生两人出了大门，扬长而去……果然，走了好远好远，也不见有人来追赶。

杀了铁杆汉奸侯家禄后，消息很快传遍了邻村四乡。用了"放风战术"，节振国工人特务大队和胡志发领导下的一些人，通过周围村庄的群众关系，进行广泛宣传，指出侯家禄反动卖国的罪恶，申明共产党、八路军、游击队团结抗日的政策。那些汉奸、财主本都是些贪财怕死的家伙，投靠鬼子，也是为了升官发财保住身家性命。一看在日寇卵翼下做新贵也难逃游击队的惩处，都吓得要死。没人再敢当桥南镇的乡长、村长、闾长了！结果，他们竟花钱雇了个穷人钱兴俊当伪乡长。

节振国找胡志发通过关系把钱兴俊约到一个冷僻处，由节振国同他谈话。节振国告诉他："人家是雇了你替他们卖命当替死鬼的。你该怎么干你自己得掂量掂量！"节振国跟他讲了游击队的政策。钱兴俊忙说："我是个穷人，我决不跟八路军、游击队作对！"在节振国启发教育下，钱兴俊答应给游击队出力。

钱兴俊回去后，找那些雇他出来当乡长的财主、汉奸们说："侯家禄给杀了，我一上任就叫游击队抓去了。你们雇我替死，我得帮你们的忙。不过，害游击队的事我不能干，干了他们会要我的命。咱不都是中国人吗？是中国人就胳膊朝里不朝外吧！游击队要供给，咱就供给一点。只要咱不说，日本人也不会知道。要不，这乡长你们自己干算了。"汉奸、财主不敢说反对，有点爱国心的士绅也同意瞒着鬼子支援。这样，节振国工人特务大队从桥南镇也得到了粮食、衣被、医药和弹药的供应。

侯家禄被杀，用了"放风战术"后，汉奸人人自危。鬼子的"八大杀"虽然强迫着人背得滚瓜烂熟，汉奸却不敢认真执行。那段日子里，节振国的工人特务大队五个一组，六个一伙秘密到一些庄子里去，那些伪村长什么的见了都巴结讨好，要军鞋，要粮食什么的都连忙供给，有的还要偷偷留着给做好饭招待。在敌人强化治安的村子里，游击队也可以开始秘密活动了。

丰润天宫寺旁的蓝各庄，有一个伪警务分局。新到任的汉奸局长姓顾，名叫顾子寿。佐佐木大尉这时决定将警察队改编为警备队，并要扩大编制。顾子寿就召集伪乡长、伪村长开会，要向老百姓派款。

伪警务分局长顾子寿的通知发出后，先是胡志发来向节振国谈了这件事。接着，杨柳庄、华山峰、东西曹庄子都有人来告诉节振国这件事。有些伪村长也向节振国工人特务大队报告，要节振国替他们做主。自从杀了侯家禄，用了"放风战术"后，一些伪村长都同游击队暗中有点联系了。节振国了解了详细情况后，决定要替老百姓减轻负担，替那些对日本鬼子耍两面派的村长解决些困难。就同工人特务大队的骨干们商量了办法。

第三天，正是开会的日子。早上，节振国和纪振生，都穿上棉袍，戴上礼帽，打扮得像两个伪村长似的，一同到了蓝各庄。张惠带了十多个工人特务大队的战士，装作赶集的老百姓暗藏枪支到了蓝各庄伪警务分局附近等待接应。集市上，推车、挑担的，牵驴子的，卖烟叶的，卖葱蒜的，卖玉黍的，卖鱼、羊肉的，还有摆摊子卖京剧大观、唱本和彩印美人画的……挤来挤去，热闹得很。节振国和纪振生来到伪警务分局门口，节振国问站岗的伪警："开会的人都到了没有？"

伪警随口回答："差不多都到齐了，快进去吧！"话刚说完，节振国手里的一支驳壳枪已经对准他的心口，说："别声张！不杀你，在这儿好好站着！"节振国缴掉了伪警的步枪。伪警张眼一看，上来了十多个老百姓，有一个人同他站在一起，监视着他，又有一个人在割断架设在门边的电话线。其他的人，由那刚才问他话的人带着，三三两两走进门里去了。

里边，已经来到的伪村长正在西边一间大厅里等着开会。伪警务分局局长顾子寿还在自己的房里没出来。节振国轻声吩咐纪振生赶快带人监视伪警，自己闪身去找顾子寿。

顾子寿正在屋里擦自己的新手枪，忽见门帘一掀，进来一个身体挺棒的中等个儿，笑嘻嘻地走上来问了他一句："枪好使吗？"

顾子寿以为是哪个村来开会的村长，却又觉得面不太熟，也没介意，随口回答说："好使！"皱着眉问，"你是谁啊？"

节振国不答，顺手把枪从顾子寿手里一把接了过来，说："我看看好不好使！"

顾子寿正要发火，却见自己的手枪已经给陌生人拿着瞄准了自己的心口。拿枪的人扔炸弹似的说："不认得吗？我是节振国！"

顾子寿望着节振国那两只深邃锐利的眼睛，好像一下子掉进了冰窖，浑身透凉。他打量着这个游击队长，脸色顿时煞白。

奇怪的是节振国变得和蔼起来，叫他坐下，用诚恳的语气说："别害怕！中国人不打中国人。我部下今天都来了，为了避免大家发生误会，命令你的弟兄们都缴枪吧！"

顾子寿连忙点头答应，说："缴枪缴枪！"他陪着节振国走了出来。这时候，纪振生、张惠一伙已经从伪警务分局的值勤室、枪库、后院里将伪警大部分都下了枪驱赶到前院里来了。但前院管户籍的几个伪警反锁着门在里边不出来，顾子寿敲着门高喊着说："弟兄们，节振国大队长带着抗日的朋友来了，大家缴枪吧！中国人不打中国人，缴了枪大家好说话！快开门！不然就要流血了！"

听说是节振国，反锁着门的伪警"哗啦"开了门，举着手出来，一下子所有伪警的枪全缴掉了。伪警们集合在一起都押进值勤室里去了。把那些在西边大厅里等着开会而不知内情的一些伪村长吓得心惊胆战。他们不知出了什么事。有几个明白的，心里暗暗佩服节振国工人特务大队勇敢、有办法。

节振国转身对顾子寿说："会照样开，还是你主持，来！快！马上开会！"

顾子寿满心纳闷，猜不透节振国葫芦里卖的什么药，只好勉强装出笑脸，故意镇静地到西边大厅里招呼伪村长们坐下来开会。然后，他轻轻地问坐在身旁的节振国："节大队长，这会怎么开啊？"

"告诉大家，款不收了。你给每人打一张收条，就说他们该交的款已经如数收到。"

"这，这怎么行？"顾子寿想到后果严重，害怕起来，失神地滚动着眼珠子，翕动着嘴唇。

节振国轻松地说："放心，害不了你，照着办吧！"

伪警务分局局长顾子寿想到自己的处境，看看节振国坚决的神色，知道自己成了套上的骡子，不拉车由不了自己啦，只好照办。每个伪村长都拿到了伪警务分局的一张收据。节振国提高嗓门向伪村长们说："今天的会到此结束。这次免了你们的派款，是怕增加老百姓的负担。拿了收据回去，不准提起今天的事，也不准再借机会敲诈老百姓。谁要不这么办，叫他做侯家禄！"

会散了，节振国吩咐暂时不把伪村长们放走，让他们仍在屋里坐着。节振国对顾子寿说："今天我们来是为了减轻百姓的痛苦，不让鬼子压迫敲诈老百姓，也反对你们被鬼子利用杀害中国同胞。为了不使你们受牵累，你马上派人去报告佐佐木，就说警务分局给八路军游击队打了，缴来的款也给抢了，正在追击，让鬼子派队伍来追。"

顾子寿愁眉苦脸，说："办法是好。只是丢了武器，怕鬼子不会饶我。"他是担心游击队将全部武器带走。

虽然工人特务大队需要武器弹药，但节振国决定只带走一部分，对顾子寿说："我们专打鬼子和铁杆汉奸，知道你还作恶不多。希望你以后牢牢记住自己是个中国人，也牢牢记住今天八路军游击队是怎么对待你的，少做坏事。枪支弹药我们只拿走一部分，我们走后，你们也追着打几枪。后会有期！"

伪村长们被释放回去了。向鬼子去报信的伪警也出发了。节振国率领部下在离开伪警务分局时，故意在门口朝墙上打了好几枪，然后流水疾风似的走了。

顾子寿也带人打了一阵枪，假作追赶。

以后，这个伪警务分局局长经过改编，成了驻蓝各庄的伪警备中队长。但是，经过这次教育，他的思想起了变化。游击队在那一带活动，他都睁只眼闭只眼，装聋作哑。

不久，也不知从哪儿开始，就有人唱出了这样的歌子，歌声悄悄地在老百姓中间像清泉流淌似的唱不断：

> 节振国，真英雄，
> 飞檐走壁武艺精。
> 赵各庄，闹罢工，
> 领导矿工大暴动。
> 为抗日，打游击，
> 奔走南北又西东。
> 来无影，去无踪，
> 杀敌除害不落空！
> ……

第三十章　青集的怀念

佐佐木估计到杨柳庄周围一带可能是节振国工人特务大队立足活动的地区，所以，从青集到石沟、黄庄子、崔庄子一带都设了据点，全由守备队把守。青集驻的是佐佐木部队的那支大洋马小分队。这支大洋马小分队，干的坏事可多了！佐佐木在关家梢大屠杀时，这支大洋马小分队是行刑队；佐佐木在塞门村屠杀时，这支大洋马小分队又是刽子手。自从驻到青集，他们由侦缉队的特务陪着，经常到周围村子里骚扰，认为是游击队的老百姓，就被他们带到青集杀害。

三天以前，节振国派梁凯和关玉德摸清了青集的情况，打算今夜来一次奇袭，打击、消灭大洋马小分队。谁知，从傍晚开始，天上飘起棉絮般的大雪来了。

白雪飘飘，树枝上、田边、沟沿都盖着一层厚厚的白棉被，北面重叠迷蒙的远山在雪网中看不见了！北风呼号，天气寒冷。节振国刚送走了一伙庄上来聊天的左邻右舍，回到茅屋里，心里不禁盘算：这么大的风雪，今夜还让不让梁凯和关玉德去奇袭青集？

忽然，听到有人踩雪的脚步声。节振国一听那急促而沉重的脚步声，知道是"黑旋风"梁凯来了。再一听，是两个人的脚步声，又听到轻轻的干咳声。他明白：前边一个脚步重的是梁凯，后边那个准是关玉德。

他没猜错，进来的果然是戴旧狗皮帽子的"黑旋风"梁凯和用毛巾包头的关玉德。

梁凯一进屋，扑打着身上的雪花，毛毛糙糙地用炸耳朵的嗓门说："老节！我们走了！"屋里虽没灯，但白雪映照，可以看得出人的轮廓，隐约看得出梁凯的表情是激动的。

节振国用手拍拍炕沿，说："来，你俩坐下，我们好好商量商量。"

梁凯"腾"的在炕沿上坐下。关玉德也在一个木墩上坐下了，他又轻轻干咳起来。打从佐佐木初冬发动大扫荡以来，关玉德在野外蹲的时间长，挨了冻，得了个咳症，老没有好。他俩都背着雪光坐着，看不清他们脸上的表情，但节振国可以猜到：梁凯脸上一定是急吼吼的模样，关玉德脸上一准还是平平静静的样子。二十八岁的关玉德是关清风师傅的独子，娶亲娶的是关家稍邻村刘家屯的人，生了一个儿子，已经四岁了。大暴动后，他随关清风出来，没有再回去过。佐佐木守备队勾结关东平在关家稍杀人那次，把关玉德的媳妇和儿子都杀了。关玉德知道后，反倒劝关清风："爹！别难过！……"不久，他就申请入党并且被批准了。在节振国眼里，关玉德是个踏实的人。外表看上去有些冷，话不多，脸上没什么喜怒哀乐的表情，心里却有计谋、有决断，什么事交给他，总是办得妥妥帖帖的。这样的人，谨慎、仔细，把他同勇敢但是带点莽撞的梁凯放在一个游击小组里，节振国觉得再合适不过了。今夜，下了大雪，在奇袭青集的事上，关玉德和梁凯有了争论。

梁凯主张：下刀子也去！风雪大，去也有利。关玉德的意思是：风雪大倒不怕，只是雪上容易留足迹，行走不便，敌人追赶时，游击队的足迹容易被发现，而且漫天皆白，满地是雪，路途被雪遮盖，不利于打了就走。两人争到最后，梁凯杀敌心切，坚决要去。关玉德依了他。两人就来同节振国说一声，打算马上出发。

风把雪粒吹打在窗户纸上，"沙沙"地响，一阵，又一阵。

节振国的想法跟关玉德一样，说："今夜天气太坏！下大雪有下大雪的好处，但也给我们的行动带来不少困难，改一天执行这个计划吧！"

梁凯一听，忍不住了，声音炸耳，说："老节啊！你没听说青集这伙鬼子干的坏事吗？今夜去，咱看机行事，能杀一个，就杀一个！我是一天也不能忍了。你不见吗？这鬼天气，三天五天晴不了，要等化了雪没泥泞了再去，十天半月才行！能等吗？你不是常说吗？咱多打死一个鬼子，多消耗一个敌弹，多牵制一个敌兵，就算对整个抗战增加了一份力量。怎么能袖手等呢？"梁凯只不过二十六岁，看上去胡子拉碴的像近四十岁了。他从小当矿工，受尽了折磨，脸上毛孔粗大，从小的苦经历在他脸上留下了烙印。

节振国思索了一会儿，说："玉德，你说呢？"

关玉德说："我跟老梁商量过了。统一了意见来找你的。"这个原先煤矿上的绞车工是个识大体的人，既是同梁凯经过辩论统一了思想来的，不愿又反悔推倒自己的诺言重来。

屋外，西北风呜呜地叫，雪下得更稠密了，窗户纸上的"沙沙"声更密更急了。

节振国见关玉德竟也主张去，倒有点奇怪，但没揣摸出关玉德同意去的原因，说："我别的不担心，担心的是这风雪大，路不好找，雪上又易留足迹，怕……"

梁凯两眼闪闪发光，大大咧咧地说："西北风大，有了足迹来上一阵风就给扫没了。这路呀，不是我梁凯吹牛，闭上眼我也能跑！"说这话时，在他那张饱经风霜黑里透红的面庞上，露出一种朴实、英豪的神情。

关玉德仇恨鬼子心切，想起佐佐木部队在关家梢的屠杀，心里火辣辣的，也下定决心了，干咳着说："老节，让我们去干吧！"

节振国不愿给梁凯和关玉德的杀敌热情泼凉水，想了一想，说："打大洋马小分队是个硬仗，天气不好，去了以后能打就打，不能打就回来。如果处境不利，打了就走，不可恋战。不要死拼，万一敌人追赶，大家分散了都向西北方向跑，回来集合！"他将头上的白羊肚毛巾往后一掀，露出了宽广的额头，使人感到一种倔犟豪迈的气概。又走到门口，将门打开了，看着漫天风雪，说："你们五个，加上我，算六个！一块儿去！"

梁凯摇头："你不要去！是我们的任务！"

关玉德看看絮絮飘着的雪花，也说："风雪大，我们去行了。你等着听好消息吧！"

节振国皱眉了。他一皱眉，脸上就透露出钢铁意志来，说："不！我不放心呀！我们一块儿去！"他历来如此，有艰巨艰苦的任务总喜欢自己上阵。见他那坚决劲儿，关玉德和梁凯知道拦不住。只见他窸窸窣窣地拦腰系上了带子，把两把驳壳枪插好，腰里别上两个大鼻子手榴弹，将头上的白羊肚毛巾重新扎了一扎，装束停当，用乐呵呵的声调说："走！这儿的事，我去跟关师傅和振生说一声就行。打个招呼就出发！"

外面，雪花飞舞，夜色苍苍茫茫，像一片汪洋大海，黑漆漆的没有边岸。

东北面越过长城刮来的大风，卷得雪花呼啦啦地旋转。冰封雪冻的寒冬季节，草木凋尽了，每个村庄都裸露出来，被风雪所淹没。气候恶劣的风雪之夜，节振国和关玉德、梁凯以及三个游击队战士，轻装快步，顶风冒雪，顺着一条山沟曲曲折折向青集出发。

关玉德顶着风，忍着嗓子刺痒，压着咳嗽，和梁凯带着路。路已经被大雪深深地埋没了。他们完全熟悉这条路上的地形，在无边漆黑的夜里，在漫天的大风雪中，在一片银色的世界里急行军。

快接近敌军盘踞的青集据点了。大风雪的夜里，青集死一般的沉寂，大家踏着野地踩着深雪往前摸去。关玉德停下脚步，轻轻对节振国说："老节，村口怕有鬼子的岗哨，咱走村西去，你看行不行？"

节振国轻轻问梁凯："你看呢？"

梁凯点头说："走村西，咱越过一道围墙，横插进村，打鬼子个措手不及！"

六个人一个接一个拉开距离，轻轻奔向村西。四下里，是空旷的田野。淹没在雪中的衰草露出尖梢，随风摇晃，狂风吹过，洒起的雪粉，飞得迎面如烟雾迷蒙。

村西的一道围墙，约有七尺多高，是大块岩石垒砌的。关玉德一看，说："墙不高，好上！"

一只野鸟被惊起了，带着响亮的叫声朝远处"吱"的飞进黑暗里去了。

节振国带头一纵，爬上了墙，像一片落叶，轻捷地下了地。梁凯一跳一纵也攀上了墙，那三个战士也先后挨个儿脚踩着肩爬上了墙，陆续往下跳。关玉德忍住咳，最后一个上了墙，他从小跟着关清风练武艺，也是个跳打滚扑的好手。

果然，没有敌人的哨兵，也不见有人影、动静。雪花旋风般地扑在脸上，风雪迷眼。梁凯用手一指东边，说："鬼子在那边，咱从这儿插过去！"

风雪卷起的旋涡，在地上旋转、奔腾，风刮得人透不过气来，大家正猫腰向前窜，一只浑身是雪的黑狗，不知怎的竟突然出现了。一见有人，它亮着鬼火似的绿莹莹的两眼，突然冲上前来，对着梁凯，发疯似的猹猹吠叫起来，马上扑向梁凯，想咬住梁凯的腿。

听到狗叫声，节振国和关玉德都估计到情势严重。节振国急煎煎地对关玉德说："快撤！"关玉德马上高叫："撤！"梁凯被黑狗撕咬纠缠住了。节振国跑上去帮助梁凯摆脱黑狗的撕咬，关玉德已命令那三个战士快挨个儿踩着肩翻过墙去，马上撤！

黑狗十分凶恶，猹猹地狂吠。梁凯火了，骂了一声拔出匕首，"嗖"的对准扑上来的狗颈子上就是一刀。节振国飞步上来，抡起一脚对准狗头"乒"的踢去。一刀加上一脚，将那条黑狗甩得一丈多远。狗还没死，仍在呜呜地惨叫着要爬起来，只是受了重伤，爬不起来。糟的是，狗叫声已经引来了敌人，鬼子的警笛声凄厉地"笛——笛——"响起来了，接着听到鬼子的吆喝声："阿——此——马——里①！""哈牙哭!"……大皮鞋的踢踏声，鬼子的机枪声，"突突突……"震人心弦。

节振国一看，那三个战士已经翻出墙外去了，关玉德在他身后未动。节振国雷霆火爆地说："玉德! 快走!"关玉德纵身上墙，节振国对梁凯说："'黑旋风'，快走!"见梁凯纵身上了墙，他自己才跳上墙去。

从声音上判断，敌人发现了狗叫的地方，撤开了包围圈，乱枪流弹已在天空"嗖嗖"乱飞。节振国最后一个跳下墙去。在黑暗中，见关玉德、梁凯和那三个战士已经跑远了。节振国刚要追上去，不小心一脚踩在一个泥洼里，摔了一跤。他哼了一声，爬起来时，只听见敌人的枪声和皮靴的"沙沙"声，子弹飞蝗般的从头上哧哧飞过……有些小树棵子挡着视线，却看不见同伴们在何处了。他估计关玉德和梁凯等是向西北去的，便也向西北方向飞跑起来。

梁凯和关玉德及那三个战士在黑暗风雪中也跑散了! 梁凯是向偏北方向跑的。他听见枪声紧密，人声喧嚣，忽见一颗闪光的照明弹亮起在天空，光亮一闪的刹那间，他见一伙日军分成散兵线向他包围拢来。

梁凯心头火起，决定不逃了。他是个十分勇敢的人，既想杀敌，又想独自抵挡牵制一下敌人，好掩护大家。他不再向北跑了，猫下腰来，回身朝着南边猛窜。南边，也有敌人。他一阵风似的冲上去接近一个日寇，开了一枪，把那个鬼子撂倒在地。然后，他那身体好像安着弹簧似的跳动着继续向南飞奔。一边奔跑一边还用大嗓门叫着："杀啊! 杀!"……吸引鬼子过来。他有个想法：大洋马小分队的队部在南

----

① 日语：集合!

面，鬼子既然出来包抄了，队部一定空虚。何不直接冲到鬼子的队部里去，闹它个天翻地覆？听着后边的枪声、吆喝声，仿佛来自四面八方，又都越来越近。此时此刻，生死他早已置之度外了，只想大干一场。腰里的三个木柄手榴弹，虽然沉重，却是他的心肝宝贝。他不是在逃跑，是在向敌人的心脏——队部进攻。只有最勇敢不怕死的人才会这么干！这点，敌人是猜不着的。只听到鬼子在背后大叫："刻一背堆！……"敌人追逐着，惊讶这个土八路怎么不向西北跑，反倒冲进青集街里来自投罗网，又惊讶这个土八路怎么跑得这样快。黑夜，大风雪，一点也不阻碍梁凯飞跑的速度。终于，他冲到了青集大洋马小分队的队部附近了！

这里，原先是一户财主的住宅，高高的石阶，本来油漆过的木门没上闩，张开着。进门就见里边亮着小马灯，照得有玻璃门的屋里连八仙桌、太师椅、红漆大柜什么的都清清楚楚。墙上还有花花绿绿挂着的彩画，只是竖着鬼子的大太阳旗。钢盔、军刀什么的，有的挂在墙上，有的扔在门边桌上。两个鬼子，一看就像是军官，正在电话机旁摇电话。梁凯冲进来，一个鬼子军官高吼："挪诺希托卡①？"……梁凯二话没说，"叭！""叭！"两枪，将两个鬼子打倒在地。梁凯顺手捞起桌上的一把军刀，又朝里屋冲。里屋一个小门通向一个后院。后院左侧是马棚，拴着好多匹大洋马。梁凯杀得兴起，挥起军刀，朝着马脖子东一刀，西一刀，砍得大洋马鲜血迸流蹦蹄嘶叫。梁凯边砍边看，见这儿是死路，后边有墙，墙有一丈多高，他跳不上去。幸好眼尖，见墙边有棵树，便用舌头舔舔手掌，甩了军刀，往树上爬。正爬着，忽然听见有人声，原来追赶出去的鬼子兵跟着又追回自己队部来了。一定是发现了梁凯在前边打死了鬼子军官，又都拥向后院来了。乱枪"砰！""砰！""巴勾！""巴勾！"打来。梁凯在树上，枪弹都没打着。一

———————————

① 日语：什么人？

瞬间，拥进了好几个端枪的鬼子。梁凯目喷怒火，胡髭竖起，如一尊天神，黑凛凛，气腾腾，攥起一个木柄手榴弹，拉弦就扔，"轰"的一声，鬼子叽里哇啦，有倒下的，有叫喊的，但枪声也随着响了。风雪扑面，梁凯觉得左臂被什么东西猛的一击，发麻带疼，自知中弹。手一松，一跤栽倒在雪地上。他心里想：跑是跑不了啦！摸摸腰里还有两个木柄手榴弹，手里的短枪里还有子弹，今夜命是蚀了！可我得多赚几个！

"黑旋风"梁凯干脆不跑啦！他觉得头上发热，就将那顶旧狗皮帽子也摘下扔了。他浑身上下一团杀气，又回身闪到门边，这儿就是刚才手榴弹爆炸的地方。他见雪地上炸死了两个鬼子，伸手张腿地躺着，受伤的已从门里溜回去了。他在一边藏着，忽见门里边探头探脑出来了个鬼子。梁凯"砰"的一枪，没打中，鬼子缩进去了。梁凯估计门里边不止一个鬼子，拔出腰里第二个木柄手榴弹，拧开盖子掏出导火索挂在小手指上，紧握木柄从容不迫地朝里投了进去，只听轰天动地又一声炸响，红光中腾起一团黑烟，炸裂的弹片带着哨音飞进，又听到鬼子惨叫声。梁凯心里高兴，想：你爷爷还有一个宝贝要请客呢！他将手榴弹拿在手里，打算等门口有动静再扔。这时，左臂疼痛了，血顺着袖口淌下来。他轻轻哼了一声，想了一想：不能在这儿等死，还得走！他忍住左臂的疼痛，又将手榴弹往腰里一插，回身爬树，终于，咬牙忍痛，从树上爬上了围墙。他刚打算纵身跳下围墙，却发现围墙外已有鬼子包围。梁凯知道走不脱了，他蔑视地扬扬眉毛，抄起木柄手榴弹向敌人扔去。在这同时，敌人卑鄙的枪声响了！梁凯从围墙上栽跌下来⋯⋯

大风雪中，节振国独自向西北方向飞跑，拼命追了一程，背后的枪声远了，仍不见梁凯、关玉德和那三个战士，但听见青集里枪声密集，心里疑惑有人掉了队，就决定不跑了，气喘吁吁，转身又向回跑，想回去救应。黑暗中，雪地泥泞，他跑着，心里着急，一不小心，跑进了一个洼地，陷入了雪窝中，半个身子都在雪窝泥潭里。正在挣扎着爬出来，忽然听见哼哼声，发现雪窝泥潭里有一个人陷在那里呻吟。节振国上前一看，是一块儿来的战士小曹。节振国连忙上前扶起小曹。小曹呻吟着说："老节，你快走，我腿上中弹啦！"

节振国问："他们几个呢？"

小曹说："我们是散开冲西北跑的。他们准已经跑远了！"

节振国摇头说："不一定。你听！青集里还有枪声呢！"他心里挂念着梁凯、关玉德等，但面前放着受伤的小曹，无可奈何了。只得用力将小曹扶出洼地，背起小曹，说，"我背着你回去！"

小曹不肯，说："不行！你别管我了！你走吧！"

节振国说："怎么能不管呢！我力气大！"他背起小曹，飞腿又向西北奔跑起来。

节振国背着小曹深一脚浅一脚跑着，又遇到了两个一块儿来的战士。他俩跑到一起来了，正在这儿等候大家呢！见到节振国，互相都很高兴，但不见梁凯和关玉德，节振国总是放心不下。一个战士说："可能他们先回去了。"节振国本想就地再等一等，但要在天亮前赶回去，只得撇下思念同那两个战士轮流背着小曹回杨柳庄。

原来是紫铜色岩石的山坡现在被迷茫的白雪所覆盖，原来被丛林掩映着的茅屋草舍和四围群山，现在也被白雪完全遮没。沿着渐渐高起来的山径，节振国冻得通红的脸上挂着汗珠，同三个战士回到了杨柳庄，已是四更天了。冒着风雪在放暗哨的战士迎接着他们。进庄后，他安置好了受伤的小曹，叫另外两个战士快去休息，自己到了住处，发现纪振生躺在冰冷的炕上还没睡熟。

纪振生说："我不等着你们回来，放不下心睡啊！"

关清风披衣来看望。原来老人也没睡，在等着哪！

没有点灯，三人对面默默在炕上坐着。关清风听节振国说了情况，安慰着说："我想，他们会回来的！……"节振国明白老人不会不挂念儿子，说这话是安慰自己，也是怕节振国和纪振生不放心，安慰人家，所以说："是啊！"但别的话他说不下去了。

三个人一同挤在冰凉拔骨的炕上过夜，谁也没有睡着，只是听着屋外呼啸着的风雪在肆虐。但始终听不到有战士归来的脚步声。节振国觉得自己的一颗心一会儿仿佛掉进冰窖里似的，一会儿又升起了腾腾怒火，烧得滚烫。他始终没有合眼。

终于，天露出了鱼肚白的颜色。黎明降临了，风停雪住了，一切似乎又安静下来了。雪后的屋檐上有麻雀在叽叽喳喳地叫，好像在对话。一棵盖满白雪的大槐树上，飞来一只色彩绚丽的小鸟在婉转地啼叫，叫得人能想起许许多多的往事，能想起许许多多高兴的和难过的事。

梁凯和关玉德没有回来。

损失了两个好干部，在他们的心里都像泼上了辣椒和醋。多么好的两个工人特务大队的骨干啊！关玉德那方脸、粗眉、大眼、宽肩膀、高胸脯的形象，他带着干咳的声音还响起在大家耳边。梁凯那黑铁铸成似的脸膛，那两只闪烁的眼像是黑夜里的星光，那魁梧粗壮的身材，都在大家眼前。但如果不回来，那就意味着他俩确实不会回来了！

节振国和纪振生、关清风都坐在炕上。关清风镇静地抽着烟袋杆。节振国一双明亮的眼里扑闪着火苗，他无法劝解关清风。因为他自己也在追念着关玉德和梁凯。

节振国眼前，浮现出一件关玉德的旧事来了。那是青纱帐倒后一次打伏击时，关玉德趴在节振国身边，形势很恶劣，可是关玉德一点没泄气的心情，故意改变了平日那种沉静的态度，乐呵呵地对着枪筒子说："咱们俩嘴对嘴说话，今天你可得争口气！打死一个敌人够本，打死两个就赚一个。"节振国笑了，说："玉德，你说得好。咱只能赚，不能蚀本！"过一会儿，节振国说，"玉德，丰润县不小，可是咱们的地方没有啦！"关玉德笑笑，说："不愁，咱在这趴着打敌人就行。咱趴着的这块地方总是敌人占不去的吧？……"多么乐观、坚强的战士啊！

又一件事浮上心头，这是"黑旋风"梁凯的事。四十多天前，有一次，节振国跟他在雅红桥被三十多个伪警围住了。梁凯同节振国两个人都双手打枪，把那伙由一个伪督察长带领的伪警全打跑了。梁凯打得真是勇敢！节振国夸他说："'黑旋风'，真有你的！"梁凯笑着回答说："有些人，是洋蜡牌的，见着敌人就化了。我们是铁镐牌的，火也烧不化！"

往事如烟，此刻件件涌上心头。多么好的伙伴呀！多么好的同志呀！这些往事，一件就像一块大石投进河心，激起了层层浪花与涟漪。对梁凯和关玉德命运的忧虑和焦急，像夏日夜晚的蚊群乱嚷嚷袭拥过来，驱散不尽。

节振国按捺不住心头的翻腾，想说一些什么来安慰关清风老人，但是不能，说不出来。他听到关清风在敲打烟锅，并且用平静的声音说："我想，他们两个都勇敢，也有办法，不会出事的！"接着，又说，"就是出了事，他们也不会叫鬼子占到便宜！"老人的声音非常坚强，在这种时刻，还克制住自己的心酸用勇敢的话来安慰别人呢！节振国的心深深地被须发皆白的英雄老矿工感动了！

节振国终于说："对！师傅，泪早流干了，剩下的只有血！抗日，需要付出血的代价。播下的麦子不经霜雪没有来年的丰收，抗日没有流血的牺牲便不会有胜利和成功。工人特务大队已经牺牲了不少优秀战士，但是也叫日本侵略者看到：只要他占着我们的国土，就要用他们的血来偿还我们的血！牺牲了好同志、好战友、好兄弟，我们不能不难过。但是，现在我们需要的不是哭，是继续干！"

纪振生点头。他看到关清风的暗影在坚强地"吱""吱"吸烟，也点头。三个人这时都产生了化悲痛为力量的决心。

上午，出了红艳艳的太阳，雪白的大地被初升的太阳照得映出彩虹一般的七色光芒。寒鸦"呱呱"飞叫。关玉德和梁凯还是没有回来。节振国和关清风等都不抱希望了。

但，第二天夜晚，胡志发带来了消息：关玉德没有死！他受了伤，背上被打中了一枪，昨夜飞步跑到离青集十五里的刘庄子，给东坡上一户种庄稼的老两口救下来掩护起来了。老胡还了解到：青集的日本鬼子大洋马小分队将一个游击队员的尸体浇上洋油用火烧掉。传说这个游击队员可勇敢啦：他先冲进大洋马小分队的队部杀死了七个鬼子，还伤了一些鬼子；又砍死了好几匹洋马；后来不幸被鬼子包围，他抵抗到底，给鬼子用乱枪打死了。

听说关玉德还活着，梁凯牺牲了，关清风眼泪迸流。老人昨夜估计自己的儿子同梁凯都死了，所以强忍住悲痛不哭。可是今天知道关玉德没死，梁凯真的牺牲了，他怎么能不哭呢？他舍不得"黑旋风"呀！一个多么坚强多么勇敢的游击队骨干呀！

人民怀念着英勇牺牲的游击战士。很快，在附近一带有了传说，说在青集鬼子焚烧梁凯尸体的地方，那是抗日游击战士热血渗透的土地，夜里，常出现红光，像有人烧起了篝火似的，映红了天。鬼子害怕，看到火光，以为节振国的游击队又来袭击，机枪、掷弹筒都用上了，火也打不灭！

节振国工人特务大队袭击青集，由于一条黑狗吠叫而损失了梁凯的事在附近村子里传开了。老乡们都知道这一仗没有打好，牺牲了一个勇敢的游击队员，都怪那条可恶的黑狗。有的老乡心里像刀子剜，泪珠儿串串不断线，说："决不能让狗坑害了游击队呀！"有的心里激动话也颤，说："害了咱的游击队一次可不能再害第二次呀！"

"那怎么办？"

有人说："杀！"

青集周围的村庄，家家户户，为了怀念牺牲了的游击战士，为了便利游击队以后袭击敌人，将喂养着的心爱的家犬和无主的野狗一起宰了！

　　狗宰尽以后，在一天夜里，节振国工人特务大队化零为整，集中了较多的兵力，又举行了一次夜袭。这一次，夜晚行军，没有一声狗叫暴露队伍的行动，节振国率领的工人特务大队采取秘密而神速的行动，流水疾风似的去到了青集，出其不意地袭击敌人，在短促的激战中，消灭了青集的大洋马小分队。

第三十一章　"办年货"

一九三九年二月中，又来了一场大风雪。

雪，一连下了三天。一尺多厚的雪，压得大树弯了枝干，压得茅草屋顶负着重吱吱作响。

转眼快过旧历年了。关玉德仍隐蔽在刘庄子养伤。林子华有时特地到刘庄子去探视他，给他治伤。但关清风也忽然染病躺倒了。关师傅一向身体健壮，虽然年岁大，但很少有病。这次病了，头疼脑热，竟起不了床。林子华给他治病，发现这种病很可能就是日本侵略军带来的一种叫作"登革热"的病，发高烧，像伤风感冒。为了治病抓药方便，大家研究，决定让林子华陪关清风到铁厂附近腰带山麓的金针峪养病去。铁厂是敌人据点，利用赶集，在那儿抓药，能将每味药都配齐。天寒地冻，那儿有热炕，柴火多，住的条件也舒适些。而且，伤病员必须分散隐蔽，怕的是敌人会从各据点调兵遣将突然来"扫荡"腰带山里的基点村。

对关清风师傅的病做出安排后，节振国同工人特务大队的骨干以及胡志发商量后，又决定在过旧历年之前，袭击日寇新城子碉堡，使鬼子遭受一次强有力的打击，打乱敌人的"扫荡"计划，再拿碉堡里囤积的猪肉、鸡鹅、白面等给工人特务大队的战士们过个年。他们把这次行动，叫作"办年货"。

冀东唐山、丰润一带，从老辈流传下来的习惯，每到过旧历年，总是有这么些风俗，编成顺口溜叫作："腊八要熬腊八粥，二十三祭灶王，二十四写对子，二十五做豆腐，二十六割年肉，二十七杀年鸡，二十八蒸枣花（花糕），二十九吃菜蔓，三十看看皮影戏，除夕守岁，初一拜年……"

过旧历年时，荤菜之外，矿工们以素馅水饺为主食。在水饺中包豆腐，因为"腐"与"福"同音，受苦的人总想取个吉利。自从日寇铁蹄侵入冀东以后，本来就穷得逢年过节愁上加愁的穷苦农民，这过年的事儿也就觉得更艰难了。但尽管如此，风俗习惯要改总是难的。每到这时候，天寒地冻，有时风雪漫天，岁暮的气氛笼罩人间，谁家也想过一下旧历年，苦中寻个团聚的欢乐，有老脑筋的老年人更希望图个顺利，用红纸贴上"爆竹一声除旧，桃符万象更新"的春联。

现在，离旧历年近了，年关的气氛也浓了。这是冀东人民抗日大暴动后第一个旧历年。屋檐上挂着尺把长的冰柱，空气凛冽而清新，刺骨而又沁人心脾。一清早，高空寒流滚滚，又是风又下雪子。雪子"淅淅沥沥"清脆地洒在树上、地上、房顶上、窗户洞上。到中午时分，雪粒子变成了雪片，一片片轻柔地飘落在大地上，像棉絮，又像鹅毛，纷纷扬扬，美极了！那些秃了枝叶的大树，早都裹上了厚厚的一层雪，枝丫变得毛茸茸的。节振国和纪振生在腰带山里遥黛庄上一间茅屋里，等着胡志发来商量进攻新城子日军碉堡的事。胡志发还没有来，他俩透过破了的窗棂，望着屋外白雪晶莹的世界出神。映着雪光坐着，两人都有一种到了年关特有的思亲感情。

炕里烧了一些玉米秸和茅草、松球。柴火缺，烧得不那么暖，火就灭了，寒冷侵袭着他们。

纪振生忘不了半年多前那个夜晚：夏连凤同日寇一起来到家里，杀了老娘，烧了屋子……然后，是坟前盟誓……他仿佛看到自己"扑"的跪在地窖口前面，哭着说："妈！我走了！从今以后，见到日本鬼子，见到狗汉奸，见一个我杀一个，见两个我杀一双！不给你报仇，我就不算个中国人!"他回忆着,望着屋外大雪封冻的北国风光,自己的一颗心似一步一步缓缓在向赵各庄移动,向赵各庄旁自己住过的五里庄移动。过去每年到这旧历年临近时,如果天上下雪,白发的老娘总每天倚间远望着儿子从矿上下工冒着风雪归来,然后给儿子准备了虽然粗劣但是热腾腾的饮食……寒风凛冽,纪大娘那头上的白发似在半明半暗中一下一下闪光。想起这些,铁铮铮的汉子也眼眶湿润了。他哀思沉重……

节振国也正默默看着飞舞的雪花,看着铅色的浓云笼罩天空,看着屋前那几棵枣树傲着风雪,挺着瘦硬的枝丫,稀稀疏疏,衬着白雪,觉得颇有一种难以言状的坚贞之感……但他的思绪却不时飞到潘家峪去了。潘家峪就在腰带山麓,这一向,日寇频繁"讨伐",工人特务大队针锋相对地出动奇袭,他很少想家、想玉兰、想孩子。可是,现在,他想……他们好么?玉兰和孩子依靠亲友过日子,生活一定很艰难……往事,像微风悠悠穿过林间似的钻入心房……一次,过旧历年,他早早攒了点钱准备了一份礼品要带到黑山沟去给丈人家。可是同一个掌子面的工人顾福山老婆有病,过年家里揭不开锅了,他回到家里对玉兰说:"把猪头和这点白面给老顾家送去了吧?"玉兰支持地点头,但是一会儿又犹豫着说:"空着手怎么去黑山沟呢?"他咧嘴笑了,说:"岳父看中的是我这个闺女婿,可不是看中的这个猪头!咱高高兴兴地去,把事一说,保险不会嫌咱!"后来,果然空手去了。岳父听了,口口声声夸女婿好。想起这,他似乎能闻到岳父家茅屋里发散着的稻草清香气息,看到了岳父家窗户上贴着的美丽纤巧的红纸窗花。又有一次,过旧历年,大风雪,包工大柜"穆老虎"的两个打手帮"穆老虎"向支柱工李丙元讨债,李丙元还不出债,被打得鼻血滴滴流,腿也打跛了。节振国正好走过那儿,打了个抱不平,同"穆老虎"的两个打手冲突起来。那两个狗仗主势的家伙,一起动手上来要揍节振国,被他东一拳,西一脚,全打倒在雪窝里,吓得抱头鼠窜。节振国扶李丙元回家。这里刘玉兰包了豆腐饺子盼着他下班回来，谁知一等不见回来，二等还不见回来，跑到门口望着望着，遇见个街坊走过，说是老节在跟包工大柜的打手干架。刘玉兰心里更急了。又等了老半天，才见他回来，浑身是雪，两脚是泥水。玉兰说："你怎么不回来过年在外边跟人打架？"他把情况一说，玉兰就不吱声了。这是觉得他做得对呀！玉兰马上给他扑打掉头上和身上的雪，说："快吃水饺！快吃水饺！"一家人苦中欢聚，笸帘上摆满了饺子，吃起团聚饭来。可是，他夹起饺子刚吃一个就住筷了，说："玉兰，盛上一大碗，我送去给丙元吃吧！"刘玉兰点头："行！"……两夫妇就都是这样的热心人嘛！想起往事，节振国觉得在思念家人之中，夹杂着一种温暖的感情，像天风海雨似的迎面扑来。

老北风打着又尖又长的呼哨，一阵一阵地吹。雪下得更紧了。节振国被风声拉回思绪，看看纪振生。纪振生正在仰脸思索。从小纪脸上的表情，他发现了纪振生在想些什么。于是，他的思绪又转到纪大娘牺牲的那个不平凡的夜晚去了。坟前盟誓时，他说："妈！您说过：日本鬼子是咱不共戴天的仇人！您也说过，只要二弟能出来，一定叫他跟我一块儿干！您老人家放心吧！咱俩一定好好干！今天离开您了，咱将来再来看您！"……想到这里，他顿时又把思家的念头全抛开了！从拉起队伍大暴动，然后开始打游击到今天，打死了许多敌人，但是也牺牲了不少好同志。国破寇深，何以家为？这一想，远的是张家发、小佟、王玉成他们，近的是田树森、梁凯……一张张熟悉的面孔都出现在他眼前了。在年关快来到的时候，他因为突然涌起一股思家的念头而不由得想起了牺牲了的战友们的家属来了……

他特别想念起丰润南关外黑虎玄坛庙旁张家发的家里来了。自从张家发在赵各庄战死后，噩耗并没有派专人去告诉过他家里，谁知家发嫂知不知道呢？也许她母子俩以为张家发还在抗日游击队里呢！……但是，噩耗不告诉他们不对，告诉他们又怎么能不使他们伤心呢？

这么长的时间里，节振国从没有想把这件不幸的事去告诉家发嫂，也没有去看望她和卯子母子俩。但现在，旧历年快到了。家发嫂和十岁的卯子好像站在他眼前了。他仿佛看到爱笑不爱说话的卯子在说："节大叔！你忘了咱们啦？"他心酸了。

他抬头看看漫天风雪，突然对纪振生说："振生！快要过旧历年了！'办年货'打了新城子日军碉堡后，我们俩先去丰润南关外看看家发哥家里，把家发哥牺牲的事告诉家发嫂，然后就去五里庄看看妈的坟墓。"

纪振生抬起头来，说："去看看家发嫂和卯子我赞成。我妈那儿就不去了吧。赶回来，我就陪你到潘家峪去一次，看看大嫂和三个孩子。"

腰带山，又名玉带山，还叫遥黛山。遥黛庄离潘家峪不是很远。就是大风雪挡道，去一次也不太困难，但节振国虽然想念亲人，却觉得不应该回去。他像往常决定一件大事时一样地用那种坚决但是和蔼的口气说："不！照我的意思办！回来后，我们一起过年！"

纪振生看看节振国的面容，听听他的语气，明白拗不过他，只得点头，但望望屋外仍在纷纷扬扬下着的鹅毛雪，说："怎么老胡还不来？"

节振国刚要说话，听到外边有踩雪的脚步声，说："听！有人来了！怕是老胡！"

纪振生一个鹞子翻身从炕上跃到门口，开了门，伸头一望，说："林先生来了！"

果然，来的是披着两肩白雪的林子华。他一来，门一开，带进来了一股寒气。纪振生连忙掩上门，让他上炕坐。从去年秋天到现在的风霜战斗，林子华的脸上皱纹多了，身上的棉袍破旧不堪，那股读书人的味儿少了，庄稼人的味儿多了。瘦瘦的身体矫健灵活，眼神变得果断而充满自信。他刚才照顾关清风睡下后，得闲踏雪而来。他夜里就要陪关师傅去金针峪，所以来问问"办年货"奇袭新城子碉堡的事儿，想听听好消息。听节振国说老胡还没来，正在这儿等着。他坐上了炕，拿出烟袋杆来装上一锅烟"吱吱"地抽着。他本来不吸烟，天冷，吸了解寒的。

节振国和纪振生问起关清风的病情。林子华说："内郁忧伤，外感风寒，得赶快治。这儿缺药，今夜一定要用门板派人抬他去金针峪。听说鬼子带来的'登革热'病，也正像这种病情。"

节振国点头说："一定要早点将关师傅的病治好。把矿石收音机给他带去，让他听听解解闷也好。"

林子华点头，说："对！我陪关师傅去，我会好好照顾他的。"

节振国和大家一样，都觉得林子华是个有学问的人，喜欢听他天南海北地聊天，喜欢听他讲岳飞、文天祥等等的故事。这会儿，等着胡志发不来，闲来无事。节振国说："黑坐着也无事，林先生，再讲个故事听听吧。"

林子华笑了，拢着手说："哪有那么多的故事？不过——"他笑笑说，"我写了一首诗，咏雪的诗，一共四句，念给你们听听怎么样？"

纪振生笑了，说："咱矿工，不像你读书人，不懂什么诗不诗的。"

节振国也笑了，说："确实不懂。不过，闲着无事，听听也好。不懂你就给我们讲一讲。"

林子华说："大前天夜里我们执行任务回来，路上大雪飘飘，回来后，睡下了。第二天一早，见到大地一片银白，我就想了这么四句——我念给你们听听……"说着，他拖长了腔调念道，"一夜游击枪声紧，乱琼碎玉满衣襟。"念了两句，解释了一下。

节振国说："虽不懂诗，可是听来挺好。还有呢？"

林子华继续念道："河山本自无春色，忍叫家家披孝巾。"

纪振生说："听不太清，不太好懂。"

林子华重念了一遍，又解释了一遍，说："这两句我倒认为有点诗味。这是说因为日寇侵略，铁蹄践踏，山河破碎，一片茫茫大雪，简直像叫咱冀东的老百姓都戴上了孝似的！这里边包含着对日本帝国主义的仇恨，比较含蓄。"说到这里，见节振国皱着眉尖似在思索，林子华问："老节，你觉得怎么样？"

节振国一扬眉毛，抬头笑了，说："我看这第四句可以改一改。不过，我不懂诗怎么做，也没做过。"

纪振生咧嘴，说："好啊！老节，你就说说吧。"

林子华也笑，说："说说听听嘛。"

节振国点头，说："第四句我看太悲，没有咱抗日健儿的英雄气概。把'忍叫家家披孝巾'，改为'喜叫日寇披孝巾'行吗？"

林子华一听，嘴里轻轻念了一遍，说："啊呀！老节！你可真懂诗呢，改得挺好！"

纪振生打哈哈说："我也觉得改得好！一改，把咱头上的孝巾挪到鬼子头上叫他戴，咱不戴。我看太好了！"

节振国笑着说："别这么夸我。我在林先生面前是鲁班门前抡大斧。好在无事，这么聊聊也高兴。"

林子华却一本正经地说："不，老节！写诗的事儿，我也不精。不过，你虽只改了我三个字，却把我的一首消沉的诗改成昂扬奋发的诗了。我是自愧不如啊！这么一改，这首咏雪诗好多了。"说着，他摇头晃脑一边吸着烟，一边拖长了腔调念了起来，"一夜游击枪声紧，乱琼碎玉满衣襟。河山本自无春色，喜叫日寇披孝巾！"念完，自己高夸了一声，"行！"又说，"老节，我保险，就凭这气概，'办年货'一定能大胜而归，叫鬼子披上孝巾！"

三个人都点头大笑起来。正笑着，忽见门"咣"的开了，胡志发浑身像个雪人似的，连长长的睫毛都沾有雪花，他带来了雪地上的寒气，站在门口，一边扑打着身上的雪，一边说："什么事这么高兴？"

外面，搓棉扯絮般的大雪仍在下。

节振国说："好啦！贩年货的来啦！快进来暖暖。把门关上！"

纪振生上前帮老胡扑打着肩上的雪，老胡又"乒乓"跺脚，把齐小腿裤脚和鞋上的雪全拍打掉了。林子华挪出个炕上的位子，说："老胡，快坐！"他装上一锅烟，递给老胡抽。

节振国看看老胡的脸，笑着说："我猜着了。'办年货'的事，准有好消息！"

胡志发不来回答，笑着抽烟，用手搓着冻僵了的双脚，说："你们刚才什么事那么高兴呀？"

林子华把节振国改诗的事前前后后一讲，胡志发也笑了，说："确实改得有味儿！我这贩年货的是来报告好消息的。我们研究奇袭新城子碉堡的那件事，一定能胜利成功，日本鬼子这顶孝巾是戴定了！"

节振国性急地说："老胡，快说说情况吧。"

胡志发说："陈支队在迁安一带不断袭击敌人，新城子碉堡的日军，今天抽走了一部分去迁安，只剩下十二个。这是第一个好消息。快过年了，鬼子到处敲诈勒索，汉奸有心讨好孝敬，据群众报告，昨天下午往新城子碉堡送去了大批物资，猪肉、白面、鸡蛋、鱼、鸡、烟、酒都有。只要拿下碉堡，这些就都是咱们的年货了！这是第二个好消息。这场大雪，地面封冻，鬼子的'机械化'成了'机械滑'啦！咱发动奇袭，他救不快也救不了。新城子碉堡旁那条小河结上冰啦。咱打了就跑，像流水疾风，河上可以走路。这是第三个好消息。新城子碉堡附近，我已联络好那儿的救国团，今天傍晚以前就可以动手掐断鬼子的电话线。这是第四个好消息。你们说，我这贩年货的办得怎么样？"

节振国懂得：游击战争要取得胜利，是不能离开它的计划性的。乱干一场的想法，只是玩弄游击战争，或者是游击战争的外行。行动之前，应有尽可能严密的计划，了解情况，确定任务，部署兵力，整理装备等等，都要过细考虑，因为同敌人斗争是一件不能开玩笑的事情。现在听老胡一说，大家都笑着说老胡办得好。节振国站起身来一拍巴掌说："贩年货的贩来了丰盛的年货，咱办年货的一定要办成！"他将门"咣"的推开，看看屋外银装素裹的景色，又说，"咱要让新城子碉堡里这十二个鬼子都戴上孝巾！"说着，招呼大家说，"走！我们一块儿去看看关师傅。他天黑就要送往金针峪养病了。跟他说说，让他也高兴高兴。傍晚，咱集中兵力，开始行动！"

傍晚的时候，灰蒙蒙的天上飘落着大朵大朵的雪花。西北风锋利得像刀子。远处巍然矗立的山峰，裹着白雪，似要隐没在灰茫茫的天地间。一望无际的丘陵和原野上银光闪耀，堆积着波浪一般起伏的厚雪层。在通往新城子碉堡盖着厚雪的公路上，出现了两辆骡马大车。驾车的嘴里"驾！——"地叫着，在牲口的耳朵梢儿旁，放枪一般抽了一下响鞭，牲口便奔驰得更快了。车过处，"隆隆"滚动的车轮声和"踢踢踏踏"的牲口蹄子声中，卷起了滚滚的雪雾。到了离新城子日军碉堡比较近的地方，一先一后的两辆大车，突然放慢了速度，驾车的勒着骡马缓慢地拖着车向前走动。

新城子碉堡上，一面太阳旗没精打采地在风雪中抖动。

两辆大车上架着席棚，披着彩，一看像是办喜事出嫁闺女似的。

在第一辆车上，坐着四个人，坐在车辕上赶车的是脸冻得通红的节振国。他戴顶黑色毡帽盔，浓眉和睫毛上结着白霜，手执鞭子，拉着缰绳，伸着脖子睁大了激怒得火光闪闪的眼睛朝前张望了一下，轻轻地回头对坐在车后的一个穿花布衣服的"女人"说："振生，快到了，小心！"

"女人"个儿细长，头上包了一块花布，左手捂住鼻子和嘴，仿佛是个怕羞的乡下大姑娘似的，用眼张望着，哼了一声说："唔！"说完，他摸摸车上那挺用衣服罩着的轻机枪，心里不禁好笑。他对另外两个男扮女装的伙伴，做个眼色，叮嘱他们做好准备，自己全神贯注凝望前边路旁的日军碉堡，注意那儿的动静。

男扮女装，纪振生他们都是生下来第一次。要不是驻扎在新城子碉堡里的日寇常常四处寻找"花姑娘"，骚扰百姓，节振国是不会下决心让部下这么干的。要讲装扮女人，他们实在扮得都不像。为了遮住嘴边的胡子，这几个假女人只得装作怕冷似的用手捂住下半个脸。

天冷风雪大，日军多数在碉堡里烤火。碉堡外，一个日军哨兵，发现风雪中远处来了两辆披彩的大车，立刻警惕起来。两辆车子，相距有二百米，前面一辆车上坐了四个人，一男三女；后面一辆车坐了四五个人，也像有女的。他惊喜地高叫了一声"花姑娘"，伸长了脖子，饿鬼似的张望起来。

碉堡里的鬼子也看到彩车了。像一群苍蝇闻到了鱼腥，烤火的和睡觉的鬼子，你推我搡纷纷走下碉堡围拥上来，也顾不得风雪，远远盯着大车，垂涎三尺。

风大雪紧，赶车的汉子真恼人，在离哨兵岗位约莫百把步的地方，突然大声吆喝住牲口停下来，自己一纵身，跳下了车，不断向日军哨兵招手高喊："太君，车子坏了！车子坏了！"说着，他蹲在车轮旁边修起车子来。

"花姑娘"的引诱和两辆大车的来历不明，使得哨兵和那群苍蝇似的日寇，按捺不住了，不约而同地趔趔趄趄踩着大雪，冒着寒风，鼓动着胸脯子蜂拥上来，嘴里叽里哇啦，嚷着要检查良民证，嘻嘻哈哈地围上来了，有的"哧"的滑倒了爬起来又朝前跑，醉汉似的嚷着："花姑娘！""花姑娘！"……

再也想不到，"突突突"的机枪声和"砰！""砰！"的短枪声响了！子弹连珠般朝着他们射击过来。新城子碉堡前，血花、弹雨、雪片与鬼子的惊呼惨叫声一同飞溅。

像秋风扫落叶似的，子弹打得密不透风，日本鬼子"啊""啊"惨叫着。被枪弹击中了的鬼子东一个西一个地躺倒在白茫茫的雪地上。

没被打中的，刚气喘喘地转身要跑，只听一阵奔跑的脚步声，碉堡旁那条结了厚冰的小河对面从冰上出现了二十来个带枪的便衣游击队员。领头的是个头不高、精力充沛的张惠。原来张惠奉命带了人早陆续来到埋伏在小河对岸的道沟里了。腹背受敌的鬼子虽然凶横顽固，经不住前后夹攻，都被游击队"砰""砰"地用枪消灭了。

雪花飘飘，碉堡里，残余的两个鬼子不肯投降，从枪洞里用机枪"突突突"地往外射击。一串串子弹打得地上冰雪乱飞。游击队员们爬冰卧雪趴倒在地回击起来。节振国皱眉看着鬼子的机枪射击，心头那把无名火，扑腾腾忍耐不住，招呼纪振生："振生，走！炸掉它！"纪振生匍匐着爬过来，节振国和纪振生腹部贴着地面，像两条鱼似的游过铁丝网，又利用地形，穿过碉堡旁那条结冰的小河，踩着冰雪跑近了碉堡。节振国在前，飞步贴近碉堡，用粗大的手，将胡志发给的两个手榴弹拉弦往枪洞里一扔，马上又退下来伏在地上。"轰！""轰！"手榴弹开花爆炸。纪振生又冲上去，也学节振国朝枪洞里扔了两个手榴弹。"轰！""轰！"又是两声爆炸。碉堡里的枪声停了。节振国和纪振生趁着爆炸腾起的浓烟，闪身往碉堡里冲。两人猫着腰冲进去，"呱嗒"推开门一看，空气里飘散着焦臭气味和烟尘，两个鬼子的尸体死狗一般蜷缩着横在地上，阴魂早去阎王爷那儿报到了。

哈！碉堡里的物资真多，除了枪支弹药外，猪肉、大米、白面、家禽、蛋类、白糖、烟、酒，堆得满满的，什么都有。节振国一看，两只大眼闪耀着兴奋得意的光彩，意味深长地说："物归原主！中国人的东西不该让强盗吃！"他对纪振生挥着手："振生，快打招呼！"纪振生对着外面拉长声调高叫："来——搬——啊！"满身雪花的张惠带着游击队员们"呼哧呼哧"都冲进碉堡里来了。大家一看，嗬！东西这么多，高兴极了。你背我扛，在风雪中，一趟一趟往大车上运。

可是你抬我扛，就发现问题了。张惠说："弹药枪支已经很多了，这些烟酒鱼肉的就少拿些吧！"

节振国摇头，说："少拿？这不熊包了？不能少拿！到口的肉不吃，是怕拉肚子吗？全部运回去，一点也不能留给鬼子！过年咱就美美吃它几天！"

　　纪振生笑了，说："对啊！下劲儿背！死命扛！"

　　张惠说："好！一点也不留！"

　　天，黑下来了。大风仍在怒吼，鹅毛大雪纷纷扬扬渐渐稠密起来。眼面前的雪地反射出微光，远处早已黑茫茫混沌一片。按照原定计划，节振国用一块包袱皮包了一条大猪腿和十几斤白面；纪振生也用一块包袱皮包了些鸡蛋、鱼和白糖。节振国看看东西搬得差不多了，吩咐张惠："快！带着大家撤！"他仰面看看天空，风正紧，雪正猛，他让两辆大车从原路赶快回去。他放心：风雪大，车辙马上会被风雪淹没的。看到张惠等驾着车子走了，他才同纪振生从风障雪网中在昏黑难辨的夜色里向南迈开了流星大步。

第三十二章 冰雪肝胆

白雪纷纷扬扬，北风仍在肆虐。

节振国和纪振生踏雪咯吱咯吱到丰润南关外张家发家去。天寒地冻，他们浑身的雪花结成冰，两脚泥泞，但却满头热汗。

首先，在雪夜中映入眼帘的仍是那座破旧的黑虎玄坛庙。庙在风雪中显得更加败落凄凉。庙前那根旗杆仍竖立着。在这大风雪之夜，四下里静悄悄地阒无一人。重来旧地，节振国就回想起负伤后第一次来到这儿的情景，又回想起第二次同纪振生冒着春雨一起来这儿喝鸡血齐心酒的情景来了！

北风凄厉，雪花飘飘。张家发家那三小间破旧的草屋和门前那棵枝丫高耸的大枣树，又隐约在大风雪中出现在眼前了。

像第二次来时一样，节振国又叫纪振生先在黑虎玄坛庙里等着，自己去找家发嫂。为了安全，他还是打算翻墙到张家发家的后窗洞里先试探张望一下。

雪，厚处已经深及膝盖了。节振国在大风雪中，借着积雪的反光辨认着道路。"嗖"的上了雪有半尺厚的那道墙，碰得大块大块松软的积雪"擦擦"地往下掉。他身轻如燕地又贴墙滑下去，踩着厚雪，轻而又轻地到了张家发家后窗户洞那儿站着了。

小窗户洞如今用木板条、破席、破纸等遮糊着，看不到里边是什么情景，但听得到人声。节振国仍像第二次来时一样，用耳朵贴在窗户洞上仔细聆听起来。

他又听到卯子那天真清脆的声音了！他这样一个刚强铁汉的心也激动得跳动起来了。

卯子在说："妈，睡吧！"

然后，节振国听到家发嫂那稳重的声音，伴随着话声的是纺车在"嗡嗡"转动的声音。那"嗡嗡"声似在为屋外的风雪伴奏。家发嫂在说："卯子！你先睡吧！妈不困！"

又是卯子的声音："妈！明晚我玩冰灯……"

节振国知道，在这一带，跟东北有些地方相同，到过旧历年的时候，每家农民都用各种容器装上水脱胎，做成各种样式的冰灯。冻上一夜，水凝成了冰，从容器里倒出来，有的方形，有的圆形，有的有棱角……要是水里放上颜色：红纸染成红色，靛青染成蓝色，冰灯也就做成了各种颜色。要是穿上线绳，可以挂在檐下或树上；要是不穿线绳，可以排在门外。夜晚，在晶莹的冰灯里点上一支蜡烛，那可美丽极了！有趣极了！孩子们没有不欢喜做冰灯的。卯子讲的就是这个。

他正想着，听到家发嫂那慈和的声音："行！妈纺了线，换了钱，给你买几根红蜡烛。你快睡吧！……"

节振国心里明白屋里没有外人，正想敲窗户，听见卯子又在说话了："妈！这会儿过年爹会不会回来？"

节振国听到这句话，心上一刺。只听见家发嫂带感情的声音回答："也许他会回来看看咱的。可谁知道？他们可忙啦！……"

冰凉的飞雪飘落在节振国滚烫的脸上。节振国本来同纪振生商定：此次来，要亲口把张家发牺牲的事说一下，但现在他发现，家发嫂和卯子都还不知道张家发牺牲的消息。现在，在这过旧历年的时刻，他把张家发牺牲的噩耗告诉他母子俩有什么好处呢？……他应当改变原来的主意，不谈张家发的噩耗。应当告诉他们些高兴的消息，让他们母子过一个快乐的年节。

他下了这样的决心，"嗖"的又攀上了积雪的高墙，翻身贴墙跳下去，直奔黑虎玄坛庙找纪振生。

纪振生正等得不耐烦，在黑虎玄坛庙的门前探头探脑地张望，忽见大风雪中节振国从墙头上纵身跳下，"擦擦"有声地踏雪跑过来了，马上冒着风雪迎上前问："老节，怎么了？"

节振国说："振生！家发嫂和卯子都在屋里，没有外人。风雪大，到处漆黑，咱俩可以从前门进去！可是——"

"可是什么？"纪振生问。

"可是，家发哥牺牲的事儿咱不能谈！"

"为什么？"

"刚才我在窗户洞外听了一下，知道他娘俩还不知道家发哥牺牲。我想，让他母子俩欢欢喜喜过个年吧！家发哥要是泉下有知，他会懂得咱的心的！"

纪振生没有说话，他难过地点点头，心里感动地想：是啊！老节想得就是周到。他想说些什么，可是觉得嗓子里好像堵着一团棉絮，什么也说不出来，眼眶却有些发酸。他提起那两个装着猪肉、白面等吃食的包袱，说："咱快去吧！"

节振国应了一声，两人一先一后，出了黑虎玄坛庙，踩冰踏雪，轻轻地从侧边兜绕到张家发家那土墙和寨篱子围起的菜园子旁。矮矮的土墙上，春天时爬满了开着白色、红色小花的茑萝，这时却积满了厚雪。节振国用手掌"唰"的扫去一片厚雪，纵身一跳，进了园子，将纪振生手中的两个沉甸甸的包袱隔墙接过来，纪振生也紧紧跟上。两人走近门边，都用耳贴在门上，里边并没点灯，只听到"嗡嗡"的纺车转动声。节振国明白：家发嫂正在纺线，她利用映窗的白雪的反光在那儿纺线，好节省灯油。于是，他用手"笃笃""笃笃"敲起门来。

先是一阵"窸窸窣窣"声，接着，门"吱呀"一声开了。出现在门口的是清秀、瘦削的家发嫂，她头发有点蓬乱，模样没有改变，只是更憔悴了，一见是节振国，她马上一怔。接着，节振国就看到她那善良的两眼汪满了泪水。节振国亲热地叫了一声："嫂子！"纪振生也马上挪步挤身上前，叫道："嫂子！家发哥让我们来看望你来了！"说着，两人都拍打着身上的雪，心里泛出苦味，却在脸上装得乐呵呵的。

家发嫂"哎"了一声，用手急急擦掉眼泪，嘴里嘀嘀咕咕说："看！我干什么来了！节大叔！纪大叔！你们快进来，快屋里暖和吧……"她声音里带着兴奋和激动，让节振国和纪振生快进屋。这时，只听到炕上卯子那天真清脆的声音叫了起来："节大叔！……"听得出那声音里带着笑。

节振国和纪振生放下手上沉重的包袱，节振国走近炕前，一把抱起裹着破棉被的卯子，微笑着对他说："快把袄穿上！你爹给你捎好吃的来了！有肉，有面粉，有鸡蛋，还有鱼……"说着，给卯子套上棉袄，又将卯子抱着递到纪振生怀里。

十岁的卯子可高兴了，高叫着："纪大叔！……"见他娘在擦火柴点灯，他高叫："娘！点冰灯！点冰灯！"

家发嫂颤颤巍巍点着灯。她因为激动，手也抖得吃不住劲了，点着灯，嘴里说："他大叔！前不久这儿也还贴过告示，说是要悬赏捉拿节振国！人说，你们干得可勇敢啦！……我听了，就像听到家发的消息一样……"

灯火一亮，照得家发嫂两颗泪珠在颤动。棉子油灯刚点着，心里五味俱全的节振国警惕地伸着脖子"扑"的将灯吹灭了，说："灭着灯好！咱来这儿，是秘密的！……不点灯，也看得着。"

户外的大雪，映得屋里明晃晃的。节振国和纪振生都坐在炕上。家发嫂急着要往炕角续玉米芯子，想烧开炕角汤罐里的水。节振国将包袱解开，带着笑声说："嫂子，给你带了年货来了！你看，都在这儿，你跟卯子高高兴兴过个年……"

他还没说完，卯子在一边问："俺爹怎么不来？"这不爱说话只爱笑的孩子，今夜话变得多了。

家发嫂叹了一口气："他离家整整八个月了！"在节振国和纪振生听来，声音里明显地带着悬念和牵挂。

纪振生装得笑呵呵地说："本来他要回来的……"但他心里酸溜溜的，一时却编不出个理由来了，只得干咳了一声，像咽口水呛了似的磨蹭着时间。

节振国喜欢没点灯。这样，脸上的颜色、表情可以看不清楚。他怕点着灯，万一自己流露了感情，家发嫂会从他的眼神和脸色上发现什么。而现在，屋里到底是朦朦胧胧的，反倒好。他连忙接过纪振生的话茬，也用乐呵呵的声音说："咱打游击，可紧张啦！今儿，我跟小纪到这边来执行任务，才顺道来看望看望你们，不然也来不了。家发哥，他如今在遵化那边山里头……"

他话没说完，也呛咳起来了。家发嫂正往炕角续玉米芯，一字一句听着，这时咬咬嘴唇说："是啊！打鬼子要紧。这不，见到你们，也就像见到他一样了。"火光映红了她那清秀的脸，她用手悄悄拭去了眼角的泪珠，忽然转了话题，"你们打鬼子打得怎样了？"

纪振生搓了搓冻得发紫的两手，答："打得可带劲啦！"

卯子用手摸着纪振生腰间的短枪，天真地插嘴说："大叔，你给讲打鬼子的故事好不好？"

节振国朝着家发嫂说："嫂子！打鬼子也挺艰苦。可是咱坚持下来了。打得鬼子汉奸不得安生，咱够本！"

家发嫂那稳重的声音里带着一点喜意，说："大炮一响，洋钱水淌！前不久，听说鬼子在滦县那边讨伐游击队，开了几十炮，才打死一头毛驴，回来还吹嘘说是赫赫战果，可老百姓都说他不够本。咱跟小日本打，要够本才行！……"

卯子插话问："我爹打死鬼子没有？"

纪振生已将卯子放到炕上，伸出大拇指，说："你爹打鬼子是这个！"

卯子在炕上爬近节振国，偎依到节振国怀里，一面玩弄着节振国腰间的短枪，一面笑吟吟看着纪振生伸大拇指。节振国抚摸着卯子的头发，若有深意地说："家发哥！他是个英雄！"

卯子说："节大叔，讲我爹打鬼子的故事听吧！我听了不说。妈啥都不叫我说，我都不说！"

节振国拍拍卯子的头，说："好孩子，对！这些事儿要保密。"又转脸问家发嫂："嫂子，这一向来，你们没受大的委屈吧？"

家发嫂的声音不知为什么带着悲怆，说："大的委屈没有，汉奸的欺侮少不了。你们打游击艰苦，我知道。比比你们，这算不了什么！家发他过去不跟街坊争长短，在这儿也没仇家。咱受些委屈，受些苦，能忍着。只希望打败鬼子，出口气，将来让孩子不做亡国奴能过好日子！"

家发嫂一向是个通情达理的女人。听她这么说，节振国心里热辣辣的，纪振生心里也热辣辣的。节振国慰藉地说："嫂子，你说得对！咱回去要把你的话告诉家发哥，他听了准会满意，也准会放心的。"

家发嫂没吱声，小汤罐里的水开了。她给节振国和纪振生用大碗一人倒了一碗开水喝。

忽然，空气像冻结似的沉闷，谁都似乎想不出话来谈了。常常就是这样，想谈的话太多，思想感情太复杂，反而叫人语塞了。一切的一切，从哪里谈起呢？

节振国打破了沉闷，把奇袭新城子日军碉堡的事讲了一通，倒马上又使空气活跃起来。卯子听得更是兴高采烈，问："我爹他参加打了没有哇？"

节振国一怔，说："没有！他在遵化北边有任务。"

卯子似乎可惜他爹没有参加这次作战，说："我要听我爹打鬼子的故事！"

纪振生马上随意编了一个，讲得疙疙瘩瘩不那么顺畅，卯子却听得津津有味，缠着纪振生叫再讲一个。

节振国本想多待一会儿——这儿有张家发的遗属，好不容易来一次，来了怎么能就走？但还要到五里庄纪大娘墓前去，趁夜色和风雪，又要赶回遥黛庄，再多停留时间不许可了。他从炕上下来站着，一把又抱起了卯子，说："卯子！大叔要走了。你好好听妈的话，快快长大。长大了，鬼子给我们打败了，那时候啊，可以跟着我们一块儿干革命！"

卯子凝视着节振国的脸，朦胧暗淡的光线下，两只小眼亮闪闪的，他聪明懂事地点点头，但却说："大叔，我做了冰灯……"

家发嫂在一边说："卯子，别缠大叔了！"

节振国却笑了，对着卯子说："冰灯？好啊！明年这时候，你大叔来时给你带些红蜡烛来。过年时，你做它十几盏冰灯，都点上红烛，挂起来，排起来……"说着这话的时候，他仿佛看到一盏盏冰灯，都点燃着红烛。红烛勇敢地燃烧着，"哧——哧——"发出热的、红的、明亮的光辉。

节振国将卯子放在炕上，说："睡吧！乖乖睡下！我们悄悄就走！"他亲热地疼疼孩子，亲了亲他的脸颊。他觉得心酸，抬头一看，家发嫂正在拭泪。

卯子听话地睡下了。他懂得节大叔、纪大叔和爹这一伙打日本的游击队员来去都是要秘密的。

夜静更深，风雪仍在疯卷，节振国和纪振生对着家发嫂，同声用充满感情的声音说："嫂子，我们走了！"

家发嫂无声地用手拂了拂额前的乱发，点点头，似乎是说："好！"

外边，漫天的大风雪仍是那么紧，绵密的雪花飘飘洒洒，皑皑的银白色遮没了一切。风雪，刺激着人的皮肤，叫人缩着脖子。

家发嫂踏雪冒风送节振国和纪振生出来，轻轻开了寨篱子的小门。

雪光映着她苍白、憔悴但是坚强、清秀的脸孔，节振国突然双手握住家发嫂的两手，说："嫂子！明年这时候，我们再来！"

纪振生发现节振国的话说漏了嘴，忙说："我们……跟家发哥一块儿来！"

但是，家发嫂脸上的表情异样，声音也有些异样，突然说："他大叔！谢谢你们想着我！明年再来吧！……其实，我什么都知道了。家发的事……"她脸上挂着两串火热的泪珠闪闪发亮，"只是我没告诉卯子！何必告诉孩子呢……"

听了这样意外的话，节振国忍不住动心了，叫了一声："嫂子！——"想说什么，可什么也说不出来。对于这样一个普通的中国妇女，过去节振国却从来没有发现她竟有这样宽广的胸怀，这样高大的心境！那么，现在对她说些什么好呢？安慰她吗？勉励她吗？说什么好呢？一切都是多余的了！

妇人的声音很坚强："打日本、保中华的道理我懂！你们好好干，也就是替家发报仇，替我们出气！可是……"她深情地说，"你们要保重啊！……"说这话时，在雪光映照下，叫人看上去，她既不瘦削，也不憔悴！

节振国和纪振生心头热血往上冲，眼都酸了，没有说话，但都严肃地点点头。

冷飕飕的西北风卷着雪花在旋转。他们走了，节振国只是又说："嫂子！明年这时候，我们一定再来看你！"

那清秀、稳重的妇女在风雪中点点头，同他们招手。

节振国和纪振生走了一段路，回头看时，见夜色苍茫的风雪中，她的身影还留在寨篱旁没有移动。

大风雪中，节振国和纪振生两人都没有说话。节振国依仗着对这一带了如指掌的熟悉，打算冒着风雪用两只冻僵了的脚飞步向东边赵各庄方向前去。这时，丰润城里的探照灯和榛子镇的探照灯正同时向封锁沟一带对照对射着。强烈的白光交叉扫动。纪振生突然一把拽住了节振国的膀子，说："老节！不去了！咱回遥黛庄！"

"为什么？"节振国扭回头来，停住脚步。

纪振生在风雪中坚强地昂着头说："老节！风雪太大，赵各庄那儿咱的亲人多，敌人也多。我们没有必要为这冒险。我们得留着这身子打鬼子！咱虽然不去，我妈泉下有知也会高兴的！"

节振国想了一想，点点头，下决断地说："听你的！咱向北回遥黛庄！"他心里想：是的！我们肩上的责任重啊！从家发嫂短短一番叮咛中，他又一次看到了中国人民的抗日决心。今夜，来看望张家发的遗属，使他思绪万千，但最浓烈涌塞在他心头的是炽烈的抗日斗志、钢铁般的要消灭日寇和汉奸的决心！

节振国和纪振生是意外地怀着这样的斗志和决心从漫天大风雪中回来的。

第三十三章　金针峪

黎明时分，风停雪住。

新城子日军碉堡前，摩托车、卡车和马队运来了佐佐木大尉的日寇守备队和由夏连凤带领的便衣侦缉队，也跑步开来了李奎胡的警备大队。

一排十二个日本兵的尸体沾着血污和冰雪硬僵僵地并列在碉堡前的空地上。

佐佐木大尉撅着牙刷胡，脸上常有的那种残忍的微笑消失了，铁青着脸，两只眼白多于眼黑的眼睛里布满了血丝，阴沉逼人。自从来到丰润，他本来企图几次讨伐就将八路军游击队消灭，经过这一段的战斗，使他不得不考虑与游击队长期捉迷藏的问题了。这使他十分恼火。现在，新城子碉堡守军全部"玉碎"，更使他有一种艳阳天打雷、六月里下雪的感觉了。他挎着军刀迈着八字步踱来走去，正通过翻译向站在面前的李奎胡大发雷霆："李桑！这里离你的驻地最近，你为什么不出动支援？为什么不配合战斗？……"

土匪出身的李奎胡，看到佐佐木凶狠狠的样子，他虽然脸上阴沉沉地装得平静，那颗大黑痣上的黑毛却颤动着，把他内心里的恐惧和不安充分显示出来。他明白，如果回答得不好，自己的警备大队长完蛋且不说，脖子上七斤半的脑袋也会搬家。这一想，他毕恭毕敬地躬腰回答："出动支援了，也配合战斗了……"

"唔？——"佐佐木大摇其头，"侦缉队向我报告了，你按兵不动，胆小怕死，任着土八路胡作非为！"佐佐木朝站在一边的夏连凤看看，又向李奎胡呵斥。

"不！"李奎胡心里明白，不找替罪羊不行了，提心吊胆地说，"我让三中队出动支援的！消息知道得迟了，风雪又大，路不好走……"

"三中队队长呢？"佐佐木叉开八字脚，双手撑着军刀柄，浑身怒气，挺胸昂头撅着牙刷胡追问。

那伪警备队第三中队队长，抽白面瘾得脸色灰白，有两只精灵的圆眼，是个眉毛眼睛会讲话的老兵油子。一见李奎胡把责任朝自己身上推，又见佐佐木那凶煞似的表情，马上从队列前站出来敬了个军礼依样画葫芦："报告太君，我让一分队出动支援，跑步前进，我随后赶到。风雪太大，路不好走，他们来迟了一步！"

佐佐木这下查明罪责逮到祸首了，龇牙咧嘴地嚷嚷："第三中队一分队站出来！"

翻译跟着高叫："第三中队一分队站出来！"

"跨！跨！跨！"第三中队第一分队一下子站出来二十多人，由分队长带着一起立正。

佐佐木高叫："分队长和班长，正的、副的，统统的，站出来！"

汉奸警备队的第三中队一分队的分队长、副分队长、班长、副班长走出来了八个。那分队长还没来得及分辩，佐佐木下令："放下枪！"

"乒乒乓乓"八个伪军小头目全放下了枪。

"向前十步走！"佐佐木下令。

八个伪军小头目"跨！跨！跨！"地走近了日军守备队。佐佐木发疯似的红着眼下命令："守备队！统统的押去枪毙！"

全场肃然。伪军们意想不到事儿会这么严重。李奎胡黑痣上的长毛颤抖着。那八个伪军小头目有下跪讨饶的，有呼号叫嚷的。可是日军守备队已经用刺刀逼着八个伪军小头目往碉堡旁那条结着厚冰的河边走去。刚走近河边，就有的挨了刺刀，有的挨了子弹。

佐佐木对着李奎胡龇牙笑笑："李桑！以后，你的部下对大日本皇军如果再见死不救，就按'八大杀'第七条办理！是不是应该？你说说！"

"八大杀"的第七条是："同情共产党、八路军、游击队破坏日华友谊者杀！"李奎胡恭顺地点头。他心里又气又怕，可是不敢表露，反而讨好地说："应该！应该！"

佐佐木让李奎胡派人把处决了的八个伪军小头目一律就地挖坑埋了，却让警备队把十二具日军尸首运回城里火化。布置完这个任务后，他带翻译官约李奎胡到碉堡里谈话。

李奎胡战战兢兢地跟着佐佐木和翻译官进了碉堡。碉堡里边，乱糟糟的，手榴弹爆炸过的痕迹和死了的鬼子残留的血迹仍在。上上下下都还有昨天傍黑节振国带着游击队搬走物资留下的脚印和痕迹。佐佐木带着翻译官和李奎胡一同在冰冷的炕上坐下，掏出"富士山"香烟，递一支给李奎胡，从背着的皮包里拿出一张地图摊在桌上，指着腰带山麓铁厂附近的金针峪，说："据侦缉队侦察，节振国工人特务大队最近在这里活动。我已经决定：趁风停雪住，丰润、王官营、崖口、铁厂、榛子镇、左家坞据点的兵力一起出动，来一次合围。兵分三路，我带守备队一路，你带一路，我已调关东平为另一路。我们要以突袭和扫荡相结合的战术，直插金针峪，在那里会师。李大队长，你看怎么样？"

李奎胡听说要打金针峪，心里厌烦。年关快到，冰天雪地的，围炉烤火，吃喝嫖赌哪样不好，偏要去往八路军的枪子儿和刀尖上碰！但他是个土匪脾气，现在听说兵分三路兵力强大，一颗心倒是跃跃欲试，皱眉抽着日本香烟思索着说："什么时候开始行动？"

"回去准备，晚上出发！我调卡车和摩托车运兵，马队、自行车队也一起出发，明天拂晓在金针峪会师！"

李奎胡想着在新城子碉堡日军全部被歼的事上得罪了佐佐木，又不愿头功被关东平抢去，一手捻着黑痣上长长的黑毛，出谋献策地用手指着地图说："今晚开始，我派部下分批出发，一律便衣短枪带上匕首，冒称节振国工人特务大队，步行绕近道直插金针峪，使节振国措手不及。我这一路就这么办，如果批准，请发给一批短枪，太君看行不行？"

佐佐木听了，两只多疑敏感的眼睛骨碌碌一转，脸上常有的那种残忍的微笑又出现了，说："伊齐邦要拉西！"看得出他很高兴。

但，李奎胡突然问："情报可靠不可靠？"他这是对夏连凤心里有气，心想：先问一问，要是这次行动失败了，回来好找你夏连凤算账！

佐佐木对翻译官说："叫夏连凤进来！"

翻译官在碉堡门口向外招手，夏连凤进来了。他一进来，稀淡眉下两只狡猾的眼睛就一眨一眨想从佐佐木和李奎胡的脸上窥测气候。

佐佐木问："你说节振国工人特务大队在金针峪，情报可靠不可靠？"

夏连凤朝李奎胡看看，明白了，恭敬地俯首回答："报告太君！绝对可靠！侦缉队的两个弟兄化装成小贩冒着风雪和危险从腰带山那一带回来，情报十拿十稳，只不过节振国十分机灵，说来就来，说走就走，要去'讨伐'，就得赶快。像昨晚这儿的情况，急惊风遇到了慢郎中，就怕节振国又要远走高飞了。"后一句话是朝着李奎胡咬来的。

李奎胡不甘示弱，抖动着一脸横肉，反咬过去，说："太君！只要情报准确，我们夜里就出动！不是黄天霸，不敢进落马湖！这一仗，看我李奎胡立头功吧！我们这一路先行动！金针峪见面！"他说着，站立起，冷冷地朝夏连凤瞟了一眼。

佐佐木满意地点头，对李奎胡竖起了大拇指，说："你是这个！短枪就发！回来我给你请功的有！"

李奎胡土匪脾气上来了，回到丰润北关驻地，也不休息，马上进行准备。这一带他熟，他自己有个手枪卫队三十人，卫队长叫李虎，也是土匪出身，长得虎头虎脑，脸颊上有个大刀疤。他让李虎带手枪卫队作为第一批，由他亲自率领，天一黑就首先出发，然后将第一、第二中队作为第二批，并叫第三中队随后增援。部署既定，天黑以后，李奎胡脱掉警备大队长的军服，换上一身半长不短的黑布大棉袄，戴顶支棱起耳扇子的狗皮帽，脚上穿了皮袜，套上一双水鞋，身披白布，腰里插上两把短枪，一把青锋匕首，像当年打家劫舍似的，又是一副土匪模样。他让手枪卫队跟他一起吃肉喝酒，酒足饭饱，立刻就向金针峪方向出发了。

雪后的夜晚，天黑沉沉的。身材高大的李奎胡和他的手枪卫队，脚踩冰雪，时而一擦一滑，时而弯腰俯身，拉长了队伍赶路。李奎胡走在队伍中间，三十多人每个人间隔十几码，稀稀寥寥，队伍拖得像条长蛇。队伍拉这么长，是防备受伏击。队伍拉长了，一处枪响，别处可以包抄，人不集中在一起，受到伏击损失也不会太大。

夜色中，腰带山在迷迷茫茫的白雪覆盖下浑然一片，白漫漫的山野愈加寂静。旧历年将到，踩冰踏雪迎着刀刮针刺般的寒风前进，李奎胡一路上拼命给前边后边的弟兄们传话打气："抓到节振国，回到丰润北关，大碗喝酒，大块吃肉！饷金加三成！""在金针峪，谁捡到什么捞到什么就归谁！"这一打气，那伙便衣手枪卫队来劲儿了！一鼓作气，"跨跨跨"地踩冰踏雪前进。

金针峪在腰带山麓，雪染的丛林掩没了茅屋草舍，李奎胡的便衣队伍来到这里，猛一看，到处漆黑，到处冰雪，似乎看不出这里还有个小山村。茅屋草房全散落在树林间的坡坡坎坎上。村里静悄悄的。狗早让老百姓杀光了。便衣队一到，村里放暗哨的人发现隐隐有"擦擦"的脚步声，看到有黑影往村里窜，马上跑回去报信。李奎胡的便衣队叫开话了："别跑！我们是节振国工人特务大队！自己人！……"尽管这么嚷嚷，人仍是跑。李奎胡高喊一声："冲！进村！"汉奸便衣队猫着腰四面散开，呼呼啦啦正要进村，忽听得远远路上汽车马达声响成一片……李奎胡浓眉一皱，心里想：佐佐木真厉害，说的是拂晓会师，他也提前行动了。我这儿刚到，他就带守备队也到了……他抢功心更切，带头风风火火冲进了金针峪庄里。

"砰！""砰！"枪响，也许是村里人打的枪，也许是李奎胡自己部下打的枪，汽车马达声、摩托车声，仍在传来，四面都有，看来，佐佐木守备队已经包围了这个小小的山村。李奎胡下令："抓节振国！把屋子里的人都赶出来！"他要赶在佐佐木之前抓到节振国，当然更要赶在关东平之前立这一功。他的部下得令，一窝蜂都进了庄。

李奎胡带着李虎和两个手枪卫队的汉奸便衣冲进一家茅屋的院子里，冒喊了一声："土八路！出来！"但黑沉沉、静悄悄的没有人答应。李奎胡明白：节振国的游击队有一套战术，你不找上门来不打，找上门来不进院子不打，进了院子不进房门不打。他怕挨冷枪，朝屋里"砰"的打了一枪，但仍静悄悄的无声。他明白：天明以后好办，现在漆黑一片，危险！这一想，就让李虎和那两个便衣留下看守，自己却提枪说是要到外边看看，拔腿退出了院子。

外边，枪声仍在响，有互射的声音，村里已经开水滚沸似的动腾起来。李奎胡明白：夏连凤的情报不差，金针峪确有游击队。他见外边点起了熊熊的火把，赶出来的男女老幼都被围在村边一块雪地上。又见从北边呼呼啦啦有男有女都是些庄稼人在跑过来，他们身后，机枪"突突突"响，日本骑兵的马蹄嘚嘚声震得地面都在颤动。佐佐木的守备队已经从北边扑进村里来了。他知道：自己的部下这时候一定都是忙着去各家捣开门户、四处搜索、翻箱倒柜、抢掠财物，甚至奸淫妇女……正要找几个手枪队队员一同向前搜索，忽然听见枪声响了，"砰！""砰！"两声，枪响处正是他刚才带李虎和两个便衣冲进去的那个院子，他心里一琢磨：那两间茅屋里准有问题！他带着两人马上回身又冲进刚才枪响的院子里去。

白雪的寒光映明了院子，李奎胡只见原先他派在这儿守望的手枪卫队队长李虎正闪身趴在一边雪地上，另外那两个便衣血肉模糊张手伸脚的都已死在雪地上。李奎胡明白事情不好，叫了一声："快撤！"话声刚落，只听枪声又响。他带头一跑，李虎从地上跳起跟着窜了出来，两个部下也跟着就跑。他心上"卜卜"的像有把小锤在敲，出了院落，马上吆喝着李虎和那两个部下："快找人来！这儿藏着土八路，一定要抓活的！"

　　李虎等三个踢踢踏踏分头踩雪找人去了。

　　李奎胡手里攥着枪，想：不知里边藏的是谁？两枪干掉了我两个部下！李奎胡听说节振国游击队还有种战术：你进门不掀帘他不打枪，你一掀帘子他就开枪。你不被消灭也被打蒙了。你要抓他，他却翻墙头或趁乱转移了。他很怕里边的人逃跑，又希望里边藏的就是节振国。他咬着牙想：反正今夜你是跑不掉啦！四面早叫佐佐木的守备队包围了！我的后续部队、关东平的警备大队都马上到了！但是这一功，我得抢到手！……西北风凛冽地吹着，他手脚都冻麻了。但再听不见枪声了。他心想：看来，金针峪里也没有几个游击队，要不然，枪声不能打一阵就完了。巧的是要抓的大鱼看来就是在这个院子里。这一功我是十拿九稳了。

　　李奎胡的手枪卫队呼啦啦被李虎找来了十几个，他让分散开包围起屋子来。不想抓活的，倒好办；要抓活的，就比较麻烦。李奎胡认准节振国在屋里，不顾一切地吆喝着部下："上！""抓活的！""谁抓活的回去发双薪，提拔他当官儿！"……

　　四个在屋正面的手枪队便衣，一拥而上，屋里忽然扔出了个手榴弹来，"轰！"的一响，李奎胡吓得往地上一趴。那一拥而上的四个便衣早炸得人仰马翻。有的头上开了花，有的肚子流出了肠子……李奎胡气急败坏，趴在雪地上又一味吆喝："上！抓活的！……"却没人敢往上冲。谁知屋里的人还有多少手榴弹呀！

李奎胡火了，抖动着一脸横肉，下令："放火！烧！烧得他跑出来！"

屋后的手枪队员拿来了火把，抱来了柴火，点起了火，可是雪大柴火潮湿，茅屋顶上烧着了，一时烧不成大火，只是"突突突"地冒着浓烟。李奎胡大黑痣上的长黑毛颤动着，大叫："烧！快烧！……"火把仍在点燃着柴火和茅屋，终于，茅屋起火了，舔吐着血红的火舌。

手榴弹"轰""轰"的爆炸声，引来了佐佐木大尉。他摆开八字脚，双手揣住指挥刀的刀柄站在那里，脸色阴暗地看着火舌舔卷，用敏感多疑的眼睛凶狠地朝李奎胡看看："快派人冲进去活捉！懂？活的！烧死的不要！"

李奎胡心领神会。他正担心茅屋烧成灰烬里边的人也不出来。共产党八路军向来有这么一股厉害劲儿的呀！听了佐佐木的命令，他也害怕火太大了。他挥着巴掌，高声命令部下："快浇水救火！要抓活的！"

这时，关东平的警备队也到了金针峪。他没想到，来得这样早，却仍落在了佐佐木和李奎胡后边。关东平心里忐忑，匆忙带着副官韩白面来到佐佐木面前。韩白面远远等着，关东平上前"啪"的向佐佐木敬了个军礼报告："警备大队长关东平率部来到！"

关东平虽是提前来到，佐佐木却嫌他来迟了，用两只常常露出怀疑神情的眼睛瞅了他一眼："关桑，来得大大的早！"

个儿矮胖的关东平战栗了一下，那张常常表露出亲热谦虚、和蔼带笑的脸上透露出惶恐不安来。他心想：道远路滑，又是步行，提前赶到，还要挨熊！一肚子的气恼，但不敢表露，站在那里动也不敢动。佐佐木不再理他，指指草屋对李奎胡："李桑！你的去活捉节振国！"他似乎已肯定里边藏的是节振国了。

李奎胡见关东平挨了佐佐木的训斥，又见佐佐木重用自己，精神振奋，指挥身边的李虎和便衣队："上！谁活捉住节振国！赏三个月饷!"

　　重赏之下，虎头虎脑的李虎率领好几个汉奸便衣队"呼啦啦"冲上去了。可是，里边突然又扔出一个手榴弹来！"轰"的一声，李虎躲得快，没炸着。炸得冲上去的几个汉奸便衣队有的受了伤，有的趴在地上不敢动弹。炸得佐佐木和李奎胡、关东平、夏连凤等，也在潮湿的雪地上趴下。炸得一堵墙焦黑了，一阵阵的烟味还在弥漫。

　　彪形大汉李奎胡的土匪性子起了，碍着佐佐木在，明知自己不完成任务过不了关。心里揣度：屋里的手榴弹一定用完了。有心在佐佐木面前露一手，从地上"忽"的爬起来，双枪一举，高叫一声："冲！跟我上！抓活的！"怕自己的手枪卫队害怕，又高叫一声，"节振国的手榴弹用完了！快抓活的！"

　　李虎跟着冲上前去。李奎胡三步两脚冲近草屋，刚一脚"蓬"的踢开门，窗户洞里又"啪"的掷出一个手榴弹来，正打在他脸上。打得他鼻血直流。他吓得心惊胆战"哎"了一声抱头往地上一趴。李虎"啊"的大叫一声也忙趴下。见里边扔出手榴弹来，跟着李奎胡冲的便衣队和在远处站着的佐佐木、关东平、夏连凤等也都吓得连忙在雪地上趴下……这时，大家又听到里边一声枪响："砰！"……

　　但，扔出来的那个手榴弹没有炸，只砸伤了李奎胡的脸。里边的枪声也没有再响。李虎上来，扶起李奎胡，李奎胡一看，不是手榴弹，是个方盒子，木头的，还有副耳机……他看不清这是矿石收音机，但见不是手榴弹，他的胆大了，爬起身来，气狠狠地高叫一声："冲！"自己"叭"的一踢门，又朝里冲。李虎紧紧跟上，后边的便衣队呼啦一下也都跟着冲进屋里去了。

　　李奎胡当头冲进屋里，闻见屋里一股扑鼻的药香，一只小炉子上放着一把药壶，炉火已灭。只见一个白发白须的老人倒在地上血泊中。再一看，这银髯白发的老人手里攥着手枪。李虎上前一看一摸，高叫起来："还没死！还有气儿！"

佐佐木由关东平、夏连凤等陪同进来时，关东平"啊"了一声，夏连凤也"啊"了一声。他俩都认识这是谁！这是关清风！

但得意扬扬的佐佐木仍忍不住露齿笑了，说："快送回丰润抢救！"

这还是他活捉到的第一个节振国工人特务大队的游击队员呢。

第三十四章　汉奸末路

一转眼，二十多天又匆匆过去。

伏击过一次敌人的小部队以后，节振国把他的队伍带到了赵家沟。

天冷地冻，周围静寂得一点略带生命气息的响动都没有。寒气氤氲地包裹着村庄、光秃秃的树木和空荡荡无人的小径及田野。天上有月亮，地上刮着冷森森的风。夜是平静的，但谁知这平静会保持多久呢！节振国的心始终是不平静的。

敌人疯狂"讨伐"，环境艰苦。节振国在屋里独自思索着当前工人特务大队的处境，考虑如何执行袭击敌人的任务。有月光，他没有点灯，过了一会儿，他站起身来信步走出了屋子。

屋外，冷风阵阵，月光像水银一样泼洒在地上。他知道纪振生正在东头查岗，想找纪振生商量事儿，就向庄东走去。没走多远，看见迎面过来了五六个人。节振国眼尖，在寒冷的月光下，一眼看出走在前面的正是纪振生。

"老节！"纪振生也看到了节振国，走上来用含有深意的平静声音说，"你来看看，谁来了？"

月光下，节振国凝神一望，不禁心里一沉："咦！夏连凤！"节振国没有点头也不说话，站在那儿用眼瞅着夏连凤，眼光深沉，厚厚的嘴唇紧闭着。他真想不到，会在这儿再看见夏连凤。

的的确确是夏连凤，仅仅不过十个月不见，夏连凤已经发胖了。

见到了节振国，他嬉皮笑脸、亲亲热热地喊了起来："哈，大哥，总算找到你了，真够呛啊！你们真是神出鬼没，老百姓都掩护你们，连'八大杀'都不怕，为了找你，我不怕下龙潭、入虎穴，走了多少冤枉路啊！我是有心给你的部下抓来的。这样才能见到你啊！你部下盘问得可真凶！后来出来了个张惠。这小子十个月不见，好像不认识我了，要绑起我来押到你这儿来。要不是碰到二哥查岗，说不定还真会把我揍一顿呢！他们对节大队长的拜把子兄弟可太不客气了！"说到这里，他像蛤蟆叫似的咯咯笑了一阵。

节振国乍见夏连凤，心里一阵潮热。五里庄纪大娘被害的一幕如在眼前，刘玉兰在黑山沟那个夜晚同他说起的话响起在耳边，乔老庆的死也浮上心头……他脸色登时变了，出于习惯，不由得用手摸了摸插在腰间的两支驳壳枪。只是在月光下，他虽然脸色不好，夏连凤没有察觉。他很快就克制住了自己，冷冷地说："你来总是有事的啰，那就到屋里谈谈吧！"

节振国陪着夏连凤走进了自己的小屋，让夏连凤在对面一只木条凳上坐下来。他细细打量了一下夏连凤。夏连凤穿着青布短棉袄，薄棉裤，脚腕上扎着腿带子，戴一顶毡帽盔儿，像个做小买卖的，可是眉眼神情间有一种故意显示卖弄出的得意劲儿。

纪振生陪着进来以后，倚门站着。月光映进窗户纸和门缝里来，屋里虽不点灯，倒也明亮。夏连凤看看屋里空空的四壁，白净脸上露出微笑，两眼闪着狡猾的光芒，说："火也不烤，真冷啊！灯也不点，是缺油呢还是有了灯亮怕出事儿？"说完，从兜里掏出一盒"哈德门"香烟，递一支给节振国，又递一支给纪振生，见他们都不接，他自己圆场地说，"呵呵，对了！大哥、二哥，你俩都不抽烟！哈哈，一别才十月，连这都忘了，看我这记性！"又俏皮地眨眨眼说，"我还没吃饭呢！从今早上到现在，为了找你们，饿到现在，你们招待我吃些什么好的？"

节振国皱皱眉招呼纪振生："纪振生同志，你给他找点吃的来！"节振国以前习惯叫纪振生"老二"，入党后，他觉得过去搞结拜兄弟这一套可笑，就改口了，总叫他"振生"。现在，在夏连凤面前，却特地叫"纪振生同志"，他是要让夏连凤明白，我同纪振生之间的关系已经是同志关系了！我早不再承认什么结拜兄弟了！

　　纪振生答应了一声，提着水壶出去了。出去以后，在外面叫了一声："老节！"

　　节振国留下夏连凤在屋里，走了出来，见纪振生两只眼睛在夜色里闪闪发亮，竖起两道眉毛，压低着嗓音说："老节，你要小心些。这小子披着人皮不知是来干啥的，得防他一手。不管怎么说，咱们可不能便宜了他！"

　　节振国对纪振生的忠诚、机灵感到满意，点头说："对，我知道！"

　　他回身进屋，尽量使自己若无其事地坐着，拿眼睛瞅着夏连凤。

　　夏连凤先开口了。听到节振国叫纪振生"同志"，他觉得这是节振国在"噎"他，再叫"大哥"，似乎有些为难，但不叫大哥，又叫什么呢？他只得抽着烟硬着头皮说："大哥，说真的，我不来不知道。来一次就明白了。你在这里坚持可不容易啊！你这儿现在是在日本皇军的包围圈里。人家要是把铁箍似的包围圈一收紧，你可就在人家手掌心里攥着啦！"夏连凤说这话，显然是暗露威胁，说罢，咯咯一笑。

　　节振国凛凛地回了一声冷笑，说："这是汉奸的看法吧？你只看到日本鬼子对我们的包围，可你没看到日本鬼子早被我们包围了吗？如果将各个游击队根据地联系起来看，你想一想，是谁包围了谁？日本鬼子早被四万万五千万中国人民包围起来了！人民的包围就好像如来佛的手掌，日本鬼子翻筋斗也别想翻出这个手掌心去，这你没有想过吗？"

　　夏连凤像呛了西北风，感到语塞。他发觉节振国身上起的变化太大了！跟他从前崇拜过的"大哥"很不一样了。他出乎意外地愣在那里，一时说不出话来，但又吸一口烟说："哈哈，牲口还懂得躲着吃过亏的地方走呢！水往低处流，人该往高处走嘛！你这么艰苦，处境这么危险，你兄弟我，心疼啊！"

"你是专门来找我的？"节振国直截了当地问。

"可不是。"夏连凤眨巴着眼点头，"老节，咱们是结拜弟兄，知心贴肉的老哥儿们啦！"他语气亲热，"分别久了，老是想念你和二哥。自己过得舒坦了一些，也老忘不了你们。"

节振国摇摇头："这些话，从前我听得进。现在，可不行了！你是汉奸侦缉队长。你总该明白，我是共产党员，抗日的游击队长。结拜弟兄什么的那一套，我早觉得可笑啦！我们最亲的是同志，是自己的阶级弟兄；日本鬼子，汉奸卖国贼，无产阶级的叛徒，是我们的敌人，我们最恨！"他两眼直逼夏连凤，"你今天找我有什么事？咱们还是开门见山，有话就说，别吞吞吐吐，憋在肚里。我的老脾气你知道，喜欢说一是一，说二是二。"

夏连凤脸上像挨了几十个耳光，刺辣辣的，硬着头皮心慌意乱地说："对，老节，我了解你，咱们过去是患难兄弟，无话不谈，所以我今天才来看望。为了你，我历来赴汤蹈火在所不辞。"夏连凤想用感情来打动对方，"要不，我也不会顶风冒寒、不怕危险来找你见面啦！"

节振国脸上毫无表情，等待着夏连凤说出来意。

"真人面前不说假话！"夏连凤一转弯把话引到正题上来，"老节，你干的这一行是要送命的！太不值当了！老话说：留得五湖明月在，何愁无处下金钩！你何必干这送命的买卖儿？我如今在古冶日本宪兵队彬田手下混饭吃。不知你知不知道？上次大嫂被日本宪兵队抓了，是我在彬田队长面前说了好话把她保释了的。"他讨好似的又继续说，"老节，你现在是名扬冀东的人啦！日本皇军很器重你，我今天来，是彬田队长和佐佐木守备队长派我来的。本来，我可以不来。可是我老是惦念我们的结拜之情。我们得有福同享、有难同当啊！俗话说：'识时务者为俊杰。'"看看节振国双眉纠结在一起，沉默着一句不吭，夏连凤连忙把天牌拿了出来，舔着嘴唇一字一句用劲地说，"我是给你送官儿送钱钞来的！日本皇军要我劝说你，只要你弃暗投明，不跟共产党抗日，他们立刻可以给你一个大官衔。官衔可以比关东平、李奎胡高。至于钱钞，那更好说。只要你提条件，衣食住行、吃喝玩乐的一套，你都有啦！"

说完了这些话，夏连凤掐灭烟头，又换上一支抽了起来，等待节振国回答。

屋里沉寂得可怕，夏连凤眨着眼偷偷打量着节振国。节振国比从前沉着了，方圆脸盘上满脸风霜，显得老练，浓眉下两只机智的眼睛比从前更加炯炯有神了。节振国皱着眉、瞪着眼厌恶地望着他，使夏连凤一时有些惊惶失措，感到自己刚才对节振国说的一番话，像是把老虎当牛喂，草料和胃口不对码子！但他又想，节振国准是在考虑得失成败，就让他多考虑几分钟吧。于是，夏连凤又镇定下来，一口又一口地喷着烟圈。

纪振生提来了一壶热开水，用一块手巾包了两个高粱饼子来。他给节振国在一只旧搪瓷碗里倒了水，没给夏连凤倒水，把高粱饼子放在夏连凤面前。眼睛却在看着节振国，仿佛要从节振国的脸上窥探出一点情势似的。

看到高粱饼子，夏连凤不禁皱眉。好粗贱的东西呀！他已经长久不吃了。他肚子虽饿，看到这玩意儿，还是感到难以下咽。不过，他轻蔑地看了一眼高粱饼子，没有作声。

纪振生发现节振国静坐在那儿神色不对。他同节振国相处得久了，领会得到，节振国在最不高兴的时候才有这种表情。忽然听到节振国说："纪振生同志，你去门外站着，我同夏连凤要单独谈谈。"节振国怕夏连凤有些话碍着别人在不肯说，才做了这决定。

纪振生走出去，在门外守着，侧耳听着屋里谈话的声音。

见纪振生出去了，夏连凤拿起一个高粱饼子，掰了一块放进嘴里嚼起来。饼子又冷又硬又粗，像锯木末似的咽不下去，他皱眉问："老节？你现在就吃这个？"

节振国蔑视他一眼说："怎么？不好吗？这还是我们的细粮，平时吃的比这差远啦。高粱饼子过去在矿上你也常吃的呀，你真是换了心忘了本了！"

"你们太艰苦了！"夏连凤绝不放弃任何进攻的机会，"老节，俗话说'狼走天下吃肉'，人生在世，干吗要这么苦撑！你说呢？"

节振国鄙视夏连凤，不想回答他，却有意地说："丰润有多少鬼子？"

"摸不清。"

"古冶有多少鬼子？"

"古冶？"夏连凤摇头，"也不清楚。"

节振国从夏连凤的眼睛里，看出夏连凤是狡猾，不是不知道而是不肯说，便紧跟着又问："赵各庄有多少鬼子和伪军？"

夏连凤仍旧摇摇头："日军和警备队常常调动。所以哪里多哪里少，没有个准。现在，要增兵了，听说最近要连续展开更大的'讨伐'，你就是'讨伐'的主要目标之一。我可为你担心啊！"

很明显，夏连凤的话里又带着威胁的意味。

节振国不去理会，却说："把你那特务侦缉队的活动情况谈谈吧！行不行？"

夏连凤拿烟抽，仰脸笑了，说："那我得掉脑袋！"

节振国说："你是不肯讲。铁杆儿的汉奸！你现在很得鬼子的信任啰？"

"嘿嘿！"夏连凤眨眨眼，"信任也说不上，生活倒过得马马虎虎。老节，你要是去了，可跟我又不同了，日本皇军会像曹操对待关公那样优待你的！"

夏连凤以为他威逼利诱，节振国会软化下来。没想到事情跟他料想的完全相反。节振国的缄默，不是在考虑夏连凤的劝说，是在等待夏连凤更多地暴露罪恶。夏连凤这条日本鬼子的走狗，这个道道地地的特务汉奸，节振国早想杀他了！什么结拜弟兄，什么好朋友！节振国的心里，只有仇恨和愤怒！

节振国想着，双眉越锁越紧，眼睛越瞪越大，心越跳越激烈。夏连凤察言观色感到有几分害怕，可是并不死心。节振国过去是最讲义气的，这点他知道，他不相信节振国会翻脸。他心想：释放刘玉兰，总跑不了我这一份功劳，何况我还有恃无恐呢！他稳着性子滔滔地又说："哈哈，老节！还记得你那把宝剑吗？那把宝剑当了以后，我又把它赎了出来。彬田队长知道以后，他爱收藏这类玩意儿，给他要了去。可是，这次我来，他说：只要你肯归顺皇军，同建冀东王道乐土，这把宝剑他也立刻归还！……"

他话没说完，只听得屋外有人唱京戏。声音不大，听得倒很清楚。节振国一听，心里明白了，是张惠在唱。夏连凤一听，也听出是张惠在唱。张惠平日爱哼京戏，唱的是《骂毛延寿》，可是调子没变，将戏词儿改了，唱的是：

> 骂一声夏连凤你卖国的奸臣，
> 你祖上是中国人，你应该把忠尽，
> 为什么投日本你丧尽了良心？
> ……

张惠的声音里带着愤怒和仇恨。听着他唱，节振国仿佛能看到这年轻人那老实、慈厚的圆脸上布满了正气。张惠当然是有意唱给夏连凤听的。夏连凤一定也听清了，眨着眼，纠着眉，一口又一口地抽烟。

节振国脸上像罩了寒霜，只是月光不甚明亮，夏连凤发现不了。

他朝夏连凤说："夏连凤，你叛变卖国，做的坏事，你自己知道，我们也清楚，都记着账呢！'燕春楼'那晚便宜你了！你来，不怕我宰了你吗？"

夏连凤冷不丁地一怔，额上腋下都淌下冷汗来。他意识到节振国说这话分量有多重。但他故作轻松，咯咯笑笑，说："老节！两国交锋，不斩来使嘛！彬田队长、佐佐木守备队长，派我来，我不能不来。但更重要的，是为了大哥你，也为了二哥。——我不忍心看着你们将来或死或伤，或捕或俘！我是想让你们跟我一样同享荣华富贵，所以才不能不来。你们当然可以杀我，但我是为了对你们有利才亲自找上三宝殿来的！第一，关清风关师傅现在已被活捉押在丰润皇军守备队监狱里。你们拿我开刀，皇军就拿关师傅开刀。你们如果归顺皇军，关师傅也可释放。第二，丰润、滦县、遵化地带，最近就要大封锁、大扫荡。你虽将大嫂和孩子秘密转移了，也逃不出天外去。佐佐木大尉要我奉告：如果我夏连凤有个三长两短，他要杀你的全家！我知道你最讲义气，最讲交情，为朋友能掏心剖肺！我夏连凤同你结拜一场，事事要对得起结拜弟兄，我也不能让你被剿家灭门……"

他刚说到这儿，没料到纪振生突然从门外跨步进来，大喝一声："闭上你的狗嘴！"

夏连凤抬头，只见纪振生满面是泪，额上青筋暴起，一手攥枪对着夏连凤，一手拭泪说："老节！答应我吧！我要——报仇！……这条恶狗，他来咱这儿刺探情况，放他回去他会带鬼子来烧杀的！"

夏连凤头皮发麻，老着脸皮说："二哥！你这是为什么？"又转过脸对节振国："大哥！说来说去，咱总是结拜兄弟，不能伤了和气。赵钱孙李，各有所喜。你能答应，就答应；不能答应，就不答应！你放我走就行。咱以后互相袒护着些，井水不犯河水……"

他话还没说完，只见节振国脸板得像一座陡立的山岩高声说："好！我答应！"

节振国"嗖"的拔出了驳壳枪，夏连凤向后一退"哗"的碰倒了条凳缩到墙边。看到节振国杀气腾腾，他浑身筛糠，连连摆手，舐着嘴唇哀告地求情："大哥、二哥！高抬贵手，你们手下留情！……"

　　但，在透过窗户纸射进来的惨白色的月光下，他只看到节振国脸上严厉，枪上的红缨穗一闪，"砰"的一声，他感到心口一紧一麻，耳朵里"轰"的一炸，他嗓子眼里"呼噜呼噜"一响，"扑通"栽倒在地上了。

　　枪声响后，屋外的张惠连忙拔枪冲进屋里，夏连凤已经断气趴在地上。节振国正拿着驳壳枪钢打铁铸似的站在那里。

　　"把尸首拖走！"节振国命令着，"这是一个万恶的汉奸！"

第三十五章 "铁石犹存死后心"

监狱四周，是宽广的空地，有高高的围墙，有高峻挺拔的银杏树在阳光下伸张着倔犟的枝干搏击着逆风。关清风进牢来时就认出这儿是在丰润县城中央关帝庙附近。

牢房里非常寒冷，风像刀子似的从铁窗缝隙和木栏外穿进来。因为他有重病，又有重伤，居然还给他铺了草，烧热了炕，并且有一个矮瘦戴眼镜穿白大褂的鬼子医生给他打针、灌药、治伤。

鬼子为防他再自杀，连裤带也给搜去了。牢房里吃得不坏，是米饭，给咸萝卜干和咸鱼吃。关清风有过绝食的念头，有过再自杀的念头。这该死的病呀，使他不幸到了金针峪！这该死的子弹呀，一枪打伤了自己的颅骨，却伤而未死！要不，堂堂战士，怎么也不会被敌人俘获的。现在，落入敌人魔掌中了，活着倒不如死了好呀！可是，他又想：不！既然自杀未死，活着同鬼子再战斗下去吧！要死，随时可以死！共产党员活着就要战斗到最后一秒钟！自杀，那是便宜了鬼子！他照样吃饭，该吃多少吃多少。

虱子，捉不完的虱子，对关清风展开了围攻。棉袄、棉裤里，到处有虱子在蠕动，连白胡子上有时也爬着虱子。他躺在炕上，用手扪虱放在砖上咯吱咯吱地挤。这种吸人血的坏东西呀！跟鬼子、汉奸一样可恶。杀死它们，毫不留情地杀，才痛快！

关清风从遥黛庄让人用门板抬着，由林子华陪同到达金针峪后，当夜，就由林先生诊治照顾着。这种同志式的照顾是十分周到的。林子华真是衣不解带。给他把脉，给他开方，让人去买来了药又给他在小炉子上熬药，给他喂药。林先生把矿石收音机也带来了。他半夜醒来，睁开眼睛，见林子华戴着耳机在那儿收听……为了照顾他的病，林子华不睡，真叫人感动。

关清风到金针峪的第二天上午，病就轻快得多了。但，林子华接到了节振国让人捎的急信，说关玉德的伤口情况不太好，希望他立即再到刘庄子去给关玉德诊治一次。林子华见关清风的病情好转，决定天黑时起程去刘庄子，明天一早赶回来。谁知，他走后，在当夜敌人竟突然包围袭击了金针峪……林子华幸免于难，使关清风欣慰。

关清风现在清晰地记得：他在屋里被突然袭击的敌人包围了；他挣扎起炕，用短枪和手榴弹同敌人干起来了。病，使他四肢无力，他勉力撑持着。从一开始，他就做好了牺牲的准备：他给自己留下最后一粒子弹。后来，敌人放火，屋子烧着了，烟熏得呛人……他手榴弹用完以后，连矿石收音机也扔了！……他向自己的脑袋开了一枪……

再后来，就有些模糊了。枪伤和病，都折磨着他。他满脸是血，子弹穿过颅骨，伤势不轻。当他第一次睁开眼的时候，仍是在金针峪那间屋里躺在地上。他记得忽然看到了关东平的白脸，夏连凤那两道稀淡眉也好像在他面前闪过。矮胖的关东平陪着一个有牙刷胡模样凶残的鬼子军官站在身旁俯视着他。关东平穿的是警备队军官的制服，挂着豆腐牌子，好像那鬼子让翻译官问了些什么。但他合上了眼睛没有理睬。一会儿，他又昏晕过去了。

第二次再睁开眼的时候，他被鬼子用闷罐车运到这儿来。在闷罐车上，他发现自己头部已被包扎过，浑身棉软，一点力气也没有，动弹不得。后来，用担架把他抬到这牢房里的炕上来了。

他发着高烧，有时昏厥过去。给他治疗了一些天以后，他的伤和病都好得多了。有一天，来了几个鬼子兵将他抬到一间刑讯室里去了。

他坐在一张有靠背的椅子上，感到头重脚轻。他看到各式各样的刑具：烤烙得通红的铁板、铁丝蒺藜盘、铁火炉、吊钩、锥子、竹针、皮绳、电线、木杠子、麻绳、大棒……听到隔壁有惨叫声和喊骂声。他明白：是威吓他，也是要考验他了。

一个三十多岁的鬼子军官，挺着胸，露出残忍的微笑，带着怀疑的眼神，蓄着牙刷胡，弯着罗圈腿，摆着八字脚，带了翻译官和几个鬼子兵审讯他。他恍惚记得，这就是在金针峪同关东平一起站着的那个鬼子军官！

鬼子军官通过戴守备队黄呢军帽的翻译官问："你们的队伍在哪里？"

关清风掀髯笑笑："到处都有。"

"有多少人？"

关清风仍是笑笑："四万万五千万！"

鬼子军官生气了，嘴里骂了一句"八格牙路"，又问："节振国在哪里？"

关清风回答："在打鬼子，杀汉奸！他来无影，去无踪！"

鬼子军官指着各种刑具，露出残忍的微笑说："你这样的人我见得多了！到了我这儿，强硬是没有用的！铁也能化成水。你应当把节振国的活动情况、活动地点、活动方法和工人特务大队的全部情况说出来。不然，你应当懂得大日本皇军的厉害！"

白发苍苍的关清风坐在那里，虽然头部伤口包扎着纱布，但圆睁两眼，用手拂拂银髯，鄙视地笑笑，说："你也应当懂得节振国游击队的厉害！"

鬼子军官凶恶地通过翻译官说："你也许还不知道我是谁吧？我就是佐佐木大尉！从去冬到现在，你们该知道我的厉害了！"

关清风笑笑："对！我们在六间房领教过！在青集领教过！在新城子碉堡也领教过！可惜你是武大郎打虎，没长下那个拳头！"

佐佐木残忍地笑笑："你年纪虽老，火气不小，也很会说话。今天，我还不想听你惨叫——"他略一停顿，侧耳谛听，隔壁刑讯室里的惨叫声正又响起，"听！如果你坚持抗日的态度，你也会像他一样。但，我们有耐心，再等待你三天！……"

关清风笑笑："大不了一死吧！哪里的黄土不埋人！"他还不能自己行走，又被抬回牢房。

他记得，当天下午，夏连凤到牢房里来了。十个月不见，关清风看得出夏连凤的变化。他"抖"起来了，白胖了！他一进牢房，就说："关师傅！我看您来了！"

关清风从炕上坐起来，头上伤口疼痛。他还很虚弱，心里却想甩夏连凤一个耳刮子。这条汉奸走狗！鬼子的鹰犬！杀了他也不解恨！关清风揉揉老花眼，用轻蔑的眼光看看夏连凤，没有吱声。

"关师傅，您上了年岁了，又有伤又有病，是我在佐佐木守备队长面前求了情，今天才没动刑。有些事儿你不知道，我不能不告诉你。皇军华北方面军司令部宣布：剿匪的重心必须指向共产党！国民党副总裁汪精卫同日本合作的事儿也许你已经知道了。国民党现在跟共产党面上合作，暗中摩擦。不管国民党、共产党，都不是皇军的敌手。现在华北皇军增加到二十二个师团了。已经提出'治安肃正''治安强化''总力战'……小小一点游击队，不够皇军塞牙缝的。节振国工人特务大队，多数全是过去一块儿下窑的哥儿们。老节、纪振生都是我的拜把子兄弟。皇军要我去招降，我得找到他们。让他们改邪归正，投诚归顺，不再被共党利用。你得告诉我，老节在哪儿……"

头部包扎着纱布的关清风白发蓬松，银眉耸起，圆睁两眼坐在炕上，突然说："你过来！我耳背，听不清。"

夏连凤满面是笑，眨着小眼睛走上前来，凑到关清风跟前，继续说："关师傅，人生在世……"

谁知，话刚出口，只见关清风抡起了右手，"啪"的一个耳光，打得夏连凤"哎"了一声，捂住脸险些栽倒在炕旁。老矿工刨惯了煤，又有武艺，手有力气，病中也不弱。夏连凤只觉得脸上火辣辣的疼痛，牙血也打出来了。他恶狠狠地吐了一口鲜血，拭拭嘴唇，竖起两道稀淡眉，朝后退缩，拉长着脸连声说："好，好，好！等着瞧！你这给脸不要脸的东西！……"

一巴掌很响，打得牢房外来回巡逻的鬼子兵也跑来了。夏连凤狼狈鼠窜，跑远了，还听到他的骂声。关清风笑笑，虽然只打了一巴掌，也出了点心头的闷气。他伤口疼痛，也有些晕，又重在炕上侧身睡了下去。

一会儿，来了两个鬼子兵，给他戴上了脚镣、手铐。

关清风心想：看来，要动刑了。自从落到鬼子手里以后，他就不抱再活着出去的希望了。砍了头不过碗大的疤，怕什么？只是觉得要值当。白白的死不行！上刑，皮肉筋骨受罪，他不怕。打游击时，节振国不常说吗："一人拼命，万人难敌！"人要不怕死了，还有什么怕的呢？来吧！等着就是！

那是第二天上午，牢房外有脚步声。关清风在炕上躺着，听到脚步声近了，牢房的门"克突"开了。进来的是个儿矮胖的关东平。关清风"霍"的从炕上坐起来，可是手上戴着铐，脚上戴着镣。仇人相见，分外眼红。他朝关东平看看，关东平穿的是蓝绸团花长袍，外罩黑缎马褂，头戴一顶灰呢礼帽。文绉绉的，进了牢房，右手将灰呢礼帽从头上摘了下来，露出了秃顶，红润的腮帮子嘟噜着，和蔼带笑、亲热谦虚地走到离关清风炕前三步远的地方，说："大哥，别来无恙?"

关清风说："别老虎嘴边挂佛珠了！谁是你的大哥?"

关东平老着脸皮笑笑："八个月不见，想不到又在此处重逢。清风大哥，你是走错了道了，如今落到这般下场，小弟不能不来劝说一番。"

关清风满脸仇恨和怒气，圆瞪两眼，说："我是错了！只悔当初在关家梢让你这畜生跑了！反使冀东多出了一个民族败类。"

关东平勃然变色，戴上了灰呢礼帽，斜眼看着关清风说："我明知来此要遭你垢辱，但不能不来。我是不忍见你年迈苍苍去受苦刑，最后落个身首分离。你我都是关氏一族子孙，可能我的话你还能听入心去。八路军、节振国不久都要在'讨伐战'中被消灭。你现在被俘，只要说出节振国的全部活动情况，已往决不追究，你可以重回关家梢，同做新民，欢度余年。佐佐木守备队长除保障你生命安全外并可给予重赏。要是执迷不悟，重刑加身，到那时悔之晚矣！苦海无边，回头是岸，何去何从，望你选择。"

关清风昂头一笑，说："路，我早选定了，也走定了！关家梢出了你关东平这样人面兽心的汉奸败类，冀东一天不光复，你一天不被处决，我一天不回去！你杀害关寿年等，帮助鬼子屠杀关家梢爱国族人，账给你记着，仇有人会报！八路军、节振国，你们想要消灭，那是妄想。你去告诉佐佐木，关清风关爷爷跟着共产党抗日到底，不做汉奸不投降。你快给我滚！可惜我的手铐住了，不能刷你一巴掌！"

关东平脸色难看，明白劝说无效，点头笑笑，转身而走。

下午，关清风被拿下手铐，戴着脚镣"哐啷""哐啷"地给带到了刑讯室。鬼子先让他坐在一张铁铸的固定在水泥地上的圆凳子上。

佐佐木带着四个打手般的鬼子兵在那儿等着，一盆炭火烧得通红。关清风一看，心里就明白了。

佐佐木踱着八字步，用不怀好意的眼色看着关清风，通过翻译官说："老头儿！今天你不说，我能让你永远做哑巴！你不怕吗？后悔是来不及的。现在，你可以考虑一下再回答！你供不供？供吧！对你有好处。"

关清风不答。

佐佐木做了一个手势。一个鬼子兵"哗"的一下将关清风头上包扎的纱布撕了，将关清风的伤口裸露出来。接着，关清风马上被脱光了上衣，另一个鬼子跑上来帮着用绳捆住了他的手臂。

佐佐木又问："供不供?"

关清风仍不回答。

一个鬼子兵用盐往关清风头上裸露出的伤口上搓。疼得关清风咬牙，但关清风仍不答。

佐佐木又做了个手势。两个鬼子兵抬来一扇门板，一大桶水，将关清风仰面朝天捆在门板上。绳子紧紧勒到肉里，两个鬼子兵扯着耳朵，不让他的头摆动，一个鬼子兵走过来，在他脸上罩上布，用一只漏水管架在他嘴上，往他嘴里灌水。灌的是肥皂辣椒水，像锥子似的刺疼着鼻子、喉管、内脏。不一会儿，肚子胀了起来，两个鬼子穿着大皮鞋在他肚子上乱踩，更用杠子滚、压、打。肥皂辣椒水又从口里带着血呼呼地吐出来。关清风一声不吭，一声不喊，疼痛、辛辣、窒息，连心肝五脏都要吐出来的那种痛苦的感觉，难以忍受地折磨着他。但老矿工横了心闭着眼，不哼一声，也不叫一声。

听到佐佐木咬牙切齿似的讲话声。一个鬼子兵将关清风脸上捂着的布拿掉了。他见鬼子兵手里拿的是烙铁。烙铁炙着他胸部的肉，烧得皮肉吱吱响，热辣辣地、刀剐似的疼得钻心，冒出焦毛味。他终于昏厥过去了。

被冰凉的水泼醒时，他见佐佐木那狰狞残忍的脸又在俯视他了。佐佐木问："供不供?"

关清风"扑"的朝着佐佐木吐了一口口水。佐佐木咆哮了，只有野兽似的侵略者才想得出这样的毒刑：鬼子兵用两寸长的铁钉，钉在关清风胸膛上、脸上，钉得全是血孔，疼得他浑身抽搐。

关清风仍是不哼也不叫，他坚决不在敌人面前示弱，牙齿咬破了嘴唇，鲜血顺着嘴角流下来。

佐佐木神情残忍地问："怎么样?"

关清风不作声。突然间，他在门板上又被脚朝上头朝下地倒竖起来。他的头发涨、眼珠鼓了出来。

佐佐木又暴躁地问:"供不供?"

得不到回答。佐佐木"乞乞卡卡"地喊骂起来,一个鬼子搬走了那盆火,另一个鬼子用一大桶刺骨的冷水浇在关清风身上,打开了刑讯室的门窗,佐佐木带着那几个鬼子走到隔壁屋里取暖去了。

窗户外的冷风阵阵吹来。水在关清风身上结成了冰,皮肉早冻紫了。他已经人事不知了。

后来,怎么又回到牢房炕上的,他记不得了。他浑身无力,浑身是伤,血染衣衫。内伤和外伤,折磨着老人。但他忍受得住这些痛苦,难以忍受的是脱离了节振国工人特务大队,脱离了战斗,这才是真正的痛苦。当他耳闻到刑讯室的惨呼声,身受到敌人的惨无人道的毒刑,目睹眼面前站着万恶的日本侵略者和汉奸却不能奋起杀敌时,才是对一个共产党员和革命战士的心灵的最沉重的折磨。想到这种深沉的痛苦,身体发肤的痛苦能算得了什么呢?他早把肉体上的痛苦抛到九霄云外去了。

他是如此地怀念着节振国和他的工人特务大队啊!从五矿大罢工到关家梢大聚义,从陪同节振国寻找党到自己成了光荣的共产党员,从大暴动到关家梢挂上了关寿年的人头……在那血淋淋的冬天里,田树森、梁凯的牺牲……又到了金针峪的战斗,自己落入敌手……都像看拉洋片似的一幕又一幕重现在他的脑海之中,使他长久长久地陷入沉思之中。尤其是那一晚,在迁安附近遇到陈支队时,在山上的破庙宿营,听陈群讲起延安的情景,更使他心潮激荡。那夜,节振国听了陈群介绍延安的情况后,高兴地说:"将来,咱把咱冀东的日本鬼子全打跑了,杀光了!让冀东、华北跟延安连成了一片,咱要去延安看看!去延安见见毛主席和朱总司令!……"节振国当时那种神采飞扬的样子,如今还新鲜得像昨天的事一样。可是,现在,关清风想:啊!延安!啊!毛主席!朱总司令!我,一个六十五岁的白发老矿工、共产党员，现在身陷敌手，怕再也见不到你们了……

他想得很多，脑子像风车一般转动。那些牺牲了的战友们，还有他心爱的亲骨肉，他的儿子关玉德，当然还有节振国、纪振生、林子华等等，一张张脸孔都在他脑际闪过。他想：是的，我们牺牲了不少同志，不少优秀的好志士！但是，万恶的日本帝国主义者也付出了大代价。中华民族不可侮，侵略者和他的走狗汉奸受到了应有的打击。战争总是要死人的。是敌人侵略我们，杀戮我们，才迫使我们拿起刀枪上阵的。能说我们以牙还牙以血还血抗日不对吗？……只可惜我身落敌手了。手上有铐，脚上拴镣，不能再拿起枪来，不能再跟节振国和其他同志们一起战斗了。不能再见到玉德了。想到这些，他不免难过。但他想：难过无用，我要跟张家发、田树森、梁凯他们死得一样壮烈，一样英勇！我已是白发苍苍的人了，只要死得值当，我死而无憾，活着的同志们会替我报仇的！他反复地想：我是一定会被鬼子杀死的！怎么能使自己的死，死得有价值一些呢？……

一连多天，没有再刑讯，也不给他治伤治病了。只是蓄着牙刷胡的佐佐木来牢房里看过他一次，脸上露出残忍的笑，两眼不怀好意，引诱而又威胁地说：“你供，我们欢迎！过去的一切不追究。可以给你治伤治病，给你重赏，放你回关家峭。你不供，过些天我们就在关帝庙举行阵亡官兵慰灵祭，杀你的头！”

关清风依然置之不理，佐佐木悻悻地哼唧着走了。从那以后，一切没有信息，也没有动静。伤口化脓了，脓血浸湿了衣襟。

年老的人，在这等待着死亡降临的时间里，竟会想起许许多多的往事。他想起在矿上当矿工下窑时受包工大柜欺压的一些事情，也想起在关家峭同家人团聚在一起时的那些值得忆念的岁月。但最最值得怀念的，还是从去年三月到现在这将近一年的峥嵘岁月了。真是闪光的、灿烂的一年啊！人的一生能轰轰烈烈慷慨激昂为一个崇高的理想而献身，即使再短促也是值得的。幸福的回忆，像飞瀑激溅。这样闪闪发光的日子，一天抵得上十年、二十年，甚至一辈子，那么，年岁已经六十五的关清风，又有什么可以遗憾的呢？他的脸上闪过一道霞光，仿佛又进入了那些幸福的时刻……

这些天，白发银鬓的关清风总是在炕上倚墙而坐，静静地思索着灿烂的过去，思索着共产党员的职责和生命的意义，思念着节振国、胡志发和其他战友们现在不知正在哪儿活动……他记起去冬的一件往事：那天，在杨柳庄，胡志发和节振国在聊天，他也在旁边坐着。节振国说："死不可怕！只要不被敌人一网打尽。咱一个人将来就能有一百个人、一千个人！"胡志发笑一笑说："我别的不担心，担心的是你太勇敢！现在打游击很艰苦，工人特务大队没有你跟有你不一样！我知道你不怕死，不过最好不死！少死一个人，就多一份抗日力量！"他现在回想起这段对话，觉得自己虽然离开了集体，但是仍在干着捍卫节振国、胡志发，捍卫工人特务大队，捍卫抗日游击队的工作，自己没有辜负一个共产党员的称号，他觉得欣慰。

他又忽然想起了赵各庄上胡志发住的那个胡同口那块石碑上的那首诗来了。那首诗他以前是花了很大的力气才背熟的："……燔火燃回春浩浩，洪炉照破夜沉沉。鼎彝原赖生成力，铁石犹存死后心。……"此时此地，他想起这些话，不知为什么，觉得坦然，觉得自豪。

屋外檐上，常常有出来觅食的麻雀叽叽喳喳地叫。冬天快过去了，春天快来了，虽然天仍是这么寒冷。从麻雀活跃的叫声中，关清风似乎觉察到春天快到了！他静静地静静地听着麻雀飞来飞去地叫，羡慕鸟雀的自由飞翔，沉浸在一种不可言表的平静而高超的感情之中。

他粗略算了一算，被俘已经二十几天了。在他所蔑视仇视的日寇手里度过这段日子当然是十分痛苦的。但他做好了准备来经受考验。每过一天，他明白，就离佐佐木所说的"慰灵祭"近一天。"慰灵祭"，他懂！是给打死了的日本鬼子开追悼会。好呀！杀我一个关清风能怎么的？你们举行"慰灵祭"正说明我们游击战的光辉胜利，说明有一批又一批的侵略军在中国的土地上被消灭……遗憾的是从早到晚，从这一天到那一天，关清风都没想出一个够本的死法来。这使他烦恼而且急躁了！

那是一个阴暗的上午，天昏昏，地暗暗，空气中带来一股股刺骨的寒气，云和雾混成一体。从牢房的天窗里望出去，阴暗的天色压在人的头顶上。关清风从一早醒来，就发现情况有些异样。牢房外的广场上，一阵阵的人声嘈杂。他想：可能就是今天了！?……他胸中怀着万丈怒潮，心中对党对同志们、对儿子的思念都又加深起来了。他的心仿佛在燃烧。一会儿，他看到外边下起了蒙蒙细雨，听到了轻轻的风声和微微的雨丝落地声，在心潮起伏的风和雨中，他手戴铐脚戴镣坐在炕上倚在墙上，他的白发银须把他那古铜色的脸面衬得格外肃穆，他的眼睛，闪着寒冽的光。

当四个野兽般的日本兵踩着牛皮靴进入牢房押解关清风去关帝庙时，他们见到这个中国老矿工无畏而坚强，坦然而从容。他的手脚没有自由了，可是他的眼睛仇视着日本侵略者，闪着使敌人看了战栗而难受的刀尖似的光芒。眼睛像两扇窗户，显示出这位中国老人的心里在想些什么……

关清风被敌人用刺刀押着走向关帝庙处决。阴沉而昏暗的天罩在他头上，密麻麻的晶莹的细雨丝洒落在他身上。幽幽的冷风吹拂着他的白发、银眉和雪似的胡须。白须在胸前飘拂，踩着脚下黄腻的泥土地，他艰难但是坚强地迈步。他那刚强的面容被白发、银眉和雪似的胡须遮掩着。白发、银眉和雪似的胡须如此醒目。他走着，浑身看上去，给人的感觉就像流动的白云，罩着一块波涛冲不倒的岩石。

关帝庙里，挂着日本人的太阳旗，那古老的大钟，发出轰然的响声，在蒙蒙细雨中飘荡……

许多老百姓被驱赶出来，站在街道两边，观看皇军的"武功"。日寇和汉奸的宣传说："抓到的是共产党八路军节振国工人特务大队要犯关清风。"上午，在关帝庙举行"崇德报功慰灵祭"。参加的有守备队长佐佐木，警备大队长关东平、李奎胡，县公署刘县知事，新民会丰润县指导部指导员古思三郎及日中各机关团体首领及士庶三百余人。在"慰灵祭"中，要将关清风斩首示众，开膛挖心，虔诚追悼最近为"追剿"游击队"壮烈战死"的全体日军官兵。

被逼着来看处死"要犯"的百姓们，在街旁鹄立着。关清风拖着艰难的脚步，铁链锵锵地走向关帝庙。这时，他听到关帝庙里，参加"慰灵祭"的日寇和汉奸们正在唱着《兴亚歌》：

> 卢沟变起，云汉昭阳，三秋展布，王道斯昌，幸福遍吾东亚，新秩序辉煌，乐我乐土，乐我乐土，煦煦皇风扇八方，提携合友邦，建起和平之宝塔，顺开亲善之康庄，堂堂迈进，迈进堂堂……

这支歌，在冀东早被日寇汉奸用强迫手段推广着在唱了。这些睁着眼说瞎话的杀人侵略者和汉奸走狗们唱得音调高三低四、阴阳怪气，使关清风忍不住"呸"的吐了一口唾沫。

钟声惊心动魄地轰响，一下，又一下……

关清风在风雨中挺胸看着街道两边乱七八糟站着的人群，心头热血阵阵翻滚。他明白这都是被驱赶来看他被杀头的。他从这些铁蹄践踏下的中国百姓们的眼神里，面容上，看到他们在想些什么！中华儿女不可侮！死一般的肃穆中，他看到了人们心头的怒火！

关清风不再遗憾自己没想出一个死要死得值当的办法来了！在凶残的敌人的魔爪中，他从戴上了手铐脚镣起，就明白已是永远失去直接搏斗、打击敌人的机会了！但是，现在，他还有嘴！自由的嘴啊！他还能战斗！

在风雨中，在敌人刺刀前，挺着胸，昂着他那颗不屈的头，拖着铁镣步行走向关帝庙的关清风，白眉下射出两道大火燃烧似的目光，威严逼人，白发飘扬，银须颤动，他衣染血迹，突然停住脚步，太阳穴那儿突起青筋，高喊起来："老乡们！你们见过共产党吗？我就是共产党！我就是八路军游击队！我就是节振国的部下！我抗日！我们都抗日！我们不愿当亡国奴！打倒日本帝国主义！打倒汉奸走狗！……"

他的洪亮的声音盖没了钟声！

两边看"要犯"的老百姓队伍叽叽喳喳地骚动起来了。人们的心在颤抖，人们紧紧抿住嘴唇，脸上的肌肉不住地抽动。啊！共产党就是这样的！这个白发的八路军游击队员，虽然马上就要被杀害了，但从他的面容和气度上可以看出：他的心里永驻着一个明媚的春天，他的脸上表露的是火红的肝胆！有人在心里边流泪，有人的泪已经禁不住垂下脸颊了！慌了神的日本兵，用枪托狠打关清风。关清风仍在昂首高叫："不愿做亡国奴的中国人，快起来跟着共产党抗日！……"

一个日本兵凶恶野蛮地用刺刀去捅捣关清风的嘴。细雨仍在洒落。关清风满嘴血污，染红了白须，但他仍在高喊："爱国同胞团结起来抗战到底！……共产党万岁！……"

戴镣长街行。蔑视死亡的老矿工心里欣慰：死！有什么？他是战斗到最后一口气了！这样死，值当！

第三十六章　威震冀东

节振国是在关清风牺牲后的第二天晚上，在遥黛庄确切知道了关师傅英勇牺牲的情景的。

噩耗传来时，屋里正有一些乡亲在看望节振国。纪振生来把消息一说，大家心里都像刀扎。看到节振国眼圈红了，大家也心酸地离开了。有人想劝劝他，但心里明白：劝是不必的。他这样的人，不需要人去劝慰。因为他比大家看得远想得深：不该难过的事他绝不会流泪；他要落泪，你劝也劝不住。

一会儿，人们见到他在吴岚老头儿家门口，帮老头儿用斧子劈开一个老树根当柴烧。"噼！啪！噼！啪！"木屑乱飞，斧子下去，惊天动地。劈得出汗了，他把棉袄也脱了，往手掌心狠狠吐了一口唾沫，只穿一件单衣又干。

后来，老树根劈完了，他披上棉袄，又一个人独自绕到庄头的高坡上去了。

天气寒冷，他站在杨柳庄庄头的高坡上，张着火热的眼睛，向漆黑的丰润县城的方向默默无声地眺望，寄托哀思。手脚冻麻木了，寒气透过了破旧的棉衣裤，他仍不进屋。他心痛欲裂，胸中的潮水化成两眶热泪。黑暗中，老人的形象出现在眼前：古铜色的脸膛，白发银须。关师傅人虽然死了，形象却更清晰、更高大，活生生印在节振国心中。节振国长久地站在那儿，放声痛哭师傅，哭了又哭，泪水滔滔，恨也滔滔……

他心里像灌了醋、坠着铅，酸痛、沉重。但他理解战士应当视死如归，对战友和同志的牺牲也必须经受得住。关师傅的死，使他忽然想起了在赵各庄第一次同周文彬见面分手时，周文彬谈起那首《咏煤炭》的诗时说过的那段话来了。那夜，老周说："……现在我们不正是在寒冬黑夜里吗？要让春天来到，要让火光照红夜空，这意境多好啊！为了咱中华民族不再受帝国主义蹂躏，为了使咱们的穷兄弟都饱暖，我们就应当像煤炭一样，'不辞辛苦出山林'，燃烧自己，放射出光和热，使人们温暖、光明！……"他默默地想：关师傅，以及先前牺牲了的张家发、田树森、梁凯等那些战友们，一个个都像煤炭燃烧自己放射出了光和热。他们没有白活，他们为了抗日死得有意义。他们将永远活在人们的心里。

以后，一连好几天，他都变得沉默了，见到胡志发、纪振生也不多说话。他又亲自到刘庄子去了一次，目的是看望关玉德。关玉德经过林子华的诊治和看护，伤口已经好转。节振国去到那里，见到了林先生和玉德，说了关师傅牺牲的事儿，三个人一同流涕，时而唏嘘，时而激奋。悼念、感慨和对敌人的仇恨，像长流水似的谈不完。不平凡的岁月啊！像倒海翻江的春潮在心坎上泛滥。住了一天，节振国和林先生将关玉德也接到了遥黛庄来。但节振国的心情一直不好。这情况直到三月中他见到了周文彬，才得到了转变，他又是那样斗志昂扬、意气风发，脸上常挂笑容了。

陈支队是在丰润、滦县、迁安地区坚持游击战，开辟多块、小块游击区的光荣的尖兵，担负着破坏敌人交通线、消灭打击小股日军、恢复联系、锄奸、发动民众抗日、建立抗日基点村等任务，目的是先使敌占区变成游击区，再争取变游击区为根据地。自从和节振国工人特务大队分手以后，节振国工人特务大队重点活动在丰润和东三矿一带，陈支队活动在东至滦河，西至左家坞、王官营，北至遵化东部的茅山这个范围内，战斗很有成绩。现在，节振国工人特务大队有了七十多人。周文彬突然分兵带了一支二十多人的小部队来到丰润支援节振国工人特务大队。

节振国兴奋地重遇周文彬，是在腰带山的遥黛庄上。三月中的一天夜晚，周文彬的通讯员小巩化装成一个小贩来接头找关系，见到了胡志发。胡志发马上通知节振国和纪振生到庄外去接老周。老周始终还是穿的便衣。胡志发和节振国将周文彬带来的战士安排好食宿后，同周文彬详细谈了起来。周文彬一口一口地狠吸着烟，说："我这次带了一部分队伍来，是要支援工人特务大队消灭铁杆汉奸李奎胡。不消灭铁杆汉奸，不能震动敌人，不利于我们开辟根据地！不利于我们度过低潮期！"他的声音充满了决心，继续说，"李奎胡和关东平之间为争权夺利有矛盾，可以预料：打关，李不救；打李，关不救。现在，土匪头子李奎胡受到重用，扩大了地盘，但分散了兵力，下手搞他是个非常好的机会。他又骄横，必然疏于防范，我们完全可以动一动脑筋，从打他着手，消灭他！"

节振国脑里一闪，想起消灭新城子碉堡的日军后，佐佐木枪毙李奎胡手下八个伪军小头目的事来了。现在，李奎胡因为偷袭金针峪有功得到了佐佐木重用，让他扩大地盘，驻在天宫寺附近蓝各庄的一个警备中队最近也划归他统率。蓝各庄的警备中队长顾子寿，过去是伪警务分局局长，节振国同他打过交道。胡志发利用这点关系，让顾子寿供给过弹药，也安排了内线。看来，要消灭李奎胡，这个内线现在倒是有用了！节振国把情况讲给周文彬听了，说："要掏李奎胡，没有内线可不成！我们一定想法赶快在李奎胡肚里安下一颗钉子！"

周文彬赞许地笑了，说："对！应当这么做！我们好好合计合计！……"

李奎胡驻扎警备队的天宫寺，是辽代所建。辽是契丹族在我国北方和东北地区建立的一个封建国家，共有二百○九年的历史，其中有一个多世纪是和北宋相对峙的。五代十国时期，有个臭名昭著的汉奸卖国贼石敬瑭，本是唐朝的河东节度使，为了勾结契丹灭唐，心甘情愿当"儿皇帝"，割让北部十六州给契丹。冀东丰润一带都成了辽的天下，到明朝才将这大片地域统一。石敬瑭可算是汉奸的老祖宗了，天宫寺也是辽时留下的一个证明这段历史的名胜古迹。

天宫寺规模雄伟，青松翠柏掩映着红墙绿瓦，风景优美。寺院建筑古色古香，前后有三座大殿，可是李奎胡率一个中队警备队占驻在这儿以后，将天宫寺糟蹋得一塌糊涂。钟磬声、木鱼声没有了；檀香味，散尽了。李奎胡将和尚都赶到后边一排低矮的小屋里住着，不让他们上前边来。庙殿有些地方倒塌，梁上全是蜘蛛网和麻雀粪便。有不少古树给砍伐来烧火了。寺院里，丛林里，到处是人粪人尿，到处是烟熏火燎的痕迹。李奎胡跟着鬼子去"讨伐"抢掠回来的猪羊也被圈养在天宫寺后院里，有时还带来了被他们抓捕来的老百姓，在寺院西廊下吊在梁头上拷打……夜晚时分，附近常听到寺里传出惨叫声，传得很远很远；也常听到李奎胡带着人喝酒、划拳、行令或者推牌九、打麻将的声音。天宫寺的村民和周围的一些村庄里的老百姓，给李奎胡糟害苦了。李奎胡汉奸警备队那些丘八常从天宫寺出来，到附近村民家或者小酒铺里骚扰，满嘴下三烂，要吃要喝，白吃白喝，有时还捉鸡打狗，随意打人骂人，调戏妇女。周围村里的百姓，对李奎胡早都恨透了！

节振国同周文彬、胡志发以及工人特务大队的干部们商定要在李奎胡的汉奸警备队里找内线，计划确定后，胡志发先到天宫寺附近的蓝各庄找关系。蓝各庄有个蓝文玉，种地兼带做点小本生意，熬麦芽糖挑个糖担子游村走庄，是老胡发展的保国队员，新近又吸收他入了党。蓝各庄的人在李奎胡手下当警备队员的人不少。蓝文玉也有亲友在李奎胡手下当伪军。这天一早，胡志发在蓝各庄找到了蓝文玉，要他了解李奎胡布防的情况。要蓝文玉在李奎胡的手下找几个不甘心当铁杆汉奸的伪军拉上关系。

蓝各庄的伪警备中队长顾子寿自从那次跟节振国打交道后，警务分局改编成了警备中队，他当了中队长，隶属李奎胡统率。他很怕节振国工人特务大队再光临，节振国也确实没来再给他找过麻烦。只有一天，蓝文玉忽然独自在晚上去找到顾子寿，说："中队长，今天下午我挑着糖挑子卖糖，出庄不到二里地，碰到一个人，让我捎个信给你，说要向你借二百发子弹用用。我见这人中等个儿，长得十分壮实英武，方圆脸盘，大手大脚，两眼挺精神，我说：'您贵姓?'他说：'我是节振国！明天这时候，你找顾中队长拿了子弹放在糖挑子里挑来。你要是办不成或是漏了风声，那你和顾子寿等着瞧吧！'我不敢不来如实报告！"

顾子寿听了愁眉不展，忙叫蓝文玉："今晚你先回去吧！这事儿可得保密，乱说可对你不利。"谁知，第二天一早，顾子寿却亲自将二百发子弹包扎好悄悄送到蓝文玉家，惶恐地说："老蓝！你下午快给送去吧！节振国可不是好惹的。咱不能得罪他！可是这事，你知我知，泄漏了，私通八路，你我两个脑袋不够砍的！"

经过这次试探，节振国让蓝文玉带口信给顾子寿，说："节振国不来蓝各庄打扰，希望你对游击队的事儿也马马虎虎。"顾子寿求之不得，当然照办。相安无事，不知不觉间，蓝文玉竟成了游击队同顾子寿之间的秘密联络人了。蓝各庄上的伪警备队都知道他是中队长的亲信，谁也不怀疑他。顾子寿为了掩护，干脆介绍蓝文玉做了鬼子侦缉队驻蓝各庄的联络员，蓝文玉活动就更方便了。他成了游击队的眼睛和耳朵，鬼子就变成瞎子和聋子了。蓝各庄由于有顾子寿在，从没出过事。顾子寿反而得过鬼子和李奎胡的夸奖，夸他防守有功，游击队不敢去，谁知却正相反。

蓝文玉，二十七岁，精明强干，胆大心细，不怕担风险，是个有爱国心的青年。胡志发发展他入党后，他更肯干。叫他干什么他没有不出力的。听胡志发说要在李奎胡身上下手做文章，他心里乐开了花，劲头可大了，说："我有个表哥在李奎胡手下一中队二分队当小队副，名叫严昌龄。当初原是被李奎胡抓去强迫干了伪军的。此人可用！一是他的小舅子原在三中队一分队当班长，给佐佐木无缘无故在新城子碉堡集体残杀了，他心里有气有仇恨；二是他同李奎胡的手枪卫队长李虎有积怨，李虎狐假虎威欺过他，在李奎胡面前拨弄过口舌要李奎胡拿掉他的小队副，李奎胡喝醉酒踢过他一脚。这人是个有心眼儿的人，要能同他接上线，把他拉过来，拉他一个就等于拉了一伙，准能有用！"

胡志发慢悠悠地思索着说："行！你看用什么办法能把他拉过来接上线？"

蓝文玉想了想，聪明机灵地说："我找他来我家，你跟他见面打开天窗说亮话行不行？"

胡志发想了想，说："这样吧，你找他就说约他到你家喝酒。在来蓝各庄的路上，我们把他跟你一起逮了，再同他谈。你在边上打打边鼓，我们之间关系不暴露，这样谈效果较好。你看行不行？"

蓝文玉笑了，说："这方法高！我今晚就约他来喝酒怎么样？"

胡志发点头，说："行！你见到他时，夸大报告八路军游击队的兵力，就说在饮马屯一带你亲眼看到的。爱怎么吹你就怎么吹，只要他听了动心，只要不传到李奎胡耳里不连累到你就行！"

两人接过头又细细商量了一番以后，胡志发就告别走了。

傍晚，蓝文玉去到天宫寺找他表哥严昌龄，一见面格外亲热地说："表哥，多日不见了。你弟媳杀了只肥鸡，我特来邀你去家里叙叙。"

严昌龄见蓝文玉态度亲热，找分队长请了个假跟着蓝文玉就走。两人边谈边走，蓝文玉说："表哥！有件事我知道了不能不对你说。可是对你说了你心里有数，可不要告诉别人，免得连累我。"

严昌龄说："什么事呀？你只说无妨。"

蓝文玉说："前天，我到饮马屯一带去，碰上八路军了！"

严昌龄吓了一跳，睖睁着眼睛说："真的？后来怎么样了？"

蓝文玉斜起眼睛望着严昌龄神秘地说："人数可多啦！尽是穿灰军装厚底子鞋的，三条腿支着的枪不少，说是从平西过来的。我在想，日本人跟你们的'讨伐'屁用也没有。最近准要打大仗，你干的这一行跟我不同，可得小心些，替日本人和李奎胡送命，值当吗？"

严昌龄只觉得血冲上太阳穴，心在撒野地跳，沉吟起来。

蓝文玉声音激动地说："他们还发传单呢！我背给你听：'伪军弟兄们！何不反正杀敌人？你们别在梦中睡沉沉，日本鬼子是仇人……'"

严昌龄听得心烦，溜湫着眼儿朝四下里望，说："别说了！别说了！给人听见可了不得！……"他心里忐忑，脸上阴了天，脚步也蹒跚了。

两人走近蓝各庄庄头附近，天色暗下来了，迎面来了两个人，同蓝文玉和严昌龄擦身而过。刚到身后，忽然其中一个中等个儿身强体壮、方圆脸盘的人突然掏出驳壳枪，对着严昌龄说："举手！"另一个瘦瘦高高庄稼汉似的中年人也举枪逼住了蓝文玉。严昌龄正待拔出手枪来，被那身强体壮的人一把将枪夺去。严昌龄飞腿要跑，只见那身强力壮的人一把扭住他的手脖子，说："我自己介绍一下吧！我们认识认识，我是节振国！"

严昌龄一听是节振国，吓得脸色突变，腿也软了，赶快点头哈腰地说："不知是节大队长！请大队长高抬贵手，高抬贵手，饶小的这一次！"

节振国把枪递还严昌龄，说："还你！收起来吧！"自己也将枪收来了，说，"我的子弹是给鬼子和铁杆汉奸准备的，不能用来杀你们！只是有件事要跟你们商量商量。你们是去哪里有事？"

蓝文玉答："上我家里喝酒！"

节振国说："行！我们也去！酒倒不喝，去谈谈吧，不过，还是带你们去饮马屯看看我们的兵力吧！……"

蓝文玉接茬插嘴说："我见过了，八路军和游击队人数真多！"

胡志发说："既然见过了，那就行。不去饮马屯就去你家谈谈吧！"

蓝文玉说："行！上我家保险，我家来客不报告也没人过问。"

严昌龄的心悬着，也忙说："行！"他给节振国吓蒙了。

节振国对蓝文玉说："带路，上你家！我知道你是给鬼子侦缉队当联络员的。你家保险！"

蓝文玉在前头走，节振国和胡志发夹着严昌龄一同去到蓝各庄。严昌龄的一颗心都提到嗓子眼儿上了。四个人一起到了蓝文玉家。蓝文玉的女人也是个能干的人，把客人让进屋里坐，点上小铁灯，端上一壶酒，放下酒杯筷子，将一只肥鸡撕成一盘端上来，又端上一盘麦芽糖来，自己却端了个针线簸箩进里屋缝穷去了。

小铁灯，暗幽幽的。严昌龄在灯光下不断用眼偷看节振国和胡志发。节振国见他心惊胆战，两眼一动不动地注视着他，不慌不忙地说："一回生，二回熟。过去不认识，今后认识了，那就不一样了。"接着，和蔼地教育起严昌龄和蓝文玉来，说，"鬼子目前虽然占着冀东，还在南进，但不得人心，是兔子尾巴长不了的，八路军游击队今后在冀东要大干起来。眼下八路军一二〇师主力已组织平西挺进军要开展平北①、冀东的游击战。李奎胡认贼作父，已经恶贯满盈，节振国工人特务大队决定要消灭他。当汉奸遗臭万年，你们要认清大局，为自己找条正道走。"

严昌龄听了，愁眉苦脸，手指头吓得哆嗦着，掏烟递给节振国、胡志发抽。节振国、胡志发都说不会。他独自点火抽烟，闷闷不语。

---

① 平北地区位于北平、承德、张家口三大、中城市中间，在北平以北，平（北平）古（古北口）路以西，平（北平）绥（绥远）路以北，包括当时热河省的滦平、丰宁，河北省的密云、怀柔、顺义、昌平，察哈尔省的延庆、怀来、赤城、龙关、崇礼、宣化、沽源、康保、张北等县。

蓝文玉打边鼓说:"前天我去饮马屯一带,见到的八路军真多,是新调来的吧?日本人还蒙在鼓里呢!我是不愿遗臭万年啦!这以后,你们要我上山,我上山;要我下水,我下水……"

严昌龄低着头,嗓音干涩,吭吭哧哧地说:"大队长,你说的话我明白。连日本鬼子佐佐木自己也说:'平时看不到八路军,但皇军到哪里,哪里就会出现八路军!'我们当警备队的弟兄们也常在背后议论,一是怕跟着李奎胡当汉奸将来不知哪天吃卫生丸;二是怕跟随鬼子干下去,将来乡亲和老百姓都不会饶我们。"

胡志发用从容而沙哑的声音说:"中国人当汉奸,他祖宗泉下有知也要痛哭。我看你们也不是糊涂油蒙了心的人,趁早回心转意,想法将功补过,不但群众谅解,而且荣光遍体。"严昌龄低着头似在斟酌。胡志发又说,"怎么样?老严!你是小队副,混得倒是不错!"

严昌龄叹一口气,揉揉发涩的眼皮,抬起脸来吸吸溜溜地说:"什么混得不错!我的事,我表弟他知道得最清楚。我是被李奎胡抓去当的警备队。唉!——"说到这里,他的情绪激动起来了,"汉奸不是人干的!那天在新城子碉堡前,佐佐木一句话,就杀了咱八个弟兄!我那小舅子也送了命。伤心哪!再说,李奎胡相信的是当年跟他干土匪的那伙人,对咱这些被他抓来当伪军的从不贴心。他的手枪队长李虎,他妈的是个吞了秤砣的王八——铁心汉奸!他老是欺压我、排挤我!他在李奎胡面前吃得开,他能用脚踩我脑袋,我可没法还他一巴掌!我是凑合着在混,说实话,节大队长的名字我早久仰了!你们要是不嫌弃我,有用得着兄弟我的地方,我严昌龄要不出力,我不是人养的!"

蓝文玉见气氛转了,拿起酒壶给四人斟酒。胡志发听严昌龄说得真诚,举起杯来说:"来来来,先喝一杯,你们能'身在曹营心在汉',我们欢迎!"

节振国举起杯来,对着严昌龄说:"大丈夫一言既出,驷马难追!

对你，我们当然相信，你看，你能怎么办？"

严昌龄想了想，举起酒杯说："我回去就拉上一伙人，咱带了枪反正投过来！"

节振国举杯说："干杯！你这心意好！"四人一同干了一杯酒，用筷子夹鸡肉吃。节振国放下筷子接着又说，"可是，这方法还不行！——"

严昌龄眨巴着眼瞅着节振国那两只特别明亮的眼睛，两道格外浓重的眉毛，两片透露着坚韧气质的厚嘴唇，脸上的表情似是问："怎么呢？"

节振国说："打蛇要打七寸，擒贼要擒王。你这么一来，解决不了大问题。我们是要干掉李奎胡！"

严昌龄沉重地摇头说："要依我的心，我回去开枪打死了他马上投过来最好。可是他有手枪队警卫，下手困难！"

胡志发开导他说："不要紧！咱们瘸子担水——一步一步来！重要的是你先要把自己的弟兄们联合起来，抱成一团，找个机会跟咱们里应外合，成了大事，然后再投八路，这样既安全，又能立大功！"

蓝文玉又打边鼓说："表哥，咱都是中国人，谁没个爱国的血性子。汉奸这差使干了臭八辈子，这会儿跟节大队长联络上了，我就给你们在中间通信联络。咱这天宫寺周围的庄子上，也给李奎胡糟蹋苦了。谁不想吃他的肉，睡他的皮。宰了他，鬼子也就少了一条大狗腿。我看应该这么干！"

严昌龄"乓"的一拍胸膛，用干涩的嗓音说："说实话，我严昌龄在警备队里人缘是好的，我拜把子弟兄也多，上次新城子碉堡佐佐木杀了八个弟兄后，大家心里都有仇气，也都不再想当汉奸兵了！李奎胡如今受鬼子重用，他是靠踩着咱当兵的尸骨戴豆腐牌子挎军刀的。要杀他，除了李虎和手枪队那些李奎胡的土匪亲信外，谁都不会出死命保他。我回去一定多联合人，听着你们指挥。找机会就脱下这身贼皮！抗日！"

节振国叮嘱说:"站在河边,可要防水湿鞋。要沉住气,不露马脚。联合的人一定要可靠,要有爱国心的,不要被人出卖了!"

严昌龄拍胸膛说:"我严昌龄有这个心眼儿,不能拿这件大事和我的性命开玩笑。你们把心放在肚里。"

胡志发说:"天宫寺布防的情况和李奎胡的情况你是不是谈给我们听听?"

严昌龄用手指蘸着杯里的酒在桌上画着说:"天宫寺四边都布岗哨,夜里打更,围着铁丝网,留着两个出口。出口处都建立了岗楼,口令天天有变化。李奎胡的警备队如今扩充到六百多人,可是在天宫寺的仅有第一中队一百多人。另外的几个中队全由李奎胡的亲信带着分驻在榛子镇、县北观鸦寺等地。李奎胡爱喝酒爱赌钱,住在天宫寺大殿后边那排禅房里。天天晚上,喝了酒就找人陪着打麻将,常常打通宵。保卫他的手枪队本有三十人,打金针峪那天死伤了十个,还没补充,由李虎率领就住在大殿后厢,离李奎胡的禅房很近,李奎胡住的禅房附近由手枪队警戒,不让闲人走近。"

节振国点头,两只机智的眼睛闪闪发光,说:"咱这是第一次见面。你回去后,照刚才咱协议的办,做好联络弟兄们的工作,时机一到,就大干一场。从今以后,你要把你们天宫寺李奎胡警备队的活动情况每天发一个情报,通过你表弟交给我们。你们看行不行?"他说完,用炯炯的眼光看着严昌龄和蓝文玉。

严昌龄一口答应说行。蓝文玉也点头说行。节振国看看胡志发,似是问:"咱离开吧?"胡志发点点头。节振国拍拍严昌龄和蓝文玉的肩膀说:"老严、老蓝,从今天起,就做个顶天立地的中国人吧!我们相信你们!"

他和胡志发不要严昌龄和蓝文玉送,走出屋去,经过一棵老槐树下,在黑暗的夜色中,身影就和树影融在一起隐没了。

这里,蓝文玉又陪严昌龄坐下来,说:"表哥,喝酒喝酒,真吓了我一场，到现在心还扑通扑通跳呢！"

严昌龄吁了一口气，用筷夹鸡翅膀啃，说："可不！我起初以为今天十殿阎王请我去报到了，没想见到了节振国看到的竟是笑脸！"

蓝文玉故意说："唉！只是这事儿答应是答应了人家，也是玩命的事儿，太危险！我可有点为你担心！"

严昌龄摇头喝酒说："表弟，我是掏真心给你！我这回是下定决心了，说什么也不再做汉奸了。就是死吧，也有脸见祖宗，不再落个千秋万代的骂名。你不必为我担心，我会好好干的，暴露不了！"

蓝文玉夹鸡给严昌龄放在面前，又说："我看不干也罢。以后你就小心躲着些，只要不碰上节振国就行，他也不能拿你怎么！"说着，给严昌龄斟酒。

严昌龄思索着摇头说："不！表弟，你不能这么劝我，我干这汉奸警备队早觉着窝囊了。今天有这弃暗投明的机会我得干哪！再说，我也得报仇！——"说着，他端起酒杯一饮而尽，说，"表弟，咱一块儿干，完成这件大事，也扬眉吐气。"

蓝文玉是一早跟胡志发分手前，同胡志发商定的，说这些话目的是试探试探严昌龄的决心，考验考验他。现在见严昌龄确是下了决心，心里也高兴，马上说："表哥，你说得对！不当亡国奴，起来反正，这是走正道。我们既答应了人家，就得当件事办。以后，我挑糖挑子来，你把打听到的情报随时告诉我。我一定及时送到节振国他们手里。时机一到，咱就天翻地覆干它一场！"

两人举杯喝酒吃鸡，谈了不少知心的私房话，严昌龄辞别后，就匆匆回天宫寺去了。

这以后，严昌龄按照节振国和胡志发的嘱咐，每天都发一个情报，由蓝文玉转给工人特务大队。有时候，报告李奎胡什么时候配合佐佐木出发"讨伐"，有时候，报告李奎胡警备队活动情况。节振国经过考察、对证，都很准确，确信严昌龄是靠得住了。这天，蓝文玉送来严昌龄的情报，说佐佐木要李奎胡积极准备，将在最近对腰带山发动一次大扫荡，催促节振国快采取行动。节振国同周文彬、胡志发反复审慎研究，决定掌握主动权采取行动，要把大破天宫寺、消灭李奎胡放在敌人大扫荡之前，打乱敌人大扫荡的步骤。

夜里，节振国带了纪振生，两人一同到了蓝各庄蓝文玉家。严昌龄已按照预先约定的时间在那里等候了。节振国一进去，严昌龄就迎上来。他嗓音干涩地说："大队长，什么时候下手？再不下手就迟了！我已经联合了十八个弟兄，都跟我一条心。有的是上次鬼子杀了的一分队八个弟兄的亲友，有的是李奎胡抓来当兵受过李奎胡打骂的弟兄，有的是我们拜把子哥儿们，有的是家里被鬼子糟蹋过或亲友被鬼子汉奸杀害过的。只要是我们这些弟兄在岗楼上站岗，就能放你们进来掏李奎胡。掏了李奎胡，咱就跟你们打游击去，说什么也不干这汉奸警备队了！"

节振国点头，和蔼但是严肃地说："我们决定掏李奎胡。今夜我来，是跟你约定时间、暗号和步骤的，时间放在后天夜里三更时分。听梆子打三更行动，你看行不行？"

严昌龄点头说："巧了！后天恰好是我们分队值班站岗！"

节振国稳稳地说："那这就定下了。后天夜里，没有月亮，天黑，好行事！"

严昌龄干脆地说："行！"

节振国又说："梆子敲三更，我带部队来，联络暗号是你放块门板在岗楼下，我扔石头打门板！你大声咳嗽吐痰。这时你就开门放我们进去。你看行不行？"

严昌龄点头说："行！听到门板响，我大声咳嗽吐痰！"

节振国接着说："步骤是：在我们来到之前，你们先将电话线切断，再将李虎骗到岗楼那儿捆起来。要活的，不要死的。我们要用着他带我们去见李奎胡！"

严昌龄一扬眉笑了，说："妙！你算救了这小子的命了！要不，依我说，在你们来之前，我就亲手宰了他！这下，得留活口，用过再交给我报仇出气吧！这家伙亲手杀的人数不清。在丰润关帝庙鬼子举行'慰灵祭'那天，杀了个白胡子的老汉姓关的游击队员，是他跟日本鬼子一起动的刀！"

节振国一听，血往脸上冲，眼都红了，说："先留他的活口，让他陪李奎胡去见阎王！"又说，"我打听到，说李奎胡还喂了条日本狼狗，你要想法给它点毒药吃，到时候免得麻烦！"

严昌龄点头说："这我倒疏忽了！你真细致，连这都想到了。这事不难，我办！"

又细细谈了一通，决定严昌龄和他的十八个弟兄那夜都一律用白毛巾扎在右臂上做记号，免得误会。节振国千叮万嘱要严昌龄仔细小心，才同纪振生趁夜色浓黑，回到遥黛庄，向周文彬汇报情况，并同胡志发以及纪振生等一起研究进攻步骤。周文彬马上派通讯员小巩带了他的亲笔信去迁安找陈支队报告情况。同时，却让节振国在第二天晚上派遣张惠带几个工人特务大队的战士连续去袭击沙流河鬼子据点，声东击西，迷惑敌人。

一转眼，到了行动的日子。胡志发不参加战斗，留在遥黛庄。同人民有鱼水关系的节振国工人特务大队从老百姓中间化零为整出现了，一共七十多人，加上周文彬带来的陈支队战士二十多人，恰是一百出头一点。敲二更时，一起在蓝各庄附近集合。周文彬笑着对节振国说："我们的人数跟梁山泊好汉相仿，比李奎胡人数少不了多少。可是我们是抗日队伍，他是汉奸队伍，士气不同；二是我们有里应外合，出奇兵，出敌不意，必能致敌死命。只要我们采取秘密神速的行动，出其不意地掏到李奎胡，就能很快地瓦解警备队，解决战斗。"

周文彬布置了行动计划后，和节振国、纪振生、关玉德、林子华一起带领战士们，直奔天宫寺。节振国和关玉德带二十个战士作为先头部队，都带短枪和手榴弹，又带斧子或匕首来到天宫寺前南岗楼约莫二百多码的地方停下。周文彬、纪振生、林子华等带队伍离节振国他们大约二百多码也停下等待。

天，漆黑漆黑，伸手不见五指，忽听天宫寺里竹梆子敲打三更的声音清脆传来，约定的时间到了。节振国让关玉德带二十名战士等着，自己只身揣了几块石头蛋儿走近岗楼，到了岗楼附近，果然看见严昌龄早将一块大门板朝外靠在岗楼上。节振国撇了一个石头蛋儿，马上趴下，"啪"的一声正好打在门板上，果然，听见一个人大声咳嗽，"呸"的吐了一口痰，又"呸"的吐了一口痰。

节振国是个机灵人，一听咳嗽吐痰声，虽和约定的暗号相符，但声音清脆，跟严昌龄那干涩的嗓音完全不同。是怎么回事呢？节振国发现咳嗽吐痰声后，岗楼上就下来人了，并且在挪动铁丝蒺藜网架着的门了。

节振国心里一急一热，为什么不是严昌龄本人呢？难道他出卖了我们？难道他出了事被人出卖给李奎胡了？难道现在设下陷阱引我们进去好一下包围消灭我们？……

问题必须立刻回答。约定的时间到了！要么进攻，要么快撤走！但进攻的决心难下，撤走的决心也难下。周文彬、胡志发他们又不在身边。面临这种进退两难的局面，节振国心里像十五个吊桶七上八下。他见岗楼上下来的两个黑影正在挪动铁丝蒺藜网，左臂都缠着白毛巾，其中的一个又咳了几声，吐了两口痰。

风，吹着参天的古松和银杏枝条，发出"刷刷"的响声。节振国脸上像雷雨前的天空一样阴沉，皱眉琢磨：说严昌龄出卖，那不像；说他出了事也不像。如果敌人知道了什么，现在就该有行动来包围了！看来——是严昌龄自己忙着收拾李虎的事，让别人代替他联系，所以换了人了。这么一想，节振国决定大胆试一试，他掏出双枪，在黑暗中像箭似的冲上前去，挨到岗楼下，问："谁？严昌龄呢？"

只听一个臂上缠着白毛巾的黑影低声低语地说："小声些！严昌龄让我在这儿等您呢！"另一个伪军说："您是节大队长？门已经开了，快来吧！就您一个人？"

　　节振国用枪指着那两个伪军，说："严昌龄呢？"

　　两个伪军"啊啊"连声，说："他看守着李虎哪！腾不开身！"

　　节振国心里踏实了，把枪放下，说："快找老严来！"

　　一个黑影马上"通通通"地上去叫严昌龄。严昌龄一会儿气喘吁吁从岗楼上跑下来了，见节振国只一个人，问："大队长，怎么就您一个人？李虎和他手枪队的三个亲信，全给我们捆在岗楼上了！狼狗的事也办了！您说，怎么办？"

　　节振国舒了一口气，说："嗨！我的老严！你真不怕坏了事儿！这联络的大事，你不出面，让人代替，怎么行？我以为你出事啦！"

　　严昌龄说："我不放心李虎呀！这坏蛋死了也会咬人！我怕别人看不住他。你说，现在怎么办？"

　　节振国问："电话线掐断啦？"

　　严昌龄说："断啦！"

　　节振国摸出火柴："哧"的擦了一根火柴，只见黑暗中关玉德带那二十个战士一阵风似的来到面前。节振国对严昌龄说："咱这二十个是掏李奎胡的。大队人马全在后边。走！你带我去见李虎！"

　　节振国留下关玉德带了二十个战士在岗楼下藏身，自己跟严昌龄飞步上了岗楼。岗楼上点了煤油灯，几个伪军全是严昌龄拜把子的弟兄，正看守着四个绑得结结实实的便衣。节振国坐下，叫严昌龄给李虎松绑。节振国一看，李虎有四十岁，身材不高，是个虎头虎脑黑脸皮的汉子，左颊上有个大刀疤，两只凶恶的豹子眼朝节振国看着。

　　节振国目光炯炯地说："李虎，不认识吧？我是节振国！"

　　那李虎本来已经吓软了，刚才严昌龄绑他时，狠狠揍了他一顿。这会儿，见坐在对面的这个满脸汗气腾腾的人就是节振国，心里一寒，两腿一酸，"扑通"跪下了，说："节大队长饶命！……"

节振国火气包天地说："八路军两千人从平西开来啦！你干的坏事堆起来比腰带山还高，可是比起李奎胡来，李奎胡罪恶更大。今天我们来收拾李奎胡，你是愿意立功赎罪呢，还是愿意马上去西天？"

李虎连忙叩头："节大队长开恩，李虎愿尽犬马之劳！"

节振国问："李奎胡今夜在干什么？"

李虎答："在喝酒，喝了酒要打牌！"

"同谁在一起？"

"有警备副大队长，有县商会会长，还有县署事务股主任。"

节振国说："起来！"又对严昌龄说："把他那支盒子枪给我！"

严昌龄把李虎的盒子枪递给节振国。节振国将枪上的撞针"啪"的弄去了，将枪交给李虎说："挎上吧！你带着我们去掏李奎胡。要是三心二意，我叫你脑袋搬家，子弹穿膛！你明白不？"

李虎打躬作揖，说："我带路！我带路！"

节振国说："有人盘问，一律由你答话，能行不？"

李虎两只豹子眼直勾勾地瞅着节振国点头："能行！出不了事！"

节振国又问："今夜口令是什么？"

李虎答："李奎胡在喝酒，今夜的口令是'高粱'！"

节振国对严昌龄说："老严，咱们跟他走！等咱走后隔五分钟，派个弟兄在岗楼上点把火，迎接大队开进来。"又扭回头对李虎说："李虎，要死要活，全看你自己了。你死了，咱一样大破天宫寺消灭李奎胡。你要活命，就别捣蛋捣鬼！"

李虎挎着少了撞针的盒子枪弹着豹子眼连连点头，说："不敢！不敢！"

留下了看守捆着的几个手枪队队员的人和打信号的人，节振国让李虎在头里走，自己和严昌龄紧紧跟着，下了岗楼，招呼关玉德带了二十个特务大队的便衣战士和其他几名严昌龄的拜把子兄弟一起往天宫寺大殿那里走。

走不多远，就有放哨的喝问："口令！"

李虎回答："高粱！"

哨兵问："怎这么多人？"

李虎骂道："瞎了你的狗眼，不看看老子是谁？"

哨兵见是李虎，不敢吱声。李虎带着节振国、关玉德、严昌龄等二十几个人继续往前走。

夜深人静，走近大殿，过来六个警备队的兵。节振国跟着李虎迎上前去，见六个人左臂都缠着白毛巾。严昌龄已经在招呼了，说："跟着一块儿去吧！"节振国明白这是严昌龄的十八个弟兄里的六个，放哨巡查，胆气更壮。倒是李虎，给搞得莫名其妙，也弄不清节振国有多少内应，又带了多少兵来。走着走着，浑身筛糠。

节振国用枪支支他背部，轻声说："拿出你那手枪队长的架子来！"

李虎连声说是。到李奎胡住的禅房要经过前面的大殿，从大殿前门经过后厢穿出大殿后门。那大殿后厢，住的就是手枪队。这时，除值班的几个手枪队队员外，十几个手枪队队员都睡了。李虎带了这么一大溜人进来，脚步再轻，也惊动了值班的手枪队队员。可是一见当头来的是李虎，值班的不禁问："队长，干什么？"

李虎沙哑着嗓子回答："你过来！"

那手枪队队员刚过来，李虎猛地夺过他的枪，看那模样是想拿枪打了节振国就赶快逃跑，但还没来得及动手，就被关玉德飞起一刀捅进后背，"啊"的一声倒在地上，节振国已经用双枪指住那几个值班的手枪队员。这里，工人特务大队的战士分出七八个人将睡着和醒着的手枪队队员全押到一起，缴了枪。那里，节振国由严昌龄带路，领着十多个战士和上十个严昌龄的弟兄冲出大殿后门，到了李奎胡住的那排禅房。禅房里正传出"哈哈"的笑声。禅房前躺着一条死狗，有两个手枪队员正在那儿扒拉着死狗看，奇怪这条日本狼狗好端端怎么就死了？严昌龄带头要冲进禅房里去，却被两个手枪队员拦住了。

节振国本来不打算开枪。这时，忽然听到枪声像炒豆子似的从遥远处传来。他明白：周文彬、纪振生带的队伍已经进了天宫寺，战斗打响了！他一言不发，甩起两枪撂倒了那两个手枪队员。他掀帘同严昌龄等拥进禅房，扑鼻的是鸦片烟味和酒味。在明亮的几盏泡子灯的灯光下，只见土匪出身的李奎胡穿着警备队长的绿呢子军服，在跟另一个人对面躺在炕上就着泡子灯抽鸦片，一个梳着发髻留着刘海的妖艳女人在给他们烧烟。屋里一股浓烈的鸦片味。桌上杯盘狼藉，一个穿袍子马褂的大胖子和另一个警备队的军官在摆满了菜肴的红漆方桌上仍在狂饮。李奎胡听到枪声，正从炕上坐起身来，人中右边长了黑毛的大黑痣特别刺眼。灯光下，他脸色像鬼似的发青。他已经拔枪在手，还未开枪，节振国一脚踢翻了桌子，"哗啦"一声杯盘碗筷飞得到处皆是。节振国的两把驳壳枪一扬，还没等李奎胡那只握枪的手向上提，"砰！""砰！"枪响，李奎胡哼也没哼出声就倒在炕上了；那个警备大队副刚拔枪在手，也吃了一颗子弹，仰脸伸臂张腿地倒在地上。

这夜，天宫寺一场惊涛骇浪似的战斗结束得迅速、顺利。节振国工人特务大队和周文彬率领的部分陈支队的战士胜利完成任务后，迅速转移了。周文彬带队回迁安一带会合陈支队，节振国带队化整为零回东矿区。转移时，他们带走了大批枪支弹药，周文彬还带走了愿意参加游击队的严昌龄和他的十八个弟兄。

驻在蓝各庄的伪警备中队长顾子寿是在天亮前才虚晃一枪率领部下到天宫寺"救援"的。

这时，启明星出现在天际，盍旦鸟尖声鸣叫，天宫寺一片凄凉，做汉奸的看了战斗现场和遗下的尸体，都胆战心惊，魂不附体。

第三十七章　不寻常的清明节

冬去春来，绿色的清明节快到了！柳树最先披绿，榆树已生榆钱，杏花开放，白杨树上的杨树毛子成串地掉下地来……自然界呈现一片生机勃勃的景象。去南方过冬的大雁又回来了。雁群排成"一"字或"人"字形的队列飞过，发出喜悦而亲切的鸣声。

自从大破天宫寺杀了李奎胡以后，佐佐木像被砍断了一条胳膊。佐佐木将天宫寺、双鹤岭、上下五岭等据点全交给关东平驻守，并经常带着关东平的警备队进行"讨伐"，搜索节振国。但这时节振国带着他的工人特务大队化整为零离开丰润回到东矿区来了。

久别熟悉的东矿区，节振国常常怀念。东矿区的矿工们，尤其是赵各庄的矿工们，也都常常记挂着节振国。矿工们在暗中互相传递着节振国游击队活动的消息。消息四下里传播，有爱国心的人听了都兴高采烈，鬼子和汉奸走狗却恐慌惊惶。日本鬼子为了要军用煤，在东矿区加强了防务。古冶日本宪兵队长"瓦斯"彬田常常亲自坐镇赵各庄，守备队长宏治和平也带兵驻守赵各庄。但从去冬到今春，节振国的工人特务大队好几个月没在东三矿活动了，又使敌人不免有些麻痹。

清明节的头一天夜里，是一个满天星斗的春夜。在唐家庄矿推车工戴林义家里，突然出现了一个中等个儿身体壮实矿工模样的人。戴林义那三岁的小男孩在炕上坐着，他女人正在锅上贴饼子。戴林义正在洗脸，双手捧着水往脸上洗，呼噜噜溅得水声哗哗响，见那人站在暗处，掀开破棉帘叫了一声："戴胖!"声音好熟啊！戴林义怔了一怔，脸上手上水没擦干就冲上前去，压着嗓门惊喜地叫了一声："老节!"说着，马上将节振国拉进里屋，说："啊呀！我的天！想死我了！老节，你可好哇?!"一把将节振国让在里屋炕上坐下。

节振国点头表示好，说："戴胖！你瘦了!"

戴胖借着小油灯的微光，端详着节振国，看到节振国皮肤粗糙，脸上有了褶子，也说："老节，你也是满面风霜啊！你就来了一个人?"

节振国笑笑，说："这东矿区鬼子统治得再严也挡不住我们回来！到你这儿就来了我一个。听说这儿统治得挺严，我是从南边翻过那溜工房的围墙进来的。去年打唐家庄'护矿队'之前我找你时走过这条路!"

戴胖用手拭干脸上的水，说："发良民证啦。让大家都拍了照片。居民都按家族簿，联保各家。有人来，随时要呈报。重要的胡同，都建造了木栅栏，僻静处都装上了路灯，活动确实困难。可是，你上我这儿保险。如今，闾长是胡二，你还记得不？就是去年你找我时他守在我屋前给你把下巴颏儿打下来的那个胡二。他知道跟我亲的矿工兄弟多，不敢惹我，从不上我这儿来，也不敢跟我为难，怕得罪我。你这次来，打算怎么?"

节振国又笑笑，说："会连累着你吗?"

戴胖生气地"嗳"了一声，说："连累着我也不怕！要不是老婆孩子牵累，我也早跟你们走了！你们为打日本豁上命在干，别看我在这儿每天下窑，我的心可是跟着你们转的。传说着你的事儿可多啦！说你当了八路军的团长在滦县消灭了鬼子机械化部队；说你在唐山最有名的饭馆'养正轩'双枪打死了汉奸市长于文成；说你大破天宫寺，打死李奎胡的那一枪正打在他那大黑痣上，李奎胡死时，鼻子下多了个窟窿眼儿，少了个大黑痣儿……都是真的吗?"也没等节振国回答，他就自言自语，"我看不会假！老节，你真是有种！好样的!"他竖起了大拇指。

　　节振国仍笑着说:"明天是清明,我们要到赵各庄活动。今夜我来找你,是要你给借些赵各庄的良民证,能借到几张就借几张,二三十张也不嫌多。用后,我负责让人安全归还,连累不着谁,办得到不?"

　　戴胖知心地说:"好办!我马上去附近庄上找赵各庄的矿工办这件事,半夜就能返回。你在这屋炕上睡一觉。睡醒我也就回来了。你看行不行?"

　　节振国点头,说:"行!你跟外屋弟媳说一声,我就不客气地在里屋睡啦!"

　　外边,戴胖的女人端来了刚烙好的热玉黍面饼子,让着节振国吃。她是个瘦高条儿的女人,梳着发髻,两只眼睛疲乏困倦,但讲话却调门挺高挺有精神。她已记不得节振国是谁了。戴胖上去附耳说了一番,那女人连连点头,脸上露出又惊又喜的神色来,喜眉笑眼地说:"他大伯,你多吃点!这年月,也没好的招待,吃完了你在里屋炕上睡。我在外屋,有事你言语一声就行。"

　　节振国吃着饼子打量着里屋:原本有扇窗户,却封死了。问戴胖:"窗户能开吗?万一有个动静,我好从这儿走!"

　　戴胖笑笑说:"没事!在我这儿没事。这窗户出去是个死胡同,也不行。你就安心在这儿睡吧!我得赶快去!"

　　戴胖说着,就要走。节振国一把拽住,说:"你这地方虽说保险,我心里不踏实。你带我上胡二家去,我猫在他闾长家里保险!"

　　戴胖想一想,笑了,说:"你真是包天的大胆。行!我带你去。可你得小心,别出了事!"

　　节振国说:"你别去,只要指指门就行。我认识他。"

　　戴胖家的听见了,抱着孩子过来热乎地说:"他大伯,就住这里无妨!"她有点明白,节振国一是怕这里不保险,二是戴胖不在家,留她个年轻妇人在不方便,所以这么说。

节振国说："弟媳，我还是去胡二那里安全。你放心，出不了事。"他心里早打好谱了，将戴胖一推，说："你回来后，将搞到的良民证用布包好压在你门口的大石头下面，你在胡二门口扔块石头砸门我就明白了。我拿了证就走，用过让专人送来还你。别的，你甭管了。"

戴胖点头，领着节振国出了门，绕了个弯子，用嘴指指胡二家，跟节振国分了手，自己就往前走了。

节振国独自朝胡二家走，见门虚掩着。一推门，屋里点着洋油灯，胡二正躺在炕上翘着腿抽香烟。有个女人像是他家里的在烙油饼。两个男孩趴在炕桌上吃着油饼，满屋葱油味、香烟味。节振国一进去，那胡二胡子拉碴的先斜眼看看，没吱声，忽然认出来了，"哎"的一声，从炕上下来，吓黄了脸，拱拱手用冀南口音说："呀呀呀！没想到，没想到！……"

他个儿比节振国高半个多头，可是见了节振国，却甘拜下风，明白自己这样的大个儿三个五个也不放在节振国心上。打从五矿大罢工武力瓦解了"护矿队"后，胡二后来也参加了罢工，对节振国反倒崇拜得五体投地了。后来，大暴动，接着节振国打开了游击，他耳朵里听到的节振国的事儿可多啦！现在见节振国上门来了，心里是又惊又怕，不知找我胡二有什么事，连忙递烟，叫老婆端油饼招待，心神不宁地急忙让着节振国进里屋坐。

节振国跟胡二进了里屋，胡二掌上了油灯。节振国一看屋里的光景，明白他还在矿上干活，见他虽当了闾长，还是个小奸小坏，屋里也还是穷，既不吃他的油饼，也不抽他的烟，坐下说："胡二，你是越爬越高了！去年干了个"护矿队"，如今干上闾长了！"

胡二听出话里挖苦，叹口气哼哼着说："是上边指令干的，不干不行呀！"

一只狸猫进屋来跳到窗户台上舔爪子洗脸，洗了又洗。

节振国神秘地笑笑，说："今天来，也没别的事，来看望看望你。

你要报告，就快去！我这儿还带着枪哩！"说着，故意把衣一掀，露出两支驳壳枪。

胡二脑袋摇了又摇，轻声说："大队长，你小声些，隔墙有耳，听到就了不得呀！要说报告，我不干这种缺德事。不过，你还是快走吧，这儿危险！"

节振国笑笑，说："走？我不走！我得猫你这儿！"

胡二发愣了："我的天！彬田经常抓人，杀人。日本新派到古冶和东矿区的顾问宏治和平兼着东矿区守备队长，搞联保，发良民证，路口建木栅栏……都是他搞的！可厉害啦！我窝藏你有死罪！你老人家饶了我吧！"

节振国摇头："你是闾长，你藏着我没人知道！"

胡二只觉得脊梁上流下一道道冷汗，忽然变色，说："你不走，我可得嚷嚷了！"

节振国笑了："你嚷嚷我也嚷嚷，我就说，你跟我们常联络，常来往。"

胡二没法治了，牙根打战，叹口气说："唉！看在我老婆孩子面上，你饶了我吧！我以后给你多烧高香！"

节振国安慰他说："放心，害不了你。你陪我一宿不睡在这聊天就行，天不明我就走。"

胡二皱着眉想了想，只得点头答应，说："你们来是有任务的？"

节振国诚恳地回答："对！我们不为难你。我在你这儿，我们的人今夜在这唐家庄上的多得很。你有老婆孩子，你心里得放明白些。既做了闾长，要多想着自己是个中国人，少给鬼子帮凶。当汉奸不光彩！你得给儿孙留点脸面，别让儿孙骂你八辈子！"

胡二一颗心闪闪飘飘跳个不停，哑着嘴再三声明没干什么坏事。那只不识相的狸猫这时舔完爪子洗完脸了，跑过来挨着胡二的小腿擦痒，给胡二踢了一脚，"咪呜"叫了一声窜到外屋去了。

节振国也不听他的，不急不火地说：“你要是够朋友，咱不会给你添麻烦的。我今天来，对你挺客气吧？李奎胡的事儿你听到没有？那么多警备队、手枪队保护着，也叫他脑袋开了花。新城子碉堡的事儿听到没有？十多个鬼子不够我们打靶用！往后，你将这些事儿多往心里记记。你做你的闾长，咱不干涉！”说到这里，节振国吩咐胡二，“叫你老婆孩子快睡吧。关上门，免得有人来打扰。”

胡二照着办了，叫老婆孩子在外屋炕上都睡下了，自己陪着节振国苦着脸聊天。节振国向他打听起东矿区的情况，特别是赵各庄的情况来了。胡二将自己知道的情况大大小小一总说了，节振国听得有滋有味。谈着谈着，节振国特意问：“戴胖这人现在怎么样？”

胡二说：“他人缘不错。如今仍在井下干活，就是穷些。我虽说是闾长，可不敢惹他。”

节振国说：“鬼子汉奸对他怎么样？”

胡二无可奈何地说：“上边让我多注意着他些，可我惹不起他，我没向上边报告过。先一会儿，有人告诉我，有个生人上他屋里去了，我也没去查问。我干这闾长是做了和尚不撞钟！”

节振国暗想：在胡二这儿猫着，是比在戴胖那里保险，就又同胡二天南海北地聊起来。谈到后来，胡二一个哈欠接一个哈欠，节振国还是精神抖擞，毫无倦容。节振国是在磨时间，谈了足足六七个钟头，忽然，节振国听到有咳嗽打嚏声，接着听到有石头砸门声，心里明白：是戴胖在打暗号了，也不吱声，又问胡二：“我马上走，你能送我不？”

胡二说他不敢送。节振国也不勉强，突然站起，看胡二一眼，说：“老胡，我走了！今夜的事，你知我知，我们后会有期。”

胡二一脸感激，千恩万谢，说：“大队长！你今夜讲的话我全记着……”但话音未落，节振国已经掀帘拔闩出门走了。

第二天，是清明节。

往年，"清明时节雨纷纷"，这个清明却没有下雨。杏花盛开，翠绿绵软的柳枝儿垂着头。穷人的孩子，有折柳枝儿做柳笛吹的。听到柳笛声，似乎让人嗅到了清明的气氛。

这一向，一直平静的赵各庄，表面上看上去确是平静。只不过因为是清明，白天去乱坟岗一带上坟的特别多。到了夜晚，天空蓝晶晶的。在赵各庄上，"燕春楼"戏园子里锣鼓胡琴声清晰地传到大街上。赌场、烟馆、妓院里也都亮着灯。小酒馆、饭馆里飘出酒菜香。这时候，矿工们三三两两，有的从"锅伙"里出来，有的回"锅伙"或家里去。有的从牌子房、镀灯房下班出来，有的又正去上班下井。电厂、修理厂前边也都是工人。俱乐部前后的热闹地带和卖饮食的点着电石灯的小摊子上也都挤满了工人。这时，节振国、纪振生、关玉德、张惠及工人特务大队的十多个战士，正分批进了赵各庄在街上逛悠。他们都是矿工打扮，身上有"良民证"。"良民证"上有照片，但脸上抹点煤黑，相片又拍得模糊不清，就是不像看上去也差不离了。他们来，有两个任务：纪振生、关玉德、张惠等带领战士袭击东煤场的炮药房，夺取炸药和雷管。东煤场炮药房里的炸药和雷管是供井下放炮用的。最近，要破坏敌人的铁道运输，急需炸药和雷管，他们了解到东煤场防卫力量薄弱，节振国工人特务大队决定下手：抢炸药！

节振国同纪振生、关玉德和张惠商定了作战步骤：队伍袭击过东煤场炮药房后，就直奔长山。估计到驻在汪杆胡同北口附近的日本宪兵队和守备队会立刻出动，节振国决定利用这调虎离山的机会，单独去宪兵队和守备队驻地趁隙闹它个天翻地覆。

赵各庄那黑暗的轮廓中闪烁的灯光，又呈现在节振国眼前。节振国进了赵各庄后，就同纪振生、关玉德、张惠等分手，独自先去东大街乔桂香家。

走到这一带，他不由得想起了许多往事。事情既遥远又新鲜。来到了赵各庄，走上了东大街，他就不禁想起自己的家，也不禁想起一个个熟识的战友和矿工兄弟。今天是清明，他看到街上烧纸钱和锡箔的特别多。这里一堆火，那里一堆火，风将纸钱锡箔灰吹得带着火星乱飞，使他想起了死去的同志。他走着，走着，走进了乔老庆过去住的那个熟悉的小院子。这里住户多，矿工来往进出的也多，夜晚天黑，节振国是矿工打扮，脸上又抹了些煤黑，没引起谁注意。他径直走到桂香屋门口，看见门口一堆纸钱灰，显然是刚火化的。一掀帘，只见亮着灯，桂香正一人坐在炕上拉着长长的线纳鞋底，节振国闪身进去，在灯影里叫了一声："桂香！"

桂香"嗯"了一声，一抬起美丽的眼睛，看到是节振国时，她满脸惊喜，泪水马上淌下来了。她站立起来，用手拭着眼泪，像见了最亲的亲人似的说："大叔，是您啊！"似有千言万语说不出口，她忙让着节振国到炕上坐，却又忙着从炕角拿起一个包来，打开了包，里边是六七双厚底布鞋，说："看！我给大叔你们做的！天天盼着你们来拿去穿呢。我知道，你们一定会来的……"说着，她泪水又流下来了。

节振国看着那一包布鞋。他懂得桂香的心意，但压低了声音说："今天不能拿了，下次来再拿吧。小许呢？"

桂香略一低头，摩挲起胸前的长辫子答："他下井还没回来！"说完，忙问，"大叔你怎么今儿来了？……"没让节振国回答，马上又说，"天天记挂着大叔你们啊！外边传您的事儿可多着呢！听说你们打了胜仗，心里那个高兴就别提了。可是，又老怕你们太艰苦。这个冬天怎么过的？……"

灯火欢乐地跳跃，小窗户上用红纸剪贴着美丽纤细的纸花，可以看出桂香灵巧的手艺。

节振国平静地笑笑，从怀里掏出一叠"良民证"，说："桂香，托你办件事。这都是借来的，不借进不了赵各庄。你想法快还给唐家庄戴林义……"说着，详详细细把戴胖的地址住处等等扼要全告诉了桂香，又说，"今天，我也是特意来看看你们的。小许待你还好吧？"

桂香有点羞怯地咬着嘴唇点点头，说："好！上次大叔还派人给送钱成家！这恩德……"说着，又掉下泪来。

　　节振国安慰着说："桂香，见了你大叔该高兴呀！怎么老是掉泪呢？"

　　桂香这才连忙止住泪，说："是呀，大叔，我马上做饭您吃！"

　　节振国摇头，说："我马上就得走！我来是有任务的。咱现在跟鬼子打持久战，咱跟他磨，磨掉他的皮，磨掉他的肉，敲掉他的牙，砍掉他的脚。让他陷在泥潭里爬不出来！到那一天，你节大叔回来，上你家喝酒吃饺子！你说行不行？"

　　桂香动心地辛酸笑着说："大叔！爹死后，我长辈上没亲人了。就您节大叔是恩人，也是亲人。您在外，我和小许时刻挂心。你一切要自己多保重。咱那大婶和几个妹妹弟弟可好？"

　　节振国点头说："好，好！我们也久不见面了！"又说，"良民证的事一定快办妥！我要走了。你别送！"说完，掀帘出屋。

　　桂香送到外边，见节振国已在夜色中远去。她心中有一种梦幻似的感觉。在她心目中，节振国就是这样的一个人：不知不觉间忽然他来了，不知不觉间忽然他又走了。他对人总是那么热情诚恳，总是在精神上、感情上、物质上给你点什么，而却从不要你给他什么。夜晚的春风拂动着她的鬓发，她怅怅地望着远处，直到看不见节振国已经很久了，她才怏怏地走进屋里来。

　　节振国从桂香家出来，从东大街往西穿小胡同往汪杆胡同走。突然听到南边东煤场方向有枪响，"砰！""砰！"……节振国心里明白：纪振生他们已经下手抢炮药房了。

　　节振国见街上拥出不少人来，人们都伸长了脖子朝南边张望。节振国就一股劲地向西北方向汪杆胡同走。走着走着，绕过俱乐部后边，走到汪杆胡同了，见鬼子守备队全副武装排成队伍跑步向南，脚步"夸嚓夸嚓"震得地都打颤。摩托车也出动了，"嘟——"地飞驶向东煤场方向去。一会儿，又见马队过来了，大洋马上的鬼子舞着马刀挥着枪"踏踏踏踏"地也奔驰向南……节振国心想：让鬼子去得越多越好。你老窝空虚了，我就来捣它个稀巴烂！……正想着，只见又是一队鬼子宪兵"夸夸夸"地迈着八字步向南去。节振国等宪兵队过去了，穿过汪杆胡同，从一条小胡同里向北一拐，这儿就是鬼子宪兵队和守备队驻地的后墙，墙有一丈多高，上边竖着尖刀似的玻璃碴儿，夜晚看上去，像金刚钻似的闪烁发光。节振国把件破窑衣一脱，"嗖"的甩上了墙，四顾无人，退后几步纵身攀住墙头，破窑衣隔住了玻璃刃，也不刺手了。他再使劲双臂一拉，身子上了墙头。他轻轻趴在墙头上，见一个鬼子兵在院里远处端着枪面向东边站着，院子里静悄悄的。节振国顺着墙轻轻向下滑，哨兵听见有响动，回过头来，已被节振国冲上去一拳，用手一扭打掉了下巴，又一匕首送他到了鬼门关。节振国四面看看，将鬼子兵的尸首拖到墙角阴暗处放下。这时，听到在东煤场炮药房方向，枪声继续传来，只是密了一些，显然，那里交火了。

节振国心里着急，绕到宪兵队住宅窗前和门前，看到里边亮着电灯光。节振国在暗处朝屋里看，什么都清清楚楚。他估量着彬田如果在赵各庄，很可能在这些屋里，但一连张望了几间屋都空空荡荡的没见人。他又往守备队的宅子里张望，见守备队的宅子楼下一间大屋里，有个光头肥胖的穿黄军衣的长脸鬼子军官，正坐在电话机旁打电话，叽里哇啦也听不懂他说些什么。节振国猜测，这家伙准是宏治和平！心想：掏不到彬田，我干掉你这个宏治和平也收获不小。这时，东煤场炮药房那面的枪声更紧，节振国心想：事不宜迟，此时不下手更待何时？节振国掏出驳壳枪来，从窗户洞里瞄准那个光头肥胖的鬼子军官"砰"的打了一枪，只见那胖鬼子军官"啊——"了半声，斜着身子滚倒在地。可是枪声惊动了留守的鬼子，只听见警铃声"滴铃铃……"大响，一下子宅子北边转弯角处出现了两个鬼子。节振国点射了两枪，鬼子倒了一双。节振国决定跃上墙就走，但觉得闹得还不够。想一想，又不走了。回转身去，想再找个鬼子当靶子打，见从宅子北边又拥出来几个鬼子宪兵。节振国把带来的一个大鼻子手榴弹的鼻子一揪，说："送你们王八蛋的一起回东京！"扔过去，"轰"的一声，鬼子兵有死有伤都躺倒了。

节振国心里一乐，翻身一纵，仍在原处攀上了墙，踩着玻璃碴儿，提起破窑衣，飞身跳下墙去，匆匆穿上破窑衣，从墙外小巷绕过矿务局煤司和矿司住的洋房子，径直奔向南边西赵各庄方向去。这时，东煤场炮药房方向枪声仍在响，他听到大街小巷都有警笛声，警备队也跑步出来布防了，远远看到前边由赵各庄通往长山方向的路上，已经架起了戒严用的活动铁丝蒺藜网。节振国明白：今夜要想逃出赵各庄是困难了！看来，马上就要戒严大搜查，怎么办呢？刚才跑得快，心上一急，连攥着拳的手心里都出了汗。突然，他脑际一亮，下了个决心，朝西赵各庄的马家大院跑。他决定找商会会长马梦熊！虽然好像有点冒险，在此时此地却是最稳妥最可靠的办法了！他紧张得像拉风箱似的鼓动着胸脯子，喘着气往前颠跑，小褂子湿淋淋，像从水里捞出来似的。

遥远处，枪声仍在炒豆似的响，听来似是鬼子的追击枪响。因为要戒严了，路上也有人在跑。节振国见迎面脚步噔噔跑过来一个矿工，他迎上去问："劳驾请问前边能过得去吗？"

那是个上了年岁的伛偻着背的矿工，说："不行！布上岗啦！"

节振国突然认出这是镐车楼的开车工人老韩。老韩也突然认出问话的是节振国，吃惊得张着嘴愣了一愣，说："老节！你？……快走吧！前边去不得了！"他突然拽着节振国说，"快！跟我上我家去！"

节振国心里一转，跟老韩去，老韩是会豁出性命掩护自己的。可是鬼子搜查呢？鬼子不会甘休的！一搜查，在老韩家就藏不住了。他毫不动摇地说："不！老韩，咱分道扬镳吧。你快走，我不能连累你！"

说完，节振国仍决心按照原来打定的主意，去找马梦熊！这时候，只有商会会长家才比较安全呀！

节振国丢下老韩，撒脚又向西南跑。幸亏赵各庄上哪条路他都熟。这西赵各庄马家大院附近，他小时候常跟哥哥振德来玩。秋天，在这儿翻石头逮蟋蟀；春天，在这儿上树掏鸟窝；清明，在这儿砍柳条做柳笛吹……他不愿从高台阶前门的油漆大门里进去，决定翻墙打后院入内。清明节，夜里这儿冷僻，倒是一个人也没有。节振国纵身一跃，攀上了墙头，翻身入院。

院里寂静无声，他踮脚走近宅子后面，朝有灯光处走去，通过北边窗户向里边张望，只见屋子里空着。一会儿，南边门里有人进屋。他一看，当头的那个光脑袋、脸上白净红润、长着两只精明的眼睛的是马梦熊，跟在他后边的那个中年胖女人，是他大老婆，上次见过。看来，商会会长刚才是听到枪声，夫妇俩出屋到前院里张望的。马梦熊嘴上不知在说些什么，听不清楚，进屋在桌前煤油灯旁坐下，又拿起算盘要打。

节振国目睹四面无人，觉得正是个好机会，快步绕到宅前，掀帘进了屋。他一进屋，只见马梦熊夫妇俩都"哟"的同声站了起来。

节振国笑笑，说："别嚷，上次你送到西边野坟地里大柏树下埋着的那个油箱收到了。你言而有信，我这是来谢谢你！"

马梦熊脸色惨白，嗫嗫嚅嚅："不谢，不谢！节大队长，请坐！"又招呼老婆："快沏香茶！"

节振国用手止住那女人，说："不喝茶！实话实说了吧！我要在你这儿藏一藏身！你看行不行？"

马梦熊为难地问："出什么事了？"

节振国两只机智的眼睛闪闪发光，笑笑说："游击队打了鬼子了！鬼子马上准要搜查。别的事儿你以后就知道了。"

马梦熊像头上挨了一棍似的，怔着说："这儿不行呀，要出了事，我担待不起！"

节振国诱导说："要出了事，你这全家老小、房屋财产都得完蛋。日本鬼子知道你跟游击队来往饶不了你。就是你讨好了日本鬼子，游击队定要跟你算账！要不出事，你为中华民族出了力，你这全家老小、房屋财产都保得住。你可不能让我出事！我知道，这办法你有，才来找你的！"

马梦熊那红润润的脸蹩得像朽了的蒜瓣儿，对老婆说："谁都不能声张，把节大队长藏咱闺女房里去吧，叫两个闺女跟我们睡。你去张罗张罗。这件事千万别给用人知道，把他们打发到前边屋里去。"又对节振国说："大队长，您放心，我决不拢着手看热闹。可是，您得委屈一下，我那闺女屋里的炕是特砌的，半个是空心的，有个活动砖门，早年，怕世道乱，本来砌了是藏箱笼物件的，人也能爬进去藏着。这事除我们夫妻俩谁也不知道。您就劳驾去那儿藏一藏吧！"

马梦熊的老婆满面心事地匆匆张罗布置去了。节振国看得出马梦熊讲的是真话，说："行！给我点吃喝的，我就猫在里边了。你再找人去打听打听消息，随时告诉我。只要这儿能出去人了，我就走。决不连累你！"

马梦熊擦擦鼻尖上冒出来的汗，说："好！"慌慌忙忙请节振国跟他走。

外边已听不到遥远的枪声。节振国跟着马梦熊往西院去到他闺女房里，一掀帘进屋就闻到一股香味儿。屋里亮着泡子灯，窗上蒙着花布，炕上铺着羊毛毯子。炕桌两边铺着席子，墙上挂着好多大美人儿的年画和"火烧红莲寺""游园惊梦"等的彩印剧照，屋里有红木的八仙桌、雕花的圆凳，五斗橱上放着些雪花膏、花露水、牙粉袋，大红漆的箱柜上有只座钟，"嘀嗒——嘀嗒——"地响着，钟正指着八点五十分。

马梦熊匆匆走近炕边，弯下肥胖的身子，吃力地扣着那个活动砖门，挪开了砖门，让节振国进去。

节振国钻进炕洞，里边铺着干草，干草上还有席子，趴着从炕洞缝隙里边朝外望，炕洞上是特意留着缝隙的。外边亮着灯，可以看到屋里的一些情况。

马梦熊压低声音说："大队长，我就把炕洞关上了。有事儿我再来！"

节振国在炕洞里仰脸说："行！"听着马梦熊关上了砖门，脚步声远了。

遥远的街上有"笛——笛——"的警笛声，听了叫人心惊。节振国疲乏地用手搓搓脸躺在那儿，心里定了下来，想：今天这个地方找得好！在这种情况下，他不禁想起纪振生、关玉德、张惠他们来了。他们袭击炮药房成功了没有？从枪声上判断，是成功了。枪声是逐渐向长山方向远去的，说明游击队员是走了。从时间上看，抢炮药房从开始到开火，从开火到撤退，时间也差不多……他觉得今天这个调虎离山计用得好！袭击炮药房的同时，他去大闹了宪兵队和守备队，虽然不免冒了一点险，也没掏到彬田，可是打死的那个一定是宏治和平。他想了一想，打死宏治和平后，用枪和手榴弹一共又干掉了至少五六个鬼子。战果不小。他想呀想呀，想得很多，心里乐滋滋的。

正想着，忽听脚步声，从缝隙里张望，来的仍是马梦熊。他是给送吃的来了，轻轻挪开活动的砖门，用手把一大包油烙白面饼、煮的鸡蛋、卤的熟牛肉递进来，还有一壶酒。他用激动得打颤的声音轻轻说："大队长，吃吧！告诉您，刚才在我店号里管账的老徐跑来说：东煤场炮药房给游击队抢了！鬼子和警备队去了一大伙，可是没逮到一个游击队。守备队、宪兵队也叫游击队扔了手榴弹，听说宏治和平给游击队打死了！"

节振国接过酒和吃食，点头笑着说："有消息再告诉我！"他将酒壶递给马梦熊，说，"喝一口！咱庆祝一下吧！"

马梦熊两只精明的眼睛一转，他明白节振国是个胸有城府的人，为了表示食物里没有毒，他拿起酒壶喝了一口，又将酒壶送到节振国手中，双关地说："大队长，在我这儿您就放心吧。"他看到节振国笑笑点点头，轻轻关上炕上的活动砖门，匆匆又走了。

节振国饿了，趴在那儿，拿起鸡蛋和牛肉，就着烙饼吃起来。他想：这个清明节之夜过得真有意思，打死了鬼子顾问、守备队长宏治和平和几个鬼子兵，又抢了炮药房！用这来纪念牺牲了的战友们比什么都有意义！他不会喝酒，但想到这，就端起酒壶，心里怀着祭奠的心意，美美地喝了一口。

第三十八章　敲虎舌，拔虎牙

一九三九年春末夏初，常常降暴雨，引发山洪，山区下游水灾严重。入夏以后，冀东各县时常发生蝗灾。老百姓面对天灾，在日寇铁蹄下生活，痛苦极了。东矿区的矿工和冀东各县的百姓们，只有听到节振国的游击队打鬼子的消息，心上才感到一点兴奋和欣悦。节振国和他的游击队，在鬼子心目中，像戴着"钻天帽"、穿着"入地靴"似的，其实他们始终化整为零隐藏在老百姓中。

七月中旬的一天上午，晴空一碧，万里无云，刮着又干又热的南风。节振国在滦县延庆塔附近大影壁墙旁边的小庄子里，同周文彬见了面。周文彬从迁安来。他戴一顶破草帽，穿套破旧土布衣，肩上挑着副空筐，像是个赶集卖果子的穷庄稼人，叼个烟袋，同节振国在这里接上了头。

延庆塔是滦县境内出名的古迹，在滦县城南三十里的地方。塔建于唐朝，塔附近有延庆寺，过去香火颇盛。现在因为日寇信佛教的多，又想用宗教来麻醉中国老百姓，滦县县知事陪过县署日籍顾问来这叩头拜菩萨，所以善男信女来烧香拜佛上香求签的也不少。寺域很大，树木葱郁，清幽凉爽。离寺大约三里路，筑有一个大影壁墙，是滦县的名胜古迹。节振国工人特务大队在爆炸破坏了古冶到滦县的铁路后，化整为零退出东矿区分散潜伏。这一向，就在延庆寺附近的几个庄子里找关系，设立了联络点。节振国和纪振生、关玉德、林子华、张惠等都穿上老乡的衣服，同老百姓住在一起。这次同周文彬约定在此见面，是因为老周从迁安来，在这里见面双方都便利。

高高的白杨树和山串柳上，蝉声"知了——知了"地叫得人心烦，又干又热的南风卷起土路上的灰尘。周文彬风尘仆仆起早从迁安来到庄上，见到了节振国，他面有喜色。两人在屋后僻静处树荫下蹲坐在地上谈了起来。青纱帐有半人高了。头发长长的周文彬滋滋有味地抽着烟袋。他个儿大，身上那套单衣又破又小，上衣敞开着扣子，就跟个最穷苦的庄稼人似的。见到节振国，他给陈群捎来了好，两人交谈了别后双方活动的情况。周文彬夸奖工人特务大队在赵各庄打死了鬼子顾问、守备队长宏治和平又抢了炮药房炸了铁路的成绩，向节振国介绍了陈支队在迁安一带作战的情况。陈支队主要是打游击战，但也开始向运动战发展。抗战是长期而残酷的，游击战向运动战发展才能适应这样的战争。周文彬告诉节振国，陈支队前不久在敌人进行扫荡时，打过一个漂亮仗。那天傍晚，一股日军在上水路山坡上休息，陈群亲自带了十几个战士，化装成鬼子的"宣抚班"人员，扛着日本膏药旗接近敌人。敌人麻痹大意，见到来的人打的是日本旗子，大大咧咧不当一回事。陈群带领战士接近后，趁敌人不备，突然用手榴弹、盒子枪袭击，打得鬼子死伤一地。陈群带领战士安全转移，鬼子收拾残兵来追，到半途遇到伏击，又死了十多个……

周文彬同节振国见面，当然不仅是为了交流情况，更是为了研究将要采取的一个重要行动。两人谈着，谈到正题上来了。周文彬用火镰火石"砰砰"地打火抽烟，费了不少劲儿，才打着了火绒抽上了烟。他为了化装成庄稼人，连这种小地方都十分注意。他抽着烟擦着汗说："老节，这一向，丰润平静无事，佐佐木和关东平可得意了！佐佐木受到了敌华北方面军司令部的表扬，关东平大受佐佐木赏识。今天来，主要是同你商量回丰润的事儿。冀东地委和冀东军分区做出决定：由陈支队和工人特务大队一同突然回丰润发动一次奇袭，拔掉鬼子的虎牙——关东平！"

节振国听周文彬一说，兴奋地说："太好了！我老觉得太便宜关东平这条豺狼了！老胡在那儿坚持一定很艰苦。可我也明白：咱这是给敌人定心丸吃，让他们麻痹，然后用回马枪挑他下马。咱这种打法巧妙！在丰润游击了一通，突然到了东矿区；在东矿区游击了一通，突然又藏到了滦县。过几天，突然又回丰润！敌人根本摸不清咱什么时候到哪里，什么时候打他哪里！咱分散开，是千军万马，集中起来，是一只铁拳！关东平这只虎牙，一定能拔掉！……"说到这里，他心上泛起了关家梢聚义那夜的情景，不禁浮想联翩。

周文彬点头说："熟了的饭该揭锅啦。关东平现在合并了李奎胡的警备队，尾大不掉，防区扩大，又犯了李奎胡的毛病分散了兵力。现在，他带一个中队亲信精锐驻在下五岭据点。我们要约定回丰润的日期，去了就打，消灭了他就走，让佐佐木扑空。"

蝉声仍一阵一阵叫得起劲。骄阳像火似的烤着大地。节振国拭着汗，指指眼面前地里的庄稼说："青纱帐快起来了。虽然今年不少地方闹蝗虫，可是蝗虫吃不完青纱帐，就像鬼子吞不下全中国。老百姓正在打蝗虫，咱也要努力杀鬼子。想想去年这时候，那真是扬眉吐气。从去秋以后，革命处于低潮，但是我们坚持了游击战，牵制了敌人不少兵力，杀了不少鬼子和汉奸，开辟了多块小块游击区，已经打出了局面。这次要是干掉关东平，可以大快人心。老周呀，你的脾气我知道，说要消灭关东平，你准早有安排了。你说咱怎么干？"

周文彬两只目光锐利的近视眼里泛出笑意，摸呀摸的，从他挑来的空筐里摸出半张揉皱了的包着碎烟叶的报纸来，是一张汉奸办的小报，名叫《庸报》。周文彬指着报上一段消息说："你看看这段消息！"

节振国一看，是这么一段消息：

〔本报唐山特讯〕回忆客岁此际，曾有少数之赤色分子，假爱国救民之口号，煽动一般无知乡愚，群起闹红，匪徒成团结旅，遍地盘踞，烧杀抢掠，无所不为。幸经友军讨伐队，不分昼夜，奋身剿捕，所有匪团逐渐溃散。于是百姓得享安居乐业之福。时至今日，又届青苗帐起，恐有余孽，再度蜂起。警备方面，虽有友军到处搜捕，然一般民众，亦不无唤醒之必要，而促其认识赤匪之厉害及应持之坚决态度。故唐山市及丰润、迁安、滦县新民会指导部及友军宣抚班、新民教育馆，为达到上项目的计，已及时各组织三十人之宣抚班于七月十日起至八月四日止，分赴丰、迁、滦城郊及东矿区各处，强化防共抚导宣传工作，影响所及想能有预期之结果也。

节振国一字一句细细将消息读了一遍，心里转着磨，脸上笑了，说："巧啦！老周，今天下午，我们正准备在县城到延庆寺之间大干一场呢！从昨天开始，滦县的这个'宣抚班'，在县城到延庆寺之间要连续搞三天防共宣传。这是兔子上门，送来的肉。我们已经决定——"他用手做了个一扫光的手势，笑着说，"我正打算向你报告哩。要是行，下午你也参加吧，纪振生他们已将一切都安排好了。干完了，咱一起转移到米官营一带去。你给我看这报纸，是不是要我们消灭这些卖狗皮膏药的鬼子和汉奸？"

周文彬那张平时态度严肃的黑脸膛上也绽开了笑容。他一口又一口地吸着烟，点着头，用两只锐利的近视眼看着节振国，说："给你一猜就中！你们既准备先在此地下手吃肉，很好。下午我也参加。可是，干掉他们还有什么用？想到过没有？"说着，将报纸包着烟叶又收起来。

蝉声叫得人昏昏欲睡，远处有人赶着一辆牛车在崎岖的土路上走过。赶牛人粗哑的吆喝声和鞭子打在牛背上的噼啪声清晰地传来，牛，没精打采地缓慢地拖着车向前移动着。节振国看着转动的车轮，思索着，笑笑说："这伙鬼子汉奸，里边还夹着新民会的特务，留他们在人间吃粮食，阎王爷点头，我也不点头！一个个叫他们上西天不亏了他们。干掉他们，我想有三个好处：一是为民除害；二是可以借他们的旗子服装用一用，拿来拔虎牙消灭关东平，像你刚才说的陈支队在上水路山坡上化装成鬼子的'宣抚班'，扛着膏药旗打鬼子那么干；三是可以迷惑敌人。在滦县一打，敌人看着滦县了，咱却又在丰润拔虎牙了。岂不巧妙？"

周文彬哈哈笑出声了，说："先斩虎舌，再拔虎牙！我肚里想好的事儿全装到你肚里去了。正打算这样！老节，你越来越行了。你看这方法行不行？"

节振国在心里琢磨了一下，两只机智的眼睛闪着光，点头说："怎么不行？不过，怎么干还得想周到，配合陈支队打一次奔袭的运动战还经验不足呢！"说着，陷入思索中去了。

周文彬点头，吧嗒吧嗒抽着烟袋，说："对！今天下午，消灭'宣抚班'转移出去。这样一来，迷惑了敌人，丰润仍在麻痹中。咱把会合、奔袭的日期、时间约定。奇袭的方法也研究确定，准能叫关东平去见李奎胡！"说着，他用烟锅在地上画起圈来，把下五岭的地形、地势、岗楼和下五岭周围的公路、小道等都画得一清二楚，告诉了节振国。节振国明白：为打关东平，老周和陈支队早有了策划并且做了调查了。

两人正谈着，忽听脚步声。周文彬警觉地用脚将地上画的图全擦去。节振国双手也摸着腰里的两把驳壳枪。但再听听，对老周说："纪振生！"

来的果然是身高肩宽的纪振生。他在屋后一出现，节振国轻轻吹吹口哨学了声鸟叫，纪振生就过来了。他是给老周送吃的来了。一个手巾包里包的是玉米面窝头，向老周说："老周，要不是为着今天上午你要来，昨天咱就在延庆寺附近打'宣抚班'干掉这些坏蛋了。你让他们多活了一天！"说着，咧开嘴笑。

周文彬也笑笑，说："给我一支枪，我一人上路没带枪来。下午我跟你们一起干。准备工作都做好了吧？"

纪振生抹抹下巴上的汗珠子，说："昨天下午，我们听他们卖了一下午的嘴皮，又唱歌又演戏，说的全是鬼话。今天下午，三十个中日坏蛋，一个也不能让他们活。扔上手榴弹叫他们一起报销！"

节振国笑了，说："不能扔手榴弹了。咱要借他们的服装道具用。鬼子和新民会的特务都得枪毙。别的饶了他们，旗子、服装什么的都得带走！"

三个人边吃边谈，把下午消灭"宣抚班"的地点、步骤和转移的路线、地点等等都又研究了一番。看看已是中午，纪振生忙着去布置下午的事儿。节振国和周文彬又把奔袭关东平的事儿继续仔细做了研究，然后准备出发。

滦县，在冀东二十多县中，居于特等县的地位，但县城里的房屋，都很破旧古老，独门院户极少，大都是深宅大院、前后通衢的宅院。伪县署设在城里东关角上。滦县的城池很小，机关、商店紧密林立，每逢大集、庙会、过年、过节，各乡各镇人都来城里赶集，人头攒动，十分热闹。滦县算"教育区"，官办和私办的学校，在城关一带有近十处小学，二三处中学。有个北关师范算冀东"最高学府"。但这些学校里，都加派了由新民会指导部派去的日本教师，教日文，进行奴化教育，还要监视学校的工作。所谓"国语"课本，用的是陈腐古老孔孟之道的《幼学琼林读本》和"四书""五经"。这几天，由日寇控制的新民会指导部和守备队宣抚班及汉奸组织的新民教育馆组织了三十人的"宣抚班"，每天从城里坐大卡车出发到附近郊外"宣传"。早上出发时，让各汉奸机关、团体及学校、商店、各家各户里的人都出来沿街欢送，听着宣传；中午"宣抚班"回来吃饭休息，午后出发，又要来一次夹道欢送。一天两次，已经好几天了。

今天午后，"宣抚班"又出发了。大卡车上，打着"大日本皇军滦县守备队宣抚班，滦县新民会指导部、新民教育馆宣抚队"的横幅，卡车上装的是"宣抚班"的五个穿黄军装佩手枪的鬼子，其他二十五个汉奸宣抚队员里，涂脂抹粉穿旗袍脚踩高跟鞋打着花洋伞的女的有六个，有的还戴着墨镜；十九个男的有的穿西装，有的穿长衫，都戴着草帽。其中一个，穿的红衣，戴顶八路军的灰军帽，胸前贴着"八路"两字，背后贴着"共党"两字，看来是化装演戏用的，最引人注意。卡车两边的车栏上，一边贴着"日华团结共建新东亚"，一边贴着"铲共和平一致奋起"的标语。卡车上一部留声机，不伦不类地"咿咿呀呀"刚才播放着日本唱片《支那之夜》，现在又播放着蹦蹦戏《马寡妇开店》，像是招徕顾客似的。卡车上的宣抚队员，有一个胸前挂着手风琴，有几个吹着口琴，有的手里拿着日本太阳旗、红红绿绿的彩旗和大话筒。天气热，好些人都摇着扇子。卡车是军用的。开车的鬼子兵身边，坐着一个武装的守备队鬼子兵。离城时，宣抚队员还高声合唱着宣传用的歌曲："共党作祟，障碍和平，快快根绝，东亚才兴。……友邦伸大义，妖氛一扫清，壶浆箪食，慰劳仁义大军，协和之调，万众欢迎，百年恢大计，一字壮八纮，秩序完成，全亚光明……"

卡车带着这种鬼哭狼嚎的歌声出发，离开了滦县城，出了城门洞，一溜烟地向城南郊外驰去。

几个月来，滦县似乎有点太平气象，被鬼子省公署松津辅佐官称誉为"模范县"。这些宣抚队员今天晒着太阳，出着臭汗，向离城三十里的延庆寺驶去，一路上嘻嘻哈哈，有唱的，有闹的，好不高兴。卡车卷起烟尘，驶到离延庆寺不过只有五六里路的地方，看见东面路边有两个人用杠棒抬着一块大石条穿过公路向西面跑。走到路中间，忽然绑石条的绳松了，将块大石条扔在路中央。卡车驶近石条，"嗻"的刹住了车。开车的鬼子兵嘴里"八格牙路"地骂了一句，只见路两边乖觉地隐藏在沟边和地头的一伙人，约莫有二三十个，呼呼啦啦，一下子都出来了，当头冲上来的是一个中等个儿、方圆脸盘、身体十分强壮的汉子，英气勃勃，双手拿着驳壳枪，"砰！砰！"两枪，将鬼子司机和他身边那个鬼子兵打得满脸是血，死在驾驶室里了。接着，只听得卡车上的鬼子宣抚队员开枪了："叭！""叭！"……游击队也朝着车上开枪，卡车上女的男的尖声喊叫起来，倒下了一片。又打了一阵枪，卡车上停止抵抗了，人都举着手被押下来，一个个像挨了雷劈。那几个女的连花洋伞、墨镜都扔了，有的脚上的高跟鞋也掉了。

节振国站在那儿，笑笑说："认识认识吧！我是节振国！现在，鬼子都回老家了。你们这些汉奸，以后还耍嘴皮子不？"

那伙汉奸男女都在打哆嗦，连连摇头说不。关玉德带人已把大旗、小旗、横幅、话筒、手风琴、口琴什么的收拾到一块儿。张惠带了人将打死了的七个鬼子的衣服、鞋帽、枪支弹药全收拾起来。纪振生上来对汉奸宣抚队员们说："把衣服都脱下来！快！"

周文彬上前补了一句："脱外衣！男的留衬裤，女的不要脱了！"

一会儿，那些西装、长衫什么的都交给了游击队。节振国板着脸说："今天饶了你们的狗命！以后再做汉奸，我是一个不饶！快一起往延庆寺跑！"纪振生补了一句："走慢了我们开枪崩了你！快！"

这一说，剩下的二十来个汉奸男女宣抚队员拔腿就往南跑。节振国向周文彬、纪振生、关玉德、林子华、张惠等招手说："咱也走！"

烈日下，游击队向另外一条小道急匆匆跑去，忽而没入庄稼地，忽而在高处出现，忽而在低处进了青纱帐，飞快地移动，转眼间，成了一些小小的黑点，终于看不见了。

三天后的一个夜晚，天气燥热，在丰润县下五岭据点炮楼周围，夜黑时，满天星斗，四周起伏的丘陵轮廓模糊，到处是死一般的沉寂。这一向平安无事的关东平警备队的哨兵，突然发现堂堂皇皇来了一支打着日本旗的日本守备队和一伙宣抚队员。那伙宣抚队员有胸前挂手风琴的,有穿红衣化装成"八路"的,有吹口琴的,有拿话筒的,有拿彩旗的……带着一个警备中队驻守下五岭的关东平,虽然老奸巨猾,却没想到八路军游击队会来这一手。听哨兵报告后,关东平连忙带了副官韩白面等出来观看迎接。刚走到东边炮楼门前,那伙日本守备队和宣抚队员已经近前了。韩白面忽然惊叫一声:"节振国!"关东平一惊,刚要转身逃跑,已被节振国一梭子子弹,连同韩白面一起打倒在地。关东平一顶大遮檐帽子滚落在地,身子像只挨了刀的公鸡,扑棱了几下就死了。在这同时,韩白面也被关玉德补了一枪,仰面朝天不动弹了。警备队大乱,知道是中了八路军、游击队的计!这时,只见大批八路军和游击队出现了!枪声噼啪,警备队士兵被打死了不少。顽固的伪军连忙窜进炮楼还击。一时间,手榴弹、机枪、步枪全响了。警备队遭到了陈支队和节振国工人特务大队的猛烈袭击。这里已经修起了两个炮楼,一个在东边,一个在西边。敌人的密集火力从两个炮楼里喷射出来,雨点似的子弹嗖嗖乱飞,机枪狂叫……

陈群亲自指挥战斗,他命令用机枪牵制西边的炮楼,并派了一支小部队佯攻,却将主要兵力和节振国工人特务大队一起集中攻击东边的炮楼。

节振国带着工人特务大队的战士们,把手榴弹裹棉花蘸着煤油扔,打得东边的炮楼起了火。电话线早掐断了。节振国一马当先,攥着枪冲在前边向着警备队喊话:"缴枪吧!缴枪不杀!"子弹飞蝗般地"砰!""砰!"打过来,他也不管,仍露出头高喊:"关东平死了!不要再给鬼子卖命了!""八路军大部队来啦!不缴枪就炸死你们!"……

陈群亲自指挥爆破,他热得不时用袖子擦拭头上的汗水。炸药包"咣"的轰响,天崩地裂一般,砖石纷纷滚地,浓烟和红火交织着往天空升去。硝烟弥漫,炸得敌人哭爹叫娘。陈群对身边站着的周文彬笑笑,说:"战果不小了!西边炮楼放弃,收拾了这东边的炮楼马上撤退!"

东边炮楼炸坍了，枪声和喊话声中，残存未死的伪警备队的汉奸兵军心涣散，高嚷着："投降！投降！……"三三两两地将武器从炮楼里扔出来丢地下了。陈支队和工人特务大队包抄着冲上去。二三十个没有死的伪军都被徒手赶到空地上站着，一个个自己把帽檐转到脑后，耷拉着脑袋。

关东平矮胖的尸体就躺在东边炮楼的地上。脸上那种平时惯有的虚伪带笑的表情没有了。他满脸尘土血污，是战士们用脚踩的。要由着大家踩，这个万恶的铁杆汉奸早被踩成肉泥了。节振国看着关东平的尸体，一双眼睛仍然怒火燃烧，余恨未消。

稀疏的星星在暗蓝色的天空中眨眼。被惊起的夜鸟啼叫着飞去又再飞回。昏暗的旷野笼罩在灰蒙蒙的雾气里。陈支队和节振国工人特务大队迅速转移时，带走了敌人的大部分武器和弹药，释放了全部俘虏。转移时，节振国脸上严肃，虽然打了胜仗，杀了关东平，但大约是想起了从关家峭聚义到关清风牺牲的一系列事情吧，他一声不响，始终皱着眉，凛凛不可侵犯。

第三十九章　陈仓行

陈仓峪是冀东丰润县的一个贫穷、偏僻的小山村，在潘家峪南面，要不是鬼子常来骚扰，它本是一个美丽、安静的地方。现在，连这点安静也常常被鬼子破坏了。

来到这里，路很不好走，忽高忽低，磕磕绊绊。有些小径，是从树林中蜿蜒而过，小径上的石头，长着苔藓，滑溜溜的，一不小心，就让人摔跤。

刘玉兰带了凤英、凤兰、凤生在胡志发的安排下，由人护送，离开潘家峪来到这里隐姓埋名安下家来已经四个多月了。

自从上年同节振国分别以后，节振国打游击行踪不定，从来没有再来看望过玉兰和孩子们。刘玉兰带了三个孩子，跟老乡们在一起，起先在潘家峪，后来到了陈仓峪。佐佐木大尉守备队的血腥铁蹄曾经不止一次地来到过潘家峪和陈仓峪附近。每当敌人来到之前，玉兰就带了孩子揣着干粮，躲到地洞里去，或者背着破被絮跑到荒山野地里去，风餐露宿，挨饿受冻。她身体受到极大的折磨，心上无时无刻不在惦记着节振国和其他抗日战士的安全。

来到陈仓峪后，左邻右舍的老乡们知道他家同八路军有点儿什么关系，但不明白他家同节振国有什么关系。常常传来消息，说节振国带了游击队打了新城子碉堡，消灭了许多鬼子兵；又说节振国的工人特务大队大破天宫寺，杀了李奎胡……说八路军陈支队同节振国的工人特务大队一起，攻打下五岭据点，杀了警备大队长关东平……这些事儿，人们谈得有鼻子有眼的，叫玉兰听了，总是暗暗高兴，像有春风吹拂着心田，万般情思，飘荡在胸膛。但是她心里不免也想：打游击当然紧张，可是也得抽点空来看看家呀？难道能将我们忘了？怎么从来不见他回来看一次呢？

一年容易，自从那个秋雨的夜晚重逢而又离别，现在又起秋风了！在初秋的黄金景色之中，突然传来了一个坏消息，说"丰润城里和东矿区，日本鬼子都在宣传'赫赫战果'，说白脸狼节振国已被击毙"。唐山的敌伪报纸上还有声有色地描绘了佐佐木守备队"击毙白脸狼"的经过。谣言像秋风似的，一阵又一阵飒飒传来。开头，玉兰不那么相信；后来，有点信了；最后，有人说报纸上已经登了，她终于完全相信了。

刘玉兰冷静而坚强，但振国的死却不能不震撼了她的心。多少个不眠之夜，晚上总睡不着觉。躺在炕上，想这，又想那。有月亮的时候，静静地看着月光；起风时，心头波澜滚滚，呜咽地听着风声，似有寒风冷雨浸湿了她的全身。夜深时，八岁的凤英和六岁的凤兰都在炕上睡了。屋里没有灯，她在黑暗中抱着四岁的凤生坐着，贴着凤生可爱的小脸，独自伤心落泪：万恶的日本鬼子和卖国的汉奸呀，杀你们一万刀也不解恨呀！你们在中国的土地上，干了多少坏事啊！多少好人死在你们手里了呀！……

她想找胡志发打听确实可靠的情况，但不知老胡在哪里。白天，她有时纳纳鞋底就停住了针，一个人发愣；夜晚纺线，纺车"嗡嗡"地唱着，她的手转着转着，也会突然忘了自己是在干什么，手突然停下来了。但她的心事她不说，不但没同左邻右舍说，也没同孩子们说。孩子们都还太小，同他们说有什么用呢？坏消息看来是真的，不会假，但她心里总抱有那么一点希望。希望突然像云开日出，又传来一个好消息，说节振国又出现了！并打死了多少鬼子杀了多少汉奸……

但，一天又一天，总没听见好消息传来。有人说，丰润城里，鬼子和汉奸在关帝庙给关东平、李奎胡举行"慰灵祭",鬼子用纸扎了个纸人绑在关帝庙前的柱子上,说是"节振国",用刺刀挑了用军刀劈了解恨。在那祭汉奸的会上,佐佐木夸耀说节振国已经被他们消灭了!……看来,节振国真的不在人世了!

　　这天一早,玉兰让三个孩子在屋前院子里玩耍。她照着镜子梳头,发现自己更瘦削、更苍白憔悴了。朝朝暮暮,日思夜想的,哪夜都没睡好。她想起,手里拿的镜子,还是结婚那年,振国在赵各庄给她买的。她难过地放下镜子,叹了一口气。忽然想起去年这时候,振国和纪振生冒着风雨骑着马一同来到黑山沟的情景来了。想着想着,她又心酸了。她记得那夜振国说过:"……革命不成,抗日失败,我就'吃烧鸡'!把骨头扔到哪儿就哪儿!……"难道他说的话果真应验了?

　　她慢慢地立起身来,从包袱里拿出了那块当年包剑的用朱砂写着短诗的黄绸,怔怔地看着。她又拿起了振国下井时戴过的一顶黑布帽。这种黑布帽是矿工放在柳条帽里戴在头上遮脏的。她呆呆地看着看着,忽然将黄绸和黑布帽虔诚地供在破木案上。她两眼像铅一样重,黑发掩着清秀的脸庞,头低垂着,默默无语,心里一阵阵悲伤,哀思充塞了胸膛。泪水悄悄地在往心里流。她忽然想到要给振国敬点什么。有钱人设灵堂,供满了鸡鸭鱼肉,斟满了酒。可是,这些她一无所有。何况,节振国并不爱喝酒。他平日烟不抽、酒不喝。那么,给他敬点什么呢?

　　雀鸟正在树上啁啾,听了婉转的鸟叫声,容易使人想起往事。往事,咬着她的心。她终于忍不住用手背擦泪了。邻家二婶昨天给孩子送来了一些红枣。她想起,用两个火上炙过的大红枣泡上一碗茶,振国是爱喝的。这有什么意思呢?什么意思也没有!但此时此刻,她这样想,这样做,是一种心意,她克制不住自己。她去炕沿拿起两个红枣,用火镰火石"砰砰"地打火,费了不少劲,打着了火绒,在炕洞里烧了一把秫秸。红枣发出甜甜的焦香,她又烧了一把火,将氽子里的水烧沸了，沏上了一杯红酽酽的枣茶。年小的三个孩子这时进屋来了，不知娘在做什么，都瞪着圆圆的小眼看着娘将一碗枣茶恭恭敬敬地供到破木桌上的那顶黑布帽和黄绸子面前。空气里弥漫着好闻的枣香。碗口升起一缕热气。红色的枣茶清莹、透明……四岁的凤生说话了："娘！给谁喝？"八岁的凤英究竟有点懂事了，看看娘脸上有泪痕，问："娘！你干吗哭呀？"

刘玉兰没有吱声，但心里在默默悼念节振国，一串串眼泪滚了下来。她拿起针线筐，穿针引线缝补起凤生的旧衣来。一针，又一针，拉着长长的线，拽不断自己的哀思。

门外院前，开着一丛白色的野菊花，迎着秋风微微摇晃。她的心也似乎在摇呀，摇呀，晃呀，晃呀。西边坡上，有几株果树，在秋风中光秃着枝干颤动，残留在一棵树梢上的几颗山里红在阳光下像玛瑙似的闪烁着宝石似的光彩。她出神地静静看着，别有一番滋味在心头。

难道一切都已成为往事？难道从此永远诀别？……这一天，她在痛苦的百无聊赖中度过。她的心像一池碧澄的秋水，让各种各样的阴云的影子擦着水面滑过。

天黑后，三个孩子都在炕上睡了，她没有睡。有淡淡的秋月的光辉，映照得屋里像涂上了一层银霜。没有灯油，平时只是用秋秸燃着权当灯光。天黑以后，没有月亮时，只能打黑摸。脱衣、穿衣，都是摸着黑。像今夜，本来可以纺线的，但她没有这种心情。悲伤和思念藏在心里折磨着她。她独自在炕上倚墙坐着，忽然听到敲门声，然后是轻轻的熟悉而亲切的声音："玉兰！玉兰！开门！快开门！"声音是压着嗓子喊的，这么清晰！又这么急促！

谁呀？声音仿佛是从天上来的，又仿佛是从远处山林里被秋风轻轻吹来拂进心里来的，声音在耳边回荡……这声音离开得再远，只要送进耳朵里她就辨得清！

这不是振国的声音吗？

刘玉兰冷不丁地从炕上起来，趿着鞋要去开门，但她犹豫了！难道真是他？一瞬间，她有一种似在梦境中的感觉。不会是在做梦吧？怎么会有这样的事呢？……

　　轻轻的敲门声和压着嗓子的喊门声仍在传来："……玉兰！快开门！是我呀！……"然后，又是"笃笃"的敲门声。

　　刘玉兰不再犹豫了！她冲上前去把门闩"嗖"的拔去，"吱呀"开了门！秋夜明亮的月光下，她惊讶地看到面前站的真是振国！

　　振国的方圆脸上带着她熟悉的笑容。他穿着肥大的青布夹袄，黑布裤，脚腕上扎着腿带子，头上戴一顶旧的毡帽盔，肩上搭着个钱褡子，打扮得像个土里土气出来跑小买卖的汉子。他模样儿一点没有变，仍是那么健壮有力的样子，粗浓的眉毛下两只精神的大眼在闪光……一见玉兰，他笑得那么高兴，但玉兰看着，看着，却忍不住哭了！难道真的是振国回来了吗？他不是死了吗？怎么又突然回来了呢？怎么又突然出现在面前了呢？……

　　她"呀"了一声，无力地倚在门上，鼻子酸酸的，抽搐着抖动着肩膀无声地饮泣起来。她心里说，天啊！他终于回来了！我这不是难过，是高兴！但为什么要哭呢？为什么要哭呢？……她自己再也止不住眼泪了，她尽情地哭起来！她一头扎在振国的怀里紧紧抱住振国啜泣起来……

　　她记不得是怎么同振国一起坐到炕上谈起来的。人生啊！就常有这样一些令人难忘的离散与相逢。在这种时刻，用言语来表达那种复杂、微妙而纷繁的感情是无能为力的。当传说已经死了的抗日游击队长节振国又英雄地站立在刘玉兰面前时，刘玉兰那种高兴，一生就是仅仅有过一回，也是永远会感到幸福的呀！

　　"别哭了，玉兰！"振国坐在炕沿上爱怜地安慰她说，"我回来了，应当高兴呀！"他凝神借着月光，仔细看看玉兰，淡淡的月光下，发现她额上似乎多了几道皱纹，他心里有些歉疚。他想讲："我在外抗日打游击，把个穷家扔给了你，真叫你受苦了！……"可是，他忍住没说。说这会叫玉兰难过的，何必说呢？他只是紧紧抱住她，亲了又亲。

"我以为你已经不在人世了！人都这么说。说你在下五岭给打死了。唐山的汉奸报纸上都登了呢！不是在梦中吧？"玉兰擦着眼泪舒心地微笑着说。

"不是梦！"振国笑着，"我才三十一岁，死不了！这一向，我们在榛子镇东边静静潜伏着，积蓄保存力量，准备随时打击敌人。而且，我病了一场！……"

"病了？"玉兰大声关切地问。

纸糊的窗户上，涂着花花点点的树枝影子，是月光下屋外那棵椿树的影子。

"不要吵醒孩子们！"振国从兜里掏出一盒洋火，擦亮一根火柴，疼爱地看了看三个安静睡熟了的孩子，温和亲切地说，"让我们好好谈谈吧！"

玉兰冷静下来了，她的眼睛纯真、深沉，又问："你怎么病了？"

"也没什么。那儿闹蝗虫，老百姓逮了整盆整筐的放在火上烧熟了吃，或是放在锅里炒了吃。生活困难呀！我们也吃。我染上了腹泻病，十几天起不了炕。多亏同志们照顾，治病，买药，总算治好了。身体也恢复了。鬼子见我不露面，就造开了谣！……"他说着，嘴干了，看见桌上有碗水，端起来要喝。

玉兰连忙一把抢过来，水凉了不说，这是白天供在振国那顶黑布帽和包剑的黄绸前面的那碗枣香茶呀！玉兰说："水凉了！我给你烧水喝！"

"不要紧！"节振国笑着说，"打游击时哪有这样好的水喝！"说完，又从玉兰手里要端那碗冰凉的枣香茶。

"你看……"玉兰忍不住把事情的真相说了。

节振国更笑了，说："咱共产党，不信天命信革命！不要紧，喝了怕什么!"

玉兰并不迷信,却不由他,"哗"的将碗茶泼了,又将供的帽子、黄绸收到炕席下,说:"我给你烧水,你快接着谈吧!"她捡柴,要用火镰火石打火点柴。节振国把带来的一盒洋火递给了她,继续说:"其实,鬼子还没杀光,我哪能就去阎王爷那儿报到?大前天,我跟振生带着人在双鹤岭打伏击。那儿鬼子和汉奸统治得紧,我们一进青纱帐里,就脚蹬脚地躺下。我们两个两个一对,我同振生两个人的两只脚互相顶着,一个向东,一个向西,一旦有情况,用脚一蹬,对方就得到警告了。实在太疲劳了,两人躺着,瞌睡虫马上来了!我说:'振生!你快睡,打上一个盹我俩轮班。'他应了一声:'好!'刚落声,就睡熟了……"

刘玉兰"扑哧"笑了一声。

节振国往下说:"凉风阵阵,吹来了高粱叶的哗哗声。我眼看四面,耳听八方。等到天黑,警备队还没来。天像要下雨,我心里可着急了。谁知,脚步声来了!电筒光一闪一闪。听一听,来的是一支巡逻队,不过八九个人。我脚一蹬,纪振生醒了。打枪要惊动鬼子,我看准朝头的那个打电筒的巡逻队长'叭'的扔了块石头,他当是手榴弹'妈呀'一声吓得趴下了。我们的人呼呼啦啦都从青纱帐里出来啦。纪振生大声说:'我们是节振国工人特务大队!缴枪吧!'警备队都举手缴枪,说:'缴啦!缴啦!'一个伪军说:'我们在天宫寺被俘过,是你放了我们的!我们缴枪!'另一个说:'我也是!你们对俘虏不打不杀,我懂!'我们让他们带路,在双鹤岭山后的村子里,毙了他们的中队长,缴了些枪支弹药,临走教育了伪军,叫他们带信给佐佐木,就说:'节振国手下有三千游击队!十天里要进攻古冶和丰润县城!'吓得这几天古冶和丰润的鬼子不敢外出。哈哈……"节振国兴致勃勃地像讲故事,把跟鬼子和警备队打仗的事讲得十分轻松,刘玉兰听了也高兴得笑了。

玉兰忙着往炕洞里续柴烧水给振国喝,边烧火边说:"你也不想想,一走就是一年，也不回来看看家。我给你们缝了几条子弹带，做了几双棉鞋，等着你来取，老不见你回来。过年那些天，我跟三个孩子，从早望到天黑，天黑了上炕又等着你，总以为你会回来一次，可你……"火焰的红光，映在她清秀而有些憔悴的脸上，她那凝视着火焰的眼睛里，闪耀着温柔的神情和内心发出的微嗔。

泻进屋里的月光像淡淡的清水一样。节振国脸上的笑容没有了，平静但是动感情地说："玉兰，本来也想着回来的，怎么能不想呢？可是，我跟振生带着些吃的到家发哥家里去看家发嫂和卯子去了……"

淡淡的月光清泉似的流泻在节振国脸上，他的两只机智的眼睛在放光。他话没有说完，玉兰忙说："你去得对！是该到那儿去！他们可好？"一种酸痛掺和着同情的复杂滋味，喷泉似的涌上心头。

节振国点点头："这一年，坚持下来不容易啊！"他像在遐想，"老百姓帮助我们坚持了游击战。我们杀了不少敌人，但是也损失了不少好同志啊！"他把看望家发嫂和卯子的情况，以及牺牲了的同志们的情况简单一讲，接着说，"在这艰苦的一年里，我们的人像一炉矿砂，在熔炼中，受不起锻炼的渣滓淘汰了，剩下的冶炼成了纯净、坚韧的钢铁。现在剩下的同志，都是真金，都是精华。玉兰，美好的前程不是平平坦坦一步能跨到的，不是自己从天上掉下来的，要靠我们不怕艰难困苦，甚至流血牺牲去争取才能获得！自从决心抗日打游击那天起，我就抱定牺牲的决心了！参加共产党以后，我更觉得什么都不怕了。打鬼子，是要死人的，敌人很凶恶，并不像吃饭喝酒那么容易。但鬼子侵略我们，我们不打行吗？我们得准备付出一切牺牲，坚持到底，不打倒日本帝国主义，决不停止！如果哪一天，我牺牲了，你不要难过。你应当为我感到光荣。生活当然会更苦。但除了汉奸，真正的中国人都在受苦。你好好把三个孩子带大，将来告诉他们，爹是怎么死的，爹为什么死？要是那时鬼子还没有被消灭，让他们长大后接着打。但我想那时鬼子一定早已打跑了。那么，让凤英他们跟着共产党、跟着毛主席好好干革命。他们会比我们幸福的!"他一挥手,开朗地一笑,"嗨!你看我说这些干什么呢?我不会死的!老百姓真好啊!都爱护着游击队。有的宁可牺牲自己也不让我们牺牲。我是一定能战斗到鬼子完蛋的。将来,咱还要跟着共产党摧毁旧世界创造新世界干共产主义呢。我有这信心!"他突然又这么说了。这是一番照人肝胆的话呀!他说得很平静,但是玉兰听来,心里卷起了风暴。她抬起亲热的眼睛望着节振国,给他端来一碗冒着缕缕热气的枣香茶。

不管振国怎么说,她不再落泪了。她紧抿住嘴唇,脸上的肌肉不住地抽动,但是她不再掉泪。她了解振国,她仇恨日本侵略者。她应该支持他,而不能做任何一点点拖他后腿的事儿,哪怕是仅仅再流一滴眼泪,也不允许!

月光渐渐西斜,两人在炕上谈着谈着,谈不完的话呀,说不尽的事。玉兰心里交织着矛盾,喜只喜的今宵团聚,怕只怕的明日离别。她明白,振国战斗任务在身,离别后,云山重重,相逢又不知在哪一夜了……

忽然,凤英醒了。她"忽"的在炕上坐起,发现了炕上睡在身边的爹,"啊"的叫了一声:"爹!"

节振国一把将她抱起,亲了又亲。凤英用手去拽凤兰:"凤兰!看哪!爹回来了!……"凤兰也醒了,小手揉着眼睛,叫了声:"爹!"也爬起来扑倒在爹的怀里。只有小凤生,呼噜噜地睡得正香。凤英、凤兰都将弟弟拽起来:"凤生,看哪!谁回来了?……"节振国用两只有力的臂膀,一下子亲热地搂住了三个孩子。

节振国逗起孩子们来:"你们会唱歌吗?唱个歌给爹听!"

凤兰调皮地说:"不会!"凤生忙着用小手去摸爹放在床头的两把驳壳枪,他的兴趣在枪上。凤兰说:"爹唱一个吧!"

玉兰说:"半夜了,唱不得!"

节振国疼孩子,笑着说:"好!爹低声给你们唱个《挺进军的三大

任务》吧!"他小着嗓子轻轻唱了起来:

……挺进军的三大任务,第二个,第二个,游击战争要坚持,要坚持……挺进军的三大任务,第三个,第三个,还要创造新的,还要创造新的根据地!……

孩子们并不懂,但是都笑!玉兰也笑!节振国轻轻唱完,说:"睡吧睡吧!不早了!"他一个一个亲亲孩子们,让孩子们都睡在自己身边,替他们盖上了破棉絮。然后,他自己也在玉兰身边躺下来,伸了个懒腰,说:"根据地太重要啦!丰、滦、迁联合县——咱们在冀东的第一个抗日民主政府快要成立了!咱按照毛主席的指示,坚持游击战,打了一年,咱们的江山鬼子是搬不动的!同志们的血没有白流啊!……"

孩子们均匀地呼吸着,又都睡熟了。

节振国是在天亮前走的,带走了玉兰给游击队缝的几条子弹带和做的几双军鞋。夜静天凉,孩子们还没醒来。也许他们醒来时发现爹不在了,还当是夜里做了一个甜蜜的梦吧!?……碧空澄澈,在清幽幽的月光下,山村里浮漾着一层透明的寒雾。夜,已经缓缓地退走,房屋、篱墙、树影,一切都静悄悄、静悄悄地沉浸在晨光快来到之前的朦胧天色里。

刘玉兰轻轻地送节振国离开陈仓峪,深情地望着他远去。他沿着一条小径走了。这是一条狭窄而弯曲、急陡地向下倾斜的小径。他走了几步回过头来,招手向玉兰笑笑,乐观、开朗而且亲切,两只机智的眼睛闪着光。

天空亮起了银色的启明星,照着在夜色中微微发白的路。这是一个冷清、严肃而难忘的夜。

第四十章　水酒送别

青纱帐早已又倒了！田野间土块和衰草一片苍黄。枫叶又通红了，簇生着挺立在枝头上，拨弄着寒风，像火焰在燃烧。

秋末冬初的一天下午，团团的白云，在腰带山顶上飞舞、变化，忽然下起了蒙蒙细雨，就像雾似的。遥黛庄的轮廓在蒙蒙细雨中显得模糊、虚幻了。

在一间茅屋里，炕桌旁坐着周文彬、陈群、节振国和纪振生。说这是开会吧，也可以；说这是谈天吧，也可以。革命的感情，同志的友谊，紧紧地把大家的心连接在一起。节振国脸上似闪耀着神采，显露出难以抑制的欢快，但眉宇间却又有一种难以形容的感情，谈话刚开始不久，胡志发匆匆冒着蒙蒙细雨来了。他从怀里拿出一个酒瓶，从袋里掏出一把炒豆子，笑着说：“一杯水酒送亲人！今天是给你们送别，我好不容易找到了一两烧酒，五个人喝怎么够？我就兑上了半瓶水。这样，倒真是水酒了！来来来，大家喝一喝！”说着，又摸出一个小纸包来，里面是一点点花椒，递到周文彬面前，说：“这是专门给你找来的下酒菜，别人受用不了，你一个人独享吧！”

周文彬仍是吧嗒吧嗒烟不离嘴，听着老胡的话，那张严肃的脸上也笑了，接过酒瓶热情地递给节振国，说：“老节！你先喝一口。我们是到平西，你还要去阜平！老胡送我们四个，我们三个又该送送你！”

节振国笑着接过酒瓶抿了一口。酒，他不会喝。但这酒，水兑得

470

太多了，只不过有那么一点点辛辣的味儿。他抿了一口，又把酒瓶递给周文彬，看着大家说："我谢谢同志们了……"他想多说些什么，一时感情有些激动，千言万语似乎都堵塞在嗓子口了。

冀东区党委根据上级党委指示，决定整训部队，提高干部水平。冀东的抗日武装，除留一部坚持斗争外，大部调到平西整训。胡志发留在丰润不走。陈支队和节振国工人特务大队都要去平西整训。昨天，周文彬通知节振国，党要调他先到平西，然后去河北阜平晋察冀北方分局党校第三期干部班学习。

去党校学习，对节振国是新鲜事儿。但他知道，这是党对他的重视和培养。平时，如果同周文彬、陈群、胡志发、纪振生他们在一起，没有什么特殊的感觉，今天却不同了。眼看就要离开冀东了，离开这块自己和同志们一起艰难坚持抗日游击战争的土地，离开那么多共过生死、同过患难的战友和群众了！他的心情在兴奋、激动中，不免有点纷乱，一种依恋的心情不禁如滔滔的江水涌上心头。

几个人轮流着一人一口喝着胡志发找来的兑了那么多水的白酒，一颗一颗地嚼着铁硬的炒豆子。周文彬却嚼着花椒。大家明白，胡志发以水代酒是表示一种同志的心意，盛情可感。虽是半瓶味淡的水酒，一小把铁硬的豆子，但在此时此地，也是难能可贵的了。多少个战斗的日日夜夜，多少次生死拼搏的交锋，多少牺牲了的难忘的战友，多少感人的同志与阶级的情谊，在一瞬间，全浮上节振国心头了。使他沉默，使他静静地似在思索着什么……

穿着灰色旧棉军衣戴着系带的灰棉军帽的陈群，眼神温和，喝了点水酒，朴实的长方脸上露出了微笑。他参加红军后经过长征，转战华北战场，虽与节振国同年，但风霜经得多，人长得也苍老。他红军时期就担任过红四军第十一师三十二团团长，说话常常离不开军事。这时他说："老节！战争既是长期的和残酷的，就能够使游击队受到必要的锻炼，逐渐地变成正规的部队。由执行游击战的游击队转化为执行运动战的正规部队，须具备数量扩大和质量提高两个条件。提高质量，须在政治、组织、装备、技术、战术、纪律等方面有所改进。必须向这个方面发展，一个游击战争根据地上的主力部队才能造成，更有效地打击敌人的运动战方式才能出现。现在，党正在让我们这么做。我们去平西整训，你去党校学习，都是这样。党一定能将你培养成优秀的红色指挥员，希望你努力学习，提高政治水平武装头脑，也学习军事技术武装手足，将来好回来挑起更重的担子。为了这，让我敬你一口水酒！"说着，他笑着将酒瓶又递了过来。

节振国接过酒瓶，两只机智的眼睛闪闪发光，豪爽地说："我一定好好学习，不辜负党的培养。"说完，"咕嘟"喝了一口水酒，手捏酒瓶，对着陈群说，"这次去，我想，时间不会太长的。我会好好学习，然后尽早回来。我想那时你们一定也整训结束回冀东了。说实话，要问我去学习高兴不高兴，当然高兴，但想到佐佐木和彬田这两个魔王还没送命，我还有点舍不得离开冀东！……"

胡志发坐在节振国身边，说："老节，你放心走吧！打下去，这两个魔王，迟早要死在中国人民的手里。最近，听说咱八路军一二〇师在石家庄北边的灵寿消灭了鬼子第八混成旅团，打死了个旅团长。将来呀，咱越打越强，仗要越打越大。区区佐佐木和彬田算得了什么？你的这点心意，我们这些留在冀东继续坚持战斗的人收下了。"

节振国欣然将手中的酒瓶递给胡志发，说："老胡！为了你这些话，让我敬你这位'智多星'一口酒！"

他将酒瓶递到胡志发手里，胡志发马上喝了一口，仰脸说："你们都要走了！我心里也舍不得。同志嘛！有什么比这更亲的！我就希望你们走后，都大大有进步，早日回冀东，咱再一同并肩作战！我留在此地，一定好好干！等你们回来时，你们会看到这一带村村都有党支部，有民兵，还都有工、农、青、妇女组织和儿童团！……"他说得高兴，把手里的酒瓶递给纪振生，说："小纪，喝一口！你下次回冀东时，说不定已是八路军正规部队的指挥员了！到那时候，你们来，我们早早给准备好滚烫的洗脚水，软软的铺草，让你们吃饱睡暖！"

他的话说得有趣，逗得大家笑着看纪振生喝了一口水酒。

周文彬自己把瓶子拿过来，说："我也要喝一口，为我们在党领导下，在人民群众支持下，这一年多来在冀东艰苦的抗日斗争所取得的成绩祝贺。这是我们的革命抗日斗争处于低潮的一年多。我们的损失是不小的。有些同志成为烈士了。在敌人的残酷"讨伐"中，有时牺牲比请个假还要简单。让我们永远怀念烈士们的功绩，学习他们的崇高品质！"他放下了酒瓶，又说，"从游击区到根据地，是一个艰难缔造的过程。这次，我们在这儿的同志有的要留在此地继续坚持，有的要去阜平党校学习，有的要去平西整训。依我看，不会太久，我们又会一起来到冀东进行持久战的。来吧！同志们，无须惜别！需要的是拿出拼命精神来干！"说完，他拾了两颗花椒放进嘴里，有滋有味地细嚼起来。

老周说话，总是那么富于鼓动性，叫人听了心里热乎乎的，跃跃欲动。

陈群兴致勃勃地点头说："老周说得很好很对啊！我记得——"他对着节振国说，"去年十月，我们在葵庄附近一个山上的破庙里见面时，老节，你还问我，打游击怎么个打法？还记得吗？"

节振国笑了，点头说："记得！"他的两眼坚定、机警而清亮，这是游击战赋予他的光芒。

陈群说："现在，你已是威震冀东的游击队长了。游击战的战略战术你用得很好，有了不少经验，立了不少功。战争真是锻炼人啊！我们党的干部就是这样从战争中学会战争的。这回你去阜平党校学习，好好学吧！学了回来跟同志们一起大干一番，要叫日本鬼子战栗不安，日夜惊慌，彻底失败。"

节振国点头，说："我一定不辜负同志们的勉励，如果说我们工人特务大队能将游击战在敌人的残酷扫荡中坚持下来了，那只是因为有党的领导，那只是因为我们生活在人民之中，就像泥土存在于大地上，敌人想肃清我们，那是办不到的。有大地就有泥土！有人民就有我们抗日游击队！"他因为陈群的当面赞扬，反而引起了不少感触，说，"从我来说，我这游击队长，干得是不够好的！想起牺牲了的同志们，我觉得难过。要是我干得好一些，也许牺牲的人也会少一些。现在，要跟同志们暂时分手了。同志们给送点'礼'吧！我的缺点，领导和同志们多提提，以后好改正。"他说得诚恳、坦率，脸上放着光彩。

胡志发笑了，说："今天是水酒送别，不是开你的批评会。怎么检讨开了？俗话说：山有高峰，水有激流。我给你这个同志下个评语吧：你是勇敢坚决、机智灵活，一个好样儿的游击队长！"

陈群赞同地点头说："老节本是位矿工，会武术，但没打过仗。短短一年多，就成了共产党领导下的这么一个出名的游击队长，可不简单，应当向你学习。起初我曾听人说，你太勇敢。勇敢是好事，不勇敢怎么打仗？但人说你太勇敢恐怕是指的你有时有点儿冒失。比如打下五岭据点消灭关东平，你喊话时我就替你捏着把汗。那样太容易出事儿。喊话对，但不是像你那么喊，那样很容易被敌人摞倒。我们不能怕死，但要防止无谓的牺牲。尤其是一个指挥员，个人的勇敢当然是必不可少的，但他还应当善于组织指挥，灵活巧妙地运用游击战术。"

节振国豪爽地笑了，说："我完全接受这个批评。我一见敌人就眼红！死，有时就不放在心上了。这点，纪振生同志最了解。"

陈群笑着声明："我说的不算批评！"

纪振生点头说："这样的事，我见得可多了！节振国同志一见鬼子就奋不顾身，叫人担心。可是看到他勇敢，我们都佩服。工人特务大队的战士们跟着他打鬼子，谁也不孬种，就有这么个原因。"

胡志发风趣地说："说实话，这是优点还是缺点，我分不清！老节，因为你太勇敢，所以这么提。要是个怕死的人，就不这么向他提了。"

大家这么敞开心胸地谈着，只见周文彬盘腿坐在炕上，烟袋衔在嘴里，却把他的木盒枪套搁在腿上，低头俯下近视眼用支铅笔头在一张纸上画些什么。一边画，一边还朝对面的节振国看看。

陈群猜到了，说："老周在给老节画像了！"

纪振生探头一看，果然画的是节振国的像，嚷起来了，说："画得真像！"

胡志发笑笑，也伸头看，说："你们怕不知道吧？老周会画着呢！他给人画像，很像。但这点本事不常用。今天水酒送别，手痒了。准是要画了送给老节做个纪念吧？"

周文彬把画好的节振国的肖像递给节振国，笑着说："原本爱画人像，但怕画的人像落到敌人手里泄了密。敌人宪兵队总是想搞到我们同志的照片，想知道我们长的是什么模样。我就只好不画了。今天，确实有点高兴，给老节你画一幅，做个纪念吧！但不知是否将你的英雄气概画出来了？"

节振国接过画像来一看，像上的自己，在笑，开朗、乐观而且机警，似在向往着一个美好的明天。他不禁笑着说："老周！给写上两句勉励的话吧！"

周文彬脑子里忽然闪过赵各庄上胡志发住处胡同口石牌上的那首《咏煤炭》的诗来了。

他拿铅笔在节振国的肖像画上龙飞凤舞地写下了这首诗：

咏煤炭

凿开混沌得乌金，藏蓄阳和意最深。
爝火燃回春浩浩，洪炉照破夜沉沉。
鼎彝原赖生成力，铁石犹存死后心。
但愿苍生俱饱暖，不辞辛苦出山林。

最后，又在一角写下了日期。他想署个名，但考虑到保密，就不写了。

　　节振国接过画像，细细读了一遍周文彬题的诗，心潮澎湃，十分珍贵地叠起放进兜里。

　　外边，仍在下蒙蒙细雨，蛛丝般的细雨无声地飘落下来，四周十分宁静。

　　胡志发抽着烟，团团烟雾在他面前停滞不散。他忽然对陈群说："老陈，下次回来要是方便，最好给我们捎个矿石收音机来。以前，林子华同志有个矿石收音机，多多少少从那里边能听到些新的消息。自打关师傅在金针峪出事后，少了那玩意儿，耳目就闭塞多了。"

　　陈群刚点头，周文彬听到了，说："这东西既不贵，也不难搞。下次我给你捎一个来，我会摆弄安装，只要买到矿石和耳机、铜丝就成。有一个是有些用处。"

　　节振国听胡志发提到矿石收音机，头脑里不禁又想到了关清风……

　　那瓶水酒还剩一小截放在炕桌上，豆子吃光了，花椒还剩一点。忽然，外边传来匆匆的脚步声。周文彬一听，说："小巩！"

　　进来的正是小巩，佩着短枪。他从外边进来，被蒙蒙细雨淋得湿漉漉的。进来后，他敬礼说："报告！"

　　陈群问："有情况?"

　　小巩点头："桥南镇内线给送来的消息，说桥南镇的鬼子今晚可能要往这儿来。看来，咱得赶快转移。工人特务大队正在布置警戒，关玉德他们让我先来报告一声。"

　　周文彬、陈群和节振国都朝胡志发看看。胡志发笑了，说："没事！桥南镇的鬼子放风说是要来这一带扫荡确有其事，但不过是放的风。佐佐木实际是叫他们往西扫荡。也算是鬼子玩的'声东击西'的把戏吧。可是——"他望望门外，灰沉沉的天空，灰蒙蒙的细雨，说，"做好准备是应该的，但现在不必急着去淋雨。情况万一真紧急了，还有人会来送信的。"说着，他拿起炕桌上那剩下的一点水酒，说："来，小巩！喝上一口，算你也给大家送行了！"

小巩笑着拿起酒瓶刚一咂，马上将酒瓶放下，说："我以为真是酒哩，原来是水啊。我不喝！"

大家都笑了。胡志发说："水酒水酒嘛！里边确实有酒，不过酒太少罢了。喝一口，是个意思，等打败了鬼子，我老胡请你喝庆功酒时，一定不兑水！"

小巩笑着，拿起酒瓶喝了一口，摇摇头说："真不是味儿！"把大家又逗笑了。

周文彬从桌上捡颗花椒，说："来！尝尝，下酒菜！"

小巩接过花椒，调皮地笑着对周文彬说："这酒我受用不了，你这下酒菜我更受用不了。我给你留着！"说着，真的将颗花椒塞进了口袋里，又逗得大家笑了。小巩敬个礼，说："那我走了！"陈群点头叮嘱了一句："加强警戒！"

小巩一走，周文彬朝陈群看看，说："老胡办事一向稳重，是有把握的。可是，既有敌情，也不可不防。咱们谈到这就结束了吧。明天一早就要出发了，大家也好分头做点准备工作。"他又朝胡志发、节振国和纪振生看看，说："你们说怎么样啊？"

大家都点头说好，但又都不免觉得还有多少翻江滚浪般的话没有谈完呢！

外边，细雨仍纷纷下着，胡志发同节振国、纪振生一起走出屋来。天已渐有暮色，细雨丝拂面，落到节振国的头上、脸上、身上，也好像落到他心上。节振国决定去向正在为出发做准备并在值勤警戒的关玉德、林子华、张惠和其他工人特务大队的战友们告别……

节振国本来沉默着，忽然，他决断地对胡志发说："老胡，有件事，

477

我拜托你了！——"

胡志发转过脸来，问："什么事啊？"

节振国说："这已经十一月了，过旧历年时，我还回不来。我同纪振生同志答应过家发嫂和卯子，过旧历年时一定去看望她娘俩，还要给卯子带些红蜡烛去，给他点冰灯玩。要是我们回不来，这件事你就给办一办吧。务必不要忘了！"

胡志发深深点头。

细雨在洒落。纪振生在一边听了，心里有一种说不出来的复杂感情：老节就是这样一个人，想自己的事儿总是想得少，想别人的事儿总是想得多！他没托老胡去看看他自己家里，却在临走时还想着家发哥的家里……他突然觉得心里滚烫滚烫，细雨洒在脸上，凉津津的，眼眶却热辣辣的了。他抬起头来看看节振国，只见节振国迎着蒙蒙细雨，正挺腰阔步向前走着，器宇轩昂，两眼眺望着雨雾中的腰带山。他知道节振国在想些什么。因为他现在也有这样的感情：这里的一山一水一草一木都是那么亲切，那么熟悉。这里的田野、丘陵、山林、沟壑，都有过节振国工人特务大队的足迹，流过烈士的鲜血。这里的老乡都掩护、支援过抗日游击队，有的还为此献出了生命……那么，在即将离别这片为之献身战斗的土地时，怎么能无动于衷呢？

这夜，桥南镇据点里的日寇确实未到遥黛庄一带来。胡志发掌握的情报是准确的。

半夜，威震冀东的游击队队长节振国就化装离开了冀东，通过大片敌占区，经平西转往阜平党校去学习了。

尾　声

节振国在河北阜平晋察冀北方分局党校第三期学习时的情况，现在能掌握的已经很少。能具体知道的是他的在校时间是一九三九年十一月至一九四〇年初夏。节振国在学习期间，他待人很谦虚，对抗日游击战争的战略战术问题的理论和《论持久战》等军事著作学习得很勤奋。

一九四〇年夏季，节振国在党校学习结束，怀着喜悦的心情经平西回到了冀东。

这时，陈支队已正式编为晋察冀军区第十三军分区第十二团，陈群是团长。原来的工人特务大队也编入了十二团，纪振生在十二团任连长。陈群率领十二团回到了冀东，巩固和发展丰润、滦县、迁安地区的游击根据地，周文彬回到冀东担任了冀东部地委书记。

节振国回到冀东后，就匆匆赶到丰润腰带山去，军分区司令部在那里。

这是夏季，平原上满满地盖上碧绿的青纱帐。晨曦中，远处山岭的轮廓，在蔚蓝色的天幕下显得更加清晰。东方的天色由淡青变成鲜红，绚丽的朝霞，拥出一轮旭日，替原野抹上了一层金色。节振国赶了夜路，是在早上来到丰润县东北的腰带山，找到了军分区司令部的。

司令部里刚散会，但紧张的气氛尚未消失。节振国一看，熟人很多，周文彬、陈群、胡志发等都在。周文彬依然穿得很破旧，也依然手里拿着一个小烟袋，吧嗒吧嗒地抽黄烟。穿军服的陈群显得瘦了一些，比过去似乎更严肃、沉静了。胡志发还是老样子，精明、镇定。大家见他来了，都热情地跟他招呼。周文彬还将十二团第一营的营长杨作霖介绍给他认识。杨作霖是个干练、强壮的人，三十岁左右年纪。杨作霖是在延安抗日军政大学学习过的原东北抗日联军的干部，是新派到冀东来工作的。大家都同节振国亲切地谈起来。

原来，根据情报，日寇将要发动又一次的"扫荡"。局势很严重，因为集结在唐山的一股日军已经由古冶到达榛子镇增援丰润，看情况日寇是企图发动一次钳形攻势进犯腰带山。陈群团长将率领第十二团迅速到滦县下尤各庄埋伏，灵活机动地打阻击，牵制、歼灭敌人有生力量。司令部则准备转移。

节振国刚学习回来，工作还没有分配，但见陈群团紧急出发了，坚决要求也参加战斗，说："这一带我熟，无论哪座山，哪块地，哪个村庄，我闭上眼都能把地形说出来。我要是跟陈团长一块去，多少总会有点用的。"经过司令部负责同志同意，他追上十二团的队伍，一起去到下尤各庄。

天气闷热，十二团的杨作霖营埋伏在下尤各庄附近。地里密密地长着高粱。大家藏在青纱帐里，烈日高照，都汗如雨下。纪振生、关玉德、林子华、张惠等十二团里原来工人特务大队的老战士们见到老节来了，都兴高采烈，斗志更高。陈群团长也很高兴，连声说："我知道你会来的！我知道你会来的！……"

看看已过中午，天越发闷热，却忽然刮起一阵热风。黑压压的云层从东边一堆堆猛卷过来。随着乌云和热风，瓢泼大雨就哗啦啦地落了下来。节振国独自冒着雨走上一个高冈，凭借着树丛遮掩向东南方向瞭望。东南方，是一大片在山野间的庄稼地，绿油油的庄稼遮住了道路。雨过天晴，仍旧没有发现日寇的踪迹。看看天时，估计已是下午两点钟光景，南边山冈上的瞭望哨忽然做了紧急报告："南面出现了敌人。"

像闪电掠过天空，这消息立刻在全体战士中传达开去。

情势紧张起来，每个战士都在准备战斗。

陈群和节振国、杨作霖选择的这块地方，地势很好。这儿东西两边都是乱石山；在山的中间，是一片比较平坦的庄稼地和一条小道。纪振生带着一连战士，布防在向东的山冈上，准备阻击由东面来进犯的敌人。在向南的山冈上，陈群亲自同二连的指战员在一起，企图一面堵击住敌人通过，一面引诱由南面来进犯的敌人进入山口到山下的庄稼地里，然后组织起强大的火力，消灭敌人。在山后的青纱帐里，杨作霖同三连的战士、指战员在一起，准备消灭万一突破了封锁线的敌人。

紧张的局势本来出现在南面，节振国来到了这里，同陈群团长在一起，可是突然东面也出现了一股敌人。

节振国机灵地匍匐着身子，跳跃着到纪振生防守的山冈上，同纪振生卧倒在一起。

敌人越来越近，越看越清楚。节振国眼睛里冒着怒火，狠狠地盯着敌人。他咬着牙，望望纪振生；纪振生的眼睛瞪得大大的，脸上的汗跟尘土沾成一片，正凝望着前面。两人都没有讲话。忽然听到南面响起了震撼人心的枪声，节振国知道敌人已经入了袋口。再一看，正面的这股敌人已经分散开来，有的隐入了青纱帐，有的弯着腰搜索前进，总数约莫有百把人。纪振生挥手高喊："打！"枪声马上噼噼啪啪地响了起来。

枪声震动了田野，双方都有伤亡，由较远距离的射击已经发展到短兵相接。节振国本来也用一支步枪射击，这时索性把步枪一提，拔出驳壳枪就冲了出去。南面的敌军已经在溃逃，陈群团长正带领了队伍在追击。东面的这股敌人也开始在溃逃，但是敌人在左侧占据了一块机枪阵地，一挺机枪"突突"地发射着子弹，伤亡了我们一些战士。

节振国心如刀绞！看到机枪西边是一块高粱地，还有两棵大槐树，他当机立断，冒着弹雨窜进了那块高粱地，飞也似的兜到树后，利用地形地物，一梭子驳壳枪子弹，打得鬼子的机枪手趴在地上动也不动。

烟尘起处，节振国出现在敌人机枪阵地上，掉转了那挺机枪的枪口，对着敌人扫射起来。敌人的机枪阵地被占领了，节振国打出去的一梭梭火辣辣的子弹都找着了活的目标。残余的敌人都被压缩在庄稼地里，混乱地向后撤退。

阻击战胜利了，部队撤了回来，马上打扫战场，准备转移，防备敌人纠结更多的增援部队来反扑。

二十多具鬼子的尸首散布在静寂了的战场上，节振国看到陈群正在指挥战士们掩埋牺牲了的同志的遗体；又见杨作霖、纪振生等正在带领着战士拾敌军的枪支。他也向刚才被他打死的那两个鬼子的机枪手躺着的地方走去，准备搜查那两个鬼子身上的短枪。

机枪早被战士们抬走了，这死掉的两个鬼子身上什么也没有。节振国正准备站立起来，他忽然看见那槐树旁边的青纱帐下有人影一晃。定睛一看，原来是个受伤的鬼子趴在地上手里攥着一支短枪向他一指。他知道不好，正要还击，可是左胸和右腿在枪声中一阵酸麻，手一松，握紧着的那支驳壳枪就掉到地上去了。也就在这一刹那间，他身子摇了两摇，就扑倒在地上。

太阳已经偏西，云霞红得像血染似的艳丽，四周的环境静谧而安宁。这无情的毒辣的枪声惊动了所有打扫战场的同志，纪振生最先跑来，躲在青纱帐中放暗枪的那个日本鬼子给战士们击毙了。但是，节振国已经倒在他那热爱着的祖国土地上，献出了他的最后一滴血。

傍晚，部队静静地在行军。虽然打了胜仗，节振国的牺牲，却使每个人的心情都感到沉重、悲伤。他们带着老节的遗体，趁着夜深，将节振国掩埋在丰润县曹庄子北山下的一块盛开着野花的空地上。然后，大家眼噙着泪，心揣着火，在悲痛的心情下，静静地肃立着，默默同节振国告别。夏季的轻雾笼罩着凄冷的原野和碧绿的青纱帐。清风吹送着野花香，没有人说什么，但在心里，他们是在坟前宣誓：安息吧！老节！我们将踏着你的血迹前进！

节振国牺牲的消息传出去以后，催落了老乡们的千行热泪，但老乡们又都不相信，因为人民不愿意失去这样的英雄。老乡们总是说："老节没有死，他日行千里，夜走八百，仍旧带着游击队在打鬼子，只不过他没有上咱们这儿来！""有人见到老节了：他穿一套黑衣，戴着八路军的灰军帽，骑着一匹鬼子的白洋马，挎着军刀，腰里有两把短枪，风里来雨里去，带着队伍在长山沟里走，那队伍可长啦！"……

日本侵略者听了节振国牺牲的消息，起初也不相信。佐佐木大尉摇头露出怀疑的眼神，说："嘻！这是节振国耍的把戏，想骗我们上当，好狠狠揍我们一顿！"

但是，鬼子仍旧想证实这消息是否确实。古冶鬼子宪兵队出了布告悬赏寻找节振国的尸首。佐佐木带了鬼子守备队包围了金庄、上尤各庄、下尤各庄，以及黑山沟一带，还抓了许多人去审讯，想打听节振国的下落。但是所有被逮捕的人，都什么也没有说。

整整一年多，节振国的下落对于鬼子始终是一个谜。鬼子要掘节振国坟墓的打算也落了空。节振国的墓刚堆成的时候，战士们就在他的坟上栽了青草，使这个墓不像是一个新坟。节振国静静地长眠在那里，万恶的敌人无法在他死后侵害到他。

"血染沙场气化虹，捐躯为国是英雄。人民安享新生活，奠洒供花岁祭隆。"①

一九四九年十月一日中华人民共和国成立后，节振国烈士与周文

---

① 这是董必武同志为邯郸晋冀鲁豫烈士陵园写的一首诗。

彬、陈群等烈士①均被移灵安葬在唐山市西郊烈士陵园内供人民凭吊。

烈士，是为革命事业、为人民的幸福生活而牺牲自己的。我们永远不能忘记他们。他们虽死犹生。他们的崇高精神品质在感染着我们，他们的光辉名字和伟大形象都留在我们的脑海中。在他们的激励下，革命的未竟事业，都有更多的人在继承、实现。每当我们提起"烈士"这样一个光荣称号的时候，就不能不从心底里产生出敬仰的感情来。

对于节振国烈士也就是这样。

只要我们闭上眼，我们就仿佛看见他腰间插着驳壳枪，枪上的红缨穗耀眼夺目。我们仿佛看见他英雄地站在长山的山冈上，用两只机智的眼睛眺望着远处灯火闪烁的赵各庄；又仿佛看见他站在"燕春楼"戏园的舞台上，激昂地在向观众宣传抗日……

"爆革命火花，生有光芒昭日月；作献身金鉴，死留正气壮山河。"节振国烈士永垂不朽！

---

① 周文彬烈士，一九四四年十月牺牲于丰润县杨家铺，时任中共冀东区党委组织部部长。陈群烈士，一九四一年六月牺牲于玉田县孟四庄战斗中。胡志发烈士，一九四一年担任丰、滦、迁联合县县委书记，由于叛徒出卖，被捕牺牲。杨作霖、纪振生烈士，均在一九四一年秋天在敌人的残酷扫荡中牺牲于丰润。

一个京剧女演员的传奇

心弦铿锵

夜晚，我在冶金设计院副总工程师陈一民家里做客。他申请入党被批准以后，白天刚参加过宣誓仪式，我是去祝贺他的。陈一民红光满面，刮光了短髭的圆脸膛上饱含笑意。柔和的灯光下，他那夹杂在黑发中的两鬓银丝闪闪发亮，两只高度近视的眼睛辉映着光芒。他本来健谈，今天兴致一高谈得更多，谈他对知识分子思想改造的体会，谈钢铁工业发展的远大前景，谈今后的打算……总之，五十多岁的陈一民充满着朝气。我听着他谈，当然也分享到愉快和兴奋。晚饭后，我正打算要走，忽然，雨点神秘地敲打着窗户，外面下起滂沱的秋雨来了。他说："下雨天，留客天，时间还早，你多玩一会儿，我们再聊聊，等雨小些再走吧。"我便留下来了。

再聊天吗？聊什么呢？我很想找个别致些的题目谈谈。他好像猜到我的心思了，忽然说："每逢感情波动，我就有一种想放声歌唱的感觉。我常遗憾自己不是一个音乐家，唱不出心里的感情来。但是，我的心里却常蕴含着音乐的气氛和意境。古人说的'心弦'这个词儿用得真太好了。心上的确像有密密的音弦，常会被无形的手拨动。今天，我这种感情特别浓烈。好像有各种音符在我的心弦上强烈跳跃，有什么声音在心里翻滚。我感到高兴，心里却又老在悼念一个死了的好朋友。也许因为我太幸福了，所以格外想起他的不幸。今天，我谈自己谈得太多了。你们这种爱动笔写文章的人，总是喜欢听故事的。假如你不拒绝，我把这位死去的朋友的事谈给你听听怎么样？"我当然欢迎。于是，他点燃了一根香烟，我也装满了我的烟斗。靠近阳台的那扇立地玻璃门敞开着，西风冷冷吹来，他把刚才吃饭时脱下来的藏青呢制服拿来披在身上，凝望着窗外畅快洒落的秋雨，眼睛眯缝着，脸上露出回忆的神色，变得严肃起来，喷出了一口淡青的浓烟，开始了叙述。

下面，就是他那个朋友的故事。他说：……

我这个朋友叫张天仇，是我大学时代的同学，一个老中医的儿子。身材高大，翘下巴，高颧骨，浓眉凸眼，皮肤粗黑，脸上很少见到笑容。他平时不修边幅，急躁，不了解他的人都不爱接近他。其实他却是一个脾气耿直、爱国、有正义感的人。你也知道，那时候，做中国人真是泄气。国耻日多得数不清，老看到街上垂头丧气下半旗。日本帝国主义步步进逼，占了东北，又蚕食华北。中国人被人骂为"东亚病夫""一盘散沙""五分钟热度"。一谈到国事，我们无不唉声叹气。张天仇也总是拍桌子敲板凳，气愤地嚷嚷："唉！我们中国这头睡狮哪年才能醒呢？"我们俩平时志趣相投，大家都抱着个天真的工业救国的打算。我们不会从阶级观点从社会制度上来看待问题，只幼稚地想：国家弱是由于工业不发达。工业发达了，国家就强了。因此，一心想学好一门工业上的技术，好来救国。我们从清华大学毕业是一九三四年，我记得非常清楚，那年全中国钢产量只有五万吨。毕业后，恰巧有公费留学的机会，张天仇和我一同去考，我名落孙山，张天仇居然榜上有名。于是，在深秋时节，他先出国了，抱了一颗火热的心，去欧洲到德国学炼钢。

张天仇临走的时候，我去送他。我们在船码头上谈了很多话。那天，他两道剑似的浓眉下两只凸眼炯炯发亮，对我说："我这是抱了很大的决心去的。不把德国先进炼钢技术学到手决不甘休。当然这有困难，人家的好东西是保密的，你听说过从前日本在明治维新后派人到德国学技术的事情吗？"

我说："怎么一回事？"

张天仇严肃地说："听讲，当时日本派去的留学生要学德国的某一种先进化工技术，但德国技术保密，没法去学。有个日本留学生决定到德国有名的一家大化工厂去取得这种技术。这种化工技术的操作过程很危险，常常容易发生事故，而且这家工厂招募这类技术人员有个规定：待遇特别优异，但必须终身在厂里工作，住的地方限定区域，不得随意外出。这日本留学生疏通了关节，答应了苛刻的条件，终于进了这家大化工厂。他勤恳工作了三年，非常卖力，很得到德国资本家的赏识，终于掌握了主要的技术机密。但是有一天，他无缘无故地服毒自杀。日本大使馆派人来运走了他的尸体。此后，日本就突然掌握了这一门化工技术的机密。怎么回事呢？原来死者实践了他的报国宿愿。他把历年来学到的全部技术机密，都写在一种特制的纸上，放进一个小胶囊吞在胃里。日本大使馆在取走他的尸体后，剖开了他的胃，取得了胶囊……"

我听了他的话，朝他望望。当时他眼光威严，声调里充满了勇气和信心，对我说："一民，你当相信我，只要祖国富强，我牺牲生命决不犹豫。你相信不？我们应该好好努力啊！"我当然点头。张天仇讲的那个日本人搞情报的传说虽然并不足信，也不足为训，而且还是日本武士道精神、军国主义手段的产物，但在当时我听了的确是激动、兴奋、崇拜的。我们那时的一股热诚全放在工业救国上了。张天仇讲的话我全有同感，只要祖国富强，我们真是死也情愿。我说这件事，目的是告诉你张天仇是个什么样的人，他是一个绝顶狂热爱国的人。

张天仇到德国后，在汉堡上学，还进钢厂实习。气人的是到德国的第二年，公费就断绝供给了。他为了生活，更主要的是为了学操作，故意到克虏伯系统的一家钢厂去当人家不屑干的炉前工，有时一天只吃两餐白水煮马铃薯，真是吃尽了苦楚。但为了要学到些最新的本领，他毫无怨尤，到第四年秋天，他见纳粹德国的侵略行动日益嚣张，就用积聚起来的路费，设法弄了护照，脱离德国到了英国，他在英国制钢业中心的一些工厂里做技术员，先后七年，经历了生活上的千辛万苦，但他那种学习本领的狂热劲头丝毫没有消失。

由于交通断绝，张天仇一九四六年春天才回国。那时抗战胜利不久。我们在上海见面。他仍是不修边幅：身上穿套旧的黑西装，脚蹬一双尖头破黄皮鞋，黑黝黝的脸上皮肤毛孔很大，两只大手变得又粗又糙，大约是做工人的成绩。一肩行囊、一只皮箱就是他全部衣物用具，但是却有八大木箱书。在他出国期间，他父母都先后去世，他那在浙江家乡的妹妹在抗战中也不知漂泊到哪里去了。他出去时已经很孤独，回来变得更孤独。但我在轮船码头见到他时，他却精神焕发。一见面，我们热烈地拥抱。他马上说："一民，当远航外洋的海轮驶进吴淞口，我的心都要从嘴里跳出来了。真兴奋啊！我多想全心全意地踏上祖国大地，把才能放到炼钢事业上去啊！钢铁是国家富强的基础啊。抗战现在胜利了，有希望工业化了！嗨，这一天终于盼到了！祖国啊！我回来了！老朋友啊！我们又见面了！拥抱吧！拥抱！……"

张天仇简直像要疯狂，看来那个下巴翘得更高，浓眉下的两只眼也更凸出了，但黑脸上全是明朗之气。那时候，国民党一心准备打内战，工业凋零，民生疲敝，我早已改了行，在一个私立大学里教英文。但我见他那么热情，虽然自己心灰意冷，怎么好立刻扫他的兴呢？当时，他是个无地落脚的人。下船时，袋里只剩下很少一点钱，我那时家眷在苏州我岳父家住，我就邀他到我在上海环龙路租的一间亭子间里同住，他那八大箱书，我只好给他设法分散寄存在一些熟人的地方。当晚，我们一谈，张天仇了解到各种具体情况后，张大了嘴，怔了半晌，起先什么话都说不出，过了一会儿，依然狂热、自信地说："我在国外多年，就盼着这一天，我学到不少东西，还写了一部著作，颇有些价值，部分理论和资料我在国外发表论文透露后，引起了不少专家重视。钢铁，不同于其他，中国既然现在号称四强之一，总不能不发展重工业，中国以农立国，能不炼钢制造农业机械？……我要争取一下！"他刚从国外回来，平时对政治又不够关心，国内政治情况当然不够了解，他起早落黑赶写了一份发展钢铁工业的建议书，决定到南京去。

过了一个多星期，张天仇从南京灰溜溜地回来了。头发蓬松，胡子也长了，两只凸眼充血，那张黑脸气色更坏。问他经过，他先绷着脸什么也不说，只是摇头，后来忽然苦笑笑对我说："过去，看过《庄子》上的一个故事，说有一个名叫朱泙漫的人，到一个名叫支离益的人那里去学怎样杀龙。朱泙漫花了好几年工夫，用尽了家产，才学会了一套杀龙的本领。可是龙是少有的，因此朱泙漫那么辛辛苦苦费了牛劲学来的本领，还是没有丝毫用处。以前我把这件事拿来当笑话讲。看来，这倒并不是笑话，我俩倒颇像朱泙漫——学了一种没有用处的本领！"我也苦笑笑，但心有不平地说："杀龙确是一种没有用处的本领，可是炼钢怎么能说是一种没用的本领呢？能怪我们学得不对吗？……"说这话时，我心里当然是酸楚愤怒的。

晚上，张天仇才激动地谈了去南京的情况，谈时不断地把拳握得紧紧地敲桌子，连连摇头叹息。原来，张天仇先到"行政院"，传达见他相貌丑衣冠破旧，本来要请他吃闭门羹；后来听他说刚从国外回来，才替他通报。等了半天，里面出来了一个西装革履吃得脸上油光光白里透红的胖子，是个秘书之类的人物。就在传达室左近的一间会客室里接待他。听他讲了一点点，就冷冷地打断了他的话："你想谋事？现在不好安插！……"他再三说明，他不是一个一般的谋事的人，他有专门技术，在国外多年，一心赶回国来想为祖国工业化出点力的。那胖子百不耐烦地听完了，冷哈哈地说："好吧，那我们研究研究。不过，干你们这行的人很多，目前过剩，安插不免困难。……"张天仇听了，怒火冲天："很多？过剩？到底是多还是少？是过剩还是不足？……"这质问当然毫无结果。他自己也想通了：真有价值的东西，一张名画，你轻视它，它就不啻是一张废纸；一块白玉，你不识货，它也可以丢进砖瓦堆里去，有什么可说的！但他在万分失望中仍不放弃最后一星希望。他拿出了王牌——他的那部十年心血聚成的宝贵著作的手稿。稿纸厚厚的足足有两块砖头那么厚一沓。他抽出其中的几章，连同草拟的建议郑重地交给对方，说："这是我十年研究和实践汇成的心血结晶中的一部分，和我对我国发展钢铁工业的建议。我的手稿是轻易不拿出来示人的。它在国外本来可以出版，但我要把它献给我自己的祖国。请你们找专家看看，就会知道它的价值。我再对你说一遍，我不是为了找饭碗、找升官发财的路子来的。我是来找建设工作干的，为的是献出我的心与力，献出我的光与热。让我们自己能生产优质的钢，更多的钢。请你务必给你们院长看看！……"他把那一沓原稿递过去。但是看看那个胖子接过手稿的轻率态度，他的心就凉了一半。不过，这总是一线希望，对方冷漠地答应把这原稿和计划呈给院长看，并要他留下地址等候通知。

张天仇在南京鼓楼附近的一家小客栈里等着，居然第三天就退来了他的原稿和计划，附来了一封毛笔写的官腔官调的八行书。信是那个胖子私人具名的，简单冷淡，说："情况已转陈，并将大作送院座翻阅，但目前胜利伊始，百废待举，一时尚无法安插，以后如有机缘定当妥为留意……"最可气的是有一张呈文纸不知怎的粗枝大叶地夹在他的原稿中没有抽掉，这就是那位秘书大人写呈院长的，上面有这样的句子："……此人我已接见交谈，其貌不扬，不似有精湛学识者，且其自称在德期间曾在钢厂做工，估其实际恐仅不过一高等华工而已。似此满口胡话，不无招摇撞骗之嫌。……"边上有批文，大约是那位大院长的手迹，批的是："手稿内容枯燥，缺少文采，不堪入目。""其貌不扬""不过一高等华工而已"，这是对他这样一位专家的评价；"内容枯燥，缺少文采，不堪入目"是对他这部有价值的技术著作的估价。他们甚至还说他"招摇撞骗"。唉！有什么能比一个人的辛勤劳动与强烈的爱国心受到如此草率、冷漠的侮辱更叫人痛心的呢？

狂热的张天仇啊，还不死心！受到这样的打击，他仍鼓起勇气，跑到"资源委员会"去，要找那边的负责人。交涉了半天，也是出来了一个盛气凌人的小官僚。当时有这样一段对话。

小官僚翻一翻他的建议，摇着头说："目前正忙于接收，很难考虑这些哪！也许你的确有真才实学，但现在还不需要，将来再请你帮忙吧！"

张天仇忍住气恼，当时把那部著作中的几章再一次慎重地递过去，沉痛地说："依我的性格，我恨不得痛骂你们一场，转身就走。但我却不得不乞求你们，你们应当也要有一点爱我中华的心！求你们珍重一个爱国的中国人的心。他不是为了找一个饭碗糊口，如果为了找饭碗，他可以留在外国不回来，他是一心一意想给自己的祖国、给人民做点事，他为这简直痛苦得要疯狂要爆炸了。一个有特长的知识分子，最大最深的痛苦是不能用他的知识来工作。请你们费点时间，找内行翻翻这部东西吧！在你面前站着的这个中国人，他有很高的专门技术，他好不容易才学到了这些，他不怕吃苦，为了工作从不爱惜自己的精力和生命，更不会计较待遇等等。只要让他发挥所长，让他有个出力的机会吧！你知道，我并不愿意求你们，我是为了爱我的祖国，爱我们的人民。……"

小官僚听了他的话，又笑了一下，也依样画葫芦地叫他留下地址。并且特别叫他回上海，等待通知。这样，他就铩羽回来了。

张天仇等呀等呀，这件事像石头丢进了水里，杳无音讯。等了二十多天。在这期间，他板板六十四地说："我要好好研究研究这个国家到底是怎么一回事了！"他买各种书报杂志看，像研究钢样似的比较、分析。当时国民党反动派正阴谋发动全面内战，局势很紧张，东北早已烽火漫天，他对形势的看法，很快就有了变化。对张天仇这样一个旧知识分子，当然要用历史眼光来看他，我只恨我当时思想不进步，我太脱离政治，虽然不满那个反动政府，那时还没有接受马克思列宁主义的真理，要不然，张天仇也可以从我这里多得到一些精神上的帮助。但真理是客观存在的，他不是无知的小孩，他当然一天比一天懂得的越来越多了。他看了报，总常叹息，有时甚至说："抗战胜利了，国家蛮好进行建设，给老百姓民主。我在德国的四年，看够了希特勒穷兵黩武害苦了老百姓，看够了法西斯迫害人民，想不到回来又碰上蒋介石也这样。……"他翘得老高的下巴上胡子长了也不剃，浓眉下两只凸眼总是布满血丝，好像又疲乏又不安。一天，他忽然下了决心："哼，我要赶快到南京去，把那份建议和那些手稿讨回来！"四天以后，他回来了，满脸困倦颓丧的神色，脸显得更黑，那件西装衬衫领子油腻厚厚一层，领带也打得歪歪扭扭的。我感到他变得更多了。那种狂热的态度有些消沉，那种自信的神情不再显露光芒。原来，他去讨回稿子，居然出来了另外一个冷冰冰的科员，似乎毫不知道有这件事，说原先同他谈话的那个秘书到东北接收去了，这件事没交代下来。张天仇气得咬牙，坚持要讨还原稿和建议书。那个冷冰冰的家伙答应找一找，到第三天才给他找出一部分原稿，说其他的连同建议书都不见了，还说什么："好在这不是什么值钱的东西，对不起你。……"张天仇怒发冲冠，想把那个冷冰冰的家伙狠狠骂一顿，但并没有那么做，临了，只一拍桌子，吞了口唾沫，睁大着一对凸眼，用他那炼过钢的大手指着对方的鼻子说了十个字："你们是浑蛋！我是糊涂虫！"

张天仇蓬松着头发回到上海了，情绪很坏，凸出的眼睛现在眼神比深渊还阴沉，到的那天夜里，他满脸黑气，闷闷不乐。我劝慰他。他生硬地说："你别劝我，再劝也灭不了我胸中的怒火，我只恨自己太糊涂！恨我为什么要去找他们！"第二天，张天仇就闷声不响地开始工作了！他在我租的那间亭子间里的一张小桌子上，从早写到晚，为的是补写起他那部手稿中"失踪"的一部分。忘了吃，也忘了喝，甚至忘了大小便和睡眠。我当时在外面小饭馆里包饭吃。约他出去吃饭，他总固执地说："不！我不去！你给我带两副大饼油条来！"他每天啃大饼油条喝点白开水，一天至少工作十六小时以上，整整一星期，写呀写呀，把末尾一部分写完了，然后把稿子收进了他的那只皮箱，好像做完了一件伟大的工作。在他专心工作的时候，虽然两眼熬得通红，我发现：他的精神是饱满舒畅的，思想好像有所寄托，一颗心仍是那么狂热。可是工作完了，他的苦闷又来了。在这阶段，我热心为张天仇找工作。唉！他干些什么好呢？弄来弄去，有一家私人药房需要一个翻译德文方单的人，采取计件工资。他就把事揽了下来。又有一个私立中学要一位初中代课的英语教员，走私人关系，把他介绍了去。他算每月有了维持生活的最低费用。他每天去上课，回来经过报摊，就买些进步书刊看看，情绪反倒逐渐好起来了似的。春天走了，夏天来了，可是，这时候，又有奇怪的命运降到张天仇头上了！

一天，火一样地炎热，不知怎的，有个中年的瘦长条子陌生人，穿一套白哔叽西装，晚上坐小轿车来找他。鬼鬼祟祟同他谈了话。原来这是某一个外国总领事馆的一个中国雇员，约张天仇同到某国总领事馆去，说是总领事很仰慕他的学识，请他去谈谈。这件事使他和我都很纳闷。他起先不愿去，后来，那人再三怂恿，为了弄清葫芦里卖的什么药，他就跟那人去了。

一个西装挺括，白发秃顶，戴金丝眼镜，白脸上露出蔷薇红的瘦长外国老头，在总领事馆那华丽的大客厅里殷勤接待张天仇。外国老头一口中国话非常流利，是道地的北方口音。他十分亲热，也十分客气，露出牙齿笑着说："密司脱张，我们久仰您的大名了。您过去在国外发表的有关炼合金钢方面的一些技术论文，曾经引起我们很大的注意，我们早就想找到您，可是很不容易找啊！好不容易费了很大的力，花了很多的钱，我们才寻觅到了您。我们希望取得您的合作。您现在的处境，我们很了解。您在贵国是没有工作可做的。我国，有无数最新式最巨大的钢厂，我们希望您能应聘到那里去。科学无祖国，一个科学家应当是属于全人类的，他应当是一个为科学为全人类服务献出全部智慧与才能的人。您到那里，可以为全人类工作。您到那里，一定能大大地施展您的抱负。您去那里，一切手续和到那里的安置，这您完全可以放心。我们保证会使您十分满意，我们诚恳地等待您友好的答复。"

张天仇出乎意外地受了刺激，脸变得很严厉："要我去为你们工作？"

"是的！"白发秃顶的外国人笑着点头，蔷薇红的脸上洋溢着讨好的神色，诱惑地说，"我们可以给您极优越的条件：流线型的汽车，豪华的住宅，丰富的图书资料，称职的助手，理想的实验室，高标准的薪金……"

"不！"张天仇斩钉截铁地回绝，"不！"

"呵！为什么？"外国人十分诧异，"你过去不也是在外国的吗？"

"过去在外国，我是为了学技术。今天我回来了，我不愿再离开。我学这门技术，不打算为外国服务！"

外国人似乎发现这个不修边幅个性鲜明的人，一言既出，就有驷马难追的决心，最后又提出了一个要求："密司脱张，我早说过，科学无祖国！我们了解到，您有一部著作，它在贵国也不可能出版，您放在手里不过是一堆废纸罢了。但是我们愿意为您提供出版条件，我们愿意收买您的版权，您可以开个价格，我们看看是否可以尊重您的意见。至少，我想在这件事上我们还是可以合作的！"

张天仇依然是一脸令外国人难堪的神色，声音洪亮地回答："不！我不卖！"

外国人掏出手帕擦汗："密司脱张，您考虑考虑！"

"不！"张天仇毅然地站起身来，像撒落一身灰尘似的给了答复，

"我不卖！"

他回来了。把经过告诉了我，气愤地说："笑话！把我当商人！说什么'科学无祖国'！我这手稿，我这人，都永远不会是外国的。我不悲观！我总觉得现在我越来越看得清楚了！中国是有希望的。这一个腐败的政府是要垮台的。迟早总有好的东西会代替它的。我要等待！"我同意他的话。那时节，我们置身在严寒的黑暗岁月中，当一对好朋友谈到这样一些富于理想和向往光明幸福的话语时，心里会感到多么温暖啊！

但是，事情又有了曲折。过了大约一星期，国民党的"外交部上海办事处"突然派了一个留着牙刷胡子的姓高的科长来访他，送来一张请柬，请他在第二天晚上去赴一个宴会，说明届时派车来接他。他问是个什么宴会。姓高的摸摸小胡子暧昧地说："您去了就知道。"他表示不去。来人说："这宴会非常重要，您一定得去。"

第二天晚上，接他的轿车来了，那个姓高的科长来到我们住的亭子间，左拉右扯，连劝带拖。张天仇又是抱的摸清葫芦里装的什么药的态度，照样不修边幅，仍然穿着那套有些脏污的旧西装和那双不擦鞋油的皮鞋，蓬松着头发去了。

车子把他带到静安寺西路一家名叫"皇宫"的可以举办小型宴会的咖啡馆里，这是一家半秘密的所谓供给"上层绅士淑女"聚会的"高等咖啡馆"。是一个在"冒险家的乐园"里做惯投机买卖的葡萄牙老板筹资开办的。外面一般咖啡馆里每杯咖啡售五毛，他那里要售五元。这是专门采用了一种手法来办给帝国主义分子"享受乐趣"的。这是个辱华的场合，里面雇佣了一些人，男的都一律穿前清的朝服，拖着长辫子，女的全穿了旗装，扮成宫女。一进门，拉门的是两个佩大刀的胸前贴着"勇"字的武弁，里面一色清宫形式的摆设：琉璃大宫灯，景泰蓝的檀香缸，通明的红烛，绣着龙凤的缎子椅垫……景阳钟轻轻地一声声地在敲，檀香的烟雾虚无缥缈。端送咖啡和吃食的宫女都一律行跪拜礼。最气人的是一张红木床上还放着鸦片烟枪和烟灯供人欣赏。张天仇由那国民党外交部的高科长一陪进去，就吃了一惊：怎么到了这样一个鬼地方来？这里，清朝的皇帝好像又复辟了！你看，那些长辫子！鸦片烟！男人和女人手上故意蓄着的长指甲。……又出现了！这时，那个外交部的高科长才对他说："某国的一位参议员，也是一个大钢铁公司的总经理来华访问。他打算同政府合作。今天外交部上海办事处与上海市政府联合招待他。因为他来中国很失望。他想象中的中国应当还有辫子、鸦片、小脚等等的东西，可是竟没能看到，因此特地在这里供他饱饱眼福……"很明显，他们要张天仇来，就是因为外国人直接同他谈没有谈妥，想通过国民党外交部的幌子笼络他。

张天仇太叫他们失望了。他一进那么个鬼地方，再一听是这么回事，当姓高的给他介绍那个外国参议员的时候，他朝那肥猪似的金发洋人冷冷一看，先是干脆不理，当那蓝眼珠白皮肤的大腹贾向他伸出了手，他就横眉怒目，翘着下巴蔑视地说："我不同辱华的外国人握手！我也不会同腐败卖国的奴才们鬼混！"骂完了，他头也不回，夺门而出，好像走出地狱，走出鬼窟，走得像飞一样，留下了那些被他骂得狗血喷头的家伙，在"皇宫"里狼狈扫兴地哼哼唧唧纷纷议论。

张天仇那晚回家，绷紧了脸，满头大汗。一进门，见了我，眼睛射出锋利的光辉，就说："一民，我下定决心了！我要走！"

我弄清了是怎么一回事，问他："天仇，你说你要走，到哪里去？"

这是张天仇第一次那么吃惊地给了我答案："找共产党，到解放区去！"

"什么？"当时我大吃一惊，几乎叫了起来。你看，不知不觉间，他已经这么远地跑到我头里去了。

他的黑脸激动得泛红，挥舞着右手做手势："一民，我下定决心了，我是走错了路。幸亏这些国民党的贪官污吏没有安插我，不然我真掉进茅屎坑里给他们做帮凶去了。这几个月来，我越来越明白了，清醒了！我得走，我不该等！再等下去，我要急死了！我不能再浪费我的生命！我得自己去找光明！你看——"他拿出一本《文萃》杂志放在我的面前，"你看看这篇通讯，这里介绍了一个解放区的情况。我要找的正是这样的地方！我几乎连一天都不能再等待。再在这里耽搁下去，我要窒息了。你支持我走吗？"

我思考着，我的心像海涛汹涌，那样的翻滚，那样的不平静，那时，我也想走。但我有个家，上有老，中有妻，下有小，他们得靠我的薪水生活，这就使我不能像他那样说干就干。我说："天仇，我支持你走！只要我能尽到力的，我都能帮你忙！"

我们深谈了以后，这才知道，他在教书的那个中学里，结识了一个教国文的教员。那是一个进步分子，具体情况我也不太清楚。他受到那人的影响和启发很大，他们打算一块走。那是一九四六年的九月底，他打算过三四天就启程，先到苏北南通，再进入解放区。他托我为他保管好那八箱书，说："现在国民党发动了全面内战，正忙着打仗，那边一定很困难。而且，那边也没有大钢厂，可能有的只是铁匠用的小红炉。但我宁可拿着铁锤一下一下打铁，我也愿到那里去。我干过工人，我能行。听说那边很苦，那是一定的。但什么苦，我都愿意吃，只要让我能去做点有益的事。等到将来，将来总有一天会有钢龙给我这朱泙漫杀的！"说着，他连那部用牛皮纸包扎好的宝贵的手稿也珍重地拿出来交给了我，要我好好保存。我就把它妥善地放在书架后壁上的一个暗橱里。

那晚，张天仇到街上去买了一瓶"绿豆烧"和一些卤鸡、咸蛋来。我们喝酒谈心，睡得很迟。他又恢复当年那种狂热了，富于毅力的翘下巴和坚定自信的眼神使我看了兴奋。他当然还远不是一个共产主义者，甚至还够不上一个革命的民主主义者。但他已经认清了国民党反动政府的真面目，他也懂得中国的救星是共产党，要找光明应当到解放区去。他长得确实不好看，可是那种向往进步，热爱工作，满心想把自己献给人民和祖国的心愿，却使他脸上泛出光彩。在我的眼里，那时我突然发现张天仇一点不丑。他很有英雄气概。

哪知，第二天竟平地起了风波——张天仇被捕了！

他被捕我还不知道。他是突然不见的。当天夜里，他没有回来。我好奇怪啊！到他工作的学校和那家药房都去找过，但没有下落。那个打算跟他一起到解放区去的语文教员并没有启程，听我说起张天仇失踪了，他马上警惕地躲避起来。张天仇到哪里去了呢？谁也不能回答。难道他不告而别了吗？那当然不会。他的东西都没带走。在那时候，国民党的特务走狗很多，随时随地可以逮捕任何人。我不禁疑惑他是被捕了。那正是秋天，连续几天总是下雨。夜雨秋灯，我独自坐在小亭子间里，听着雷声隆隆地在天空中滚来滚去。我心潮起伏，那种凄凄切切悒怒愁人的滋味，今天想起来也会难受。

次日中午，事情明朗化了。三个特务大摇大摆来抄查，凶恶地追问我："张天仇的那部手稿在哪里？"我立刻敏感地想到：张天仇是被特务逮捕了。国民党的特务一定是想从张天仇这里夺去这部宝贵的技术著作。我一口推说不知道。特务们把房里的东西翻得乱七八糟后又摇摇摆摆地走了。原稿没有被他们抄去。

我有个亲戚，在上海的九流三教中人头很熟。我连忙托他打听张天仇的下落。原来他是被囚禁在国民党中统的特务机关——亚尔培路二号里。这是上海闻名的一个大特务机关。数不清的爱国进步人士在里面受过残害。我连忙费尽周折张罗了一笔钱，托亲戚送礼找保，希望搭救张天仇出来。

到第三天夜里，张天仇突然出现在我面前了。是我那亲戚托了人才放他出来的呢，还是因为他已经疯了才释放他的？我一直没有弄清楚。他的回来，使我的心往下一沉。他的样子太出我的意外了。我不知他受刑的情况怎么样。但他必然受过了惨无人道的重刑。他没有外伤，但完全变了，神经已经不正常。他的声音好像发自受伤的内脏，嗡嗡嗡的很不清楚。他只自言自语地反复念叨："他们打我！打我脑袋！
……""他们打我！打我脑袋！……"他那两只凸眼非常可怕，布满了
血丝，有时闪出一股叫人灵魂战栗的光芒。他的嘴唇乌青发黑在翘下
巴上颤抖，头发那么蓬松，有些像钢针似的竖在头上，西装上全是灰
土，领带也不见了，两只手却常常痉挛抖动……

　　我把他扶在床上坐了，倒水给他喝，问他详情。他却什么也不说。
我难过得要哭。他的确有些疯癫了。我说："天仇，你怎么了？"他说：
"他们打我！打我脑袋！……"我说："天仇，我陪你上医院去治一治。"
他坚决地摇头："不！我不给，死也不给！……"我说："你躺着好好闭
上眼睡睡吧！"他叹着气答："解放区！解放区！……"我说："天仇，
你饿了吗？"他睁大仇恨的双眼怒叫："他们是法西斯，我跟他们拼了！"
我的眼泪流得满脸都是，多叫人痛心哪！但有一件事他倒像是清醒的，
过了一会儿，他要我把那部心血结晶的手稿还给他，说了一遍又一遍。
我从书架后的暗壁橱里把手稿拿出来递到他手中。他两手颤抖，把稿
子抱着，紧紧不放，贴在心口，像抱着个亲爱的孩子，嗫嚅着说："我
不给！死也不给！……"后来忽然又把手稿垫在枕头底下，自己上床
伏在枕头上躺。那一夜，他常常含糊地嘟嘟哝哝，我简直一夜都没
合眼，只听着他发出伤心断肠的呻吟声，时而说些不清不楚的话："他
们打我！打我脑袋！……""解放区！……"

　　但第二天一早，张天仇的情况却使我放心了一些。他安静地睡着，
平静地打鼾，似乎情况不错。我上午有课，急着去学校，有心想等下
课回来后看看他的情况再决定是否陪他上医院。哪知我回来时，却发
现他不在房里了！

　　房里散发着刺鼻的酒气。一些奇怪的现象显现在我眼前：洋油炉
旁边，有一堆很大的黑色的纸灰。呀！从烧剩的残片来看，这就是张
天仇那部心血结晶的原稿。他一定是在神经错乱的情况下，怕手稿被
特务来夺去，竟把它一页一页撕碎烧毁了！唉！多大的损失啊！我再

一看，桌上那瓶"绿豆烧"也空了。怪我不好。我不该不把它收起来！本来早几天的晚上，我们还喝剩下三分之二。可是现在全喝空了，瓶子歪倒在桌上，地上也全滴着酒，房里的酒味就是从地上来的。我当时，血管都要炸了。我急的是天仇，惋惜的是他那部用"面壁十年"的精神和功夫写出来的手稿。他到哪里去了呢？我立刻出去找。天已经又下起雨来了。雨声沙沙的响，好像在发出什么警告似的。雷声震动着我的心，我冒雨在外边寻找。找啊找啊，到各派出所，到他学校，到那家药房，到热闹和冷僻的街上……但什么地方也找不到。那么大的一个上海，人海茫茫，哪去捞他这根针呢？

我找到天黑，午饭、晚饭都没有吃，浑身透湿，懊丧悲痛地回来，呆呆望着地上他烧毁的纸灰出神。我没有开灯，死一般沉寂的黑暗包围着我。我浑身冰凉，觉得我是沉沦在地狱里。我的心弦被拨动着，好像在弹奏一支安魂曲。多么凄凉，多么哀痛。我好像看见那一堆烧毁的稿灰就是张天仇的心。这颗火热的心被这万恶的社会毁灭了！就像这些灰一样，你一拨弄，它就飞扬飘散成细小的粉末了。他成长起来多不容易，他被毁灭却多简单。像他这样的人，本来是人民的珍宝，可以为人民做出贡献的，可是却像一根野草似的，被冷酷、反动、腐化、漠视……的魔爪捏断了，被反动法西斯的野火烧毁了！

淅沥的秋雨打击着玻璃窗，雨声刺醒了我。我突然想到，我应当到各个医院里去看看，也许会找到他。存在着这么一点希望，我又披上湿淋淋的雨衣，立刻冒着潇潇的秋雨走上街去。

疾风裹着秋雨无情地吹打着我。雨声好像一把大刷子在擦洗大地。天空中时时劈过电光，雷声像铁皮撞击动人心魄。我的眼镜片上像纵横流满了泪水。走了两家医院，都没找到。到了第三家医院——广慈医院，我终于找到了他。这家法国人主持的医院把他扔在一间腥臭的、摆满着外科手术垃圾桶的房里，在幽暗、阴森森的灯光下，他躺在一张很脏的病床上，已经完全变了样子了。他的一只眼睛乌青发紫，好像被什么重物打过似的，血红的眼珠都快要全部凸出来了。他的头发乱草似的好像被人用力揪拔过，甚至顶心处被连根拔去了一丛，露出了血淋淋的头皮。他的上衣被撕裂了，全身污秽。由于他是在亚尔培路二号——国民党那个血腥特务机关附近被人发现倒在地上把他送来的，医院里虽然勉强收了，却嫌没人给他缴纳医疗费用，不肯给这个来历不明的人以应有的治疗，随意把他扔在这间轮不到等级的病房里，打算马上送他进"太平间"。一个阴阳怪气的男护士无所谓地对我说："有外伤，更重的是内伤，剧烈脑震荡，头部好像被狠狠打过，没希望了！你快到前边给他缴费办手续！"我恨不得把那罪恶的黑暗社会撕裂，我呜咽着扑上去，见张天仇翘着下巴"呼哧呼哧"直喘气，胸脯像风箱似的起落，那对凸眼睁得大大的，像要伸冤。嘴里不知在念叨些什么。我不禁流下泪来了。我叫着他的名字："天仇！天仇！……"他起先什么反应也没有。但听我叫得多了，似乎引起了什么回忆，瞪眼朝我望望。他嘴里有酒味，但他并不醉，我知道，他是被打傻的。我见他那高颧骨的黑脸上已经泛出青灰色，翘下巴上的嘴唇也泛白了，有许多微小的汗珠露水似的浮在毛孔粗糙的皮肤上。我已经察觉不好。我哭着说："天仇！这是怎么回事！你怎么会这样的？是谁把你糟踏成这样的？……"可是，他已经不会回答。我发现他朝我看着不动，仿佛认清了是我，忽然回光返照似的嘴唇嚅动，想说话，但他的舌头麻痹了，嘴一张一合，胸口沉重地起伏，却一个字也没有说出来。外面，急骤的秋雨大声在下，冷风叹息得更厉害了。他的两只粗糙有力炼过钢的大手，忽然一下子紧握住我的双手。但马上变得松软无力了。我再看时，他已经不行了！……

我在公墓里安葬了他。我精神上、身体上都像经历了一场大病。情况我完全可以估计明白，张天仇的性格我是了解的，倔犟的他，第一次被捕后，在亚尔培路二号受了刑，特务们把他打成了神经错乱。但他稍为清醒以后，心里仇恨，喝了酒，毁了书稿，在神经不正常的状态下，他又找上门去寻找特务拼命。于是，他受到了更重的凌辱与残害。他们可能用的是包着橡皮的铁器把他打成严重的内伤。他们打他的头，狠狠地打他的头，打坏了他那智慧的大脑！毁灭了他的知识技术财富！摧残了他的生命！

他的八大木箱书成了他的遗产。我接收了下来，有些在解放后对我大大有用。你看，这四壁书架上的书，有相当的一部分是他的。其余绝大部分德文本的，我用他的名义早捐给了一家公立图书馆。可是，他那样一个了不起的人才被国民党反动派毁灭了！他的那部有价值的心血结晶的手稿也毁灭了。这些永远是遗憾。

我多幸福啊！因为我能沐浴到党的光辉，受到党的培养与教育，在解放了的新中国，在美好的社会主义制度下发挥我的特长。你是知道的，在大陆全部解放，我们刚建国时，全国钢产量只有十五万八千多吨。可是，在党领导下我们的钢铁工业迈着巨步，现在，我们钢的生产能力比那时候提高了几十倍。你也知道，从中国开始建设近代钢铁工业到解放的五十多年里，一共只生产过七百多万吨钢。现在呢？我们一年就不止这数目。而且，我们自己也可以做出全套钢铁联合企业的设计来。我常想：张天仇要是活到今天该多好！他也许会在鞍钢。在那儿，钢水沸腾，铁水奔流。清晨，森林似的烟筒冒吐着各种颜色的浓烟；夜晚，通红的火花映红了海蓝色的天空……他也许会在武钢。在那里，广阔的原野上出现了大片大片的厂房，出现了新式的平炉和高炉，机械的轰鸣和劳动的声音汇成雄浑的大合唱，一批批的钢材，会通过浩荡的长江转运到四面八方……一九五八年大跃进的时候，有一次我到了长城外的草原上。在乌拉山和黄河之间宽大的草原上，看到包钢的工程在兴建。夜晚，工地上的电灯像满天繁星似的闪烁。忽然，在冲破黑夜的强烈灯光下，我看到在一个厂房的骨架上站着张天仇！他翘着满是胡髭的下巴，鼓着两只凸眼，戴着一顶安全盔，穿了一套工装，正在指挥机械化施工，吹着哨子，摇着旗子，那么抖擞，那么英武。我哎哟一声，心想：怎么？这真是张天仇？他怎么会在这里干这事？这当然不可能，但又似乎一点也不错，真是张天仇！我明知道不是却又希望他是，一时冲动，在一种梦幻般的感情中，我飞也似的迎上前去。当然，这是幻觉，我看错了！怎么会是张天仇呢？那是一个容貌和他十分相似的基建技工。真正的张天仇——一个有技术、爱国的专门人才，早被反动派和美帝国主义所断送，早被旧社会的黑暗波涛吞没了。

祖国美丽，时代幸福。革命的现实鼓舞着我，灿烂的未来使我向往。我眼睛瞻望前面，可是总不肯忘掉张天仇。想起他，我就刻骨仇恨那个吃人的黑暗旧社会，我就刻骨仇恨国民党反动派，这是一种有益的回忆。在国民党反动派统治下，一个知识分子，如果没有政治上经济上的后台老板，即使他再有知识，他也只能处处遭到屈辱，被腐化的官僚们断送前途。在那时节，一个张天仇这样的知识分子，哪怕有满腔热诚，想为祖国人民献出力量，即使他甘愿吃苦，不计任何名利，只求有一个工作条件，做点有益人民的事，也不可能有任何机会，更谈不到发挥专长了。在那时节，一个知识分子，如果有良心，不愿同流合污，怀抱着一点追求光明进步的理想，像张天仇后来那样，就甚至会在法西斯特务统治下，遭到令人发指的杀害……不对比过去，就不能更深地感到今天的幸福，这好像是"老生常谈"，但这是真理，我总觉得我们这一代由旧社会过来的知识分子，绝不能抛掉这种回忆。我觉得在新社会里成长起来的青年知识分子也应当多知道一些这种可怕可厌的过去。他们有党的光辉雨露的滋润，他们生活在幸福之中，已经无法切身体会那种滋味了。可是，他们能对这没有广泛而深刻的理解吗？对于我，一个从旧社会来的老知识分子，受到了党的教育与培养，每当想起旧社会那种梦魇似的生活，每当想起张天仇这种知识分子的不幸遭遇，我的心弦就被铿铿地拨动。我很难向你说出我的感情。我没有理由不认为我除了尽自己的责任，还应当把这一位好朋友的狂热为祖国富强、人民幸福献身的愿望与责任也担当下来……

　　陈一民的叙述停了。室里只有我"丝丝"抽烟斗的声音。室外，秋风秋雨不知在什么时候早停了。我发现已经夜深了。我看看他，他已经平静下来。原先他的话里曾带着哀悼与激动，但现在脸上布满昂扬的神情。我想：是的！这是有益的回忆，不但对你，连我听着也是一样，时间大大超过了我的预算。我知道他常常习惯于在夜里工作。我觉得我应当走了。但我却沉浸在一种不能言传的情绪中，不想移步。我想：你不是音乐家，也没有弹奏乐器或唱出乐曲。可是你谈的话，使我仿佛听到了一支难忘的乐曲。这乐曲像高山流水，使我长久抑制不住心头的激动。我能感触到你的心弦在铿锵地震动。我的心弦也起着共鸣。我身体里的每根血管都懂得这个曲子。这旋律，曾经使我们的心一时战栗、绞痛，但它也会使我们的心长久地变得更坚强、有力……

　　后来，我咬着烟斗走到外边，心弦依然在袅袅震动。宽广的柏油路被雨水洗得明净如镜，不知什么时候，金光灿灿的星星又缀满了蓝天，皎洁的月亮也在高空洒下美丽的银光来了。它安详地照着宁静和平的街景。我看看街道两旁那些高大的新中国成立后陆续新造起来的建筑物，忽然更加感到现实生活的幸福。我回头向高楼上陈一民住的套房的窗口望去，见他那间安着小书桌的房间绿色台灯的灯光亮了，我知道，这是他的习惯，他一定利用夜深人静在继续工作了！

写于 1961 年

春风桃李

北京那金色的初秋是最美丽的。

下午，骄阳灿烂，欧阳梅樱老师站在办公室外面的廊檐下，看着少先队辅导员带着初中一年级的新生，在教室前面那绿盈盈的草坪上，愉快地过队日。他们围成一圈，正在玩"击鼓传花"的游戏。一双双小手紧张地把花顺序传着传着。鼓声咚咚，密如雨点，蓦然一停，花在谁手里，谁就罚一个节目。学生们那嘻嘻哈哈明朗快乐的笑声高一阵低一阵地传来。看着这群朝气蓬勃的学生，欧阳老师觉得自己也年轻起来了。现在，她看到那朵花刚好传到活泼天真的秦红手里，鼓声突然停了。秦红笑吟吟地在同学的掌声中站起来了，那么灵巧，那么有生气，就像一只百灵鸟似的。大家要她出一个节目，欧阳老师正在想：她是唱歌呢？还是跳舞呢？……想不到她竟出人意外地朗诵了一首数学诗，作为一个节目来考大家。她那童稚清脆的嗓音，响亮地在欧阳老师的耳边回荡：

> 在波平如镜的湖面，
> 高出半尺的地方长着一朵红莲。
> 它孤零零地直立在那里，
> 突然被狂风吹倒在一边。
> 有一位渔人亲眼看见，

它现在有两尺远离开那生长地点。

请你来解决这一个问题：

湖水在这里有多少深浅？

欧阳老师忽然心里有了浓烈的感触，不禁转过身来推开办公室的玻璃门，走近自己的写字台，静静地坐下思索起来。

一

欧阳老师解放前同中共地下党的同志接近，思想进步，参加过建立新中国的斗争，解放后，很快就入了党。她今年五十岁了，中等个子，两鬓花白，戴一副近视眼镜，圆圆的脸上老是带着和蔼的笑容。她复姓欧阳，可是在学校里大家都习惯地把她喊作"杨老师"。她一向是在高中教数学。现在，为了加强教学改革的试验，学校决定调她来教五年一贯制一年级（2）班的代数，兼做（2）班的班主任。打算请欧阳老师随班跟着教上去，一直教到这批学生毕业。欧阳老师热爱这工作，做班主任以后，她轮流进行家庭访问，开学二十天来，她已经访问了十多个学生的家庭。明天，她正打算去访问学生秦红的家长。刚才，秦红朗诵的那首诗打动了她的心，引她想起了往事。她静静地思索着，不由得再一次地打开了学生的学籍簿，仔细地看着秦红填的那张学籍卡。

秦红的父亲名叫秦大年，是市汽车公司的司机，共产党员；母亲名叫李红，在百货公司东城区分公司做会计，也是共产党员。秦红在"家庭情况"一栏里，用自豪的口吻填着："爸爸是劳动模范，妈妈是先进工作者……"欧阳老师看着看着，眼睛又转到学籍卡上贴的秦红的照片上去了。这真是一个聪敏、健康、可爱的孩子。长睫毛掩盖下的明亮的大眼睛，短短齐耳的黑发，那张神气的小脸微微昂起，嘴角隐隐上翘……多么叫人喜爱，可这脸上的眉眼神情又多熟悉啊！

欧阳老师在开学的第一天，就注意到这个全班最小的女学生了。这孩子入学二十天，欧阳老师从她的容貌举动，从她对数学的爱好，得到了一种特殊的感觉。在她身上，欧阳老师好像发现了一种曾经熟悉过的东西。秦红在小学时是三好学生，来中学后在数学上表现出很有独立思考的天赋。每当欧阳老师课堂提问，她总是第一个举手，对答如流。每当欧阳老师在黑板上教过一个例题，询问大家："有不懂的地方吗？"她常常会举起小手，然后出乎意外地提出一些问题："杨老师，你看，用另外一个方法做这道题行不行？"或者说："老师，我想到另外一个解法，你看行不行？……"

那天下午，欧阳老师同她闲谈，不禁问她："秦红，你数学怎么这样拔尖？"

"我在小学时就最爱算术，还有……我妈妈，她常教我。"

"呵，妈妈常替你补习？"

秦红点点头，眼睛里闪出稚气的骄傲与满意的神色："杨老师，我应当学好数学。妈妈说的，工厂里，人民公社里，劳动的岗位上，有许多地方都要用到数学。我们将来长大了干革命、搞建设，数学可有用呢！"

欧阳老师的心里高兴得开了花，连连扶着近视眼镜，不由得浮上了明朗、和蔼的笑容，赞许地看着孩子说："是啊！秦红，你想得对，革命接班人的大志就是革命，为革命学习，这志向好啊！"

秦红点点头，微微把脸昂起，天真的眼里泛出幸福的光芒，这一来，又触动了欧阳老师的心。这个短头发、大眼睛、好把头微微昂起的小姑娘，又一次地勾起了她心里某种难以磨灭的回忆。而刚才，当她站立在檐下，听见这姑娘用好听的声音朗诵那首数学诗的时候，就更注意了：真奇怪！天下就有这么巧的事！这天真活泼聪明可爱的秦红，多么像十五年前欧阳老师教过的一个女学生——李薇。遗憾的是那么一个聪明可爱的女学生早被黑暗可恨的旧社会和国民党反动派的魔手葬送了。她死去已经整整十五年了。可是，现在从秦红的身上，欧阳老师依稀看到了当年那个女学生李薇的影子。促使欧阳老师不禁想起那件不能忘怀的往事。

欧阳老师现在看着学籍簿上秦红的照片，不由得再一次地深深想起了李薇。想着想着，欧阳老师就觉得难过。欧阳老师不是一个感情脆弱的人，可是那万恶的旧社会给人留下多少永远不能忘记的事啊！

二

十五年前——一九四七年，欧阳梅樱老师那时三十五岁，但她已教过十年书了。暑假过后，初秋的时候，她在上海养正中学教高二的代数。她发现在班上的学生中，有一个十九岁的女学生——李薇，在数学方面接受能力很强。别的学生难以理解的数学题到她手里都变得十分容易解决。常常会遇到这样的事：老师演算过例题，询问学生们是否懂得的时候，她常常会经过独立思考举手提问，设想出另一些解题的方法来。她总是微微地把头昂起，一头短短齐耳的黑发，在长睫毛遮盖下的明亮大眼睛里闪出智慧的光芒："老师，这道题我想到另外一个解法，你看行不行？……"

一天，欧阳老师亲切地同她谈心，她眼睛里飘拂着向往的光辉，对欧阳老师说："老师，我爱数学。在数学史上女数学家是不多的，我要学好数学，将来能有些创造发明，把数学用于人类生活……你说，这样好不好？"

欧阳老师回答学生："李薇，应当有这种志愿和抱负。但最重要的志愿和抱负是做一个站在时代前列的人，做一个进步分子，为广大人民造福，做一个有益于人民的人。你有把数学用于人类生活的理想，这很好。但你想过没有？假如这社会仍是这样子不变，你有可能吗？"

李薇好像从梦幻中醒了过来，蓦然轻轻叹息了一声，摇摇头："老师说得对，我这全是不切实际的梦想啊！……"

是啊！腐败卖国的国民党反动政府，黑暗无边的魑魅社会，说那些美好的东西的确还遥远啊！但欧阳老师是个对光明有信心的人。这时候，中国人民解放军已由防御转入进攻。欧阳老师含着深意说："不！李薇，应当坚强。现在是严冬，但春天不远了！只要你能站在时代前列，你就会懂得这一点的。你对数学有兴趣，等到春天来后，你可以有发挥特长的一天的。"

李薇苦笑："特长？爸爸也对我说过，说在我很小的时候，他就常常教我算术。家里穷，糊壁的都是爸爸的一些上面演算过公式、例图、习题的纸张。我常常看，睡在床上也看。那些常常和我接触的东西，引起了我很大的趣味。当我在初一的时候，有一次他改作业，我老纠缠他。他不得闲，就故意出了一道题难我。那道题是一首诗：

在波平如镜的湖面，
高出半尺的地方长着一朵红莲。
它孤零零地直立在那里，
突然被狂风吹倒在一边。
有一位渔人亲眼看见，
它现在有两尺远离开那生长地点。
请你来解决这一个问题：
湖水在这里有多少深浅？

结果，我一下子就算出来了。我用壁上贴着的纸张上被我看会了的勾股弦定理求到了答案，我说：'湖水的深在这里是 $3\frac{3}{4}$ 尺。'当时他很惊讶，他说，我学数学一定比他还行。可是，唉！这贪污腐败的法西斯政府！这'朱门酒肉臭，路有冻死骨'的万恶社会！物价像断线的风筝疯狂上涨！遍地失业者，到处是哭声！……"她停止了说话，默然无声地低下头去。

欧阳梅樱老师望着李薇，心里感到无限同情，也混杂着悲愤。欧阳老师知道李薇的家庭情况。李薇有一个患三期肺病的父亲在徐家汇一个中学里教数学；有一个本来在纱厂做工因为得了风湿性心脏病被老板辞退在家卧病的母亲，李薇的家境很困难。欧阳老师忍不住说："李薇，你要乐观，光明的日子不会太远的。你有困难，对老师说。下学期你缴学费有困难，老师可以帮助你。"

李薇深情地看看老师，头微微昂起，嘴角微微上翘："谢谢你，杨老师。"

她后来夹着书走了，可是她的话、她的表情总是萦绕在欧阳老师的脑子里。

刚进入深秋的时候，李薇突然常常缺课，欧阳老师关切地看着李薇的脸色越来越苍白，两只眼圈微微泛出淡黑色的晕圈。天冷了，她依然穿着那件单薄的破蓝布旗袍，欧阳老师不禁把李薇找来问："李薇，你最近生活得怎样？"

李薇簌簌地流下眼泪："爸爸最近大口大口吐血，不能上课，学校里已经把他解聘了。他在那个学校里教了十几年书，老了病了却被一脚踢开！这使他的病更重了。他现在躺在床上，家里能卖能当的东西都卖了当了。天天就靠我和带病的妈妈给附近一家火柴厂糊纸盒，天天要糊到夜里两三点钟，换点钱糊口。"

欧阳老师看着李薇，眼镜的镜片突然模糊了，不让学生再拒绝，她把口袋里仅有的一些钱硬塞进李薇的手里，可是这姑娘咬紧牙齿说了一个"不"字，微微红着脸，昂着头一甩短发就跑了。

欧阳老师从教务处打听了李薇家里的地址，当夜就去了。那是在洋泾浜附近的一个小巷子里，李薇一家三口住在一个三层楼晒台上用木板搭成的小屋里。李薇的爸爸——一个五十多岁黄瘦黄瘦、头发斑白的穷教员躺在床上，死一般地沉睡着。一个苍老、枯槁的中年妇人坐在门口的一只小板凳上，在小风炉上熬药，药味正从一只被烟熏黑的药罐里浓烈地飘来。欧阳老师问："这是李薇的家吗？"那妇人颤巍巍地站起来，拂拂额上的乱发招呼："李薇上街买东西去了。"欧阳老师一时不知说什么好，只把早已经准备好的一个装着钱钞的纸袋和一件绒线衣交到李薇母亲的手里，说了一声："请交给李薇！"就急匆匆地走了。

但是，从此，李薇好多天不来上课了。欧阳老师忍不住在一个秋风萧萧的夜晚，又向李薇家走去。想不到在李薇家的街口遇到李薇正从药铺买了药回来。她头上戴着一朵刺眼的白绒花，穿的是一双白布孝鞋，左臂上箍着黑色的孝布。欧阳老师明白发生什么事了：李薇那患三期严重肺病的爸爸一定完了！李薇看到了老师，轻轻叫了一声，悠悠低下头去，欧阳老师看到她脸上挂着两串晶亮的泪珠，这是两串在以后的日子里从欧阳老师记忆中常常出现的泪珠。欧阳老师没有上楼到那间简陋的木屋里去坐坐，只问："李薇，你妈妈呢？"

"她躺着，爸爸一死，她刺激太深，又躺倒了。"

"李薇！"欧阳老师激动地把早预备好的又一个放着钱的封袋塞进学生的手里，"你拿着用。"

但是李薇不肯，她感激地咬着嘴唇，坚决地要还给老师："不！老师！您生活也苦，不能再收您的钱了。"

"有什么要紧呢？像我们这样的人应当互相帮助嘛！老师愿意帮助你。"

"不！"李薇摇头，"老师，你负担不了的。我们已经欠下了许多许多高利贷，那不是很小的数字，它利上加利滚雪球，我们借了又要再借，数字一天比一天大。我能懂得这些数字的意义，它们会压死我的。老师，我对不起您。您的关心，您的教导，我永远铭记。但是请原谅我。从今以后，我是不能再来上学了。"

"你打算怎样？"

"我？……"李薇的音调里带着惶惑，"母亲想带我回乡种地，可是我们没有一寸土地一间房；我想做工，可是资本家的残酷剥削不说，哪里有做工的门路，哪里需要人呢？……我们没有活路了！……"

"不！你应当坚强！李薇，"欧阳老师心情沉重，激动地轻声说，"这个反动政府寿命是不会长的。水深火热的日子总要过去的。眼前有再大的困难，你也要咬紧牙关顶住。光明是一定会来到的，而且不会太远了。你应当相信老师的话。"

"是啊，老师！"李薇点头，"您说得对，我应当顶住。但是这人吃人的社会，处处有陷阱啊！债主逼我去当舞女还债！这黑暗险恶的世道，没有一处没有压迫，没有一处没有眼泪。陷阱似的旋涡，也许会吞没了我……"

欧阳老师心碎了，打了一个寒噤。在十年的教学生涯中，她在上海教过一千多个学生。女学生成为舞女、歌女、交际花、姨太太，甚至堕落成为妓女的都有。难道说，教育她们，辛辛苦苦传授知识，最后却让她们去干这种龌龊的事？就没有一条可以让她们用正直的劳动自食其力，换来生活和前途的道路？就没有一片天地可以使这些青年用她们诚实的劳动，用她们的知识和双手，去为人民和社会的进步贡献力量？有什么事，能比这更使做老师的人伤心呢？这就像一个辛勤的园丁眼见着他培植的花木含苞正要开放，忽然被一场冰雹糟蹋个干净。欧阳老师只有克制住自己的感情，对李薇进行鼓励，无论如何要把钱留给学生，并且说："我一定要帮助你！我能帮助你！你应当继续到学校里来上课！……"说着，控制住感情，在黑暗中离开了李薇。

三

　　欧阳老师感到，在经济上无论如何是一定要支持李薇和她妈妈的生活的。即使为了学生，自己负上沉重的债务，也应当这样做。但她感到更重要的是必须从政治上从思想上帮助李薇。因为在她的感觉上，李薇的思想不够开展，家庭的困难使这个年轻的女学生好像陷入泥沼不能自拔，因此，就不能头脑清醒地看到全国的形势，看到革命的进展，更谈不到参加斗争了。欧阳老师觉得作为一个进步的教师，有义务有责任要引导李薇这样一个学生，从黑洞洞的小屋子里走出来，去迎接光明，参加斗争。如果李薇能这样，她才能摆脱家庭生活的小圈子，真正成为一个走在时代前列的女青年。不然，光从经济上给她帮助，光从感情上给以抚慰，仍旧是不行的。

　　这时候，全国解放战争的形势正在向胜利方向大发展，欧阳老师在中共地下党同志的领导和帮助下，正在学校中不断做学运工作。早在一九四六年，全上海九十八个大、中学校就成立了助学联合会。学生们不辞辛劳地到街头推销助学章。他们为了不使同学失学，向市民伸出了求助的手，依靠了学生的集体力量，和全市人民的支援，解决了许许多多学生的学费困难。上海学生的助学运动随着形势的变化，斗争的内容也在不断发展。到一九四七年，这一运动同反美、反蒋斗争结合得异常密切。欧阳老师引导李薇去参加上海学生团体联合会，同一些进步同学在一起进行活动。

　　起初，李薇热情不很高。有一天晚上，她找到欧阳老师，说："老师，谢谢您对我的帮助。但，生活在这万恶的旧社会里，使我感到好像是在做一道算术题，遇到一个求不尽的无理数，我实在是没有劲头参加什么活动了！"

　　可是，欧阳梅樱老师这次却严肃认真地说："李薇！你这想法不对啊！你难道以为这个社会上，就只有你在受苦受难吗？不是的！广大的工人、农民、劳动大众，有的比你还要苦上十倍、百倍啊！他们为了求得解放，都在那里参加斗争呢！你不想想，消极、流泪、灰溜溜的，有什么用？不！一点用也没有！只有咬牙斗争，这才有用啊！我们笑的日子快来了，应当努力斗争来争取！把哭泣让给敌人去享受吧！你年轻，你不斗争，却宁愿让反动的逆流淹没你，这么行吗？你应当好好想一想！"

李薇昂起了头，眼睛明亮起来。她听到欧阳老师继续说："不打倒反动统治，不改变旧的社会制度，什么都谈不到！……"她感到有一道电光劈开了她心上的阴霾！在她的心上带来了太阳。这些话过去没有人对她说过，她那生了病的父母只鼓励她好好念书。可是当她因为父母的贫病形成无法维持生活的情况后，就感到一切都幻灭了！现在，欧阳老师的话，使她奋发，使她感到心头产生了一股力量。她终于说："对！老师！我应当有行动！"

那一晚，老师和学生之间有了很长很深的一次谈话，经过这次谈话，师生之间感到情谊更深了！了解也更深了！老师像一个好的引路人把学生带到了斗争的道路上来！

从此，李薇参加了学运。她和同学们一块，利用募捐，常向社会人士控诉美帝国主义的罪行，控诉反动派卖国和发动内战的罪行。以后，当美国商品大量倾销时，她又参加了要用国货的宣传。在街头，在公园，在里弄，常见她和一些进步同学进行宣传活动。在学校里，她变得十分活跃。

这以后，欧阳梅樱老师发现李薇变了！她不再愁眉苦脸了！生活仍然艰难，她母亲的病更重，并且终于在一个冬夜去世了。可是李薇却像一只矫捷、抖擞的海燕，看得出在她那明亮的大眼里饱含着斗争的锐气，和对反动统治的刻骨仇恨。群众性的火热的斗争，冶炼了她，使她逐渐成长、成熟。这使欧阳老师心中无限欣慰。

一九四七年底，上海学生开展了大规模的社会救饥救寒运动。从浦东到沪西，从南市到闸北，从日出到天黑，在严寒的天气里，人们总能看见一群群精神饱满的学生和教师，手里拿着三角小旗，佩着救饥救寒纸徽，奔波劝募，为援救饥寒的劳动人民而流着汗。这当中，有一个三十多岁戴眼镜、圆圆脸的女教师，引人注目地常走在前列，她就是欧阳老师。这中间，有一个十九岁的女学生，一头短短齐耳的黑发，走路时微微昂起头，一双长睫毛遮盖下的明亮大眼里闪出智慧的光芒，这就是李薇。可是，就在一天的夜晚，李薇失踪了！

李薇到哪里去了呢？根据当时的情况判断，她是被特务秘密逮捕了！

这以后，没有人再见到李薇。不久以后，欧阳梅樱老师得到通知：特务要对她下毒手逮捕她了！欧阳老师就连忙由上海转移到苏州去。欧阳老师没有再看到李薇，后来间接听到消息，说李薇是被国民党中统局特务机构逮捕的，并且被秘密杀害了。

四

时间像骏马过隙似的飞奔前进。

但，李薇这样的事，只要每一想起，就会在欧阳老师心上引起波动，就像一块石子在湖心激起一池涟漪。

要是李薇活到了解放，该多好啊！

新中国成立后十几年来，欧阳老师作为一个教育工作者，一个光荣的人民教师，天天好像沐浴在和煦的春风里。在新中国新社会里成长发育起来的青少年是多么幸福啊！在新社会中，社会主义制度保证了每一个全心全意为革命的青年人都有发展自己才能的广阔道路。欧阳老师现在真是"桃李满天下"。十多年来，学生们从祖国各地的各种劳动岗位或高一级学校里写信给教导过他们的欧阳老师，这带给她无法表达的欣慰。但是，在欧阳老师心上不易磨灭的这件往事，却在每当触及时就会带来深切的怀念。

是什么原因呢？这学期开学二十天以来，在新生中自从看见了秦红以后，就会常常引起对李薇的思念？啊！天下之大，真是常多相似的事。高兴的是秦红这样的学生，今天能在党的阳光下健康成长，她年龄虽小，就有革命觉悟和革命抱负，她必然会有无限广阔的前途。

欧阳老师是第二天灯光初上的时候到秦红家里去进行家庭访问的。她按地址找到了秦红住的那幢大楼。这是一幢红砖砌的漂亮的五层高楼，是汽车公司的职工宿舍。欧阳老师到三楼 A 字 9 号套房。在门口恰巧遇到秦红。一见老师，她像小鸟似的扑了过来："啊！老师，您来了！欢迎欢迎！"秦红上来挽着老师说，"我爸爸歇班在家，妈妈还没下班。妈妈做会计，可忙着哩！"秦红说着，已扭开了门，高声叫起来了："爸爸！爸爸！我们班主任杨老师来了！……"

里面的套房里，出来一个约莫三十六七岁的男子。这就是秦红的爸爸秦大年。这是一个身材高大、满面笑容、质朴和蔼的男子。他笑着迎上来伸出了大手，嘴里连连客气地要老师坐，并且忙着给老师倒茶。秦红像个好客的小主人，也连忙从橱里拿了糖果出来招待老师。

欧阳老师和秦红的爸爸寒暄了一会儿打算问问秦红在家里的情况，秦红已经活泼地突然拿了一个特别的算盘来给老师看了。"杨老师，您看，这是妈妈创造的。她在这上面安了一个可以来回转动的记数器。这样一来，打算盘时复杂的乘法、除法都能在这算盘上运算。妈妈还受到了表扬。妈妈是先进工作者哩！"她一边说，一边又跑过去拿橱上的照片架递了过来，"杨老师，您看，这就是我妈妈！"

秦大年看着孩子在老师面前那么亲昵地夸耀妈妈，使他连插嘴的机会也没有，忍不住微微地笑了。但就在这时，他发现欧阳老师捧着那个小照片框子，忽然睁大了眼睛，又忽然脱下了近视眼镜，把照片近近地又远远地端详着。她的嘴忽然张得圆圆的，脸上的表情，既有惊愕，又有诧异。她忽然问："秦红，你……你妈妈过去叫什么名字？"

"妈妈吗？她叫李红！"

欧阳老师好像从梦中醒来，我真糊涂！人死怎么还能复生！天下长得相像的人本来是有的啊！

说不出是什么原因，秦大年在这一刹那间，却像触了电似的，浑身一震，问："杨老师，您，您认识她？"他指指照片，带着诧异的音调。

"呵，不！"欧阳老师道歉地笑着摇头，"眼花认错人了。我过去在上海，那是十五年前的事了，曾有一个学生，名叫李薇，跟这……长得很像。不过，咳，不过那绝不会是她。"

"李薇？"秦大年咦了一声，手一拍膝盖，"她是您十五年前在上海时的学生？老师，您那时在什么学校教书？"

欧阳老师隐隐有点特殊的激动，也说不出是什么原因，徐徐地说："那时我在养正中学。"

"呵！老师，您那时是姓欧阳吧？"

"我姓欧阳，人们按习惯把我叫作杨老师。"

"啊！欧阳老师！您就是欧阳梅樱老师吧？真太巧了，我们终于找到您了。"秦大年喜悦与意外混杂在心里，露出两排雪白整齐的牙齿，兴奋地叫了起来，"她就是李薇。李红是她后来改的名字。老师，您是她走向革命的第一个引路人！她常常想念您。我们曾到处打听过您的消息。就是找不到您啊！"

有什么能比这更使人高兴的呢？

欧阳老师克制住那颗扑扑跳动的心说："李薇不是被敌人逮捕去了吗？……"

"是的！她一直被囚禁到上海解放，才被我们的部队救出来！她在监狱里的表现很英勇啊！我也是当时被国民党特务逮捕囚禁的一个公交公司的司机！出狱以后，我们认识了。后来，我们就共同生活。我们是一九五七年从上海调到北京的。事情就是这样。老师，我们现在生活很好，大家也工作得很好，李红还常感激您想念您啊！"

欧阳老师忽然感到浑身的热血全冲到脸上来了，像喝了酒似的脸上热烘烘，心里暖洋洋，感情上无比饱满富足。她忽然站起来，拉着秦红说："走，秦红！快，快带老师到你妈妈办公的地方去！"

不容秦红考虑，欧阳老师已经拉着秦红到了街上了。她们一路带着小跑，奔向李薇办公的地方。

金风爽爽扑面，街上灯光闪烁。行人洋溢着欢乐的情绪。店家的收音机播送着革命歌曲。欧阳老师心跳着，胸里充塞着说不出的豪情。她觉得她从旧社会所失去的，在新社会都得到了，而且得到的是那么丰富，那么美妙，还有什么能比我们这社会，我们这国家更可爱的呢？虽然扑面的是秋风，她却觉得这是春风，是最可爱的春风！

写于 1963 年

死亡钻石

一

上海今年比往年热。酷暑天，最高气温常常是 36℃。华灯初上时分，黄浦江上的江风还未吹来，热气尚未消散，热闹的南京路上，霓虹灯光将熙来攘往的男男女女映得五彩缤纷。人们一个个都汗流浃背。一个身材魁梧四十来岁的男子，穿着高级丝绸 T 恤，提一只浅咖啡色采访皮包，匆匆在南京路口最繁华的地段走着。他浓眉大眼，留着络腮胡子，急匆匆地走向豪华的"富来临珠宝行"。这珠宝行是港商经营的，从橱窗布置到店面陈设都富丽堂皇，颇不一般。他淌着汗，直到跨进了有空调的富来临珠宝行，享受到一阵扑面而来的冷气，闻到喷洒在空气中的香水气味，才感到舒适地吐了一口气。

宽敞华丽的厅堂里，许多玻璃橱窗和橱柜里那些五颜六色的珠宝钻石灿烂夺目。纯金饰品在这里被那些镶嵌得十分精巧漂亮的钻石饰品、宝石饰品、珍珠饰品压得失去了光焰。钻石项链晶莹闪烁，心形红宝石别针柔媚透亮，碧绿的翡翠手镯光泽鲜艳……那些珠宝钻石的头饰、胸饰、戒指、耳环、耳坠、耳扣……流光反射，各具魅力。进入这样一个集中宝石玉器财富的七彩世界，谁都不能不对这些可爱的珍宝产生兴趣和爱慕。

一个穿警服的"保卫"挺直地站在门边警戒着，一个祖胸露背的穿黄色低胸连衣裙的少女由一个穿西装的"大款"模样的中年男子陪着在选购首饰。他一进门，马上有另一位穿白色长裙的女店员趋前来招呼，他掏出一张名片来，说："小姐，我是约定来找你们石经理谈事情的！就是号称'东方宝石眼'的石经理石小玉！"

"呵！"女店员看看那张记者名片，知道来人名叫张永进。她忙客气地说，"呵，石经理刚才还吩咐过，请您上楼谈！"

她带路，让张永进跟着她穿过厅堂到后边上楼。

在这种黄金地段的店面楼上，布置着环境优美隔成小间的会客室。张永进明白：这是便于同顾客进行大额交易谈话付款的地方。他终于见到了闻名已久的"东方宝石眼"石小玉。

这是一个论理总该有六十岁光景的老妇人了！可是，眼前的石小玉身材中等体形很好，梳着时髦的发髻，穿着新潮素雅的流行色夏装，化着淡妆，带点港派的洋味，优美而潇洒，只像四十多岁。她有两只大而乌亮的眼睛，十分精神。她姿态大方，特别是胸前一只蝴蝶式样的胸饰，那似是蓝晶、金绿宝石、变石等拼组成的，色彩是无法形容不可思议的，发出有魅力的变幻。

她接过张永进的名片，大方地请张永进在小会客间的沙发上坐下，面对客人，将茶几上的一瓶矿泉水打开倒入杯内敬客，说："我早早吃了晚饭就在恭候大驾了！"

"真对不起！"张永进说，"我迟到了半小时，因为堵车。而且，我想按您的要求今天就把'金鸡钻石'带来给您看，可是家母不肯。她说，先要弄清您对这块金鸡钻石究竟知道多少？因为，根据我们掌握的材料，过去，几十年前，听说对这块金鸡钻石最了解并作过鉴定的是一个山东人，绰号也叫'东方宝石眼'，但是个男的，不是女的，也不是香港人……"

环境氛围很好。石小玉隔着茶几坐在另一只沙发上，莞尔笑了，说："不错！那个山东人就是先父，他名叫石东方，当时人都称他为'东方宝石眼'，指的是他对宝石的一切都无所不通，尤其是对钻石，他对分辨真品和赝品、鉴定宝石，一目了然，至今蜚声海内外，只要有他鉴定过的宝石证明谁都深信不疑。我是他的独女，只不过是继承了他的衣钵而已。"

张永进肃然起敬，说："呵，您这么一说，我就更钦佩了！我非常感谢您今天能答应会见我，并愿意同我详谈金鸡钻石的事。"

石小玉仍旧平静地莞尔一笑，笑得很好看，她的嗓音极富磁性，很脆，说："我主要是因为从您这里听说失踪了许多年的金鸡钻石又出现了，在您的手中，有了兴趣！不！更确切地说，是有感情！它使我想起许许多多的事。所以，我答应请您来当面详谈。只可惜您今天没有把金鸡钻石带来。不过，尽管如此，我还是愿意把我掌握的情况全告诉您，也请您把您知道的材料全部告诉我。您知道，我父生前写过许多关于珍宝的日记、札记，我仍在继续完成他未完成的事业。金鸡钻石的情况是他多次记叙到的，这对我极有价值。我正在把他留下的札记、日记等连同我的经验汇合成一本集宝石学、钻石学、首饰鉴定与首饰设计学、销售和制作等的专门著作。不过，我想先问一下：您怎么想到来找我的呢？"

张永进喝一口矿泉水，坦率地说："干我们这一行，找到您这样一位名人并不难。而且我认识的一个朋友蓝天涯，人称他为'点子大王'，开了一个'点子咨询公司'，专门为人出点子，我向他咨询时，他向我介绍了您。"

"呵，原来如此！蓝天涯我不认识，但我知道有这么一个人。"石小玉仍旧不温不火地笑着，说，"那我们就好好谈谈吧……"

二

鲁南 T 县从清朝末年开始,就常常发现钻石,民间也有神秘的传说:古郯国在这里时,这儿当时有个采莲湖。湖早干涸了,但湖底有当年郯国的宝藏埋藏,只是未被发现。不过,农民曾在地里拾到过颗粒很小类似玻璃晶体光亮闪烁的东西,这其实就是天然钻石。后来,地质学家说:这儿附近马陵山中可能有钻石原生矿。原生矿中的钻石风化作用和河流地质作用,迁移到这儿在沙层中形成钻石沙矿,但最初,贫苦农民并不知道钻石的实际价值有多高,只知这种闪亮的小颗粒可能是种好东西,三钱不值两地就卖给大地主魏家父子了。魏学征的儿子魏凤林在上海开当铺,父子二人在上海、鲁南两头跑,懂得钻石的价值。当时,魏家的佃户很多,魏家父子订过规矩:免费无偿供给佃户厚底草鞋穿,穿旧了拿旧草鞋再来换新的穿。佃户都盛赞魏氏父子仁厚传家,其实他们不知道:魏家地主收回旧草鞋后,到了深夜,就闭门锁户在后院里将草鞋放在大铁锅内焚化。草鞋烧成灰后,用水淘洗,每每灰中就出现钻石颗粒。原来,这钻石容易刺粘在草鞋底中,佃户穿了草鞋到处走动,钻石嵌在草鞋底里,就成了魏家的私有宝藏了!这事一直蒙蔽农民很久很久。魏家地主通过无偿发放厚底草鞋的做法,弄到了钻石,就到上海去出售换取高价。

确实,草鞋底里嵌黏的钻石只是小颗粒的。

只是到了一九三七年秋天,在 T 县李庄乡金鸡岭上住着的农民卢老汉,却无意中发现了一颗极为稀有的大钻石。

这颗钻石竟有核桃大。那天深夜,并无月亮,夜黑风高,仅有微弱的星光。无儿无女只有一个老伴的卢老汉半夜起床到屋外撒尿。晚上稀胡涂(鲁南把稀粥叫作胡涂)喝多了,尿又长又多。他对着屋外一条土埂小便,尿哗哗冲刷着土埂,忽然睡眼惺忪的眼前既不像萤火,又不像磷光，只觉得光焰迷人，多角多棱地一闪一闪敏锐反射着辉煌，像天上的月华星彩掉在土里，尿撒完了，他弯腰低头一看，嗬！是一块比洋钱略小的叫不出名字的玩意儿！这不像玉！这些年，金鸡岭上有人盗过古墓，墓葬中有过玉块玉坠出土，卢老汉见过，可是比起这，玉算得什么！这准是个宝贝！他用手挖去钻石周围的泥土，将偌大一块钻石托在手中，回到屋里，连忙点灯来仔细观赏。说来有趣！这块在金鸡岭上发现的钻石，形状竟宛如一只出壳的小鸡雏，略呈淡黄色，光彩夺目，透亮多棱。卢老汉一把将老伴拽起，说："老婆子！我今夜找到宝了！你快来看看！说不定咱这下就时来运转发了财了……"

这就是中国首次发现的最大的钻石——"金鸡钻石"发现的经过。

石东方早年原本是魏家地主在上海开的"鸿记当铺"的朝奉，专门鉴别宝石玉器及古董的。他是个有心人，在钻研宝石业务上大下功夫，这时已被上海著名的"福昌珠宝行"店东用高价挖聘去，帮助采购、鉴定钻石、宝石、翡翠生意了。福昌珠宝行为了扩展业务宣传，把石东方宣扬为"东方宝石眼"，意谓他慧眼识宝，凡经他亲眼鉴定评估过的钻石、珍宝真伪分明，评定的等级、价值十分精确。自从福昌珠宝行聘到石东方树立信誉后，珠宝行的地位高，生意好，人都知道在有"东方宝石眼"的珠宝行里不会买到赝品，而能买到货真价实的珍宝。而石东方到缅甸，到南非，到香港……给店东进货收买钻石珍宝并销售，老板又有专人能将珍宝走私运来运去，珠宝行的业务国内国外开展得异常红火，"东方宝石眼"也成了珠宝界的名人。这颗金鸡钻石据"东方宝石眼"石东方鉴定后用天平秤称过，重量是 281.25 克拉。"金鸡钻石"的名字也是他命名的。

自那以后，在中国，没有发现过比金鸡钻石更大的钻石。一九七七年十二月二十七日，鲁南 L 县发现过一颗重 158.79 克拉的大钻石，名为"常林钻石"，现存中国人民银行总行，是目前国内最大的钻石，但比起当年发现过的金鸡钻石，可就是小巫见大巫了！

三

会客室的枝形吊灯开着，金光布满四周，外边南京路上嘈杂的市声仍在传来，那是汽车声、人声的综合。虽然如此喧嚣，却没有干扰张永进和石小玉的谈话。

"……我刚才介绍了金鸡钻石的发现。但后来为了这块名贵的大钻石，有的人丢掉了性命，有的人差点丢掉了性命，经过是很残酷的。而且，它最后不见了！它失踪到现在已经好几十年了……"石小玉带着沉重的表情说。

"我知道这块钻石后来的一些情况，但对前期的情况，虽然做过查考并未完全如愿，真想多知道一些！"张永进看看手表说，"石经理！如果您不反对！我们今晚就谈得长一点！好不好？"他手里拿着采访本和原子笔，不时记下些什么。

石小玉爽朗地点了点头，不急不慌地说："可以！我去拿点东西，那是先父留下来的关于珍宝的札记和日记，他还写过不少书信和工作中的心得体会、经验教训。加在一起，其实就是一本著作。我是把这视为真正的珍宝的。现在在正抽空进行整理，我也在继续自己写，想把我自己几十年的见闻和心得体会也加进去，然后合成一本书，题名为《"东方宝石眼"珍宝谈》，作为父亲和我的一件合作的纪念品。将来如果出版，会有百万字的篇幅……"

张永进忍不住插嘴说："嗬，这当然是一本极有价值的巨著啰！"

石小玉笑笑说："也许是的！它还要附许多图片。如果您能把金鸡钻石给我看看，请允许我给它拍几张照片。"

张永进点头，但显得不太自然，说："好！"

石小玉做了个手势，说："请坐一下！我今天把先父珍宝札记中有关金鸡钻石的部分全带来了！等会儿，是可以边谈边给您看的！"

张永进感激地说："好极了！您对我的帮助太大了……"

他看到石小玉婀娜娉婷地走出会客室。一会儿，拿了她的式样新颖的麂皮包，又提着一只黑色密码箱来了……

四

卢老汉在金鸡岭上发现宝物的事，是他自己传出去的。

那是一个赶集天，他带了夜晚撒尿时无意中拾挖到的那块大钻石来到集上。他并不是个糊涂人，甚至还有几分精明，他不知道这块"宝贝"要值多少钱，但他深信这"宝贝"一定可以带来好运，换来许多吃的、穿的。

卢老汉到了集上，心里想：我先不卖，自己也不开价，让人出出价，看人家能出多少钱来换这个宝贝。抱着这种心思和态度，他怀里揣着钻石到了集上，就打量起赶集的人来。

他见一个穿得比较体面的中年人，读书人模样，面目和善，忍不住上前说："俺有个宝贝，你给俺看看该值多少钱？"那读书人模样的中年人从卢老汉手中接过钻石看了又看，说："呀！这东西我可不内行！这像金刚钻，但说不清真假。如果是真的，价钱就不得了！如是假的，也许一文不值！"

正这么说着，边上围着一大堆人看热闹了；人声嗡嗡，卢老汉从读书人手上拿回钻石，刚拔步要走，却被一只手拽住了衣领。回头一看，原来是魏家地主的管家"史臭肉"，这"史臭肉"名叫史周洛，是老地主魏学征的女婿，为人凶恶。佃户面上不敢惹他，背后都恨不得捅他刀子。卢老汉是魏家佃户，见到"史臭肉"揪住自己衣领，心知不妙，只见"史臭肉"说："跟我走吧！魏老爷正找你哩！"

集上的人弄不清底细，卢老汉是个本分人，只得被"史臭肉"揪到了魏家大地主的大门里。这时抗战已经爆发，"八一三"后，魏家老地主魏学征和魏凤林开的当铺和房子在上海华界闸北地区。上海一打仗，当铺关了门，房又中炮倒塌，在战争中财产损失不訾，父子二人都回到了家乡，只指望在家乡多住些日子，等到战争结束，将来再回上海重操旧业。却万万想不到"史臭肉"去赶集，却揪住卢老汉带来了他在金鸡岭上发现的宝贝。

看了那颗钻石，魏学征和魏凤林父子，虽不能百分之百肯定，但却可以百分之八十地肯定：这是块大钻石，是稀世珍宝。魏家父子正在为上海战事中造成的损失垂头丧气，这下认为是天赐财富。于是，同卢老汉好说歹说，连吓唬加讹诈，想把钻石拿到手，谁知卢老汉是个倔脾气，从魏家地主的眼神、表情及出价中使他感到这"宝贝"说不定是无价之宝。魏家地主说价出到二十石米外加五亩地了，卢老汉仍摇头不卖，只说："俺要留着！俺不能卖……"

僵局造成，魏家地主最后只好放卢老汉回家。

但，怪事发生了！第二天，在金鸡岭上，有人发现卢老汉断了气僵硬地躺在屋后田埂边的乱坟堆旁。是怎么死的？谁也弄不清。不过，风言风语还是有的！人说：一定是魏家地主派人下的毒手！但空口无凭，卢老汉没有子女，他那个老伴，由此讨饭为生流落出去，据说往苏北方向走了！没有人再知道她的下落。

至于那块"宝贝"，谁也不知道哪里去了！

当地的警察局局长，名叫查谷民，听说了这件蹊跷事，扬言人命关天，一定要追查破案，并寻找卢老汉的大钻石！他眼红心疼，没有亲眼见到这块"宝贝"，但人们夸大传说这块钻石光芒像天上彩虹，个儿比鸡蛋还大，价值连城……他就有心要搞到这块"宝贝"。

查谷民找魏学征、魏凤林父子和史周洛查询卢老汉的死因，语带威胁，又有敲诈勒索之意，过程已经不清楚了！反正魏家父子和史周洛急得像热锅上的蚂蚁，贿赂又挽请当时山东省威势赫赫的第三集团军总司令韩复榘手下的一个旅长出面帮忙，又给查谷民送了重礼，这事才算勉强告一段落。

　　谁知一九三七年十一月下旬，日军南渡黄河，占领济南，韩复榘率部南逃，退至鲁西南曹县地区。第二年一月间，他在武汉被蒋介石下令枪决。到一九三八年春天，日寇长驱直入，进入了鲁南，但中国军队在台儿庄一线取得了胜利，暂时遏止了日寇的进攻。T县是在一九三八年秋被日寇占领的。魏学征当了汉奸维持会会长，查谷民摇身一变干了伪警察局局长。却料不到这汉奸之间，为了这块大钻石，竟展开了一场狗咬狗的大搏斗，并且"鹬蚌相争，渔翁得利"，使当时驻扎T县的日本宪兵队特高课课长矶谷用残忍血腥的手段，攫取到了金鸡钻石。

　　这段故事当然只能简单讲讲，精彩的故事还在后面。

五

　　"我想看看令尊大人对这段事的记载，行吗？"张永进听到石小玉简介了金鸡钻石的发现到矶谷攫取金鸡钻石后，问。

　　石小玉习惯地莞然一笑，她文雅地点头："当然行！"

　　说着，她雍容大方地把带来的那只密码箱打开，先拿出一张发了黄的照片来，说："这就是先父石东方！"

　　呈显在张永进眼前的是一个穿中式灰长衫的老人，平顶头，花白的头发，笔直的鼻子，清秀刚毅的面容，有两只正直而特别明亮锐利的大眼，额头嵌有深如沟壑的皱纹。看眼睛，石小玉的眼是颇像她父亲石东方的。

　　张永进不禁说："令尊看来是一位很有气质的老人。"

　　石小玉并不谦逊地点头说："是的，他为人十分正直，又爱国，同行都知道！"她说话的同时，取出一本厚厚的十六开本的装订成册的毛边纸本子，牛皮纸的封面上写着的日期是："石东方日记及札记，民国二十七年一月至十二月。"

毛边纸上有红格直条，纸已发黄，写的是蝇头小楷毛笔字。

石小玉说："这是先父一九三八年的一本日记和札记，您看——"她用手指着一张纸上的文字，说，"这是涉及这块钻石的事——您看……"

张永进用双手接过石东方的日记和札记本一看，这一天的日记密密麻麻是这样写的：

民国二十七年十一月九日　星期四　晴

昨晚，魏凤林突由家乡逃沪来访，见面态度凄惶，模样狼狈不堪。经询问，方知其父魏学征已被日宪特高课长矶谷囚禁施刑瘐死狱中，凤林系逃亡来上海租界者，现暂住四马路洪升客栈515室。渠父子过去待我不薄，当赠渠六十元，嘱暂维持生活，但渠云带有金饰及存折等，无需资助，拒不肯收。经询其究竟，方知有佃户卢老汉者夜间在金鸡岭上小便时尿冲土层竟发现巨大天然钻石一颗，后卢竟突然暴毙，警察局长查谷民疑系魏氏父子加害于卢老汉，有心敲诈勒索意图占有钻石。经托韩复榘麾下旅长某说项，又予贿赂，方作罢论。岂知家乡沦陷，魏学征竟出任汉奸维持会长，查谷民出任伪警察局长。查竟勾结日本宪兵队特高课长矶谷命魏氏父子交出金鸡钻石，意图邀功。

读到这里，张永进忍不住高声说："啊！金鸡钻石这名称看来那时就有了！"

石小玉说："是的！听先父生前说过：这钻石的名字其实是他起的！您请继续看吧！"

日记接下去是这样写的：

……为此，矶谷竟逮捕魏学征及史周洛，施以酷刑，魏学征年迈，不堪重刑，竟瘐死狱中。凤林万般无奈，得讯后遂潜逃来沪躲避，但母妹及妻子家眷等均留于家乡，不知会遭何种噩运。亡国奴之生活可谓惨矣。今晨凤林又来，对我坦露事实经过，云："金鸡钻石，确在我处。"恳我予以鉴定、评估并出具证明。窃思，此物发现者原为卢老汉，老汉忽而暴毙，倘非魏氏父子及史周洛下了毒手，何至于此，钻石又何能落在魏氏父子之手？此中种种，自然不便详询凤林，唯有心照不宣。但不禁想到"人为财死，乌为食亡"之古语，心中颇不以渠父子为然，只是念及过去相交之情谊，遂应允为渠鉴定。凤林取出用黑丝绒包裹之金鸡钻石，见果系稀世奇珍，大如核桃，状如出壳小鸡，略呈淡黄色，光彩夺目，折射率极高，用嘴唇接触，坚硬冰冷，无瑕疵，如经切割加工，必为国宝，经用计量器称定，重量竟达 281.25 克拉，实为余迄今为止所见钻石中之最大者。经鉴定后，凤林千恩万谢，持宝及我开具之鉴定证明离去。窃思金鸡钻石问世不久，已有人命两条，贪财之人，岂能不以此为戒？西方谚语有云："财富如同玻璃，越'光亮'越易'破碎'。此之谓乎!?"

张永进捧着石东方的日记，读完这段，仿佛听到了石东方的感慨之声，点头嘘一口气说："石老先生发感慨了！这感慨发得好深刻啊！"

灯光下，石小玉一头秀发黑黑的很潇洒，她也许是染了发的。听张永进这么说，她点头道："是的！在他遗下来的札记、日记中，有许多感慨都是很有人生哲理，很有意义的。可说是他的经历和思索的体会。他生前对我不止一次地说过：'小玉，我一辈子接触珠宝，可是自己不是老板，不大量收藏珍宝，对珍宝从不眼红，只是受雇于人的专门家。但我不遗憾！凡名利之地，退一步便安稳，只管向前就危险。而且，有钱不等于幸福！每每人的钱多了心也就坏了！'"

张永进钦佩地看着石小玉，夸赞说："令尊说得真好！"但不由自主地问，"石经理，这富来临珠宝行您不是股东老板吗？"

"您说对了！不是的！"石小玉摇头笑笑说，"我遵循先父的遗训，现在仍然只不过是一个受雇于人的专门家。我这几十年接触宝石、钻石、珠宝不知多少，但我无心聚敛。"她突然指指胸前那块蝴蝶胸饰，说，"您觉得这块胸饰如何？"

"这块胸饰太美了！"张永进看着那块色彩变幻流光闪耀的蝴蝶胸饰说，"这当然是非常昂贵的首饰啰！"那块蝴蝶胸饰将石小玉衬得非常美丽而且富态。

谁知出乎意外，石小玉笑着摇头，说："不！您别上当！这是假货，不是真的宝石。我是取其美丽！并非取其价值。法国的莫泊桑写过一篇著名的小说《项链》，那是写得很深刻的：一个女人因有虚荣心为戴一次钻石项链牺牲了一辈子。我是不做珍宝的奴隶的！"

"您这真是了不起的解悟。只不过如今的人都在想发财，容易钱迷心窍！有您这样解悟的人不多！"张永进说，"那您现在有什么别的追求吗？"

"有！我现在追求的是能把先父的遗言、日记、札记、心得体会、经验教训，连同我自己的实践和体会，编写整理成一本书，一本对人类对珍宝有益的书。在这方面，我是十分投入的。我觉得这样一本《"东方宝石眼"珍宝谈》如果写成出版了，将是会传下去的，会是一本对人类有用处有益的好书的！"

张永进默默点头，又急着要看石东方的记载了，说："令尊日记或札记上其他有关金鸡钻石的部分请继续给我看看好吗？"

石小玉又翻到一个夹纸条做记号的地方，用手指着递过来说："这儿——您请看！"

张永进看到日记上是这样写的：

民国二十七年十一月十二日　星期日　阴雨

今日礼拜天，上午赴四马路洪升小客栈515室回拜魏凤林，岂知已人去楼空。一老年茶房云：凤林前晚外出就未归来，尚欠客栈房金九元。此真怪事！遂怅然而返。发财本无不可，但发黑心财者每每不得善终。魏凤林忽然失踪，余总有不祥预感焉！

张永进在读石东方的日记，石小玉自己开了一瓶放在茶几上的矿泉水，倒在一只杯里喝了一口，说："先父是颇有预见的，您再看这一本日记——"她去密码箱里又找出一本类似的毛边纸日记。封面上用毛笔字写的是"石东方日记及札记，民国二十八年一月至十二月"。

石小玉利索地翻到一段地方说："您请再看！"
张永进接过石东方的日记，又仔细地看了起来。

民国二十八年十一月一日　星期二　阴寒

天下事岂可逆料哉！今日下午忽有一着黑呢大衣及黑西装之日本人冈村，慕名而来，通过店东邀余坐其黑色轿车过外白渡桥至新亚酒店为其鉴定珍宝。欲待婉辞不去，但此日本人骄姿横暴，店东云系属于日本特务机关之高层人士。如不去，恐遭横祸。只得应邀而往。到新亚酒店后，见冈村有侍卫多人，气势炙手，住三楼豪华房间内。冈村先以若干珍珠项链及翡翠、红蓝宝石及玉器畀余鉴定，显然此类物品皆系日军侵华自民间掠夺来者，为数之多，令人吃惊。孰知最后取出一日本漆盒，打开后，竟是光彩照人之金鸡钻石。余端详久之，不禁思绪万千。国宝落入日本人之手，令我痛心！去年余曾为魏凤林鉴定此国宝，魏凤林后忽在小客栈失踪，而如今，此国宝竟在此日本高级特务手中，难道魏凤林未能逃脱日特矶谷魔掌，已为此金鸡钻石送命耶？日特矶谷仅是宪兵队一特高课长，而冈村是日本特务机关上层人物。金鸡钻石本应在矶谷之手，如今却在冈村盒中，此事如何解释？看来，大鱼吃小鱼，矶谷也许早成牺牲品矣！此金鸡钻石岂非一死亡钻石耶？如今，一年不见，金鸡钻石别来无恙，一如旧观。余为之鉴定后，冈村赠日本军用票一千元，余拒而不收，说是愿尽义务，实则羞于收受敌寇不义之财耳！傍晚冈村用车送余归家，但金鸡钻石之事，始终萦绕心头，难以释怀。古语云："祸大莫过于不知足，咎大莫过于占有欲""君子不贪为宝"。生活中有两类悲剧：一类是难以满足欲望；另一类是满足了欲望却蒙受了不幸！贪得无厌者，则可能如赌徒招受输光之惨！魏氏父子如此！冈村之流恐也未能逃脱未来之厄运也。

张永进一口气读完这段日记，被事态的发展惊住了，想：有人说，"珍宝是永远的储蓄"，那是因为它的不变性、永久性和稀少性的特质，而且它在世界上的价值相当稳定的缘故。但是，谁又考虑到正由于它的价值高，而使它每每成为带来灾难的媒介体呢！？

金鸡钻石是死亡钻石吗？石东方老人的说法好像刺激了张永进。他怔怔地笑着，几乎说不出话来。

六

"金鸡钻石由魏凤林手中怎么到冈村手中的？石东方老先生的日记上还提到过这件事没有？"张永进问。

"没有！"石小玉回答，"但后来先父听家乡人说起过：魏凤林是被矶谷从上海秘密抓回 T 县并且杀害在日本宪兵队的。传说金鸡钻石确是到了矶谷手中。至于由矶谷手中如何到了冈村手中，这就弄不清了！只能凭想象和推理。因为矶谷后来在 T 县不知出了什么问题被他的上级带走了，以后也就一直杳无消息了！"

"石东方老先生一共见到过几次金鸡钻石呢?"

"一共看到过四次!"石小玉坦率地说,"我已经给你看了他的两篇日记。一共是两次。另外,还有两次,所以,我在想,这次我们认识了,也实在是有缘分。我希望能有幸很快从您那里也亲自看到一次金鸡钻石。这样,金鸡钻石在我们父女之间一共出现过五次。有头有尾,保持了连续性,时间跨度先后竟达几十年。这样一颗中国最大的钻石,它的经历这么有传奇性,应当记录下来,这是十分有意思的!"

张永进点头,摸出烟盒来,说:"可以吸吗?"见石小玉笑着点头,他取出打火机吸起烟来,目光带着期待,说,"请把令尊还有两次见到金鸡钻石的历史讲给我听吧!"

石小玉点头说:"在第二次从日本大特务冈村处见到金鸡钻石后,又隔了整整四年,先父突然又见到了金鸡钻石!那是在上海著名的大汉奸盛幼盦家里。"

"盛幼盦?是不是因为在他兄弟间排行第三,人都叫他盛老三的那个大汉奸?"

"对!盛老三是江苏武进人,清末邮传部大臣、铁路总公司督办、汉冶萍煤铁公司董事长的盛宣怀之侄。由于这点关系,加上他在津浦铁路局长任内与日本陆军及使领馆的日本人有来往,所以同日寇关系密切。清朝末年,曾任济南、沙市、烟台等地电报局长。北洋军阀时曾任京汉、津浦铁路局长职。后来,抗战爆发,他在上海立刻就勾结日寇,拜日本大浪人里见甫为干爹,进行卖国。当时日寇蓄意用鸦片、白面、红丸毒化中国,并依靠毒品来搜刮军费及特务经费。盛老三就同里见甫一同开办吸毒贩毒机关'宏济善堂',随着日军侵华占领土地越多,他开设的分堂也越多。当时,盛老三成了上海特大富豪之一,有人认为他是'首富'。确否无从查考,盛老三有日本军人作后台。他将贩毒赚的钱供给日本侵华驻军,也给东京的日本陆海军军官及议员每月固定发放津贴。他家里金银财宝难以数计,连烟灰缸、痰盂、鸟笼、鸦片烟具及洗脸盆都是金的。至于钻石、宝石、翡翠、珍珠等那更多得惊人。在一九四三年底的一天……你请看先父的这段日记——"

石小玉将密码箱中又一本日记取出，日记封面上写的是"石东方日记、札记，民国三十二年一月至十二月"。她将夹纸条作记号的地方翻开，将日记本交到张永进手里。

张永进连忙揿熄半截烟，接过日记认真阅读。

民国三十二年十二月二十六日　星期六　白雪飘飞

今日竟有奇遇，令我归家后思绪澎湃，竟至夜不能寐。我竟能第三次见到金鸡钻石，既出意外，又深感人事沧桑难以逆料。晚上，沪上首富盛老三着人通过店东请我前去其金神父路公馆鉴定珍宝。盛老三年老好色，纳妾甚多，诸妾常来选购钻石珠宝。此大汉奸以贩毒发财，实属罪大恶极之民族罪人。公馆内亭台楼阁遍植珍贵花木，室内陈设华丽金光灿灿，皆黑心聚敛之民脂民膏。余去时，盛氏正吞云吐雾吸食鸦片。稍停，起身命泡茶敬烟，待以上宾之礼，陪同去内室观看珍宝。红宝石、蓝宝石、绿宝石、金绿宝石、猫眼石、石榴石、紫水晶等皆大有可观。孰知忽然摒退其妾引余进入其独自午间休息之室内，捧出一黄金圆盒，曰："今有未经雕琢之原生金刚钻一块，请代鉴定，并望代为保密。鉴定费若干，请讲个数即可，当照付不误。"余云："可以鉴定，也可保密，但店东已收了鉴定费，其中包括我的一成在内，我就不再另外要鉴定费了！"盛老三满面烟色，笑曰："石先生号称'东方宝石眼'，为何对钱财不动心耶？"余答曰："西洋哲人有云'财富是贫穷的主要根由。'又云：'我用不着某些财富，因此我便富有！'置身珍宝行业，对财富与贫穷之事，幸与不幸，常多见闻，对哲人之言，我深信不疑，如今店东付我之薪金，足可生活，意外之财，就敬谢了！"盛老三笑道："金钱财宝总是好东西，俗话说：

'金钱先行，无门不开！'但你刚才所说，也是一种信仰，我就不勉强了！请代鉴定我的这一宝物，看看是真是假，价值几何？"待等他将黄金圆盒盖一揭，余不觉"啊"了一声，谁能想到赫然在眼前者正是那已两度见面的金鸡钻石。时光如水，四年不见，钻石依旧，但又易主人矣！从事珍宝行业者，向例询问顾主珍宝来历系不礼貌之行为，但余代为鉴定后，不禁询问来源。盛老三曰："实不相瞒，今年十月间，有日本军用小飞机一架在浙江青田上空爆炸失事，机上所载系某皇军高级军官。有农妇在田间耕作，在飞机残骸中拾得此钻石及杂物归家，遭日军逮捕拷打方缴出藏匿之物，内有此钻石。钻石旋被驻浙日军荻村中将获得。据里见甫云，飞机之失事与荻村中将有关，原因即在此钻石。荻村与里见甫相熟，来沪要我以惊人之高价交换此钻石。我不得不从，但深恐此系赝品，故请你来鉴定。"其言似坦诚可信。如此，则机上之日本高级军官恐系冈村耶？扳指计算，持此钻石而遭横祸丧命者已四人矣！余告知盛老三，此乃真正之金鸡钻石，绝非赝品，乃无价之宝，为之开具鉴定书，盛大喜道谢。余深夜方冒雪而归，为今夜之奇遇，激动不已。

张永进读完，叹息一声，说："想不到这块金鸡钻石的遭遇这么曲折离奇！"

石小玉的声音舒展柔和，说："盛老三这个汉奸巨富其实也没有逃脱厄运！您可以看看先父抗战胜利后惩办汉奸阶段写的这段日记——"

她收好这本日记和札记本，又从密码箱中拿出一本日记、札记本，封面上写的是"石东方日记、札记，民国三十五年一月至十二月"。

她依然翻开夹着纸条的地方，用手将有关部分指给张永进看。

七

张永进仔细阅读起来，并在采访本上快速地做着杂记。

> 民国三十五年十二月四日　星期一　阴寒
>
> 　　今日，听人云上海巨富盛老三已在南京军统看守所暴卒，系遭秘密杀害者。盖军统要榨干其油水，自会杀人灭口堂而皇之用惩办汉奸之名义夺其财富置之于死地。但又恐在外界造成影响，遂用秘密杀害之方法更为巧妙。传闻盛老三被捕抄家时，仅金条就有数箱，钻石珠宝等可用斗装。多少财富，转眼成空，富贵浮云，此之谓乎！今闻其死，既是民族败类，死不足惜！只是金鸡钻石不知何处去矣！

张永进看完了这段，说："石经理，您不是说令尊一共见到过四次金鸡钻石吗？截止现在，只见到三次！难道盛老三死后，令尊又见到过？"

石小玉微笑点头，两只大眼在灯下显得更明亮，说："第四次在这里！"她收起这本日记，又拿出一本石东方的日记和札记来说，"在这儿呢！那是距第三次五年之后……"

这是一本石东方民国三十七年（一九四八）的日记、札记，在十一月十三日的日记上石东方写得很长，字迹端正。

> 　　今晨，有在南京国防部二厅任专员之唐飞鸢突然通过店东请我去其成都路寓所谈话。目的是为其鉴定珍宝。唐飞鸢佩上校衔，从谈话中知彼抗战胜利接收时曾在上海任军统行动组长，逮捕过许多汉奸，封查过许多敌伪产业，看来是个发劫收财的人物。对

此种特工，余历来敬鬼神而远之，但店东收了鉴定费，云：这种人不可得罪！只得硬着头皮前往。去后，唐飞鸢将其妻许多手饰交我鉴定。有不少都是好货色，但也有的并非珍品，且有瑕疵及断口。最后，唐神秘地取出一黄金圆盒，说：此地有一宝物，请代鉴定！余一见黄金圆盒即有预感：此乃五年前在盛老三处见过之圆盒！难道盒内存放的宝物即是金鸡钻石？天下难道会有这种巧事怪事？正凝思间，圆盒盖已开，果然金鸡钻石灿然在焉！此为余第四次见到金鸡钻石！为唐飞鸢鉴定后，余即匆匆告辞。唐氏确不愧是特务出身鸡零狗碎之徒，竟做威吓状说："今日之事，你知我知，希勿泄露！否则对你对我都将不利！请多注意！"余笑答："自当注意，放心可也！"窃思此钻石唐飞鸢肯定是从盛老三处攫来。一块金鸡钻石，多少离奇故事！但不知余尚有第五次重见此之钻石机会否？

看完这段日记，张永进又深深嘘了一口气，似乎看见剃平头、头发花白、双眼炯炯额上有深深的历史皱纹的石东方老人站在面前！确乎像石东方说的："一块金鸡钻石，多少离奇故事！"他情不自禁地说："这就对了！这就对了！"

石小玉问："怎么？"

张永进说："事态的发展，完全是料想不到的，却又这么合情合理！"

石小玉指指下面说："您再往下看看这段先父的札记！这段札记写在这篇日记后面，看来是先父由金鸡钻石引发的深刻感触呢！"

张永进忙按照石小玉指点处往下阅读起来。下面这段札记是这样的：

……印度原曾发现一颗巨钻，重量为112.5克拉，较之金鸡钻石小得多，但已是稀世珍宝。最早此钻石镶于一印度庙宇中之神像额头上。四百五十年前，一僧人将此巨钻偷走，结果被捕获受刑而死。一六四二年，钻石落入法国走私巨商塔菲涅之手，塔菲涅之子好赌，负债累累，塔菲涅被迫卖掉巨钻仍难还债，未得好死。此巨钻后辗转来到法王路易十四手中，由于发生兵变，路易十四死去，钻石后又成为俄国女皇叶卡捷林娜一世手中之宝物。叶卡捷林娜一世决定将钻石镶嵌于皇冠之上，密令工匠为其制作。谁料完工当夜，钻石被盗，老工匠自知无法交差，竟服毒自杀。

到十九世纪，此巨钻为英国银行家霍普所有。霍普（Hope）意为"希望"，他以自己的名字命名此钻石为"希望钻石"，然而其后人因有钱而腐化堕落，钻石又只得易主。一九〇八年，土耳其皇帝哈密德以四十万美元买下希望钻石赐给爱后苏芭雅，不久，凶暴腐化的哈密德竟亲手杀死爱后，一年后他自己也失去了皇位。一九一一年，希望钻石远渡重洋落入美国富商麦克莱恩之手，但他贪财无厌，厄运接踵而来，最后因非法经营失败死于精神病院。美国珠宝巨商温斯顿从麦克莱恩继承人手中买下希望钻石后，他是一个智者，热心公益，将此巨钻捐赠予美国史密斯博物馆保存，由此方结束此巨钻之不祥旅程。

余四次鉴定金鸡钻石，得知希望钻石之历史后，深感金鸡钻石之经历也寓含同样人生哲理。有西方哲学家云："财富仿佛白送给我们东西，其实它们都是高价出卖的！"付出生命，因财而死，难道还不是高价吗？金鸡钻石实乃死亡钻石，希望钻石也是死亡钻石，问题不在钻石本身！何以如此，人应深思……

张永进读完石东方的这段生动深刻的札记，不住赞叹，连连说："这段札记太好了！令尊能如此细腻而理智地看清人生真了不起。人说：'珍珠财宝和金钱是忠实的仆人，可也是难侍候的主子！'金鸡钻石和希望钻石的故事不也正是包含着这层意思在吗？读了令尊的日记和札记，我深受教益。只是怕的是人人都可以懂得这道理，却常常做不到啊！”

石小玉脸上有一丝淡淡的礼貌的笑意，说："是的！我以有这样的父亲而骄傲。他一生接触的珍宝无数，却从不动心，不受金钱财宝的诱惑。他探讨哀乐人生和人性善恶，一任世事沉浮总那么胸有成竹，我一直在努力学他，只是总不及他。"她收拾起日记、札记本来，妥帖地锁上密码箱，看得出她是多么珍视她父亲留下的这笔遗产，但突然想起了什么似的问，"张先生，先一会儿，您看了先父的日记后，突然说：'这就对了！这就对了！'是什么意思？"

窗外，市声仍喧嚣传来，霓虹灯摇曳的辉煌映进屋来。

张永进没有就此回答，却说："石经理，请允许我先问点问题，您能先简单谈谈自己的经历吗？"

石小玉跷腿而坐，但模样雅致极了，说："上海是一九四九年五月底解放的。店东在上海解放前就迁店去了香港。邀父亲同去。我童年就丧母，成了父亲的掌上明珠，父亲未续弦，遂带了我去。那时，我仅是一个高中学生。在香港，我继续上学，但父亲把着手教我他对宝石行当的技艺。他一直夸我'心灵眼巧'，高中毕业后我就也随父亲干了珠宝业。但到一九五六年，父亲身患胃癌，突萌归念，说：'我不能死在香港，我要回去与你母亲合葬在上海虹桥公墓！'于是，我陪他回了上海。到上海仅仅一个月他就去世了！安葬了他，我又去香港，人家又将父亲的'东方宝石眼'的美名赠给了我。直到三年前，大陆珠宝业兴起，老板来开珠宝行，我才回来……"

"令尊日记、札记上以后就没再提到过金鸡钻石的事了？"

"没有了！事实上，金鸡钻石以后也就失踪了！不少人都为了一块大钻石也匆匆成了生命过客，消失了！谁也不知这巨钻在哪里！"石小玉说，"这也是我纳闷而且迫切想知道的原因。这么一件国宝，哪里去了呢？所以，您打电话找我，谈到要采访我，又谈到金鸡钻石在您的手里，我才有这么浓烈的兴趣。现在——"她伸出左手做了一个"请"的姿势，说，"该听您介绍情况了！"

八

"您是很坦率诚恳的。的确把您所知道的都告诉了我。投桃报李，我自然应当把我所知道的情况都告诉您。要谈这金鸡钻石的下落，得先谈我的母亲。

"我母亲是个护士。我父亲死得早，母亲年轻守寡带着我，我小时候的事都是后来听说的。

"上海解放前的那个阶段，许多人都纷纷逃往台湾和香港。那个阶段，母亲在沪西精神病院做护士长。医院收了一个病人，高颧骨、马脸、三角眼，是个国民党的军官，特字号的。母亲记得很清楚，他名字叫作唐飞鸢——这正是令尊的日记上提到过的名字……"

石小玉有沉甸甸的人生阅历，但听到这里，处于兴奋状态，不由自主地"啊"了一声，这她确实完全无法想到，像一部惊险小说似的，她讲了上半部，现在张永进在续讲下半部了！而且严丝合缝一点破绽也没有，完全扣上线了！

她说："快请往下讲吧！"

"这个唐飞鸢，是由几个军人押着用吉普车送来的，一看模样是囚禁过的，他精神分裂症很严重，身上满是伤痕。母亲说，送他来时，说他有严重贪污行为，经过审讯他死不退赃和招供。让给他治好病后要再押回去继续审讯的。唐飞鸢入院后，一天到晚胡言乱语，见了人就乱骂乱打，结果只好锁住，有时通电麻醉，有时给他服药打针，让他安静，用休克疗法治疗。

"后来，案情传出来了！听说唐飞鸢贪污了一块稀有的大钻石，上级和同伙们眼红，逼他交出来他不肯。有一度，听说唐飞鸢要被押走枪决。唐飞鸢没有子女，他老婆名叫齐美娟，那时常来探望。听说，齐美娟对唐飞鸢所在的特务机关里办案的人花了不少金条活动。同时，她对精神病院的人也从上到下花钱打点。所以医院里的人对她和唐飞鸢都比较好。那时，许多人往台湾、香港逃，人心惶惶，后来竟没有人来管唐飞鸢了，只是由他老婆齐美娟来付款和照应。

"齐美娟是个能干人，她同我母亲处得很好，甚至提出要结拜姐妹，所以母亲对唐飞鸢的照顾也很周到。

"天下偏多巧事！就在上海快要解放的前一周光景，有一天早上，齐美娟来精神病院看望唐飞鸢，不巧却在医院门前被一辆军车撞成重伤，母亲刚来上班，恰巧在院门口见到，连忙把她送入医院抢救，没料到她已伤得濒危了！她死前，神智很清醒，母亲一直在她身边照应她，她告诉了母亲关于金鸡钻石的事，承认确是唐飞鸢保存了这块巨钻，断气前，她哭着对母亲说：'我要死了！我没有子女，唐飞鸢又病得这样，我见你人好，决定把金鸡钻石托付给你！这金鸡钻石秘密藏在我们家楼上北房西墙角的一个小暗柜里。小暗柜外安着装饰性的木板条，撬开板条就可发现。钻石放在一只黄金圆盒内，并附有'东方宝石眼'的鉴定证明。唐飞鸢好可怜，拜托你一定好好照顾他，如果他能好，钻石卖了就将钱分一半给他。要是他死了，钻石就全归你。菩萨保佑你……'

"齐美娟后来就死了！母亲始终好好照顾唐飞鸢，想不到上海解放前几天，一天夜里，来了辆军用吉普，几个穿便衣的人竟将唐飞鸢带走了！这就再也不知他下落了！"

石小玉叹口气说："真是一块死亡钻石呀！不过，你刚才不是说没人管唐飞鸢了吗？怎么又将他带走了呢？"

张永进说："您别急，听我讲，以后您就明白了……我母亲不是个想发横财的人，对齐美娟说的话也将信将疑。后来，解放了，母亲依然做她的护士，经过成都路唐飞鸢的住处，见是军管会的战士在门口站岗，估计是军统特务的房子被接收了。母亲依然做她的护士，不想惹麻烦。后来镇压反革命什么的，一连多少年，她也没去唐飞鸢住的地方看过。解放后，珠宝什么都不时兴，无人戴戒指手饰什么的，风风雨雨几十年，老是搞运动。她不愿背什么包袱，就有心忘了这事，后来'文革'了，拥有珍宝的人都偷偷丢掉，认为是资产阶级的东西。她就更不想要这块什么金鸡钻石。有天经过成都路唐飞鸢旧居，见住在里边的一个陌生男人正被揪了游街，也不知是个什么人。直到改革开放了，这几年，珠宝又时兴了，珠宝店也大量出现。于是，母亲想到这块金鸡钻石了！她已经快八十岁了，所幸人还清健并不衰老。

"她就我一个独子，所以这事在'文革'中就告诉过我。那时我是知青，在中缅边境橡胶园里度过艰难时日。缅甸出宝石，正因为此，我同一个好友越过边境去缅甸待过。我逐渐懂得了宝石的价值，决定要去取这块金鸡钻石。此前，我就到处查找这块金鸡钻石的资料……"

石小玉说："据我所知，报刊上过去是有过这块钻石的资料的，都公认这是中国发现过的最大的一颗钻石，但失踪了。在我记忆中，先父生前有记者采访过他的。"

张永进喝口矿泉水说："我收集到一些资料，但完全不及您今天提供的材料详细。凭您今天提供的种种，可以写一篇很完整的关于金鸡钻石的全面资料了！"

石小玉眸子和皓齿间漾出笑容，说："请往下谈吧！我等着听您的故事中最精彩的部分了！您后来是怎么取到金鸡钻石的？"

"不！"张永进忽然露出愧疚的神色说，"石经理，我必须向您赔礼道歉，因为我骗了您！"

灯光显得刺眼，石小玉惊讶地眯起眼睛，她太出乎意外了，说："您骗了我？"

"是的!"

"怎么呢?"石小玉瞪大了两只虽有鱼尾纹但仍十分美丽的黑眼睛。

"我并没有找到金鸡钻石!"

"是吗?"石小玉的期望值骤然像从沸点降到冰点,带着失望地说,"那是怎么的呢?"

九

张永进说:"那是两年前了!我与母亲按她记忆中的地址与门牌号码,去到成都路,找唐飞鸢和齐美娟的故居。那房屋外形已经破旧,我们想办法去结识里边的住户。一晃几十年,住户先后换过好几次,这房子早就不止一次地大装修过,楼上有些房与房之间的墙壁早打通了……"

"糟了!"石小玉说,"那金鸡钻石呢?"

张永进一脸失望的表情,摊着手说:"谁知道,谁能说呢!楼上的北房西墙早拆除打通了!哪有什么板壁和小暗柜呢!但我们遇到一件怪事……"

"什么怪事?"

"那是三个月前的一天,我们不死心地又去了!仍想施用交际手段上楼再仔细寻访勘察一下。可是敲开门,母亲突然像见了鬼似的'啊'的叫了起来,马上回身出来就不肯进去了。那人家据了解是一个开馆店的个体户,也马上把门关了。我忙问母亲是怎么回事?母亲说:'回去再谈!'回去后,她惊魂方定,告诉我说:'出了鬼了!先一会儿,门一开,我忽然瞥见坐在客堂间里的一个八十来岁的老头,高颧骨、马脸、三角眼,很熟!尽管几十年不见,很快我就认出这不是别人,是唐飞鸢!那服饰模样像从海外来的'……"

"啊!? 唐飞鸢!?"

"母亲说，决不会错！于是，我们设想：一定是唐飞鸢解放前夕被几个便衣军人带走，也许是他的好友救了他走，把他带到港台或海外去了！后来他病好了，如今开放了，港台海外的人回来得多，唐飞鸢如果活着，回来也是不奇怪的呢！他回来会不会也是为这块金鸡钻石呢……反正，搞不清了！于是，成都路我们再也不敢去了！而且，您是知道的，上海目前正在大建设，成都路高架工程已经施工。前几天，我再到那儿去时，只见铁锤重重地朝旧的墙体砸下去，墙被推倒了！气锤在卵石地上发出震耳欲聋的声响，采用定向爆破的方式拆掉高楼，唐飞鸢的旧居那房子早就拆除塌落只剩下等待清除的砖瓦堆了！"

他说的是真的吗？谁知道呢！他说的是假的吗？又不像！石小玉感到心上一阵颤抖，发出一声不由自主的唏嘘，心中充满沧桑之感，太像一个惊险离奇的侦探故事了！

张永进继续说："母亲知道后，倒是很豁达，说：'几十年了，这样也好！人要靠正正经经发财，横财不该我得，得不到我也不伤心！'"

真是幽幽暗暗迷迷离离啊！石小玉说："那您为什么在我们这次谈话之前，要骗我说已经找到金鸡钻石了呢？"

"唉！"张永进歉意地说，"我知道您非常忙，怕您拒绝同我交谈。我说找到了金鸡钻石，对您同我交谈就有了吸引力。做新闻记者的，为了采访，只好不得已这么做了！说实话，我对您，对令尊石东方先生感激而且尊敬。在读令尊的日记和札记时，在同您谈话时，深受教益。我要道歉，更要深深致谢！"

石小玉笑笑摇头，说："别客气了！您骗了我，我是有些失望，但关于金鸡钻石的唐飞鸢夫妇及你母亲的这段故事，对我也是珍贵的。我也要谢谢您。"

张永进笑了笑，似乎是想活动一下面部肌肉，说："我还有个建议和要求。"

"请说吧!"石小玉突然发现张永进那双带点狡黠的眼睛闪动着一种诚实的意愿。

"令尊的遗作和您的补撰合成的《"东方宝石眼"珍宝谈》将是一本极有意义的著作,将来要出版时请告诉我,我将写文章为它在报纸上大力宣传,扩大影响,作为我对您今天给予我的帮助的报答。"

石小玉产生了一种浓浓的心情。她觉得对方话说得诚恳,而这似乎并非是一个缥缈而又虚幻的承诺。

后来,送走了张永进。街头异彩纷呈,有闪烁的路灯,流水似的人群和穿梭往来的车辆,充满了活力。夜风从黄浦江上吹来,舒适得很。她看着张永进逝入夜色中,觉得这个人虽然骗了自己,但却仍是一个讨人喜欢的新闻记者。

十

谁知,三天以后,事情继续有了发展。

这不但完全出乎石小玉的意外,而且使她迷惘。

午后,下着雷雨,一个精明干练约莫二十六七岁的青年人到富来临珠宝行找石小玉。他脱下湿淋淋的雨衣,彬彬有礼,很有教养,出示了他的证件,名叫徐良。但从他两只犀利明亮的眼睛中石小玉感觉到这是一个很老练的便衣公安干警。她仍旧在楼上的会客室里接待客人。

公安干警来找,已令石小玉惊讶了,偏偏这公安干警徐良也是为金鸡钻石来的!

"石经理,我是来了解关于金鸡钻石的有关情况的。我知道您掌握这方面大量情况,我们希望得到您的帮助。"徐良诚挚地说。

石小玉不禁想:真奇怪!怎么这块失踪几十年的金鸡钻石突然又红火得这样了呢?三天前,那个张永进刚来采访过。如今,公安干警也来了！于是她说："你们需要我提供的情况我都可以提供。只是，你们总得让我弄清楚情况呀，不然，我是不愿讲的，因为——"她忍不住把三天前那个新闻记者张永进来采访的情况一五一十简单讲了。

徐良是个沉着稳重的人，静静听着，说："这我们已经知道了！他同您谈的一切我们也希望听您详细介绍。不过——他不是新闻记者！以前做过记者，现在不是！"

外面，天边正打一个亮闪，接着就是一阵隆隆的响雷。

"那他的记者名片是假的?"

"现在，骗子不少，假名片很多。看名片是不能全信的。"

"那他说的关于金鸡钻石的事都是假的?"石小玉变得提心吊胆了！

"可能并不全假!"

"我能问一问是怎么一回事吗?"石小玉控制住自己紧张的情绪，眼光灼人。她觉得生活真像一只怪圈，绕了几圈，把她给绕糊涂了！

徐良摇摇头，说："恕我现在不能也无法详细奉告。不过，我可以告诉石经理的是：追求发横财和黑心财会使人去从事罪恶。现在，国际走私集团在宝石走私问题上也很看重中国这个大市场。有的走私团伙，从缅甸走私红宝石，从泰国走私蓝宝石，从俄罗斯走私变石，从印度走私石榴石，从南非走私钻石，从巴西走私蓝晶，从哥伦比亚走私绿宝石。这些珍宝有的也从中国进出。这您干这一行肯定是了解的！而失踪多年的我国的国宝金鸡钻石，现在确有线索说明可能还存在，而且可能落在一个走私集团手里。他们可能企图将它走私偷运出去……"

"哦，我明白了！那个张永进也是走私集团的?"

"他也许是，也许不是!"

"那您可以回答我：为什么张永进要冒充新闻记者来采访我呢?"她小心翼翼地问，雨声哗哗仿佛遮掩了那透明的思路。

"至少有一点是可以假设的，有人的确想找他写文章拿去在香港和东南亚发表，目的是先把金鸡钻石'炒'热，用舆论抬高这颗原钻的知名度与价格。世界上有些富豪就是愿用高价买名牌钻石的。也许有人许诺张永进给他丰厚的报酬，让他帮他们收集有关金鸡钻石的资料，便于走私出去后提高价格也有利销售。"

"那他是个坏人？我上了他的当了！"石小玉不禁想：真遗憾哪！我能一眼鉴别出宝石真伪，评估出其价值，可是我却难以辨别好人坏人！

"现在还不能这么说。他也许并不是坏人！许多事还弄不清，我们正在努力。"

"那这是一个谜？"石小玉的心空空荡荡飘飘忽忽的，像一只放飞在天空的风筝。

"什么事在未得到正确答案前都是谜！何况金鸡钻石从失踪后就一直是一个谜！"

金鸡钻石的故事使人哀叹人生的苦涩与千奇百怪。石小玉哑然语塞了。世间的事本来变化多端，什么事不可能发生呢？设想是无法改变情节的。小说家或者可以凭想象写出一个奇特的故事来，而我何必去枉想寻找那个迷案，释解那个困惑呢？办案的公安人员当然不能把案情和盘托出告诉人的，又何必多问呢？

她不是一个内心柔弱的女人。她觉得生活恬静平淡，无端发生这么一种怪事令她刺激，倒也未始不值得。她向徐良说："好吧！徐先生，我来向您介绍……"

这天夜晚，有雷阵雨后的闷热，石小玉回去后，开了台灯又埋头在从事整理并撰写那本《"东方宝石眼"珍宝谈》了。她心里很不平静，想得很多。她把心情翻出来慢慢地揣摸，酸酸的，那是想念父亲石东方和往事带来的感觉。后来，心笺上竟像留下了一方空白。电风扇吹得她散开发髻披着的长发高高飘起，她显得很潇洒。在札记上，她记下了三天前同张永进交谈和今天同徐良交谈的种种，最后又写道：

"时光飞逝如电，金鸡钻石构成了一个失去的故事，转瞬数十年。但愿谜能揭晓，它能留在本土，不是属于贪财者的死亡钻石，而是属于国家的国宝……"

原载《啄木鸟》

流　星

　　昨夜做了一个梦，我又回到上海金神父路那幢深灰色的旧公寓楼房前面了。那是夜晚，天上是一个斑斓的银汉世界，星光闪烁，深邃离奇，我走进公寓的大门。梦使我跨越时代看到了遥远的过去，我仿佛又见到出现在楼梯上的美丽的卡特琳娜！她婀娜多姿地站在那里，向我微笑，欲言又止。她身旁是那只老式的半旧棕色牛皮箱。皮箱坚固笨重，上着锁，显得神秘……梦醒时，钟敲三下，雨正滴滴答答，远处锦江大厦的霓虹灯灯光闪烁，有轿车驶过湿漉漉的柏油路面发出"咝咝"的声音。我心头拥塞着一种淡淡的失落感，雨声引起回忆，将我又带到了一九四一年那个秋季……

一

　　一九四一年秋天，"孤岛"上海多雨，老天爷总是阴沉着脸哭泣。我在一家挂着美商招牌的晚报里当记者和编辑，租住在法租界金神父路一幢旧公寓三楼的一间靠楼梯的偏房里。公寓是很低级的那一种，住户有中国人，也有一些白俄，因为租费便宜，虽然我对面房里的近邻是一户白俄，我也没计较。那时白俄的名声不好，尽管他们原先不少都是贵族、军官、富豪，如今流落在上海租界上却堕落到了下层，鸡鸣狗盗之徒甚至卖淫贩毒者也不乏其人。从公寓的老看门人口里，我知道这个近邻名叫罗布哲夫，五十岁左右，带着个十九岁的女儿名叫卡特琳娜，父女两人相依为命。看门老人介绍说，罗布哲夫给人做过保镖，也在跑狗场做过杂工，如今在一家舞厅做司阍。那女儿非常漂亮，是他的掌上明珠，在读美术学校。这父女俩同其他白俄少有来往，平日深居简出。罗布哲夫爱喝酒，有时酒醉糊涂，但并不惹是生非。既然如此，我也就安心住下了。晚报工作忙，白天采访，又要去报馆编稿，夜晚写稿。我住进去近半个月，有时听见对面近邻家传出悠扬的口琴声，吹奏的是俄罗斯风格的民歌，很悦耳，但一直没有机会同白俄邻居照面。

那是一个秋雨淅沥的晚上，一个同事请我在霞飞路白雪咖啡馆喝咖啡闲聊。雨停后，我离开小咖啡馆走回住处。上楼时，发现二楼楼梯转弯角上躺着一个大汉，酒气熏天。我扶他起来，见是个穿旧西装的满脸络腮胡子的白俄。便问：是罗布哲夫吗？在上海住久了的白俄都会讲流利的上海话。他点头，手指着楼上，大着舌头说：扶我回去！谢谢！于是，我扶他上楼去敲他家房门。

门开了，房里金色的灯光照射出来，我眼睛突然一亮，想不到出现在我眼前的竟是这样一位亭亭玉立像鲜花一样娇艳的俄罗斯姑娘：动人的金灿灿的长发，浓密睫毛下两只海水般深蓝的眼睛，白皙的皮肤，合身的服装虽不新颖却能衬托出她颀长有曲线的体态。这显然就是卡特琳娜。她"呀"了一声，马上扶着父亲进屋。她文质彬彬地谢了我，我瞥见那房里的布置和摆设有一种异国情调。虽然罗布哲夫只是舞厅的司阍，但他们的生活似乎过得还宽裕，墙上挂的油画配的是镂雕镜框，熠熠生辉。我不便久留，就替她掩上了门。我就这样第一次认识了这父女俩。

这以后，有过两三次，我上楼，正好卡特琳娜下楼。我抬起脸，会看到她友好的笑容。她总同我打招呼，并且问好。她的美丽和风采使我惊讶，我总觉得她很像一个童话中的公主，那么高贵和矜持。也说不出是什么原因，我对她有一种好感，甚至同情地想：一只凤凰怎么竟生在一个白俄家里呢？也许是记者职业的好奇心，我常想接近她、了解她，尤其是当我听到口琴声，她吹奏的口琴声里蕴含着一种寂寞和凄凉。我了解到她上学和放学的时间，有时有意识地等她，这就增加了同她见面的机会。有时我还陪她同去电车站，一路上我们聊物价猛涨、金价猛跳，聊租界命运前途难卜，也聊绘画，聊音乐，聊文学……

有一次，她说她父亲罗布哲夫邀请我到她家喝茶，感谢我那晚扶他上楼。晚饭后我去了，父女俩用加方糖的红茶、罐头沙丁鱼、巧克力糖和水果款待我。那晚罗布哲夫没有喝酒，但他那长满黑色浓密络腮胡的脸给我一种颓丧、疲劳、浮肿和布满沧桑的印象。他们父女住的是一个套房，分成两间，外间正中央挂着一幅基督的彩色画像。卡特琳娜告诉我，他们是虔诚的东正教徒，墙上另两幅画是她的油画作品。我真想不到她会画得这么好！一幅是她临摹的俄罗斯画家列维坦的《荒塘》，那塘边的老树、水上的倒影、树荫覆盖的池塘。她带着一种怀乡的愁绪，脸上有动人的表情，用好听的声音说：父亲讲，这很像我们老家附近的景色，所以我把这张画挂在这儿。她还画了一幅自己的肖像画：金发的她脉脉含情，带着一种向往的神态，背景是广阔的夜空，群星宝石般闪烁，有一颗大流星拖曳着明亮的光芒划破幽暗的长空，衬得人物更美。这画，既有印象派外光和色彩的表现力，又能生动地反映出人物的性格和内在的美。那流星光芒四射，静谧明亮，少女的表情刻画得很细腻。我问画的名字，卡特琳娜笑了，说：《流星》！她问我对画的印象，我诚实地说：很出色，非常美，但您的肖像怎么样也不可能有您美丽！听到夸她美丽，她高兴地笑了。罗布哲夫话很少，这时也在一边高兴地竖着拇指说：有人说我女儿像一位公主！她像她妈妈。她妈妈是尼古拉耶夫将军的女儿，可惜五年前就死了。卡特琳娜是我唯一的安慰，我现在活着一切都是为了她……说着，他走进内房去取出一只银的小镜框来给我看，那是卡特琳娜母亲年轻时的照片，的确是个美人。卡特琳娜很像她妈妈。

罗布哲夫的话里带着自豪，也带着凄怆，似乎蕴含着不少故事，但他没有多说。我知道，白俄里边经历复杂的人很多，他们实际都无国籍，流落在上海，处境杌陧，生活可悲。卡特琳娜在喝茶闲谈时说：我是生在上海的，从没有回过俄罗斯，但却常常想念，要是哪天能回去可就好了！……我那晚喝了茶，谢了主人，回到自己房里，听到卡特琳娜又吹口琴了，那曲子使人会想起俄罗斯广袤大地上的阳光、山野和河流……后来口琴声停了，我睡在床上，闭上眼就看到卡特琳娜美丽的面容。当时，抗日战争正是最艰苦的时期，上海早被日寇占领，租界成了"孤岛"，老是看到国土沦丧的消息，又看到在敌占区日寇铁蹄下的同胞过着亡国奴般的生活，我的心是哀怨愤激的。白俄是由于反对国内革命而造成自己的无国籍，沦陷区的中国人虽然与他们不同，但却有相似的体会：无国籍的人会感到处境的痛苦；得不到自己国家的疼爱和保护的人是最可怜的，国家对百姓是何等重要！……我在给晚报写稿时，每每在字里行间流露出爱国抗日的情绪来。这晚，这种情绪更浓烈。不远处霞飞路上叮叮当当的有轨电车声隆隆传来，震得我心颤，我失眠到凌晨才睡熟。

二

我同卡特琳娜越来越熟悉了。她有时还亲手做些罗宋汤送来给我吃。这种浓汤，有番茄酱和洋葱，有马铃薯、洋白菜和牛肉片，味道很香。为回报她的好意，我有时也送些水果和巧克力给她。我觉得找到了一个好邻居。

转眼到了十二月，月初一个冷雨霏霏的夜晚，我在灯下看书，忽然听到卡特琳娜家里有激烈的吵闹声。是两个男人粗野的嗓门，用的是我完全听不懂的俄语。野蛮的喧闹声使我想到了咒骂、斗殴、打砸……有瓷器落地粉碎的声音，有"嘭"的一响，像是热水瓶砸在地上，有乒乒乓乓加上号叫的打架碰撞声。雨声急了，哗哗地响，但遮不住对面房里传来的兽性的搏斗声。我捺住性子细听，在卡特琳娜一声惊骇的尖叫以后，我忍不住拉开门冲出去想看看到底发生了什么事。

可是，正当我冲出门去时，卡特琳娜家的门突然砰地敞开了！有个俄国佬像只被用力踢出来的足球从里边飞也似的迎着我冲过来，同我撞个正着。他将我撞倒在地，跑向楼梯，"噔噔噔噔"一溜烟下楼去了。我只看到这是个矮壮方脸盘的人，衣服旧而脏，秃顶，脸上自额至鼻有一道可怕的粗粗的刀疤，模样十分凶恶。我从地上爬起来，走到卡特琳娜家，朝里一望，只见满地是酒瓶、茶杯、碗盏的碎片，空气里散发着酒味，罗布哲夫抱头坐在地上，左眼眶乌青了一块。美丽的卡特琳娜双手捂脸倚窗站立，似在哭泣。我关切地问：卡特琳娜，怎么了？发生什么事了？她没有理睬我，依然双手捂着脸站在那儿。罗布哲夫则手扶着地站立起来，喷着酒气对我说：没有什么！没有什么！……他脸上布满黑气，表情压抑而深沉，走过来关门，嘴里说：晚安！那意思是要我离开。我犹豫了一下，只好回身返回房里。

一切归于寂静。外边雨仍在哗哗地敲着窗户，我回味着刚才发生的一幕。谁都知道，这些白俄当年有许多都是白卫军的军官，离开本土前，他们反对苏维埃，有不少都在同红军作战时欠下过血债。罗布哲夫怎样呢？脸带刀疤的陌生人怎样呢？谁知道他们的过去呢？卡特琳娜这样纯洁美丽而高贵的姑娘真像一朵鲜艳的荷花生在污泥之中！我对她同情而又为她遗憾。

第二天一早，我还睡着，响起了敲门声。我应声穿衣起床，打开了门，发现站在门口的竟是卡特琳娜。她脸上布满忧郁，眼睛红肿，当然是昨夜哭泣留下的痕迹。我惊讶地问：有事吗？马上请她进来坐。

她依然那样美丽，但脸色不好，坐下后，对我说：张先生，我们感到您是位好人，所以有件事想麻烦您，不知行不行？我慨然地说：行，当然行！她说：有只皮箱想拿来寄放在您处，请您代为保存一下，不知可不可以？我说：这很方便，您拿来就是！但我心里嘀咕：为什么要把皮箱放在我这里呢？却不好意思问。聪明的卡特琳娜似乎看出我的想法，说：为什么把皮箱寄放在您这里以后我再告诉您。反正，我们遇到了麻烦而不幸的事。皮箱里是我父亲的一些珍贵的东西。我说：谢谢您信任我，我会代您好好保存的。后来，她就把箱子提来了。这是一只老式的半旧棕色牛皮箱。皮箱坚固笨重，上着锁，显得神秘。我打开壁橱，当着卡特琳娜的面将皮箱放进壁橱，然后在上边堆了许多杂物。放好皮箱，我请卡特琳娜坐下，忍不住问她：到底发生了什么事？严重吗？告诉我，也许我能帮你们做点什么。她嘴唇颤抖，嗫嚅着说：我也弄不清楚到底是怎么回事，父亲他吞吞吐吐，又忧心忡忡。我总觉得好像要发生什么倒霉的事！她又叹息地说：唉，你们生活在自己的国土上多好啊！而我们不能回自己的祖国去，就像没人管没人疼爱的孤儿，漂泊在异国他乡。我们太可怜了！她流露出一种强烈的对故土的依恋，眼圈又红了。我拿起桌上一张苏商办的《时代日报》递给她说：这种报纸您看过吗？现在"孤岛"上看《时代日报》的人很多，您也该看看。苏联现在很强大，她正在同法西斯德国侵略者血战，胜利和正义一定属于她！你们将来应当回去，那总是自己的祖国和故土。只要对苏维埃政权采取拥护的态度，到将来回去了，会受到公正对待。而我们中国人，现在最重要的是抗日！只有抗战胜利，才是我们的活路。她说：您说得对！但是，可怜的愿望有时也不易实现，命运使我们不由自主。但愿我将有实现心愿回到故土的机会。我们这样谈着，一时竟有一种相濡以沫的感情，双方都沉默起来。过了一会儿，她站起身来，说：我走了！

皮箱像放在了我心上。我下意识地揣摸那里边藏的是什么，但更多的是猜想卡特琳娜家到底发生了什么"倒霉的事"？那肯定同脸上有可怕刀疤的陌生人有关！是什么事使卡特琳娜要把这只皮箱寄存到我这里呢？夜晚发生在卡特琳娜家中的吵闹与斗殴是怎么回事呢？

三

连续两天，我都想找卡特琳娜谈谈，但没有机会。

美国总统罗斯福下令撤退美国海军和侨民的消息传来，美日关系更加紧张。上海这个昔日帝国主义冒险家所赞赏的乐园，危机重重。租界上人心惶惶；"孤岛"生活更加艰难，通货贬值，米粮来源困难，米店门口出现了排队买米的长龙；政治性、经济性的绑架案不断发生……晚报事情忙，我每晚都很迟才能回家。那夜，又是下雨，我穿着风衣冒雨踩着两脚泥水回到住处。刚进门，看门老人就告诉我：罗布哲夫被人刺了几刀，已被送进广慈医院，可能保不住命了！我吃惊地问：什么时候发生的事？看门老人说：两个小时以前，罗布哲夫刚进门，一个脸上有刀疤的白俄从暗处冲出来，用尖刀刺杀他。看门老人马上摸出警笛猛吹，可是罗布哲夫已倒在地上，凶手背上也被罗布哲夫刺了一刀，带伤逃逸。巡捕来了，呼叫来了救护车，将浑身是血的罗布哲夫就近送到了广慈医院。卡特琳娜知道后，也赶到医院去了……

问清情况后，想到卡特琳娜此刻一定悲痛欲绝，我立刻回房拿了一些钱跑下楼来，叫了一辆黄包车，冒雨赶到广慈医院。罗布哲夫正在接受手术抢救，我见到了形容憔悴的卡特琳娜。看见我，她流下泪来。我问：钱够吗？她点头说够。我们在外科急诊手术室外的长椅上坐着，我安慰着她。她却按捺不住激动，告诉我，她父亲早已昏迷，说是肝部破裂，肠也受了重伤，医生认为救活的可能性不大。她伤心地说：马尔采克，就是那个脸上有刀疤的人，他从天津来，是特地为了报仇来的！我问卡特琳娜：报仇？报什么仇？她哭泣着说：弄不清楚！那晚马尔采克突然出现，老是狞笑，罗布哲夫好像很害怕，请马尔采克坐下喝酒。起先，两人一同喝酒谈话，还忆起当年的旧事。从谈话中，知道他们年轻时曾经一同对布尔什维克作战。打胜仗时，他们的军队开进村镇，把布尔什维克和苏维埃政权的工作人员都抓起来枪毙或吊死在白桦树上，烧毁被杀者的住房，在死者的胸部背部或者额上用刺刀刻上五角星……说到这里，卡特琳娜连声摇头叹息失望地拭着泪说：他们怎么这样凶恶！怎么这样凶恶！……这当然也是在谴责自己的父亲，不过没有指名罢了。接着，她又说：后来，打了败仗，他们一大帮人逃入中国新疆境内，被劝说缴出了武器，资遣到甘肃敦煌，打算再把他们分批分送到内地。罗布哲夫同马尔采克本来是好朋友，可是后来有了仇……记得，那天马尔采克喝了些酒，突然变得杀气腾腾，对罗布哲夫吼叫：你虽然改名换姓，但我花了整整二十年，终于还是找到你了！又说：我脸上的刀疤是你留给我的！血债要用血来还！你偷我的财宝，也一定要讨还！马尔采克的出现，使罗布哲夫感到恐怖不安，他说马尔采克可能要杀他并且占有他的一切，所以他随身也带了一把刀子防身……

　　我大致已能把这件事拼凑在一起了！只是马尔采克逃跑了，他还会做什么？会再来对卡特琳娜下毒手吗？

　　我从卡特琳娜美丽无邪的眼里，从她那纯洁坦诚的谈话里了解到，她那曾有过罪恶的父亲的见不得人的隐私，她确实并不都知道。有罪恶的父亲在自己心爱的女儿面前也是怯懦的，怕暴露自己的丑陋的。而如今，这些谜一般的隐私只有等待罗布哲夫从手术台上被挽回生命后才有希望获知了！

　　遗憾的是，从手术台上下来的医生，无奈地两手一摊，说：他死了！

四

暗杀罗布哲夫的马尔采克在第三天就被法国巡捕房抓住了。

他背上的刀伤很重，他的朋友把他送到一个私人医生诊所包扎。他矮壮、秃顶、脸上有引人注目的刀疤，这些特征使他暴露，他被拘捕了。

我们晚报专门采访社会新闻的记者告诉了我这消息，我马上去告诉卡特琳娜。她听到消息，既无雪恨的欢欣，也无见凶手落入法网的惊喜，显得很平静。她不再去美术学校上课，整天把自己关在家里。意外的不幸使她像遭到雷击似的坍垮了！她五年前丧母后，更觉得与父亲不能分离。只遗憾于布尔什维克打倒贵族，所以他们才回不了祖国和故乡。她何曾想到父亲罗布哲夫曾有过那么复杂而不光彩的经历。如今罗布哲夫死了，她成了孤单一人。罗布哲夫虽给她留下了一笔钱和一些金子，但今后怎么生活下去？她无从想象，只有以泪洗面，在灾难面前无所适从。

我似乎能带给她一种感情上的慰藉。我去时总是给她带去一些鲜花，还从白俄开的面包房里给她买新出炉的两头尖的长长的罗宋面包、果酱、白脱和红肠熏肉，给她带去红茶、砂糖和水果、蔬菜。想到她今后的生活，我说我可以寻找朋友设法给她找一个合适的工作，她应当坚强地生活下去，千万不能悲观失望。但看来她是一时无法摆脱父亲丧命的阴影，也无法立刻振作起来的。她对我很热情，我觉得她对我有爱情的表现。但我难以说清我对她是一种什么情感，我觉得我还无法接受这个白俄姑娘的爱情。虽然我觉得她美丽、善良而且十分可爱，但我不应当乘人之危。因此，我宁愿像一个哥哥、一个好朋友那样对她既亲切却又保持一定的距离。

我暗中决定要弄清马尔采克刺杀罗布哲夫的秘密，于是以记者身份到法国巡捕房要求采访马尔采克杀人的详情。我深知好几家报馆的记者都在采写这条新闻，我通过熟人关系，采访很顺利。

马尔采克在狱中治伤，无生命危险，但他却坦率供出了事情的始末。我先查阅了他的几次口供，在巡捕房译出的口供中他说出了一个虽然简略却使人战栗的故事：

我，马尔采克少尉，出生于圣彼得堡，现年五十岁。一九一八年六月参加过阿连阔夫少校在斜米组织的反苏维埃政权的暴动。我与壁良切夫少尉为挚友（我想：壁良切夫少尉是谁？难道就是罗布哲夫？）。一九二〇年五月同红军作战，由于溃败，在阿连阔夫带领下由博乐率部越界逃入中国境内到新疆伊犁，企图在新疆建立反苏维埃基地，但未如愿。我们在新疆当局动员下缴出大部分武器，阿连阔夫先被软禁，后被押解到乌鲁木齐①。我与壁良切夫则与残部约九百余人于一九二〇年十一月资送甘肃，驻扎于敦煌莫高窟等待处理，说是要再遣送我们去往内地。在敦煌莫高窟住了约八个月，住于石窟洞内，时值冬季，天气严寒。大家在洞窟内支锅做饭，将洞窟和该处寺院中的匾牌、门窗用具等劈碎当柴烧（我想：罪恶行为！中国莫高窟佛教艺术珍品岂不遭到了严重破坏！），生活艰苦，十分狼狈。敦煌石窟洞内壁画精美，彩塑佛像无数均是佛教瑰宝，传说中国古代有些朝代曾在石窟洞内秘藏珍宝及贵重文物，早些年被人发现过并将大批贵重文物卖给了英国人、法国人、日本人、俄国人和美国人。眼前放着发财机会，大家都高兴。但壁画之类不好取也不好带，所以大家皆抱着寻宝的愿望到处搜寻。有人将大批彩塑佛像断手凿目、挖心掏腹（真是浩劫！），看看里面有无宝物。我与壁良切夫在国内因为收集反布尔

---

① 阿连阔夫由于在新疆图谋不轨，后来被引渡回苏联，在斜米经过公审被判死刑。

什维克斗争的经费，曾参加抄家组织砸开银行保险箱及民间住房，收集到大量财宝，有部分未上缴的钻石及首饰都随身携带，但为数不多。考虑到将来的生计，因此也想发财。我俩既是挚友，整日闲居无事，就约定一同努力寻宝，如果找到就两人平分所得。我俩为此起早睡晚，秘密地到处敲打岩壁、发掘洞窟，连已坍塌残毁的洞窟也不放过。但辛苦寻找，终无所获。到一九二一年夏秋之后，我俩已差不多完全失望了。此时，我俩已打算自己偷偷逃逸，去天津自谋生计，因我俩均有旧日的同学及朋友在天津定居。我们说定如再找不到宝物就联袂同行，有福同享有难同当。一天清晨，我在一处坍塌一半的洞窟主室中清除坍下的石块时，忽然发现地上石砌的坛下有一道用泥封没的裂缝，扒开泥土后，发现裂缝深不可及，试着在上面敲打，发出空空洞洞的咚咚声。我立刻感到这下边很可能有一秘密洞穴。悄悄告知壁良切夫后，他也大喜。那夜，我俩携带工具、绳索、火柴、蜡烛、干粮、水、小筐及军刀等，瞒了人秘密前去。果然，发掘到半夜，挪去大石块后，有一很深的黑洞仅可容一人进入。洞很深，我俩商定，由我下去，他在上边接应，得宝我拿十分之六，他拿十分之四。我们先用小筐将火柴、蜡烛、干粮、水及工具垂入洞内，在上边找了巨石缠住绳尾。我身上绑着粗绳下去后，发现洞是弯的，有一短短的小通道，进去擦火柴一看，那是一间小小的方形复室，虽矮但可藏许多物件，里边整齐地堆放着许多白布包。白布包里全裹着古文书，还有绢幡佛画、古木刻印刷品、铜的佛家法器等。更使我高兴的是有一只上描彩色龙蛇鸟兽绘画的木箱，虽不太大，打开一看，里边竟全是玉器、金器及叫不出名字的珠宝。彩色木箱旁放着铁锹、铁棒等工具，估计是当时发掘通道和此方形复室用毕遗弃于此者。我又发现此复室通往通道口另一处有一小岔道通向另一出口。那是山岩间的一处小豁口。但我无暇对壁良切夫说这些，那只藏珍宝的彩绘木箱太刺激我了。我趸回原处，朝上面把情况说了。壁良切夫说：你快先把彩色木箱绑好吊上来，然后再吊其他东西。我马上照他的话办，先吊上去了彩色木箱，又吊上去了不少选出来的绢幡佛画和白布包。洞内空气稀薄，我浑身出汗，感到乏力。我对着壁良切夫叫：快放吊绳让我上去！他应声将粗绳垂下来。我将绳索绑住身子然后纵身攀援向上，壁良切夫在上边用力拉着绳索。我逐渐接近洞口了，终于费力地攀住洞口往上纵身，万没料想此时突然银光一闪，一把锋利的军刀狠狠地砍在我额头及我鼻子上，幸我头一仰才未被军刀将头劈成两片（我想：啊！壁良切夫下毒手了！他是想独吞财宝了！实在可怕！）。我大叫一声松了手，满脸是血跌入洞底，我觉得我要死了！而这时，上边有石块和泥土坠落下来。我心里明白：壁良切夫这个黑心的魔鬼，用军刀砍杀我还要将我活埋在洞里。他好狠毒哟！……

五

马尔采克当然不是善类，但壁良切夫的贪婪毒辣实在令人发指。我采访这个前白卫军少尉军官时，他在刺死罗布哲夫后，有一种报了仇的快意，不时露出一种狞笑。我同他有过如下的问答。

问：罗布哲夫就是壁良切夫吧？

答：当然就是。他以为我早死在敦煌了！他用刀砍了我，封闭了洞口，次日天亮就独自带着财宝离开莫高窟跑了！他未到天津，却独自偷偷到了上海，隐姓埋名希望平安无事，让人以为壁良切夫已不存在了！

问：你怎么没死的呢？

答：这是上帝保佑（他在胸前画着十字），我那时拼命挣扎，仇恨心使我怎么也不能死。我依靠着健壮的体魄，又幸好有火柴、干粮、水和工具。我从那个岔道的豁口处爬出来就昏晕过去了！幸好一个名叫杜托夫的哥萨克正在那儿闲逛，是他救了我。

问：后来你怎么样了？

答：伤愈后，我与杜托夫悄悄将洞窟里剩下的白布包着的文书等拿了不少，一同去了天津。我以为壁良切夫一定在天津，决心要报仇，讨还财宝！（我说：马尔采克！其实这财宝都是中国的，你们这是盗窃！它不应属于罗布哲夫，也不应属于你！但马尔采克未答理我，他继续叙述……）我变卖文书和随身携带的一部分钻石首饰生活，又干过许多卑下的谋生活计。天津的俄侨多，我到处打听壁良切夫的下落，但茫茫人海，无人知晓。我想念祖国和故乡，只是我杀过红军布尔什维克，不敢回去。一晃就是二十年！我过得很艰难！

问：你这次怎么会来上海犯案的呢？

答：这是天意！杜托夫去年从天津到上海与亲戚合伙开酒吧，前些日子他见到了一个名叫罗布哲夫的人。杜托夫认出了他，说你不是壁良切夫少尉吗？罗布哲夫摇头说不是，但杜托夫认定这就是壁良切夫，写信告诉我。我打听到壁良切夫改名罗布哲夫到上海后蓄起胡子，娶了尼古拉耶夫将军的女儿为妻，还生了一个漂亮的女儿，这些年生活过得不错。我设法找到了他，同他算账！

采访完马尔采克，我对案情又明白了许多，但我没有勇气走到对门把这一切完完整整告诉卡特琳娜！她的父亲是这样一个死也应该的人，可是现在既已经死了，有什么必要告诉卡特琳娜让她背十字架呢！那只会增加卡特琳娜的痛苦与不幸。因此，我将采访得知的一切藏在心间。但我对那只放在壁橱里的牛皮箱产生了疑窦：皮箱里放的是什么呢？我敏感地觉得里边很可能有敦煌石窟洞里发现的一些财宝。要不，为什么马尔采克出现后，罗布哲夫就立刻让卡特琳娜秘密把皮箱转存到我处来呢？我打算若无其事地去到卡特琳娜处同她谈谈皮箱的事，也劝她到国泰电影院去工作。我已托熟朋友给她找到一个查票的职业，每天傍晚到夜间，有三场电影，她可以穿上白领紫红色的制服站在影院里收票检票并带领观众对号入座。电影院离金神父路不远，也不会影响她白天上课，工作时间不算太长，待遇还可以。

卡特琳娜见到我，显得高兴。她出我意外地热情拥抱了我。我说：我给您带好消息来了。就把给她找到了工作的事说了，并且将朋友写的介绍信交给了她，让她去找经理。她谢了我，收下了介绍信，说她愿意去电影院上班。然后，对我说：我想到您房里去看看那只皮箱。她从抽屉里拿了钥匙说，走吧！到您房里去看！回到我的房里，天已暗将下来，我开了电灯，把那只沉重的棕色老式皮箱从壁橱里拿出来放在房中央的地上。卡特琳娜用钥匙开了锁，她那白皙的手把箱盖一掀，嗬！箱子里面有一只古老陈旧的有龙鸟兽绘画的彩色木箱，整整占了皮箱的一半位置。我不禁嘘了一口气！这不正是马尔采克说起的那只彩色木箱吗？皮箱里另一半地方紧塞着的是白布包裹着的古文书、古木刻印刷品及彩色绢幡佛画。卡特琳娜将彩色木箱的盖子打开，呀！我只觉得眼花缭乱了！她也“啊”地惊叹起来。她用手翻动着箱内那些玉璧、银印、鎏金小坐佛、金盏、铜马、宝石戒指、陶俑、漆器——嘴里发出了“啧啧”声。我不禁说：呀，这真是价值连城的古文物和宝贝呀！……这使我立刻明白为什么二十年来罗布哲夫能过着那种虽隐姓埋名装作平凡低微却实际比较富裕的生活了！我心痛敦煌有许多属于中国的瑰宝早被帝国主义分子盗走或用低价购走存放到了英美等列强的博物馆和私人手中，而眼面前的这一箱贵重的稀世之宝，也本是属于中国的，却在二十年前被两个白俄军官偷盗占为己有。罗布哲夫死了！马尔采克犯了杀人罪，他们都完了！如今，这批中国的国宝却在一个白俄姑娘卡特琳娜手中，成为她父亲的遗产了！我明白，属于中国的财宝是不应这样归属和流失的！我该怎么办呢？

我听到卡特琳娜说：这么多宝贝父亲从来没有让我看到过，他一直对我守着秘密。但我知道，父亲认识一个犹太商人，他有时代父亲出卖一些不知什么文物和珍宝供作家用，父亲说出卖的东西都是当年他离开俄罗斯时随身带出来的。

我虽然心中悄悄爱着而且十分同情卡特琳娜，此时我没法忍着不把我所掌握的情况告诉她了。我正打算把实话和盘托出，只听到卡特琳娜说：张，你是个好人（我注意到她不用"您"而改用"你"了）！我现在只有孤独一人了！我经过思考愿意告诉你，我爱你！我原来只知道父亲留下了一些贵重的东西在这箱里，可没想到有这么多！现在，你看到了！这些财宝很多很多！我愿意同你共同分享！你爱我吗？……

她的话说得纯洁坦诚，她的话带着深情发自内心。说完，她用美丽多情的眼睛看着我，盼望着我点头回答，还报她的热情。我看到她睫毛湿润了，上边有晶莹的泪水。

我动了感情，但内心矛盾，更不愿立刻就用一种轻率的或贪财的态度来对待一个孤独无援的姑娘，而且她的话促使我禁不住立刻要告诉她实情。我诚恳地说：卡特琳娜，你是一位十分美丽而且非常可爱的姑娘，我确实很喜欢你，但对爱情的事要慎重，我们的生活习惯等等一切一切都有很大不同，我们不应当草率。这事以后我们再谈好吗？

她像遭到了大伤害，却勇敢又多疑地垂下眼睑，说：因为我是一个白俄吗？因为我的父亲是一个舞厅司阍吗？我知道，我是被看不起的！……我忙解释：不是不是！她顽固地摇头，伤心地说：您别解释了！别解释了！我高傲而又自卑，我懂得我该怎么我不该怎么。她流着泪低着头，满头长长的金发瀑布似的闪着光泽披散下来。

我觉得无言以对。我岔开话题，说：卡特琳娜，我想告诉您一些重要的事，一点都不瞒您。马尔采克还活着，在巡捕房，他会受到什么惩处还不知道。我去巡捕房了解并采访了马尔采克，我必须告诉您：

这个箱子里的财宝是属于中国的！它是怎么来的？……我一五一十毫无保留地把实情告诉了脸色变得异常苍白的美丽的卡特琳娜……

六

我的话伤了卡特琳娜的心，也伤了她的感情。当晚，她饮泣着离开了我。我说：我把皮箱给您提回去！她却急急摇手，说：不！不！她一回房就紧紧掩上了门。我只好将皮箱又藏进了壁橱。事实上，好几家报纸都绘声绘色连续报道了有关马尔采克杀人的新闻，我怀疑卡特琳娜一定也看到了，这一定更使她受到了强烈刺激。看门老人说：有记者在门口转来转去盯着要采访卡特琳娜，他都给回绝了。我给了些小费给看门老人，要他多照顾卡特琳娜，给她送些吃食去，别让人去打搅她。

再也听不到卡特琳娜悠扬听的口琴声了。她有意避着我。两天后，听看门老人说，卡特琳娜白天已开始去上学，傍晚就去电影院上班，夜间十二点后才回来。我希望她心情能逐渐平静安宁下来，我心中对她有一种微妙的情感，但我自知慎重和保持行为高尚。我迫切地想给她一些力所能及的帮助，也有心不去打搅她，但那只装满了中国瑰宝的皮箱放在我壁橱内肯定不妥。我想她不把皮箱拿回去可能是因为马尔采克还活着，还有记者找她了解财宝的去向，而且她知道了全部实情后，这笔盗自中国的不义之财会使她产生反常的心理。但我也不能这样长期为她保存这只皮箱，我得同她商量这件事。谁知，就在十二月八日，发生了太平洋战争。

那天，黎明前的四点多钟，我在床上听到了炮声和飞机声。天蒙蒙亮时，黄浦江方向大炮声和飞机声更震耳。我穿衣起床，不知发生了什么事，担心着卡特琳娜，我去敲她的门。她不开门，只问：谁？我说是我，怕她害怕所以敲门。她生硬地说她不怕，请我去睡。如她所说的，她高傲而又自卑。我想至少现在她还不想同我接近，我只好回房休息。清晨外出时，知道停泊在黄浦江上的一艘英舰已被击沉，一艘美舰投降。这才明白日本已向英美宣战，并且偷袭了珍珠港，太平洋战争开始了！上午十点钟，日军就开进了公共租界。虽然日军尚未开进法租界，但我明白：法国本土早被德国占领，上海法租界成了"海外孤儿"，法租界当局对日寇只有更加"协力"才能保持残局，"孤岛"已经陷落，法租界也在日寇魔掌之中，我所在的晚报一定会很快被封闭或勒令停刊的。我忙回去将一些信件、照片及抗日书刊报纸在房里焚毁以防万一。只是，我绝未想到日寇的魔爪会飞快地伸向美丽天真的卡特琳娜。

　　那是第二天清晨，看门老人气急慌忙地告诉我：卡特琳娜昨夜从电影院下班回来，被在门口等候着的日本宪兵会同法国巡捕房的巡捕抓走了，还关照看门老人不许泄露这事。我设法托人去法国巡捕房打听，也无下文。此时，我发现我是深深爱着卡特琳娜的！这已经超越了同情和关心，超越了友谊了！但是，更出乎料想的事发生了。当夜我在房里刚睡下后，有人来敲门。我问是谁，看门老人苍老的声音说有重要事找我。我披衣开门，看见的是日本便衣宪兵和法国巡捕房的巡捕。他们让我穿好衣服，铐上了我的手。他们在屋里翻抄，终于从壁橱里找出那只卡特琳娜寄存的牛皮箱。我顿时明白了：万恶的侵华日寇水银泻地似的处处密布下警觉的眼睛时刻不忘掠夺搜罗中国的财富。我估计我的被捕是卡特琳娜被捕后受了酷刑供出了皮箱下落造成的。但是否确实如此，已无法印证了！

　　我戴着手铐被关在数十人像沙丁鱼般拥挤的一间平房里，规定必须盘腿而坐，不许交谈。审讯我的是日寇宪兵队特高科长永田。一个小眼睛龇牙光头的少佐，四十来岁，微笑时更显得阴险凶狠。审讯时，竟指挥宪兵不断用香烟头烧炙我的手背，一烧一个伤口，疼痛钻心。他起先问我为什么在美商的晚报工作，又问干过什么抗日勾当，我都应付过去了。后来，永田盘问的都是关于皮箱的事。我强调是邻居寄存的，不知内有何物。他们又将我揪起送进牢房。

关了一个多星期，突然，在一个晚上，永田释放了我，叮嘱什么都不准说。我回到住处，看门老人见到我，慌忙向我解释那晚他是被逼着敲我房门的。我当然不计较这个，急忙问他：卡特琳娜回来没有？他叹息地摇头说没有。我心中明白：日本宪兵最狠毒，皮箱被他们夺走了，说不定还会杀人灭口。第二天上午，我到报馆，才知晚报已作为敌产被封。遇到那位在晚报跑社会新闻的记者，他告诉我：马尔采克已被引渡给日本宪兵。我对卡特琳娜的前途更加悲观。我牵挂着她，但我们的邂逅与交往像流星一扫而过，她也像一颗流星消逝隐没在云海雾幛中渺渺不知去向了！

在日寇暗无天日的铁蹄下，仇恨心使我下决心尽快离开陷落了的"孤岛"到抗日的土地上去。

一个寒冷的黎明，我带着简单的行装，踏上了北去的征程。

七

再回到上海，已是抗日战争胜利后一九四六年的二月里了。内战风云险恶，我通过民主人士的关系进了一家民营报馆，用新闻记者的身份在上海进行地下活动，了解各方面的政治经济情况。

到了上海，我就想起了当年与卡特琳娜的那段虽然短暂却永世难忘的际遇。我在江湾"京沪区日本徒手官兵管理处"采访，目的是了解国民党政府如何对待战犯及日本军人投降后的思想动态。想不到在那里查阅花名册时，突然发现了那个日本宪兵特务永田的名字，这个永田是日本宪兵特务机关樱花机关的头头。我向管理处处长黄光汉上校提出，把永田找来谈话。

永田双鬓已有白发，比以前多了点卑贱的笑容，劈腿在我对面的凳上坐下。我问他：你认识我吗？他笑着用小眼瞅瞅我摇头说不。我伸出双手，让他看手背上的伤疤，提起了往事。他狰狞的脸上阴暗起来，站起身卑微地对我深深鞠了一躬，似是谢罪。

我问他卡特琳娜后来怎么样了。他说：呵，那个漂亮白俄姑娘早释放了！我说：没有的事，你胡说！她一定被你们杀了！他又站起鞠躬，说确实放了，不过比你迟放两三个月。我又问起马尔采克，他说处死了，马尔采克是个杀人犯。但卡特琳娜不同，她单纯老实，她宣称那只皮箱里的东西本不属于她，她不要，后来就放了她。永田又说：她对你很好，很帮你说话，还说她爱着你！永田说得坚决，我也只好相信他。我问那箱中国瑰宝，他说上缴了。我问在何处，他摇头说不知道。后来，又采访了其他几个日俘。我将那箱瑰宝的情况写了一份报告交给黄光汉，我说这是我提供的证词，希望能将这批宝物从日寇手中追查回来。

归来的路上，卡特琳娜的倩影老是缠绕在我眼前。我坐车去到金神父路，去到那幢当年我与卡特琳娜比邻而居的旧公寓探访故居。岁月沧桑，老看门人早就死了，换了个新的老头看门。我掏出记者名片，告诉他我当年曾住在这里，要求去原先住的三楼看看。他陪着我上楼。楼梯依旧，我上楼时仿佛看到卡特琳娜风采夺目从楼梯上下来，朝我笑着点头……但只是幻觉！那里换了新住户，房门紧闭，我只能懊丧而索然无趣地离开，默默凭吊，心事浩茫。

时光如水，但总淹没不了我对卡特琳娜的思念。有时我听着叮叮当当的有轨电车声，徜徉在被改名为林森路的霞飞路上，看到一些已被改称为"苏侨"的"白俄"时，我总会想起美丽的卡特琳娜，但怎么可能从大千世界中找到一颗早已消失的流星呢？！

我是不相信永田的话的。我始终认为卡特琳娜是被他们暗害了！他们在中国杀害过多少无辜的好人啊！我实在不能相信永田的话！谁知，一九四九年上海解放后，秋季里的一天，在外交部上海办事处工作的一个姓秦的同志同我闲谈，说他近来很忙，因为应苏联政府的要求安排留在上海的苏侨立即回国。办事处已经送走了好几批苏侨。我突然忍不住问他：有一个名叫卡特琳娜的苏侨吗？我形容了一下卡特琳娜的模样。想不到老秦说：有一个！她的绰号叫"公主"，年龄大约二十七八岁，单身！一头金发，很美，会画画。她卖画并且在淮海路（霞飞路先改名为林森路，解放后又改名为淮海路了！）靠近思南路一家苏侨开的罗宋大菜馆里帮人管账……我急急地问：她现在还在那里吗？

遗憾的是老秦说：不，她急于回祖国！第一批就被送走了！

我心里充满了酸甜苦辣，眼眶湿润了！既有欣慰也有悲伤和感慨。多么离奇神秘、变化莫测的人生呀！我高兴的是她还活在人世间，更高兴的是她终于作为一个苏侨回到了她朝思暮想的故土。我想起了她那幅临摹的画——《荒塘》，那塘边的老树，水上的倒影，树荫覆盖的池塘；想起了她那悠扬动听的口琴声中流淌出的俄罗斯大地上的阳光、山野和河流；更想起了那幅她自画的肖像画《流星》，仿佛又看到了她美丽动人脉脉含情的蓝眼睛……

当晚，我去了淮海路思南路口，找到了那家罗宋大菜馆。老板已换成中国人了。我点了一个罗宋汤和一道猪排外加果酱面包。罗宋汤的香味使我想起当年卡特琳娜送罗宋汤给我吃时带来的温馨。

我问老板：以前这儿苏侨开馆子时，你见到过一个美丽的金发的管账女人吗？老板是个五十岁光景满脸带笑的宁波人，早年在海参崴住过，他自己兼做厨师，点头说：有的，有的！是个非常非常漂亮的女人，你觉得她有多漂亮她就有多漂亮，人也善良。只是她吃过不少苦，左手少一只小指头……

我打断他的话，惊讶地问：怎么？

宁波老板说：听说以前她被日本鬼子捉去过。逼供时用刀砍掉了她一个小拇指。

我心酸难过得险些落下泪来。

宁波老板接着说：她会画画，你来看，里边墙上她还留下了一幅自已少女时的肖像画没带走呢！我盘下这馆店时，她说：我爱中国爱上海，过去有过很好的中国朋友，我走了，这画就送给你留在这儿做个纪念吧……

我随老板走近画前，看到那确实就是我见到过的卡特琳娜画的那幅《流星》！

画仍放在镂雕的金属框里。凝视着画上的卡特琳娜，我唏嘘起来，喉咙哽咽了，什么也说不出来。我想要那幅画，但老板摇头说：这是不卖的！那晚又下着绵绵秋雨，雨丝淅淅沥沥，我像诀别似的淋着雨离开了那家罗宋大菜馆。

卡特琳娜已经踏上她曾向往并苦恋着的故土，回到了祖国。但听说作为"苏侨"的白俄回去后，多数人都被流放到西伯利亚一带的集中营里去了，她也有这样的厄运吗？……

我为她深深祝福！……

风风雨雨，一晃几十年过去了，人事有代谢，往事成古今，苏联早已解体，俄罗斯飘扬起了三色旗，那颗美丽的流星如今在哪儿？卡特琳娜该有七十多岁了！她还活着吗？谁能回答我呢？……

今夜，残梦消逝，醒来时，我心头梗塞着淡淡的失落感。窗外，雨声风声仍在簌簌地响，夜空黝黑，没有星星，也不会有流星。我闭上了眼，知道又要失眠了……

原载《四川文学》

天下樱花一样红

人上了年岁，有什么事上了心就摆脱不开。白天，收到信后，我就老在回忆着佐野勋的事，琢磨着该怎么把他的事写出来给烈士陵园寄去。

（上）

那年我二十三岁，在师政治部姚副主任手下当参谋，随军转战在沂蒙山地区。

那年冬天特别寒冷，鬼子开始了对沂蒙山区的大扫荡。综合所有的情报，这次是敌酋畑俊六亲自指挥，共有日军四个师团三个独立混成旅团，此外还有临沂、费县、蒙阴、沂水、莒县的守备队和伪军，共计五万多兵力。

一天，突然接到命令，派我到敌工部张部长处取紧急情报。姚副主任说："你会日文，所以张部长要你去。"我打起背包就跟着敌工部派来的一个联络员启程了。

张部长在边沿区的一个叫石井沟的大庄子上住着。石井沟是个"外白里红"的地方，伪庄长是我们的地下党员，张部长能够得到掩护。联络员带着我利用夜色曲曲折折绕道进庄，来到一户有短墙围成院子的人家。联络员让我翻墙进去，他就不见了。

有个声音叫我名字，这是张部长。我们没点灯，就黑着进屋谈话。张部长要我马上到地窖里去译一份情报。地窖是藏地瓜和蔬菜的，点着盏小油灯，我就把情报译了出来。

这情报是我们在济南的地下工作人员从联系的一个日本从军僧手中搞到的。从军僧名叫佐野勋，是一个禅僧，又是预备役少尉。从军僧在日军中的任务是收拾战死者的遗骨和念经，但有其特殊地位，需要上前线，就是越过步哨线到接近敌人的地方也是可以的。佐野勋有少尉军官的待遇，就是日本宪兵对他也不能过多干预。这次他提供的情报，是从济南日本军部搞到的绝密文件，简直就是一份扫荡沂蒙山的全面计划，兵力部署、部队番号、火力配备、师旅团长名单、进攻日期、包围路线等等，都写得很清楚。

张部长审阅了我的译文，又仔细将全部情报看了一遍，说："本来要你来，是怕还有日文情报接续要你翻译，但这份情报太重要了，不能耽搁，你得马上送到师部去。"张部长又让我顺便告诉师首长，送这情报的佐野勋就是上次提供过崖头伪军据点情报的日本从军僧。那次的情报帮助我们消灭了八十多个伪军，此人可靠，曾是日共党员，因不愿被征召入伍，在日本曾被宪兵队逮捕，悔过后才入伍来华。他有个女友菊子在济南日军军部任职，情报就是从菊子处弄来的。情况紧急，张部长让我趁天不明马上走。说完，他咳了几声，吐了几口痰，就见那个带我来的联络员神出鬼没地出现在门口了。看来，他刚才是睡在隔壁屋里的。于是，在启明星还没升起的时候，踏着满地霜花，我跟着他飞快地又往回走了。

到达师部，我先向姚副主任汇报，他马上带我去见罗政委。师长带着一部分队伍在外地，罗政委在家主持工作。他是个身材高大、戴黑边近视眼镜的南方人，那宽阔发亮的前额，使人感到他脑子里储藏着无尽智慧。这一向，他派出许多"参谋旅行团"到沂蒙山区研究地形、调查道路。估计在扫荡开始前，他就抓住机会练兵，发动群众组织游击小组，布置好了情报网。他是个常常胸有成竹的人。

看了情报，罗政委突然皱紧了眉头，说："这份情报，同我们掌握的情况对得上茬。但是为什么对东面的敌情没有多说呢？特别是沂、沭两河之间，明明我们掌握的情况是敌人布下了重兵，在沂沭平原上有装甲部队和大量骑兵，这份情报却不提，这是为什么？"

我说："很可能情报送出以后，敌人才在东边布置了骑兵和装甲部队的。我听敌工部张部长说，这个佐野勋很可靠，上次他提供的崖头据点的情报就是可靠的！"

姚副部长点头说："那倒是的，只是现在就下结论也难。情报工作，复杂万分，'假作真来真亦假'的事常有。"他朝罗政委看着说，"政委，倘若敌人设下圈套，让这个人送情报给我们，引诱我们进虎口，有没有这可能？"

罗政委坦诚地点头："嗯，是呀，我很怕这个佐野勋是日本特务机关有意派来送情报的。先送个崖头的情报让我们尝点甜头，好在损失的是八十多个伪军，一个鬼子也没有。如今，却是想在东边布下天罗地网，让我们钻进去被一锅端！"

姚副主任凝思着说："这份情报，显然是畑俊六之流早就拟好的作战方案，南、西、北三面都有部署，东面却略去了，不合情理呀！"

经政委和姚副主任一谈，我倒吸了一口冷气，心里不禁责怪自己年轻无知，太冒失了！

战争风云瞬息万变，五万余敌人大扫荡进行铁壁合围的态势已成，告急的情报从四面八方来。中共山东分局的一些首长和我们的师政委及参谋人员、政治部人员、特务营营长及教导员等都在这天傍晚聚在牛家沟老百姓家号出的一间茅草顶的石屋里开军事会议。我当然也参加了。墙上挂着五万分之一的军事地图。地图上，用蓝色的箭头标明了敌军十一路包围的进攻方向。罗政委的桌上照例放着那只"嘀嗒嘀嗒"永不疲倦的双铃马蹄表。他坐在地图前，手执红蓝铅笔，听着大家讨论发言，空气严肃沉重。吸烟袋杆的人多，屋里飘动着刺鼻的烟雾，烟雾里闪动着人们不安的眼神。但罗政委不急不躁，坚定沉着，听完大家的意见说："今晚我们必须突围，这点大家认识一致，现在要决定的是从哪个方向突围有利。"

一个军事干部说："西面靠津浦铁路，碉堡林立，敌人戒备森严，去不得，是不是向东突围，去滨海？"

姚副主任摇头说："不行，敌人在东面是故意让开了一条路。据情报，台潍公路上，汤头、夏庄一带，平林师团埋伏了装甲部队，沂沭平原上也埋伏了骑兵，那是个口袋！"

有人说："向北呢？向北可与山东纵队靠拢。"

另一个人说："北面鬼子也有重兵，还有国民党反共的顽军！"

有人建议："向西突围虽有困难，但西面群众条件好。"

也有人反对："我们不能离开沂蒙山区，离开了，就失去了群众，敌人就能摧毁我们的根据地！"

又有人说："向南突围行不行？转移到抱犊崮山区去，那是咱的老根据地。"

但马上有人说："南面现在是敌人的老巢，怎么能往老虎口里钻！"

罗政委见大家的意见发表得差不多了，站起身来，围一围披着的大衣，黑边眼镜下两眼闪光，高声说："我，主张向南突围！"

多数人都大吃一惊，因为南面是敌寇心脏，临沂一带，敌人兵力多，封锁线早已形成。只听罗政委说："东面是个大口袋已经确定了！西边靠近津浦路，碉堡多，敌军戒备森严。北面呢？据情报，日寇有重兵，国民党顽军也在那里磨刀霍霍，去，是送上门挨敌伪顽夹攻。而且，向这三面突围，就是突出去了，也远离了沂蒙山区，丢掉了我们的根据地和最可信赖的广大群众。因此，只有向南突围！"

这时，有人插话："可是，向南去，就怕敌人张开血盆大口等着咱呢！"

罗政委一手叉腰，一手摆动，用一种令人信赖的语气说："开会前，从临沂来的情报，那里连伪军都调空了！兵法上说：'知己知彼，百战不殆。'危险地带，如在特定时间内，只要选准了方向和时机，反倒是不危险的。目前，敌人集中兵力向我中心区合围，后方空虚，我们就往他心里插，这叫'乘虚而入，出敌不意'！"他用蓝铅笔在地图上画出了突围路线，说，"别看敌人设下了封锁线，但沂蒙山区这么大，山这么多，五万多敌人分成了十一路拉网，网上的洞眼也就多了。我们从敌人的结合部冲出去，突围反扫荡一定能成功的！"

　　这夜，师部、特务营所属部队及机关人员三千多人利用夜色和大雾开始突围。敌工部张部长没及时赶回来，我心里老是记挂着他。突围的经过，当然十分惊险紧张，也十分艰难困苦，但仍很顺利地到了临沂、汪沟一带进行隐蔽和休息。罗政委在树林子里向大家提出："我们不是笨蛋，敌强我弱，我们绝不会糊糊涂涂去同敌人硬拼。下一步怎么办？下一步，还是杀回沂蒙山去。鬼子在沂蒙山区扫荡，烧杀抢掠，我们不能丢掉那里的百姓。但在杀回沂蒙山之前，我们先要将鬼子调出沂蒙山，他出来了，我们就再进沂蒙山，我们要牵着畑俊六的鼻子走。今天，我们要在敌占区大摇大摆走上一天，先向东走一段，再向北走一段，走得敌人摸不清我们的去向，猜不透我们的意图，可又担心我们随时在临沂附近要挖他的心脏！"

　　天上有敌机绕圈子在飞行侦察，罗政委的话却讲得大家又开心又有信心。后来，我们果然按照计划粉碎了敌人扫荡，消灭了不少敌人有生力量，又杀回了沂蒙山。

　　我们师部驻在东蒙群山中的五彩峪。这时，敌人的扫荡已成强弩之末。一天傍晚，敌工部张部长带着个日本人到五彩峪来了。真想不到，这日本人竟是佐野勋！

　　树梢有叽喳的鸟鸣声，屋外村里一些大娘推磨的声音"嗞嗞"传来。我正同姚副主任在罗政委处，张部长进来，报告了这个消息，请示怎么办。罗政委、姚副主任和我听了都吃了一惊。罗政委说："哦！他来了？"

这时，我立刻敏感地想起了那份佐野勋的情报来了！如果依他那份情报办的话，我们部队向东突围钻进了鬼子的圈套，今天说不定我们这些人早成冤鬼啦！想起这，我忍不住脱口而出说："好呀，这个坏蛋！他来准有阴谋。就凭上次的情报，枪毙了他也该！"

姚副主任却说："乱弹琴！"

张部长咬着烟袋杆，也用不同意的眼神瞅着我说："你胡噜噜些什么呀！"

桌上那只双铃马蹄表嘀嗒嘀嗒，罗政委说："好好待他！生活上要优待，但对他的行动要注意！我也准备见见他。现在，老张，你把他的情况详细介绍介绍吧。"

（下）

张部长穿着便衣，像个老实庄户人，他"吧哒吧哒"吸着烟袋杆说："这个佐野勋，经历复杂。他说自己曾是日共党员，从小跟着父母在东北黑龙江一些地方住过，会讲中国话。爹是个商人，娘做过护士，是高丽人。后来他们回了长崎老家。他在长崎上过大学。也在盛冈陆军预备士官学校教导队待过，但父亲死后他信了佛教做了和尚。征召他入伍时，他很反感，认为自己不能来中国杀人，在中国住时他家与中国人交往挺有感情的。因为抗拒征召，他被宪兵抓去过，后来知道不入伍不行，表示了悔过，就作为一个从军僧来了。来后，侵略军的兽行使他发指，在医院里见到装骨灰的小白木盒子堆积如山，使他泄气。他决定反战，后来就同我们的地下工作者有了联系。"

"你觉得此人可靠吗？"罗政委问。

张部长说："我觉得可靠。除崖头的情报外，上次关于大扫荡的情报只能说不完整，但也是有价值的。此外，他也提供过日寇在进行针对八路军的训练的情报。其主要内容叫作'猎兔战术'和'啄木鸟战术'，用来对付游击战。'猎兔战术'就是在完全包围后缩小包围圈的战术。'啄木鸟战术'是先派出诱饵部队引我们进入圈套，然后缩小包围圈。前者用在平原，后者用在山区。这些情报都是有用的。"

罗政委问："为什么他突然跑来了呢？"

张部长吐着烟说："他暴露了！他那个恋人菊子受到怀疑被捕了，也怀疑到他了，他不能不赶快逃出来。"

姚副主任质疑说："不会有阴谋诡计吧？会不会这也是一种变相的'啄木鸟战术'？"

张部长摇头："我是信任他的！谨慎嘛，当然必要，该审查就审查一下也好。反正他在我们手掌里。"

罗政委皱着眉说："这样吧，还是我讲过的，生活上要优待他，但得通知保卫部门由他们负责审查。我暂时就不同他会见，也暂不让他参加反战同盟，等审查得大致有了点眉目再说。"

我心里犯了嘀咕，总觉得佐野勋不会是个好人。日本人信武士道，思想顽固，被俘的士兵要他思想起变化极难。这个佐野勋经历好复杂，又送情报，又跑过来，能说里头没鬼？但罗政委说让保卫部审查他，这我很中意。保卫部的牛部长立场坚定，性如烈火，让他来审查佐野勋，佐野勋再狡猾也别想漏过去！

这以后一些天里，我找机会看到了佐野勋。他中等个儿，二十六七岁光景，剃着光头，有点络腮胡子，脸色忧悒。已经换上了我们的灰棉军装，但霉烘烘的，没精打采。保卫部的两个干事老是陪着他，我心里好笑，知道这种日子不好过。我把看到佐野勋的情况告诉了姚副主任。

姚副主任笑笑对我说："社会本来就复杂，人的复杂也就不奇怪，主要是看搞得清搞不清，看表现！"

偏偏这时发生了件出人意料的事。又到边沿区工作的敌工部张部长派人送来了两份材料：一份是一张济南日军报道部出版的报纸，第一版上有条花边框的新闻，说是从军僧、预备役少尉佐野勋叛国逃跑做了"卖国奴"，特别说这是"大和民族的耻辱"，如拿获定要严惩。另一份是活动在边沿区的游击小组抓到了一个在敌占区和根据地来回贩运生活用品的商人，他交出一封信，说是他有老父在济南，鬼子特务机关强迫他给带到根据地打听佐野勋在何处，把信设法送到佐野勋手里，回去给重赏，不然要杀他的老父。信是日文的，张部长让我把信译出给政委和政治部看。

那天下着纷纷扬扬的大雪，我在小屋里译信，手脚冻得冰凉。译出一看，信确是写给佐野勋的，下未署名，信用暗示的语气要佐野勋安心好好干，说他母亲仍会得到特殊照顾，不必担心。姚副主任带了我冒着风雪将信送到罗政委处，见罗政委正同保卫部牛部长笑着商量事情。罗政委静静看了信，又看了报，将信和报都递给牛部长，说："你看看这是怎么回事？"

姚副主任说："报上登的和信上写的矛盾，报上是要我们信任他，信却是要我们怀疑他。"

罗政委朝牛部长看看，说："你看呢？"

牛部长坦率地说："我们过去派人去投敌策反伪军，也用过在报纸上通缉的办法，目的是使敌人信任他，所以我认为报上所登是假，这封信上所写是真！报是使我们信任他，信是暗暗给他指示。这个佐野勋问题十分严重！"

风声呼啸，外边已是一片银白。罗政委眼望土窗外，说："嗬！你这说法倒也不是毫无道理。不过送信的办法很蠢，信的内容也蠢，没有必要写这样一封信嘛！这信是绝对信不得的！但佐野勋确是个问题人物。"他朝牛部长看看，说，"依你说，这个佐野勋是坏人完全可以肯定了？"

牛部长坦诚地点头："我是这么看！情况我刚才向您汇报过了。他自己也招供了！"

罗政委朝着姚副主任和我说："保卫部审查的结论来了，说佐野勋已经供认他是派来有任务的！要求不杀他，他愿为我们干反战工作。"

我忍不住说："我早就说过该崩了这家伙！"

罗政委严厉地看看我，继续说："他承认来的任务是要瓦解八路军、收集情报，还要在我们部队里发展托派组织！"说到这，他问姚副主任，"你相信不？"

风声中，姚副主任吸着烟，犹豫着说："来收集情报，尚且可信，不过特派一个日本人来取得信任这办法很笨！说是来瓦解八路军、发展托派组织，却叫人难信，他办得到吗？太离奇了！"

牛部长威风凛凛地顶撞说："他自己都承认了嘛！有什么不可信的！"

我也觉得牛部长有理有据，料不到罗政委起身踱步了，朝牛部长说："我就不信！"

牛部长和我都吃一惊。只听罗政委说："一个日本人，孤零零来，担当这种任务有点像盲人骑瞎马！什么瓦解八路军啰！发展托派啰！这样的话，语气不像是日本人的，倒像是我们保卫部同志的。这可能是你们递话给他讲的吧？我听说你们用了'车轮战法'，日夜派人轮流同他谈，要他交代，实际是逼供信。人家吃不消了，于是灰心丧气胡乱承认。你说说，用了逼供信没有？"

牛部长愣了，叹口气，疲劳地说："他十分顽固，同他谈话的时间是长了些。"

罗政委拿起桌上的双铃马蹄表上弦，扭了几扭，双铃马蹄表上紧弦后"嘀嗒嘀嗒"响得更欢。他思索着说："好人是绝对不能冤枉的。这样吧，这个日本人的问题不算弄清，还要继续弄清。但改一下方法吧！我们对敌人不能丧失警觉，但也要懂得送的情报有时也可能有错或不完整。敌人阴险，但我们也要相信日军中确也有反对侵华战争的好人。这种人不多，就更可贵！怀疑是要怀疑的，但不能乱怀疑。乱怀疑就是上敌人的当了！明天，我同他谈一次，要试用他，考验他，来弄清他的问题。这样——"政委忽然对我说，"从明天起由你陪着他，同他一起编写对日军的宣传品，跟他一起向日军据点喊话、打电话，套取情报和开展政治攻势。你们说好不好？"

我又责备自己太简单化太冒失了，觉得政委的话确有道理，可这担子很重。我把一支"左轮"掖在怀里，心想：佐野勋是个还没弄清是人是鬼的主，我得小心别让他跑了，也别让他找机会暗害了我！

谁知，事情与我想象的完全相反。

那夜，罗政委找佐野勋谈了话，我第二天就与佐野勋开始了工作。过去，我编写的日文宣传品水平不高，日文也是半通不通中国化的。佐野勋写的可不同，他懂日军心理，日文又好，宣传品确起"纸弹"的作用。他苍白的脸上仍旧忧悒，而且也常沉默不语，但当我同他讲话或商量事儿时，他态度很友好。他常常哼歌，哼的是一支名叫《天下樱花一样红》的民歌，曲调优美。我向他要了歌词，他用中文写了下来，是这样的："樱花笑软了春风／春风吹醉了樱花／樱花，美丽的小樱花／忆否富士山脚下？／富士山下春风软／樱花如云随风卷／莫道樱花生海东／天下樱花一样红！……"这歌，他哼，我也跟着哼。他也许是想家乡了？哼歌时，调子是哀伤悲凉的。

有一晚，姚副主任派一个班掩护我和佐野勋去青驼寺附近日军据点"打电话"。我们在青驼寺和坦埠两个据点中间，将敌人电话线切断，然后把两个线头接在我们带去的两个电话机上，先由佐野勋同青驼寺的鬼子通话。鬼子问："你是哪里？"佐野勋答："我是坦埠！你们情况怎样？""昨夜八路军来打过枪，我们人少，需要补充子弹和粮食。要是有情况，希望你们来救援！"佐野勋听完后，就展开宣传了，说："我是从军僧、预备役少尉佐野勋，我现在到了八路军里来了，八路军优待一切反战的日本兵，你们不要再给军阀流血卖命了！为什么要离开家人来中国烧杀、死在中国呢？"说着，他就唱起了《天下樱花一样红》来了！那美妙的歌声使人感情激动。

显然，据点里的鬼子是在听他唱歌，这歌声必然会牵动日本兵的乡情亲情，因为直到歌声完了，据点里的鬼子才开始乱七八糟射击。我们又转移地点，给坦埠据点里的鬼子"打电话"了！黑夜里，鬼子是一步也不敢离开碉堡的。

这样，从冬到春，我同佐野勋走着弯弯曲曲的山道，跨过山洪干涸的沟渠，在月黑风高的夜晚，一同进行了好多次阵地喊话，虽是冒着生命危险，然而佐野勋没有胆怯过。平时生活上，每周总设法给他弄点大米或面粉改善生活，见我总是吃地瓜煎饼、高粱饼子，他总是固执地带着感激和歉意说："这不行！我该同你吃一样的！"好几个月里，佐野勋同我成了好朋友，互相间有了一种信任感。有时，他会叹息地同我谈谈他的菊子："她不知怎么样了……"又会带着沉沉的思念，谈他年老的妈妈，"她在长崎也不知怎么样了……"但我始终不敢放掉那种警惕，那是一种正义与非正义生死斗争的警惕。虽然在我内心深处，我已感到他的确是个反对侵略战争的心灵高尚的好人！是位敌国的同志，在那侵略火焰高燃的年代，一个日本人，能站在正义的立场上，能不使人对他产生崇敬的感情吗？

姚副主任通过我不断了解到佐野勋的情况，他也常向罗政委报告。有一天，敌工部张部长送一个消息：那位名叫菊子的日本姑娘，已被日军处决。这消息使我惊心动魄。张部长还说：上次佐野勋送的日军大扫荡的情报，关于东边日军的部署和行动另有一个专门计划，只是那个计划当时未曾取到手。此后，罗政委和姚副主任找佐野勋谈心，我也在场。他们把菊子姑娘被处决的事告诉了他，佐野勋哭了，哭得很伤心。最后，罗政委握着他的手说："你是爱好正义与和平的日本人民的光荣！"这时，我看到佐野勋的眼眶发红、睫毛润湿了。我明白，已经给佐野勋下了结论，佐野勋也明白自己得到了信任。

然而，不幸的事发生了！在那种血火交融的残酷战争岁月里，什么难以预料的事都会发生的。

春末的一天，下着牛毛细雨，佐野勋由几个战士陪同到青山崮驻扎的队伍里的日本反战同盟支部去汇报工作。那天我因为发着高烧没有同去。他们路过鹰嘴崖下时，忽然发现崖头上的灌木荆棘丛里有人影晃动，接着就听到了"乒乓"的射击声。原来这是鬼子采用的一种新战术，派出化装成中国百姓的便衣队，深入山区来骚扰并攫取情报。火力狠猛，我们的人边还击边撤退，却已有两个战士倒下了。这时，佐野勋毅然拿起牺牲了的战士的步枪，向日本便衣队射击起来。在射击中，他负了伤，在弹雨中被日本便衣队绑架到附近县城里去了。

以后的情况，是敌工部张部长据伪军里的情报关系从县城里得来后向师部报告的，佐野勋被捕后表现得非常坚强。鬼子拼命毒打，他也不开口。起先，鬼子嗷嗷乱叫，以为他是哑巴，后来查明他是日本人，而且就是佐野勋，本要押送去济南的，可是却又得到指示，让就地处决。他临死前说了些什么不知道，只知他是个硬汉，刑上得很重，臂膀和腿都被打断了，是用军刀当头劈下去劈死的，猩红色的血流了一地。劈死后，与在别处被俘杀害的几个中国战士一起埋在城南。

我仍记得那时听到这噩耗后的心情，我坐在蒙河边的大石头上，看着河水潺潺流过，心如刀绞，十分难过，喉头有一种突如其来的窒息感。我难过以前误解过他，也难过他这么好的人会这么惨死在自己同胞手里。我抬头见沂蒙山上美丽的樱花正盛开着，粉红色的，如烟如雾，我仿佛又听到佐野勋在哼唱那支《天下樱花一样红》了！我流泪了！像用哀掉一个战死的中国同志一样的深情，哀掉一位日本朋友……

抗战胜利前，佐野勋的家乡长崎遭到了原子弹的轰炸，他的老母恐怕也不会活着了！胜利后，佐野勋的骸骨迁葬到县城附近的一个小小的烈士公墓里，那里还埋着不少我熟识的战友。但一晃五十年过去了，许多老人都去世了，年轻人只知这是一个反战同盟的日本朋友的坟，却弄不清来龙去脉了。今年是抗日战争胜利 50 周年，烈士公墓要进行修整，县委给我来了信，要我写一写他的材料。我虽然老了，却想了却一个我早就有了的心愿。佐野勋早已没有亲人会来祭奠他。不管已过去多少年，在我记忆中最珍贵的始终是最珍贵的。我要回一趟沂蒙山，去看看当年我战斗过的地方，去看看佐野勋和其他长眠在那里的战友！我可以坐飞机和火车去，亲自去讲一讲佐野勋的故事，还要把那支美丽的樱花歌唱给大家听……

原载《人民文学》

错误的歉意

一

九月里，一连多天不下雨，今天，下起淋漓的透雨来了。从凌晨开始，好听的雨声就淅沥沥地打在屋外碧绿碧绿的芙蓉树上，打在学生种的豆子、高粱地里，打在我门前栽的月季花上。叫人听了，心里舒坦。下午第三节课后，我从教室回到宿舍，只见有人留了一张纸条插在门缝里。打开一看，字迹端正而熟悉："张老师：我来看您，您不在。过一会儿我再来！学生宿勋"。

看到这张纸条，一个戴眼镜的、面容黑瘦，头发蓬松的青年人的脸马上浮现在我的脑际。他那双近视的诚实而又带着不平之气的眼睛，老像无限哀怨地在瞅着我，仿佛是问："老师啊！您看我怎么办？……"

我开门进屋，放下手里的课本，感到一阵疲乏。我坐在藤椅上，看着玻璃窗外的大雨，听着沙沙清脆的雨声，手里捏着宿勋留下的纸条，心头那种奇特的歉意又烟云似的浮上来了。"文化大革命"中，"四人帮"煽起"打倒一切"的妖风时，我被学生揪斗过，抄家、戴高帽、挂牌、游街、打扫厕所，也挨过莫名其妙的拳打脚踢，但那些都是他们外加给我的。我不抱任何歉意。唯独对于宿勋这样一个老实、诚恳的学生，只要我见到他，想到他，心头就要浮起歉意。我被这种歉意

585

整整折磨了八年之久！现在，看到了宿勋的留条，心头的那种歉意又出现了。我不禁想："四人帮"被粉碎三年了！这种歉意难道还要再折磨我下去吗？……

二

说起来也真玄妙。那是一九七〇年。我刚从"牛棚"里"解放"出来，仍然教毕业班的物理。但物理课本已跟以前完全不同了！什么基础知识、基本训练那一套都"改"掉了！教的是拖拉机、柴油机、水泵……我这物理教师改成了拖拉机驾驶员。上起课来，就在大操场上，轮流把着手教一个个学生开拖拉机。说实话，我真为教育和中国的前途担忧。已经是原子能时代了！这样搞下去，我们国家的科学技术前途能乐观吗？……但那时，忠者受害，贤者缄默。刚从牛棚里出来的我，当然只能闷声不响。何况，学校里师生关系早已颠倒破裂。"小将"们对老师，客气的叫一声"喂"或者"老张""老王"，不客气的还对老师骂娘动拳头。我教学十六年，对学生一向有感情。那一段年月里，却对学生特别反感，上课是硬着头皮去应付，下课钟一响，马上离开教室，对学生是"眼不见为净"！……

就在这种情况下，我发现了一个与众不同的学生。他就是宿勋，戴副近视镜，蓬松着头发，中等个儿，瘦瘦的，黑黑的，是个农村学生。他不同处有两点，一是对老师照样很尊重，见了我总是亲切地叫一声："老师！"二是他不以学点拖拉机、水泵为满足，而是自己有一套"文革"前旧的高中课本。他在自学。学物理时遇到疑难，就来找我，总是谦恭地说："老师，您有空吗？我想请教您这个问题……"

这样的学生，在那种疯狂而苦难的岁月里，真是凤毛麟角般的可贵，只要有一个也就足以慰藉老师那种干渴而衰竭的心灵了！我当然对他刮目而视。从谈吐中，我知道他父母亲因为从小家里穷，都没上过学。父亲本是大队的党支书兼大队长，被夺了权，批斗后，靠边劳动；有个舅舅是教师，在邻县一个中学里教书，课本就是他舅舅给的。他为什么能尊敬老师，又为什么如饥似渴地想用文化来充实自己，当然不用解释也就很容易明白了！

后来，宿勋要毕业了。毕业前夕，他来看我，向我道谢，也向我告别。他告诉我，他决定回村生产。他说，他家乡偏僻落后，知识青年少，这些年生产搞得不好，回去后一定好好扎下根，为建设家乡出力。我说："你走，我很舍不得。但毕业了，就像树上的果子成熟了，应当落地生根，重新长成能结出果实的大树。回去后有机会还要坚持自学，要建设社会主义没有文化是不行的！"说到这里，我觉得自己又漏了嘴，又是"智育第一"了！马上停住不说，转过话题，"以后自学中遇到疑难还是可以随时来问我的！"

这样，我们就分别了。他送了一本《为人民服务》给我，我还了他一本《愚公移山》。

那是一个炎热而漫长的夏天。他走了，我是很想念他的。老像看到一个戴眼镜的、黑瘦脸的学生站在我面前，恭敬地叫我"老师"，然后，摊开物理课本询问问题……

秋天里的一天，他忽然出现在我的面前。他情绪很高，黑瘦的脸上泛着光彩。他告诉我："进城给大队买东西，顺道来看看老师。"

我看看他，基本没变化，只是脸上有夏日阳光炙晒的迹象。我问他："回去还好吗？"

他说："这几年社员生活不太好，但今年庄稼长得苗壮，秋收可能不坏！"接着，高兴地对我说，"大队要我干会计，还打算培养我入党！"

我也为他高兴，说："很好啊！农村确是可以大有作为的，你好好干！……"

我勉励了他，他就告辞了。我想，这个学生是有"出息"的实干家，一定会在农村干出成绩来的。我以为他的道路是平坦的！嗨，其实不然！

三

初冬时分，宿勋突然出现在我宿舍里了。这次，他是专门借了人家的自行车骑了六十里地来找我的。我看到他模样变化不大，但瘦了一点，而且心事重重。他头发仍旧蓬松着，但近视镜下两只诚实的大眼里饱含痛苦。

我给他倒了一杯水，问："宿勋，发生了什么事？"

他点点头，说："老师，我特地来找您商量的！您看我这会计是干还是不干？……"

我问："怎么呢？"

宿勋摇着头说："我们村里，支书兼队长名叫马子远，今年三十多岁，他爹是个四不清下台干部。他本人上过高中，当过小学教师，造反夺了权以后，村里人说他好的叫他'马造反'，说他孬的叫他'司马昭'！我对他不了解，也没想多管他的闲事。我回村后，因为是'走资派'的儿子，他起先也不理睬我，后来却主动来接近我，还找我谈了话，说我回村后表现不错，肯劳动，不耍滑，本分老实。说知青在村里是个宝，要好好让我发挥作用，担任大队会计，还要培养我入党！……好话说了几大车，我就鸭子上了架！"

我点火吸烟，说："上次我们见面后你回去就干上大队会计了？"

宿勋点头，将手指关节拔得噼啪响，说："可不！原来的大队会计绰号叫'圣手书生'，是'司马昭'的表弟。当初，我也不知为什么人叫他'圣手书生'，后来才知道，他最会造假账，爱怎么写就怎么写。……"

我听了又气又好笑，气的是这些才是真的牛鬼蛇神，可是却在那儿堂而皇之地为非作歹。好笑的是群众心里都有本账，起的绰号，从

《三国演义》到《水浒传》都用上了，用得倒挺贴切。

宿勋继续往下说："我接手大队会计后，就发现问题了！账呀，像一堆乱麻！我琢磨起来了！这是'司马昭'耍的鬼呀！他是要给他表弟'圣手书生'摆脱，让我顶上去当替死鬼呀！我接过账本后，就去找'司马昭'汇报，他竟说：'不要紧！良心账嘛！你接着干就是！有我这棵大树，还怕遮不住荫？谁也不会查你的账，要查账有我顶着，没问题！'我说：'这么一塌糊涂的账，我怎么办？'他说：'肉烂在锅里，肉肥汤也香！你不是要入党吗？你好好干！吃亏不了你！'我实在没办法了，只好接。可我重新立账本，过去的我不管！我当会计就得有会计制度，一角一分也不差错……"

我赞赏地说："对！这样对！"

宿勋摇头，说："我想得太天真了！根本办不到！'司马昭'他们那一伙'同观点'的战友们，经常大吃大喝。迎往送来要大吃大喝，婚丧喜事要大吃大喝，以物易物要大吃大喝，招待上级要大吃大喝。一桌不嫌少，五桌不嫌多。咱小小一个生产大队，竟从县里请了个退休老掌勺的来当大队的专职厨师。这大吃大喝，他们都拉我参加。我不肯，'司马昭'皮笑肉不笑地说：'怎么？大队干部都参加，你一个人要单干？你怎么不开窍哪？……'我明白，这是拖我下水。他们不但死拖活拉拽我上席，还一杯一杯硬灌我酒！临了，酒席的报销全要在我手里开支。我急了，跑去找'司马昭'。我说：'你是支书兼大队长，你不批条，我不能开支！'他说：'好！条子我批就是！'说着，他真批了条子交给我。我痛苦得要死，但他们一伙仍旧大吃大喝。接着，秋收到了，问题更严重了！'司马昭'要我造假账，并派他表弟'圣手书生'来帮我搞账。我明白！他们这是想利用秋收分配的机会，贪污社员的劳动果实，肥自己的腰包！我顶了回去，说不能这么干！当天，不欢而散。没料到第二天，他一下子送来了他自己和他那伙'战友'们的一沓借条，这个一百，那个五十，好啊！我这个大队会计成了他们装钞票的私人金库了！爱掏多少就掏多少，爱什么时候掏就什么时候掏！"

我"唉"了一声，揿灭了手里的烟蒂。

宿勋垂头丧气地说："现在，就是这么个局面。我已经进退两难了！老师，您看我怎么办？……"

我又点着一支烟，一口又一口木然地吸着，心里就像烟味似的又苦又辛辣。面对这个信赖我的好学生，我觉得我没有理由不说真话。他把心掏给了我，我也应当把心掏给他。我站起身来，激动地说："无论如何，你不能跟他们同流合污，坚决不干！只有这一条路！"

宿勋近视镜下两只大眼闪闪发亮，点头说："我是想这样！可是，我怕他们报复，给我小鞋穿呀……"

我起身来回踱着步，心里又气又激动，但一种革命的责任感，一种对学生的爱护心，一种教育工作者纯洁的良心促使我不顾一切地替宿勋拿定了主意。我坚定地说："脚正不怕鞋歪！谅他也不能把你怎么样！你出身好，年轻，只要不做坏事，怕什么！"

宿勋低着头，像是思索了又思索，最后下决断地说："老师，我听您的！您是我的好老师！"

唉！我怎么能想到：他不干，竟会有那样可怕的后果呢?！

四

过了一段时间，大约两三个月吧！已是第二年年初了！一个寒冷的雪后的夜晚，我又见到了宿勋，这次见面，吓了我一跳，他那张又黑又瘦的脸更黑更瘦了！头发更蓬松了！精神状态很坏，像是大病了一场似的。他拉了辆地排车，车上用棉被盖了个人。显然是从乡下拉来送医院的急诊病人。他见到我，没有说话，就满面是泪了。我说："宿勋！发生什么事了？"他指指地排车上的人，流着泪说："那是我父亲！给打伤了！我来送他医治的！"我照着电筒，走上前去，掀开棉被一看，呀！一个头发、胡子都花白了的老人，头部血肉模糊，闭眼躺在那儿，怎么打得这么厉害呢？……我心惊肉跳，赶紧陪他到县医院去。

一路上，谈起了情况。原来宿勋坚决不干大队会计后，"司马昭"找他谈了好几次话，硬的软的他都不吃，就是不干。"司马昭"也拿他没法办，只好又让"圣手书生"来干。但"司马昭"最后让宿勋把账交给"圣手书生"时，当着宿勋的面，把他过去批的那些条子撕得粉碎，还冷笑着说："你不干，可以！但你要是在外面敢败坏我们一句，那我就要给你好瞧的。"宿勋也没理他，决心老老实实做个社员就是。谁知，事情不这么简单。从此，磨难可多了！社办企业来招一批合同工，宿勋够条件，大队不让去；农业中学要教师，宿勋够条件，也不让去！征兵了！宿勋觉得响应号召应征没有问题，可是大队不同意，在政审上不知玩了什么花样，当兵又当不成！为了这，三天前，宿勋忍不住了，找"司马昭"辩论了一场。宿勋质问："当兵不让去，是什么原因？""司马昭"冷笑说："鬼在你自己身上，你还不明白吗？你爹不但是走资，还是叛徒！我先透个信给你：二十几年前咱村里刘大刀被杀的那件死案快破了！"宿勋一愣，马上敏感地意识到他们准是又想出什么鬼点子陷害人了，便说："脚正不怕鞋歪！看你们怎么横行吧！"说完，就气呼呼地走了。到家同爹一讲，一辈子老实忠厚，只知道埋头劳动的爹也沉不住气了，说："唉！孩子！看来咱要受陷害遭大难啦！"

原来，二十五年前——一九四七年，村子里的党支书兼民兵大队队长刘成泉，外号叫刘大刀。那年，国民党发动了进攻，还乡团跟着回来反攻倒算，刘成泉带民兵离开村子去河东一带活动。有一天，宿勋他爹到河东去借粮食，路遇刘大刀，刘大刀知道宿勋他爹忠实可靠，托他暗中捎带一封信给村里刘大刀的表叔办一件事。宿勋他爹照办无误。谁知过了两天，听说刘大刀被还乡团抓住杀害了！宿勋他爹听了，心里难过，曾对村里人说："唉！这是怎么搞的？前天我还在河东见到过他呢！……"这件事，村里的人都知道，宿勋他爹的老实巴交对党忠诚人都了解。可是，"司马昭"这一伙却不知怎么挖空心思出这鬼点子要陷害人了！接着，今天上午，"司马昭"他们就将宿勋他爹叫到了大队部去。去后，就逼他承认是叛徒，出卖了刘大刀。宿勋他爹当然不肯承认，不承认就打！"司马昭""圣手书生"，还有他们那一伙的"战友"都动了手，吊梁头，用皮带抽，用手掏肝……把个老人折腾得死去活来……

听宿勋讲到这里，我气愤得嗓子眼发紧，鼻子发酸，浑身打颤儿。我说："告他去！"

宿勋摇头，拉着地排车，说："告不了啊！他们有权！上头也有他们的人！他们打的又是'走资派'！"

我沉吟着，心里像灌满了醋拌的辣椒水。

宿勋也沉默着，踩着泥泞，最后却反问我："老师啊！您说怎么办？……"

夜色虽黑，但映着雪光，我看清了他近视镜下两只诚实的大眼里带着不平之气。我心疼了！

后来，我陪宿勋将他爹送到医院包扎治疗后，我给付了医疗费。宿勋当然不肯，但我一定要付，他才勉强收下。他走，我也没个好办法教给他。只见他拖着地排车在雪地上一脚深一脚浅地回村去了。夜茫茫，漆黑漆黑，似乎这就是那些正直、诚实、善良的人在当时的处境和前途！

从那时起，我就有了心病。我觉得，我对宿勋的劝告是正确的，一点也不错。可是，一个老师的正确劝告却使一个学生倒了这样的大霉，受到如此坎坷的遭遇，这又怎么解释呢？我想到宿勋、见到宿勋时，有的只是歉意，很深很深的歉意。虽然宿勋并没有表示对我有任何怨恨或遗憾，但这一种歉意却始终折磨着我……

五

很久很久，没有宿勋的消息。我给他写信，也收不到回信。离得远——去枰柳庄六十里，我年岁大，不会骑自行车，外加工作又忙，不能去看他。我能想象得到他的生活会有多么艰难。在我眼前，有时总会浮起他的音容：那蓬松的头发，那戴着近视镜的两只诚实而带着不平之气的大眼，那又黑又瘦的面容……总仿佛他在问我："老师啊！您看我怎么办？……"声音无限哀怨，也无限叫人痛心。

我曾从邮局给他寄了一笔钱去。但像石沉大海，一直没有回音。我心里揣着个闷葫芦，想不出宿勋会有什么样的遭遇。终于，三个月后的一天，宿勋突然出现在我的面前了！

他穿着一件破得到处露着棉絮的旧棉袄。天已热了！看来他还没有替换的衣服。他的头发不但蓬松，而且长得盖住了耳朵和脖子。他的近视镜断了一条腿，用麻绳拴着挂在一只耳朵上。他瘦得皮包骨头，左颊上有一条一寸多长的伤疤，痂已脱落，但疤痕犹新。他左臂上缝着一个白布条，这是此地人戴孝的标志。我一把抱住了他，这个老实的学生，竟呜呜地哭了！哭得那么伤心！但什么话也没有说。

我们师生俩这么抱着哭了一阵，然后，我叫他坐在椅子上，先给他倒了水喝，又问他："宿勋，你怎么了？"

宿勋长长地叹了一口气，说："老师，您寄去的钱早收到了！'司马昭'他们把钱扣了，说是抵我的饭钱！上次从这回去后，他们就将我隔离起来，放在大粪场劳动，跟四类分子一起听训话！我既无行动自由，也不能写信。他们给我的罪名是贪污盗窃！……"

我说："贪污盗窃？……"

宿勋眼圈发红，说："是呀！说我在做会计时贪污盗窃，'圣手书生'造了假账，全栽在我头上。要我承认，我不承认，这就始终关着，监督劳动！还动手殴打！看！——"他指着左颊上的伤疤。

我心里像窝着烈火，但却一个字都说不出来。

宿勋继续说："可怜的父亲，不承认是叛徒，挨打以后，吐过几回血，一吐就是半碗。上个月死了……"说到这里，灯光下，他的两只近视眼睛含着晶莹的泪水。

我的心像被撕裂了似的痛楚。我想：一个这么老实的好学生，因为不肯同这些坏蛋同流合污，不肯跟他们一起做坏事，听从了我这个老师的劝告，毅然决然地坚持走正道，竟会有这么奇特而骇人听闻的打击报复与陷害，被搞得家破父亡。这些坏蛋，难道就不怕受到制裁吗？难道就不怕有人同他斗争到底吗？……我忍不住了，流着泪激动地说："宿勋！你老师我也五十出头了！我虽还不是个共产党员，但我相信党！我对你是抱着歉意的！虽然，我劝你的话并没有错，但却害得你这么惨！老师心里有愧！老师下决心要跟你一起同'司马昭'他们拼了！走！我们上你公社党委去告！上公安局和法院去告！不问后果如何，豁上了！"

宿勋却很低沉，流着泪说："老师，不能这么干！没用！"

我说："为什么？我们一级一级告！公社不行，找县委！"

宿勋摇头："'司马昭'升官了！已经被提升为管理区书记，马上去上任了！'圣手书生'又在我们大队顶上了'司马昭'那个位置！现在，中央、省、地的老革命、老干部没解放的、被批斗的、押在监牢里的还多得很，我父亲这个小'走资派'，又能告他们些啥!?"

我倒抽一口冷气，像有暴风雪在扫荡我的心，像在沙漠中独行而又无处可觅滴水来止干渴。

宿勋继续说："我灰心了！我明白，我斗不过他们！前天，他们大概见整我也整够了，我父亲也死了，便放我出来。'司马昭'还给我来了个临别赠言，说：'宿勋，你这条胳膊拧得过咱这条大腿吗？告诉你！从今往后，你要老老实实，咱就和平共处！你要是想翻案或者反攻倒算，那你宿家就得断种绝孙！……'"

我说："你怕了！我们不是共产党领导的社会主义国家吗?!"

宿勋拭泪说："怎么办呢？我娘太可怜了！我想到娘，我就不能再跟他们斗！要干，也要等娘老去了再说！"

我黯然，心里翻腾着想：我曾因为一次劝告，使宿勋遭到如此不幸。现在，为什么要再叫他惹祸呢？再说，我自己有多大能耐呢！一个臭老九，我加上去不过多一个挨整倒霉的对象而已！我只好黯然。

宿勋却好像看出了我的心思，很使我感动地说："老师，您对我太好了！您千万不要对我有歉意。因为您教我的是正确的！我直到现在，都是这么想！我宁可正直地为社会主义这么苦下去，不愿跟他们一块儿干坏事！我今天是特地来看望您的！以后，我也不出来了！我为了养娘，得回去劳动。看他们再拿我怎么办吧！反正，我跟您一样，我也相信我们的党不会让这种情况永远继续下去的！我总怀疑中央出了坏人，才使'文革'搞得下边这么乌烟瘴气乱七八糟的！物理学告诉我不少真理！让他们的压力大吧！压到一定程度，会发生大爆炸的！我要等待！"

他外形像个乞丐了！但气质和气概却像个勇士！他是给我留下这种印象走的。当然，走后，也给我依然留下了无穷的歉意。

以后，宿勋竟没有再来过。……

六

宿勋没有来，但我们偶然也通信。我们都很沉默。但这是海啸前那种沉默，是雷雨前那种沉默。从他的信上，看出他是埋头劳动为了养娘糊口赚工分，也是为了等待！……终于，一九七六年清明，听到了天安门前的群众性大爆炸！到一九七六年十月，又爆发了挽救了革命挽救了党的粉碎"四人帮"革命行动！这以后，宿勋给我来了一封信，表露了心中的喜悦与期望，但写得很简单，有这样的句子："……我希望十月的阳光，快照到村里来！……"我回了他一封信，含蓄地说："会的！会的！十月的阳光会很快地照到你身上来的！……"

随着揭批"四人帮"运动的进展，看到许多冤案、错案、假案的平反、改正，看到那些罪恶的帮派体系骨干和打砸抢分子得到应有的下场，谁能不从心底里高兴出来呢？

但我心头对宿勋的那种错误的歉意却仍没有消失。去冬，他来信告诉我："'圣手书生'畏罪自杀了！……但'司马昭'仍在做他的管理区书记！听说，他说清楚了问题，已经解脱了！'圣手书生'的死，便宜了'司马昭'，因为许多问题都死无对证搞不清楚了！……"到春天，宿勋又给我来信，告诉我："父亲的问题已经平反昭雪，我的贪污问题也已作为错案纠正，但是因为当时并没有正式给我戴上帽子，所以问题也就只能这么不了了之……"

到此，宿勋的问题似乎全解决了。可是，在我心上却总有那么一种不满足。我总觉得，宿勋常常用近视镜下两只诚实而带着不平之气的眼睛瞅着我，依然在问："老师啊，您看我怎么办？……"因此，那种错误的歉意总是未能完全消除。是什么原因呢？我思索着思索着……我想，主要的是"司马昭"这样的坏人没有得到惩处。但也很难呀！"圣手书生"自杀了！许多事弄不清了！再说，包庇袒护他的人不见得没有吧？况且，"四人帮"时干了坏事的坏人太多了！像"司马昭"这样的，也许还不算坏中之坏吧？又能把他怎么样呢？

但，现在，长期不来的宿勋在这样一个下着霏霏及时雨的日子又突然来了！总是有些什么特殊重要的事吧？……听着雨声，头脑里闪过往事的片断回忆，心头荡漾着变淡了的那种错误的歉意，我起身洗手。谁知，刚洗好手开门泼水，却见宿勋打着一把绿塑料布雨伞背着个黄挎包站在门口。他，脸上是笑容，脸色好看多了！头发仍是蓬松的，但两只近视镜下的大眼仍旧那么诚实、坦率，却没有那股不平之气了！天下雨，他穿着胶鞋卷着裤腿，但身上整齐、干净，他亲切地说："老师，您好！……"我一手端着脸盆，一手湿淋淋的，但我就这样用双臂拥抱了他，像拥抱我的孩子一样。我说："快进屋坐！看你的样子，好像有什么好消息哩！"

他放下湿淋淋的雨伞，点点头，笑着说："我又干大队的会计了！不过，这一回，是大伙儿选的！……"

我高兴地赞了一声："好！"

宿勋说："老师，我深深感谢您。如果当时您劝我同流合污，那今天我就是'圣手书生'了！"

我突然体味到一个做教师的神圣的职责有多么光荣！高兴地带着鼓励的眼光和笑容看着他。热情又在我心中燃烧。我说："我又恢复了我的信念，一个教师的信念，一个培养革命接班人的教育工作者的信念！"

宿勋点头，脸上泛着信心，说："我今天来，一是感谢老师当年对我的正确劝告和这些年无微不至的关怀；二是告诉老师您的学生又重当大队会计并且下决心一定要当好；三是'司马昭'已经被撤职了！县委正在处理他的问题！我——"他从黄挎包里取出一叠写得密密麻麻的稿纸来，"写了'司马昭'的罪状。我要告！以前老师劝我告过，我那时没有干！现在，我觉得对党对革命负责，我应当这么干！当然，我也并不是从私仇出发一定要把他怎么样，但至少，我要以对人民负责的态度，如实地让党让有关部门了解他！也让他自己今后懂得如何改造和赎罪！要向前看，做点必要的回顾，我看是有好处的。"

他不再问我："老师啊！您看我怎么办？"他自己有了主见，而这是一种政治上重又翻身解放后产生的主见！我心中称快，那种错误的歉意，到这时真正是一扫而光，我高兴得只有点头。有人说："天下没有不会痊愈的创伤，有的创伤可能还是回忆中的花朵！"这话我本来体味不深。现在，在我同宿勋的这件事中，那始终折磨着我的那种错误的歉意此刻似乎也成了我记忆中的花朵了！

　　外边，雨声还在清脆地响在青枝上、田野间……望着行将丰收的秋庄稼和门口栽的绿叶红花，不知为什么，此时此刻，我对这场及时雨从心里面有一种特殊喜爱和欣悦的感情……

写于 1979 年

一个京剧女演员的传奇

一

离别十三年后，四十九岁的龙泉勋又回到美丽的故乡Ｓ城来了！

现在，龙泉勋站在灯光辉煌的戏院门口，卖瓜子、糖果和香烟的小贩嘈杂的嚷嚷声充塞两耳，熙来攘往蠕动的观众在他眼前晃来晃去。香烟味、香水味，夹杂着近旁饭馆子的葱油香扑鼻而来。但这一切都没有干扰他。他手里拿着一张八排中间的座票，两眼紧盯着海报上的一个名字——薛慧秋。龙泉勋今夜来看这场戏，既不是为了欣赏京剧艺术，也不是来消遣时光，说穿了，就是为了看看薛慧秋！十三年了！她怎么样了呢？……龙泉勋是昨天到达Ｓ城的，在招待所住下后，就出外打听薛慧秋的消息。有人兴奋地说："她好！她好！又登台演出了！"有人叹惜着说："这十多年，她弄得家破人亡。不过，总算落实政策了！"……他昨晚就预购了今夜的戏票。今儿白天，他跑了好几个轻工业厂子，向人家学习经验，人很累了。再累，他仍准时来看这场戏。

地处太湖之滨的Ｓ城，城里河道纵横，城外湖泊罗列，十三世纪时，被意大利人马可·波罗称誉为"东方的威尼斯"。在这秋高气爽的季节里，游客很多。夜市初上，热闹的街道灯光闪烁，一片繁荣景象。外国旅游者异国风味的服饰，使龙泉勋觉得新鲜；本地人说话时那种软绵绵的乡音，使龙泉勋听了感到特别亲切顺耳。家乡的风物气氛，引起一种热辣辣的感情。他不禁回想起十三年前那次回到家乡时的情景来了。

那是一九六七年夏天的一个夜晚，正逢酷暑，两派武斗，火车刚靠站，就传来了噼啪的枪声。龙泉勋提着一只旅行包，跟着一些旅客在弹雨中东躲西藏，经过盘问搜查，好不容易才绕道走出了车站。站外处处关门闭户，静悄得像人都死光了似的，只有设下街垒如临大敌的造反派，戴着藤柳帽，拿着步枪长矛，在巡逻放哨。龙泉勋心惊胆战地停停走走，经过多次盘问，才到达阊门附近的家里，见到了年迈的母亲和活泼的小妹……

二

剧院里，灯光明亮。上座率很高，前前后后都坐满了观众。戏还没有开演，偶尔可以听到琴师试弦的声音。

龙泉勋虽然坐在位置上，一颗心却在游荡。前排一个十几岁的少年，长得太像小韵了！……

小韵已经十四岁了！十三年前，他只有八个月。现在长得还是很像小时候，尤其是那双笑眯眯的眼睛……这次来 S 城时，袁蓉笑着说："小韵，爸爸要出差去家乡了！你要爸爸给你带什么吃的回来？"小韵笑着摇摇头，仍旧专心做他的数学作业。袁蓉说："妈给你做主了！带松子糖，出名的松子糖！"小韵笑着点点头。他倒底长大了，已是初三学生了！现在，对他有吸引力的是数学、物理……

但，临动身的那个夜晚，小韵去睡后，在外间房里，袁蓉突然说："老龙，我发现你有心事！"

"是啊，我心上是有个包袱！"

"你打算怎么办？"

"十三年没回家乡了，也不知薛慧秋两口子怎么样了，我想打听打听。"

袁蓉沉默了，一会儿坚决地说："打听一下可以，但不能去见面。……"说着，她突然掏出手帕来拭泪。

"我明白。可是我老觉得亏心。"

"我们生活得很好，很幸福，为什么还要破坏它呢！"

"要是我们破坏了人家的呢？"

"没有！我们没有！那时，不是她恳求我们这样做的吗？现在，难道你……"

"……"他沉默着，看着伤心的妻子。

袁蓉的泪水挂满了两腮："十三年来，我省吃俭用，花了多少心血？你应当可怜可怜我……"

是的，也难怪她呀！她耗去那么多的心血，长期操劳已在她的额上刻下了一道道皱纹……

"滴铃铃……"剧院的铃声在召唤着观众快到自己的座位上去，戏就要开演了！

三

热闹的京剧锣鼓声"锵哐，锵哐"响了，打断了龙泉勋的思路。

第一出是武打戏《三岔口》。龙泉勋过去倒是看过，好像说的是杨家将里的三关上将焦赞路过三岔口，店主刘利华为了救护焦赞，误认为侠客任棠惠要暗害焦赞，偏偏暗中保护焦赞的任棠惠也怀疑刘利华是个黑店店主。因此产生了一场激烈的摸黑对打。武丑演的刘利华，两个小圆眼，两撇小胡子，身穿碎花黑色短衣长裤，外加一件蓝布背心，腰系白绸巾，头戴碎花黑色圆顶软帽，加一排颤动的白珠子软弹簧须条，脑袋一晃，珠子须条乱颤，显得特别机灵、特别精神……但龙泉勋看了一会儿，兴趣不大。他懊悔自己来得太早，不禁又胡思乱想起来……

这次回来，发现S城的变化可太大了！就说一件吧！十三年前，所有的园林都不开放。后来，隔了几年，听说才开放了两三处。现在，拙政园、狮子林、留园、沧浪亭、网师园……都开放了。那次来，拙政园里有名的盆景全给"红卫兵"和造反派砸光了，听说一位最有名的盆景专家正在挨斗。现在，拙政园和留园里都有盆景园地，一盆盆形怪枝奇逗人喜爱的盆景正在展览。那位盆景专家，人说早在十多年前就含冤去世了。……为什么想起这些呢？……仿佛有一个声音在耳边介绍："桃花坞木刻年画和天津杨柳青年画，素称'南桃北杨'，驰名中外。桃花坞木刻年画已有二百七十多年历史，但在十年动乱中受到了严重摧残，研究机构被拆散，创作、雕刻人员受迫害……"

上午，他路过桃花坞大街，特地去看了一次历史悠久的著名木刻年画。

一家书画店的一位老年店员喜气满腮地告诉他："十几年看不到的桃花坞木刻年画，又大量发行了！"

"老师傅，我想向你打听一个人！"

"谁？"

"'文化大革命'前创作桃花坞木刻年画很出名的一个人，名叫毕韵！"

头发斑白的老年店员的脸上黯然："他？十多年前就死了！"

"怎么死的？"

"唉！被折磨死在监牢里了。去年，平反了。他女的就是薛慧秋，也不改嫁，一直守着他。现在又登台了！你认识毕韵？"

"呵！不认识！我只是打听打听！"

台上，刘利华和任棠惠正打得火爆紧凑，龙泉勋竟感慨起来：自己人打自己人，摸着黑打，特别起劲，岂不可笑？跟十年内乱中两派发生的武斗，何其相似啊！想到这，看起戏来就更加神思恍惚了……

四

台上又换了第二出戏：《赵氏孤儿》。

龙泉勋看了一会儿，还是兴趣索然。他从来是不爱看戏剧的，"文化大革命"硬把"样板戏"塞给了他，才使他较多地接触了京剧。他在鲁南那个地区所在的县城里住了整整二十年，本来是轻工机械厂里由工人提拔起来的技术员，三年前被调到地区轻工局做了生产科科长。袁蓉则一直在百货一店做会计。县城里有山东梆子、柳琴戏，也常有豫剧团演出。他和袁蓉都从来不看。小韵也只爱看电影。今晚是星期六，袁蓉和小韵可能又在电影院看电影了吧？……

上午，到阊门附近的故居那儿兜了一圈，周围模样变了不少，盖起了一片新楼房，拆了许多旧房子。故居被一道新砌的围墙隔住，要绕道才能走进去，他也就没有兴致再去看了。

心里有点难受，十三年前那次来，还见到姆妈和小妹。那时，姆妈整天唠叨说这世道不像样子。小妹高中毕业，在学校当了几天"保皇红卫兵"后就转成逍遥派。爹爹、姆妈都是老工人，爹爹去世后姆妈也退休了。出身好，又退休了，"文化大革命"里要少受多少罪呀！

十三年前刚到家的那天夜里，慈眉善目的姆妈拉着儿子的手说："啊呀，泉勋呀！外边武斗得那么厉害，你路上没受到惊吓？"

小妹笑着说俏皮话："阿哥，人都说我们这儿人软弱，其实，武斗起来象老虎！阿哥，你怎么不在你那里闹革命，跑回家来做啥？"

"革命还能不参加？我也参加了一派，今天开批斗大会，明天上街游行，一点意思也没有，想想还是做了逍遥派。那些打人、骂人、抄家、静坐绝食的事我不想干！"

姆妈说："'逍遥派'好！我就是个老'逍遥派'！这叫什么'革

命'呀？当权派都成了坏人，自家人好好都分成两派乱打一通！"

小妹用玩笑的语气说："嫂子呢？她路线斗争和阶级斗争的觉悟高不高？"

"她也是'逍遥派'！我们那里也有武斗，农民进了城，厂里停了工，也没人管了。我想，多年没回家乡，不如借机回来一趟，再说姆妈来过信，叫我回来抱个孩子……"

龙泉勋两眼望着舞台，实际并没看戏。这些往事想起来新鲜得就像发生在昨天一样。可是，一九六八年冬天，姆妈突然病故了，偏巧他因公负伤正躺在医院里，未能奔丧。接着，隔了一年，在工厂当了工人的小妹被保送上了大学，到南京去了。从此，在Ｓ城就没有"老家"了！故居的房子本来是姆妈厂里的，这次来，只得住招待所了！……

五

唱程婴的须生得了个满堂"好"……

那是在回家后的第二天，姆妈关切地说："泉勋！你们都是三十五六的人了，结婚八九年也没有一个孩子，想办法抱一个回去吧！"

"是呀，袁蓉喜欢小孩，一直想要一个。这趟来，就是希望我能抱一个回去……"

小妹在一边笑着说："那还不好办？现在，没人要的小孩特别多！"

"那是怎么搞的？"

"谁知道！大概这也算是'新生事物'吧！大串联呀，横扫一切牛鬼蛇神呀，打倒'走资派'呀，弃婴、弃儿、孤儿就成批应运而生了！到民政局、派出所去领养一个吧！"

姆妈说："唉！不少好人家现在落难了，有了孩子不想要，找关系打听一下，要个这样的小孩……"

龙泉勋摇头了："不，这样的事不能做！人家落了难，我们不能这样……"

　　姆妈不同意地说："唉！你不知道，正因为落了难，才希望把小孩送给成分好的人呢！隔壁傅秋菊家抱了一个，蛮好的。当然，也要碰机会……"

　　龙泉勋仍旧摇摇头，姆妈知道儿子脾气有点倔犟，就不吭气了。

　　但，谁料到第二天竟出了一件意想不到的事，龙泉勋真抱回来了一个那么可爱的小男孩！……

　　龙泉勋虽然没有注意看戏，但还是大致明白了《赵氏孤儿》的剧情。草泽医人程婴见义勇为、舍亲生救孤儿的故事，有力地触动了他的心弦……

　　S城到底有多少座桥？听老人说城内城外自古以来有三百几十座，许多房屋都是临河而建，前门是街，后门是河……怎么会突然又想到桥了呢？……十三年前，那次遇到的事就是从桥上开始的啊！……

　　那是一个炎热的傍晚，龙泉勋白天出去打听抱养小孩的事，看了一些小孩，都不合心意。傍晚，听说两派又要武斗，就急忙赶回家去。

　　在城南的一座桥上，几个有胡子的"红卫兵"，臂上缠着"文艺造反司令部"的红袖章，手执棍棒，正押着一个披头散发三十岁光景的女人在游街。她的脸被涂黑了，但身材窈窕，穿一条蓝卡叽长裤，上身是件脏污、汗湿了的白衬衫，胸前挂着一个大木牌子，上写"现行反革命分子的臭老婆牛鬼蛇神薛慧秋"。她左手攥一面锣，右手拿着小锤。这在当时全国都是流行的：让牛鬼蛇神敲着锣游街自报姓名。可是，这个女人不肯敲也不肯喊，所以，一直在挨打，跌跌撞撞在桥上走着……人们在议论："这不是薛慧秋吗？……"

　　"薛慧秋是谁？"龙泉勋问身边一个挂手杖的白发老人。

　　老人摇头叹息一声："京剧名演员！唱过点旧戏罢了！"……用不着多说，从眼神、脸色、话音中龙泉勋就能体会出老人是同情京剧女演员的。龙泉勋的心里也有共鸣。他在的那个地区，当地的一些名演员也一个个作为牛鬼蛇神在挨斗，说文艺有黑线，责任让演员负总好像说不通吧？有些女演员解放前被侮辱被损害的历史，也翻出来作为"腐化"的罪证在清算呢！……

龙泉勋不由得也叹了口气。忽然，像一支箭似的，那女演员出人意外地从桥上纵身跳下，"扑通"一声落入河中。人群吵嚷起来，有的是惊叹，有的是惋惜，有的是同情，也有的是取笑和高兴……可是龙泉勋只有一个想法：赶快救人！

他毫不犹豫地也从桥上跳下河去……

六

啊！《赵氏孤儿》这出戏是怎么结束的？龙泉勋一点也没有注意。戏台上的一切只给他留下了一些零碎散乱的印象……

灯光似乎格外明亮了，场子里因为名角即将出场变得嘈杂起来。龙泉勋昂着头张望。十三年不见，她什么样了呢？啊，在这样的时刻，他心头涌塞着复杂的感情，难以言传。为她高兴？是的，她又恢复了艺术青春。但为什么心里又有些凄怆呢？是的，十年内乱使她永远失去了自己的家，自己的爱人。虽然现在平反了，这仍然是永远无法挽回的损失。何况，她又失去了儿子……

她出场了！薛慧秋扮演的《宇宙锋》里的赵艳容，伴着几声轻巧的锣鼓点儿出场了！啊，仿佛有一道闪电劈开了龙泉勋混沌的脑海，眼前一亮。他觉得睫毛湿润了！她真不愧是一个名演员，今年该有四十五岁了吧？但浑身光彩照人。湖绿色的绸披衬着粉红的瓜子脸。她双眉微蹙，带着戏上场。她一出现，场子里很快静得人人连自己的呼吸也听得一清二楚。

赵艳容念引子，抖水袖，归座……她敛容启唱，甜嫩圆润的嗓音，宛然百啭，龙泉勋叹服了。台下的喝彩声，像春雷爆发，震得龙泉勋的心急促蹦跳。但他似乎感到一阵疲劳，轻轻地闭上了眼睛，听着她的唱，思想上却在记忆的仓库中搜索着……

……从河里把她捞上来时，押着这个女"牛鬼蛇神"游街的人，早已不知去向。桥下的滔滔河水，洗去了女人脸上的黑灰，龙泉勋发现这是一个多么端庄、美丽的女演员哟！龙泉勋取下了她挂着的木牌，将这个昏迷了的女人背着送到了附近的医院。

女演员在医院急救室的病床上醒过来了，两颗晶莹的泪珠含在眼眶里，叹息一声："啊，党啊！他们为什么要这样欺侮人呢?! ……"话像是从心底深处嚷出来的，使人听了心能战栗。她一睁开眼，就挣扎着要走。

"你在这儿再休息一会儿吧!"龙泉勋劝慰她。

"不!"她看看玻璃窗外暗下来的天色，"我要回去! 我的孩子还在家里。"

"那我送你回去!"

她不肯，摇头拒绝，有礼貌地说了一声："谢谢你，十分谢谢你!"

龙泉勋怕她再寻短见，决定送她回去。她朝龙泉勋看看，没有再拒绝。

两人走在街上，开始攀谈起来。

她问："你的口音倒是本地人，服装样式已经不像本地人了。你回来干什么?"

龙泉勋如实地说了，包括姆妈要他回来抱个孩子的事也说了。她听了，先没有作声，接着就说起了自己的不幸遭遇……

他终于知道了她的情况。她从小因为家里穷，八岁就开始学艺，在旧社会吃过很多苦，解放时仅十多岁，被送到戏曲学校学习。爱人名叫毕韵，是雕刻、研究桃花坞木刻年画的。他俩为了献身艺术，等到一九六五年都满了三十岁才结婚。但，一九六六年春夏之交那场大风暴，使他俩都成了"牛鬼蛇神"。一九六六年冬天，她生下了一个男孩……他们忍受着无尽无休的批斗，在劳改中苦熬着时日。谁知一个月前，几个造反派"勒令"毕韵去抄大字报。他在抄到"……反对伟大领袖毛主席罪该万死"一句时，写完"反对"两字，刚好一行结束，就将余下的字转到另行写。当时也未在意，谁知大字报贴出后，被另一派中的某些人抓住不放，将这一行的十一个字孤零零裁下来，拍成照片作为罪证，他立即作为现行反革命分子被逮捕……她的日子就更难过了！……

闷热的天，似有雷雨将至……她的家就在医院附近，是那种青瓦白墙的平房。开了锁进门，因为停电她点上一根蜡烛，房里除了床、桌和两把椅子外几乎没有别的家具。两只箱子敞开着，里边的物件乱糟糟的，一看就是经过抄家的。出乎意外，屋里"哇——哇"哭声震耳，一个七八个月光景的男孩子正在床上号哭。孩子是被绑在床上的，喉咙也嘶哑了，薛慧秋叫着"小韵！小韵！"疼爱地上去松开绑，一把抱起孩子亲了又亲，说："我出去挨批斗，只好将他绑起来。他饿了！……"这真是一个可爱的孩子，漂亮、健康、活泼、聪明，给妈妈一抱，就不哭了，懂事地张着小嘴讨食吃。她含着泪从桌上拿起奶糕放到钢精锅里去，龙泉勋就帮她添水，将煤油炉点着，把锅放上去……

台上薛慧秋扮演的赵艳容在"装疯"，花容月貌的赵艳容变了模样，她眼角含着悲伤，傻笑中忍着痛苦。她唱的龙泉勋虽然听不懂，但却深深感到了一个孤立无援的弱女子的满腔悲愤。

当年，薛慧秋也有无限悲愤呀！她用匙舀着奶糕喂着小韵说："艺术是我的生命，但是现在我失去了它！我也失去了我的爱人！我简直不能理解我怎么会有这样的遭遇！"

他安慰她说："你应当坚强！……"

"坚强？……"她嗫嚅着。

"也许，不会永远这样的……"

"……你是一个共产党员，你今天救了我，不怕立场不稳吗?"她真诚地问。

"我疾恶如仇! 但现在这场运动，我总觉得党已经被踢开了，人都疯狂了! 我只能凭我的——"他拍拍自己的心，"做事!"

她感激地看着他，突然说："龙同志，你是个好人，我永远感激你。但是，我想再求你一件事……"

"只要我能办到的，我一定……"他把手插进口袋，想摸出钱来。

"你不是想抱个孩子吗? 我把小韵送给你。你收下他吧!"她脸上的表情很坚决。

"哦!"他伸进口袋的手又抽出来了，"不! 我怎么能这样做呢? 你落难了，我来做这样的事，那岂不是毫无心肝了!?"

"呵，怎么这样说呢? 你这是救我，也是救我的孩子呀!"她很认真，使龙泉勋又想起了她在桥上纵身跳河的情景。

他不理解地望着她。烛光使她的脸显得格外苍白。

一个闷雷"轰隆隆……"使人心里更乱。

她却饱含感情地说："你可以想到，今后还不知我会有什么样的悲惨命运。我没有办法抚养他了! 孩子这么小，太可怜了。他现在是反革命子女、牛鬼蛇神的骨肉了! 幸亏他小，不懂得这些，但他是会长大的呀! ……"她哽咽着，"短短的接触，我已经感到你为人善良，成分又好，还是共产党员，我信得过。你又正需要一个孩子，我请求你答应这个要求吧!"她苦苦哀告，透明的泪花罩住了她那深潭般黝黑的瞳仁。

他嘴里发苦，心里凄恻。为她设身处地想想，她的话是很实在的，但他的心几乎承受不了这么炽热赤诚的相托，一时竟不知怎么办才好……

后来，他终于答应了。

薛慧秋将手中的小韵朝他怀中一放，向他"扑腾"一跪，流着泪说："龙同志，请你受我一拜！"

她真心诚意地叩了一个头，小韵在龙泉勋怀中挥舞着小手号哭着。孩子不愿离开妈妈的怀抱呀！龙泉勋心慌意乱，连连说："你请起来，你请起来……"

偏偏在这时候，门外响起了汽车声和零乱的脚步声，一伙戴着红袖章的彪形大汉冲进屋来。这伙野蛮的家伙，吆喝着："薛慧秋，滚出来！"一个横眉竖眼的家伙上来就动手给薛慧秋挂上了木牌，揪着她的头发往外拖："走走走！……"

薛慧秋很强硬，用力甩掉了揪她头发的那只手。龙泉勋抱着小韵上去拦阻："你们干什么？她的孩子这么小！……"

一个五大三粗的家伙上来往龙泉勋面前一站："你是什么人？你少管闲事！她男的是现行反革命，她也有嫌疑，要隔离审查！……"

被拽出门去的薛慧秋只回头对龙泉勋说了四个字："谢谢你了！"那伙坏蛋将她拽上汽车拉跑了，丢下龙泉勋抱着小韵呆呆站在门口。

又是电光闪闪，阵阵闷雷，一片雨帘从天而落。小韵"哇哇"大哭。龙泉勋看看凄凉的四壁，只得找一块塑料布给小韵挡雨，寂然地将门锁上，抱着小韵走进雨中……

七

台上，薛慧秋仍在演着《宇宙锋》。龙泉勋的思绪梦一般地起伏，朦朦胧胧……

以后，两派武斗激烈，他决定走了。走前，到薛慧秋住处去过两次。门始终锁着，还贴上了大封条。向左邻右舍打听，一个上了年岁的老太太摇头叹息地说："唉，罪过啊！从来没有回来过，听说男的也快判刑了！"

龙泉勋终于带着小韵回鲁南了！姆妈倒是高兴，临走时亲着小韵的脸颊说："泉勋，你和袁蓉有福气，小韵也有福气！要是跟着他爹娘，那就不知要吃多少苦头了！说实话，小韵也真讨人欢喜！"

龙泉勋当然喜欢小韵。但他的心里，总有一种说不出的惆怅。他的同情心，使他时时想起孩子母亲脸上的那对哀怨的大眼睛……

袁蓉是喜出望外！她像亲娘一样疼爱小韵。她本是那种软心肠的热心人，听龙泉勋说起了薛慧秋和毕韵的遭遇，潸潸落下了眼泪。她说："把小韵好好养大，就算对得起他的父母了！不过就是将来孩子大了，这些事也没必要让他知道了。"

那时候，谁也想不到毕韵会平反，更想不到生死未卜的薛慧秋会重新登台！龙泉勋的感情像波涛摇荡，可也觉得袁蓉的话是合情合理的。

秘密就埋在心里，尽量不让它被人知道吧！小韵年复一年，健康成长，长得像阳光下一株笔直的小树……

但，粉碎"四人帮"后由拨乱反正、落实政策所引起的许许多多巨大的变化，使龙泉勋和袁蓉不能不重新想起薛慧秋。她怎么样了呢？毕韵怎么样了呢？……袁蓉怕想起这些，就像怕用手去摸火红的炭块似的，有时会叹息着说："也许早都给折磨死了！"有时又会自我安慰："也许他们都落实了政策，又生了孩子了！"反正，袁蓉的意思是：无论怎样，谁也不能再把小韵夺去！

有一天，龙泉勋说："我来写封信到 S 城去打听打听怎么样？"袁蓉落泪了："你的心好，我知道。可是，打听的目的是什么呢？你不想想，万一她要小韵，怎么办呢？"

龙泉勋叹着气："唉，我也喜欢小韵，但我总觉得不能只想着自己，那样太自私了！"

袁蓉淌着泪摇头："自私？我对小韵，既不要他将来报答我，也不靠他将来抚养我。我无求于孩子，但这是感情！感情！我在感情上不能没有他！你说，有我这样自私的母亲吗？……"

龙泉勋一时语塞了，大道理袁蓉不是不懂，但谁能平白夺去一个母亲对孩子的爱呢？龙泉勋就只好让这件事情，像个大包袱似的压在心上，沉重、痛苦……

现在，坐在剧院里，他急躁地希望戏快结束，立即见到薛慧秋，把小韵的情况告诉她。至于袁蓉，回去后再说服她吧。

《宇宙锋》结束了！薛慧秋谢幕了！龙泉勋站起身来，用力鼓掌，他希望谢幕的薛慧秋能看到自己。观众太热烈了，都在鼓掌喝彩，薛慧秋怎么能发现他呢！龙泉勋急忙往边门走，决定到后台去看望薛慧秋……

薛慧秋进了化妆室，正要卸妆，忽然一个青年女演员跑过来说："薛老师，有位姓龙的同志找您。"

薛慧秋一回头，看到了站在门边的龙泉勋。她先是一愣，但仅仅一秒钟，就倏地拉开了眼睛里迷茫的幕布，充塞着意外、惊奇和喜悦，泪水像开了闸门哗哗流得满脸都是。她嗫嚅着说："啊！龙……龙同志!? ……"

八

静静的秋夜。在这古老、美丽、富有江南风味的城市里，龙泉勋又陪送着薛慧秋走回家去。不过，这一次和那次迥然不同。薛慧秋容光焕发，虽然已是四十五岁年纪，看上去依然显得年轻秀美。她一再感谢龙泉勋十三年前搭救她的深情厚谊，讲了自己十多年来的遭遇。这遭遇，既简单而又复杂。简单得用两句话可以说清："四人帮"粉碎前，在折磨中度过了凄凉的岁月；"四人帮"粉碎后，得到了党的阳光的照耀，政策落实到头上。复杂得三天三夜讲不完，她曾有过多少非人的经历哟！毕韵被莫须有地判了十五年徒刑，由于受不住折磨病死在狱中，揪心的伤痛，曲折的磨难，讲的人哽咽，听的人也难过。

到家的时候，她已经听到龙泉勋讲完了小韵的情况。其实，她刚见到他时，就立即想问了。她忍耐着，克制着，觉得那样不好，更不能出尔反尔。但一个母亲的心啊！她又怎么能不关心不询问自己的孩子呢？对于龙泉勋这样一个敦厚朴实的共产党员，薛慧秋是怀着感激和敬重的心情的。听完后，她掏出手帕拭泪。她说不出是悲伤还是高兴，人世间常常有许多瞬间，那种感情是只能意会而不可言传的，用语言表达是何其困难哟！

到了薛慧秋的新居了！她用钥匙打开了房门，"啪"的开亮了电灯，明亮的灯光和谐地流泻了一屋。

龙泉勋随着薛慧秋步入她那新分到的散发着新木料和油漆味的家里时，首先映入眼帘的是在外间会客室墙上的一只大镜框。镜框里是一张大幅的桃花坞木刻年画，五色套印，色彩对比强烈，给人以新鲜、活泼、清新、愉快的感觉。龙泉勋明白这是纪念毕韵的，说不定正是毕韵生前的杰作呢！一股难以言传的同情和怜悯浮上了龙泉勋的心头。

薛慧秋请龙泉勋在沙发上坐了，拿出精美的"稻香村"糖果来，泡上了龙井茶。这时，龙泉勋从身上摸出皮夹，将里面一张小韵的照片递过去，说："这是小韵今年暑假评上三好学生那天拍的！他每年都是三好学生！"

薛慧秋坐在龙泉勋对面的沙发上，双手接过照片，看了又看。啊！那双笑眯眯亲近人的眼睛哟！她眼圈红了。十三年了！多少次深夜醒来，她总依稀觉得孩子正熟睡在身旁，散发着奶婴的芳香……她慨叹地说："十三年了，真的长大了！你们做父母的将他教育得这么好，我太高兴了！"

龙泉勋注意到薛慧秋用了"你们做父母的"这一个词，便说："很对不起你啦，'四人帮'粉碎已经四年了，我们没有能早点主动找到你。今天终于见到了你，我们应当把孩子还给你了。这就是我今晚找你的目的！……"

谁知，薛慧秋摇了摇头："老龙同志，说实在的，一个母亲怎么能不爱自己的孩子？前年，我曾经给你写过一封信，打听小韵的消息，但后来信上批着'查无此人'的字样退回来了。那准是你调动了工作。我不但死了心，而且，深深感到不该那样做。今夜见到你，想得更多了：你们这么爱小韵，我不能把他再夺回来。我虽然没有见过袁蓉同志，但我想她一定是位了不起的母亲。她在小韵身上尽的责任比我多，更重要的是你们两位都是敦厚、正派的人，小韵作为你们的儿子，我非常放心……"

　　龙泉勋忍不住了，打断话说："不不不，薛慧秋同志，我们不能做损人利己的事。现在，为了实现四个现代化，党中央正在使十年动乱中受到创伤的人的伤痕得到平复。我们……"

　　薛慧秋心里像潮汐翻腾，充满对龙泉勋的敬重与钦佩之情，她真诚地说："老龙同志，你说得对！但我也不能做损人利己的事呀！当初，是你救了我，也救了小韵。我只养过他八个月，你们养了他十三年！十三年了，小韵一定对你们有深厚的感情，何必使你们、使孩子再痛苦呢？不能！也不应该！"

　　"那，这样是会使你痛苦的！"

　　"不！"薛慧秋固执地说，"我痛苦过，但现在看到小韵这样子，有的只是高兴。真的高兴！"她笑着，但眼里含着泪花，"你知道，我那时就对你说过，孩子属于国家，不是我的私有财产。我还说过：艺术是我的生命！就是在我处境最暗淡的时候，我也想过：把热爱的事业从心里抹去，是不容易的。现在，党又恢复了我的艺术青春，我早就决心把精力都用到事业上去，我生活得很有意义……"

　　龙泉勋感到对方比他更固执，说："你的话我应当相信，但我也不能全信。我懂得一个做母亲的心。你是一位高尚的人，使我很受感动！不过，越使我感动，我就越知道应当怎么做了。你知道，我是一个共产党员……"

薛慧秋可能因为演出疲劳，也可能由于激动，声音有些沙哑地说："老龙同志，你以前救过我，也救过小韵。那么，现在，你再救我们一次吧！何必告诉小韵这件事，让他的心灵遭受创伤呢？他爱你们，而又发现了我，他又将怎么处理这种复杂的感情？那是要影响他的成长的。现在，他十分幸福，让他这样生活下去，不是很好吗？……"

她说得这么坚定、真诚、有力，又这么有理，龙泉勋竟不知如何说才好了。是呀，她的话是很实在的。两颗善良高尚的心灵交融在一起，迸发出了火花！是明亮的火花呀！

薛慧秋继续说："我现在很幸福。尤其是知道了小韵的情况，就更加感到幸福了！一切开始平复了，伤痕开始愈合了！我有不少徒弟，他们都像我的孩子……你们夫妇的崇高行为，使我非常感动。为了我，为了你俩，更重要的是为了小韵，请不要同他讲那些悲惨痛心的往事吧！这张照片送给我做个纪念。你能答应我的要求吗？请一定答应吧！"她那两只黑亮的大眼发出期待的光芒。

最后，龙泉勋实在不能不答应了。他了解薛慧秋的个性，他点了头。这第二次点头，就像他十三年前第一次接受小韵一样，又是并非出于自私的考虑。

九

据说，不久，深秋的一天，在龙泉勋工作的那个鲁南的县城里，发生了这样一件事。

清晨，小韵穿过一条寂静的小路去上学。他忽然看见前边有一个很漂亮的中年妇女，正慢慢在走，忽然掉下一个钱包来。小韵上前拾起钱包，只见里面很多钞票，他马上跑上前去招呼："阿姨！您掉了东西了！"

中年妇女接过钱包，用美丽而慈爱的眼光看着他，高兴地说："呵，你真是一个好学生！你叫什么名字？"

小韵不肯说，低头打算走了，可是，那漂亮的妇女不让他走，说："你上学去吗？我从外地来，这里不熟悉，我们一路走！"

中年妇女和小韵一路亲切地谈着，一直走到学校才同他告别。一直看着他走进校门，直到连背影都看不见了，她才独自缓缓地离开。

小韵当然不知道：这就是他的生身母亲薛慧秋。

又过了几天，龙泉勋收到薛慧秋寄到机关里来的一封信。信是这样写的：

老龙、袁蓉同志：

你们好！

来信收到了！你们使我深深感到祖国处处有亲人，使我体会到社会主义大家庭的温暖。我们既然都是亲人，又何必非要让小韵到我身旁来呢！因此，我仍然要求：小韵应当留在你们那儿，永远是你们的孩子，并且请答应永远不要把这一切告诉他。我的要求是诚恳的，请你们一定答应这么办！

人说十年动乱像一场凛冽的秋风，但我深深感到美好的东西秋风是吹不尽的。你们的崇高品德使我欣慰。以前我所损失的已经无法补偿，但我从党和社会主义祖国所得到的已经很多很多。我很满足了。

我完全相信，小韵长大后一定是一个有用的人才。毕韵同志泉下有知，会心满意足的。请不要为我"生活上的寂寞孤单"不安。为了解除你们的顾虑，我觉得应当坦率告诉你们：前些年，我处于最悲惨境地时，剧团有一位独身的同志，给过我无私的安慰和帮助。后来，他对我有了感情，这两年曾多次提出过他的想法，但我始终没有答应。现在，小韵在你们那里生活得很幸福，我心上已无负担，可以考虑今后重新安排自己生活。这样，请你们千万不要再为我不安了。

请允许我再一次由衷地向你们致谢。

……

袁蓉读完信，止不住掩面哭了。

可是，龙泉勋有不同的想法。他觉得善良、勇敢而又有觉悟的人，总是用自己的牺牲和克制来使他人得到幸福，谁知道薛慧秋信上说的她要"重新安排生活"的话是真还是假呢？薛慧秋这样的女演员，有一颗水晶似的心灵，她为了抚慰别人难道不能用演员的口吻像在舞台上那样说话吗？……

写于 1981 年